歷代詩話中語言文字學論述整理與研究

樊瑩瑩 著

人民出版社

目　录

緒　論

一、詩話概論

所謂詩話，郭紹虞認爲："顧名思義，應當是一種有關詩的理論的著作。"① 此就文學批評與鑒賞而言，是正確的，但並不全面。宋人許顗《彥周詩話》云："詩話者，辨句法，備古今，紀盛德，録異事，正訛誤也。"這個內涵，顯然比僅視詩話爲"一種有關詩的理論的著作"要豐富得多，也是本書將着重討論的問題。

蔡鎮楚《中國詩話史》認爲，詩話必須具備三個基本要素："第一，必須是關於詩的專論。第二，必須屬於一條一條內容互不相關的論詩條目連綴而成的創作體制。第三，必須是詩之'話'與'論'的有機結合。"② 以詩話作爲書名，始自北宋歐陽修的《六一詩話》。若上溯其源，清章學誠《文史通義·詩話》以爲"本於鍾嶸《詩品》"③。張葆全《詩話和詞話》則認爲"可上溯到先秦時代。從文學上說，詩話有兩個源頭，一是先秦以來的詩文評論，一是魏晉以來的筆記小說"④。正如郭紹虞所說："溯其淵源所自，可以遠推到鍾嶸的《詩品》，甚至推到《詩三百篇》或孔、孟論詩的片言隻語。但是嚴格地講，又只能以歐陽修的《六一詩話》爲最早的著作。"⑤ 故本書提

---

① 郭紹虞：《清詩話》，上海古籍出版社 1978 年版，第 1 頁。
② 蔡鎮楚：《中國詩話史》，湖南文藝出版社 1988 年版，第 7 頁。
③ （清）章學誠著，葉瑛校注：《文史通義校注》，中華書局 1985 年版，第 559 頁。
④ 張葆全：《詩話和詞話》，上海古籍出版社 1983 年版，第 5 頁。
⑤ 郭紹虞：《清詩話》，上海古籍出版社 1978 年版，第 1 頁。

及的"詩話"，其上限從歐陽修的《六一詩話》開始，内容不限於著者自撰的詩話，也包含別集、筆記、正史、野史、地志、類書、小説等文獻中的談詩片語。但限於篇幅，本書主要涉及的是著者自撰的詩話以及別集和筆記中的談詩話語，而正史、野史、地志、類書、小説等其他著作中的談詩之語，則是以後需要繼續研究的内容。

詩話内容，較爲廣泛，"凡是與詩歌有關的，上下古今，天南地北，無不可談"①。詩話由最初的"以資閒談"，發展爲一種詩歌評論樣式。郭英德等人認爲：

> 從學術研究的角度來看，詩話涉及的内容大體可分爲三個方面：1.記事類，記述詩作本事、詩人軼聞、詩壇風習、游歷親聞等等；2.考證類，考辨詩作真僞、異文，考察詩歌體制流變，以及詩作涉及的典故、名物、制度、風俗等等；3.批評類，舉凡詩歌的句法修辭、思想道德意義、風格體勢、意境興趣，均爲批評對象，有的詩話還脱開詩作，正面闡述某種審美觀點。②

本書的研究，主要涉及的就是上述詩話内容的第二方面，即考證類。

從詩話存在的形態來看，可以有不同的劃分，例如：

> 從成書情況來看，有著者自撰的詩話；有輯者輯錄他人論詩之語的詩話，如《詩話總龜》；有輯者兼輯兼撰的詩話，如《苕溪漁隱叢話》。從輯錄範圍來看，《詩話總龜》、《苕溪漁隱叢話》爲匯輯各家的詩話；又有專輯一家的詩話，如陳秀民輯《東坡詩話錄》，張宗柟輯《帶經堂詩話》。從評説對象來看，有綜論歷代各家各體的詩話，如胡應麟《詩藪》、許學夷《詩源辯體》；有專論某一範圍詩人詩作的詩話，其中又有專論某一時代詩人詩作的斷代詩話如《全唐詩話》《全宋詩話》《遼詩話》，有專論某一家或數家乃至某一流派作家的詩話如《杜工部草堂詩話》《李杜詩話》《江西詩派小序》，有專論某一地域詩人的詩話如《全閩詩話》

---

① 張葆全：《詩話和詞話》，上海古籍出版社1983年版，第4頁。
② 郭英德等：《中國古典文學研究史》，中華書局1995年版，第370頁。

《全浙詩話》，還有專評婦女之作乃至某一地域婦女之作的詩話如《名媛詩話》《閩川閨秀詩話》，等等。①

詩話之體，創自歐陽修。其書原名《詩話》，後人稱之爲《六一詩話》，較爲注重詩歌用字、用典出處的考釋。這種特點，影響了像司馬光《溫公續詩話》、劉攽《中山詩話》這樣的一大批北宋詩話，尤其是後來的江西詩派詩話，更加注重"'用事出處'和'造語出處'"②，如《後山詩話》《優古堂詩話》《王直方詩話》《彥周詩話》《竹坡詩話》《藏海詩話》《韻語陽秋》等。南宋時代，出現了以陸游、范成大、楊萬里、尤袤並稱的"中興四大詩人"，其詩話著作都以記事爲主，兼及考釋。此外，南宋詩話值得提及的還有《碧溪詩話》《觀林詩話》《對床夜話》《娛書堂詩話》等。這些詩話都有相當多的考證辨釋內容。

遼金元時期的詩話著作不多，涉及語言學問題的更少。值得一提的是《滹南詩話》《元好問詩話》《祝誠詩話》《李冶詩話》③《陶宗儀詩話》《何異孫詩話》，這些詩話多是從各自筆記著作中摘錄論詩之語而成的。如《李冶詩話》，就是摘錄元李冶《敬齋古今黈》這部筆記中的論詩之語匯集而成的。雖然仍然以談論詩法詩格爲主，但也不乏詞義考釋和語音辨析的內容。

明代詩話，著作如林，從數量上看，不亞於宋詩話。"明代以詩話爲代表的詩學，大致可以分爲兩大系列，一個是以'前後七子'爲代表的復古派詩學"④，如《談藝錄》《藝苑卮言》《四溟詩話》《詩藪》《菊坡詩話》。一個是"反復古派詩學"⑤，如《升菴詩話》《逸老堂詩話》《南濠詩話》，書中內容都以考證辨釋居多。此外，還有胡震亨的《唐音癸籤》，考證類內容，佔

---

① 劉德重、張寅彭：《詩話概說》（修訂版），安徽教育出版社 2009 年版，第 25—26 頁。
② 蔡鎮楚：《中國詩話史》，湖南文藝出版社 1988 年版，第 51 頁。
③ 繆鉞《李冶李治釋疑》一文言："李冶改名在何時固不可考，然《程震碑》額題於金時，則作'李治'，而《聶珪碑》撰於元世祖中統時，則作'李冶'，此可爲李冶初名'治'後改名'冶'之確證也。"《敬齋古今黈》當屬晚年之作，故本書一律作"李冶"。
④ 蔡鎮楚：《中國詩話史》，湖南文藝出版社 1988 年版，第 199 頁。
⑤ 蔡鎮楚：《中國詩話史》，湖南文藝出版社 1988 年版，第 199 頁。

據了 1/4 的篇幅，"這是研究唐詩中口語詞彙的一份極爲重要的材料"①，但
"有一個大缺點，就是所引各條，往往隨意改易，不盡忠實於原文。有些雖
大意未變，但文字已非原貌，有些則錯會原意，甚至產生疏誤"②。故對於這
種現象，就必須先做校勘，只有保證語料的準確，纔能得出科學的結論。再
者，還有從明代筆記中摘錄論詩之語而成的詩話，如《焦竑詩話》《郎瑛詩話》
《田藝蘅詩話》《曹學佺詩話》《葉盛詩話》等。

"詩話之作，至清代而登峯造極。清人詩話約有三四百種，不特數量遠
較前代繁富，而評述之精當亦超越前人。"③有清一代，隨着樸學、古音學的
發展，其"無徵不信"的思想在詩話著作中得以體現，尤其是從音韻訓詁入
手的內容，具有極大的語言學價值。這方面的代表作，比比皆是。如清初的
《梅村詩話》《蠖齋詩話》《圍爐詩話》《春酒堂詩話》《詩辯坻》《柳亭詩話》等；
清中葉的《說詩晬語》《一瓢詩話》《貞一齋詩話》《隨園詩話》《石洲詩話》《養
一齋詩話》等；晚清的《海虞詩話》《雪橋詩話》等。

二、詩話研究的現狀與不足④

從目前的研究現狀來看，除了少數學者引用詩話中的個別語言學條目
來證明自己的觀點外，多數把關注的目光投向詩話的詩學價值和史料價
值，本來這也無可厚非，因爲詩話本屬文學理論的範疇，考索源流，探討
法式，品評作品，記述軼事，其自身性質已決定了主要價值是在詩詞學和
史料方面。

---

① 蔣紹愚：《唐詩語言研究》，語文出版社 2008 年版，第 115 頁。
② 劉德重、張寅彭：《詩話概說》（修訂版），安徽教育出版社 2009 年版，第 222 頁。
③ 郭紹虞編選，富壽蓀點校：《〈清詩話續編〉序》，上海古籍出版社 1983 年版，第 1 頁。
④ 《詩話概論》一節，提到本書所說的詩話屬於廣義的詩話，包括筆記中的談詩之語，故
在對詩話進行回顧時理應包括筆記的研究情況，但由於目前對筆記研究的成果十分豐富，
幾乎都會涉及對筆記研究現狀的描述，故本書限於篇幅，僅對古人流傳下來的詩話著作
做一回顧，不包括筆記涉及的論詩條目，但在正文中會充分論述。

（一）20 世紀的詩話研究

1999 年，蔡鎮楚回顧與總結了 20 世紀詩話研究的歷史和現狀，並提出 21 世紀詩話研究的角度和方法應該呈現出多元化的格局，除了詩學研究之外，還應該注重其文化學、美學、文藝心理學、審美語言學、比較詩學、民俗學、宗教學等方面的研究①。2002 年，胡建次再次對 20 世紀以來的中國詩話從整理和研究兩個方面進行了述評②：從詩話的整理來看，主要表現在三個方面：首先，在詩話的點校方面，20 世紀 60 年代以來，幾十種點校本相繼出版；其次，在詩話輯佚方面，吳文治主編的《中國詩話全編》之《宋詩話全編》《明詩話全編》，極大地擴展了詩話輯錄的範圍；第三，在詩話的匯輯類編方面，出現了諸如郭紹虞等《清詩話續編》這樣的著作。從詩話的研究來看，可以歸納爲兩點：第一是對專書專家的研究，其關注點主要是詩學方面；第二是對詩話一般理論性的研究，包括詩話的定義、源流、發展、分類、體系等。這爲全面瞭解詩話的研究概況帶來了極大的方便，也給詩話的進一步研究提供了十分有益的借鑒。下文在此基礎上，繼續對新世紀的詩話研究進行回顧。

（二）新世紀的詩話研究

1. 詩話的輯錄

對詩話的輯錄是研究詩話的基礎，這方面的成果主要體現爲專著和論文：從專著來看：張伯偉《稀見本宋人詩話四種》（江蘇古籍出版社 2002 年版），這四種詩話分別爲日本五山版《冷齋夜話》、明鈔本《西清詩話》、朝鮮版《唐宋分門名賢詩話》、明鈔本《北山詩話》，這些詩話多爲域外漢籍，爲域外藏本詩話研究開啓了方便之門。吳文治主編的《中國詩話全編》之《遼金元詩話全編》（鳳凰出版社 2006 年版），與 20 世紀出版的《宋詩話全編》《明詩話全編》配套，完整展示了中國詩話從宋代到明代的輝煌成就，並成爲中

---

① 蔡鎮楚：《詩話研究之回顧與展望》，《文學評論》1999 年第 5 期。
② 胡建次：《20 世紀中國古典詩話整理與研究述略》，《思想戰線》2002 年第 2 期。

國詩歌及詩話研究不可缺少的大型基礎文獻。

從論文來看，岳珍《宋詩話輯補》（《天中學刊》2003 年第 1 期），文章針對郭紹虞《宋詩話輯佚》，又輯補了《筆墨間錄》《王子思詩話》《范元賓詩話》等，而且對郭紹虞所輯佚詩話中的若干佚文也進行了補充，如《王直方詩話》《漫叟詩話》《洪駒父詩話》《蔡寬夫詩話》等，極大豐富了宋詩話的內容。

2.詩話的點校

這方面的研究，有三本著作值得關注：一是陳應鸞《臨漢隱居詩話校注》（巴蜀書社 2001 年版）；二是張忠綱《杜甫詩話六種校注》（齊魯書社 2002 年版）；三是戴鴻森《薑齋詩話箋注》（上海古籍出版社 2012 年版）。這些著作所做工作大致相同，或是對詩話語料本身的辨誤正舛，或是對詩話中涉及詩題的省略、漏字、誤字等情況加按語說明，或是對所引詩本身的誤字、避諱字等加按語說明等。這些工作，一方面給我們的研究提供了方便，因爲只有語料準確無誤，在此基礎上的研究纔具有科學性；另一方面，校注的某些思路也對我們的研究有啟發作用，如通過對詩話徵引文獻的考察，進一步檢視相關結論的可靠性。以張忠綱的《杜甫詩話六種校注》爲例：

> 老杜詩曰："竹根稚子無人見，沙上鳧雛傍母眠。"世不解"稚子無人見"何等語。唐人食筍詩曰："稚子脫錦繃，駢頭玉香滑。"則稚子爲筍明也。贊寧《新記》曰："竹根有鼠，大如貓，其色類竹，名竹豚，亦名稚子。"余問韓子蒼，子蒼曰：筍名稚子，老杜之意也，不用食筍詩亦可。（84 頁）

按，張氏校注謂"此條見《冷齋夜話》卷二，文字稍異"，"《蘇軾詩集》卷十六《送筍芍藥與公擇二首》其一'駢頭玉嬰兒，——脫錦繃'句下'施注'引儲光羲《筍》詩：'稚子脫錦繃，駢頭玉香滑。'按：儲此二句詩，《全唐詩》《全唐詩補編》均未收"。《漢語大詞典》（以下簡稱《大詞典》第 8 卷。第 98 頁。以下徑出卷次和頁碼，如第 8 卷第 98 頁則用 8/98 標注。）"稚子"③"筍的別名"，首引杜詩。但此義卻是宋人施元之根據儲光羲《筍》詩得出的，有自造之嫌，恐不無可商。

　　3. 詩話文本及材料的考證

　　這部分的研究主要集中在對作者及其生平、成書及刊刻時間、版本源流、或個別條目的考證上，具體情況按近十年的發表時間評述如下：

　　鄧國軍《宋詩話考論——以江西詩派、反江西詩派詩話爲中心》（四川大學 2003 年博士論文），這篇論文分《宋詩話考》與《宋詩話論》兩編進行研究。上編《宋詩話考》針對郭紹虞《宋詩話考》《宋詩話輯佚》中的錯舛或遺漏部分進行了考證與補充，而下編《宋詩話論》，主要對江西與非江西詩派的詩學觀進行了綜合比較，屬於詩學方面的研究。

　　李裕民《〈宋詩話考〉訂補》（《晉陽學刊》2003 年第 5 期），在蔣紹愚《宋詩話考》的基礎上，又續考詩話七則，其中疏誤者五種，補其失收者兩種。

　　包雲志《從袁枚佚札佚文看〈隨園詩話〉版本及刻書時間》（《古籍整理研究學刊》2004 年第 1 期），通過對袁枚致山東詩人李憲喬的兩通佚札和袁枚佚文《星湖詩集序》的介紹、考證，明確了《隨園詩話》的最早版本，弄清了《隨園詩話》兩個重要版本的刊刻時間。

　　谷建《〈後山詩話〉作者考辨》（《海南師範學院學報》2004 年第 2 期），從《後山詩話》流傳及著錄情況的考察出發，深入探究了本書思想內容，並援引新證，對一些有代表性的前人懷疑之說進行了逐一辯駁，提出在沒有確鑿證據的情況下，不可輕言《後山詩話》爲後山原作。

　　張海鷗《〈西清詩話〉考論》（《河北師範大學學報》2006 年第 1 期），通過對文本的分析，得出《西清詩話》是一部記載唐宋名賢詩事詩話的文學隨筆，並以張伯偉整理的域外漢籍詩話《稀見本宋人詩話四種》來證明其觀點。

　　周子翼《〈詩話總龜〉辨誤一則》（《江海學刊》，2006 年第 1 期），考證出《總龜》前集卷四十記述的"王平甫"當爲王石甫或王中甫，亦即王介。

　　谷敏《淺談周必大〈二老堂詩話〉中的文獻考據》（《圖書館理論與實踐》2007 年第 1 期），簡要分析了周必大注重詩話考據的原因，並從文字、名字、名物等方面分析了考據的主要內容，及其考據的特色與缺陷。

潘殊閑《〈石林詩話〉"雲門三種語"之"雲門"辨》（《中國古典文獻學叢刊》第六卷，2007 年版），文章從用"雲門""雲間"的版本情況及相關著述的引用三個方面分析考辨，認爲應作"雲門"。

殷海衛《胡仔〈苕溪漁隱叢話〉的成書考論》（《濟南大學學報》2009年第 1 期），文章運用反推法，考證出《前集》最終成書是在乾道元年（1165）。

高燕《郭紹虞〈宋詩話考〉辨誤一則》（《社會科學研究》2009 年第 3 期），文章對《宋詩話考》在考證《潘子真詩話》作者潘淳時所用"曾鞏知洪州時爲潘淳乞官"說，進行了再考辨。

劉瀏《魏慶之及〈詩人玉屑〉考六則》（《紹興文理學院學報》2010 年第 3 期），考定魏氏籍貫爲福建建陽，子魏天應、魏草窗，推測其生卒年約爲公元 1196 年至 1273 年，與葉夢鼎、馮取洽、黃升、嚴羽、游九功等人均有交往。最後，推測《詩人玉屑》的成書時間爲理宗淳祐年間，至遲不超過1244 年。

陳斐《〈環溪詩話〉版本源流考述》（《文獻》2010 年第 2 期），文章從著錄出發，提出《環溪詩話》有一卷本和三卷本兩個版本系統，並對這兩個版本進行了考述。

丁功誼《論〈誠齋詩話〉成書年代》（《社會科學戰線》2010 年第 10 期），文章從《誠齋詩話》所記材料出發，提出成書於慶元二年至六年之間。

關於這方面的著作，尤其值得提及的是蔣寅《清詩話考》（中華書局2005 年版），其書"內容富博，體例明達，是一部學術價值和實用價值並高的研究著作"[1]。全書分上下二編，上編"清詩話目錄"，包括"見存目錄"和"待訪目錄"兩個部分；下編"清詩話經眼錄"，是作者撰寫的清代和民國詩話的提要。

4.詩話詩學理論的研究

詩話作爲"一種有關詩的理論的著作"[2] 的性質，決定了學術界對詩話

---

[1]　鄔國平：《試論清詩話目錄學研究——讀蔣寅〈清詩話考〉》，《蘇州大學學報》（哲學社會科學版）2006 年第 2 期。

[2]　郭紹虞：《清詩話》，上海古籍出版社 1978 年版，第 1 頁。

詩學思想的闡釋一直是詩話研究中最重要的內容。論文方面，有對單個詩話家詩學理論的個案化闡釋；有對不同詩話家的詩學思想的比較研究；有對詩話材料中某一詩人詩學理論的研究；有以詩話爲依據進行斷代或某一階段的詩學研究。著作方面多集中在對詩學當中某些問題的研究，成果頗多，但鑒於已超出了本書研究的範圍，故不贅述。

5.詩話文化民俗學或編輯學的研究

21 世紀以來，學界對詩話的研究不再僅僅侷限於詩學和文獻學的研究，開始將研究的視角擴大到文化民俗學或編輯學等方面。

在文化民俗學方面：如韓麗霞《論楊鍾羲〈雪橋詩話〉中的北京廟會民俗》（《蘭台世界》2011 年第 14 期）和靳良《〈雪橋詩話〉詩史觀研究》（《牡丹江大學學報》2011 年第 10 期）兩篇文章都看到了詩話中蘊藏的民俗、歷史學資料。實際上早在 20 世紀就已經有學者發現詩話當中具有大量的文化學信息，如張伯偉《中國古代詩話的文化考察》（《文獻》1991 年第 1 期）提出"從宋代開始，由於各個時代的文化或多或少存在着差異，因而各個時代的詩話也就或深或淺留下了特定的印記，形成其時代標志。從文化角度研究詩話的時代標志，一方面便於學者謹慎而準確地使用此類文獻；另一方面，也能幫助人們透過詩話這一射角，窺見各個歷史階段在思想、政治、經濟等方面的時代折光"。但蔡鎮楚和胡建次在對 20 世紀的詩話研究做述評時，都忽略了這方面的研究。詩話當中的文化民俗信息，在本書的寫作中會充分加以展現。

在編輯學方面，主要體現在對詩話編纂方式或體例的研究，其研究視角從通代詩話─斷代詩話─單部詩話。如胡建次《中國古代詩話及其匯編之體的承傳》（《重慶大學學報》2005 年第 2 期）提出"中國古代詩話的承傳，主要體現在兩大線索中：一、在單部詩話之體上，有'論詩及事'和'論詩及辭'之體的承傳；二、在詩話匯編之體上，有分門類編之體和據人而編之體的承傳"。葉當前、曹旭《論宋代詩話匯編的三種編排體例》（《江淮論壇》2009 年第 5 期），提出"《詩話總龜》因詩存事，以事爲綱，分門增廣；《苕溪漁隱叢話》以時爲序，因人繫論，觸類引伸；《詩人玉屑》格法類分，人物品藻，史評結合"，代表了宋代詩話匯編三種體例類型。馬婧《〈詩林廣記〉體例的形成與宋代匯編體詩話》（《文學遺產》2010 年第 3 期），從匯編內容、立目方式以及詩作、詩評的組織方式三方面，探求了前代匯編體詩話與《詩林廣記》獨特體例的關係。

6.詩話詩學與語言學或文獻學的結合研究

20 世紀的詩話研究較多是從純文學的途徑來探究某個詩話作者的詩學思想，而 21 世紀以來，學術界開闊視野，打通學科間的界限，開始從詩學與語言學相結合的角度或詩學與文獻學相結合的角度來研究詩話。

詩學與語言學相結合的研究，早在 20 世紀郭明儀的《清代詩話家語言思想管窺》（《蘭州大學學報》1990 年第 1 期）和《再窺清代詩話家的語言思想》（《蘭州大學學報》1992 年第 3 期）兩篇文章就向我們展示了"中國詩話家們自覺或不自覺的從文學和語言學相結合的這個比較獨特的角度對中國古典詩歌作了全面深入地探索"。但蔡鎮楚和胡建次在對 20 世紀的詩話研究進行述評時，對這兩篇文章隻字未提，主要原因是二位學者較爲關注的是詩話研究的內容，而忽略了研究的方法。從這一視角出發，近十年來陸續有研究成果問世：如甘玲《中國古代詩學和語言學》（四川大學 2007 年博士論文），利用語言學的理論和分析工具對古代詩歌的創作理論進行了系統研究。肖翠雲《古代詩話詞話與語言學批評》（四川大學 2007 年博士論文）和楊丹《〈滄浪詩話〉的語言觀》（華東師範大學 2010 年碩士論文）兩篇文章繼續沿着甘玲的研究思路，從語音、詞彙、語法或章法三個方面出發，探究詩學思想。如果說以上這幾篇文章是使用語言學的形式來研究詩學內容的話，那麼王軼高《〈詩人玉屑〉詩歌評論用語研究》（西南大學 2009 年碩士論文）一文就是使用詩學的形式來研究語言學中的內容——詞彙。到了吳紅光《〈滄浪詩話〉中的佛教詞語詮釋》（《文學教育》（上）2010 年第 10 期）一文，其詩學思想就完全成了隱性的東西，而語言學的內容——詞語詮釋上升到顯性層面。

詩學與文獻學相結合的研究，如袁明青《〈詩人玉屑〉研究》（南京大學 2011 年碩士論文），從《詩人玉屑》對胡仔《苕溪漁隱叢話》的引文來看嚴羽的詩學思想。

值得一提的是葉當前《論三大宋編宋詩話》（安徽師範大學 2004 年碩士論文），從編輯學、詩學、文獻學三個角度對宋代三大詩話匯編進行了研究，可見前面幾篇文章的研究思路都或多或少地受了此文的影響。

（三）詩話研究存在的不足

從 21 世紀的詩話研究情況來看，確實比 20 世紀的詩話研究有所發展，其主要表現就是研究範圍的拓展和研究方法的創新，甚至即使是在對 20 世紀詩話研究的繼承方面，研究的深度也有所加強。但仍舊存在不足，首先，從研究的廣度和深度來看，依然較爲薄弱，關於這個問題在 20 世紀的詩話研究中就已經存在，直到今天還沒有大的改觀，用胡建次的話來說，就是"從歷史縱向看，詩話研究還未得到充分展開，有些詩話還很少人觸及，或者觸及了卻未來得及'紮下去'，大量的研究成果停留於對詩學理論的一般性梳理"[1]。而且就詩學理論的研究來說或集中在宋代，或集中在對詩話當中某個名家的研究，如杜甫、李白等。再者，就研究的方法而言，雖然能夠開闊視野，打通文學與語言學、文獻學、編輯學等學科的界限，但最終目的依然是服務於詩學問題的解決，然而卻開啟了我們進行詩話研究的另一條思路，那就是對詩話當中的語言學問題進行研究。

三、選題依據和研究意義

（一）選題依據

歷代詩話所具有的語言學價值主要表現在撰著者本人使用的語言和詩話中所記載的語言狀況及變化兩個方面，而本書討論的則是後一種，故將題目確定爲《歷代詩話中的語言學問題研究》。選擇語言學問題研究，除了上文提及的受學術界對詩話研究現狀的啟示外，還有兩大原因：

---

[1]　胡建次：《20 世紀中國古典詩話整理與研究述略》，《思想戰線》2002 年第 2 期。

　　其一，從整個語言學界的研究現狀來看，訓詁學的研究還較爲薄弱。語言學界的訓詁研究以詞義考證爲主，而不重視其規律方法的總結。正如方一新所言："儘管中古近代漢語詞義考釋取得了較多的成果，但總結經驗、探討方法的論著還不多見。"① 有鑒於此，我們將從新的角度對詩話進行研究，即注重詩話當中訓釋的思路與方法。

　　其二，從詩話本身的特點來看，内容龐雜與卷帙浩繁是我們選擇詩話進行語言學問題研究的基礎。

　　首先，"詩話作爲古代文學批評的一種形式，自宋代以降，已爲人們所廣泛運用。由於其數量繁多，内容駁雜，很難一概而論。尤其是詩話這種形式的包容性很強，章學誠認爲其可'通於史部之傳記'，又可'通於經部之小學'，還可'通於子部之雜家'（《文史通義》内篇卷五《詩話》）；再加上歐陽修撰《詩話》，便規定了'以資閒談'的基本寫作態度，談的内容雖然以詩爲主，實際上又並不限於詩。"② 張伯偉的這段話爲我們清楚地展現了詩話内容繁多駁雜的特點，這也是歷代詩話中的語言文字學價值一直被忽略的原因所在。

　　其次，詩話作爲一種論詩文體，其研究對象——詩歌的特點也決定了詩話討論的主要内容。詩歌的特點主要表現在三個方面：一是在詩歌創作中大量用典和化用古語。如以黄庭堅爲代表的"無一字無來歷"的詩學理論就是這一現象的表現，許多詩話著作也把點明語詞出處作爲自己評述的内容，如宋魏泰《臨漢隱居詩話》、葉夢得《石林詩話》等。二是先秦以來的古語詞、方俗詞、外來詞進入詩歌創作當中。如宋王楙《野客叢書》卷十四《杜荀鶴羅隱詩》："唐人詩句中用俗語者，惟杜荀鶴、羅隱爲多。"③ 同書卷二十四《以鄙俗語入詩中用》④；宋釋惠洪《冷齋夜話》卷四《詩用方言》；今人徐宗

① 方一新：《中古近代漢語詞彙學》（上編），商務印書館 2010 年版，第 747 頁。
② 張伯偉：《中國古代詩話的文化考察》，《文獻》1991 年第 1 期。章學誠語可參見葉瑛校注本，中華書局 1985 年版，第 559 頁。
③ （宋）王楙：《野客叢書》，商務印書館《叢書集成初編》本，1939 年版，第 135 頁。
④ （宋）王楙：《野客叢書》，商務印書館《叢書集成初編》本，1939 年版，第 235 頁。

才也說:"俗語還來源於文人的創作,特別是詩、詞中俗語較多。"①對這些語詞的形、音、義進行研究,就成爲詩話內容的一部分。如果把歷代詩話當中的訓釋材料加以收集整理,無疑可以成爲詩歌訓釋的專著,正如莫礪鋒《論宋代杜詩注釋的特點與成就》所說"那些保存在宋人文集、詩話、筆記中的釋杜、評杜之語,往往是有感而發,有見方書,所以更爲簡潔,更爲精警。雖然它們沒有以注釋的形式出現,但是大量地爲後代的注本所採用,其最後的歸宿仍是杜詩注釋"②。三是古人創作詩歌,多主張不直露,求異創新。正如明梁橋《冰川詩式》卷十《學詩要法下》所言:"徐彦伯爲文,多變易求新,以'鳳閣'爲'鵷閣','龍門'爲'虯戶','金穀'爲'銑溪','玉山'爲'瓊嶽','竹馬'爲'篠驂','月兔'爲'魄兔',進士效之,謂澀體。"可見,"變易求新"的手段之一就是使用同物異名詞來使詩意的表達"迂曲",從而實現詩歌新奇的藝術效果。故對同物異名的研究也就成爲詩話論述的一部分。

　　再次,一般來說,詩話大致可以分爲"論詩及事"和"論詩及辭"兩類,但到了南宋,這兩類之間的界限開始變得越來越模糊,正像郭紹虞言"可以辭中及事,可以事中及辭。這是宋人詩話與唐人論詩之著之分別。因此,宋人詩話又往往走上考據或注釋一條路"③。這就直接點明了詩話在語言文字學方面的價值。

　　另外,詩話有可供系統研究的語料數量。就吳文治主編的《中國詩話全編》來看,包括"七百萬字的《宋詩話全編》",收錄"宋代詩話五百六十二家";"八百萬字的《明詩話全編》",收錄"明代詩話七百二十二家";"約三百萬字的《遼金元詩話全編》",收錄"遼、金、元詩話四百一十九家"。再加上清代詩話,就構成了中國詩話研究的一個巨大的語料寶藏,爲我們的研究提供了基礎。

---

① 徐宗才:《俗語》,商務印書館 1999 年版,第 21 頁。
② 莫礪鋒:《論宋代杜詩注釋的特點與成就》,《中華文史論叢》2006 年第 1 期。
③ 郭紹虞:《宋詩話輯佚》,中華書局 1980 年版,第 2 頁。

（二）研究意義

具體來說，《歷代詩話中語言文字學論述整理与研究》的意義有以下幾點：

1.彙集詩話中的語言文字學資料，有利於建立歷代詩話語言學史料語料庫。2.將詩話中透漏出來的語言學思想進行系統總結，並與現代語言學理論相結合，有利於指導語言的研究工作，而且對改進整個中國傳統語言學的方法論具有重大的意義。3.對字典辭書編纂和通行詩歌注本有補充和修正作用。4.是研究民俗語言的可靠依據。歷代詩話收錄了很多與民俗有關的詞語，尤其是對民俗詞語得名理據的考證，有利於瞭解當時的民情風俗。5.詩話記載了大量的古音和方俗讀音，這些材料在漢語語音史上具有重要的價值。

四、語料選取和研究方法

（一）語料選取

本書選取詩話語料的時間段是宋代到清代之間，這和中國詩話創立於北宋，鼎盛於清代的發展歷程相一致。

中國的詩話資料浩如煙海，總體來說包括兩種類型：一類是著者自撰的詩話；一類是今人從古人筆記雜說當中輯出論詩部分，題一詩話之名而成的。這兩種詩話類型合起來就是學術界所說的廣義的詩話。《宋詩話全編》《遼金元詩話全編》《明詩話全編》就是由這兩種詩話類型匯編而成的，而王夫之、郭紹虞編輯的《清詩話》《清詩話續編》僅僅是著者自撰詩話的匯編。總而言之，本書的詩話語料以《宋詩話全編》《宋人詩話外編》《宋詩話輯佚》《遼金元詩話全編》《明詩話全編》《全明詩話》《清詩話》《清詩話續編》《隨園詩話》《歷代詩話》（清吳景旭）《詩話總龜》《苕溪漁隱叢話》《詩人玉屑》《帶經堂詩話》《歷代詩話》（清何文煥）《歷代詩話續編》爲主，而以《四庫全書·集部·詩文評類》《續修四庫全書·集部·詩文評類》《中國歷代詩話選》與目前學術界對詩話語料的輯佚成果作爲輔助資料。現將本書所用詩話材料的版本情况按出版时间列表說明如下。

表 1　詩話材料的版本情況

書名	著者或編者	出版日期	出版單位
歷代詩話	吳景旭	1958 年	中華書局
苕溪漁隱叢話	胡仔	1962 年	人民文學出版社
帶經堂詩話	王士禎	1963 年	人民文學出版社
清詩話	王夫之等	1978 年	上海古籍出版社
詩人玉屑	魏慶之	1978 年	上海古籍出版社
宋詩話輯佚	郭紹虞	1980 年	中華書局
隨園詩話	袁枚	1982 年	人民文學出版社
歷代詩話	何文煥	1981 年	中華書局
清詩話續編	郭紹虞	1983 年	上海古籍出版社
歷代詩話續編	丁福保	1983 年	中華書局
竹坡詩話	何汝	1984 年	中華書局
中國歷代詩話選	王大鵬等	1995 年	嶽麓書社
宋人詩話外編	程毅中	1996 年	國際文化出版公司
宋詩話全編	吳文治	1998 年	江蘇古籍出版社
全明詩話	周維德	2005 年	齊魯書社
明詩話全編	吳文治	2006 年	鳳凰出版社
遼金元詩話全編	吳文治	2006 年	鳳凰出版社
詩話總龜	阮閱	2006 年	人民文學出版社

（二）研究方法

在研究過程中，主要採取以下幾種方法：

1.描寫和解釋、共時與歷時相結合的方法。對歷代詩話所釋內容除了做共時平面上的描寫分類外，並充分利用相關文獻對其來龍去脈做歷史考察。2.歸納法。詩話著者在對某一問題的研究過程中雖然沒有系統地總結方法論的文字，但是，他們在有意或無意地運用一些科學方法則是不可否認的事實，將其方法進行歸納整理，不僅可以開闊傳統訓詁學的研究視野，而且可以爲整個語言學研究服務。3.比較匯證法。收集文獻典籍中有關的語言用例，進行比較辨析，從而歸納出語詞的準確含義。4.參證方言法。古代的一些詞語和語音雖然在某個地域消失了，但可能保留在其他地域中，利用保留在方志中的詞語和語音資料，去印證詩話文獻中的詞義和讀音，即爲參證方言法。

五、引書凡例

關於本書的引文，需要說明以下兩點：

1.詩話本身引書繁多，由於形近，音近、義近導致的訛字以及詞序倒置等情況，使得一些引文已非原來面目，故需要先做校勘，本書的處理方法是以按語或腳注形式處理。

2.古代的典籍一般都不標點，本書在引用這些文獻時，酌加新式標點。一些有標點斷句的整理本，如標點斷句有誤，參校其他各本進行改正，如不礙文意者，則概不出校。

第一章　歷代詩話中語言文字
學論述之文字研究

　　這裏所說的文字研究，不是單純的漢字形體研究，而是語文學的研究，即綜合漢字形、音、義，且在校勘中考訂深研，正如清戴震所說："字學、故訓、音聲未始相離，聲與音又經緯衡從宜辨。"① 在詩話中的表現主要是漢字在使用過程中所產生的種種情況，如通假字、異體字、古今字、避諱字、訛字等，這些用字現象蘊含在語詞本字的探求、異文的分析和聯綿詞異形的繫連中。

第一節　語詞本字的探求

　　本字是與借字對應出現的一個概念，正如清王引之《經義述聞》卷三十二《通說下十二條·經文假借》言："至於經典古字，聲近而通，則有不限於無字之假借者，往往本字見存，而古本則不用本字，而用同聲之字。學者改本字讀之，則怡然理順；依借字解之，則以文害辭。"② 故探求本字最根本的方法就是從聲音着手，通過考求語詞本字，可以瞭解詞語的來歷和含義。

---

① 張岱年主編：《戴震全書》第六冊，黃山書社 1995 年版，第 371 頁。
② （清）王引之：《經義述聞》，江蘇古籍出版社 1985 年版，第 756 頁。

一、雅言詞本字的探求

(一) 劃

詞人多用"劃"字。杜甫詩《久居夔府將適江陵》云："勞心依憩息，朗詠劃昭蘇。"《荊南述懷》云："得喪初雖失，榮枯劃易乖。"退之《聽穎師彈琴》云："昵昵兒女語，恩怨相爾汝。劃然變軒昂，勇士赴敵場。"東坡《後赤壁賦》："劃然長嘯，草木振動。""劃"之一字，蓋出於《莊子‧內篇‧養生主》內："庖丁解牛，砉（呼鵙）然嚮（許丈）然，奏刀騞（呼獲）然。""騞""劃"雖不同，而古字音聲相近者皆通用。(《李冶詩話》，見《遼金元詩話全編》第 453 頁)

按，出自《敬齋古今黈》卷七。《荊南述懷》當作"得喪初難識，榮枯劃易該"。清楊倫《杜詩鏡銓》卷十九："言一己之榮枯易曉，國事之得喪難知。二句上下轉捩處。"①《說文‧刀部》："劃，錐刀畫曰劃。从刀畫，畫亦聲。"段玉裁注："'畫'字各本無，今補。謂錐刀之末所畫謂之劃也。"朱駿聲通訓定聲："劃，錐刀曰畫。从刀，从畫，會意。畫亦聲。古文从古文畫，此古文畫《說文》本在'畫'篆下，按當爲'劃'之古文，今移置於此。其實'劃'字後出，即'畫'字轉注之意。轉注字亦作'砉'。《莊子‧養生主》：'砉然嚮然。'司馬注：'皮骨相離聲。'按字宜从石圭聲，字又作'騞'。《列子‧湯問》：'騞然而過。'釋文：'破聲。'《西征賦》'繣瓦解而冰泮'注：'繣，破聲也。'字作'繣'。"《廣韻‧麥韻》胡麥切："劃，錐刀刻。"匣母。又呼麥切，曉母，與"劃，破聲"同一小韻。騞：《切韻‧麥韻》："破聲。"《集韻‧陌韻》霍虢切："砉，皮骨相離聲。"又："騞，解牛聲。《莊子》'奏刀騞然'。"曉母。可見，"劃""騞"聲母"匣""曉"爲旁紐；"劃"又音"呼麥切"，則與"砉""騞"同音。因破聲時間短暫，發生突然，故"騞"又可引申出"快速；忽然"義。唐慧琳《一切經音義》卷三十四："騞，忽也。"李氏引杜詩"朗詠劃昭蘇"，"劃"讀爲"騞"，忽然。

---

① （唐）杜甫著，（清）楊倫箋注：《杜詩鏡銓》，上海古籍出版社 1962 年版，第 929 頁。

（二）較

問：“《萬章下》‘孔子亦獵較’者何？”對曰：“趙氏以爲田獵相較奪禽獸，以供祭祀。孔子亦同於俗。集注因之。陸氏《翼孟》云：“‘較’字本作“較”於岳切。《詩》所謂‘猗重較兮’，‘較’說音‘較’久矣，孟子借用音‘角’，則‘角逐’之義。《左傳》：‘晉人角之。’此義爲長。若比較得禽多少，則孔子之範我馳驅必不及魯人之所獲矣。‘較’、‘角’同音，‘不以文害辭’可也，亦孟子說詩之法。”（《何異孫詩話》，見《遼金元詩話全編》第 1167 頁）

按，出自《十一經問對》卷二《孟子》。何氏旨在說明“較”與“角”通用，是。《詩經·衛風·淇奧》：“寬兮綽兮，猗重較兮。”陸德明釋文：“較，古岳反。車兩傍上出軾也。”故詩話材料中的“於岳切”當作“古岳反”。朱熹集傳：“重較，卿士之車也。較兩輢上出軾者，謂車兩傍也。”“較”作爲車廂兩旁的橫木，同“較”。《說文·車部》：“較，車輢上曲銅也。从車，爻聲。”較：上古音爲見母宵部去聲[1]。角：上古音爲見母屋部入聲。二字聲母相同，韻部可通轉，故“較”與“角”音近可通。《六書故·工事三》：“較，借爲較競之較，與角通。”《正字通·車部》：“較，相競也。”故孟子所說之“獵較”，即爲互相爭奪獵物。後常作爲詠入鄉隨俗的典故。如唐韓愈《答柳柳州食蝦蟆》：“獵較務同俗，全身斯爲孝。”宋王安石《招丁元珍》：“畫墁聊取食，獵較久隨時。”

（三）擐

擐，陸德明云：“音宣。”依《字林》作揎，捋臂也。先全反，舊音患，非。《禮·王制》：“贏[2]股肱，決射御。”注亦謂“擐衣出其臂。”今按：擐，音宣是也。宣，今揎字。時俗有“裸袖揎拳”之語，東坡詩：“玉腕半揎雲碧袖。”（《楊慎詩話》，見《明詩話全編》第 2870 頁）

---

① 本書所用的上古音均采自唐作藩：《上古音手冊》，江蘇人民出版社 1982 年版。
② 當作“贏”。

按，出自《升菴經說》卷八《擐衣出其臂》①。《字林》作"撋"，非"撋"。《說文·手部》："擐，貫也。从手，睘聲。《春秋傳》曰：'擐甲執兵。'"撋：《廣韻》"須緣切，心母仙韻平聲。""須緣切"即"先全反"。《集韻·暎韻》："俋肱也。"《禮記·王制》"贏股肱"漢鄭玄注："謂擐衣出其臂脛。"南北朝顏之推《顏氏家訓·書證》："《禮·王制》云：'贏股肱。'鄭注云：'謂撋衣出其臂脛。'今書皆作'擐甲'之'擐'。國子博士蕭該云：'擐當作撋，音宣，擐是穿著之名，非出臂之義。'案《字林》，蕭讀是，徐爰音'患'，非是。"唐陸德明釋文："擐，舊音患，今讀宜言宣，依字作撋。《字林》：'撋，撋臂也。'"故可知"擐"通"撋"。又《廣韻·仙韻》："撋"，同"揎"，即挽起或捋起袖子露出手臂。故楊慎進一步言"擐"當爲"揎"。揎：《廣韻》須緣切，心母仙韻平聲。《玉篇·手部》："捋也。"《集韻·僊韻》："手發衣。"如《敦煌變文校注·廬山遠公話》："於是遠公爲破疑情，宣其左膊，果然腕有肉環，放大光明，聽眾皆普見。"這裏的"宣"，後寫作"揎"。

（四）斯

"狄之水兮風揚波，舟楫顛倒更相加，歸來歸來斯爲斯。"斯，《合韻》："音莎"，如《楚辭》之"些"。（《楊慎詩話》，見《明詩話全編》第 2822 頁）

按，出自《升菴外集》卷二十一《器用·臨河歌孔子》。北魏酈道元《水經注》卷五《河水》："夫《琴操》以爲孔子臨狄水而歌矣。曰：狄水衍兮風揚波，船楫顛倒更相加。"②清馬驌《繹史》卷八十六《孔子類記》引《水經注》下有"歸來歸來胡爲斯"句。故沈德潛《古詩源》卷一《臨河歌》言："狄水衍兮風揚波。船楫顛倒更相加。歸來歸來胡爲斯。"③斯"音"莎"，是古音由"支"部轉入"歌"部，本字正是"些"字，爲"楚語辭"。《廣韻·箇韻》蘇箇切："些，楚語辭。"楊慎所言"《楚辭》之些"，今《楚辭》

① （明）楊慎：《升庵經說》，商務印書館《叢書集成初編》本，1936 年版，第 131 頁。
② （北魏）酈道元：《水經注》，時代文藝出版社 2001 年版，第 41 頁。
③ （清）沈德潛選：《古詩源》，中華書局 1963 年版，第 14 頁。

作"些"。尐：《詳校篇海·此部》："尐，少也。或作尐。"些：《說文·此部新附》："語辭也。見《楚辭》。從此，從二。其義未詳。"宋沈括《夢溪筆談》卷三《辨證一》："《楚辭·招魂》尾句皆曰些蘇箇反，今夔峽、湖湘及南北江獠人，凡禁呪句尾皆稱些，此乃楚人舊俗。"① 王觀國《學林》卷四《方俗聲語》："宋玉《招魂》每句下有'些'字，些音蘇箇切，楚人語言之助聲也。宋玉於招魂之辭用之，從其類也。"②"些"與"乎"乃一聲之轉。黃易青《上古後期通語與中原、齊魯、楚方言見章精三組聲母的交替》一文認爲："'些'是'兮'之聲轉，'兮'是'呵'之細音，呵、乎曉匣旁紐。呵虎何切，曉母；《廣韻》：'些。楚語詞，蘇箇切。'心母。"③《說文·兮部》："乎，語之餘也。"實際上，早在東漢，王逸就意識到"些"與"乎"的關係，直接用"乎"來解釋"些"。《楚辭·招魂》："何爲四方些？"王逸注："何爲去君之常體，而遠之四方乎？"

（五）冶

古"冶"字，或借作"野"。金陵有冶城，揚子江有梅根野，或作"冶"字，而音渚。齊武帝詩："昨經樊鄧役，阻潮梅根冶。深懷悵往事，意滿辭不敍。"劉文房詩："落日蕪湖色，空山梅冶烟。"孟浩然："水溢梅根冶，烟迷楊葉洲。"皆以"冶"爲"野"也。（《楊慎詩話》，見《明詩話全編》第 2782—2783 頁）

按，出自《升菴全集》卷六十四《冶作野》④。孟浩然詩當作"火識梅根冶"。前"火"，後"煙"，正相呼應。楊慎舉證"冶"通"野"，甚是。清朱駿聲《說文通訓定聲·頤部》"冶"謂"叚借爲野。《易·繫辭傳》'冶容誨淫'，

---

① （宋）沈括：《夢溪筆談補筆談》，《景印文淵閣四庫全書》第 862 冊，第 718 頁。
② （宋）王觀國撰，田瑞娟點校：《學林》，中華書局 1988 年版，第 130 頁。
③ 北京師範大學民俗典籍文字研究中心編：《民俗典籍文字研究》（第五輯），商務印書館 2008 年版，第 293 頁。
④ （明）楊慎：《升庵全集》，王雲五主編：《萬有文庫》第二集七百種，商務印書館 1937 年版，第 825 頁。

陸虞姚王本皆正作野”，是其證。但楊氏言“音渚”，則不知何據。宋吳棫《韻補》卷三上聲“八語·野”下注：“上與切。”《篇海類編·地理類·里部》：“野，古墅字。以其借爲郊野，字復加土字。”清王筠《說文解字句讀補正》：“然則野者，墅之古字也；墅者，野之古音也。”《廣韻·語韻》“野”“墅”同一小韻，音承與切。“冶”音“墅”，清人已辨。顧炎武《荅李子德書》：“齊武帝《估客樂》：‘昔經樊鄧役，阻潮梅根冶。淰懷悵往事，意滿辭不敘。’今本改‘冶’爲‘渚’，不知《宋書·百官志》江南有梅根及冶塘二冶，而古人讀‘冶’爲‘墅’，正與‘敘’爲韻也。”①

（六）跫

梅聖俞《送寧鄉令張沆》詩：“長沙過洞庭，水泊風搖矴。青山接夷蠻，白晝鳴鶍鶏。竹存帝女啼，夔學林雍跫。不嫌卑濕憂，清風入詩興。”“跫”字出《左傳》：“刖林雍之足，鋞而乘於車。”從金，此字《正韻》兩存之。（清宋長白《柳亭詩話》卷十三，《續修四庫全書》第 1700 冊，第 231 頁。以下徑出卷次與頁碼）

按，“跫”字出《左傳·昭公二十六年》：“苑子刖林雍，斷其足，跫而乘於他車以歸。”杜預注：“跫，一足行。”“跫”《廣韻》有平去二聲：去盈切，溪母清韻平聲。又苦定切。《說文》未收此字。《玉篇·足部》：“跫，丘盛切，一足行兒。”“跫”字，一作“鋞”。清雷浚《說文外編》卷十二：“《足部》無跫字，今《左傳》作鋞，是謂同音通用。”桂馥《說文解字義證》：“馥謂：杜預本作跫，故訓一足行。後轉寫變爲鋞。《玉篇》‘跫，一足行兒’，《廣韻》‘跫，一足跳行’。《五經文字》‘鋞，金聲也，又一足行兒’。一文二義，是唐本已脫跫字矣。”鋞：《廣韻》去盈切，溪母清韻平聲。又苦定切。可見二字讀音相同。《說文·金部》：“鋞，金聲也。从金，輕聲。讀若《春秋傳》‘鋞而乘於它車’。”“鋞”、“跫”同音異義，在“一隻腳跳行”義上，本字作“跫”。

---

① （清）顧炎武著：《音學五書》，中華書局 1982 年版，第 6 頁。

（七）投

《懷錦水居止》云：“遠投錦江波。”吳旦生曰：“古音載，投，音豆，其義有三，皆假借也。一借爲逗留之逗。唐盧潘《辯合肥文》：‘西投於江淮。’杜詩：‘遠投錦江波。’一借爲句讀之讀。馬融《長笛賦》：‘察度於句投。’注：‘猶章句也，亦作句讀。’一借爲酘酒之酘。梁元帝《樂府》：‘宜城投酒今行熟。’酘酒，重釀酒也。《北堂書鈔》云：‘宜城九醞酒曰酘酒。’”（清吳景旭《歷代詩話》第 446—447 頁）

按，“古音載，投，音豆”當作“古音載投音豆”。上述材料，亦見於明焦竑《焦氏筆乘》卷四《杜詩用投字》[1]。“投”有二音：《廣韻》度侯切，定母侯韻平聲。又《集韻》大透切，定母侯韻去聲。逗：《廣韻》田候切，定母侯韻去聲。“投”“逗”音同可通。《集韻·候韻》：“逗，《說文》：‘止也。’或作投。”唐杜甫《懷錦水居止二首》其一：“朝朝巫峽水，遠投錦江波。”一本作“逗”。讀：《集韻》大透切，定母侯韻去聲。“投”“讀”音同可通。《文選·馬融〈長笛賦〉》：“觀法於節奏，察變於句投。”李善注：“《説文》曰：‘逗，止也。’投與逗古字通。音豆。投，句之所止也。”明李翊《戒庵老人漫筆》卷五《句逗》：“《法華經》云：‘若於此經忘失句逗。’儒書中作句讀，音豆。又作‘句投’。”[2] 酘：《廣韻》徒侯切，定母侯韻去聲。“投”“酘”音同可通。清桂馥《札樸》卷九《鄉里舊聞·酘酒》：“《字林》：‘酘，重醞也。’……《字通》作‘投’。”[3] 梁簡文帝《烏棲曲四首》其二：“宜城投酒今行熟。”逯欽立案“投酒”：“當爲酘酒。”[4]

此外，投又通“骰”。骰子。《古文苑·班固〈弈旨〉》：“夫搏懸於投，不專在行。”章樵注：“投，今作‘骰’，博具也，以骨爲之。”又通“殳”。古代兵器。“投”“殳”二字聲母爲鄰紐，且同爲侯部，故音近可通。《秦簡·法律答問》：“小畜生人入室，室人以投梃伐殺之。”投，李學勤等注作“殳”。

---

① （明）焦竑撰，李劍雄點校：《焦氏筆乘》，上海古籍出版社 1986 年版，第 119—120 頁。
② （明）李翊撰，魏連科點校：《戒庵老人漫筆》，中華書局 1982 年版，第 190—191 頁。
③ （清）桂馥撰，趙智海點校：《札樸》，中華書局 1992 年版，第 368 頁。
④ 逯欽立輯校：《先秦漢魏晉南北朝詩》，中華書局 1983 年版，第 1922 頁。

可參看王海根《古代漢語通假字大字典》"手（扌）部·投"①。

（八）脈

古詩"盈盈一水間，脈脈不得語"；杜詩"微微向日薄，脈脈去人遙"。古詩以牛女相去河漢一水之間，不得與語，意甚含蓄。此古詩之妙也。杜亦是雪詩絕唱。然二"脈脈"字不可解。按"脈"，《說文》"血理之分，衺行體中者"。古詩"脈脈"，當作"覛覛"。《爾雅》"覛，相視貌"。謂相去雖近，彼此盼視，而語不相通，意篤至矣。杜詩"脈脈"，當作"驀驀"。《增韻》"驀，越也"。謂空中之雪，愈望愈遠。"脈脈去人遙"，猶言"越越去人遠"也。古字通用，若直以"脈"字求之，不得其意矣。（《周祈詩話》，見《明詩話全編》第 11107 頁）

按，出自《名義考》卷八《人部·脉脉》②。"古詩"即漢無名氏《古詩十九首》之《迢迢牽牛星》。"脈脈"，讀爲"覛覛"。《說文·辰部》："𪧐，血理分衺行體者。……脈，𪧐或从肉。"故詩話引《說文》"衰"當是"衺"字形訛，失校。又，"覛，衺視也。"段玉裁注："按'覛'與《目部》'眽'通用。"又《目部》："眽，目財視也。从目，辰聲。"桂馥義證："'目財視也'者，《廣韻》'眽'與'覛'同。《釋詁》：'覛，相也。'郭注：'覛謂相視也。'馥疑'財'爲'相'之誤。《文選》古詩'眽眽不得語'，李善云：'眽眽，相視貌。'"是桂氏引《文選》徑作"眽眽"。而《文選》胡刻本作"脉脉"，李善注："《爾雅》曰：'脉，相視也。'郭璞曰：'脉脉，謂相視貌也。'"六臣本亦作"脉脉"，謂"五臣作'脈脈'"。韋召注《國語·周語上》："覛，音脈，視也。"《廣韻·麥韻》："眽，《說文》曰：'目財視也。'覛，《爾雅》云：'相也。'《說文》本莫狄切，衺視也。䀪，籀文。"清況周頤《蕙風詞話》卷四："古詩'眽眽不得語'，宋詞'眽斷'字作'脈'，誤。"③"眽眽不得語"即常言"相視無語"。杜詩"脈脈去人遙"，"脈脈"讀爲"驀驀"。《說文·馬部》："驀，

---

① 王海根：《古代漢語通假字大字典》，福建人民出版社 2006 年版，第 345 頁。

② （明）周祈：《名義考》，《景印文淵閣四庫全書》第 856 冊，第 385—386 頁。

③ （清）況周頤、王國維：《蕙風詞話　人間詞話》，人民文學出版社 1960 年版，第 110 頁。

上馬。"引申出"超越、跨過"義。唐慧琳《一切經音義》卷三十六："驀，《考聲》：'踰越也。'"《廣韻》莫白切，明母陌韻入聲。"脈""驀"二字音近可通。清仇兆鰲《杜詩詳注》卷十四謂"脈脈去人遙"句用"吳均詩：脈脈留南浦"①。此詩當爲南朝梁何遜《與崔錄事別兼敘攜手》詩，言"脈脈留南浦，悠悠返上京"。

（九）繩

《春秋左氏傳》曰："晉侯以齊侯宴，中行穆子相。投壺，晉侯先。穆子曰：'有酒如淮，有肉如坻。寡君中此，爲諸侯師。'中之。齊侯舉矢曰：'有酒如澠，有肉如陵。寡人中此，與君代興。'"杜預注曰："澠水出齊國臨淄縣北，入時水。"故《列子》曰："口將爽者，先辨淄、澠。"蓋謂淄水與澠水也。劉沆嘗使契丹，契丹與之宴，契丹曰："有酒如繩，繫行人而不住。"意謂劉未有以對也。劉應聲曰："在北曰狄，吹《出塞》以何妨。"按字書，澠，水名，在齊。繩，直也，索也。此自是兩字不通用，然古人多假借字，故用澠爲繩。杜子美《贈汝陽王》詩曰："且持蠡測海，況把酒如繩。"又《簡薛華醉歌》曰："願吹野水添金杯，如繩之酒常快意"，如此類借用繩字固無害。如契丹使云"繫行人而不住"，則真訓釋以爲繩索之繩，恐不可也。又杜子美《寄劉峽州》詩曰："伏枕思瓊木，臨軒對玉繩。"又曰："展懷詩誦魯，割愛酒如繩。"一篇押二繩字，命意不同，然莫若用如繩爲如澠，則適得其當，或是編集子美詩者誤耳。（王觀國《學林》卷九，見《宋人詩話外編》第498頁）

按，唐杜甫《寄劉峽州伯華使君四十韻》："展懷詩誦魯，割愛酒如繩。""繩"，讀爲"澠"。"酒如澠"或"如澠酒"，常用來形容酒肉豐富。"繩""澠"二字中古音同爲"食陵切"，故可相通。清仇兆鰲《杜詩詳注》錄此詩作"澠"，正用本字。

---

① （唐）杜甫著，（清）仇兆鰲注：《杜詩詳注》，中華書局1979年版，第1246頁。

（十）踏

李賀《感諷》詩："縣官踏殄去，簿吏復登堂。"《禮記》：毋嚃羹。㪷，大歠也。又《說文》：舑，歠也，若犬之以口取食。並托合切。今轉用俗字達合切爲踏，見暴吏踐躪小民無顧恤之意。遟叟。（胡震亨《唐音癸籤》卷二十四，見《全明詩話》第 3758 頁）

按，李詩見《感諷五首》其一，清王琦《李長吉歌詩匯解》卷二："踏殄，飽食之意。"[1]"踏"本字當作"舑"。《說文·舌部》："歠也。"徐鍇繫傳："謂若犬以口取食也。"王筠句讀："舑，《玉篇》作𦧇，云'大食也'。"故詩話中的"㪷"字，當作"嚃"。"𦧇"同"舑"。"踏""舑"二字《廣韻·合韻》同一小韻，音"他合切"，亦即"托合切"，故音同可通。

二、方俗詞本字的探求

（一）妥

潘邠老云："花妥鶯梢蝶，溪喧獺趁魚。"妥音墮，乃韻。邠老不知秦音，以落爲妥上聲，如曰雨妥花妥之類，少陵，秦人也。（邵博《邵氏聞見後錄》卷十七，見《宋人詩話外編》第 356 頁）

杜陵詩："花妥鶯捎蝶，溪喧獺趁魚。"釋者謂妥訓落，非也。蓋妥與墮同聲，當作墮字，傳寫之誤也。一說古字妥墮通用。（孫奕《履齋示兒編》卷十，見《宋人詩話外編》第 1144 頁）

三山老人《語錄》云："《重過何氏》詩云：'花妥鶯梢蝶，溪喧獺趁魚。'西北方言以墮爲妥，花妥即花墮也。"（宋胡仔《苕溪漁隱叢話前集》第 63 頁）

按，《廣韻·果韻》他果切："妥，安也。"透母上聲。清段玉裁《說文解字注·女部》："妥與蛻、脫、尵聲義皆近。如花妥爲花落。凡物落必安止於地也。"《廣韻·果韻》徒果切："墮，落也。"定母上聲。"妥"與"墮"

---

① （唐）李賀著，（清）王琦等注：《李賀詩歌集注》，上海人民出版社 1977 年版，第 156 頁。

音近可通。胡竹安認爲"妥""墮"實爲"嚲"的借字，表示下垂貌[①]。《廣韻·哿韻》丁可切："嚲，垂下皃。"端母上聲。"嚲""妥""墮"同爲舌音、果攝，故音近可通。王啟濤又利用今四川方言，提出"'妥'的確切含義是：'垂到地上，但還是與上端連着'"[②]。然而魏耕原《杜詩疑難語詞疑議》一文從杜甫此詩的創作時間與辭例出發，對王啟濤的意見進行了否定，並提出"妥"通"墮"，"花妥"應釋爲"花落"，並據《禮記·曲禮下》："天子，視不上袷，不下於帶。國君，綏視。"東漢鄭玄注："綏，讀爲妥。妥視，謂視上於袷。"唐孔穎達疏："妥，下也。若臣視君，目不得取看於面，當視面下。袷上。"提出"妥"的"下垂、低垂"義當是從"墮落、飄落"義滋生出來的[③]。所言甚是。據"相因生義"[④]理論，"墮"也有下垂義。如唐顧況《春游曲二首》其二："柘彈連錢馬，銀鈎妥墮鬟。""妥墮"同義連文，表示搖曳下垂的樣子。李賀《美人梳頭歌》："西施曉夢綃帳寒，香鬟墮髻半沉檀。""墮髻半沉檀"指"髮髻垂向枕頭一側"。

（二）步

韓文："步有新船。"不知者改爲"涉"。《朱子·考異》已著其謬。蓋南方謂水際曰"步"，音義與"浦"通。《孔戡墓志》："蕃舶至步，有下碇稅。"即以韓文證韓文可也。柳子厚《鐵鑪步志》云："江之滸，凡舟可縻而上下曰步。"《水經》云："東北徑王步，蓋齊王之渚步也。"又云："鸚鵡洲對岸有炭步，今湖南有縣名城步。"《青箱雜記》："嶺南謂村市曰墟，水津曰步。'僧步'即漁人施罾處也。"張勃《吳録》：地名有"龜步""魚步"。揚州有"瓜步"。羅含《湘中記》有靈妃步，《金陵圖志》有邀笛步，王徽之邀桓伊吹笛處。溫庭筠詩："妾住金陵步，門前朱雀

① 胡竹安：《中古白話及其訓詁的研究》，《天津師範大學學報》1983年第5期。

② 王啟濤：《杜詩疑難詞語考辨》，《杜甫研究學刊》1997年第2期。

③ 魏耕原：《杜詩疑難語詞疑議》，《唐宋詩詞語詞考釋》，商務印書館2006年版，第113—114頁。

④ 蔣紹愚：《古漢語詞彙綱要》，北京大學出版社1989年版，第82頁。

航。"《樹萱録》載臺城故妓詩曰:"那堪回首處,江步野棠飛。"東坡詩:
"蕭然三家步,横此萬斛舟。"元成原常有《寄紫步劉子彬》詩云:"紫
步於今無士馬,滄溟何處有神仙?"字又作"埠",今人呼船儈曰"埠頭"。
律文"私充牙行埠頭",即此義也。(《王昌會詩話》,見《明詩話全編》
第 8462 頁)

按,"《朱子·考異》"不知所云,當作"朱子《考異》",指朱熹《韓文
考異》。所謂"已著其謬",見《朱文公校昌黎先生集》卷三十一《柳州羅
池廟碑》"宅有新屋,步有新船",考異云:"'步'或作'涉'。方云:柳子
厚《鐵爐步志》曰:'江之滸,凡舟可縻而上下曰步。'今按《孔戣志》亦
有'泊步'字。"

詩話材料亦見於明楊慎《譚苑醍醐》卷三《浦即步考》①。步:水邊停船處。
南朝梁任昉《述異記》卷下:"吳楚間謂浦爲步,語之訛耳。"浦:《說文·水
部》:"瀕也。"《廣韻》滂古切,滂母姥韻上聲。步:《廣韻》薄故切,並母暮
韻去聲。"浦"與"步"二字同爲唇音、遇攝,故音近義通。宋、元以後寫
作"埠"。清翟灝《通俗編》卷二《地理·步》:"俗謂問渡處曰埠頭,據諸
書當作步字,而《宋史》皆從俗作埠。"②

(三)牢九

放翁《與村鄰聚飲》詩:"蟹供牢九美,魚煮膾殘香。"自注:"聞人
懋德言,《餅賦》中所謂'牢九',今包子也。"又有《食野味包子》詩:
"疊雙初中鵠,牢九已登盤。"或謂牢九者丸也,即蒸餅。宋諱丸字,
去一點,相承已久,未知孰是?(《盛如梓詩話》,見《遼金元詩話全編》
第 1179 頁)

《藝文類聚》載束皙《餅賦》,有"牢九"之目,蓋食具名也。東坡
詩以"牢九具"對"真一酒",誠工矣,然不知爲何物?後見《酉陽雜俎》

---

① (明)楊慎:《譚苑醍醐》,中華書局 1985 年版,第 23 頁。
② (清)翟灝:《通俗編》(附《直語補正》),商務印書館 1958 年版,第 40 頁。

引伊尹書有籠上牢丸、湯中牢丸，"九"字乃是"丸"字。詩人貪奇趁韻，而不知其誤，雖東坡亦不能免也。"牢丸"即今之湯餅是也。（明俞弁《逸老堂詩話》卷上，見《歷代詩話續編》第 1302—1303 頁）

按，首條出自《庶齋老學叢談》卷下①。牢九，作爲一種食物名稱，本作"牢丸"。但關於"牢丸"，或言包子，或言饅頭、湯團、蒸餅、米丸等，眾說紛紜。明方以智《通雅》卷三十九《飲食·牢九乃牢丸也》："段成式《食品》有：'籠上牢丸，湯中牢丸。'元美曰：即子瞻誤以爲牢九者也。東坡《惠州》詩：'豈惟牢九薦，古味要使真。'然晉已誤用之，束晳賦：'終歲飽食，惟牢九乎？'注：'牢九，饅頭類。'永叔《歸田錄》亦疑之。今陰氏《韻書》收此事入九字下，皆相沿未考。智按所謂籠上牢丸，乃饅頭扁食之類；湯中牢丸，乃今元宵湯丸或水餃餌之類。《說文》'餛，粉餅也'，即餌，後謂之粉角。北人讀角如矯，遂作餃餌。"②清徐文靖《管城碩記》卷二十九《通雅》否定"饅頭"說，而以爲"米丸"："按：束晳《餅賦》'饅頭薄持，起搜牢丸'，字仍作丸。而坡詩引用牢九，或偶見麻沙本耳。《韻府群玉》陽九、用九、牢九屬有韻，亦引束晳賦'終歲飽施，惟牢九乎'？蓋又以坡詩誤也。盧諶《雜祭法》曰：'春祠用饅頭、湯餅、髓餅、牢丸。夏秋冬亦如之。'《雜祭法》及《餅賦》皆有饅頭，又皆有牢丸，則牢丸非饅頭，可知矣。大抵籠上牢丸者，蒸米丸也。湯中牢丸者，煮米丸也。又按：東坡詩：'豈惟牢九薦古味，要使真一流天漿。'今截下四字，而以'豈惟牢九薦'爲句，亦誤。"③俞正燮《癸巳存稿》卷十《牢丸》則贊同"湯團"說："牢丸之爲物，必是湯團。宋以來多作牢九。陸游詩自注云：'聞人德懋言牢九是包子。'亦向壁之言。《老學叢談》云：'牢九者，牢丸也，即蒸餅。宋諱"丸"字，去一點，相承已久。'亦向壁之言。北宋《蘇軾集》已作'牢九'，豈知豫避靖康嫌名耶？其言丸去一點爲九，今市語九爲未丸，猶然。"④一說"'牢丸'爲食品名，

---

① （元）盛如梓：《庶齋老學叢談》，《景印文淵閣四庫全書》第 866 冊，第 558 頁。
② （明）方以智：《通雅》，《景印文淵閣四庫全書》第 857 冊，第 747 頁。
③ （清）徐文靖著，范祥雍點校：《管城碩記》，中華書局 1998 年版，第 543 頁。
④ （清）俞正燮：《癸巳存稿》，遼寧教育出版社 2003 年版，第 288—289 頁。

即湯圓，取其封合牢而呈丸狀之意"①。一說"牢丸"之"牢"取自"太牢""少牢"義②，如詩話引陸游詩，"牢九"就只能解釋爲肉包子。從以上的分析可知，"牢丸"可指代多種食物，但這些食物都具有小而圓的特點。

（四）端午

端午之號，同于重九；角黍之事，肇于風俗。昔日屈原懷沙忠死，後人每年以五色絲絡粗粆而弔之，此其始也。後世以"五"字爲"午"，則誤矣。（宋張表臣《珊瑚鉤詩話》卷二，見《歷代詩話》第461頁）

按，"五""午"二字，上古音皆爲疑母魚部上聲，故音同可通。但從"端午"得名理據來看，本字當爲"五"。關於這種說法，學者多有論述。宋呂原明《歲時雜記·端五》："京師市塵人，以五月初一爲端一，初二日爲端二，數以至五，謂之端五。"清光緒八年《歸安縣志》卷十二《輿地略十二·風俗·五月》："初五日爲天中節，亦稱端五。"一說，"唐玄宗的生日爲陰曆八月五日，公諱'五'，所以改'五'爲'午'"③。"端五"亦稱"單五""冬五"。清富察敦崇《燕京歲時記·端陽》："京師謂端陽爲五月節，初五日爲五月單五，蓋端字之轉音也。"④董鴻毅《寧波俚語漫談·癩絲避冬五》："在口語裏，寧波人就把'端'念成了'冬'。"⑤"單""端""冬"乃一聲之轉。

（五）蝦蟆陵、想夫憐、楊叛兒

《琵琶行》云："家在蝦蟆陵下住。"予按《國史補》云："舊說董仲舒墓門下，人至皆下馬，故謂之下馬陵，語訛爲蝦蟆陵。"故東坡詩云："隻雞敢忘喬公語，下馬聊尋董相墳"，又《謝徐朝奉啟》云："過而下馬，

---

① 向熹：《避諱與漢語（三）》，《漢語史研究集刊》（第四輯），巴蜀書社2001年版，第214頁。

② 孔祥賢：《陸遊飲食詩選注》，中國商業出版社1989年版，第188頁。

③ 王艾錄、司富珍：《漢語的語詞理據》，商務印書館2001年版，第36頁。

④ （清）潘榮陛、富察敦崇：《帝京歲時紀勝燕京歲時記》，北京古籍出版社1981年版，第65頁。

⑤ 董鴻毅：《寧波俚語漫談》，寧波出版社2009年版，第150頁。

空瞻董相之陵"，蓋用此事。郭氏《佩觿》亦嘗論此云："長安董仲舒墓名曰下馬陵，今轉語爲蝦蟇陵，事出《黃京紀》。白氏《琵琶行》，蓋徇俗之過也。"予謂世俗訛謬極多。古樂府有《相府蓮》者，其後訛而爲《想夫憐》；藥名有"補骨脂"者，其後訛爲"破故紙"，亦豈下馬陵之類歟？（《叢話》後十三）（嚴有翼《藝苑雌黃》，見《宋詩話輯佚》第 560—561 頁）

　　齊梁以來，文士喜爲樂府辭，然沿襲之久，往往失其命題本意。……而甚有併其題失之者。如《相府蓮》訛爲《想夫憐》，《楊婆兒》訛爲《楊叛兒》之類是也。（《叢話》前一《竹莊》六《歷代》二十四）（蔡啓《蔡寬夫詩話》，見《宋詩話輯佚》第 379 頁）

按，蝦蟇陵，相傳爲"下馬陵"之譌。宋程大昌《雍錄》卷七《蝦蟇陵》："在萬年縣南六里。韋莊《西京記》云：'本董仲舒墓。'李肇《國史補》曰：'武帝幸宜春苑，唐芙蓉園。每至此下馬，時謂之下馬陵，歲遠訛爲蝦蟇陵也。'"[1] 元駱天驤《類編長安志》卷八《辨惑·蝦蟇陵》："本下馬陵。新說曰：'興慶池南煙脂坡大道東有蝦蟇陵。'《景龍文館記》曰：'乃漢董仲舒墓，文士過之，皆下馬，謂之下馬陵。俗謂蝦蟇陵。'《琵琶行》云：'家在蝦蟇陵下住。'下馬陵是也。"[2] 下：《廣韻》胡雅切，匣母馬韻上聲。又胡駕切。蝦：《廣韻》胡加切，匣母麻韻平聲。馬：《廣韻》莫下切，明母馬韻上聲。蟇：《廣韻》莫霞切，明母麻韻平聲。"下馬陵"音轉作"蝦蟇陵"，說明古上聲與平聲同調，此種現象，仍保存在今方言中。《長沙方言考》百十四《波》："今長沙謂循傍曰波，讀如伴。"[3]"波"古讀平聲，"伴"古讀上聲。

想夫憐：爲古樂府曲調"相府蓮"音譌。宋郭茂倩《樂府詩集》卷八十《近代曲辭》"相府蓮"條引《古解題》曰："相府蓮者，王儉爲南齊相，一時所辟，皆才名之士。時人以入儉府爲蓮花池，謂如紅蓮映綠水。今號蓮幕者自儉始。其後語訛爲'想夫憐'，亦名之醜爾。又有《簇拍相府蓮》。"[4]"相府蓮"

---

[1]　（宋）程大昌撰，黃永年點校：《雍錄》，中華書局 2002 年版，第 147 頁。

[2]　（元）駱天驤撰，黃永年點校：《類編長安志》，中華書局 1990 年版，第 265 頁。

[3]　楊樹達：《積微居小學金石論叢》（增訂本），科學出版社 1955 年版，第 170 頁。

[4]　（宋）郭茂倩編纂：《樂府詩集》，上海古籍出版社 1998 年版，第 852 頁。

音轉作"想夫憐",只是聲調存在區別。相:《廣韻》息亮切,心母漾韻去聲;府:《廣韻》方矩切,非母虞韻上聲;蓮、憐:《廣韻》落賢切,來母先韻平聲,同一小韻;想:《廣韻》細兩切,心母養韻上聲;夫:《廣韻》甫無切,非母虞韻平聲。喬全生言"'想'與'相',前者清上,後者清去,在今絳縣同調;'夫'與'府',前者爲清平,後者爲清上,與今晉方言陰平上調相同。這該是清上與清去、陰平與陰上同調的最早記載"①。

楊叛兒:本作"楊婆兒",樂府西曲歌名。清洪頤煊《諸史考異》卷十五《楊婆兒》:"《鬱林王本紀》:'在西州令女巫楊氏禱祀,速求天位。及文惠薨,謂由楊氏之力,倍加敬信,呼楊婆。宋氏以來,人間有《楊婆兒哥》,蓋由此徵也。頤煊案《袁彖傳》:於時爲文惠太子作楊畔歌,辭甚側麗,天子甚悅。《隋書·音樂志》:其歌曲有陽伴,後呼爲楊判兒,皆一曲一聲之轉。"②"楊婆兒"聲轉爲"楊判兒",婆:《廣韻》薄波切,並母戈韻平聲,歌部。判:《廣韻》普半切,滂母換韻去聲,元部。"婆""判"二字聲母爲旁紐,韻部對轉可通。

(六) 菩薩蠻

唐詞有《菩薩蠻》,不知其義。按小說,開元中南詔入貢,危髻金冠,瓔珞被體,故號菩薩蠻,因以製曲。佛經戒律云"香油塗身,華鬘被首"是也。白樂天《蠻子朝》詩曰"花鬘抖擻龍蛇動",是其證也。今曲名"鬘"作"蠻",非也。(明楊慎《升菴詩話》卷十,見《歷代詩話續編》第836頁)

《釋典》云:西域諸國婦女,編髮垂髻,飾以雜華,曰鬘。中國佛像瓔珞之飾,是其製也。彼土稱菩薩鬘。調名《菩薩鬘》取此。作菩薩蠻者,非。太白《菩薩蠻》詞:"平林漠漠煙如織,寒山一帶傷心碧。暝色入高樓,有人樓上愁。玉階空佇立,宿鳥歸飛急。何處是歸程,長

---

① 喬全生:《晉方言語音史研究》,中華書局2008年版,第258頁。
② (清)洪頤煊:《諸史考異》,《續修四庫全書》第455冊,第237頁。

亭復短亭。"此思蜀之作也。（曹學佺《蜀中詩話》卷四，見《全明詩話》
第 4139 頁）

按，菩薩蠻：詞牌名。本作"菩薩鬘"，一說得名於驃國舞女之髮飾①。
"鬘"是梵文 soma 的音譯。唐慧琳《一切經音義》卷七十："梵言摩羅，此
譯云鬘。案：西國結鬘師多用蘇摩那花行列結之，以爲條貫，無問男女貴賤
皆以此莊嚴，或首或身，以爲飾好。"明周復俊②《全蜀藝文志》卷二十五《詩
餘·菩薩蠻》下小注："今本作'蠻'非。'菩薩鬘'，驃國舞女髻飾也。"

（七）五粒松

《名山記》云：松有兩鬣、三鬣、五鬣者，言如馬鬣形。李賀有《五
粒小松歌》云："新香幾粒洪崖飯。"五粒，未詳。（姚寬《西溪叢話》卷下，
見《宋人詩話外編》第 457 頁）

松以粒言，舊矣。唐詩如"松暄翠粒新"義山，"翠粒照清露"夢得，
"松齋一夜懷貞白，霜外空聞五粒風"魯望。又李賀有《五粒小松歌》。
豈古人本其初菩有似乎粒，故言粒歟？乃亦有稱鬣者。按松穗皆雙股。
栝松三股，種傳自高麗。所謂華山松者，每穗五股，稱五鬣松。松穗初
生，少可言粒，多至五亦言粒，於體物未愜矣。段成式云：五粒者，當
言鬣。甚得之。非謂凡粒皆可通呼鬣也。遞叟（胡震亨《唐音癸籤》卷
二十，見《全明詩話》第 3733 頁）

李長吉《五粒小松歌》云："新香幾粒洪崖飯。"姚令威曰："五粒未
詳。"吳旦生曰："《本草圖經》：'五粒松，粒當讀爲鬣，音之訛也。言每
五鬣爲一華，或有三鬣七鬣者。'《名山記》云：'松有兩鬣、三鬣、五
鬣者，言如馬鬣形。'《癸辛雜識》云：'凡松葉皆雙股，故世以爲松釵，
獨栝松每穗三鬣，而高麗所產每穗乃五鬣，今謂華山松是也。'五代史，

---

① 清魏源《聖武記》卷六《乾隆征緬甸記上》："滇邊西南爲大理、麗江、永昌、騰越，正
南爲順寧、普洱、元江諸府州地，斜衺四千里，皆界緬甸……大金沙江，自西藏貫其國
入海，或言卽《禹貢》黑水入南海之路也……於唐爲驃國。"

② 一說作者爲明楊慎。

鄭遨聞華山有五粒松，松脂入地千年，化爲藥，去三尸，因徒居華山求之。韋應物詩：'碧澗蒼松五粒稀。'陸龜蒙詩：'霜外空聞五粒風。'李商隱詩：'松暄翠粒新。'劉夢得詩：'翠粒照晴露。'元好問詩：'土中松粒龍爪脫。'"（清吳景旭《歷代詩話》第726—727頁）

按，中間一條，據上海古籍出版社1981年版《唐音癸籤》第214頁，"義山""夢得""魯望"爲注文，當與正文有別。五粒松：松的一種。"粒"讀爲"鬣"。此說宋吳曾《能改齋漫錄》卷七《事實·五粒松當作五鬣》[①]已辨析。後世著作也多承襲此解。清道光二年《廣東通志》卷九十六《輿地畧十四·物產三·木類》："五鬣松，世言五粒松，粒當作鬣，今山上多五鬣松，松脂入地，千年變爲茯苓。"粒：《廣韻》力入切，來母緝韻入聲，緝部。鬣：《廣韻》良涉切，來母葉韻入聲，盍部。二字聲母相同，韻可旁轉，故音近可通。或者說，"鬣"音譌爲"粒"是長元音高化導致的，符合元音變化的一般規則。據向熹《簡明漢語史·漢語語音史》的上古擬音：鬣：[lǐăp]，粒：[lǐәp]，[lǐăp] → [lǐәp] 顯示了長元音的高化。《名山記》所說的"馬鬣"即"馬鬃"，言松葉如鬃鬣也。"五鬣松"則因松葉每簇五針，故名。

三、探求語詞本字之誤例

（一）瑟

梁武帝詩："瑟居超七淨。""瑟"與"索"同。"蕭索"字一作"蕭瑟"，則"索居"亦得作"瑟居"也。蓋"瑟""索"皆借用字，正字作"槭"。（明楊慎《升菴詩話》卷十一，見《歷代詩話續編》第859—860頁）

按，索：《廣韻》蘇各切，心母鐸韻入聲。又山責切，山戟切。瑟：《廣韻》所櫛切，生母櫛韻入聲。二字同爲齒音，韻部可通轉，故音近可通。《正字通·玉部》："瑟，與索通。梁武帝詩：'瑟居超七淨。'即索居。""索"即離散、孤獨之義。"槭"有二音二義：《廣韻》子六切，精母屋韻入聲。《說

---

① （宋）吳曾：《能改齋漫錄》，上海古籍出版社1960年版，第202—203頁。

文·木部》:"槭，木，可作大車輮。"又《集韻·麥韻》率摑切:"木枝空兒。"生母入聲。可見，雖然"槭"音與"瑟、索"相近，但意義似無關聯，故並非是本字，正如郭揚《唐詩學引論》所說:"槭字雖可以讀瑟，但未必即爲'蕭瑟之瑟'的正字。"①

(二) 結

　　韓文《石鼎聯句序》云:"長頸而高結，喉中又作楚語。""結"字斷句。結音髻，西漢"髻"字皆作"結"字寫，退之正用此也。今人讀作"結喉"，非也。東坡云:"長頸高結喉。"蓋承誤也。(宋曾季貍《艇齋詩話》，見《歷代詩話續編》第 311 頁)

　　蘇東坡詩云:"有意尋彌明，長頸高結喉。"若據韓文出處，乃"長頸高結"，下方云，"喉中更作楚聲"，今東坡乃借下句一"喉"字押韻，卻與誤讀《莊子》"三緘其口"，破句而點者相類。然東坡高材，豈不知此，而故云耳者，以文爲戲也邪? (袁文《甕牗閒評》佚文，見《宋人詩話外編》第 596 頁)

　　韓退之《石鼎聯句》詩序曰:"彌明貌極醜，白須黑面，長頸而高結，喉中又作楚語。"洪慶善云:"張右史本無高字、中字，只是'長頸而結喉，又作楚語'。"以予考之，張本非也。予按揚雄《蜀紀》曰:"蜀之先代人，椎結左語，不曉文字。"故左思《魏都賦》斥蜀云:"或魋髻而左言，或鏤膚而鑽髮。"古多借字，以魋爲椎，以結爲髻。故退之序"長頸而高結"句始於此，蓋言髻之高也。《後漢·東夷傳》云:"魁頭露紒。"章懷注云:"魁頭，猶科頭也，謂以髮縈繞成科結也。紒音計。"《史記·朝鮮傳》:"魋結，蠻夷服。"《前漢·朝鮮傳》:"椎結，蠻夷服。"一以爲魋結，一以爲椎結，一以爲魁紒，然則魋、椎、魁一音，紒、髻、結亦一音。魁有高之義。章懷以魁頭爲科頭，其論太執矣。後之學者，多不讀古文，往往去高字而止以爲結喉，故其誤甚明。劉向《列女傳》:

---

① 郭揚:《唐詩學引論》，廣西人民出版社 1989 年版，第 127—128 頁。

"齊鐘離春，無鹽女，宣王后也，爲人極醜，昂鼻結喉。"雖有結喉，而退之序不本此。（吳曾《能改齋漫錄》卷五，見《宋人詩話外編》第 625 頁）

按，唐韓愈《石鼎聯句詩序》曰："夜與劉說詩，彌明在其側，貌極醜，白鬚黑面，長頸而高結，喉中又作楚語，喜視之若無人。""結"字有兩說：一說"結"讀爲"髻"，"高結"即高的髮髻。《資治通鑒·漢章帝建初二年》："長安語曰：'城中好高結，四方高一尺。'"胡三省注："結，讀曰髻。"清段玉裁《說文解字注·糸部》："結，古無髻字，即用此。"一說"結"當讀如本字，義爲"喉結"。宋朱熹《韓文考異》："今按：古語自有'城中好高結'，不必引椎結也。但道士之首加冠，不作椎結，讀結爲髻，而以喉屬下句者，雖有據而非是。蓋長頸故見其結喉之高，而此高結喉中又作楚語也。不則，當從蔡、高本刪高、中二字。"① 甚是。莫礪峰也提出："解'結'爲'喉結'，不但符合情理，而且深合文理。因爲若解'結'爲'髻'，則此句忽寫頸，忽寫髮，又寫喉，句法雜亂無序。"② 故東坡《正輔既見和，復次前韻，慰戲盆，勸學佛》作"著意尋彌明，長頸高結喉"，既"非誤"，也非"以文爲戲"，這裏的"結喉"二字正是對唐韓愈《石鼎聯句詩序》中"結"的解釋。

（三）縻

縻，音磨。叶"其子和之"，相觀而善謂之摩。鳴鶴以相和成音，好爵以相摩成德。子夏之《易》說也。字本音魔，叶韻作磨，不從手；今從系，縻，牛纆也，取係戀爲義，亦通。但不如摩屬之說爲長，且韻又相宜也。（《楊慎詩話》，見《明詩話全編》第 2865 頁）

按，出自《升菴經說》卷二《吾與爾縻之》③。"子夏之《易》說"當作"子夏之《易說》"。《周易·中孚》九二《爻辭》："鳴鶴在陰，其子和之，我

---

① 閻琦：《韓昌黎文集注釋》上冊，三秦出版社 2004 年版，第 444 頁。末句景元刊本《朱文公校昌黎先生集》卷二十一、《四庫全書》本《東雅堂昌黎集注》卷二十一則作"不然則當從蔡、張本刪高、中二字"。

② 莫礪峰：《朱熹文學研究》，南京大學出版社 2000 年版，第 314 頁。

③ （明）楊慎：《升庵經說》，商務印書館《叢書集成初編》本，1936 年版，第 26 頁。

有好爵，吾與爾靡之。"唐陸德明釋文："靡，本又作縻，同。亡池反，散也。干同。徐又武寄反，又亡彼反。韓《詩》云：共也。孟同。《埤蒼》作𪎭，云：散也。陸作繄，京作劇。"可見"縻"字有二說。一說爲"共"義，這個"共"義即詩話提及的"係戀"義。一說爲"分散"義，其本字爲"靡"。唐孔穎達《周易正義》："若我有好爵，吾願與爾賢者分散而共之，故曰'我有好爵，吾與爾靡之。'"王弼注："故曰我有好爵，與物散之。"可見"縻"作"散"義，本字當爲"靡"，且"縻"通"靡"古籍有證。如北魏酈道元《水經注》卷三十四《江水》："雖畦堰縻漫，猶保屈田之稱也。"[1] 譚家健等注："縻：通靡，散漫。"[2] 唐白居易《代書詩一百韻寄微之》："既在高科選，還從好爵縻。"謝思煒注："縻：通靡，此指分封官爵。"[3] 徐山《周易詞義與結構分析》言："'吾與爾靡之'中的'靡'用如動詞，爲'耗損'義。"[4]"耗損"當是從"散"義引申出來的。此外，還有一說，即"撫摩或切磋"義，本字爲"摩"。《禮記·學記》："相觀而善之謂之摩。"鄭玄注："摩，相切磋也。"《莊子·馬蹄》："喜則交頸相靡。"成玄英疏："靡，摩也。"郭慶藩集釋："靡。古讀若摩，故與摩通。"故譚景椿《周易通俗評議》言："這一爻辭的大意是：母鶴在樹陰中鳴，它的子鶴就跟着和鳴。我有個美好的酒尊，讓我和你一同撫摩玩賞吧。"[5] 從《周易·中孚》九二《爻辭》的韻律來看，此句以"和""縻"爲韻腳字，同屬上古音歌部，故以上三說皆可成立，但從詩意來看，本字爲"靡"說，較爲恰當。

（四）帙

　　白樂天詩"行開第八秩"。注："俗謂七十以上爲開第八秩"。司馬溫公作《慶文潞公八十會》，致語："歲曆行看九帙新"。按"帙"字亦

① （北魏）酈道元：《水經注》，時代文藝出版社 2001 年版，第 258 頁。
② 譚家健、李知文選注：《〈水經注〉選注》，中國社會科學出版社 1989 年版，第 323 頁。
③ 謝思煒選注：《白居易詩選》，中華書局 2005 年版，第 68 頁。
④ 徐山：《周易詞義與結構分析》，中國書店出版社 2007 年版，第 236 頁。
⑤ 譚景椿：《周易通俗評議》，黑龍江人民出版社 1989 年版，第 228 頁。

作"裊"袟書衣，又書卷編也，是以歲為帙首，以曆書言也。觀二公語，自七十一至八十，皆可用"八裊"，八十一至九十皆可用"九裊"，今以七十為"七裊"，八十為"八裊"者誤。（《馬樸詩話》，見《明詩話全編》第 4861 頁）

白公詩云："已開第七秩，飽食仍安眠。"又云："年開第七秩，屈指幾多人。"是時年六十二，元日詩也。又一篇云："行開第八秩，可謂盡天年。"注曰："時俗謂七十以上爲開第八秩。"蓋以十年爲一秩云。司馬溫公作《慶文潞公八十會致語》云"歲歷行開九秩新"，亦用此也。（洪邁《容齋隨筆》卷一，見《宋人詩話外編》第 781 頁）

《禮》：年 [九]（八）十日有秩。故以八十爲八秩。又道家流用此語，白樂天屢用之，自注"行開第八秩，可謂盡天年"。時俗謂七十以上爲開第八秩。又云："已開第七秩，屈指幾多人。"（龔頤正《芥隱筆記》，見《宋人詩話外編》第 908 頁）

按，首條出自《譚誤》卷三①。"《慶文潞公八十會》，致語"當作"《慶文潞公八十會致語》"。關於"秩"表年齡的說法，或認爲來源於《禮記》，或認爲只是一種"俗謂"。清王應奎《柳南隨筆》卷四："古者以十年爲一秩，自六十以外，便可云開七秩。樂天詩：'已開第七秩，飽食仍安眠。'又云：'年開第七秩，屈指幾多人？'是時年六十二，此其證也。自七十以外，便可云開八秩。樂天詩：'行開第八秩，可謂盡天年。'自注：'時俗謂七十已上爲開第八秩。'此其證也。自八十以外，便可云開九秩。司馬溫公作《慶文潞公八十會致語》云：'歲歷行看九秩新。'此又其證也。據此則已滿七十者，止可云七秩，已滿八十、九十者，止可云八秩、九秩。若仍加一開字，則失之矣。嘗見陳眉公《群碎錄》，有云：'禮八十日有秩，故稱八十爲八秩。'然則六十、七十俱不得稱秩乎？此語殊爲無稽。況《小戴禮》本云'八十月告存，九十日有秩。'而眉公錯記九十爲八十，荒謬至此，尤可一笑。"②

---

① （明）馬樸：《譚誤》，《叢書集成續編》第 17 冊，新文豐出版公司印行，第 621 頁。

② （清）王應奎撰，王彬等點校：《柳南隨筆續筆》，上海古籍書店 1983 年版，第 82 頁。

王應奎區別了"×秩"與"開×秩"的不同：十年爲一秩，如"七秩"爲七十歲，而"開秩"是每個十年的第一年到第九年，如六十一歲到六十九歲皆爲"開七秩"。清翟灝《通俗編》卷三《時序·秩》："蓋以十年爲一秩，自唐已然，而七秩則開自六十一歲，八秩開自七十一歲也。"① 在此義上，後人所言的"帙""褻""袟"等字，當均爲"秩"之借字。錢大昭《邇言》卷六《年開八褻》："古人以年過六十爲開七褻；年過七十爲開八褻。"② 梁紹壬《兩般秋雨盦隨筆》卷八《秩》："王制九十日有秩，故以九十爲九秩。據此，亦止九十可稱，餘不當通用也。然《容齋隨筆》云：'十年爲一秩。'白公詩云：'已開第七秩，飽食仍安眠。'又云：'年開第七秩，屈指幾多人？'蓋秩有次序之義，故借作十字用也。今人曰七褻八褻，又改秩爲褻。褻，書衣也，並未有作十字解者，不知何以傳訛也。或曰：唐《蕭至忠傳》'官袟益輕'，杜少陵賦'六官咸袟'，本秩序之秩，誤從衣從失，今之訛亦由此來耳。"③ 據梁紹壬所言，"十年爲一秩"之"秩"得名於"秩有次序之義"。吾三省《以十年爲一秩》一文進一步言："古代大治之國，積九年存穀，至十年而更新，故又引申指十年。"④《廣雅·釋詁三》："秩，次也。"又《釋言》："秩，程也。"王念孫疏證："袟，通作秩。又作艷，秩與程古聲義並同。《說文》：'程，品也。有云艷，爵之次第也。'"馬樸引司馬溫公詩"歲歷行開九秩新"作"九帙"。《說文·巾部》："帙，書衣也。褻，帙或从衣。"唐慧琳《一切經音義》卷十一："帙，或从衣。"故"帙""褻""袟"都是"秩"之借。

（五）䇎

儲光羲《京口題崇上人山亭》詩："叫叫海鴻聲，軒軒江燕翼。寄言清淨者，闤閣徒白䇎。"䇎，裴畢切，缶別名，其音與翼韻不叶，或是菩字。菩，《唐韵》音蒲北反，草也，言閤閻民窮，惟白草而已。(《楊

① （清）翟灝：《通俗編》（附《直語補正》），商務印書館 1958 年版，第 57 頁。

② （清）錢大昭：《邇言》，《續修四庫全書》第 195 册，上海古籍出版社 1996 年，第 171 頁。

③ （清）梁紹壬撰，莊葳點校：《兩般秋雨盦隨筆》，上海古籍出版社 1982 年版，第 425 頁。

④ 吾三省：《以十年爲一秩》，《語文新札》，上海辭書出版社 2006 年版，第 123 頁。

慎詩話》，見《明詩話全編》第 2776 頁）

按，出自《升菴全集》卷六十《白鎊》①。《說文·缶部》：“鎊，小缶也。從缶，音聲。”清朱駿聲通訓定聲：“按即瓿之或體。”《玉篇·缶部》：“鎊，_{步侯切，小缶也，亦作瓿。}”瓿：《廣韻》薄口切，並母厚韻上聲。菩：《廣韻》蒲北切。並母德韻入聲。“瓿”與“菩”同爲並母、之部。故詩話言“鎊”音“與翼韻不叶”，不妥。實際上，“鎊”“菩”當作“踣”。《全唐詩》卷一百三十八②、《增訂注釋全唐詩》③等都錄作“閶闔徒自踣”。踣：《廣韻》薄北切，並母德韻入聲。《爾雅·釋言》：“斃，踣也”。故楊文生《楊慎詩話校箋》言：“就詩意而論，作‘自踣’爲是。”④

（六）酒

乾道丙戌內燕，既酌百官酒已，樂師自殿上折檻間抗聲索樂，不言何曲，其聲但云“㩛酒㩛，音崔，素回反”。朝士多莫能解。中燕更相質問，亦無知者。予後閱李涪《刊誤》，則知唐世已有此語。暨淳熙乙未再來預燕，則樂師但索曲子，不復抗言“㩛酒”。當是教坊亦聞士大夫疑語，而刊去不用也。予按李涪《刊誤》之言，㩛酒三十拍促曲名《三臺》，㩛，合作崒。崒，馳送酒聲。音碎，今訛以平聲。李 [匡]（正）文《資暇錄》所言亦與涪同。予又以字書驗之，㩛，屈破也。崒，音蒼憒反，崒吮聲也。今既呼樂侑飲，則於崒嚼有理，於屈破無理。則自唐至今皆訛崒爲㩛者，索樂之聲貴於發揚遠聞，以平聲則便，非有他也。況又有可驗者，丙戌所見燕樂，上自至尊，下至宰執，每酌曲皆異奏，而惟侑飲百官者不問初終，純奏《三臺》一曲，其所謂《三臺》者，眾樂未作，樂部首一人舉板連拍三聲，然後管色以次振作，即三臺曲度也。夫其㩛

---

① （明）楊慎：《升庵全集》，王雲五主編：《萬有文庫》第二集七百種，商務印書館 1937 年版，第 771 頁。

② （清）彭定求等編：《全唐詩》（共二十五冊），中華書局 1960 年版，第 1403 頁。

③ 陳貽焮主編：《增訂注釋全唐詩》（全五冊），文化藝術出版社 2001 年版，第 1037 頁。

④ 楊文生：《楊慎詩話校箋》，四川人民出版社 1990 年版，第 413 頁。

酒之語、三臺之奏與李涪所傳皆合，知啐訛爲㜁，素回反，審也。後暨乙未再與內燕，則樂皆異名，雖《三臺》亦不復奏矣。《名賢詩話·閒適門》載王仁裕詩曰：“淑景即隨風雨去，芳尊每命管弦㜁”。後押“朝烏夜兔催”，則㜁酒也，以侑酒爲義，唐人熟語也。又趙勰《交趾事蹟》下“匏笙”項下：以匏爲笙，上安十簧，雅合律呂，㜁酒逐歌，極有能者。勰，本朝人。其言㜁酒，即國初猶用唐語也。（程大昌《演繁露》卷十一，見《宋人詩話外編》第 764—765 頁）

按，唐李匡乂《資暇集》卷下《三臺》：“今之㜁酒㜁合作啐。啐，馳送酒聲。音碎，今訛以平聲。促樂是也，故且作㜁字，貴淺近易識爾。三十拍促曲名，三臺何？或曰：昔鄴中有三臺，石季倫常爲游宴之地，樂工倦怠，造此以促飲也。”[1] 可見“㜁酒”就是宴席上演奏歌舞來催促人暢飲，其風俗自先秦已有。《周禮·天官·膳夫》：“以樂侑食。”鄭玄注：“侑，猶勸也。”宋程大昌認爲“㜁酒”之“㜁”的本字當是“啐”。㜁：《廣韻》素回切，心母灰韻平聲。又《集韻》倉回切。《玉篇·片部》：“㜁，且回切，㜁牘，屈破狀。”啐：《廣韻》七內切，清母隊韻去聲。又蘇內切。《說文·口部》：“啐，驚也。從口，卒聲。”可見，“啐”與“㜁”雖音近可通，但本義卻與飲酒無關。“㜁”的本字當爲“嗺”。《說文·口部》：“嗺，小歠也。從口率聲。”清桂馥義證：“經典借啐字。”段玉裁注：“啐，《儀禮》今文以爲‘嗺酒’字。”嗺：《廣韻》山芮切，生母祭韻去聲。又所劣切。“㜁”“啐”“嗺”声母爲準旁紐，且韻旁轉可通。故在“飲酒”義上，“嗺”爲本字。先秦時期，有“嗺酒”之禮。《禮記·鄉飲酒義》：“祭薦，祭酒，敬禮也。嚌肺，嘗禮也；啐酒，成禮也。”孔穎達疏：“啐，謂飲主人酒而入口，成主人之禮。”“啐酒”即“嗺酒”，又“飲酒”義引申出“促飲”義。如唐寒山《自有慳惜人》：“衣單爲舞穿，酒盡緣歌嗺。”又作“㜁酒”。宋葉夢得《石林燕語》卷五：“公燕合樂，每酒行一終，伶人必唱‘㜁酒’，然後樂作，此唐人送酒之辭。本作‘碎’音，今多爲平聲，文士亦或用之。”[2] 㜁：

① （唐）李匡乂：《資暇集》，商務印書館《叢書集成初編》本，1939 年版，第 19 頁。
② （宋）葉夢得撰，宇文紹奕考異，侯忠義點校：《石林燕語》，中華書局 1984 年版，第 68 頁。

《廣韻》素回切，心母灰韻平聲。《集韻·灰韻》："璀，促飲也。"綜上所述，"嶉""崒""啐""璀""催"音近可通，本字當爲"啐"。

（七）根觸

《玉合記·榴花泣》第二闋内有句云："離腸根觸斷無些。"自音云："根，音橙。"不知所出，亦不能解。一日觀山谷詩云："莫若囂號驚四鄰，推床破面根觸人。"然後知"根"當作"振"，從手，不從木，音撐。振觸，見《涅盤經》，山谷用之詩，已自僻澀，禹金乃用之作曲。然則三藐、三菩提，盡曲料耶？此體最易驚俗眼，亦最壞曲體，必不可學。（《徐復祚詩話》，見《明詩話全編》第 5988 頁）

按，本條出自《曲論》①，即《全篇》所言"《三家村老曲談》"。徐氏提出"振觸，見《涅盤經》"，故作爲音譯詞，有多種書寫形式，不必分正誤。一作"根觸"。《說文·木部》："根，杖也。从木，長聲。一曰法也。"《廣韻》直庚切，澄母庚韻平聲。《文選·謝惠連〈祭古冢文序〉》："以物根撥之，應手灰滅。"李善注："南人以物觸物爲根也。"可見在對佛經翻譯的過程中，會有意識地使用意義相近的詞彙。"根"本身就可表示"觸"義，"根觸"爲同義並列複合詞。"碰觸"義與手有關，且木、扌形近，故又可寫作"振"。《廣韻·庚韻》直庚切："振，振觸。"澄母平聲。《玉篇·手部》："振，直庚切，牴也。""牴"同"觸"。"振觸"一作"敕觸"。敕：《廣韻》宅耕切，澄母耕韻平聲。耕韻與庚韻同用。《集韻·耕韻》："打，《說文》：'撞也。'或作敕。"袁賓《禪宗著作詞語匯釋》"振觸"條②，增廣其例，可參看。梁曉紅等《佛經音義古今詞彙專論》一章進一步記載了"振觸"一詞的不同書寫形式，又作"搊觸""樘觸"③。如東晉佛陀跋陀羅共法顯譯《摩訶僧祇律》卷三十五："若前人腳上有瘡，當護勿搊觸。"唐天竺三藏菩提流志譯《大寶積經》卷三十三："又化諸天女，種種莊嚴身。環佩牙樘觸，出微妙音聲。"

---

① 中國戲曲研究院編：《中國古典戲曲論著集成》(四)，中國戲劇出版社 1959 年版，第 238 頁。

② 袁賓：《禪宗著作詞語匯釋》，江蘇古籍出版社 1990 年版，第 34—36 頁。

③ 梁曉紅等：《佛經音義與漢語詞彙研究》，商務印書館 2005 年版，第 435 頁。

（八）豹直

　　李濟翁《資暇集》云："新官併宿本署曰爆直，僉作爆迸之字。余嘗瞶悶，莫究其端。近見惠郎中實云：'舍作虎豹字。言豹性潔，善服氣，雖雪雨霜霧，伏而不出，慮汙其身。'案《列女傳》云：'南山有文豹，霧雨七日不下食者，欲以澤其毛衣，而成其文章。'《南華》亦云：'豹棲於山林，伏於岩穴，靜也。'則併宿公署，雅是豹伏之義，宜作豹直，固不疑也。"余觀宋景文公有《和龐相公聞余㒥直見寄》詩一篇，乃用㒥字。又《職林》云："凡當直之法，自給舍丞郎人者，三直無㒥；自起居郎官入者，五直一㒥，御史補闕入者，七直兩㒥；其餘雜人者，十直三㒥。"亦用㒥字。案《玉篇》云："㒥，連直也。"字當作㒥，非虎豹之豹。（黃朝英《靖康緗素雜記》卷一，見《宋人詩話外編》第 281 頁）

　　按，《外編》"郎""雜"下"人"字均當"入"形譌，可參看上海古籍出版社 1986 年版《靖康緗素雜記》第 9 到 10 頁。上述材料記載了關於官吏連日值宿義語源上的三種說法，且書寫形式因語源的不同而不同。爆直：取自"如燒竹，遇節則爆"之義。豹直：取自如文豹不出之義。《正字通·人部》："㒥，官吏連直也。《唐志》：新到官府併上直謂之㒥，㒥直一作豹直，亦曰伏豹，取不出之義。"㒥直：取自連日值宿之義。其中"爆直""豹直"說，均屬於俗語源。關於"㒥直"之"㒥"字，《洪武正韻·效韻》始見，在此之前只有"㒥"，而無"㒥"。《集韻·效韻》："㒥，新到官府併上者謂之㒥。"《字彙補·彳部》："㒥，亦作㒥。"宋王觀國《學林》卷九《明》："㒥，北教反。《廣韻》曰：'㒥，直也，所謂㒥直者，連直宿也。'自唐以來，翰林院有㒥直例，本朝翰林學士亦有㒥直格，蓋言㒥直之日數也。李濟翁《資暇錄》遂改㒥作豹，又訓解曰：'豹隱山林，晝伏夜遊。'濟翁初不曉㒥直之義，妄自穿鑿，殊可怪也。"[1] 清桂馥《札樸》卷三《覽古·豹直》也明確提出"豹即

---

[1]　（宋）王觀國撰，田瑞娟點校：《學林》，中華書局 1988 年版，第 291 頁。按"所謂㒥直者"云云，不類《廣韻》釋義，而與下均爲王觀國語，且今所見多種《廣韻》校本，亦未有言及一本如是者，故標點當作："《廣韻》曰：'㒥，直也。'所謂㒥直者，連直宿也"。

儤"①。甚是。"新官併宿"義當作"儤直"。

（九）拜家慶

唐人與親別而復歸，謂之"拜家慶"。盧象詩云："上堂家慶畢，顧與親恩邇。"孟浩然詩云："明朝拜家慶，須著老萊衣。"（宋葛立方《韻語陽秋》卷十，見《歷代詩話》第559頁）

孟浩然詩："明朝拜家慶，須著老萊衣。"宋人爲詩話，本之云。唐人與親別而復歸，謂之拜家慶。春按：向子期咏《秋胡》已有"上堂拜嘉慶"句，此語晉時已然，孟蓋用向語。或疑"家""嘉"字不同。王維詩云："上堂嘉慶畢，顧與婣親齒。"維與浩然同時，而維詩依向"嘉"字，則作嘉爲是。（何孟春《餘冬詩話》，見《全明詩話》第694—695頁）

按，拜家慶：離家日久回去探視父母，可簡稱爲"拜慶"或"家慶"。如唐韓翃《送冷昭陽還上元》："青絲紲引木蘭船，名遂身歸拜慶年。"李中三《送姚端先輩歸寧》："拜慶庭闈處，蟾枝香滿身。"盧象《八月十五日象自江東止田園移莊慶會未幾歸汶上小弟幼妹尤嗟其別兼賦是詩三首》其一："上堂家慶畢，愿與親姻邇。"清翟灝認為"家慶"一詞，南北朝已見。《通俗編》卷十《祝誦·家慶》："此不獨唐人云爾，庾信《侯莫陳夫人墓志》：'婦以夫尊，親由子貴。朝奉家慶，兼而有之。'已有此語。"②又，《文選·顏延之〈秋胡詩〉》："上堂拜嘉慶，入室問何之。"元劉履《風雅翼》卷七《詩選補註七·秋胡詩》："嘉慶，謂母也。"清趙殿成《王右丞集箋注》引唐呂向注："見母故云拜嘉慶"，謂"此語劉宋時已然，雖嘉字不同，其義一也"③。拜：叩拜。嘉慶：指喜慶吉祥之事。王達津注"拜嘉慶"言："意猶'拜家慶'。唐人稱歸家省親，與親人團聚爲拜家慶，因事屬喜慶，故亦稱拜嘉慶。"④換言之，家族内部的喜慶之事，皆可稱爲"家慶"。烏丙安《中國民俗學》言：

---

① （清）桂馥撰，趙智海點校：《札樸》，中華書局1992年版，第103頁。
② （清）翟灝：《通俗編》（附《直語補正》），商務印書館1958年版，第214頁。
③ （唐）王維撰，（清）趙殿成箋注：《王右丞集箋注》，上海古籍出版社1961年版，第66頁。
④ 王達津選注：《王維孟浩然選集》，上海古籍出版社1990年版，第275頁。

"家慶包括家族成員的誕生禮、冠禮（成年禮）、婚禮、壽禮。古代，仕宦人家把科舉時代的'榜上題名'也列入家慶；有的把歸省探親列爲家慶，在唐代把回家探親稱做'拜家慶'。"① 故在"歸家省親"義上，"拜家慶"與"拜嘉慶"皆可通用，無所謂正誤。

第二節　異文的分析

"'異文'是古籍考釋中的一個常用術語。人們常用它來指稱古代文獻中出現的文字歧異現象"②。詩話記載了大量的異文現象，這些異文多涉及用字問題，主要有通假關係和形近關係兩種類型。

一、通假關係型

這裏所說的通假關係型，就詩話而言，包括兩種情況：一種是異文的雙方一方爲本字，一方爲本字的假借字。一種是異文雙方均爲另一字的假借字，需要另尋本字。

（一）容──庸榕褣

> 紗之至輕者，有所謂輕容，出《唐類苑》，云："輕容，無花薄紗也。"王建《宮詞》云："嫌羅不著愛輕容。"元微之有寄白樂天白輕容，樂天製而爲衣。而詩中'容'字乃爲流俗妄改爲'庸'，又作'榕'，蓋不知其所出。《元豐九域志》："越州歲貢輕容紗五疋'是也。"（周密《齊東野語》卷十，見《宋人詩話外編》第 1465 頁）

> 《齊東野語》云："紗之至輕者，曰輕容。"《唐類苑》云："輕容，無

---

① 烏丙安：《中國民俗學》，遼寧大學出版社 1985 年版，第 152 頁。

② 朱承平：《異文類語料的鑒別與應用》，嶽麓書社 2005 年版，第 1 頁。

花薄紗也。"蓋今俗云銀條紗之類。王建宮詞："嫌羅不著愛輕容。"李
賀詩："蜀烟飛重錦，峽雨濺輕容。"元微之有《寄白樂天輕容》詩是也。
又《方言》："襜褕，曰童容，而字或作褣。"(《楊慎詩話》，見《明詩話
全編》第 2790 頁)

按，首條引文微之寄樂天白輕容事，見《元氏長慶集》卷二十一《酬
樂天得積所寄紵絲布白輕庸製成衣服以詩報之》。後條出自《升菴全集》卷
六十九《輕容》①。其中"元微之有《寄白樂天輕容》詩是也"，實爲周密敍述語，
"寄白樂天輕容"非元稹詩題，不當加書名號。

輕容：無花紋的細薄紗。《駢雅·釋服食》："方空、吹綸、輕容、細紗
也。"亦作"輕褣"。以其爲紗，俗亦增旁作"褣"。《方言》卷四："襜褕，
江淮南楚謂之襌褣，自關而西謂之襜褕。"清錢繹箋疏："《小爾雅》[《廣服》]：
'襜褕謂之童容。''童容'與'襌褣'同。'襌褣'之言從容也。"② 鄧之誠《骨
董瑣記·綠絲文布白輕褣》："按此褣容當是一字。"③ 如唐白居易《元九以綠
絲布白輕褣見寄製成衣服以詩報知》："綠絲文布素輕褣，珍重京華手自封。"
又作"輕庸"。《宋史·地理志》："紹興府，本越州，大都督府，……貢越綾、
輕庸紗、紙。""容""褣""褣""庸"音同可通，本字當爲"庸"，來自隋、
唐時的一種賦役法。《新唐書·食貨志》："用人之力歲二十日，閏加二日，
不役者日爲絹三尺，謂之庸。"唐杜甫《歲晏行》："況聞處處鬻男女，割慈
忍愛還租庸。"故"庸"可表示絹、紗之類的絲織品，"輕庸"即爲"薄紗"，
"容""褣""褣"當是"庸"的同音借字。

(二) 夃——姑

"我夃酌彼金罍（今夃作姑）"秦人以市買多得為夃。從乃從夕。夕，
步也，乃，難詞。市買多得則所攜者重，行步為艱，故從乃攜重，則聊

---

① （明）楊慎：《升庵全集》，王雲五主編：《萬有文庫》第二集七百種，商務印書館 1937 年版，第 899 頁。

② （清）錢繹撰集，李發舜、黃建中點校：《方言箋疏》，中華書局 1991 年版，第 141 頁。

③ 鄧之誠：《骨董瑣記》，中國書店 1991 年版，第 317 頁。

且前進。故假借為聊且之辭。變楷通用姑。凡言姑者皆當從夕。(《王育詩話》，見《明詩話全編》第 9461 頁)

按，出自《說文引詩辨證》。《說文·夕部》："夕，秦以市買多得為夕。從乃，從夕。益至也。《詩》曰：'我夕酌彼金罍。'"據此，詩話中的"夕"當作"夕"。今《詩經》作"我姑酌彼金罍"。"夕""姑"二字上古同為見母、魚部，故音近可通。清朱駿聲通訓定聲："按：此字當訓姑且之詞。從乃從夕，皆舒遲留難之意。《說文》引《詩》'我夕酌彼金罍'，是本字本義，經傳皆以'姑'為之。"清胡承珙後箋："姑者，夕之假借字。凡姑且字，當作'夕'。"可見，在"姑且、暫且"義上，本字當作"夕"。

(三) 羕──漾

"江之羕矣（今羕作永）。"羕，楷作漾，水蕩漾也。從永從羊，羊，美善也。永，水長也。水以源長為美善，故從羊。今省作永而無美善之意，于以比游女之美，而不可妄干。從羕為是。(《王育詩話》，見《明詩話全編》第 9462 頁)

按，本條出自《說文引詩辨證》。《說文·永部》："羕，水長也。從永，羊聲。《詩》曰：'江之羕矣。'"又："永，長也。象水巠理之長。《詩》曰：'江之永矣'。"今《詩經·周南·漢廣》"羕"作"永"。羕：上古音為喻母陽部去聲。永：上古音為匣母陽部上聲。二字音近可通。明楊慎《丹鉛雜錄》卷五《羕與永通》："《博古圖》'永寶用享'作'羕寶用享'。"[1] 又，《六書故·地理三》："永，潛行水中謂之永。"高鴻縉《中國字例》："甲文'永'字，即潛行水中之'泳'字之初文。原從人在水中行，由文'人''彳'生意，故託以寄游泳之意……後人借用為長永，久而為借意所專，乃加水旁作'泳'以還其原。"清馬瑞辰《毛詩傳箋通釋》卷二《漢廣》："《毛》作永，亦羕之假借。"[2] 故在"悠長"義上，本字當為"羕"。

---

① （明）楊慎：《丹鉛雜錄》，商務印書館《叢書集成初編》本，1936 年版，第 33 頁。

② （清）馬瑞辰撰，陳金生點校：《毛詩傳箋通釋》，中華書局 1989 年版，第 62 頁。

（四）梢——稍

韓退之詩："梢梢新月偃。"俗本作"稍稍"，荊公改作"梢梢"。蓋令狐澄本作"梢梢"，澄本最善，荊公用此改定。梢梢者，細也，見《方言》。白樂天詩亦用："梢梢筍成竹。"（宋曾季貍《艇齋詩話》，見《歷代詩話續編》第 320 頁）

按，唐韓愈《南溪始泛三首》其一："點點暮雨飄，梢梢新月偃。""梢梢"，一本作"稍稍"。梢：《廣韻》所交切，生母肴韻平聲。稍：《廣韻》所教切，生母效韻去聲。故二字音形並近而造成異文。梢：《爾雅·釋木》："梢櫂。"郭璞注："謂木無枝柯，梢櫂長而殺者。"郝懿行義疏："梢讀如《輪人》'掣爾而纖'之掣。鄭注：'掣、纖，殺小貌也。'然則梢之言掣，櫂言其長而翹出也。此蓋謂木喬竦無旁枝者謂之梢，亦謂之梢櫂。"掣：《玉篇·手部》："長也。"《廣韻》相邀切，心母宵韻平聲。又所角切。故"稍""梢"與"掣"音近可通。掣掣，掣的重言，義與掣同，即細長貌。可見，"梢""稍"皆是"掣"之借。

（五）㴘——罙

"㴘入其阻（今㴘作罙）"㴘，冒也，與迷通用，從网從米聲。网，古網字，網羅所以張鳥獸者。米色白數多難為辨，無所分辨，則入于網羅而不自知矣。謂武丁之眾，奮伐其荊楚，冒入其國之險阻而不知。喻其為上用命也。楷變作罙，非是。罙，古深字，後人傳寫之誤。（《王育詩話》，見《明詩話全編》第 9467 頁）

按，出自《說文引詩辨證》。《字彙補·网部》："㴘，《字學元元》曰：'㴘，通作罙。'"㴘：《廣韻》必移切，明母支韻平聲。《說文·网部》："周行也。從网，米聲。《詩》曰：'㴘入其阻。'"段玉裁注："各本作周行也……乃涉鄭箋而誤。今尋上下文皆网名。《篇》、《韻》皆云：㴘，罟也。更正。"今《詩經·商頌·殷武》"㴘"作"罙"。據此，上述詩話"罙"當作"罙"。罙：《廣韻·脂韻》必移切："深入也；冒也。"明母平聲。故"㴘"與"罙"音形並近，易形成異文。清段玉裁《經韻樓集》卷一《毛詩罙入其阻說》："夫'罙'者，'突'

之隸省，一省爲‘宷’，再省爲‘罙’，如‘淰’之一省爲‘深’，再省爲‘深’也。"① 可見，"罙""采"的本字當爲"突"。《說文·穴部》："突，深也。"

二、形近關係型

古籍在傳抄、翻刻或引用的過程中，因字形相近易混而形成異文。

（一）調輖——朝

調，《韓詩》作"朝"。薛君章句云："朝饑最難忍。"其義晰矣！《毛詩》作"調"，本屬魯魚，而鄭氏求其說而不得，乃云："調音稠，又改字作輖，調饑也，稠饑也。"三者均之不通也，愈解而愈難真，不若朝饑之爲長也。《焦氏易林》云："佪如旦饑。"晉郭遐周詩："言別在斯須，恕焉如朝饑。"漢晉去古未遠，當得其實耳。（《楊慎詩話》，見《明詩話全編》第 2866 頁）

按，出自《升菴經說》卷四《恕如調饑》②。《詩經·周南·汝墳》："未見君子，恕如調饑。"毛傳："‘調’，朝也。"鄭玄箋："恕，思也；未見君子之時，如朝饑之思食。"陸德明釋文："調，張留反，又作輖，音同。"清朱駿聲《說文通訓定聲·孚部》："輖，叚借爲朝。"《魯詩》"調"作"朝"。《說文·倝部》："朝，旦也。从倝，舟聲。"《齊詩》作"周"。楊樹達《莊子拾遺》注"已外生矣而後能朝徹"言："‘朝’當讀爲‘周’。‘朝徹’即‘周徹’也。"③"朝"从"舟"聲，"周""舟"古通。故"調"與"朝"音近可通。伏俊璉《敦煌〈詩經〉殘卷及其文獻價值》言："斯 3951 寫卷‘調’作‘朝’。"④ 曾良《俗字及古籍

---

① （清）段玉裁撰，鐘敬華校點：《經韻樓集》（［附］補編年譜），上海古籍出版社 2007 年版，第 19 頁。

② （明）楊慎：《升菴經說》，商務印書館《叢書集成初編》本，1936 年版，第 61 頁。

③ 陳新雄、於大成：《莊子論文集》，《國學論文彙編》第二輯，木鐸出版社 1976 年版，第 156 頁。

④ 伏俊璉：《敦煌〈詩經〉殘卷及其文獻價值》，《敦煌文學文獻叢稿》（增訂本），中華書局 2011 年版，第 9 頁。

文字通例研究》第十三節《俗字與異文研究》："'朝'寫作'輈'是形近而
訛，幸喜敦煌卷子猶存原貌，彌足珍貴。蓋從'卓'旁之字少，受'車'類化，
故'輈'與'輈'語義上本無任何關繫。'輈饑'即朝饑也，'輈'並非假借字，
是'朝'之異體。"① 綜上所述，"調"通"朝"，"輈"是"朝"的異體，"輈"
是"輈"的形訛。

（二）辺——近

《詩·崧高》："往辺王舅。""辺"音"記"，注："辺"，辭也，蓋語
助詞。今坊本皆刊作"近"字，讀者亦遂皆作"近"。師弟子同迷。撰
講章者，又復極意訓解"近"字。"辭"字，而不知其為"辺"。此不惟
昧經旨，并注者之旨大左矣。（《馬樸詩話》，見《明詩話全編》第4857頁）

按，出自《譚誤》卷一②。《詩經·大雅·崧高》："往近王舅。"毛傳：
"近，己也。"鄭玄箋："近，辭也，聲如'彼記之子'之記。"宋毛居正《六
經正誤》卷三《崧高》："（近）《說文》作辺……今作辺，音記。字訛作
近，不敢改也。"明楊慎《升菴經說》卷六《往近王舅》："朱公遷③又按：
'《說文》近④從辵從丌，丌音基。楷書作'辺'，與'近'相似而誤也。'
其說尤究其根源。然則不識字者，安可解經哉！"⑤"辺"與"近"音形
並近，故易形成異文。辺：上古音爲見母之部去聲。近：上古音爲群母
文部去聲。二字同爲牙音，韻可對轉。一說"辺"讀若"其"。清段玉
裁《詩經小學·大雅》："此《詩》借辺爲己，《傳》以己訓辺。猶《淇奧》
借簀爲積，《傳》以積訓簀；《板》借王爲往，《傳》以往訓王，《箋》又
從而申明其說耳。己、記、忌、其、辺字同。"⑥ 王引之《經傳釋詞》卷

---

① 曾良：《俗字及古籍文字通例研究》，百花洲文藝出版社2006年版，第284頁。

② （明）馬樸：《譚誤》，《叢書集成續編》第17冊，新文豐出版公司印行，第596頁。

③ 朱公遷：字克昇，元人，著有《詩經疏義會通》。

④ 當作"辺"。

⑤ （明）楊慎：《升庵經說》，商務印書館《叢書集成初編》本，1936年版，第94頁。

⑥ 晏炎吾等點校：《清人詩說四種》，華中師範大學出版社1986年版，第218—219頁。

五《其<small>音記</small>記忌己辺》：“其，語助也；或作記，或作忌，或作己，或作辺，義並同也。”①“辺”从“丌”得聲。丌：《集韻·之韻》：“其，古作丌、亓。”其：《說文·箕部》：“古文箕省。”故“其”作爲語氣詞，仍是假借。追根溯源，“辺”之本字當爲“矣”。馬瑞辰《毛詩傳箋通釋》卷二十七《崧高》：“辺者，己之假借。己爲語辭。《詩》言‘往辺’，猶《虞書》言‘往哉’，《周書》‘予往己’也。辺、近形近易譌。”②王先謙《詩三家義集疏》卷二十三在此基礎上，進一步言：“毛訓‘近’爲‘己’，‘己’即‘矣’字。”③所言甚是。《說文·矢部》：“矣，語已詞也。从矢，以聲。”綜上所述，“近”乃是“辺”之形訛，“辺”又爲“矣”之假借。

（三）檐櫩——蟾

　　杜子美詩：“步檐倚仗看牛斗。”檐，古簷字。《楚辭·大招》：“曲屋步櫩。”注：“曲屋，周閣也。步櫩，長砌也。”司馬相如賦：“步櫩周流，長途中宿。”“櫩”亦古“簷”字也。又梁陸倕《鍾山寺》詩：“步簷時中宿，飛階或上征。”沈氏滿願詩：“步簷隨新月，挑燈惜落花。”杜公蓋襲用其字，後人不知，妄改作“步蟾”。且前句有“新月”字，而結句又云“步蟾”，複矣。況“步蟾”乃舉子坊牌字，杜公詩寧有此惡字耶？甚矣，士俗不可不醫也。（明楊慎《升菴詩話》卷五，見《歷代詩話續編》第 732 頁）

　　按，步檐：長廊。亦作“步簷”“步櫩”。《玉篇·竹部》：“簷，余廉切，屋。簷，與檐同。”《篇海·木部》：“櫩，與檐同。（司馬）賦：‘步櫩周流’，今之步廊也。”《文選·司馬相如〈上林賦〉》：“步櫩周流，長途中宿。”李善注：“步櫩，步廊也。”宋李誡《營造法式》卷二《總釋下·檐》：“《義訓》：屋垂謂之宇，宇下謂之廡，步檐謂之廊，**爰**廊謂之巖，檐棍謂之庮。音由。”④“檐”與

---

① （清）王引之：《經傳釋詞》，嶽麓書社 1985 年版，第 113 頁。

② （清）馬瑞辰撰，陳金生點校：《毛詩傳箋通釋》，中華書局 1989 年版，第 992—993 頁。

③ （清）王先謙撰，吳格點校：《詩三家義集疏》，中華書局 1987 年版，第 965 頁。

④ （宋）李誡：《營造法式》，商務印書館 1933 年版，第 29—30 頁。

"蟾"字形相近，易形成異文。明田藝蘅《留青日札》卷十八《步檐》："……呂濟曰：'步櫚，長廊也。'故杜甫詩：'步檐倚杖看牛斗。'今俗本作'步蟾'。夫以月而爲步蟾，則又易之爲踏兔、走蜍可乎？蓋步檐以混成而言，如今之飛檐、步廊也。故屋之半間亦曰一步，非言步行于檐下也。余以爲古者六尺爲步，今之廊檐，大率廣六尺，即步檐之明證也。趙清曠《中秋送物啓》云：'薄奉野芹，即瞻兔數秋毫之意；高攀仙桂，願步蟾爲天闕之遊。'可謂依樣畫葫蘆者也。"① 清錢謙益《錢注杜詩》卷十五《夜》（露下天高）"步蟾"注引趙傻曰："當以'步簷'爲正。""簷"同"檐""櫚"。

（四）組──絤

沈朗思云："《豔歌行》：'賴得賢主人，覽取爲吾組。'於韻不叶，當是'絤'字，傳刻誤也。絤者，補縫之義。……"（毛先舒《詩辯坻》卷一，見《清詩話續編》第 20 頁）

按，"絤"字誤作"組"字，明人已指出。楊慎《轉注古音略》卷四《十五翰》："絤，音絆。補縫也。古樂府（《豔歌行》）：'故衣誰當補，新衣誰當綻。賴得賢主人，覽取爲吾絤。夫婿從南來，斜柯西北眄。'今'絤'多誤作'組'。"②《豔歌行》一詩以"燕""見""縣""綻""組""眄""見""累""歸"爲韻腳字，其中"燕""見""縣""綻""組""眄""見"爲"元部"，"累""歸"爲"微部"，元、微合韻常見，如《詩經·豳風·東山》首章"山""歸"相押。但"組"爲"魚部"，與此不相押，故屬形近而訛。清黃生《義府》卷下《絤》："《豔歌行》：'故衣誰當補，新衣誰當綻。古謂補綻爲綻。賴得賢主人，覽取爲吾組。'按組字當作糸旁旦，乃古綻字，古詩不嫌重押。由傳寫者二字古今互出，復譌而爲組，義遂不明。"③ 絤：《廣韻》丈莧切，澄母襉韻去聲，與楊慎所說的"音絆"，同爲元部。《說文·糸部》："補縫也。"段玉裁注："古者衣縫解曰絤，見衣部，今俗所謂綻也。以鍼補之曰絤。"王力《同源字典》將

---

① （明）田藝蘅：《留青日札》，上海古籍出版社 1985 年版，第 607—609 頁。
② 王文才、萬光治：《楊升庵叢書》（一），天地出版社 2002 年版，第 783 頁。
③ （清）黃生撰，清黃承吉合按：《字詁義府合按》，中華書局 1984 年版，第 209 頁。

"袒""組""綻"三字歸入一組同源字①。"縫補"曰"組",依然保存在方言中,但語音小別。《長沙方言考》六十一《組》:"謂縫補爲綻爲組,今長沙語猶然。又或讀綻如定。"② 今四川方言讀"組"爲"定",由元部轉入耕部,詳見蔣宗福師《〈說文〉中所見今四川方言詞語續考》"組"③。李如龍《考求方言詞本字的音韻論證》一文言:"縫衣服在沿海閩方言都說'綻'……它的本字應屬山攝。"④ 閩方言讀"組"爲山部,山部與耕部的不同,正反映了一些方言前後鼻音混同的現象。"縫補"曰"組"不僅存在南方方言,北方方言也常說。段石羽言"陝西方言中,'縫住'可以說'綻住'"⑤。"綻住"之"綻",本字當爲"組"。

(五)皺——雛

杜甫詩云:"嘗果栗皺開。"或作"雛"字,殊不可解。集韻:"皺,側尤切,革紋蹙也。"《漢上題襟》周繇詩云:"開栗戈之紫皺。"貫休云:"新蟬避栗皺。"又云:"栗不和皺落。"[皺],即栗蓬也。(姚寬《西溪叢話》卷下,見《宋人詩話外編》第 457 頁)

按,"栗雛"當作"栗皺",即栗子帶刺的外殼。但杜甫詩中的"皺"字,當作"圓"。清施鴻保《閩雜記》卷十《開圓》:"少陵《野望因過常少仙》詩:'入村樵徑引,嘗果栗皺開。'皺一本作圓。仇兆鰲注引《西溪叢話》:《集韻》:'皺,側尤切,革文蹙也。'《漢上題襟集》周繇詩:'開栗弋之紫皺。'貫休詩:'新蟬避栗皺。'又云:'栗不和皺落。'蔡夢弼注:'皺當作皴,皮裂也。'嘗疑栗叢與上樵徑不對,大家詩雖不拘,然此二句用意深細,不當信手拈合。別本作圓,義亦近晦。吾鄉枇杷、楊梅等熟時,招人販賣,謂之開圓。閩俗

① 王力:《同源字典》,商務印書館 1982 年版,第 565 頁。
② 楊樹達:《積微居小學金石論叢》(增訂本),科學出版社 1955 年版,第 163 頁。
③ 蔣宗福:《〈說文〉中所見今四川方言詞語續考》,《語言文獻論集》,巴蜀書社 2002 年版,第 47 頁。
④ 李如龍:《考求方言詞本字的音韻論證》,《語言研究》1988 年第 1 期。
⑤ 段石羽:《漢字之趣》,新疆人民出版社 2008 年版,第 62 頁。

荔支熟時，亦以紅箋書某處荔支於某日開園。蜀中栗熟，或亦有此俗。圓當作園，與樵徑恰對也。"① 園中瓜果成熟，剛開始採摘，謂之"開園"。清陸廷燦《續茶經》卷上之三《茶之造》："初試摘者，謂之開園。"②"開園"一詞，詩詞常見。如宋陸游《春步西園見寄》："歲歲開園成故事，年年行樂不辜春。"《大詞典》（12/60）於"開園"下首引《西遊記》第八十二回，時間過晚。

（六）苕——苔

　　《谿上》詩："古苔生迮地。"善本作"苕"。《詩·小雅》："有苕之華，芸其黃矣。"《爾雅》云："苕，一名陵苕。"鄭詩箋云："陵苕之華，紫黑而繁。"陸機疏云："一名鼠尾，生下濕水中，七八月華紫，似今紫草。"《禮器正義》云："槷長四尺，中畫青雲氣，陵苕華為飾。"《史記》趙武靈《夢中歌》曰："美人熒熒兮，顏若苕之榮"，即此也。《圖經》云："苕谿在餘杭，岸多苕花，故名楊倞。"《荀子》注云："苕，葦之秀者。"然則陵苕故是水際物，讀詩題《谿上》二字，從"苕"不從"苔"明矣。（《董斯章詩話》，見《明詩話全編》第 9011 頁）

　　按，出自《吹景集》卷六《箋杜陵詩二十則·古苔生迮地》。"《圖經》云"僅止於"故名"。楊倞，唐人，以注《荀子》名。故編者標點斷句有誤，當作"《圖經》云：'苕谿在餘杭，岸多苕花，故名。'楊倞《荀子注》云"。《谿上》為老杜詩，"古苔生迮地，秋竹隱疏花"，"苔"一本作"苕"。清仇兆鰲《杜詩詳注》言："苔可云古，苕不可云古，還作苔為當。"③ 理據有些牽強。清施鴻保《讀杜詩說》卷十九："今按二句當串解，疏花即指苕花，古是言其叢生已久也；苔從無花，並不必生迮地，迮地亦即指溪岸間地，似從作苕為是。惟董說因浙有苕溪，故于溪上言之，則拘矣。"④ 其說是。嘉慶《餘

----

① （清）施鴻保撰，來新夏校點：《閩雜記》，福建人民出版社 1985 年版，第 163—164 頁。
② （清）陸廷燦：《續茶經》，《景印文淵閣四庫全書》第 844 冊，第 690 頁。
③ （唐）杜甫著，（清）仇兆鰲注：《杜詩詳注》，中華書局 1979 年版，第 1673 頁。
④ （清）施鴻保著，張慧劍校：《讀杜詩說》，上海古籍出版社 1983 年版，第 188 頁。

杭縣志》卷十《山水四·苕溪》："《耆老傳》云：夾岸多苕花，每秋風，飄散水上，如飛雪然，因名。"夾岸：溪岸間地，即杜甫詩中的"迮地"。迮：唐慧琳《一切經音義》卷六十七引《考聲》："迮，狹小也。"清朱駿聲《說文通訓定聲·豫部》："迮，俗字作窄。《廣雅·釋詁一》：'窄，陋也。'"《增訂注釋全唐詩》注"迮"言："通'窄'。"[1] 正因爲生長在狹窄之地，故後承接一"隱"字。

第三節　聯綿詞異形的研究

一、聯綿詞異形的繫連

聯綿詞屬於漢語當中的單純詞，兩個或兩個以上音節連綴成義，不能分開解釋，且字無定形。詩話意識到聯綿詞的這個特點，繫聯了大量聯綿詞的不同書寫形式，這些異形成分在用字方面的關係主要有：通假字關係型、古今字關係型、異體字關係型、正俗字關係型等，還有一些形體屬於偏旁類化。詩話著作在對聯綿詞異形的繫連過程中，也探明了其來源及演變情況。

（一）庵糟

潤州火，爇盡室廬，惟存李衛公塔米元章庵。元章喜題塔云："神護衛公塔，天留米老庵。"有輕薄子於"塔庵"二字上，添注"爺孃"二字。元章見之大罵，輕薄子再於"塔庵"二字下添注"颯糟"二字。蓋元章母嘗乳哺宮中，故云。糟字本出《漢書·霍去病傳》，云："鏖皋蘭山下。"注云："今謂糜爛爲鏖糟。"輕薄子用糟字黏庵字，蓋今人讀鏖爲庵，讀糟爲子甘切。添注遂成七言兩句云："神護衛公爺塔颯，天留米老孃

---

① 　陳貽焮主編：《增訂注釋全唐詩》，文化藝術出版社 2001 年版，第 266 頁。

庵糟。"(宋楊萬里《誠齋詩話》，見《歷代詩話續編》第 145 頁）

按，今言不潔爲"庵糟"。本自《漢書‧霍去病傳》"麌臯蘭下"顏師古注引晉灼曰："世俗謂盡死殺人爲麌糟。"元陶宗儀《南村輟耕錄》卷十《麌糟》引此論曰"義雖不同，卻有所出"①。明田汝成《西湖遊覽志餘》卷二十五《委巷叢談》在此基礎上進一步曰"蓋血污狼藉之意也"②。故可引申出"不潔"義。"庵糟"與"麌糟"乃一聲之轉。作爲聯綿詞，詞形不固定，又作"媕臟""腌臢""唵嘈""醃臢"等。明陳士元《古俗字略》卷七《俗用雜字》："不淨曰媕臟，媕音奄。"《正字通‧月部》："俗呼物不潔曰腌臢。"民國五年《鹽山新志‧謠俗篇上‧方言》："腌臢，不潔也。臢讀如臧，一作如臟，作骯髒，疑即《周禮》注之餐屠字。"齊如山《北京土話》："按麌糟、醃臢、鉸雜、骯髒（俗語〔腌臢〕亦曰〔骯髒〕），皆系疊韻字。"③此外，"麌糟"還表示心情不舒暢，此義當是從"不潔"義引申出來的。清胡文英《吳下方言考》卷五《麌糟》："蘇東坡與程伊川議事不合，譏之曰：'頤可謂麌糟鄙俚叔孫通矣。'案，麌糟，執拗而使人心不適也。吳中謂執拗生氣曰麌糟。"④民國五年《鹽山新志‧謠俗篇上‧方言》："麌糟心煩亂也。《漢書‧霍去病傳》注：'俗以盡死殺人爲麌糟。'與今義異。"民國二十年《青縣志》卷十一《故實志二‧方言》："懊喪曰麌糟。借用字或讀如那扎。"顧學頡、王學奇《元曲釋詞》（一）"麌糟麌糟"條："今亦謂心緒煩亂爲'麌糟'，北京話叫做'熬頭噁心煩'。"⑤綜上所述，"麌糟"是一個疊韻多義聯綿詞。

（二）炭廖

《顏氏家訓》云："古樂府歌《百里奚》詞曰：'百里奚，五羊皮。憶別時，烹伏雌，吹炭廖；今日富貴忘我爲！'"《家訓》謂："吹當作炊煮

---

① （元）陶宗儀：《南村輟耕錄》，中華書局 1959 年版，第 124 頁。

② （明）田汝成：《西湖遊覽志餘》，上海古籍出版社 1958 年版，第 455 頁。

③ 齊如山：《北京土話》，北京燕山出版社 1990 年版，第 181 頁。

④ （清）胡文英：《吳下方言考》，《續修四庫全書》第 195 冊，第 46 頁。

⑤ 顧學頡等：《元曲釋詞》（一），中國社會科學出版社 1983 年版，第 24 頁。

之炊。案蔡邕《月令章句》曰：‘鍵，關牡也，所以止扉，或謂之剡移。’然則當時貧困，並以門牡木作薪炊耳。”㲋或作［㞐］（居），余染反；㝔或作㞖，余之反。故何公《送人序》云：“話龍具之蛀，歌㲋㝔之炊。”昔人《述懷》詩云：“囊空未省餘釵釧，薪盡何嘗赦㲋㝔。”（黃朝英《靖康緗素雜記》卷二，見《宋人詩話外編》第 281 頁）

按，詩話所引見《顏氏家訓·書證》。“㲋㝔”指門閂，始見於東漢應劭《風俗通》：“百里奚仕秦，其妻歌曰：‘百里奚，五羊皮。憶別時，烹伏雌，炊㲋㝔，今日富貴忘我爲’！”《家訓》作“剡移”。此外，亦作“㲋㞖”。《集韻·支韻》：“㲋㞖，門關謂之㲋㝔，或作㞖。”從語音來看，這些異形的上古聲紐皆爲喻母，故“㲋㝔”爲一個雙聲聯綿詞。

（三）耶廠

《前書》云：“趙將李左車，設伏兵之計以禦韓信，而趙王不用，遂爲市中人耶廠之。”蘇鶚《演義》云：“耶廠者，舉手相弄之貌，即今俗謂之冶由也。耶廠之，蓋音韻訛舛耳。”又《後漢·王霸傳》：“王郎起兵，光武在薊，令霸至市中募人，將以擊郎，市人皆大笑，舉手邪揄之。”注引《說文》曰：“‘歈廠，手相笑也’，歈，音弋支反，廠，音逾，又音由，此云邪揄，語輕重不同。”又《世說》載襄陽羅友，少好學，性嗜酒，當其所遇，則不擇士庶。桓宣武雖以才學遇之，然以其誕率非宏遠才，許而不用。郡人有得郡者，溫爲席送別，友亦被命，至尤遲晚。溫問之，答曰：“旦出門，於中路逢一鬼，大揶揄云：‘我秪見汝送人作郡，何以不見人送汝作郡？’遂慚怖卻回，不覺淹緩之罪。”桓雖知其滑稽，心頗愧焉。後以爲襄陽太守。故宋景文公詩云：“數領郡章君莫笑，猶勝長被鬼揶揄。”（黃朝英《靖康湘素雜記》卷一，見《宋人詩話外編》第 280 頁）

按，“耶廠”作爲一個聯綿詞，有不同的書寫形式，也作“揶揄”“邪揄”“歈廠”“捓揄”“歈瘉”“撒歈”“歈歈”。其意爲“嘲弄，戲弄”。《說文·欠部》：“歈，人相笑相歈瘉。”又《欠部新附》：“歈，歌也。从欠，俞聲。”徐鉉注：《切韻》云：‘巴歈，歌也。’"清鄭珍《說文新附考》：“此本歈歈字，義爲手拉相笑……非巴歈歌專字。"①《集韻·麻韻》：“撇，撇歈，舉手相弄。或省。"《字彙·手部》：“挪，挪揄，舉手相弄。"“挪揄"，乃“冶由"一聲之轉。《正字通·欠部》：“蘇鶚謂‘耶廝，即今俗謂之冶由’。按，賈誼《新書·勸學篇》冶由笑，專指西施笑貌，言與人鬼邪揄小別。俗因揄叶侯讀由，挪揄轉爲冶由，非冶由即挪廝，蘇鶚合爲一音一義，誤也。"《淮南子·修務》：“嘗試使之施芳澤，正蛾眉，設筓珥，衣阿錫，曳齊紈，粉白黛黑，佩玉環揄步，雜芝若，籠蒙目視，冶由笑，目流眺。"高誘注：“冶由笑，巧笑。《詩》曰‘巧笑倩分’是也。"由“巧笑"引申出“戲謔、嘲弄"，並在此義上形成了不同的書寫形式。

（四）籭簌

唐李郢詩：“薄雪燕菨紫燕釵，釵垂籭簌抱香懷。一聲歌罷劉郎醉，脫取明金壓繡鞋。"籭簌，下垂之貌。又作“麗戵"。李賀《春坊正字劍子歌》：“捋絲團金懸麗戵。"其義一也。薛君采語予云。（明楊慎《升菴詩話》卷十三，見《歷代詩話續編》第 911 頁）

按，籭：《廣韻》盧谷切，來母屋韻入聲。簌：《廣韻》蘇谷切，心母屋韻入聲。“籭簌"爲疊韻聯綿詞，義爲“下垂貌"。又作“麗戵"“麗戵"“蓘蘇"“綠簌"“珞簌"“絡索"等詞形。清顧張思《土風錄》：“物垂下曰絡索，按當爲籭簌。"“籭簌"“絡索"乃一聲之轉，無需分正誤。顧學頡、王學奇《元曲釋詞》（二）“琭簌綠簌珞簌絡索落索"條進一步提出“絡索，即‘流蘇’二字的音轉"②。是。“流蘇"本爲用彩色羽毛或絲線等製成的穗狀垂飾物。李善注《文選·張衡〈東京賦〉》“飛流蘇之騷殺"之“流蘇"：“五采毛雜之以爲馬飾而垂之。"故可引申出“下垂"義。

---

① （清）鄭珍著：《說文新附考》，袁本良點校，王鍈審訂：《鄭珍集·小學》，貴州人民出版社 2002 年版，第 334 頁。

② 顧學頡等：《元曲釋詞》（二），中國社會科學出版社 1984 年版，第 390 頁。

（五）朣朧

古樂府《秦女休行》："朣朧擊鼓赦書下。"朣朧，鼓聲也。唐人所用字不同。沈佺期："籠僮上西鼓。"柳子厚："籠銅鼓報衙。"第取其音之同耳。即《秦女》本曲，見《太平御覽》者亦作隴橦，各異。遯叟。（胡震亨《唐音癸籤》卷二十四，見《全明詩話》第 3762 頁）

按，朣朧：鼓聲。"朣朧""籠僮""籠銅""隴橦"是一詞的不同書寫形式，與"潼潼""薩薩""鼕鼕""通通""鑿鑿"乃一聲之轉。民國二十四年《新城縣志》卷二十一《地俗篇二·方言》："潼潼，擊鼓聲也。《管子·輕重篇》：'潼然擊鼓。'此字無正義，取其聲。《廣韻》作'薩'，云：'薩薩鼓鳴也。'又作'鼕鼕'。張耒詩'官街人靜鼓鼕鼕'。亦作'通通'。陳造詩'通通已報衙'。"郭沫若《管子集校》"潼然擊鼓"引張佩綸云："朣朧、隴橦、籠僮、籠銅，即潼然也。"又引陳奐云："'潼'與'鏜'一聲之轉。《詩》'擊鼓其鏜'，毛《傳》曰'鏜然，擊鼓聲也'，《說文》'鼞，鼓聲也'，引《詩》作鼞，'鏜，鐘鼓之聲也'，引《詩》作'鏜'。依毛訓，則《詩》之'鏜'爲'鼞'。《司馬法》曰'鼓聲不過閶'，閶爲鼞之借字。又《說文》'鼕，鼓聲'，《集韻》通作'鼕'。隆、冬與潼，聲亦相近。"[①] 潼然，亦作"鑿然"。《篇海類編·器用類·鼓部》："鑿，鼓聲。一作鼞。"《字彙補·鼓部》："鼞，同鑿。"朱駿聲《說文通訓定聲·豐部》："（潼然）猶鑿然耶。凡單辭形況字，借聲託義，本無正字。"段玉裁《說文解字注·鼓部》於"鑿"字下言："其作鼕，讀徒東、徒冬二切者，卽鑿、鼕之變也。"

（六）箘簬

韻書四豪"簬"字下注云："箘簬，竹名。"而不詳其說。按《異物志》："南方思牢國產竹，可礪指甲。"《竹譜》云："可挫爪，是也。"崔鶠詩曰："時一出輕芒，皚皚落微雪。"又李商隱《射魚曲》云："箘簬弩箭磨青石，繡額蠻渠三虎力。"是知亦可作箭。今東廣新州有此種，製成琴樣，為

---

① 《郭沫若全集·歷史編》（第八卷），人民出版社 1985 年版，第 301—302 頁。

礪甲之具，用之頗久，則微滑，當以酸漿漬之，過信宿則澀復初。字又作"澀勒"，東坡詩："倦看澀勒暗蠻村。"（《楊慎詩話》，見《明詩話全編》第2809—2810頁）

按，出自《升菴全集》卷八十《篾笶即澀勒》①。篾笶：嶺南的一種竹子。晉嵇含《南方草木狀》卷下："篾笶竹，皮薄而空，大者徑不過二寸，皮麤澀，以鑢犀象，利勝於鐵，出大秦。"②又作"篾笶"。唐劉恂《嶺表錄異》引作"篾笶竹"③。又作"思牢"。宋楊伯嵒《臆乘》："思牢竹，南番思牢國產，竹質甚澀，可以礪指甲……今東廣新州有此種，製琴樣爲礪甲之具。"④上述關於思牢竹產自思勞國說，皆認爲源自《異物志》，但書中未見此語，故不足信。正如清馮浩《玉谿生詩箋注》所言："余檢《異物志》，未見此語，且宋以前志外國者無'思牢'，至楊伯嵒《臆乘》乃有之，未足據也。"⑤又聲轉爲"澀勒"，其構詞理據就是這種竹子表皮粗澀，帶刺。明鄺露《赤雅》卷下《思牢矢》（知不足齋本）："思牢竹，出思牢國，用爲箭，可敵會稽之美。其節有勒，可以批爪—本作瓜，俗名澀勒。"清屈大均《廣東新語》卷二十七《草語·竹》："有笏竹，一名澀勒。勒，刺也。廣人以刺爲勒，故又曰勒竹。長芒密距，枝皆五出如雞足。可蔽村砦。子瞻詩：'澀勒暗蠻村。'一名篾笶。新興向無城，環種是竹，號笏城。其材可桁桷，篾可織，皮可剉物，土人製爲琴樣，以礪指甲，置於雜佩之中。用久微滑，以酸漿漬之，復澀如初。"⑥

（七）驩兜

驩兜，篆文作鴅吺。韓文公詩："鳴弓射鴅吺。"（《楊慎詩話》，見《明詩話全編》第2865頁）

① （明）楊慎：《升菴全集》，王雲五主編：《萬有文庫》第二集七百種，商務印書館1937年版，第1065頁。

② （晉）嵇含：《南方草木狀》，商務印書館《叢書集成初編》本，1939年版，第14頁。

③ （唐）劉恂撰，商璧、潘博校補：《嶺表錄異校補》，廣西民族出版社1988年版，第96頁。

④ （宋）楊伯嵒：《臆乘》，商務印書館《叢書集成初編》本，1939年版，第1頁。

⑤ 劉學鍇等：《李商隱詩歌集解》，中華書局1988年版，第730頁。

⑥ （清）屈大均：《廣東新語》，中華書局1985年版，第683—684頁。

按，本條出自《升菴經說》卷三《驩兜》①。"驩兜"是古人名，郭璞注
《山海經·海外南經》言："驩兜，堯臣，自投南海而死，帝憐之，使其子居
南海而祀之。"此詞有不同的書寫形式。又作"讙兜"。如《莊子·在宥》："堯
於是放讙兜於崇山。"亦作"驩頭"。如《山海經·大荒南經》："大荒之中，
有人名曰驩頭。"或作"鵬兜"。如《神異經·南荒經》："南方有人，人面鳥
喙而有翼，手足扶翼而行，食海中魚。一名鵬兜，一名驩兜。"又作"鵬吺"。
如唐韓愈《遠遊聯句》："繫石沈靳尚，開弓射鵬吺。"錢仲聯《韓昌黎詩繫
年集釋》卷一："魏本引孫汝聽曰：《史記》'鵬吺'，即'驩兜'字。古文《尚
書》亦以'驩兜'爲'鵬吺'。堯放之於崇山。靳尚、鵬吺皆在南方，恐其
爲鬼爲祟，故欲沈射之也。"②"驩"與"鵬"《廣韻》同爲曉母桓韻平聲；"兜"
與"吺"同爲端母侯韻平聲。故音近可通。

（八）旖旎

《楚辭》："紛旖旎乎都房。"王逸注引《詩》曰："旖旎其華。"今詩
作"猗儺"。司馬相如賦："又旖旎以招搖。"揚雄賦："旟旎郅偈之旖旎。"
王褒《洞簫賦》："形旖旎以順推。"其用字皆自《詩》《楚辭》來當依《詩》
音作猗儺，特古今字形有異耳。今以"猗儺"爲平音，"旖旎"作仄音
誤矣。（《楊慎詩話》，見《明詩話全編》第 2778 頁）

按，出自《升菴全集》卷六十二《旖儺旖旎》③。"'阿難''猗儺''旖旎''阿
那''猗那''婀娜'"④及"'旖旐''袞裵''橤橤''袞褖'"⑤皆一聲之轉。明陳
第《毛詩古音考》卷二《猗儺》："（猗）愚謂《詩》只讀阿，《伐檀》助語辭，《巷
伯》非韻腳，《車攻》讀阿，與破韻。破，《說文》以皮得聲；皮古讀婆。儺，《詩》

---

① （明）楊慎：《升庵經說》，商務印書館《叢書集成初編》本，1936 年版，第 40 頁。
② （唐）韓愈著，錢仲聯釋：《韓昌黎詩繫年集釋》，上海古籍出版社 1984 年版，第 53 頁。
③ （明）楊慎：《升庵全集》，王雲五主編：《萬有文庫》第二集七百種，商務印書館 1937 年
　　版，第 793 頁。
④ （清）馬瑞辰撰，陳金生點校：《毛詩傳箋通釋》，中華書局 1989 年版，第 428—429 頁。
⑤ 裘錫圭：《文字學概要》，商務印書館 1988 年版，第 260 頁。

亦平聲。詳見後左韻。迨後猗儺始有上、去二聲。古今之遞變也。"① 清徐灝
《讀書雜釋》卷三《旖儺其華》："《詩》'旖儺其華'，王逸《楚辭章句》引作'旖
旎其華'。按'猗儺''旖旎'聲轉字異。古奇衺之'奇'，奇偶之'奇'，皆音
'歌'；猗、旖皆從'奇'得聲，知音本近也。吳才老《韻補》：旎字叶音'那'。
楊升菴亦云：'旖旎''猗儺'字形之異。"② 但應該注意的是，這些不同的書寫
形式，在後世發展過程中，不僅用法上有所不同，甚至即使是同一種書寫形
式，其意義在具體語境中也是有區別的。清黃生《字詁·婀娜》："婀娜，上烏可
切，下乃可切。美貌，又舒遲貌。亦作阿那，衛恒《論書》'或縱肆阿那'，陸雲《陸
丞相誄》'珍裘阿那'。又裛裛，衣服長好貌。又檼檼，木茂盛貌。一作猗儺，
《詩》：'猗儺其華。'注：'柔順貌。'又旖旎，旌旗從風貌，《楚辭》：'紛旖旎乎都房。'
亦作猗柅，《相如賦》'垂雲貌之猗柅'，韓愈《元和聖德詩》'旎常婀娜'，東
方朔《七諫》'若李旖旎'。余謂，二字總輕婉柔弱之意，在人則爲婀娜，在衣
則爲裛裛，在木則爲檼檼，在旌旗則爲旖旎，故詩文中亦可互借爲用。"③

（九）恰恰

杜詩"自在嬌鶯恰恰啼"，今解"恰恰"爲鳴聲矣。然王績詩"年
光恰恰來"，白公《悟真寺》詩"恰恰金碧繁"，疑唐人類如此用之。又
韓文公《華山女》詩"聽眾狎恰排浮萍"，白樂天《櫻桃》詩"洽恰舉
頭千萬顆"，"狎恰"即"洽恰"。（翁方綱《石洲詩話》卷一，見《清詩
話續編》第 1382 頁）

按，"恰恰""狎恰""洽恰"爲一詞的不同書寫形式，但對杜詩當中"恰恰"
一詞的解釋卻存在不同意見。或言"用心"。《說文·心部新附》："恰，用心
也。"宋朱翌《猗覺寮雜記》卷上："杜云：'自在嬌鶯恰恰啼。'說詩以謂'恰恰'
鶯聲也。《廣韻》云，恰恰，用心啼爾，非其聲也。"④ 或言"鶯聲"，明郎瑛《七

---

① （明）陳第著，康瑞琮點校：《毛詩古音考》，中華書局 1988 年版，第 99—100 頁。
② （清）徐灝：《讀書雜釋》，《續修四庫全書》第 1161 冊，第 480 頁。
③ （清）黃生撰，清黃承吉合按：《字詁義府合按》，中華書局 1984 年版，第 33—34 頁。
④ 程毅中：《宋人詩話外編》（上冊），國際文化出版公司 1996 年版，第 392 頁。

修續稿·詩文類·恰字》："恰字有三義，適然皃，用心也，又鶯聲，杜詩皆具之，如'野航恰受兩三人'當訓適然，'恰有三百青銅錢'用心之義也，'自在嬌鶯恰恰啼'則声矣。《猗覺寮》不察此意，反引《廣韻》云'恰恰，用心'，啼非止聲也，豈非不知字義而誤以一偏言之耶？"①或言"適當、正好"。清施鴻保《讀杜詩說》卷十《江畔獨步尋花》："此言獨步之時之處，適當鶯啼。恰恰者，不一時不一處也，當亦方言，今尚云然。"②但這些意義用於其它例子，似有不通，如唐白居易《游悟真寺詩》："恰恰金碧繁。"郭在貽認爲"恰恰作頻頻、時時解"，並進一步從語源上提出，"恰恰"當是"戢戢"的聲轉，"凡從咠聲之字，均有眾多、積聚、密集之義"③。又作"狎恰""狎洽""洽洽""匼恰""狹恰""押捣""狎獵""軸轑""鰰鰈"。詳見蔣禮鴻《敦煌變文字義通釋》"洽恰狎恰匼恰"條④。

（十）翠粲

　　陸務觀記東坡詩"翠欲流"謂："蜀語鮮翠，猶言鮮明也。"愚按：嵇叔夜《琴賦》云："新衣翠粲。"李周翰注："翠粲，鮮色。"李善注引《子虛賦》："翕呷翠粲。"張揖曰："翠粲，衣聲。"《漢書》作"萃蔡"。萃，音翠。班倢伃賦："紛綷縩兮紈素聲。"其義一也。以鮮明爲翠，乃古語。（王應麟《困學紀聞》卷十八，見《宋人詩話外編》第 1447 頁）

按，陸游云東坡詩"翠欲流"之"翠"，蜀語謂"鮮明"，見《老學庵筆記》卷八："東坡《牡丹詩》云'一朵妖紅翠欲流'，初不曉'翠欲流'爲何語。及遊成都，過木行街，有大署市肆曰'郭家鮮翠紅紫鋪'，問土人，乃知蜀語鮮翠猶言鮮明也。東坡蓋用鄉語云。"⑤翠：上古音爲清母物部入聲。《廣韻》七醉切，清母至韻去聲。粲：上古音爲清母元部去聲。《廣韻》蒼案切，清母

---

① （明）郎瑛：《七修類稿　七修續稿》，《續修四庫全書》第 1123 冊，第 377 頁。

② （清）施鴻保著，張慧劍校：《讀杜詩說》，上海古籍出版社 1983 年版，第 90 頁。

③ 郭在貽：《訓詁叢稿》，上海古籍出版社 1985 年版，第 74—75 頁。

④ 蔣禮鴻：《敦煌變文字義通釋》，上海古籍出版社 1988 年版，第 343 頁。

⑤ （宋）陸遊撰，李劍雄等點校：《老學庵筆記》，中華書局 1979 年版，第 102 頁。

翰韻去聲。"翠粲"爲雙聲聯綿詞,又作"萃蔡""綷縩""璀采""璀粲""璀璀""璀璨""綷蔡""翠蔡""綷縰""悴憭""綷粲"。"翠粲"有二義。一義爲顏色鮮明之貌,其中"翠"讀爲"澤"。《文選・嵇康〈琴賦〉》:"新衣翠粲,纓徽流芳。"李周翰注:"翠粲,鮮色。"明李實《蜀語》:"凡顏色鮮明曰翠。○駱賓王文:'縟翠蕚於詞林,綷鮮花於筆苑。'東坡詩:'兩朵妖紅翠欲流。'以翠對鮮,既曰紅,又曰翠,皆謂鮮明之貌。"① 清錢大昕《十駕齋養新錄》卷十九考證"翠"本字當作"澤"②。《說文・水部》:"澤,新也。"段玉裁注:"謂水色新也,如玉色鮮曰玼。《廣韻》曰:'新水狀也。'"《廣韻》七罪切,清母賄韻上聲。可見,"翠"與"澤"音近可通。一義爲衣服相擦之聲,其中"翠"讀爲"裻"。《漢書・司馬相如傳〈子虛賦〉》:"扶輿猗靡,翕呷萃蔡。"注引張揖曰:"翕呷,衣張起也。萃蔡,衣聲也。"清鄭珍《說文新附考・璨》言:"《說文》有'裻',訓'新衣聲'。漢世疊言之字作'萃蔡'('裻',《玉篇》音先鵠切。'萃'去聲如'碎',入聲如'叔',與'裻'音同)。"③ 裻:《廣韻》冬毒切,端母沃韻入聲。又先篤切。"翠"與"裻"聲母爲鄰紐,韻部可通轉,故音近可通。

(十一) 咄嗟

劉貢父以司空圖詩中"咄嗟"二字,辨《晉書》石崇"豆粥咄嗟"爲誤。石林謂孫楚詩有"咄嗟安可保"之語,此又豈是以"嗟"爲"嗟"?自晉以前,未見有言"咄嗟"。殷浩謂"咄咄逼人",蓋拒物之聲。"嗟"乃歎聲,"咄嗟"猶呼吸,疑晉人一時語耳。僕觀魏陳暄賦:"漢帝咄嗟。"《抱樸子》:"不覺咄嗟復凋枯。"李白詩:"臨岐胡咄嗟。"王績詩:"咄嗟建城市。"張說詩:"咄嗟長不見。"陳子昂詩:"咄嗟吾何歎。"司空圖詩:"笑君徒咄嗟。"此詩於"花"字韻押,是亦以爲"咄嗟"。貢父所舉,乃別一詩。曰:"咄咄休休莫莫。"且陳暄、葛稚川、左太沖、陳子

---

① (明) 李實著,黃仁壽、劉家和校注:《蜀語校注》,巴蜀書社 1990 年版,第 172 頁。

② 陳文和主編:《嘉定錢大昕全集》(柒),江蘇古籍出版社 1997 年版,第 510 頁。

③ (清) 鄭珍著:《說文新附考》,袁本良點校,王鍈審訂:《鄭珍集・小學》,貴州人民出版社 2002 年版,第 214 頁。

昂、李太白之徒，皆在司空圖之前，其言已可驗矣，況復圖有前作“咄嗟”字，無可疑者。僕又推之，竊謂此語，自古而然，非特晉也。《前漢書》：“項羽意烏猝嗟。”李奇注：“猝嗟，猶咄嗟也。”後漢何休注《公羊》曰：“噫，咄嗟也。”此“咄嗟”已明驗漢人語矣。又《戰國策》有叱咄叱嗟、等語，益知此語，自古而然。貢父所說，固已未廣，石林引孫楚詩，且謂晉人一時之語，亦未廣也。“咄咄逼人”，乃殷仲堪語，石林謂殷浩，誤也。殷浩語乃“咄咄書空”。（王楙《野客叢書》卷二十三，見《宋人詩話外編》第 1102—1103 頁）

按，咄嗟：聯綿詞。猶呼吸之間，常表示時間倉卒；迅速。《北齊書·李渾傳》：“若簡練驍勇，銜枚夜襲，徑趣營下，出其不意，咄嗟之間，便可擒殄。”亦作“猝嗟”“窟咤”“咋唶”“咄唶”“趒趟”等。明楊慎《俗言》卷一《窟咤嘈嗜》：“俗語急疾頃刻曰‘窟咤’，字一作‘咄嗟’。《晉書》‘咄嗟而辦’。《集韻》作‘咋唶’，《古樂府》作‘咄唶’，今俗書詞曲作‘趒趟’。”[1] 明王九思《端正好·春遊》套曲：“嘆光陰忒迅速，恰便似過隙駒。趒趟的又是五十餘，那裏有千萬種閑愁慮。”《字彙補·口部》：“《三蒼詁》：‘咄嗟，易度也。猶言呼吸之間。’《世說》：‘石崇作豆粥，咄唶而辦。’”“趒趟”這個詞形，《大詞典》未收。

（十二）溫暾

南人方言曰溫暾者，乃懷暖也。唐王建《宮詞》：“新晴草色暖溫暾。”又白樂天詩：“池水暖溫暾。”則古已然矣。《輟耕錄》。又李商隱詩：“疑穿花透迤，漸近火溫麐。”亦暖氣之意。（胡震亨《唐音癸籤》卷二十四，見《全明詩話》第 3763 頁）

按，“則古已然矣”後當爲注文。此條抄自元陶宗儀《南村輟耕錄》卷八《溫暾》：“南方人言溫暾者，乃微煖也。”[2] 但胡氏在轉引陶宗儀這段文字

---

[1] （明）楊慎：《俗言》，商務印書館《叢書集成初編》本，1936 年版，第 6 頁。

[2] （元）陶宗儀：《南村輟耕錄》，中華書局 1959 年版，第 103 頁。

時，將“微暖”訛成“懷暖”，導致詞義不清。“微暖”即“不冷不熱”。清胡文英《吳下方言考》卷四《溫暾》：“今吳諺謂水微煖曰溫暾。”① 乾隆十八年《長洲縣志》卷十一《風俗》：“冷暖適中曰溫暾。”“溫暾”爲疊韻聯綿詞，有多種書寫形式，亦作“兀秃”“溫黁”“溫磨”。清翟灝《通俗編》卷三《時序・溫暾》：“溫暾與溫黁、溫磨義同，音亦相近。”② 民國十八年《雄縣新志・故實略・謠俗篇・方言》：“兀兀秃秃，《元曲選・生金閣》：‘店小二云：可釃些不冷不鶩、兀兀秃秃的酒與他喫。’按，兀秃，即溫暾之轉音。”民國二十四年《蕭山縣志稿》卷廿九《瑣聞・方言謠諺》：“不冷不熱曰温暾，讀若溫吞。……又按溫暾與溫難屬義同音亦相近。”龍潛庵《宋元語言詞典》“兀兀秃秃”：“唐人言溫暾，宋人語轉爲溫吞，元人又轉爲兀秃。”③ 魯國堯《〈南村輟耕錄〉與元代吳方言》一文認爲：“此詞可上溯至漢代：大徐本《說文》：‘黁，安黁，溫也。’又‘幔，墀地，以巾擱之。……讀若水溫黁也。’”④“安黁”之“安”當作“洝”。馬敘倫《說文解字六書疏證》卷十三言：“安蓋洝之傳寫挩譌。”甚是。洝：《說文・水部》：“渜水也。”段玉裁注：“《日部》曰：‘安黁，溫也。’然則洝渜，猶安黁，皆疊韻字。”渜：《說文・水部》：“湯也。”故“溫暾”與“洝渜”乃一聲之轉。此外，“溫暾”一詞還用來形容人的性子不爽快。元伊世珍《琅嬛記》“致虛閣雜俎”言：“今人以性不爽利者曰‘溫暾’，言湯不冷不熱也。”

二、聯綿詞異形研究之誤例

詩話在對聯綿詞異形的繫連過程中也存在着很多問題，或對聯綿詞的不同變體強分正別或正誤，或把音近異義聯綿詞混雜在一起。

---

① （清）胡文英：《吳下方言考》，《續修四庫全書》第195册，第37頁。

② （清）翟灝：《通俗編》，商務印書館1958年版，第59頁。

③ 龍潛庵：《宋元語言詞典》，上海辭書出版社1985年版，第47頁。

④ 魯國堯：《〈南村輟耕錄〉與元代吳方言》，《著名中年語言學家自選集・魯國堯自選集》，河南教育出版社1994年版，第270頁。

（一）淡沲

杜子美《醉歌行》云：“春光淡沲秦東亭。”淡沲當是潭陁，見富嘉謨《明水篇》曰：“陽春二月朝始暾，春光潭陁度千門，明水時出禦至尊。”而富又本梁簡文《和湘東王陽雲樓檐柳詩》曰：“潭陁青帷閉，玲瓏朱扇開。”第陁一字不同。《選·江賦》：“隨風猗萎，與波潭沲。”注曰：“潭沲，隨波之貌。沲，徒我切。”簡文與富皆本乎此。（吳曾《能改齋漫錄》卷六，見《宋人詩話外編》第 637 頁）

按，“淡沲”與“潭陁”“潭沲”爲同一聯綿詞的不同變體，無須分辨正別，釋爲“隨波之貌”。沲：《集韻·戈韻》：“沱，或作沲。”沱、沲爲異體字，故“淡沲”又寫作“淡沱”，如宋陸游《莫春》：“湖上風光猶淡沱，尊前懷抱頗清真。”淡：《集韻·談韻》：“水皃。或作澹。”故又可寫作“澹沱”“澹沲”，如明高啓《感舊酬宋軍咨見寄》：“風日初澹沲，櫻桃作繁英。”此外，還可寫作“淡蕩”，如宋李清照《浣溪沙》：“淡蕩春光寒食天，玉爐沈水裊殘煙，夢回山枕隱花鈿。”“淡蕩”表示水波動蕩貌，春日風光明淨。

（二）阡眠

《楚辭》：“遠望兮阡眠。”陸機詩：“林薄杳阡眠。”呂延濟曰：“阡眠，原野之色。”按《說文》：“谸，山谷青谸谸也。”則“阡眠”字當作“谸眠”。又《列子》云：“鬱鬱芊芊。”註：“芊芊，茂盛之貌。”李白賦：“彩翠兮芊眠。”“谸眠”作“芊眠”，亦通。《文選》別作“肝眠”，字皆從目。（明楊慎《升菴詩話》卷八，見《歷代詩話續編》第 798 頁）

按，“阡眠”“谸眠”“芊眠”“肝眠”爲同一聯綿詞的不同變體，無須分辨正別，釋爲“草茂盛綿延貌”。其體式較多，又作“肝瞑”“芉眠”“芊綿”“千眠”“仟眠”“阡綿”“岍螟”“翩綿”“聯綿”“牽連”“阡阡”“千千”“仟仟”“谸谸”等。詳見田忠俠《辭源通考》[1]、姜亮夫《楚辭通故》（第四輯）[2]、符定一《聯綿字典》

---

[1] 田忠俠：《辭源通考》，福建人民出版社 2002 年版，第 479—480 頁。
[2] 姜亮夫：《楚辭通故》（第四輯），《姜亮夫全集》（四），雲南人民出版社 2002 年版，第 526 頁。

（四戌集）①。芊：《說文·艸部新附》：“艸盛也。”清鈕樹玉《說文新附考》卷一：“芊，通作千，亦作茾。”②《廣雅·釋訓》：“芊芊，茂也。”瞑：《說文·目部》：“翕目也。”清朱駿聲通訓定聲：“瞑，字亦作眠。”

（三）鶡鴠

《月令》：“鶡鴠不鳴。”《禮》引《詩》又作“盍旦。”注：“渴旦，鳥夜鳴急旦也。”郭璞《方言》注：“鳥似雞，冬無毛，晝夜鳴。”今北方有鳥名寒號蟲，即此也。《說文》作“鳱鴠，又作鴠鴠。”蓋自旱省為干，故鴠或作鳱也，猶《禽經》鴻鴈之“鴈”作“鶗”，斥省為干，故鶗或為鳱，皆古鴈字也。然則“鶡鴠”字正當作“鴠”，省作“鳱”。作鶡，非。鶡乃鬭鳥，古以其羽為勇士冠者，非此同也。盍旦、渴旦，皆以義借用耳。唐詩：“暗蟲啼渴旦，凉葉墜相思。”（《楊慎詩話》，見《明詩話全編》第 2870—2871 頁）

按，詩話中的“唐詩”即白居易《代書詩一百韻寄微之》。此條出自《升菴經說》卷九《鶡鴠》③。鶡鴠：聯綿詞，又作“渴鴠”“曷旦”“盍旦”“鴠鴠”“侃旦”“鳱鴠”“盍旦”“鶡旦”“渴旦”“可旦”等，無須分辨正借。《說文·鳥部》：“鴠，渴鴠也。”段玉裁注：“《月令》作‘曷旦’，《坊記》作‘盍旦’。鄭云：‘夜鳴求旦之鳥。’《方言》作‘鴠鴠’‘鶡鴠’，《廣志》作‘侃旦’，皆一語之轉。”《太平御覽》卷九百二十一引《說文》曰：“鴠，可旦也。”《逸周書·時訓》：“大雪之日，鴠鳥不鳴。”孔晁注：“鴠鳥，鶡鴠也；或作鳱鴠；或作鴠鴠。《禮記·坊記》作盍旦。夜鳴求旦之鳥也。”關於得名理據，明李時珍《本草綱目》卷四十八《禽部二·寒號蟲》引郭璞云：“鶡鴠，夜鳴求旦之鳥。夏月毛盛，冬月裸體，晝夜鳴叫，故曰寒號，曰鶡旦。古刑有城旦舂，謂晝夜舂米也。故又有城旦、獨舂之名。”④

---

① 符定一：《聯綿字典》（四戌集），中華書局 1954 年版，第 93 頁。

② （清）鈕樹玉：《說文新附考》，《續修四庫全書》第 213 冊，第 97 頁。

③ （明）楊慎：《升菴經說》，商務印書館《叢書集成初編》本，1936 年版，第 140 頁。

④ （明）李時珍著，陈贵廷等點校：《本草綱目》，中醫古籍出版社 1994 年版，第 1094 頁。

（四）撇捩

"渡河不用船，千騎常撇捩。"撇捩，疾貌。《大食刀歌》云："鬼物撇捩醉坑壕。"字意皆同，今從之。舊集作撇烈，非也。《杜詩正異》（宋阮閱《詩話總龜後集》第 109 頁）

按，"渡河不用船，千騎常撇捩"出自唐杜甫《留花門》。"撇捩"《杜甫全集》卷二錄作"撇烈"①。"撇捩""撇烈"乃爲聯綿詞的不同書寫形式，皆是表示迅速的時間副詞，不可強分正訛。又作"瞥裂""潎洌""撇勒""撇捌"等。宋童宗說等《柳河東集注》卷四十三《詩・行路難三首》："'瞥裂左右遺星辰'。潘云：'瞥，匹滅切。'疑與撇捩字同。又作潎洌。《上林賦》：'轉騰潎洌。'注：相潎也。蓋古字多通用，如杜詩用撇捩，又用撇烈，其義皆同。"②如明王廷相《獅貓述》："見鼠之遇貓也，撇勒搪突。"清黃生對"撇烈"的語源進行了探討，認爲來源於"丿乀"。《字詁・丿乀潑刺撇烈儱儗》："丿，匹列切。《說文》：'左戾也。'乀，分勿切。'右戾也。'今作字，丿謂之撇，乀謂之捺。二字古音拂戾，撇捺者，拂戾良薛切。之轉也。又杜詩'船尾跳魚潑刺盧達切。鳴'，此狀魚尾左右擲掉之意，則潑刺亦拂戾之轉。又'千騎常撇烈'，此言其性之悍戾。又俗語云'儱儗'，亦乖戾意。撇烈、儱儗，猶拂戾也。蓋丿、乀爲左右相戾，故諸字皆從此借義。"③"撇烈"，乃"丿乀（撇捺）"一聲之轉。

（五）些樂

《唐書》驃國之地，南盡溟海，即今滇海。北通南詔些樂城，東北距陽苴咩城六千八百。些樂，即杜詩所謂"和親邐迤城"是也。今作摩些，其字雖異，地一也，音一也。（明楊慎《升菴詩話》卷十二，見《歷代詩話續編》第 886 頁）

按，些樂：即今瑞麗城。方國瑜曰："磨些樂城當是賈耽《路程》之樂城，《舊唐書》之些樂城，疑以些樂城爲正。……以方位考之，些樂城應在今之

---

① （唐）杜甫著：《杜甫全集》，上海古籍出版社 1996 年版，第 25 頁。
② （宋）童宗說等：《柳河東集注》，《景印文淵閣四庫全書》第 1076 冊，第 844 頁。
③ （清）黃生撰，清黃承吉合按：《字詁義府合按》，中華書局 1984 年版，第 38 頁。

瑞麗城。”①

邏些：藏語“lh,a-sa”的音譯。吐蕃的都城，即今西藏拉薩市。《舊唐書・吐蕃傳》：“其國都城號爲邏些城，屋皆平頭，高至數十尺。”任乃強、曾文瓊《〈吐蕃傳〉地名考釋（一）》一文言“些字古音讀如娑，以沙爲聲，羌語藏語皆土地之義。今藏語呼天神爲‘納’，古羌語音如邏。漢音‘大邏天’‘羅漢’，‘羅天大醮’等羅字，皆緣羌語天神曰邏爲稱”②。一作“邏娑”。《新唐書・吐蕃傳》：“其贊普居跋布川，或邏娑川，有城郭廬舍。”《衛藏通志》卷一《考證》：“邏娑城、邏些城，今唐古特語名前藏地爲拉薩，蓋譯言之異也。”

摩些：納西語的音譯。今納西族，分布於今雲南麗江縣一帶。作爲音譯詞，有不同的書寫形式。一作“摩梭”，最早見於晉常璩《華陽國志・蜀志》。《寧蒗彝族自治縣志》言“唐稱么些或磨西，宋稱么些或摩西，元稱摩沙或么些，明稱磨西或么西，清稱摩娑或摩挲，其它地方史志，都以么西、末西、摩些、摩西、摩沙、么梦、摩娑等同音異字記載了摩梭這個稱謂”③。“‘牦’‘旄’‘摩’‘磨’爲古納西語牛的音譯。‘沙’、‘些’、‘梭’是古納西語人的音譯。‘么些’即納西語‘牧牛人’的意思”④。元李京《雲南志略・諸夷風俗》：“末些蠻，在大理北，與吐蕃接界、臨金沙江。”可見，楊慎將“邏些”“摩些”混雜一起，除了語音接近外，也因兩地毗鄰。

綜上所述，“些樂”“邏些”“摩些”並非是一詞的不同書寫形式，王仲庸《升菴詩話箋證》明確提出“樂些”“邏些”“摩些”並非是一地⑤。故楊慎對“些樂城”的探源有誤。

（六）恡悼

文士以作事迫促者，通謂之恡悼，見陸士衡《文賦》曰：“恡悼瀾漫，

---

① 方國瑜：《雲南史料叢刊》（第二卷），雲南大學出版社 1998 年版，第 58 頁。

② 任乃強、曾文瓊：《〈吐蕃傳〉地名考釋（一）》，《西藏研究》1982 年第 1 期。

③ 寧蒗縣誌編纂委員會：《寧蒗彝族自治縣志》，雲南民族出版社 1993 年版，第 177 頁。

④ 葉大槐、毛爾哈：《鹽邊民族志》，渡口市民委，文物管理處 1985 年內部鉛印，第 159 頁。

⑤ （明）楊慎著，王仲庸箋證：《升庵詩話箋證》，上海古籍出版社 1987 年版，第 487 頁。

亡耦失疇。"埤蒼曰："嘷蓼，寂靜也。"嘷蓼與悙恅音義同。悙，麤老切。
恅，閭草切。(《吳曾詩話》，見《宋詩話全編》第 2998 頁)

按，見於《能改齋漫錄》卷一《事始·恅悙》①。劉凱鳴《〈能改齋漫錄〉
匡繆》指出：一是"誤王褒《洞簫賦》中文句爲陸機《文賦》文句，且將悙
恅顛倒爲恅悙"，二是"誤將'[作事]迫促'與'寂靜也'拉扯一起"②。悙：
《廣韻》采老切(即麤老切)，清母晧韻上聲。恅：《廣韻》盧晧切(即閭草
切)，來母晧韻上聲。"悙恅"與"恅悙"音同而義異。"悙恅"爲疊韻聯綿詞，
寂靜義，故詞形不固定，又可寫作"嘷嘍"，如《玉篇·口部》："嘷嘍，無
人貌。"《集韻·晧韻》："嘷，嘷嘍，寂靜也。""恅悙"也屬疊韻聯綿詞，作
事迫促義。此義又可寫作"落草"。如宋張唐英《蜀檮杌》卷上："九月，唐
莊宗遣李稠來通好，市珍玩錦繡。衍不許，以為落草。"③ 還可寫作"勞譟"。
勞：《廣韻》魯刀切，來母豪韻平聲。又郎到切。譟：《廣韻·号韻》蘇到切：
"勞，勞譟，麤急兒。"心母去聲。清道光二十一年《遵義府志》卷二十《風俗》：
"心亂曰恅悙，音老草。"由"作事迫促、性情急躁"引申出"不認真"，再引
申出"字不工整"，在這兩個意義上，常寫作"老草"或"潦草"。宋莊綽《雞
肋編》卷下："世俗簡牘中多用'老草'，如云草略之義。"岳珂《寶真齋法
書贊·龔原〈南康帖〉》："遽中作復潦草，尚冀道照，不宣。"

(七) 紇梯紇榻

崔涯《嘲妓詩》，用"紇梯紇榻"四字寫其着屐聲，此俗語至今有
之，然亦有所本。《楚辭·卜居》："將突梯滑稽，如脂如韋，以絜楹乎？"
晦庵注：突梯，滑達貌。紇梯，蓋即突梯。紇榻，亦即紇達也。自屈原
來已有此方言矣。遜叟。(胡震亨《唐音癸籤》卷二十四，見《全明詩話》
第 3764 頁)

按，"紇梯紇榻"之"紇梯"與"突梯滑稽"之"突梯"無關。"突梯"

① (宋)吳曾：《能改齋漫錄》，上海古籍出版社 1960 年版，第 8—9 頁。
② 劉凱鳴：《〈能改齋漫錄〉匡繆》，《重慶師院學報》(哲學社會科學版) 1990 年第 1 期。
③ 朱易安、傅璇琮等主編：《全宋筆記》(第一編·八)，大象出版社 2003 年版，第 45 頁。

兩字同屬"透"母，爲雙聲聯綿詞，見於《楚辭·卜居》。王逸注："轉隨俗也。"洪興祖補注："《文選注》云：突，吐忽切，滑也。"朱熹集注："突梯，滑澾貌。"姜亮夫《楚辭通故·詞部第十·突梯》引清朱珔《文選集釋》云："余謂《廣雅》突欺也，王氏《疏證》引《賈子時變》篇'欺突伯父'是已，《荀子·榮辱》篇'陶誕突盜……以偷生，反側於亂世之間'，疑此突梯即突盜之通用字，盜與梯一聲之轉，皆謂詐欺也。與滑稽正相類。"① 其說可信。清文廷式《純常子枝語》卷九云："注家但解'滑稽'，未有能解'突梯'者。余案'突''滑'，'梯''稽'皆疊韻字，'突梯'即'滑稽'也，變文以足句耳。"② 今人錢鍾書在此基礎上進一步說："是矣而未盡。倘依鄒誕之釋'滑稽'，則非止變文疊韻，且爲互文同意。"③ 故"突梯""滑稽"爲兩個同義聯綿詞，形容人世故圓滑，花言巧語。絞梯絞榻：擬聲詞，行步響聲。清阮葵生《茶餘客話》卷二十一《絞梯絞榻》："淮之方言曰：絞梯絞榻，行步響聲也。"④ 民國十八年《威縣志》卷十三《風俗志·方言》："絞梯絞榻，按俗有此語，但聲音稍異耳。""絞梯絞榻"屬於一個 ABAC 式的擬聲詞，不能分開釋義。耿二嶺《漢語擬聲詞》言：ABAC 式擬聲詞的 B 會逐漸變爲"裏、哩"⑤。清平步青《釋諺·疙疸》："《小繁露》引《雲溪友議》，崔涯《嘲妓》詩'絞梯絞榻出門前'，謂今俗亦有此語，但未知卽此四字否，則湖、杭與越語略不同，越作'疙哩疙答'，亦有音無字。任人書之，無可引證也。"⑥ 周壽昌《思益堂日札》卷六《絞梯絞榻》："今吾鄉尚有此語，作'絞裏絞搭'。"⑦ "疙哩疙答"與"絞裏絞搭"乃一詞的不同書寫形式。故"絞梯絞榻"之"絞梯"並非來自"突梯滑稽"之"突梯"。

---

① 姜亮夫：《楚辭通故》，《姜亮夫全集》（四），雲南人民出版社 2002 年版，第 638 頁。
② （清）文廷式：《純常子枝語》，《續修四庫全書》第 1165 冊，第 123 頁。
③ 錢鍾書：《管錐編》第二冊，中華書局 1979 年版，第 626 頁。
④ （清）阮葵生：《茶餘客話》，中華書局 1959 年版，第 678 頁。
⑤ 耿二嶺：《漢語擬聲詞》，湖北教育出版社 1986 年版，第 119 頁。
⑥ （清）平步青：《釋諺》，商務印書館 1959 年版，第 94 頁。
⑦ 周壽昌：《思益堂日札》，中華書局 1987 年版，第 131 頁。

第二章　歷代詩話中語言文字學論述之語音研究

詩話記載與分析了大量的古音、方俗音以及異讀字等現象，這些材料在漢語語音史上具有重要的價值。

第一節　古音研究

一、庚、慶、令

"庚"字古音同"岡"，故字法"康"從"庚"，漢以前無讀"羹"者。"慶"字古音同"羌"，漢以前無讀"磬"者。"令"字古音同"連"，入"先""仙"韻，轉去聲作"戀"，漢以前無讀"靈"者。(清袁枚《隨園詩話》卷一，第9頁)

按，"庚"與"岡"，上古音同爲見母陽部平聲，如《詩經·大雅·民勞》："民亦勞止，汔可小康。惠此中國，以綏四方。無縱詭隨，以謹無良。""康""方""良"爲韻，同押陽部，其中"康"正從"庚"得聲。"庚"中古爲"庚韻"。清黃生《義府》卷上《方舟》："古無庚、青二韻，凡韻中皆與陽韻通。"① 今人張民權進一步言："《廣韻》下平十二庚，古韻來源有二：'庚更羹觥亨瞠英京明兵兄迎行'等字來自陽唐韻，'平鳴驚榮瑩生'等字來

---

① （清）黃生撰，清黃承吉合按：《字詁義府合按》，中華書局1984年版，第127頁。

自耕清或者說庚部本音，上去二聲亦如此。"① 故韻文當中的"陽、耕合韻"現象正是對"庚"字音古今不同的有力解釋。如《孝經·紀孝行章》："居上而驕則亡，爲下而亂則刑，在丑而爭則兵。""亡""刑""兵"爲韻，其中"亡"和"兵"爲陽部，"刑"爲耕部，陽、耕合韻。

"慶"與"羌"，上古音同爲溪母陽部平聲。如《詩經·小雅·楚茨》："孝孫有慶，報以介福，萬壽無疆。""慶""疆"同押陽部。清顧炎武《音論》卷中《古詩無叶音》："'慶'皆去羊切，未嘗有協敬韻者，如'野'之上與切，'下'之後五切，皆古正音，非叶韻也。"②"去羊切"即溪母陽部平聲。"慶"中古爲"映韻"。"疆"中古爲"陽韻"，可見中古的"陽韻"和"映韻"在上古同屬"陽部"，故可相押。

令：據袁枚所言，"令"音"連"，上古音爲來母元部平聲。元耶律鑄《雙溪醉隱集》卷五在《丁靈二首》詩下注："《史記》：'西至令居，姚氏音令爲連。'《前漢書·地理志》：'令居，孟康亦音令爲連。'……《魏書》：'丁令在康居北，丁音顛，令音連。'《御覽》：'丁令亦音顛連'。"再者，在《廣韻》與"令"同爲"郎丁切"之"靈"字，古音亦讀若"連"。《辭源續編·幾部》"先靈"條："'零'讀如'連'。漢時之羌族，今甘肅導河縣以西至青海之境，皆其所據也。"③ 又，"令"讀元部去聲。清王鳴盛《蛾術編》卷三十四《說字二十·命讀爲慢》："《大學》'命也'，鄭康成讀爲'慢'，程子云'當作怠'，鄭是而程非，判若白黑。命從口從令，令古音平，讀若連，仄音讀若練。《詩·東方未明》'倒之顛之，自公令之'。《盧令》'盧令令，其人美且仁'。《車鄰》'有車鄰鄰，有馬白顛。未見君子，寺人之令'。《十月之交》'燁燁震電，不安不令'是也，所以爲聲近'慢'，而與'怠'無涉。"④"命"從"令"得聲，讀若"慢"，"慢"古音爲"明母元部去聲"。《墨子·尚同》："苗民否用練，折則刑。"清孫詒讓《墨子閒詁》卷三《尚同》中引王鳴盛曰："古音靈讀若

① 張民權：《清代前期古音學研究》上冊，北京廣播學院出版社 2002 年版，第 207 頁。

② （清）顧炎武著：《音學五書》，中華書局 1982 年版，第 33 頁。

③ 方毅等：《辭源續編》，商務印書館 1925 年版，第 249 頁。

④ （清）王鳴盛：《蛾術編》，商務印書館 1958 年版，第 502—503 頁。

連，故轉爲練也。"①"練"與"戀"上古同爲來母元部去聲。綜上所述，"令"上古在"元部"，有平去二聲。

二、下、服、降、英、風、憂、好、雄、南、宅、澤

閻百詩云："百里不同音，千年不同韻。《毛詩》凡韻作某音者，乃其字之正聲，非強爲押也。"焦氏《筆乘》載：古人"下"皆音"虎"：《衛風》云："于林之下"，上韵爲"爰居爰處"；《凱風》云："在浚之下"，下韵爲"母氏勞苦"；《大雅》云："至於岐下"，下云："率西水滸"。"服"皆音"迫"：《關雎》云："寤寐思服"，下韵爲"輾轉反側"；《候人》云："不濡其翼"，下句爲"不稱其服"；《離騷》云："非時俗之所服"，下句爲"依彭咸之遺則"。"降"皆音"攻"：《草蟲》云："我心則降"，下句爲"憂心忡忡"；《旱麓》云："福祿攸降"，上韻爲"黃流在中"。"英"皆音"央"：《清人》云："二矛重英"，下句爲"河上乎翱翔"；《有女同車》云："顏如舜英"，下句爲"佩玉將將"；《楚詞》云："華采衣兮若英"，下句爲"爛昭昭兮未央"。"風"皆讀"分"：《綠衣》云："淒其以風"，下句爲"實獲我心"；《晨風》云："鴥彼晨風"，下句爲"鬱彼北林"；《烝民》云："穆如清風"，下句爲"以慰其心"。"憂"皆讀"噯"：《黍離》云："謂我心憂"，上句爲"中心搖搖"；《載馳》云："我心則憂"，上句爲"言至于漕"；《楚詞》云："思公子兮徒離憂"，上韻爲"風颯颯兮本蕭蕭"。其他則"好"之爲"吼"，"雄"之爲"形"，"南"之爲"能"，"儀"之爲"何"，"宅"之爲"托"，"澤"之爲"鐸"：皆玩其上下文，及他篇之相同者，而自見。"風"字，《毛詩》中凡六見，皆在"侵"韻，他可類推。朱子不解此義，乃以後代詩韻，強押《三百篇》，悮矣！至于"委蛇"二字有十二變，"離"字有十五義，"敦"字有十二音：徐應秋《談薈》言之甚詳。（清袁枚《隨園詩話》卷六，第 172 頁）

按，下：上古音爲匣母魚部上聲。虎：上古音爲曉母魚部上聲。二字雖

---

① （清）孫詒讓撰，孫啟治點校：《墨子閒詁》，中華書局 2001 年版，第 84 頁。

然同爲魚部，但聲母清濁不同。"濁上與清上的差別就是去聲與陰上的差別"①。"下"音"虎"，正與濁上變去有關。

服：上古音爲並母職部入聲。迫：上古音爲幫母鐸部入聲。二字聲韻皆不同。"服"古音當讀若"備"。《管子·度地篇》："寡人悖，不知四害之服，奈何？"清俞樾《諸子平議》卷五《管子》五："樾謹按服讀爲備，謂不知四害之備也。《戰國策·趙策》'騎射之服'，《史記·趙世家》作'騎射之備'，是服與備古字通。"②"服"通"備"，可以作爲"服"古音爲"並母職部"之證。"服"中古爲"奉母屋韻"，作輕唇，這也印證了清錢大昕提出的"古無輕唇音"之說。

降：上古有平去二聲：匣母東部平聲。又見母冬部去聲。攻：上古音爲見母東部平聲。"降"音"攻"，體現了全濁聲母的清化現象。再者，從"降"的聲調來看，在普通話中，平去二聲起到別義的作用，其中"降下"義讀去聲，"降服"義讀平聲。但"從古代典籍考之，降字只有匣母冬韻平聲一讀，降下之降讀如降服之降"③。《楚辭·離騷》："惟庚寅吾以降。"清方績《屈子正音》卷上於"降"字下注："古音戶工反……《廣韻》分入四《江》。誤。……古音東冬鍾江陽唐本爲一韻。""戶工反"，即匣母東韻平聲，可見，"降"字上古只有平聲。

英：上古音爲影母陽部平聲。清顧炎武《唐韻正》卷五下平聲："英，古音同上④……《詩·出其東門》正義引'白旆央央'作'英英'。'旟旐央央'，本亦作'英'。《韓詩》'英英白雲'作'泱泱'。"⑤"英""泱"皆从"央"聲，古音同在陽部。俞樾《諸子平議》卷十一《墨子》三："樾謹按倉英之旗乃青色旗，'倉英'即滄浪也。在水爲滄浪，在竹爲蒼筤，並是一義。此又作'倉英'者，英音古音如央，故與浪同聲。"⑥"英"與"浪"皆爲陽部，"倉英"

---

① 邵榮芬：《明代末年福州話的韻母和聲調系統》，《邵榮芬音韻學論集》，首都師範大學出版社 1997 年版，第 641 頁。

② （清）俞樾：《諸子平議》，中華書局 1954 年版，第 93 頁。

③ 賀德揚：《匣母上古音探討——從降字談起》，《聊城師範學院學報》（哲學社會科學版）1988 年第 3 期。

④ "同上"即"音央"。

⑤ （清）顧炎武著：《音學五書》，中華書局 1982 年版，第 278—279 頁。

⑥ （清）俞樾：《諸子平議》，中華書局 1954 年版，第 219 頁。

與“滄浪”“蒼筤”乃一聲之轉。

風：上古音爲幫母侵部平聲。分：上古音爲幫母文部平聲。“風”讀“分”，體現了陽聲韻韻尾的變化情況，即鼻輔音［-m］併入前鼻韻尾［-n］。“風”字的古音讀法保存在方言中。清顧炎武《唐韻正》卷一上平聲：“風，今山西人讀風猶作方愔反。”①“愔”古音在“侵部”。實際上對鼻輔音［-m］的保存，不限於晉方言，閩方言、粵方言、客家方言中也常見，如《福建省志·方言志》：“普通話 -an、-uan、-aŋ、-iaŋ、-uaŋ、-uŋ、-yŋ 韻母中的相當一部分字，永安話收 -m 鼻音韻尾的閉口韻母。”《東莞市志·粵方言》：“保留了鼻音韻尾 m、n、ŋ，但收 m 的只有一個 ɐm，收 n 的又 ɐn、øn、in、un，收 ŋ 的占了絕大多數。”

憂：上古音爲影母幽部平聲。“喓”从“要”得聲，古音爲影母宵部平聲。“憂”讀“喓”，體現了宵、幽合流的語音現象。如《詩經·王風·黍離》“憂”與“搖”宵、幽合韻。

好：上古音爲曉母幽部上聲。楊樹達《積微居小學述林》卷六《〈詩〉“對揚王休”解》：“然則休何以有賜與之義？竊謂古音休與好同<small>同幽部曉母字</small>，休當讀爲好也。”②“休”與“好”古音同爲曉母幽部。吼：上古音爲曉母侯部上聲。讀“好”爲“吼”，是幽、侯合韻的表現。如《詩經·大雅·生民》“蹂”“叟”“浮”與“揄”幽、侯合韻。又，“好”《廣韻》有二音：曉母晧韻上聲，曉母号韻去聲。可見中古晧号韻的字來自上古的幽部字，直到今天，一些來自中古晧号韻的字，在方言中仍讀古幽部，如“吳化粵語中來自效開一豪晧号韻的字，其韻母實際讀如 ɔɐu”③。

雄：上古音爲匣母蒸部平聲。《詩經·小雅·正月》：“謂山蓋卑，爲岡爲陵。民之訛言，寧莫之懲。召彼故老，訊之占夢。具曰予聖，誰知烏之雌雄！”“陵”“懲”“夢”“雄”爲韻，同押蒸部。清顧炎武《唐韻正》卷一上平聲：“雄，古音羽陵反。”④“雄”正以“陵”爲反切下字。行：上古音爲匣母耕部

---

① （清）顧炎武著：《音學五書》，中華書局 1982 年版，第 226 頁。

② 楊樹達：《積微居小學述林》，中華書局 1983 年版，第 226 頁。

③ 何科根：《吳化片粵語說略》，《湛江師範學院學報》（哲學社會科學版）1993 年第 1 期。

④ （清）顧炎武著：《音學五書》，中華書局 1982 年版，第 224 頁。

平聲。讀“雄”爲“行”，體現了蒸、耕合韻現象。《易經·咸·彖》：“天地感，而萬物化生。聖人感人心，而天下和平。”“生”與“平”蒸、耕合韻。雄：《廣韻》云母東韻平聲。可見中古的東韻字來自上古的蒸部字。陳獨秀《〈廣韻〉東冬鍾江之古韻考》：“屈原《九歌》弓與懲、凌、雄爲韻；是弓與捌、膺、興、繩、乘、朕、憎、懲、承、凌、朋皆讀蒸登韻（öiŋ），與雄同。”① 在一些方言仍然存在蒸、東不分的情況。宋劉攽《中山詩話》：“關中以中爲蒸。”中：上古音爲冬部，中古音爲東韻；蒸：上古音爲蒸部，中古音爲蒸韻。

南：上古音爲泥母侵部平聲。《詩經·邶風·燕燕》：“之子於歸，遠送於南。瞻望弗及，實勞我心。”“南”“心”爲韻，同押“侵部”。能：上古音爲泥母之部平聲。二字韻尾不同。“南”讀“能”，是鼻音韻尾脫落的表現。又，“南”《廣韻》爲泥母覃韻平聲。“南”字古今讀音的不同，反映了陽聲韻韻尾的變化情況，即鼻輔音 [-m] 併入前鼻韻尾 [-n]，正如周祖謨《宋代方音》所言：“荊楚人以南爲難，……南爲覃韻字，韻尾爲 -m，難爲寒韻字，韻尾爲 -n，以南爲難，是 -m 尾已變爲 -n 尾。”②

宅：音同“托”，上古在鐸部。《詩經·小雅·鴻雁》：“之子於垣，百堵皆作。雖則劬勞，其究安宅？”“作”“宅”爲韻，同押“鐸部”。宅：中古音爲澄母陌韻入聲；近代音爲照母、皆來韻、陽平；現代音爲照母、懷來韻、陽平。③“宅”字古今讀音的不同，反映了塞音韻尾 [-k] 逐漸消失，進而成爲開韻尾的情況。但在一些方言中不同程度地保留了古塞音韻尾。《福建省志·方言志》：“普通話沒有入聲韻，廈、漳、泉話區有收 -p、-t、-k、-ʔ 等四種塞音韻尾的入聲韻，龍岩有收 -p、-t、-k 等三種韻尾的入聲韻。”《萬年縣志》卷三十三《方言》：“入聲韻有兩個塞音韻尾 k 和 t。”

澤：音同“鐸”，上古音爲定母鐸部。《爾雅·釋獸》：“麕父廘足。”釋文：

---

① 陳獨秀：《〈廣韻〉東冬鍾江之古韻考》，《陳獨秀音韻學論文集》，中華書局 2001 年版，第 224 頁。

② 周祖謨：《宋代方音》，《周祖謨學術論著自選集》，北京師範學院出版社 1993 年版，第 374 頁。

③ 本書所說近代音、現代音均采自李珍華、周長輯：《漢字古今音表》，中華書局 1993 年版。

"麝，字本作澤。"《穀梁傳·昭公八年》："其餘與士眾以習射於射宮。"晉范甯注："射宮，澤宮。""麝"以"射"爲聲符，上古音爲船母鐸部入聲。這同樣說明，"澤"古音在鐸部。澤：中古音爲澄母陌韻入聲；近代音爲照母、皆來韻、陽平；現代音爲照母、懷來韻、陽平。"澤"字古今讀音的不同，同上述的"宅"字一樣，反映了塞音韻尾 [-k] 逐漸消失，進而成爲開韻尾的情況。

三、明

《詩補音》明字有謨郎切，如《雞鳴》之詩"東方未明，顚倒衣裳"是也。韓退之詩云："歲時未云幾，浩浩觀湖湘。眾夫指之笑，謂我知不明。兒童畏雷電，魚鱉驚夜光。"此詩用明字，亦當作謨郎切矣。（《袁文詩話》，見《宋詩話全編》第 5509 頁）

按，出自《甕牖閒評》卷一①。明：上古音爲明母陽部平聲。《詩經·小雅·大東》："東方啓明，西有長庚。有捄天畢，載施之行。"清戴震《毛詩補傳》卷十八"明"字下小注"謨郎切"，"庚"字下小注"古郎切"，"行"字下小注"戶郎切"②。"謨郎切"，即爲明母陽部平聲。唐韓愈《此日足可惜贈張籍》一詩以"湘""明""光"爲韻，正用古韻。同時也說明上古陽部包括《廣韻》唐、庚、陽三韻，這和王力提出"陽部包括陽唐，又庚半"③的說法一致。

四、有、退

先儒謂詩傳有本韻不必叶而叶者。今細察之，信然。如《吉日》三章："其祁孔有"，"或羣或友"，"悉率左右"。皆叶羽已。然有、友、右皆從又，吳人自來呼又爲以音，但不通於天下耳，不必叶也。又如《隰桑》"退不謂矣"，傳云：退與何同。若以聲音相同，則今常熟吳音，稱

---

① （宋）袁文、（宋）葉大慶：《甕牖閒評考古質疑》，上海古籍出版社 1985 年版，第 3 頁。
② 張岱年主編：《戴震全書》第一冊，黃山書社 1994 年版，第 403 頁。
③ 王力：《漢語音韻》，中華書局 2003 年版，第 140 頁。

何人爲"遐箇"是已。其引鄭氏云：遐之言胡也，則又以義不以音矣。（《陸容詩話》①，見《明詩話全編》第 1450 頁）

按，《全編》注明輯自《菽園雜記》卷十一，實出卷九。《詩經·小雅·吉日》三章："瞻彼中原，其祁孔有。儦儦俟俟，或群或友。悉率左右，以燕天子。"又《周南·關雎》："參差荇菜，左右採之。窈窕淑女，琴瑟友之。"宋人朱熹均將"有""友""右"叶"羽已反"。實際上，上古"有""友""右"同屬之部，本來就押韻，陸容言"吳人自來呼又爲以音"，可證，故不必臨時改讀以求叶。鄭張尚芳《溫州方言志》言："一些很特別的如明陸容《菽園雜記》'吳人呼"又"爲"以"音'（《山歌》作'咦'），溫州也是 ji。"②但這也說明，從"又"聲之字，至少在宋代已發生變化，從上古的"止攝"轉入"流攝"，故有朱熹的叶韻之說。

遐：上古音本爲魚部，據陸容所言，又音"何"，轉爲歌部。《詩經·小雅·隰桑》："心乎愛矣，遐不謂矣？中心藏之，何日忘之！"朱熹集注："遐，與何同。"《六書故·人九》："遐，又借爲胡、何之遐。"明陳第《毛詩古音考》卷三："遐，《表記》引作瑕，《注》：'瑕之言胡也，古音胡。'《太玄》：'缺船拔車，其害不遐。'後轉爲何音。兩讀皆通。姑引魏、晉之音以證。"③如三國魏嵇康《贈秀才入軍》："怨彼幽縶，邈爾路遐。雖有好音，誰與清歌？""遐"與"歌"同押歌部。"遐"讀若"何"保留在方言中。明正德《瓊臺志》卷七《風俗》："詰誰爲挐箇，即吳音遐箇。"清乾隆《吳江縣志》卷三十九《風俗二·語音》："問何人曰遐箇。詩云：'遐不作人。'註云：'遐，何也。'"同治《蘇州府志》卷三《風俗》："常熟謂何人曰遐箇。"

五、興、遽

朱文公答鞏仲至曰："用韻多所未曉，古韻雖有此例，然在今日，

---

① 此段文字標點有誤，現據中華書局 1985 年版第 114—115 頁《菽園雜記》卷九改正。
② 鄭张尚芳：《溫州方誌》，中華書局 2008 年版，第 22 頁。
③ （明）陳第著，康瑞琮點校：《毛詩古音考》，中華書局 1988 年版，第 162 頁。

却恐不無訛謬之嫌耳。然'林'與'興'叶，亦是秦語，以'興'為韻，乃其方言，終非音韵之正。今蜀人語猶如此，蓋多用鼻音也。"又《題黃叔垕楚辭協韻》謂："傅景仁云：《漢書·高惠功臣表》'符'與'昭'韻，《西南夷兩粵傳》'區'與'驕'韻。蓋本《大招》'昭'與'遽'同韻。王岐公《集銘詩》中用'遽'字入'招'韻，正出此耳。蓋字之從'處'聲者，懅、臄、醵平讀音皆為強，然則《大招》之'遽'當自強而為喬，乃得其讀也。"公又有《楚辭辨證》上下卷，此論尤多，學者不可不知。（《葉盛詩話》，見《明詩話全編》第 1308 頁）

按，以上出自《水東日記》卷三《朱文公論用韻》。其中朱文公《答鞏仲至》事，見於《晦庵先生朱文公文集》卷六十四。據此，"答鞏仲至"當加書名號。"今蜀人語猶如此，蓋多用鼻音也"爲注文，應與正文有別。《題黃叔垕楚辭協韻》事，見於宋朱熹《書〈楚辭叶韻〉後》[1]。據此，詩話中言"字之從'處'聲者"之"處"字，當作"處"。

興：《詩經·大雅·大明》："殷商之旅，其會如林。矢於牧野，維予侯興。上帝臨女，無貳爾心。""林""興""心"相押。朱熹注"興"："叶音歆。"改蒸部"興"叶侵部"歆"，即改後鼻音叶前鼻音。其實，"興"古讀前鼻音的例子，與方言暗合，正如葉盛所言"今蜀人語猶如此"[2]，比如"長寧人說的'環帆子'其實是'黃房子'，川北有的地方說的'印單'，其實是'應當'，這都反映出巴蜀方言中的後鼻音與前鼻音混同現象"[3]。反之，《詩經》當中，古讀後鼻音，今讀前鼻音的例子，也比比皆是。如"'聘'匹正切，勁韻，今音 pìn；'馨'呼刑切，青韻，今音 xīn；'禎、楨'陟盈切，清韻，今音 zhēn"[4]。

遽：《楚辭·大招》："青春受謝，白日昭只；春氣奮發，萬物遽只。冥凌

---

① （宋）朱熹：《書〈楚辭葉韻〉後》，朱傑人等主編：《朱子全書》（第 24 冊），上海古籍出版社、安徽教育出版社 2002 年版，第 3891 頁。
② （宋）葉盛撰，魏中平校點：《水東日記》，中華書局 1980 年版，第 33 頁。
③ 雷喻義：《巴蜀文化與四川旅遊資源開發》，四川人民出版社 2000 年版，第 1043 頁。
④ 向熹：《〈詩經〉注音雜說》，《古漢語研究》2000 年第 1 期。

浃行，魂無逃只。魂魄歸來，無遠遙只！"此詩以"昭"（宵部）韻"遽"（魚部）。王逸注："遽，猶競也。""競"與"強"同爲陽部，故朱熹說"從'虞'聲者，'噱''臄''醵'，平聲音借爲'強'……然則《大招》之'遽'當自'強'而爲'喬'"，"強"鼻音韻尾脫落，正讀"喬"音，轉爲"宵部"，故"昭"與"遽"可以相押。鼻音韻尾脫落的現象在方言中大量存在，如晉語"上學"之"上"就讀 [ʂɛ53] ①，正是鼻音韻尾脫落使然。

六、觸

　　山人《泰州題壁》曰："鳶墮無端逢腐鼠，角觸那信有神羊。"按："觸"字韻本無平聲；惟毛西河引《西京賦》："百獸淩遽，駭瞿奔觸。喪精忘魄，失歸妄趨。"作平聲押。其博覽如此。（清袁枚《隨園詩話》卷十六，第550—551頁）

　　按，《文選·張衡〈西京賦〉》以"觸""趨""魚"爲韻，屬於陰入相叶。其上古音音韻地位爲：觸：昌母屋部入聲。趨：清母侯部平聲。魚：疑母魚部平聲。陰入相叶，在漢賦常見。如《西都賦》："化""蟄""歌""庶"爲韻，其中"化""歌"爲"歌部"，"蟄"爲"鐸部"，"庶"爲"魚部"，陰入相叶。故黃克定言"陰入相叶"，"這是漢賦用韻之通例"②。實際上，不限於漢賦。《淮南子·兵略》："可以行，可以舉，可以噬，可以觸。""舉""觸"爲韻，也屬陰入相押。三國吳薛綜注《西京賦》："奔觸，唐突也。"唐突，一作"搪捸"。《廣韻·唐韻》："搪，搪捸也。"《集韻·沒韻》："捸，搪捸，觸也。"可見"奔觸"爲聯綿詞，與"唐突""搪捸"乃一詞的不同書寫形式。這些異文進一步說明"觸"爲入聲，而非平聲。清周壽昌《思益堂日札》卷五《觸趨同韻》："毛西河因引觸字作平聲，與趨叶。不知趨音促，與觸叶也。"③這

---

① 李如龍：《晉語讀書劄記》，《語文研究》2004 年第 1 期。
② 黃克定：《從〈詩經〉到〈中原音韻〉：周秦兩漢魏晉南北朝唐宋金元音韻的演變》，遼寧人民出版社 2003 年版，第 464 頁。
③ （清）周壽昌撰，許逸民點校：《思益堂日札》，中華書局 1987 年版，第 118—119 頁。

也從側面證明了"觸"讀入聲。綜上所述，陰入相叶常見，故不必改"觸"爲平聲以相叶。

七、罹

　　歐陽文忠公《讀徂徠集》詩云："子生誠多難，憂患靡不罹。""罹"字乃與"魔"字同押，作"羅"字音。余按揚雄《方言》云："罹謂之羅，羅謂之罹。"是"罹"字可音"羅"字也。（袁文《甕牖閒評》佚文，見《宋人詩話外編》第 595 頁）

　　按，罹：《說文·网部新附》："心憂也。从网，未詳，古多通用離。"清徐灝《說文解字注箋》："罹即羅之別體，古通作離。"鄭珍《說文新附考·罹》："'罹'訓'遭'，亦訓'憂'，古本作'羅'。《書·湯誥》'罹其兇害'《釋文》云：'罹本亦作"羅"。'《漢書·于定國傳》'羅文法者，于公所決皆不恨'、劉公干《贈仲弟詩》'豈不羅凝寒，松柏有本性'是也。……自漢已來，'羅'與'離'異韻，而經典'羅''離'互見，世遂改'羅'之从維會意者別从惟聲，與'離'同入支脂韻，使音讀劃一。大徐言'从网，未詳'，不知'罹'即'羅'之變也。"[1] 商承祚《殷墟文字類編》："古羅與離爲一字。"可見，"罹"乃"羅"的後出字，故"罹"與"羅"音同，上古音只有來母歌部平聲。《詩經·小雅·斯干》："無非無儀，唯酒食是議，無父母貽罹。""儀""議""罹"同押歌部。又，支、歌合韻常見，如《詩經·小雅·小弁》："弁彼鸒斯，歸飛提提。民莫不穀，我独於罹。""斯""提""罹"爲韻，其中"斯""提"爲支部，支、歌合韻。中古分化出支韻，即《廣韻》呂支切，來母支韻平聲。如唐韓愈《寄崔二十六立之》："四隅芙蓉樹，擺艷皆猗猗。鯨以興君身，失所逢百罹。""猗"與"罹"同押支韻。故"罹""羅"二字漢以前音同義通。

---

① （清）鄭珍：《說文新附考》，袁本良點校，王鍈審訂：《鄭珍集·小學》，貴州人民出版社 2002 年版，第 308—309 頁。

八、窗

　　"當曙與未曙，白鳥啼前窗。獨眠抱被歎，憶我懷中儂，單情何時雙。"用韻甚古。窗，粗叢切，雙，闕工切。今《樂府》刻倒其字作"窗前"，失其音矣。（明楊慎《升菴詩話》卷八，見《歷代詩話續編》第795頁）

　　按，詩出宋郭茂倩《樂府詩集》卷四十五，"窗"與"雙"同押東韻。南朝鮑照《玩月》詩："蛾眉蔽珠栊，玉鈎隔瑣窗，三五二八時千里與君同。""栊""窗""同"也押東韻。且"窗"讀"粗叢切"，在今天方言中依見。李如龍言："客家方言'窗'的語音，正是來源於'粗叢切'。"① 又宋吳域《韻補》卷一上平聲"一東·雙"下注："疎工切。偶也。後漢語天下無雙、殿中無雙、江夏無雙皆此讀，《左氏傳》'駒氏慃'，息拱切，以雙得聲，或讀所江切，非。"從"雙"得聲的"慃"字，亦歸東韻。"粗叢切"音下的"窗"字，義爲"煙囪"。明田藝蘅《留青日札》卷三十八《通俗古音·平聲》："窓，音聰，今煙聰。"②"煙聰"，即"煙囪"。清顧炎武《唐韻正》卷一上平聲："《釋名》：'窻，聰也。於內窺外爲聰明也。'……楊慎曰：'今俗呼煙突牕猶曰煙聰。'張弨曰：'古文窻皆作囪，象形，與恩同音。'"③

九、朱提

　　退之云："我有雙飲盞，其銀得朱提。"《漢·地里》注：朱提出銀。師古云：提，音匙。《漢·食貨志》：朱提銀重八兩爲一流，直一千五百八十；他銀一流直一千，是爲銀貨。師古注：朱，音殊。提，音上支。蜀《李巖傳》：巖子豐，爲朱提太守。注云：蘇林《漢書音義》云朱音銖，提音如。蜀人謂七曰提。從師古音，則提字可入支字韻押。（朱翌《猗覺寮雜記》卷上，見《宋人詩話外編》第395頁）

---

① 李如龍：《漢語方言特徵詞研究》，廈門大學出版社2002年版，第257頁。
② （明）田藝蘅：《留青日札》，上海古籍出版社1985年版，第1211頁。
③ （清）顧炎武著：《音學五書》，中華書局1982年版，第229頁。

　　按，上段文字既有誤字，標點斷句亦殊爲不倫，不知所云。"嚴"爲"嚴"字誤，"蜀"指《三國志》之"蜀志"或"蜀書"，援上"《漢·食貨志》"標點，當作"《蜀·李嚴傳》：嚴子豐"，嚴本傳見《蜀志》卷十；未聞"提音如"及"蜀人謂七曰提"，"七"爲"匕"之誤，兩句當連讀作"提音如蜀人謂匕曰提"，但裴注引實作"提音如北方人名匕曰提"。吳承仕《經籍舊音辨證》卷五《漢書顏師古注》："《蜀志·李嚴傳》'子豐官至朱提太守'，裴松之《注》引蘇林《漢書音義》曰：'朱音銖。提音如北方人名匕曰提也。'"①亦可證。《漢書·食貨志》："朱提銀重八兩爲一流，直一千五百八十。它銀一流直千。"師古注曰："朱提，縣名，屬犍爲，出善銀。朱音殊。提音上支反。""朱音殊"與"朱音銖"，上古音相同，均爲禪母侯部平聲。"提"師古音"上支反"，即"匙"音，禪母支韻平聲，和蘇林所注"提"音同。清錢坫《新斠注地理志集釋》："蘇林讀朱爲銖，提爲匙。云北方人名匕曰匙。余以乾隆六十年七月，得漢'漢安'洗，朱提字作提，按玉篇云：提即匙字，是義與蘇林合矣。"②"作"下"提"字，據王先謙《漢書補注》引錢坫文作"榶"。榶：《集韻·支韻》："匙，常支切，或从木。亦書作堤。"綜上所述，"朱"音"銖"，"提"爲"匙"。

第二節　方俗音研究

一　榕

　　閩、廣有木名榕。子厚集有《柳州二月榕葉落盡詩》云："山城雨過百花盡，榕葉滿庭鶯亂啼。"東坡詩云："疏雨蕭蕭作晚凉，臥聞榕葉響長廊。"又云："笑說南荒底處所，只今榕葉下庭皐"。即此木也。其

---

①　吳承仕：《經籍舊音序錄·經籍舊音辨證》，中華書局 1986 年版，第 204—205 頁。

②　《二十五史》刊行委員會編集：《二十五史補編》，開明書店上海總店 1936 年版，第 105 頁。

木大而多陰，可蔽百牛，故字書有寬花廣容之說。《集韻》："榕，初生如葛藟，緣木後，乃成樹；枝下著地，又復生根，異於他木。"比觀余襄公靖詩"有語嫌雙燕，無虞羨大楠"。注云："横蔭數畝，斤斧不加。"正說此木，又用楠字，按《字書》："鵂楠，木中箭笴。"似非此榕，豈襄公之誤歟？按韻，榕，又祥容切，即古文松字，與此榕木又不同。（《叢話》後十一）（嚴有翼《藝苑雌黃》，見《宋詩話輯佚》第 557—558 頁）

按，明謝肇淛《五雜組》卷十《物部二》："（榕）閩人方言亦謂之松。按松字古作枀，則亦與榕通用矣。"① 松：《說文·木部》："木也。從木，公聲。枀，松或從容。"徐鍇繫傳："（枀）從容聲。"《集韻》祥容切，邪母鍾韻平聲。又思恭切，心母鍾韻平聲。榕：《玉篇·木部》："木名。"《集韻》余封切，以母鍾韻平聲。從讀音來看："榕"與"松"字的古文"枀"，聲母爲鄰鈕，韻部相同；從字形來看："榕"字與"枀"，都是從容從木，只是上下左右位置不同。又，"榕"字最早見於南朝梁顧野王的《玉篇》，故此前常用與之同音的"枀"字來表示"榕"。"福州地區的老年人，至今還把'榕樹'叫成'松樹'"，"在泉州民間，凡口語叫'松樹'的時候，實際上就是指'榕樹'。而真正的'松樹'的讀法，往往要加個語尾'柏'字稱之爲'松柏'"②。讀"榕"爲"松"，亦證明了曾運乾"喻四（以母）歸定"說的正確性。而長沙人則言"松樹"爲"從樹"，即讀"松"字爲"疾容切"。詳見鮑厚星等《長沙方言詞典》"從樹"條③。這體現了古邪母讀塞擦音的現象，實際上不限於湘語，閩語、客家話、粤語、吳語、贛語、官話以及徽語、晉語等也有這種情況。詳見楊蔚《湘西鄉話古心生書邪禪母讀塞擦音現象探析》④。又"榕樹"別名爲"楠"，取自"陰覆寬廣"之義。清乾隆《汀州府志》卷八《物產·木之屬》："榕樹，《海物異名記》曰：榕作楠，言材不中梓人也。或曰：陰覆寬

---

① （明）謝肇淛：《五雜組》，中華書局 1959 年版，第 278 頁。

② 陳建才：《八閩掌故大全》（民俗篇），福建教育出版社 1994 年版，第 266 頁。

③ 鮑厚星等：《長沙方言詞典》，江蘇教育出版社 1998 年版，第 259 頁。

④ 楊蔚：《湘西鄉話古心生書邪禪母讀塞擦音現象探析》，《湖南師範大學學報》（社會科學學報）2010 年第 5 期。

廣，以謂之容。垂須入地，輒復生根，常有一樹作十餘幹。相傳，千年榕樹
上生奇南香。"且"庸"與"容"多通用。清鄒漢勳《讀書偶識》卷二："五庸，
庸通容。"①

二、去、口、走、歸

　　方言語音，暗合古韻者多。今山西人以"去"為"庫"，閩人以"口"
為"苦""走"為"祖"是也。吾崑山吳淞江南以歸，"呼"入"虞"字
韻，而獨江北人則"呼"入"灰"韻。如是者多，又不可曉也。（《葉盛
詩話》，見《明詩話全編》第 1309 頁）

按，上文見於《水東日記》卷四《方言暗合古韻》，標點斷句亦照抄中
華書局 1980 年版第 47 頁，但第三句標點斷句有誤，"灰"下脫"字"字，
致使文意混亂而厚誣前人矣。當作：吾崑山吳淞江南以"歸"呼入"虞"字韻，
而獨江北人則呼入"灰"字韻。

"去"上古爲魚部，如《詩經·大雅·雲漢》："旱既太甚，黽勉畏去。
胡寧瘝我以旱？憯不知其故。""去""故"爲韻腳字，同押魚部。又，"去"
可與"鐸"部字相押。如《古詩》："步出城東門，遙望江南路。前日風雪
中，故人從此去。""去"與"路"相押，其中"路"古音正爲"鐸部"。而
"'庫'在南方方言中就是入聲"②。"今山西人以'去'爲'庫'"，正是讀
"去"字爲入聲。直到現在，"去"讀入聲在太谷、文水等地依然存在。侯精
一《現代晉語的研究》言："'去'變讀 [tiʌʔ˨]，陰入。趨向補語。例如：
起～｜下～。"③

"口"上古爲侯部，如《詩經·小雅·正月》："父母生我，胡
俾我瘉？不自我後。好言自口，莠言自口。憂心愈愈，是以有
悔。""瘉""後""口""口""愈""悔"爲韻腳字，同押侯部。"苦"上古

---

① （清）鄒漢勳：《讀書偶識》，《續修四庫全書》第 176 冊，第 369 頁。
② 劉影：《皇權旁的山西：集權政治與地域文化》，新星出版社 2007 年版，第 131 頁。
③ 侯精一：《現代晉語的研究》，商務印書館 1999 年版，第 68 頁。

爲魚部，如《詩經·邶風·凱風》："爰有寒泉，在浚之下。有子七人，母氏勞苦。""下"與"苦"爲韻腳字，同押魚部。羅常培言："在《詩經》音裏魚與侯是分用的，到西漢時期，魚、侯合用極其普遍，所以我們把魚、侯合爲一部。"① 邵榮芬雖然不同意這種看法，但也提出"並不排斥個別方言有魚、侯合併的可能性。比如史游魚、侯有 14 箇用例，獨用 3 例，占總數的21.43%，通押 4 例，占總數的 28.57%。通押比例超過了獨用比例。這顯然是方言的反映"② 。故宋朱熹《晦庵先生朱文公文集》卷七十一言："閩人有謂口爲苦，走爲祖者，皆合古韻。"③ 實際上，不限於閩方言，晉、冀方言也會把侯部字讀爲魚部字。清乾隆三十八年《臨晉縣志》卷七《雜記下·方言彙記》："牲口曰頭户。"民國二十二年《高邑縣志》卷六《方言·釋動植》："牛馬之類總名之爲生口，亦作牲口，又曰頭口。……今俗言頭口已音轉如頭户矣。"户：上古音爲魚部。讀"口"爲"户"正是魚、侯合用的表現。

"歸"上古爲微部。如《詩經·鄭風·豐》："裳錦褧裳，衣錦褧衣。叔兮伯兮，駕予與歸。""衣""歸"同押微部。古韻文中微、灰同用。如陶淵明《有會而作》一詩，脂、微、灰韻相押，正說明了此種現象。再者，古歌、微同用。如曹操《苦寒行》一詩，支、脂、歌、微合韻。又，古魚、歌同用。如王逸《九思·遭厄》，魚歌相押。故灰歌合韻，正如李新魁言："《廣韻》雖分咍—灰、歌—戈、寒—桓爲不同的韻部，但又注明可以'同用'，這就表明它們在唐宋之時，據某些方言將它們分爲不同的韻部，而在作詩押韻中，爲免其苛細，又許令就近通用，這又反映了當時某些方言可以讀爲同音（主要元音相同）的現象。"④ 但葉盛言崑山吳淞江南以"歸"呼入"虞"字韻，江北入"灰"字韻，旨在說明：這個地方魚虞模部的字與灰部字不相

① 羅常培：《兩漢韻部之間通押的關係》，《羅常培文集》（第二卷），山東教育出版社 2008年版，第 359 頁。
② 邵榮芬：《古韻魚侯兩部在前漢時期的分合》，《邵榮芬語言學論文集》，商務印書館 2009年版，第 66 頁。
③ 朱傑人等主編：《朱子全書》第 24 冊，上海古籍出版社、安徽教育出版社 2002 年版，第3420 頁。
④ 李新魁：《中古音》，商務印書館 1991 年版，第 155 頁。

通用。據此，李先生所說的"某些方言"就包括崑山吳淞一帶。

三、韓

聲音不同，不但隔州郡，並隔古今。……《唐韻》："江淮以'韓'爲'何'。"今皆無此音。（清袁枚《隨園詩話》卷十二，第406頁）

按，韓：江淮一帶讀韓爲何。《史記·周紀》："何不令人謂韓公叔。"《史記集解》引徐廣曰："韓，一作何。"宋洪邁《容齋三筆》卷五《何韓同姓》："韓文公《送何堅序》云：'何與韓同姓爲近。'嘗疑其說無所從出，後讀《史記·周本紀》，應劭曰：'《氏姓注》云，以何姓爲韓後。'鄧名世《姓氏書辨證》云：'何氏出自姬姓，食采韓原，爲韓氏。韓王建爲秦所滅，子孫散居陳、楚、江、淮間，以韓爲何，隨聲變爲何氏，然不能詳所出也。'韓王之失國者名安，此云建，乃齊王之名，鄧筆誤耳。予後讀孫愐《唐韻》云：'韓滅，子孫分散，江淮間音以韓爲何，字隨音變，遂爲何氏。'乃知名世用此。"① 清錢大昕《十駕齋養新餘錄》卷下《姓隨音變》："韓滅子孫分散，江淮間以韓爲何。字隨音變，遂謂何氏。"② 韓：上古音爲匣母元部平聲。何：上古音爲匣母歌部平聲。二字聲母相同，韻部可陰陽對轉。且元、歌合韻在《詩經》已見。如《小雅·桑扈》："之屏之翰，百辟爲憲。不戢不難，受福不那。"此詩以"翰、難、那"爲韻腳字，其中"翰、難"爲元部，"那"爲歌部，元、歌相押，可證。

四、緒

紵本吳地所出，宜是吳舞也。晉俳歌云："皎皎白緒，節節爲雙。"吳音呼緒爲紵，疑白緒即白紵也。後梁武帝、沈約遂有《四時白紵歌》。（單宇《菊坡叢話》卷二十一，見《全明詩話》第392頁）

---

① （宋）洪邁著，孔凡礼点校：《容齋三筆》，中華書局2005年版，第488—489頁。
② 陳文和主編：《嘉定錢大昕全集》（柒），江蘇古籍出版社1997年版，第599頁。

按，緒，亦作"緖"。《說文解字句讀·系部》："（緒）字又作緖，韓詩'曾子褐衣，緼緖未嘗完'。"可見"緒"之聲符"者"，乃是"著"之省。緒：上古音爲邪母魚部上聲。紵：上古音爲定母魚部上聲。在晉代的吳語裏，"緒"讀"紵"，正是錢玄同提出的"古音無邪紐"說的證明。此種語音現象常見。如《禮記·檀弓下》："齊莊公襲莒於奪。"鄭玄注："魯襄二十二年，齊侯襲莒是也。《春秋傳》曰：'杞殖、華還載甲夜入且於之隧。'隧、奪聲相近，或爲兌。"清錢大昕《聲類》卷二《兌謂之奪》："予謂古人讀隧如奪，故與兌相近。"① 隧：上古音爲邪母物部入聲。奪：上古音爲定母鐸部入聲。二字形成異文，正是"古邪歸定"的較好說明。此種現象保存在今方言當中。鄭張尚芳《溫州方言志》言："今溫州緒讀 dʐ̩ ≠ 序 ʐ̩，而與紵同聲母，也是古吳音所留特點。"② 甚至不限於吳語，林亦《〈廣東新語〉與廣西粵語》一文言："齒音讀舌音的現象，閩、客、贛等方言比較多，粵語只有一些殘跡。"③

五、盤

蜀江三峽中，水波圓折者，名曰盤。盤音漩。杜詩："盤渦鷺浴底心性。"張蠙《黃牛峽》詩："盤渦逆入嵌空地，斷壁高分繚繞天。"（曹學佺《蜀中詩話》卷一，見《全明詩話》第 4108 頁）

按，盤：音"漩"，故"盤渦"亦稱"漩渦"。明李實《蜀語》："漩水曰漩渦〇渦音倭。三峽水其深無底，故其流不成波，成漩。船底如魚肚，乃可剺漩。郭璞曰：漩渦谷轉。杜甫詩：'武俠盤渦曉。'楊升菴曰：盤音漩。"④ 從"般"聲之字，皆有"旋曲"義。《說文·舟部》："般，辟也。象舟之旋，從舟，從殳。殳，所以旋也。"清徐鼒《讀書雜釋》卷十四《杜詩船字作衣領解》："鑿

---

① 陳文和主編：《嘉定錢大昕全集》（壹），江蘇古籍出版社 1997 年版，第 67 頁。
② 鄭張尚芳：《溫州方言志》，中華書局 2008 年版，第 23 頁。
③ 林亦：《〈廣東新語〉與廣西粵語》，詹伯慧主編《第八屆國際粵方言研討會論文集》，中國社會科學出版社 2003 年版，第 97 頁。
④ （明）李實著，黃仁壽、劉家和校注：《蜀語校注》，巴蜀書社 1990 年版，第 120 頁。

革、鞶厲字皆从般，取周旋、盤旋爲義。"① 故"盤"音"漩"，就是清人錢大昕所說的"聲隨義轉"現象，即某字有某義，因而讀爲某音。

六、醉、吟

張文潛《明道雜誌》云王元之詩云："刺史好詩兼好酒，山民名醉又名吟。"而元之呼醉爲沮，呼吟爲垠逆斤切，不知呼醉吟竟是何物？前此皆文潛語。余按劉後村七十四吟云："生慚族老封高尚，死慕先賢諡醉吟。"自注云：有司議樂天諡，宣宗曰醉吟先生足矣。想王元之詩正祖此意。(《俞弁詩話》，見《明詩話全編》第 2487 頁)

按，見於《山樵暇語》卷六。醉：《廣韻》將遂切，精母至韻去聲。沮：《廣韻》子魚切，精母魚韻平聲。又側魚切，七余切。"醉"讀"沮"，是陰聲韻元音韻尾脫落的表現。這種語音現象，某些方言中依見，"例如吳方言與湘方言都存在的保留全濁聲母，複合元音單音化(元音韻尾脫落)，該是反映了上古時期吳、楚方言的關係"②。

吟：《廣韻》魚金切，疑母侵韻平聲。垠：《廣韻》語巾切，疑母真韻平聲。"逆斤切"，即"語巾切"。"吟"讀"垠"是鼻音韻尾由 [-m] 轉化爲 [-n]，符合陽聲韻尾的演變規律。

故清錢大昕《十駕齋養新錄》卷五提出"黃州呼'醉'爲'沮'、呼'吟'爲'垠'。逆斤切"是"聲相近而訛"③，不妥。

七、朋

杭人土音，呼"朋"作"蓬"之本音，"崩"爲"蓬"之陽音，皆"一東"韵也。韻書都收入"十丞"，則與"一東"遠矣。然《左傳》："翹翹車乘，

---

① (清)徐鼒：《讀書雜釋》，《續修四庫全書》第 1161 冊，第 565 頁。
② 李如龍：《漢語方言的比較研究》，商務印書館 2001 年版，第 80 頁。
③ 陳文和主編：《嘉定錢大昕全集》(柒)，江蘇古籍出版社 1997 年版，第 144 頁。

招我以弓；豈不欲往，畏我友朋。"《三國志》："張昭作《陶謙哀詞》曰：'喪復失恃，民知困窮。曾不旬月，五郡潰崩。'"是將"朋""崩"二字，俱押入"一東"也。（清袁枚《隨園詩話》卷四，第 118 頁）

按，上述文字旨在說明"朋"古讀與"蓬"（上古音爲並母東部平聲）同，皆爲東部。而明陳第則認爲"朋"有二音，分別列入東部和蒸部。《毛詩古音考》卷二"朋"字言："愚按：朋有兩音，與東韻者以逸詩爲據，與蒸韻者以《椒聊》、《菁莪》、《閟宮》爲據，安得謂沈前獨一音耶。"① 實際上，"朋"只入蒸部。《四庫全書提要》卷四十二《經部四十二·小學類三·〈轉注古音略〉》言："又如蒸韻之朋字，慎引《逸詩》'翹翹車乘，招我以弓。豈不欲往，畏我友朋'，謂當轉入一東。不知弓古音肱，有《小戎》《采綠》《閟宮》及《楚詞·九歌》諸條可證。則弓當從朋轉，朋不當讀爲蓬也。"② 毛先舒《聲韻叢說》言："然則'朋'字宜入蒸部，而無入東部之理，休文自無弊耳。"③ 所說甚是。朋：上古音爲並母蒸部平聲。《左傳》所引《逸詩》"乘""弓""朋"爲韻，同押"蒸部"。朋：中古音爲並母登韻平聲；近代音爲滂母、庚青韻，陽平；現代音爲滂母、中東韻，陽平。"朋"字的古音讀法，在方言中依然可見。邵榮芬《明代末年福州話的韻母和聲調系統》一文言："'崩'字讀同東韻，'朋、鵬'等字仍讀登韻，跟現代福州話正好相合"④。"登韻"即古蒸部。

八、旍、青、中、蟲、高、南、荊

司馬君實嘗論九旗之名，旗與旍相近，緩急何以區別。《小雅·庭燎》"夜向辰"，"言觀其旂"。《左傳》"龍尾伏辰"，"取虢之旂"，然則

① （明）陳第著，康瑞琮點校：《毛詩古音考》，中華書局 1988 年版，第 89 頁。
② （清）永瑢、紀昀主編：《四庫全書總目提要》，海南出版社 1999 年版，第 237 頁。
③ （清）毛先舒：《聲韻叢說》，中華書局 1991 年版，第 9 頁。
④ 邵榮芬：《明代末年福州話的韻母和聲調系統》，《邵榮芬音韻學論集》，首都師範大學出版社 1997 年版，第 630 頁。

此旂當爲芹音耳。關中人言清濁之清則不改，言丹青之青爲萋，又以中爲蒸，蟲爲塵，不知旗本是芹，亦關中人語轉丹青之青爲萋也。五方之人語言若是者多。閩人以高爲歌，荆楚以南爲難，荆爲斤。文士作歌詩亦多不悟也。向丞相敏中知長安，不敢賣蒸餅，云觸諱，蓋關中人以中爲蒸也。《貢父詩話》（宋阮閱《詩話總龜前集》第 319 頁）

按，《貢父詩話》爲宋劉攽撰，又名《中山詩話》。旗：上古音爲群母之部平聲。《廣韻》渠之切，群母之韻平聲。旂：上古音爲群母微部平聲。《廣韻》渠希切，群母微韻平聲。芹：上古音爲群母文部平聲。《廣韻》巨斤切，群母欣韻平聲。可見，"旗"與"旂"不同韻。又，"旂"音"芹"，是陰聲韻字"旂"讀鼻音韻尾的表現，正像"今蘇州言打音 dang"①。明陸粲《左傳附注》卷五注"旂"："今案《説文》旂从斤得聲，當爲芹無疑，後人音'渠希切'，非也。"清顧炎武《唐韻正》卷二上平聲："旂，渠希切。古音芹。……《説文》：'旂，从㫃，斤聲。'徐鍇《繫傳》曰：'斤、祈、近但聲，韻家所以言傍紐也。'今按，旂音芹，乃正諧，非傍紐也。"② 此種現象通過古音可以印證。《詩經·小雅·采菽》："觱沸檻泉，言采其芹。君子來朝，言觀其旂。""芹"與"旂"相押，體現了微、文合韻。

青：上古音爲清母耕部平聲。《廣韻》倉經切，清母青韻平聲。萋：上古音爲清母脂部平聲。《廣韻》七稽切，清母齊韻平聲。關中人讀陽聲韻字"青"爲陰聲韻字"萋"，正如孫欽善《〈高適集〉校敦煌殘卷記》一文所言"西北方音多讀陽聲韻爲陰聲韻（如殘卷'陣'多寫作'隊'）"③。"今陝西西陲及甘肅平涼等地讀音，青等字亦無韻尾-ng"④。且古陽聲韻今讀陰聲韻的情況，又不限於西北方言，"事實上，吳語、閩語、湖南土話、桂南平話、晉語甚

---

① 周祖謨：《宋代方音》，《周祖謨學術論著自選集》，北京師範大學出版社 1993 年版，第 376 頁。

② （清）顧炎武：《音學五書》，中華書局 1982 年版，第 253 頁。

③ 孫欽善：《〈高適集〉校敦煌殘卷記》，《文獻》1983 年第 3 期。

④ 周祖謨：《宋代方音》，《周祖謨學術論著自選集》，北京師範學院出版社 1993 年版，第 373 頁。

至處於官話中心區域的關中話都不同程度地存在着陽聲韻的陰化現象"①。此種"脂、耕合韻"的現象，當是古音在方言中的留存。《老子》第七十五章："民之輕死，以其上求生之厚，是以輕死；夫唯無以生爲者，是賢於貴生。""死""死""生"爲韻，其中"死"爲脂部，"生"爲耕部，脂、耕合韻。

中：上古音爲端母冬部平聲。《廣韻》陟弓切，知母東韻平聲。蒸：上古音爲章母蒸部平聲。《廣韻》煑仍切，章母蒸韻平聲。"中""蒸"二字讀音相近，故關中方音蒸、東韻不分，"直到現代，陝西寶雞地區某些地方，'中'的這一類合口字還是讀開口，與'蒸'一類的字不相區別"②。此外，"內蒙古沿黃河地區的晉語'鋼＝光''康＝筐''杭＝黃'，都讀開口韻，山西北部的部分地區也有這種現象"③。這正是古音在方言中的殘留。《詩經·大雅·召旲》："泉之竭矣，不雲自中。溥斯害矣，職兄斯弘，不災我躬。""中""弘""躬"爲韻，其中"中""躬"爲冬部，"弘"爲蒸部，冬、蒸合韻。

蟲：上古音爲定母冬部平聲。《廣韻》直弓切，澄母東韻平聲。塵：上古音爲定母真部平聲。《廣韻》直珍切，澄母真韻平聲。關中人言"蟲爲塵"，是前後鼻音韻尾混淆不分的表現，正如丁啟陣《秦漢方言》一文所言"前後鼻音韻尾不分，即 [-n]、[-ŋ] 不分"④。如"今關中大多地區'民'讀 miẽ，而扶風閹村、郿縣、岐山青化鎮、麟游昭賢鎮、沔陽、隴縣朱柿堡、鳳翔、寶雞等八地讀min"⑤。冬、真合韻現象，在古籍中常見。如《詩經·大雅·文王》："命之不易，無遏爾躬。宣昭義問，有虞殷自天。""躬""天"爲韻，其中"躬"爲冬部，"天"爲真部，冬、真合韻。

高：上古音爲見母宵部平聲。《廣韻》古勞切，見母豪韻平聲。歌：上古

① 孫立新：《桂北平話中古宕曾庚通四攝字韻母陰化現象與關中東部方言的比較》，《桂林師範高等專科學校學報》2005 年第 4 期。
② 朱正義：《關中方言古詞論稿》，上海古籍出版社 2004 年版，第 12 頁。
③ 侯精一：《現代晉語的研究》，商務印書館 1999 年版，第 56 頁。
④ 丁啟陣：《秦漢方言》，東方出版社 1991 年版，第 115 頁。
⑤ 虞萬里等：《避諱與古音研究》，《榆枋齋學術論集》，江蘇古籍出版社 2001 年版，第 393 頁。

音爲見母歌部平聲。《廣韻》古俄切，見母歌韻平聲。"閩人以高爲歌"，是宵、歌不分的表現。這種語音現象，不限於閩語，如"浦江的宵、歌、覃三韻合流，'燒、梭、酸'三字白讀同音，宵韻的見系字'橋、轎、要、腰、搖、曉'等韻母簡化作 [i]，與止攝的'奇、意、伊、移、喜'同音"①。宵、歌合流，在古韻文中常見。如《孫子·始計》："怒而撓之，卑而驕之，佚而勞之，親而離之。"其中"撓""驕""勞"爲宵部，"離"爲歌部，宵、歌合韻。

南：上古音爲泥母侵部平聲。《廣韻》那含切，泥母覃韻平聲。難：上古音爲泥母元部平聲。《廣韻》那干切，泥母寒韻平聲。荊：上古音爲見母耕部平聲。《廣韻》舉卿切，見母庚韻平聲。斤：上古音爲見母文部平聲。《廣韻》舉欣切，見母欣韻平聲。"荊楚以南爲難，荊爲斤"，分別是 -m 韻尾變爲 -n 韻尾，-ŋ 韻尾變爲 -n 韻尾的表現，這和田范芬《宋代湖南方言初探》一文所說"在荊南地區，陽聲韻尾合併趨勢是 -m → -n ← -ŋ"② 的情況一致。

九、虹

器物疑識有王氏銅虹燭錠，"虹"與"缸"同，如漢賦"金缸銜壁"、唐詩"銀缸斜背解明璫"之類也。李賀詩："飛燕上簾鉤，曉虹屏中碧。"亦謂貴人晏眠而曉燈猶在缸也。（明楊慎《升菴詩話》卷十二，見《歷代詩話續編》第 880 頁）

按，李詩，《全唐詩》卷三百九十二錄作"燕語踏簾鉤，日虹屏中碧"。楊慎言"'虹'與'缸'同"，旨在言明："虹"音"缸"。上述材料中的"銅虹""金缸""銀缸"皆指燈盞，而李詩中的"虹"，則指彩虹，在一些方言區也讀"杠"音。民國二十五年《續修鹽城縣志稿》卷三《釋天》："虹謂之槓。""槓"同"杠"。其中作爲"燈盞"義的"虹"字，當是借字，本字爲"釭"。清顧炎武《唐韻正》卷一上平聲："釭，古音同上……楊慎曰《博古圖》

---

① 浦江縣誌編纂委員會編：《浦江縣誌》，浙江人民出版社 1990 年版，第 588 頁。
② 田範芬：《宋代湖南方言初探》，《古漢語研究》2000 年第 3 期。

有王氏銅虹燭錠，皆燈燭具也。古字少，借虹作釭。"①"同上"即"古音工"。"虹"與"釭"語音相近可通。徐灝《說文解字注箋‧金部》："釭中空，貫軸塗膏以利轉，因之膏鐙謂之釭。"又寫作"缸"。《正字通‧金部》："《韻淺》云俗謂金釭爲燈，音杠，又作缸字。"如南朝梁元帝《草名詩》："金錢買含笑，銀缸影梳頭。"② 這裏的"銀缸"正指"燈盞"。

第三節　異讀字研究

"異讀"是指一個字具有兩個或幾個不同的讀法。通過對詩話所載異讀字的研究，不僅探明了不同讀音的來源，而且也補充了《漢語大字典》未收之讀音。

一、異讀字的分類

（一）平仄可互用之字

平仄可互用之字，是指一個字"在詩句中無論是讀平聲，還是讀仄聲，其詞的含義沒有什麼不同"③。

1.筌箵

詩人多用元次山"帶筌箵"語作平上聲用，《廣韻》：音泠醒。《太平御覽》載《通俗文》云：竹器謂之筌箵。上都鼎切，下幸鼎切，皆不作平聲。惟筌字有靈音，不知《次山集》筌音丁郎，箵音桑荒。（朱翌《猗覺寮雜記》卷上，見《宋人詩話外編》第 403 頁）

按，"筌箵"二字皆有平上二聲，其義爲"漁具"。筌：《廣韻》郎丁切，來母青韻平聲。故詩話"音丁郎"當是"音郎丁"。箵：《字彙》先青切。即

---

① （清）顧炎武：《音學五書》，中華書局 1982 年版，第 228 頁。

② 逯欽立輯校：《先秦漢魏晉南北朝詩》，中華書局 1983 年版，第 2044 頁。

③ 郭揚：《唐詩學引論》，廣西人民出版社 1989 年版，第 83 頁。

心母青韻平聲。清朱起鳳《辭通》卷十《九青‧笭箐》："《通雅》三十四卷器用類'笭箐'亦作'笭箐',是笭箐同字也。……此外,黃庭堅、秦觀、陸游、陶宗儀詩皆讀平聲入青韻,然則箐字當讀平聲明矣。箐箐聲相近。"箐:《廣韻》子盈切,精母清韻平聲,"箐"讀若"箐"。故宋蘇舜欽《松江長橋未明觀漁》詩中"箐"字,可與"腥"相押。"笭箐"又皆可作上聲。笭:《廣韻》力鼎切,來母迥韻上聲。故詩話"都鼎切"當是"力鼎切"。箐:《廣韻》蘇挺切,心母迥韻上聲。"幸鼎切"即"蘇挺切"。清宋長白《柳亭詩話》卷一《笭箐》:"王介甫金陵《祈澤山詩》:'笭箐沙際來,略彴桑間斷。'宋裴《雙清亭詩》:'笭箐舟航浮上閘,笙歌池館接西清。'乃作仄用。"①

2.翰

翰,戶旦切。董黃曰:"馬舉頭高昂也,此字多作平音。"杜詩:"扁舟不獨如張翰。"須溪云:"翰音惻音始此。"不知《易》又古音已然。信乎,不讀萬卷書,不可讀杜詩也。(《楊慎詩話》——《明詩話全編》第2864頁)

按,出自《升菴經說》卷一《白馬翰如》②。"翰"有平去二聲。《廣韻》侯旰切,匣母翰韻去聲。"戶旦切"即"侯旰切"。"翰"讀去聲,始自唐代。唐杜甫《嚴中丞枉駕見過》一詩押平聲韻,故"扁舟不獨如張翰"之"翰"爲仄聲,方與對句"白帽還應似管寧"中的韻腳字"寧"平仄相反。又平聲,《廣韻》胡安切。平聲當是古音的留存。如《周易‧賁‧六四》:"賁如,皤如,白馬翰如。""賁""皤""翰"三字同押"元"部。關於"白馬翰如"之"翰"義有三說:一說爲"安"。吳承仕《檢齋讀書提要‧霜亭易說一卷‧翰如》:"引王輔嗣云:'翰,干也。'引《正義》:'干,安也,翰如,安如也,徘徊待之,安敢輒進也。'案翰之訓干,《詩傳》、《爾雅》及鄭注本經皆然。翰之爲安,則古今故訓所無有。"③一說爲"白色"。王弼注曰:"鮮潔其馬,翰如以待。"孔疏云:"鮮潔其馬,其色翰如,徘徊待之,未敢輒進。"一說爲"飛奔之狀"。晉黃穎注"翰"言:"馬舉頭高昂也。"馬頭高舉卽飛奔之狀。

---

① (清)宋長白:《柳亭詩話》,《續修四庫全書》第1700冊,第110頁。

② (明)楊慎:《升庵經說》,商務印書館《叢書集成初編》本,1936年版,第17頁。

③ 吳承仕:《檢齋讀書提要》,北京師範大學出版社1986年版,第92頁。

3. 撞

"撞"字讀平聲。楊慎《望江南》詞:"霜景霽,何處遠鐘撞?"王實甫《西廂記》:"梵王宫,夜撞鐘。"撞亦平聲。乃所謂田水月本改作"夜聲鐘",不徒不識撞可讀平,迺"聲鐘"竟是何等語?田水月改《西廂》,誖處多如此類云。(毛先舒《詩辯坻》卷四,見《清詩話續編》第91—92頁)

按,撞:上古音爲定母東部平聲。《戰國策·秦策一》:"寬則兩軍相攻,迫則仗戟相撞。""攻"與"撞"同押平聲韻。而"撞"在中古,有平去二聲:《廣韻》宅江切,澄母江韻平聲。"撞"從"童"聲,故本平聲。又去聲,卽《廣韻》直絳切,澄母絳韻去聲。因"撞"與"揰"常通用,故"撞"又去聲。揰:《集韻·用韻》:"推擊也。"《顏氏家訓·勉學》:"又《禮樂志》云:'給太官挏馬酒。'李奇注:'以馬乳爲酒也。揰挏乃成。'"而今本《漢書·禮樂志》李奇注則作"撞挏乃成"。這也是古無舌上音的一個例證。

4. 蒼茫

東坡詩曰:"蒼茫瞰奔流。"又曰:"愁度奔河蒼茫間。"趙注謂:"蒼茫兩字,古人用之,皆是平聲。而先生所用乃是仄聲。蒼字,《廣韻》音粗朗反。而茫字,上聲皆不收。不知先生所用出處,以俟博聞。"仆觀揚雄《校獵賦》:"鴻濛沆茫。"字音莽。白樂天雪詩:"寒銷春蒼茫。"又曰:"野道何茫蒼。"注"竝音上聲"。近時蘇子美詩亦曰:"淮天蒼茫背殘臘,江路委蛇逢舊春。"自注:"蒼茫仄聲。"茫作仄用,似此甚多。(王楙《野客叢書》卷八,見《宋人詩話外編》第1067頁)

按,"蒼茫"二字皆有平上二聲。蒼:《廣韻》七岡切,清母唐韻平聲。茫:《廣韻》莫郎切,明母唐韻平聲。如唐李白《關山月》:"明月出天山,蒼茫雲海間。""蒼茫"二字又皆可作仄聲。清王應奎《柳南隨筆》卷二:"'蒼茫'二字本皆平聲,而古人亦有仄用者。"①"蒼茫"讀上聲,蓋本自"蒼莽"。蒼:《廣韻》麁郎切,清母蕩韻上聲。莽:《廣韻》模朗切,明母蕩韻上聲。東漢

---

① (清)王應奎撰,王彬等點校:《柳南隨筆》,上海古籍書店1983年版,第42頁。

揚雄《校獵賦》："鴻濛沆茫。"顏師古注："茫，音莽。"清唐訓方《里語徵實》
卷中《二字徵實·莽蒼》："蒼字讀仄聲。《莊子》：'行萬里者，三月聚糧；行
莽蒼者，三日而盡。'按莽又作'茫'。揚雄《校獵賦》'鴻濛沆茫'，字音'莽'。
白樂天詩：'野道何茫蒼。'注：'並音上聲。'顧'茫'字，上聲皆不收，何
也？"① 如唐張祜《洛陽感寓》："洛水暮煙橫莽蒼，邙山秋日露崔嵬。"白居易
《冀城北原作》："野色何莽蒼，秋聲亦蕭疏。"金元好問《鈞州道中》："野陰
莽蒼日將夕，歲律崢嶸風有聲。""莽蒼"二字皆作仄聲。

5. 蝗、但、麒、挑、妨、評、封、怪、鑒、張、正旦、阼、槳、迎、
馨、葡、援、離、難、判、量、蠱、襧、員

　　　陸放翁："燒灰除菜蝗。""蝗"字作仄聲。徐騎省："莫折紅芳樹，
但知盡意看。""但"字作平聲。李山甫《赴舉別所知》詩："黃祖不憐
鸚鵡客，志公偏賞麒麟兒。""麒"字作仄聲。王建《贈李僕射》詩："每
日城南空挑戰。""挑"字作仄聲。《贈田侍中》："綠窗紅燈酒。""燈"
字作仄聲。皆本白香山之以"司"爲"四"，"琵"爲"別"，"凝脂"爲
"佞"，"紅橋三百九十橋"，"十"字讀"諶"也。韓愈《岳陽樓》詩："宇
宙隘而妨。""妨"作"訪"音。《東都》詩："新輦只朝評。""評"作"病"
音。元稹《東南行百韵》詩："徵俸封魚租。""封"音"俸"。《痁臥》詩：
"一生長苦節，三省詎行怪。""怪"音"乖"。《嶺南》詩："聯遊虧片玉，
洞照失明鑒。""鑒"音"間"。《夜池》詩："高屋無人風張幙。""張"音"丈"。
"苦思正旦酹白雪，閒觀風色動青旃。""正旦"讀作"真丹"。又白居易
《和令狐相公》詩："仁風扇道路，陰雨膏閭閻。""扇"平聲，"膏"去
聲。李商隱《石城》詩："簟冰將飄枕，簾烘不隱鈎。"自註："'冰'去
聲。"陸龜蒙《包山》詩："海客施明珠，湘葄料淨食。"自註："'料'平
聲。"朱竹垞《山塘紀事》詩："殷勤短主簿，端笏立阼階。""阼"音"徂"。
杜少陵用"中興""中酒""王氣""貞觀"等字，忽平忽仄，隨其所便。
大抵"相如"之"相"，"燈檠"之"檠"，"親迎"之"迎"，"親家"之"親"，

① （清）唐訓方著，馮天亮標點：《里語徵實》，嶽麓書社 1986 年版，第 123 頁。

"寧馨"之"馨","葡萄"之"葡","鄺侯"之"鄺","馬援"之"援","別離"之"離","急難"之"難","上應"之"應","判捨"之"判","量移"之"量","處分"之"分","范蠡"之"蠡","禰衡"之"禰","伍員"之"員":皆平仄兩用。（清袁枚《隨園詩話》卷一，第9—10頁）

按，"蝗"有平去兩讀。《廣韻》胡光切，匣母唐韻平聲。如唐曹鄴《奉命齊州推事畢寄本府尚書》："州民言刺史，蠱物甚於蝗。"又去聲。《廣韻》戶孟切。如宋陸游《杜門》："燒灰除菜蝗，送芋謝牛醫。"自注："（蝗）讀如橫字去聲。""蝗"讀去聲，方與下句中的"醫"字相黏。可見"'蝗'字雖有平去兩讀，但不各義"①。

"但"有平上兩讀。《廣韻》徒旱切，定母旱韻上聲。如唐李白《游泰山六首》其六："明晨坐相失，但見五雲飛。"又平聲。《廣韻》徒干切。如五代徐鉉《離歌辭五首》其一："莫折紅芳樹，但知盡意看。"自注云："但，平聲。"

"麟"有平去二聲。《廣韻》力珍切，來母真韻平聲。如唐李白《鳴皋歌奉餞從翁清歸五崖山居》："麒麟閣上春還早，著書卻憶伊陽好。"又去聲。如唐李山甫《赴舉別所知》："黃祖不憐鸚鵡客，志公偏賞麒麟兒。"《大字典》未收去聲。

"挑"有平上二聲。《廣韻》吐彫切，定母篠韻上聲。如唐王建《贈李愬僕射二首》其二："每日城南空挑戰，不知生縛入唐州。"又平聲。如宋葉紹翁《夜書所見》："知有兒童挑促織，夜深籬落一燈明。"《漢語大字典》未收平聲。

"妨"有平去二聲。《廣韻》敷方切，敷母陽韻平聲。如唐喬備《同宋參軍之問夢趙六贈盧陳二子之作》："疇昔疑緣業，儒道兩相妨。"又去聲。《廣韻》敷亮切。如唐韓愈《岳陽樓別竇司直》："軒然大波起，宇宙隘而妨。巍峨拔嵩華，騰踔較健壯。"

"評"有平去二聲。《廣韻》符兵切，並母庚韻平聲。如唐陸龜蒙《江南

---

① 羅忼烈：《羅忼烈雜著集》，上海古籍出版社2010年版，第54頁。

秋懷寄華陽山人》："靜翻詞客繫，閑難史官評。"又去聲。《廣韻》皮命切。如唐陸龜蒙《襲美先輩以龜蒙所獻五百言既蒙見和，複示榮唱，至於千字提獎之重，蔑有稱實，再抒鄙懷，用伸酬謝》："縱有月旦評，未能天下知。"

"封"有平去二聲。《廣韻》府容切，非母鍾韻平聲。如唐杜牧《長安雜題長句六首》其四："束帶謬趨文石陛，有章曾拜皂囊封。"又去聲。《廣韻》方用切。如唐竇群《冬日曉思寄楊二十七煉師》："願言緘素封，昨夜夢瓊枝。"

"怪"有平去二聲。《廣韻》古懷切，見母怪韻去聲。如唐劉畋《湖外寄處賓上人》："怪得意相親，高攜一軸新。"又平聲。如唐元稹《痁臥聞幕中諸公征樂會飲因有戲呈三十韻》："一生長苦節，三省詎行怪。"《漢語大字典》未收平聲。

"鑒"有平去二聲。《廣韻》格懺切，見母鑑韻去聲。如唐徐至《閏月定四時》："高明終不謬，委鑒本無私。"又平聲。《廣韻》古銜切。如唐元稹《送崔侍御之嶺南二十韻》："聯遊虧片玉，洞照失明鑒。"

"張"有平去二聲。《廣韻》陟良切，知母陽韻平聲。如唐元稹《酬樂天江樓夜吟稹詩，因成三十韻》："改張思婦錦，騰躍賈人篦。"又去聲。《廣韻》知亮切，知母漾韻去聲。如唐白居易《買花》："上張幄幕庇，旁織巴籬護。"

"正旦"二字皆有平去二聲。正：《廣韻》之盛切，章母勁韻去聲。旦：《廣韻》得按切，端母翰韻去聲。如唐白居易《立部伎》："頃向圜丘見郊祀，亦曾正旦親朝賀。"又平聲。正：《廣韻》諸盈切，章母清韻平聲。旦：平聲。如唐元稹《酬複言長慶四年元日郡齋感懷見寄》："苦思正旦酬白雪，閑觀風色動青旂。"

"阼"有平去二聲。《廣韻》昨誤切，從母暮韻去聲。例多不贅。又平聲。如清朱彝尊《山塘即事》："殷勤短主簿，端笏立阼階。"《大字典》未收平聲。

"燈檠"之"檠"有平上二聲。《廣韻》渠京切，群母庚韻平聲。如唐李商隱《行至金牛驛寄興元渤海尚書》："六曲屏風江雨急，九枝燈檠夜珠圓。"又上聲。《廣韻》居影切。如唐唐彥謙《春雨》："燈檠昏魚目，薰爐咽麝臍。"

"親迎"之"迎"有平去二聲。《廣韻》語京切，疑母庚韻平聲。如唐張說《城南亭作》："珂馬朝歸連萬石，稍門洞啟親迎客。"又去聲。《廣韻》魚敬切，疑母映韻去聲。如唐郭正一《奉和太子納妃太平公主出降》："禮盛親迎晉，聲芬出降齊。"

"寧馨"之"馨"有平去二聲。《廣韻》呼刑切，曉母青韻平聲。如唐劉禹錫《贈日本僧智藏》："爲問中華學道者，幾人雄猛得寧馨？"又去聲。如清吳延楨《試兒行爲天標令子賦》："幾人有兒得寧馨，萬金之產良非誣。"《漢語大字典》未收去聲。

"葡萄"之"葡"有平上二聲。《韻學集成》蒲胡切。如唐李白《襄陽歌》："遙看漢水鴨頭綠，恰似葡萄初醱醅。"又上聲。如唐白居易《寄獻北都留守裴令公》："羌管吹楊柳，燕姬酌葡萄。"《漢語大字典》未收上聲。

"馬援"之"援"有平去二聲。《廣韻》雨元切，雲母元韻平聲。如唐李群玉《登蒲澗寺後二岩三首》其三："趙佗丘壠滅，馬援鼓鼙空。"又去聲。如唐杜甫《清明》："馬援征行在眼前，葛強親近同心事。"

"別離"之"離"有平去二聲。《廣韻》呂支切，來母支韻平聲。如唐李頎《失題》："別離歲歲如流水，誰辨他鄉與故鄉。"又去聲。《廣韻》力智切。如唐李白《春日獨坐寄鄭明府》："我在河南別離久，那堪坐此對窗牖？"

"急難"之"難"有平去二聲。《廣韻》奴案切，泥母翰韻去聲。如唐戎昱《逢隴西故人憶關中舍弟》："急難何日見，遙哭隴西雲。"又平聲。如唐杜甫《因崔五侍御寄高彭州一絕》："爲問彭州牧，何時救急難？"

"判捨"之"判"有平去二聲。《廣韻》普半切，滂母換韻去聲。如唐閻朝隱《奉和登驪山應制》："混沌疑初判，洪荒若始分。"又平聲。如唐杜甫《曲江對酒》："縱飲久判人共棄，懶朝真與世相違。"

"量移"之"量"有平去二聲。《廣韻》力讓切，來母漾韻去聲。如唐白居易《重贈李大夫》："流落多年應是命，量移遠郡未成官。"又平聲。如唐白居易《自題》："一旦失恩先左降，三年隨例未量移。"量移：唐、宋公文用語。官員貶謫遠方後，遇恩赦遷距京城較近的地區。清杭世駿《訂訛類編》卷一《量移》引《金壺二集》云："官員得罪貶竄遠方，遇到赦改近地，謂之量移。"①

"范蠡"之"蠡"有平上二聲。《廣韻》盧啓切，來母薺韻上聲。如唐李咸用《和人湘中作》："一棹寒波思范蠡，滿尊醇酒憶陶唐。"又平聲。如唐韋莊《贈漁翁》："曾向五湖期范蠡，爾來空闊久相忘。"

"禰衡"之"禰"有平上二聲。《廣韻》奴禮切，泥母薺韻上聲。如唐李白《答王十二寒夜獨酌有懷》："韓信羞將絳灌比，禰衡恥逐屠沽兒。"又平聲。如唐方干《書原上鮑處士屋壁》："禰衡莫愛山中靜，繞舍山多卻礙人。"

"伍員"之"員"有平去二聲。《廣韻》王問切，雲母問韻去聲。如唐胡曾《柏舉》："誰料伍員入郢後，大開陵寢撻平王。"又平聲。如唐元稹《去杭州》："得得爲題羅刹石，古來非獨伍員冤。"

6. 磷

《論語》："磨而不磷"，力刃切。公《暮春送馬大卿》曰："此道未磷緇"。《別崔漢》曰："但取不磷緇。"皆作平聲。（孫奕《履齋示兒編》卷九，見《宋人詩話外編》第 1137 頁）

按，"磷"有平去二聲，皆爲"瑕疵"義。《廣韻》力珍切，來母真韻平聲。如唐孟郊《周年春讌》："明鑒有皎潔，澄玉無磷緇。"又去聲。《廣韻》良刃切，來母震韻去聲。"良刃切"即"力刃切"。唐韓愈《北極一首贈李觀》："方爲金石姿，萬世無緇磷。"

7. 鱣

《後漢·楊震傳》曰："有冠雀銜三鱣魚，飛集講堂前。"章懷太子注曰：按《續後漢書》及謝承《書》"'鱣'字皆作'鱓'"。又引郭璞注《爾雅》曰："鱣，知然反，大魚，似鱏而短，鼻口在頷下，大者長二三丈，江東呼爲黃魚。"觀國按：字書鱓字亦作鱣，謝承《書》作三鱓，范蔚宗改爲鱣字，鱓、鱣一也，章懷太子不當引郭璞注《爾雅》，故後人皆誤讀作知然反也。蓋音知然反者，《碩人》詩曰："鱣鮪發發。"《四月》詩曰："匪鱣匪鮪。"《潛》詩曰："有鱣有鮪。"注皆曰："鱣，大魚也。"賈

---

① （清）杭世駿撰，陳抗點校：《訂訛類編續補》，中華書局 1997 年版，第 31 頁。

誼《吊屈原賦》曰："橫江湖之鱣鯨兮，固將制於螻蟻。"《文中子》曰："江湖鱣鯨，非溝瀆所容。"郭璞《江賦》曰："江豚海狶，叔鮪王鱣。"凡此言鱣，即《爾雅》所謂長二三丈者也。一冠雀豈能銜三大魚長二三丈者耶？然則三鱣爲三鱓明矣。《韓子》曰："鱣似蛇。"正謂此也。按字書，字之从單者，與从亶多通用，故禪亦作禪，蟬亦作蟺，僤亦作僵，鱓亦作鱣，則三鱣爲三鱓可以無疑矣。杜子美《夔府詠懷》詩曰："敕廚惟一味，求飽或三鱣。"作平聲斿音，蓋承誤用之也。（王觀國《學林》卷十，見《宋人詩話外編》第 506—507 頁）

杜工部反經史字音爲多，略舉數四：……又曰："敕廚唯一味，求飽或三鱣。"《楊震傳》鸛雀銜三鱣集講堂，注音善。今押爲平聲。（孫奕《履齋示兒編》卷九，見《宋人詩話外編》第 1137—1138 頁）

按，"鱣"有平上二聲。《廣韻》張連切，知聲仙韻平聲。如唐劉禹錫《有獺吟》："何地無江湖，何水無鮪鱣。"又音"善"，即《集韻》上演切，禪母獮韻上聲。《後漢書·楊震傳》："後有冠雀銜三鱣魚，飛集講堂前。"這裏的"鱣"讀爲"鱓"，即"鱔"的俗字。

8.燾、振、壤、逞、慷、緇、瀾

柳儀曹押轉聲韻，亦復有之。《游南亭敍志》云："眾生均覆燾。音陶。"《望橫江口》云："島嶼疑搖振。音真。"《詠三良》云："猛志填黃壤。音攘。"《詠韋安道》云："羯來事儒術，十年所能逞。音呈。"雖曰杜與韓、柳，喜取別聲押韻。然自建安而來，已皆然矣。左太沖《雜詩》云："壯齒不常居，歲暮常慨慷。"則已轉慷爲平聲也。陸士衡《爲顧彥先贈婦》云："京洛多風塵，素衣化爲緇。"則已轉緇爲上聲也。劉公干《雜詩》云："安得肅肅羽，從爾遊波瀾。"此以去聲郎旰切用瀾字也。……即此觀之，則知四聲皆有可通押者矣。（孫奕《履齋示兒編》卷三，見《宋人詩話外編》第 1138 頁）

按，"燾"有平去二聲，均爲"覆蓋"義。《廣韻》徒到切，定母号韻去聲。如唐韓愈《薦士》："廟堂有賢相，愛遇均覆燾。"又音"陶"，即《廣韻》徒刀切，定母豪韻平聲。如唐柳宗元《游南亭夜還敍志七十韻》："三辟咸肆宥，眾生均覆燾。"

"振"有平去二聲，義均爲"奮也；裂也；舉也；整也；救也。"《廣韻》：章刃切，章母震韻去聲。如唐蕭穎士《留別二三子得韻字》："二紀尚雌伏，徒然忝先進。英英爾眾賢，名實鬱雙振。"又音"真"，即《廣韻》側鄰切，章母真韻平聲。如唐李白《贈張相鎬二首》其一："風雲激壯志，枯槁驚常倫。聞君自天來，目張氣益振。"

"壤"有平上二聲，其義不變。《廣韻》如雨切，日母養韻上聲。如唐王維《偶然作六首》其一："未嘗肯問天，何事須擊壤？復笑採薇人，胡爲乃長往？"又音"攘"，《廣韻》汝陽切，日母陽韻平聲。如唐柳宗元《詠三良》："壯軀閉幽隧，猛志填黃壤①。殉死禮所非，況乃用其良。"

"逞"有平上二聲。《廣韻》丑郢切，徹母靜韻上聲。如唐元稹《夢井》："埂深安可越，魂通有時逞。今宵泉下人，化作瓶相憬。"又音"呈"，即《廣韻》直貞切，澄母清韻平聲。如唐柳宗元《韋道安》："偈來事儒術，十載所能逞。慷慨張徐州，朱邸揚前旌。"

"慷"有平上二聲。《廣韻》苦郎切，溪母蕩韻上聲。如宋王安石《旅思》："慷慨秋風起，悲歌不爲鱸。"又平聲。《集韻》丘岡切，溪母唐韻平聲。如唐張籍《祭退之》："公爲遊谿詩，唱詠多慨慷。自期此可老，結社於其鄉。"

"緇"有平上二聲。《廣韻》側持切，莊母之韻平聲。如唐孟郊《周年春讌》："明鑒有皎潔，澄玉無磷緇。永與沙泥別，各整雲漢儀。"又上聲。如唐王建《送張籍歸江東》："清泉浣塵緇，靈藥釋昏狂。君詩發大雅，正氣回我腸。"

"瀾"有平去二聲。《廣韻》落干切，來母寒韻平聲。如唐孟郊《贈姚怤別》："驚蓬無還根，馳水多分瀾。倦客厭出門，疲馬思解鞍。"又去聲。《廣韻》郎旰切，來母翰韻去聲。如唐儲光羲《貽劉高士別》："矯首來天池，振羽泛漪瀾。元淑命不達，伯鸞吟可嘆。"

9. 喪

　　陸士衡《樂府》曰："親友多零落，舊齒多凋喪。市朝互遷易，城

---

① 一作"黃腸"，即用柏木黃心製作的外棺。

闕或丘荒。"此以平聲用喪字也。（王觀國《學林》卷九，見《宋人詩話外編》第 497 頁）

按，喪：上古音爲心母陽部平聲。中古分化出平入二聲。《廣韻》息郎切，心母唐韻平聲。如唐杜甫《丹青引》："干惟畫肉不畫骨，忍使驊騮氣凋喪。將軍畫善蓋有神，必逢佳士亦寫真。"又入聲。《廣韻》蘇浪切，心母宕韻入聲。如唐杜荀鶴《錢塘別羅隱》："吾道天寧喪，人情日可疑。西陵向西望，雙淚爲君垂。"

10. 陳

又《赭白馬賦》曰："總六服以收賢，掩七戎而得駿。代驂象輿，曆配勾陳。"此以去聲用陳字也。（王觀國《學林》卷九，見《宋人詩話外編》第 497 頁）

按，陳：上古音爲定母真部平聲。《詩經·小雅·甫田》："倬彼甫田，歲取十千。我取其陳，食我農人，自古有年。""田""千""陳""人""年"押平聲"真韻"。中古則有平去兩讀。《廣韻》直珍切，澄母真韻平聲。如唐元積《代曲江老人百韻》："文物千官會，夷音九部陳。"又去聲，《廣韻》直刃切，澄母震韻去聲。如唐王績《石竹詠》："棄置勿重陳，委化何足驚。"

11. 叟

劉越石《答盧諶》詩曰："握中有玄璧，本自荊山璆。惟彼太公望，昔在渭濱叟。"此以平聲用叟字也。（王觀國《學林》卷九，見《宋人詩話外編》第 497—498 頁）

按，叟：上古音爲心母幽部上聲。中古有平上兩讀。《集韻》疎鳩切，生母尤韻平聲。如唐孟郊《杏殤》其八："病叟無子孫，獨立猶束柴。"又上聲。《廣韻》蘇後切，心母厚韻上聲。如唐綦毋潛《春泛若耶溪》："潭煙飛溶溶，林月低向後。生事且彌漫，願爲持竿叟。"

12. 漲

江淹《望荊山》詩曰："寒江無留影，秋月垂清光。悲風繞重林，雲霞肅川漲。"此以平聲用漲字也。（王觀國《學林》卷九，見《宋人詩話外編》第 498 頁）

按，"漲"有平去二聲。《廣韻》知亮切，知母漾韻去聲。如唐王昌齡《送崔參軍往龍溪》："龍溪只在龍標上，秋月孤山兩相向。譴讁離心是丈夫，鴻恩共待春江漲。"又平聲。《廣韻》陟良切。如唐駱賓王《在江南贈宋五之問》："淪波通地穴，輪委下歸塘。別島籠朝蜃，連洲擁夕漲。"

13. 縣

縣字有平去二音：如宮縣之縣者，樂架也；若州縣之縣，則別無他音。嘗觀顏延之《侍皇太子釋奠宴詩》曰："獻終襲吉，郎官廣宴，堂設象筵，庭宿金縣。"沈約《侍宴詩》曰："回鑾獻爵，撽金委奠，肆士辨儀，胥人掌縣。"二人押韻，皆作州縣之縣用何邪？沈佺期《哭蘇眉州詩》云："家憂方休杼，皇慈更輟縣。"則當作平聲押。（宋葛立方《韻語陽秋》卷六，見《歷代詩話》第 532 頁）

按，"縣"有平去二音，其義不變。《廣韻》胡涓切，匣母先韻平聲。如《文選·顏延之〈皇太子釋奠會作詩〉》："獻終襲吉，即官廣宴。堂設象筵，庭宿金縣。"縣：懸掛，後寫作"懸"字。本爲平声，這裏卻與"宴"押韻，讀作去聲，即《廣韻》黃絢切，匣母霰韻去聲。如唐沈佺期《哭蘇眉州崔司業二公》："家愛方休杵，皇慈更撤縣。"縣：州縣之縣。本爲去聲，這裏卻押平聲。

14. 甕

蘇東坡詩云："扶桑大蠶如甕盎。""甕"字人多作去聲讀，注云："甕，於龍切。"然則此詩"甕"字須作平聲讀爲是。（袁文《甕牖閒評》卷五，見《宋人詩話外編》第 582 頁）

按，甕有平去二聲，其義無別。《廣韻》烏貢切，影母送韻去聲。如唐陸龜蒙《雜諷九首》其一："紅藟緣枯桑，青繭大如甕。人爭捩其臂，羿矢亦不中。"又平聲，於龍切。如宋蘇軾《趙令晏崔白大圖幅徑三丈》："扶桑大繭如甕盎，天女織綃雲漢上。"《漢語大字典》未收平聲。

15. 售

《送劉師服》詩："齎財入市賣，貴者常難售。豈不久憔悴，爲功忌中休。"《詩·谷風》："賈用不售。"樂府《壟頭水歌》："將頓樓蘭郡，就解月支袤。勿令如李牧，功多信不售。"時周切。賣物出手也。（龔頤正《芥

隱筆記》，見《宋人詩話外編》第 906 頁）

按，“售”有平去二聲。《廣韻》承呪切，禪母宥韻去聲。如唐韓愈《南山詩》：“勃然思坼裂，擁掩難恕宥。巨靈與夸娥，遠賈期必售。”又平聲。《集韻》：“售，或作‘儔’，《詩》‘無言不儔’，鄭康成讀售。”《洪武正韻·尤韻》：“儔……售也。”段玉裁《毛詩故訓傳定本·邶柏舟故訓傳》第三《谷風六章章八句》注“賈用不儔”之“儔”言：“‘讐’正字，‘售’俗字。”儔：《廣韻》市流切，禪母尤韻平聲。“市流切”，即“時周切”。如唐韓愈《送劉師服》：“齎財入市賣，貴者恒難售。豈不畏顓頊，爲功忌中休。”

16. 浪

“淋浪”二字，“浪”字乃平聲。蔡君謨詩云：“堂上壽觴淋浪滿。”其“浪”字卻作去聲用。“漫浪”二字，“浪”字乃去聲。李方叔詩云：“令人卻憶漫浪翁。”“浪”字卻又作平聲用。皆所不能曉者也。（袁文《甕牖閒評》卷四，見《宋人詩話外編》第 579 頁）

按，“浪”有平去二聲，其義無別。《廣韻》魯當切，來母唐韻平聲。如唐元結《遊潓泉示泉上學者》：“顧吾漫浪久，不欲有所拘。”又去聲。《廣韻》來宕切，來母宕韻去聲。如宋黃庭堅《次韻文潛》：“武昌赤壁弔周郎，寒溪西山尋漫浪。忽聞天上故人來，呼船凌江不待餉。”

17. 裝、驅、磋

《文苑英華》云：凡前人用韻有兩音而不可輒改者，如吳均酬別詩押亮字韻下云：“七寶雕華裝”，裝，唐韻，側亮反，行裝也。而《藝文類聚》改作仗。……又李乂《贈同行人》詩：“驄馬何嘗驅。”正用樂府驄馬驅事，唐韻驅區遇反，或改爲駐，而不知前已押節序催難駐矣。又如朱休《駕幸太學賦》：“各呈才而切磋。”磋七過反，而或改作效課。（《徐伯齡詩話》，見《明詩話全編》第 9386 頁）

按，本條出自《蟫精雋》卷二《古詩用字》。“裝”有平去二聲。《廣韻》側羊切，莊母陽韻平聲。平聲直到今天還在使用，例多不贅。又去聲，側亮切。如南朝梁吳均《酬別》詩，以“亮”“上”“浪”“裝”“餉”爲韻腳字，同押去聲“漾韻”。

“驅”有平去二聲。《廣韻》豈俱切，溪母虞韻平聲。例多不贅。又去聲。《廣韻》區遇切。如唐李乂《招諭有懷贈同行人》詩，以“諭”“戍”“駐”“樹”“注”“趣”“霧”“蒟”“驅”“騖”爲韻腳字，同押去聲“遇韻”。

“磋”有平去二聲。《廣韻》七何切，清母歌韻平聲。例多不贅。又去聲，七過切。如唐朱休《駕幸太學賦》：“是以講學斯陳，德音遠播，念月將而日就，各呈材而切磋。龍顏不遠，顧探索之惟勤；天步下臨，曷斯須之敢惰？”“磋”“惰”押韻，同押去聲“過韻”。

18. 飆

　　韋昭曰：“飆風之聚隈者也。古音庖風，又音暴。”《詩》曰：“終風且飆。”（《楊慎詩話》，見《明詩話全編》第 2815 頁）

按，《全編》注明輯自《升菴外集》卷二《天文·飆風》，另，又見於《秇林伐山》卷二《飆風》①。“飆”有平去二聲。“飆”，音“庖”，平聲。《文選·班固〈答賓戲〉》：“遊說之徒，風飆電激，並起而救之。”李善注引韋召曰：“飆，風之聚猥者也，音庖。”又音“暴”，去聲。《詩經·邶風·終風》：“終風且飆。”“飆”，今《詩經》作“暴”。《說文》引《詩》作“瀑”。《說文·水部》：“瀑，疾雨也。”《玉篇·水部》：“瀑，蒲到切，疾風也。”而楊慎則引作“飆”。《說文·風部》：“飆，扶搖風也。從風，猋聲。飆，飆或從包。”在“強勁”意義上，“飆”與從“暴”聲之字可通用。

（二）平仄不可互用之字

平仄不可互用之字，是指一個字“讀平聲，或仄聲時，聲既變，那麼它的意義也就隨之發生了變化”②。

1. 凝

　　《詩》：“膚如凝脂。”“凝”音“佞”。唐詩：“日照凝紅香。”白樂天詩：

---

① （明）楊慎：《秇林伐山》，商務印書館《叢書集成初編》本，1936 年版，第 8 頁。

② 郭揚：《唐詩學引論》，廣西人民出版社 1989 年版，第 91 頁。

"落絮無風凝不飛。"又:"舞繁紅袖凝,歌切翠眉愁。""舞急紅腰凝,歌遲翠黛低。"徐幹臣詞:"重省別時,淚漬羅巾猶凝。"張子野詞:"蓮臺香燭殘痕凝。"高賓王詞:"想藁汀水雲愁凝,閒蕙帳猿鶴悲吟。"柳耆卿詞:"愛把歌喉當筵逞,遏天邊亂雲愁凝。"今多作平音,失之,音律亦不協也。(明楊慎《升菴詩話》卷十三,見《歷代詩話續編》第 906 頁)

《凝音佞》《詩》"膚如凝脂",凝音佞。唐詩"日照凝紅香",白樂天"落絮無風凝不飛",云云。楊所引唐、宋人用者十餘,然俱落何遜《梅花詩》後也。(《胡應麟詩話》,見《明詩話全編》第 5753 頁)

按,後條出自《少室山房筆叢》卷十九《藝林學山一·凝音佞》①。"凝"有平去二聲,其義不同。宋賈昌朝《羣經音辨》卷六《辨字音清濁》:"凝,結也。魚陵切。結固曰凝。牛證切。"②《廣韻·蒸韻》魚陵切:"水結也,又成也。"如唐李商隱《過景陵》:"武皇精魄久仙升,帳殿淒涼煙霧凝。俱是蒼生留不得,鼎湖何異魏西陵。"又去聲,"牛證切",即《廣韻》"牛餕切"。明李實《蜀語》:"結堅曰凝,〇凝,魚慶切,音禁。唐詩:'舞急紅腰凝,歌遲翠眉低。'又'日照凝紅香。'皆讀去聲。"③可見,四川方言讀"凝"爲去聲,且體現了此方言區前後鼻音不分的特點。一說去聲"凝"與"硬"通。夏石樵《李義山詩商兌錄》提出:作去聲讀的"凝"字,應作"硬"解④。"硬",同"鞕"。《廣韻·諍韻》五爭切:"堅牢。"《廣雅·釋詁一》:"鞕,鞏也。"王念孫疏證:"各本鞏下俱脫堅字。"⑤《玉篇·革部》:"鞕,牛更切,堅也。亦作硬。""凝"與"鞕"讀音相近可通。

2. 劭

潘岳《河陽縣》詩曰:"誰謂晉京遠?室邇身實遼。誰謂邑宰輕?令名患不劭。"五臣注《文選》曰:"劭,平協韻。"蓋平協韻者,讀音

---

① (明)胡應麟:《少室山房筆叢》,上海書店 2001 年版,第 200 頁。

② (宋)賈昌朝:《羣經音辨》,《景印文淵閣四庫全書》第 222 冊,第 49 頁。

③ (明)李實著,黃仁壽、劉家和校注:《蜀語校注》,巴蜀書社 1990 年版,第 18 頁。

④ 夏石樵:《李義山詩商兌錄》,《北京師範大學學報》(社會科學版)1983 年第 5 期。

⑤ (清)王念孫著,鐘宇訊點校:《廣雅疏證》,中華書局 1983 年版,第 40 頁。

韶也。觀國按:《前漢‧成帝紀》,陽朔四年韶,"先帝劭農,薄其租稅,寵其強力,令與孝弟同科"。蘇林注曰:"劭音翹,精異之意也。"晉灼注曰:"劭,勸勉也。"潘岳詩以遼字、劭字爲韻,則音劭爲翹也,五臣當別出翹音,而曰平協韻者,是於劭音作平協韻爲韶音耳。蓋五臣未嘗知有翹音,而但曰平協韻而已,非也。《南史‧宋元兇傳》曰:"元兇名劭,字休遠。""初命之曰劭,在文召刀爲劭,後惡焉,改刀爲力。"觀國按:字書劭字從召從力,不從刀也,所謂在文召刀爲劭者,蓋初未嘗考究字義,而遽爲臆說耳。(王觀國《學林》卷十,見《宋人詩話外編》第 504 頁)

按,"劭"有平去二聲,其義有別。劭:勸勉、勉勵。讀去聲,即《廣韻》寔照切,禪母笑韻去聲。如清魏源《送李希蓮陳雲心何積之歸郴州》:"飄萍離合休相弔,漁樵事業還須劭。王道千秋寂釣耕,荇藻自古登廊廟。""劭""廟"爲韻,同押"笑韻"。又"美好"義,音"翹"。即《廣韻》渠遙切,群母宵韻平聲。如《文選‧潘岳〈河陽縣作二首〉其一》:"誰謂晉京遠? 室邇身實遼。誰謂邑宰輕? 令名患不劭。""遼""劭"爲韻,同押平聲"蕭韻"。宋葉大慶《考古質疑》卷三:"如旁、招、行、樂之類,一字而有三四音義者,固不必論。原注:旁、招凡三音義……《角招》、《徵招》,則音韶,《禮志‧雲招》,則音翹。"[1]"劭""招"同以"召"爲聲符,故"劭"也應有平聲。"劭"字讀平聲,可以追溯至先秦時期。《莊子‧駢拇》:"自虞氏招仁義以撓天下也,天下莫不奔命於仁義。"清俞樾《諸子平議》卷十八《莊子》二:"此文招字亦當訓舉,而讀爲翹。"[2]《漢書‧刑法志》:"政衰聽怠,則廷平將招權而爲亂首矣。"三國魏蘇林音義:"招音翹。翹,舉也,猶賣弄也。"可見,平聲爲"劭"本音。

3. 治

杜工部反經史字音爲多,略舉數四:……《六典》曰:後漢州置別

---

① (宋)葉大慶、袁文:《考古質疑　甕牖閒評》,上海古籍出版社 1985 年版,第 26 頁。

② (清)俞樾:《諸子平議》,中華書局 1954 年版,第 346 頁。

駕持中，皆刺史自辟除。《晉·職官志》曰："州置別駕治中從事。"治字無音，而《六典》作持字。公《寄岳州賈司馬巴州嚴使君》曰："典郡終微眇，治中實棄捐。"趙彥才云：治從平聲。（孫奕《履齋示兒編》卷九，見《宋人詩話外編》第1137頁）

治，音持，俗言治魚、治鷄；韓文：冗不見治。（俞文豹《吹劍錄》，見《宋人詩話外編》第1237頁）

張文定安道《題漢高廟》詩："縱酒疏狂不治生，中陽有土不歸耕。偶因亂世成功業，更向翁前與仲爭。"議論極有關係，但"治"字誤讀去聲。然徐騎省《觀習水師》詩："元帥樓船出治兵"，"治"字已讀去聲矣。按《說文》，治本水名，出東萊曲城陽丘山，南入海。從水，台聲，直之切。是"治"字本平聲。陸氏《釋文》，於諸經中平聲者，並無音去聲者，乃音直吏反，蓋借用乃爲去聲也。今騎省亦誤讀"治"字，豈校定《說文》者所宜出耶？然昌黎《諱辨》："諱呂后名雉爲野雞，不聞又諱治天下之治爲某字也。"則"治"字誤讀，又不始於騎省。第騎省佳詩甚希，且以南唐大臣復仕於宋，選者必以其詩殿唐人之後，何所取哉！（潘德輿《養一齋詩話》卷七，見《清詩話續編》第2107頁）

按，"治"有平去二聲，音隨義轉。治：音"持"，即《廣韻》直之切，澄母之韻平聲。義爲"水名；宰殺"。民國十六年《濟寧縣志》卷四："治魚，剖魚也，治讀若池。""南朝劉宋時期，'治'的對象已經不限於魚，而擴大到各種牲畜"[1]。又去聲，即《廣韻》直利切，澄母至韻去聲。又直吏切。義爲"治理；太平"。"理"義的"治"是從"水名"的"治"借來的。唐以後又分化出去聲，換言之，"治"字在"理"義上，平聲是借用，去聲爲本音，故宋人張文定（張綱）、徐騎省（徐鉉）讀"治"字爲去聲，並不是誤讀。明陳第《毛詩古音考》卷一對"理"義據讀音做出了細微分別："凡未治而理之皆平聲，已理而有效則去聲。"[2] 至此，"治"平去兩讀字的身份確定。

---

① 周俊勳：《中古漢語詞彙研究綱要》，巴蜀書社2009年版，第277頁。

② （明）陳第著，康瑞琮點校：《毛詩古音考》，中華書局1988年版，第22頁。

4. 梧

　　東坡《和劉貢父》詩曰："青派連淮上，黃樓冠海隅。此詩尤偉麗，夫子計魁梧。"趙次公引《前漢·張良傳贊》注曰："蘇林注：'梧'音'悟'，師古謂：'魁，大貌也，言其可驚悟。今人讀爲吾，非也。'顏之說如此，而先生作平聲，則別從己見爲義乎！計魁梧者，計度其魁梧耳。"此趙次公所言也。僕謂次公亦未深考，以"梧"爲"吾"，非東坡自爲己義。而"計魁梧"字亦有所祖。按《後漢》"臧洪體貌魁梧"，注梧音吾。故杜子美詩曰："魁梧秉至尊。"杜正用《後漢》意。又按《史記·張良世家》曰："余以爲其人計魁梧。"後曾文清詩亦曰："乃翁容貌計魁梧。"是又用《史記》意也。二事皆有所祖，前後人皆用過，安可謂坡公自爲己義而無所本乎？次公但見《前漢》所云，未睹《史記》、《後漢》故爾。僕又考之，《漢史》之贊張良曰："張良之智勇，以爲魁梧奇偉，反若婦人女子。"此意正祖趙人述孟嘗君之意，趙人聞孟嘗君之賢，出而觀之，皆曰："始以薛公爲魁梧，然今觀之，眇小丈夫耳。"然則"魁梧"二字，其來又遠。（王楙《野客叢書》卷二十三，見《宋人詩話外編》第 1105 頁）

　　按，"魁梧"是同義詞連用，皆有大義，讀平聲。清王念孫《讀書雜志》七《漢書》第十六："念孫案：師古以'梧'爲'驚悟'，則義與'魁大'不相屬，故又加一'可'字以增成其義，其失也鑿矣。今案：'魁''梧'皆大也。'梧'之言吳也。《方言》曰：'吳，大也。'《後漢書·臧洪傳》：'洪體貌魁梧。'李賢曰：'梧，音吾。'蓋舊有此讀。"[1] 吳：《說文·口部》："大言也。"後引申爲凡大之稱。吳：上古音爲疑母魚部平聲。"魁梧"之"梧"作平聲，當是"吳"之借，且平聲一直沿用至今。又"梧"作去聲，當是"忤"之借。《漢書·司馬遷傳贊》："至於採經摭傳，分散數家之事，甚多疏略，或有抵梧。"顏師古注："如淳曰：'梧讀曰迕，相觸迕也。'抵，觸也。梧，相支柱不安也。"

---

① （清）王念孫著，鐘宇訊點校：《讀書雜誌》，北京市中國書店 1985 年版，第 35 頁。

5. 分

　　"處分"之"分"……皆平仄兩用。(清袁枚《隨園詩話》卷一，第
10頁)

　　按，"分"有平去二聲，其義有別。宋賈昌朝《羣經音辨》卷六《辨字
音清濁》："分，別也。方云切。旣別曰分。扶問切。"①"方云切"，即非母文韻平
聲。如明高啓《逢吳秀才復送歸江上》："暫時握手還分手，暮雨南陵水寺
鐘。"又去聲，《廣韻》扶問切，奉母問韻去聲。如唐杜甫《雷》："請先偃甲
兵，處分聽人人主。"自注："分，音問。"關於"處分"之"分"不同讀音
的區別，清梁章鉅《浪跡續談》卷一《處分》舉例說明："《南史·沈僧昭傳》：
'國家有邊事，須還處分。'《北史·唐邕傳》：'手作文書，口且處分。'按此
二字史傳中屢見，胡三省《通鑒音注》亦甚明，當作去聲，音問。白居易詩：
'處分貧家殘活計。'劉禹錫詩：'停杯處分不須吹。'皆可證。時人謂近來多
誤讀作平聲，則非此二字之謂也。處分猶今言處置，自應讀去聲。若今人以
被吏議爲處分，則自作平聲，謂分別而議處之也，與上所引殊別。"②

6. 散

　　散乃琴曲名，如操、弄、序、引之類。故潘岳《笙賦》云："輟張
女之哀彈，流廣陵之名散。"應璩《與劉劭書》曰："聽廣陵之清散。"散，
平聲，在寒字韵。元稹詩："酒戶年年減，山行漸漸難。欲終心懶慢，
轉覺興闌散。"是也。彈音但，見孟郊詩注。(《楊慎詩話》，見《明詩話全編》
第2748頁)

　　按，出自《升菴全集》卷四十四《廣陵散》③。"散"本平聲，上古音爲
心母元部平聲。《史記·平原君列傳》："槃散行汲。"裴駰集解："散，亦作珊。"
司馬貞索隱："散，音先寒反，亦作'珊'，同音。"中古有平仄二聲，其義

_____

① (宋)賈昌朝：《羣經音辨》，《景印文淵閣四庫全書》第222冊，第49頁。
② (清)梁章鉅撰，陈铁民點校：《浪跡叢談·續談·三談》，中華書局1981年版，第249—
　　250頁。
③ (明)楊慎：《升庵全集》，(清)王雲五主編：《萬有文庫》第二集七百種，商務印書館
　　1937年版，第449頁。

有別。《集韻》相干切，心母寒韻平聲。明田藝蘅《留青日札》卷三十八
《通俗古音·平聲》："散音三，琴曲《廣陵散》。"① 清王士禎《池北偶談》卷
十二《杜律細》："'未聞細柳散金甲'，散，平聲，生南反。元詩：'酒戶年年
減，山行漸漸難，欲終心懶慢。轉覺意闌散。'潘岳《笙賦》：'輟張女之妙彈，
罷廣陵之清散。'散叶彈。諸仿此。"② 朱起鳳《辭通》卷六《十四寒·闌珊》：
"凋散貌。[唐白居易詩] 詩情經意漸〇〇。"又同卷《闌珊》："[唐溫庭筠詩]
〇〇玉局棋。"又同卷《闌散》："[唐元稹詩] 欲終心嬾慢，轉覺意〇〇。按
珊、珊同音，散轉平聲，即爲珊字。""闌珊、闌山、闌跚、瓓珊、闌散、懶
散，音近義均同"③。"散"作爲仄聲又分上、去兩種情況，且音隨義變。《廣
韻·旱韻》："散，散誕。"又，《翰韻》："分離也，布也。分離也，布也。《說
文》作㪔，分離也。㪔，雜肉也。今通作散。"

　　7.料

　　　　陸龜蒙《包山》詩："海客施明珠，湘蔌料淨食。"自註："'料'平聲。"
（清袁枚《隨園詩話》卷一，第 9—10 頁）

　　按，"料"有平去二聲。《廣韻》力弔切，來母嘯韻去聲。如唐劉長卿《卻
赴南邑留別蘇臺知己》："已料生涯事，唯應把釣竿。"料：動詞，料想。又可
作爲量器。清錢大昕《十駕齋養新錄》卷十九《浙東斗尺》："《至正直志》：……
鄞俗則有二樣，二斗五升者曰料，五斗曰㪷。料音勞去聲。"④ 又平聲，即《廣
韻》落蕭切。如唐陸龜蒙《雨中游包山精舍》："海客施明珠，湘蔌料淨食。"
料：名詞，供人畜食用的物品。可見，"料"的平去二讀，起着區別詞義的
作用。

　　8.思、教、令、吹、燒

　　　　作詩亦須識字。如思、應、教、令、吹、燒之類，有平仄二聲，音
　　別則義亦異。（王夫之《薑齋詩話》，見《清詩話》第 13 頁）

---

① （明）田藝蘅：《留青日劄》，上海古籍出版社 1985 年版，第 1213 頁。

② （清）王士禎撰，靳斯仁點校：《池北偶談》，齊魯書社 2007 年版，第 232—233 頁。

③ 王學奇主編：《元曲選校注》第 4 冊·上卷，河北教育出版社 1994 年版，第 3777 頁。

④ 陳文和主編：《嘉定錢大昕全集》（柒），江蘇古籍出版社 1997 年版，第 519 頁。

按，"思"有平去二聲。宋賈昌朝《羣經音辨》卷四《辨字同音異》："思，容也。息茲切。思，慮也。息嗣切。思，頰也。塞來切。《春秋傳》：'于思于思。'"①《廣韻》息茲切，心母之部平聲。如宋蘇軾《送安敦秀才失解西歸》："舊書不厭百回讀，熟讀深思子自知。"思：動詞，思考。又去聲。《廣韻》相吏切。"相吏切"即"息嗣切"。如唐李白《宣州謝朓樓餞別校書叔雲》："俱懷逸興壯思飛，欲上青天攬明月。"思：名詞，思緒。又"塞來切"，心母咍韻平聲。《左傳·宣公二年》："于思于思。"杜預注："于思，多鬚之貌。"後寫作"腮"。

"教"有平去二聲。宋賈昌朝《羣經音辨》卷六《辨字音清濁》："教，使也。古肴切。所使之言謂之教。古孝切。"②《廣韻》古肴切，見母肴韻平聲。如唐王昌齡《出塞》："但使龍城飛將在，不教胡馬度陰山。"教：使；令。又去聲。《廣韻》古孝切，見母效韻去聲。如唐王維《燕支行》："教戰須令赴湯火，終知上將先伐謀。"教：訓練；練習。

"令"有平去二聲。宋賈昌朝《羣經音辨》卷六《辨字音清濁》："令，使也。力丁切。所使之言謂之令。力政切。"③"力丁切"，即《廣韻》郎丁切，來母青韻平聲。如唐王維《送劉司直赴安西》："當令外國懼，不敢覓和親。"令：使；讓。又去聲，即《廣韻》力政切，來母勁韻去聲。如唐張巨源《秋日韋少府廳池上詠石》："何必澄湖徹，移來有令名。"令：美好。可見"令"的不同讀音，起着別義辨性的作用。一般來說，"令"作動詞，多讀平聲；"令"作名詞、形容詞，多讀去聲。

"吹"有平去二聲。《廣韻》昌垂切，昌母支韻平聲。如唐李白《與史郎中欽聽黃鶴樓上吹笛》："黃鶴樓中吹笛，江城五月《落梅花》。"吹：吹奏。又去聲，《廣韻》尺偽切，昌母寘韻去聲。如唐白居易《兩朱閣》："花落黃昏悄悄時，不聞歌吹聞鐘磬。"吹：樂曲。

"燒"有平去二聲。《廣韻》式招切，書母宵韻平聲。如唐王建《江陵即事》："寺多紅藥燒人眼，地足青苔染馬蹄。"燒：照射。又去聲，《廣韻》失照切，

---

① （宋）賈昌朝：《羣經音辨》，《景印文淵閣四庫全書》第 222 冊，第 35 頁。
② （宋）賈昌朝：《羣經音辨》，《景印文淵閣四庫全書》第 222 冊，第 50 頁。
③ （宋）賈昌朝：《羣經音辨》，《景印文淵閣四庫全書》第 222 冊，第 50 頁。

書母笑韻去聲。如宋蘇軾《正月二十日，往岐亭》："稍聞決決流冰谷，盡放青青沒燒痕。"燒：放火燒野草以肥田。

9. 夢、除

唯孟浩然"氣蒸雲夢澤"，不知"雲土夢作乂"，"夢"本音蒙。"青陽逼歲除"不知"日月其除"，"除"本音住。（王夫之《薑齋詩話》，見《清詩話》第 13 頁）

按，"夢"有平去二聲，其義不同。宋賈昌朝《羣經音辨》卷三《辨字同音異》："夢，寐也。莫鳳切。夢，曹地也。莫工切。《春秋傳》：'曹公孫會，自夢出奔宋。'"① 戴鴻森《薑齋詩話箋注》言："'夢'字二讀，'睡夢'之'夢'爲去聲送韻，'雲夢'之'夢'爲平聲東韻。"② 其中，平聲爲"夢"字本音。《春秋·襄公十二年》："秋，吳子乘卒。""乘"字，《左傳》作"壽夢"。"壽夢"爲"乘"之切音。清錢大昕《十駕齋養新錄》卷二《乘》："予謂'乘''壽'皆齒音，'壽'當讀如'疇'，與'乘'爲雙聲，'夢'古音莫登切，與'乘'疊韻，倂兩字爲一言。孫炎制反切蓋萌芽於此。"③"莫登切"，即"莫工切"。中古分化出去聲。即《廣韻》莫鳳切，明母送韻去聲。

"除"有平去二聲，其義不同。宋賈昌朝《羣經音辨》卷五《辨字同音異》："除，階也。直魚切。除，去也。音注。《詩》：'日月其除。'毛萇讀又直魚切。除，舒也。式朱切。《詩》：'日月其除。'鄭康成讀又音餘。"④ 宋陸游《老學庵筆記》卷八："《詩·唐風》'日月其除'。除音直慮反。則所謂冬住者，冬除也。"⑤"直慮反"，即《廣韻》遲倨切。此外，"除"又可作爲"四月的別名"，音"式朱切"，即《集韻》商居切。

10. 飴

杜牧《杜秋娘》詩曰："厭飫不能飴。"沈存中曰："飴乃餳耳，若作

① （宋）賈昌朝：《羣經音辨》，《景印文淵閣四庫全書》第 222 冊，第 24 頁。
② （清）王夫之著，戴鴻森箋注：《薑齋詩話箋注》，上海古籍出版社 2012 年版，第 87 頁。
③ 陳文和主編：《嘉定錢大昕全集》（柒），江蘇古籍出版社 1997 年版，第 45 頁。
④ （宋）賈昌朝：《羣經音辨》，《景印文淵閣四庫全書》第 222 冊，第 47 頁。
⑤ （宋）陸遊撰，李劍雄等點校：《老學庵筆記》，中華書局 1979 年版，第 104 頁。

飲食當音飼。"觀國按:《南史·梁武帝紀》曰:"有男子於大眾中,自割身以飴饑鳥。"晉王薈除吳國內史,時年饑粟貴,人多餓死。薈以私米作饘粥以飴餓者,所濟活甚眾。以此觀之,則飴雖錫也,至於詩文中言甘食之則謂之飴,所謂飴饑鳥者,使饑鳥甘食之也。所謂飴餓者,使餓者甘食之也。杜牧詩曰:"厭飫不能飴"者,既厭飫矣,不能復甘食之也。杜牧詩用平聲怡字韻,而飫音嗣,存中欲以飼字當之,如之何其可也。(王觀國《學林》卷八,見《宋人詩話外編》第486頁)

按,"飴"本平聲,上古音爲喻母之部平聲。《漢書·楚元王(劉交)傳附劉向》:"諸侯和於天下,天應報於上,故《周頌》曰:'降福穰穰。'又曰:'飴我釐麰。'"顏師古注:"飴,遺也。讀與貽同。"中古有平去二聲:《廣韻》與之切,以母之韻平聲。如唐杜牧《杜秋娘詩》:"歸來煮豹胎,厭飫不能飴。""飴"通"貽",贈與。又去聲,即《集韻》祥吏切,邪母志韻去聲。《南史·梁武帝紀》曰:"有男子不知何許人,於大眾中自割身以飴饑鳥。""飴"通"飼",拿食物給……吃。

(三)一字分屬兩個韻部

一字分屬兩個韻部,是"指一個字在平聲中,或在仄聲中,屬於兩個韻部"①。

1.若

蘭若若字,白樂天詩作惹字押,爾者切。余按,上官儀《酬薛舍人萬年宮晚景寓直懷友》詩中四句云:"東望安仁省,西臨子雲閣。長嘯披煙霞,高步尋蘭若。"此又作日灼切押。(吳曾《能改齋漫錄》卷三,見《宋人詩話外編》第603—604頁)

按,"蘭若"之"若"有上、入二聲,且音隨義變。在"寺院"義上,音"惹",即《廣韻》爾者切,日母馬韻上聲。清吳偉業《吳詩集覽》卷十五上《橫雲山》:"《唐會要》:'官賜額爲寺,私造者爲招提蘭若。'若音惹。"

---

① 郭揚:《唐詩學引論》,廣西人民出版社1989年版,第121頁。

如唐白居易《蘭若寓居》："名宦老慵求，退身安草野。家園病懶歸，寄居在蘭若。""野""若"同押"馬韻"。在"香草"義上，則爲"日灼切"，即日母藥韻入聲。如唐李白《題嵩山逸人元丹丘山居》："爾能折芳桂，吾亦採蘭若。拙妻好乘鸞，嬌女愛飛鶴。提攜訪神仙，從此煉金藥。""若""藥"同押"藥韻"。但詩話中提及的上官儀詩，"蘭若"爲"寺院"義，"閣""若"爲韻，卻押"藥韻"，這裏可能是臨時借用香草義的"若"音，以與"煙霞"相對。

又，"若個"之"若"則讀"那"，"那"乃"惹"之聲轉。民國十八年《雄縣新志·故實略·謠俗篇·方言》："若個，猶云那個也。《方言藻》：唐鹿門詩'若個傷春在路旁。'《演繁露》云'若個猶云幾何枚也。'按若音惹，語轉爲也，也那雙聲，故又轉爲那。"

2. 貌

《莊子》："人貌而天"；《史記·郭解贊》："人貌榮名"；唐《楊妃傳》："命工貌妃於別殿"，皆作入聲。讀杜詩："畫工如山貌不同"，又"曾貌先帝照夜白"，又"屢貌尋常行路人"。梅聖俞詩："妙娥貌玉輕邯鄲"，自注音墨。（《楊慎詩話》，見《明詩話全編》第 2843—2844 頁）

按，出自《丹鉛總錄》卷十三《訂訛·貌字音墨》。《莊子·田子方》第二十一作"人貌而天虛"。明楊慎據郭象注以"人貌而天"四字爲句，虛字屬下讀。非是。清俞樾《諸子平議》卷十八《莊子》二曰："樾謹按郭注以人貌而天四字爲句，殆失其讀也。此當以人貌而天虛爲句，人貌天虛，相對成義。"[1] 王世舜《莊子注譯·田子方第二十一》言："人貌而天虛，即人貌而天心，意謂其貌則人，其心則天。"[2] 故從辭例和釋義來看，"人貌而天虛"之"貌"當爲名詞。《史記·遊俠列傳》："諺曰：'人貌榮名，豈有既乎！'"劉宋裴駰集解引徐廣曰："人以顏狀爲貌者，則貌衰落矣；唯用榮名爲飾表，則稱譽無極也，既，盡也。"從此注來看，"人貌榮名"之"貌"也爲名詞。"貌"

---

① （清）俞樾：《諸子平議》，中華書局 1954 年版，第 363 頁。
② 王世舜：《莊子注譯》，齊魯書社 2009 年版，第 282 頁。

作爲名詞和動詞，讀音是不同的。貌：容貌。《說文·皃部》："皃，頌儀也。"
《廣韻》莫教切，明母效韻去聲。如唐王昌齡《送任五之桂林》："楚客醉孤舟，
越水將引棹。山爲兩鄉別，月帶千里貌。""棹""貌"同押效韻。又作動詞，
描繪。《洪武正韻·藥韻》："貌，描畫人物類而狀曰貌。"《古今韻會舉要·十九效
獨用》："貌……又今謂畫物爲貌，《荀子》：'貌而不功。'"楊倞注《荀子·禮論》："貌而
不攻"引或曰"貌讀如邈，像也，今謂畫物爲貌。"故高步瀛《唐宋詩舉要》
卷二《七言古詩·杜子美〈奉先劉少府新畫山水障歌〉》言："《莊子·田子
方篇》《史記·遊俠傳》貌字當如字讀，楊[①]說非是，餘皆音墨是。"[②]其說可
信。此外，關於"人貌榮名"之"貌"，還有二說。清程餘慶《歷代名家評
注史記集說》言："貌、冒通。既、盡也。言名爲遊俠所冒，遂至無窮也。"[③]
闕勳吾、闕宵南《史記新注》："貌，羨慕。"[④]王海根《古代漢語通假字大字
典》承襲此解，明確提出："（貌）通'慕'。"[⑤]

3. 尉

《說文》："尉與熨本一字，昌志切，從上按下也。又持火申繒也。
字從尼，尼音，夷平也。"後世軍官曰校尉，刑官曰廷尉，皆取"從上
按下"使平之義。尉斗申繒亦使之平，加火作熨，贅矣！古音熨，轉
音紆胃切。《王莽傳》有威斗，即尉斗也。威與尉音相近，轉音鬱字，
一作爇，省文作爇，今俗言平曰爇帖。杜詩："美人細意熨帖平"是也。
《畫譜》有《唐宮熨帛圖》、東坡詩："象牀玉手熨寒衣。"白樂天詩："金
斗熨波刀剪文。"陸魯望詩："波平熨不如。"溫庭筠詩："綠波如熨割
愁腸。"又"天如重熨皺。"王君玉詩："金斗熨秋江。"諸公非不知字
學，而字皆從俗，以便於觀者耳。（《楊慎詩話》，見《明詩話全編》第

---

① 即"楊慎"。

② 高步瀛：《唐宋詩舉要》，上海古籍出版社 1959 年版，第 210 頁。

③ （清）程餘慶：《歷代名家評注史記集說》，高益榮等編撰：《歷代名家評注史記集說》，三
秦出版社 2011 年版，第 1425 頁。

④ （汉）司馬迁著，闕勳吾、闕宵南注：《史記新注》，湖北教育出版社 2003 年版，第
2341 頁。

⑤ 王海根：《古代漢語通假字大字典》，福建人民出版社 2006 年版，第 820 頁。

2780 頁）

按，出自《升菴全集》卷六十三《熨斗》①。"尉"《廣韻》有去入二聲：
於畏切，影母未韻去聲。又紆物切，影母物韻入聲。據楊慎所言，尉本爲
"昌志切"，轉音"紆胃切"，即《廣韻》"於畏切"。換言之，"尉"本"之部"，
後轉入"微部"，古代"之、微合韻"的例子較多。如樂府民歌《戰城南》："思
子良臣，良臣誠可思：朝行出攻，暮不夜歸！""思"與"歸"之、微合韻。"紆
胃切"又轉音"鬱"字，即"紆物切"。戴淮清《漢語音轉學》言："若依音
轉之理解釋，則'芸'，'隕'兩字均可譯爲'萎'，因 yun 音可與 wei 音通轉。"②
梁特猷言："湘中方言多存古音，尉音玉，至今讀尉姓。"③

4. 作

《蔡寬夫詩話》曰："詩人用事，有乘語意到，輒從其方言爲之者，
亦自一體，但不可爲常耳。吳人以'作'爲'佐'音，退之詩：'非閤
復非船，可居兼可過。君欲問方橋，方橋如此作。'乃用'佐'音。不
知當時所呼通爾，或是戲語也。"僕按《廣韻》，"作"字有三音。一則
洛切，二臧路切，三則邐切。退之詩韻正叶則邐切，音佐耳。又《後
漢·廉範傳》云："廉叔度，來何暮。不禁火，民安作。昔無襦，今五
絝。"此"作"字，臧路切，音措耳。又苕溪漁隱引老杜"主人送客何
所作"，以謂此語已先於退之用矣。僕謂何止老杜，與杜同時，如岑參
詩："歸夢秋能作，鄉書醉懶題。"在杜之先，如《安東平古調》："微物
雖輕，拙手所作。餘有三丈，爲郎別厝。"此類甚多。在退之之前，不
但杜用此語也。古詞所叶，正與廉歌一同。《明道雜志》引皮日休詩"共
君作箇生涯"之語，謂作讀爲佐，不止退之一詩。僕謂張右史亦失記杜、
岑之作爾。權德輿詩："小婦無所作。"自注："音佐。"僕考"小婦無所作"，
乃《古樂府》中語，以作爲佐，知自古已然矣。《毛詩》："侯祝侯作。"

---

① （明）楊慎：《升庵全集》，王雲五主編：《萬有文庫》第二集七百種，商務印書館 1937 年
版，第 810 頁。
② 戴淮清：《漢語音轉學》，中國友誼出版公司 1986 年版，第 382 頁。
③ 梁特猷：《傍麓絮聒》，南海出版公司 1997 年版，第 29 頁。

字作詛字讀。（王楙《野客叢書》卷六，見《宋人詩話外編》第 1058—1059 頁）

按，"作"《廣韻》有入去二聲。"作"入聲，音"則落切"，即"則洛切"，精母鐸韻入聲。又去聲，有二音：一音爲"臧祚切"，即"臧路切"，精母暮韻去聲。《後漢書·廉範傳》："廉叔度，來何暮。不禁火，民安作。昔無襦，今五絝。"李賢注："作，叶韻音則護反。"清俞正爕《癸巳存稿》卷十二《古詩十九首跋》："《辨正論·內九箴篇》引古詩云：'服食求神仙，多爲藥所誤。不如飲美酒，被服紈與素。寄語世上人，道士慎莫作。'末二句實累語，然此'作'字應則故切，即今之'做'字。《小雅》'薇亦作止，歲亦暮止'，是'作'去聲。《後漢書·廉範傳》：'廉叔度，來何暮。不禁火，民安作。昔無襦，今五袴。'古詩十九首中多東漢人語，則'作'字二句固應有之，《文選》刪之也。穆案，乍、故同部，則作、做同音，但語分今古雅俗耳。理初乃無端生此葛藤。"[1]"則護反"與"則故切"，皆即"臧路切"。又一音爲"則箇切"，即"則邏切"，精母箇韻去聲。"作"去聲分二音，僅是雅俗之不同。清光緒《崑新兩縣續修合志》卷一《方言》："作音同做。"王力《同源字典》言"作"："近代寫作'做'。現代普通話讀則箇切。西南官話讀臧祚切，皆與廣韻合。"[2]

5.靨

《說文》："靨，頰輔也"。《洛神賦》："明目善睞，靨輔承權"。自吳宮有獺髓補痕之事，唐韋固妻少時爲盜刃所刺，以翠掩之，女妝遂有靨飾。其字二音，一音琰，一音葉。溫飛卿詞："繡衫遮笑靨，煙草雙飛蝶。"此音葉。又云："粉心黃蕊花，靨眉山兩點。"此音琰。楊升菴。（胡震亨《唐音癸籤》卷十九，見《全明詩話》第 3725—3726 頁）

按，此抄自明楊慎《詞品》卷二《靨飾》[3]。"靨"有上入二聲，音隨義別。《集韻》於琰切，影母琰韻上聲。唐慧琳《一切經音義》卷六十一："靨，《韻會》云：'身上黑子。'"如唐元稹《恨妝成》："滿頭行小梳，當面施圓靨。最

---

[1] （清）俞正爕：《癸巳存稿》，遼寧教育出版社 2003 年版，第 358 頁。

[2] 王力：《同源字典》，商務印書館 1982 年版，第 288 頁。

[3] （明）楊慎：《詞品》，人民文學出版社 1960 年版，第 71—72 頁。

恨落花時，妝成獨披掩。""靨""掩"同押"琰韻"。又入聲。《廣韻》於葉切，影母葉韻入聲。《玉篇·面部》："靨，於協切，《淮南》：靨輔在頰前則好。"如唐戎昱《苦哉行五首》其三："強笑無笑容，須妝舊花靨。昔年買奴僕，奴僕來碎葉。""靨""葉"同押"葉韻"。

6.荼

(上略)《廣韻》曰："荼，宅加切，苦荼也，亦作檟，俗作茶。"然則宅加切者，本亦用荼字，而俗書爲茶，下從木，非字法也。書史沿襲，遂用茶字，蓋與苦菜之荼相避也。《唐書·陸羽傳》曰："羽嗜茶，著經三篇，言茶之原之法之具，天下益知飲茶矣。"觀國案：管夷吾摘山煮海，以富齊國，其來已久，豈待陸羽作《茶經》，然後天下益知飲茶耶？盧仝《茶歌》曰："天子須嘗陽羨茶。"閱此當知唐時以陽羨茶爲第一也。陽羨在常州，本朝建溪始盛。(王觀國《學林》卷四，見《宋人詩話外編》第 470 頁)

按，據王氏記載，荼有四音，其義亦別。①苦菜；雜草。音徒，即《廣韻》同都切，定母模韻平聲。②玉板，古朝會時所執；徐緩。音舒，即《集韻》商居切，書母魚韻平聲。③蘆葦的花穗。食遮反，即《廣韻》船母麻韻平聲。清錢大昕《廿二史考異·附錄一·三史拾遺》："古讀'庫'有舍音，猶車音尺遮反、余音食遮反。"[①]"荼"從"余"得聲，故音食遮反。俗作"茶"。宅加切，即《集韻》直加切，澄母麻韻平聲。《爾雅·釋木》："苦荼。"陸德明釋文："荼，音徒，《埤蒼》作'檟'。案：今蜀人以作飲，音直加反，茗之類。"

7.角

四皓中角里先生，"角"音"祿"。今呼爲"閣里"，則發笑。僕考之，"祿"亦"角"也。魯直詩曰："阿童三尺箠，御此老觳觫，石吾甚愛之，勿遣牛礪角。"雖讀爲"祿"，實則角爾。魯直此語，豈無自哉？傅玄《盤

---

① (清)錢大昕著，方詩銘等校點：《廿二史考異》(附：三史拾遺諸史拾遺)，上海古籍出版社 2004 年版，第 1448 頁。

中詞》曰："與其書，不能讀，當從中央周四角。"是亦以"角"爲"祿"也。
按《玉篇》《廣韻注》，二音皆通用。《羣經音辨》："古岳切，獸角也。"《禮》
"黃鐘爲角"，音"祿"，又如字。《資暇録》謂《孔氏秘記》慮將來之誤，
直書爲"祿里"。謂詩"角里"爲"祿里"。漢魏之人多然，如繁欽《祿
里先生訓》亦書爲"祿"。《資暇録》所謂《孔氏秘記》者，孔氏即孔安
國，其《秘記》不可得而聞，其事見《抱樸子》。（王楙《野客叢書》卷
三十，見《宋人詩話外編》第 1127 頁）

按，"角"有二音，其義不同。清江永《古韻標準》卷四《詩韻》："角，
古屋切。……○舊叶盧谷反。按角里之角音鹿，此姓氏轉音；若頭角之角當
古屋切。此與羹字一例。"音"鹿"，即《廣韻》盧谷切，來母屋韻入聲。表
示"姓氏"。宋羅泌《路史》卷三十五《辨四皓》："雖然四皓之名，言者不
一。……角里先生，在孔安國《秘記》及《漢紀》仙傳作角蠡，而魏子作祿
里，是特音相假耳。"① 清光緒八年《宜興荊溪縣新志》卷末《定訛》："按里
即埋之變文，埋有角音，角亦作用，音讀如祿。"又音"覺"，即《廣韻》古
岳切，見母覺韻入聲。表示"頭角；樂聲"。周清泉言"後音角多讀成覺音，
於是本讀祿音的角就少寫一筆作用"②。

8.借

杜工部反經史字音爲多，略舉數四：……《鄭典設自歸州歸》曰："刺
史似寇恂，列郡宜競借。"乃讀作跡，蓋押適字韻也。（孫奕《履齋示兒
編》卷九，見《宋人詩話外編》第 1137—1138 頁）

按，"借"有去入二聲，其義有別。宋賈昌朝《羣經音辨》卷六《辨
彼此異音》："取於人曰借。子亦切。與之曰借。子夜切。"③ 借：借出。《廣韻》
子夜切，精母禡韻去聲。如唐陸龜蒙《上真觀》："何處好迎僧，希將石樓
借。""借"讀去聲，與"暇"字叶韻。又音"跡"，即《廣韻》資昔切，精
母昔韻入聲。"子亦切"，即"資昔切"，義爲"借入"。如唐李白《日夕山中

---

① （宋）羅泌：《路史》，《景印文淵閣四庫全書》第 383 冊，第 505 頁。
② 周清泉：《文字考古》，四川人民出版社 2003 年版，第 397 頁。
③ （宋）賈昌朝：《羣經音辨》，《景印文淵閣四庫全書》第 222 冊，第 52 頁。

忽然有懷》："素心自此得；真趣非外借。"此詩押"錫"韻，故"借"讀入聲。
直到今天，"借"的入聲讀法還保存在閩語中。《漢語方言中的特字————一致
的例外》一文言："'借'字是去聲禡韻字，現在一般方言都讀去聲。唯有閩
語讀入聲。"①

9. 始

　　李希聲《詩話》曰："皂雕寒始急"，"千呼萬喚始出來"，人皆以爲
語病，然始有二音，有所宿留而今甫然者，當從去聲，二詩自非語病。
觀國嘗考其故矣。始終之始，則音上聲；有所宿留而今甫然者，則音去
聲。所謂有太始，所謂萬物資始，所謂始畫八卦，所謂有始有卒，此皆
終始之始也。杜子美《安西兵》詩曰："臨危經久戰，用意始知神。"韓
退之《月臺》詩曰："直須臺上看，始奈月明何？"此皆有所宿留而今甫
然者也。如《禮記·月令》"蟬始鳴"，陸德明《音義》始作試，則李希
聲之說不妄矣。（王觀國《學林》卷九，見《宋人詩話外編》第498—
499頁）

按，"始"有上去二聲，聲隨義別。"動作行爲的開始"義讀上聲，《廣
韻》詩止切，書母止韻上聲。如唐杜甫《觀安西兵過赴關中待命二首》其一
中的"始"字。"歷時很久纔開始"義讀去聲，音同"試"，即《廣韻》式利
切，書母志韻去聲。宋毛居正《六經正誤》卷四《月令》："蟬始。市志反當
作申志反，申字訛作市。桃始華，桐始華，水始涸，霜始降，水始冰，地始
凍，芸始生，鵲始巢，義與此同，皆當音試。""申志反"即"式利切"。如
唐杜甫《贈陳二補闕》："皂雕寒始急，天馬老能行。自到青冥裏，休看白髮
生。"詩中的"始"字正讀去聲。關於"始"的去聲讀法，可參看第五章"試
花"條。《大字典》未及"始"的去聲義。

10. 乞

　　詩家用"乞"字當有二義，有作去聲用者，有作入聲用者。如陳

①　丁邦新：《漢語方言中的特字————一致的例外》，《中國語言學論文集》，中華書局2008年
版，第160頁。

無已詩云："乞與此翁元不稱。" 蘇東坡詩云："何妨乞與水精鱗。" 此作去聲用也。如唐子西詩云："乞取蜀江春。" 東坡詩云："乞得膠膠擾擾身。" 此作入聲用也。（袁文《甕牖閒評》卷四，見《宋人詩話外編》第579—580頁）

按，"乞" 有去入二聲，其義有別。宋鄭樵《通志二十略‧六書略》第四《因借而借》："乞，氣也，因音借爲與人之乞；音氣。因與人之義借爲求人之乞。入聲。"① 乞：給予。《廣韻》去既切，溪母未韻去聲。宋黃希、黃鶴《補注杜詩》卷二十九《贈李八祕書別三十韻》："'倚薄似樵漁乞。' 去聲，鄭曰：'去既切，與人物。'" 如宋蘇軾《戲作鮰魚一絕》："寄語天公與河伯，何妨乞與水精鱗。" 但作爲 "乞求" 義，則讀入聲，即《廣韻》去訖切，溪母訖韻入聲。如宋蘇軾《卜算子》："乞得膠膠擾擾身，卻笑區區者。" 普通話中的 "乞" 只讀上聲，這是由中古的入聲派生而來的，但 "閩方言作 '給予' 用可讀去聲也可讀入聲（福州話 kʻɛiɔ、kʻøyʔɔ，廈門話 kʻiɔ、kʻitɔ），作 '求取' 用只能讀入聲（如說 '乞囝'：求子，'乞食'：討飯，'乞雨'：祈雨）"②。這正是古音在方言中的殘留。

11. 髴

杜子美《衡山縣學》詩曰："耳聞讀書聲，殺伐災髣髴。" 於地字韻中押，則以髴作沸字用也。（王觀國《學林》卷九，見《宋人詩話外編》第498頁）

按，"髴" 有去入二聲。髴：音 "沸"，即《廣韻》芳未切，敷母未韻去聲。《集韻‧未韻》："髴，髣髴，髮亂。""髴"，亦作 "愗"。《正字通‧心部》："愗同髴，《漢‧郊祀歌》：'相放佛'。顏師古曰：'放音昉，佛音沸，猶髣髴通作彷彿。'" 又入聲，即《廣韻》敷勿切，敷聲物韻入聲。又分勿切，非母物韻入聲。其義爲 "彷彿；首飾"。《廣韻‧物韻》："髴，婦人首飾。" 可見，"髣髴" 之 "髴" 在 "彷彿" 義上有去入二聲。

---

① （宋）鄭樵撰，王樹民點校：《通志二十略》，中華書局1992年版，第230頁。

② 李如龍：《考求方言詞本字的音韻論證》，《語言研究》1988年第1期。

12. 囿

顔延年《登巴陵城》云："卻倚雲夢林，前瞻京臺囿。"此以入聲于
六切用囿字也。(孫奕《履齋示兒篇》卷九，見《宋人詩話外編》第 1138 頁)

按，"囿"有去入二聲，其義不變。《廣韻》于救切，云母宥韻去聲。如
唐陸龜蒙《讀襄陽耆舊傳，因作詩五百言寄皮襲美》："漢皋古來雄，山水天
下秀。高當轸翼分，化作英髦囿。"又入聲，《廣韻》于六切，云母屋韻入聲。
如詩話所引《文選·顔延之〈始安郡還都與張湘州登巴陵城樓作〉》。

13. 衛

《後漢·靈帝紀》贊曰："徵亡備兆，《小雅》盡缺。麋鹿霜露，遂
棲宮衛。"此以入聲用衛字也。(王觀國《學林》卷九，見《宋人詩話外
編》第 497 頁)

按，衛：上古音爲入聲。《後漢·孝武靈帝紀贊》以"孽""缺""衛"
爲韻腳字，押入聲"月部"。中古轉入去聲。《廣韻》于歲切，云母祭韻去
聲。如唐鮑溶《子規》："那令不知休，泣血經世世。古風失中和，衰代因鄭
衛。""世"與"衛"同押去聲祭韻。可見，入聲爲"衛"字本音，去聲當是
從入聲分化出來的。

14. 迕

楊濤《穿九曲珠賦》："乍見行之迕。"迕於武反，回曲貌，而一本
改作迂尤非。(《徐伯齡詩話》，見《明詩話全編》第 9386—9387 頁)

按，出自《蟫精雋》卷二《古詩用字》。"迕"有上去二聲。唐柳宗元《安
南都護張公志》："海無邁迕。"明蔣之翹輯注："(迕)音午，又音忤。"[1]"音
午"，即《集韻》阮古切，疑母姥韻上聲。如唐楊濤《蟻穿九曲珠賦》："曳
茲纖縷，纔容小往之徑，乍見規行之迕。""縷""迕"押韻，其中"縷"爲"麌"
韻，"迕"爲"姥"韻，"麌""姥"《廣韻》同用。"又音忤"，即《廣韻》五
故切，疑母暮韻去聲。如唐皎然《虛舟》："觸物知無迕，爲梁幸見遺。""迕"
讀爲"忤"。

---

① (唐)柳宗元:《柳宗元集》第一冊，中華書局 1979 年版，第 243 頁。

15. 索

　　王觀國《學林新編》云："《前漢‧高祖紀》曰：'韓信亦收兵，與漢王會，兵復大振。與楚戰滎陽南京索間，破之。'應劭注曰：'京，縣名。今有大索、小索亭。'晉灼注曰：'索音冊。'顏師古注曰：'索音求索之索。'《前漢‧蕭何傳》曰：'漢三年，與項羽相拒京索間。'《韓信傳》曰：'復擊破楚京索間。'顏師古注曰：'索音山客反。'觀國按，《後漢‧郡國志》：'河南有京縣，有索亭。'《北征記》：'有索水，其字或作溹。'則索音山客反，是已。《文選》陸士衡撰《漢高祖功臣頌》曰：'京索既振，引師北討。'五臣注曰：'索，桑各反。'乃以索爲宵爾索綯之索，誤矣。韓退之《偃城夜會》聯句'雪不收新息，陽生過京索'。與蕚字韻同押，則知亦以索爲宵爾索綯之索，亦誤矣。"以上皆王說。予按，《左氏春秋傳》："昭公五年，晉韓宣子如楚送女，叔向爲介，鄭子皮子太叔勞諸索氏。"杜預注云："河南城皋縣東有大索城。"陸德明音義曰："索音悉落反。"以左氏證之，五臣、退之以索爲宵爾索綯之索爲是，而王說非矣。（《吳曾詩話》，見《宋詩話全編》第 3031 頁）

　　按，上文出自《能改齋漫錄》卷五《辨誤‧京索》①。詩話裏面所引宋人王觀國言，見於《學林》卷六《京索》②。唐韓愈《晚秋偃城夜會聯句》："雪不收新息，陽生過京索。爾牛時寢訛，我僕或歌咢。"索"與"咢"爲韻，同押鐸韻。而據詩話記載，"索"有三音："音冊"，麥韻；"山客反"，陌韻；"桑各反"，鐸韻。之所以會出現不同的意見，正是"俗字訛體，混而爲一，載諸經典，別爲音義"③現象的反映。清許瀚《別雅訂》："繩索之索，其字從屮，從系。作素。求索音瑟之索，其字從冂從索，作索。兩字形雖相近，而音義俱別。"④可見，現在所寫的"索"字，在古漢語中本來有兩個不同的寫法，即"索""索"。此外，又寫作"溹"。這三種不同的寫法，其音義都不同，

① （宋）吳曾：《能改齋漫錄》，上海古籍出版社 1960 年版，第 118 頁。
② （宋）王觀國撰，田瑞娟點校：《學林》，中華書局 1988 年版，第 187 頁。
③ 任二北：《敦煌曲校錄》，上海文藝聯合出版社 1955 年版，第 124 頁。
④ （清）許瀚著，袁行雲編校：《攀古小廬全集》（上冊），齊魯書社 1985 年版，第 441 頁。

後來由於通用就混而爲一了。滺：《廣韻》蘇各切，心母鐸韻入聲。又山戟切。"山戟切"，即顏師古所說的"山客反"，山母陌韻入聲。索：《廣韻》山責切，生母麥韻入聲。又山戟切。冊：《廣韻》楚革切，初母麥韻入聲。故晉灼言"索音冊"。"索"在《廣韻》有三音：蘇各切，心母鐸韻入聲。又山責切，山戟切。其中"蘇各切"，即顏師古所說的"桑各反"或陸德明所說的"悉落反"。

16. 逢、衰、繁、陶

　　凡字有兩音，各見一韻，如二冬"逢"，遇也；一東"逢"，音蓬，《大雅》"鼉鼓逢逢"。四支"衰"，減也；十灰"衰"，音崔，殺也，《左傳》"皆有等衰"。十三元"繁"，多也；十四寒"繁"，音盤，《左傳》"曲縣繁纓"。四豪"陶"，姓也，樂也；二蕭"陶"，音遙，相隨之貌，《禮記》"陶陶遂遂"，皋陶，舜臣名。作詩宜擇韻審音，勿以爲末節而不詳考。賀知章《回鄉偶書》云："少小離鄉老大回，鄉音無改鬢毛衰。"此灰韻"衰"字，以爲支韻"衰"字誤矣。何仲默《九日對菊》詩云："亭亭似與霜華鬬，冉冉偏隨月影繁。"此元韻"繁"字，以爲寒韻"繁"字，亦誤矣。予書此二詩，以爲作者誡。（謝榛《四溟詩話》卷三，見《全明詩話》第 1346 頁）

　　按，逢：《廣韻·鍾韻》符容切："值也，迎也。""鍾韻"在"平水韻"中屬於"二冬"，正如謝榛言"二冬'逢'"。又《集韻·東韻》："逢，逢逢，鼓聲。"此義本字爲"韸"，《廣韻·東韻》薄紅切："鼓聲。"《玉篇·音部》："薄公切，和也，鼓聲也。"此外，"韸"，除了"薄江切"外，又與"胮"同一小韻，讀"匹江切"，且在此小韻下又收有一"韃"字，與"韸"音義同。可見，"一東"逢與"二冬"逢，其義有別，正如清路德《檉華館雜錄》所言："不知相逢逢字在冬韻，音峯。東韻逢字，音蓬，乃'鼉鼓逢逢'之逢。音義俱別，安可混同。"[1] 此外，"逢"又可作姓氏，後人"改夆爲夆"，作"逢"。晉杜預《春秋經傳集解·宣公下第十一》："'逢大夫與其二子乘'。逢氏〇數

---

[1] （清）路德：《檉華館全集》，《續修四庫全書》第 1509 冊，第 606 頁。

音朔，逢音龐。蜀本作逢。”“逢”讀若“龐”，歸入“三江”。但唐顏師古《匡謬正俗》卷八《逢》給予否定，認爲“逢”與“逢”古本一字，同屬“二冬”："逢姓者，蓋出於逢蒙之後，讀當如其本字，更無別音。今之爲此姓者，自稱乃與‘龐’同音。按德公、士元，所祖自別，殊非伯陵、尹父之裔，不應棄其本性、混兹音讀。乃猥云：‘逢姓之“逢”，與“逢”遇字別。’妄爲釋訓，何取據乎？”① 所說甚是。“所謂逢姓之‘逢’，本即‘逢’的俗字”②。綜上所述，“逢”本只有“鍾”韻，因與“弇”通，故又讀“東”韻。

衰：《廣韻·支韻》楚危切："小也，減也，殺也。”又，《廣韻·脂韻》所追切："微也。”“支韻”與“脂韻”在平水韻中同屬“四支”。此外，“衰”又有“喪衣”義，後寫作“縗”。縗：《廣韻·灰韻》倉回切："喪衣，長六寸，傳四寸，亦作衰。”在平水韻中屬於“十灰”。故謝榛對“十灰”衰的釋義有誤，且言賀知章《回鄉偶書》之“衰”，押灰韻，不當。賀詩以“回”“衰”“來”爲韻腳字。其中“回”在《廣韻》中屬於上平聲灰韻。如唐王翰《涼州詞》："葡萄美酒夜光杯，欲飲琵琶馬上催。醉臥沙場君莫笑，古來征戰幾人回？”“杯”“催”“回”同押“灰”韻。“來”在《廣韻》中屬於上平聲咍韻，在平水韻中歸入“十灰”。如唐杜甫《客至》“来”“开”（咍韻）“醅”“杯”同押“灰”韻。而“衰”在《廣韻》中雖有三韻，但從意義來看，《回鄉偶書》之“衰”當爲“支”韻，且“衰”常與“支”韻字相押。如唐孟浩然《秦中感秋寄遠上人》“資”“師”“衰”“悲”同押“支”韻。這樣看來，“回”“衰”“來”三字似乎不能相押，故有人認爲“鬢毛衰”當作“面毛㲴”。詳見清俞樾《茶香室叢鈔》卷八《鄉音難改面毛㲴》③。實際上，“回”字、“來”字，皆可押入“四支”韻。明郎瑛《七修類稿》卷二十七《辯證類·正音注差》："‘少小離家老大回，鄉音不改鬢毛衰。兒童相見不相識，笑問君從何處來’，此賀知章詩也。注曰：‘衰字出四支韻。’殊不知此詩乃用古韻。來字有讀爲釐字者，若《楚辭·山鬼篇》‘天路險難兮獨後來’音釐。回字與危、爲同協，

① （唐）顏師古：《匡謬正俗》，王雲五主編：《萬有文庫》第二集七百種，第 97 頁。
② 張湧泉：《漢語俗字研究》，嶽麓書社 1995 年版，第 191 頁。
③ （清）俞樾：《茶香室叢鈔》，中華書局 1995 年版，第 201 頁。

皆四支韻之詩也。注者不知，反以爲灰字韻者差用衰字，且吳才老《韻補》
辯明十灰古通於四支可知矣。如今人不知韓文‘此日足可惜’皆是古韻，以
爲跳用各韻，誤矣。故才老嘗曰：元和盛德詩與‘此日足可惜’詩，俱用一
韻。”① 據郎瑛所載，“回字與危、爲同協”，“危”與“爲”在《廣韻》同爲支韻。
又“來字有讀爲釐字者”，“釐”《廣韻》歸入之韻。此意見很多學者早已論及。
如宋龔希仲《中吳記聞》卷四《俗語》：“吳人呼‘來’爲‘釐’，始於陸德明，
‘貽我來牟’，蓋德明吳人也。”② 支、之同爲平水韻“四支”。故“回”“衰”“來”
可押支韻。

　　繁：《廣韻·元韻》附袁切：“槩也，多也。”又《廣韻·桓韻》薄官切：
“繁纓，馬飾。見《左傳》。”“桓韻”在平水韻併入“十四寒”，此義本字
爲“鞶”，《廣韻·桓韻》薄官切：“鞶革。《說文》曰‘大帶也。’”《文選·曹
植〈七啓〉》：“僕將爲吾子駕雲龍之飛駟，飾玉路之繁纓。”李善注：“《周禮》
曰：‘玉路錫樊纓。’鄭玄曰：‘樊讀如鞶，謂今之馬大帶也。’纓，今馬鞅。
繁與鞶古字通。”故十四寒“繁”，當是假借後的讀音。“繁”又可作“姓
氏”。《廣韻·戈韻》薄波切：“姓也。《左傳》殷人七族，有繁氏。漢有御
史大夫繁延壽。”“戈韻”在平水韻併入“五歌”。“五歌”繁當是假借後語
音（桓韻）對轉所得。

　　陶：《廣韻·豪韻》徒刀切：“陶甄，《尸子》曰：夏桀臣昆吾作陶，《周書》
神農作瓦器。又陶正，官名。《齊職儀》曰：‘左右甄官署，掌摶瓦之作也。’
又喜也，正也，化也。亦姓陶，唐之後，今出丹陽。”又《廣韻·宵韻》餘
昭切：“皋陶，舜臣，一作咎繇。”“宵韻”在平水韻中歸入“二蕭”。《禮記·祭
義》：“及祭之後，陶陶遂遂，如將復入然。”陸德明釋文：“陶音遥。”遥：《廣
韻·宵韻》餘昭切：“遠也，行也。”聞一多《詩經通義乙·芄蘭（衛六）·容
遂》：“案行步安閑貌也，陶讀如繇，繇容一聲之轉，容遂即陶遂矣。”③“陶”

①　（明）郎瑛：《七修類稿　七修續稿》，《續修四庫全書》第 1123 冊，第 193 頁。
②　（宋）龔希仲：《中吳記聞》，《筆記小說大觀》第 9 冊，江蘇廣陵古籍刻印社 1983 年版，
　　第 346 頁。
③　孔党伯、袁謇正主編：《聞一多全集》（4），湖北人民出版社 1993 年版，第 166 頁。

的不同讀音，在一些方言中依然存在。民國六年《洪洞縣志》卷七《輿地志‧古蹟》："皋陶故里，在縣南十五里皋陶村。相傳，皋陶產此，或曰高陽也，有廟春秋祀焉，土人呼陶音如桃，而呼村名則作藥音。"

二、異讀字產生的原因

（一）由通假而產生的異讀

1. 霓

《南史》沈約《郊居賦》有"雌霓連蜷"之句，注曰："霓，五結切。"蓋與齧同音也。范蜀公召試用彩霓字，作平聲，考試者引《郊居賦》以爲證，於是止除館閣校勘。觀國詳攷霓字，雖有倪、齧兩音，然文字用倪音多，而用齧音少。若專用雌霓，則當音齧，若泛用霓字，則倪、齧兩音可通用，但取平仄順而已。杜子美《石龕》詩曰："驅車石龕下，仲冬見虹霓。"於迷字韻中押。又《滕王亭子》詩曰："尚思歌吹入，千騎把霓旌。"凡此類皆作平聲用霓字也。然則范蜀公用彩霓字，是泛用霓字，讀作平聲，何傷也。張平子《東京賦》曰："郎將司階，虎戟交鏦，龍輅充庭，雲旗拂霓。"何平叔《景福殿賦》曰："高甍崔嵬，飛宇承霓，綿蠻黮霵，隨雲融泄。"凡此用霓字，其上雖無雌字，然皆於入聲韻中押之，則自然讀音齧矣。《前漢‧天文志》曰："抱珥蚳蜺。"如淳注曰："蜺讀曰齧。雄爲虹，雌爲蜺，蛋或作虹。"故張平子《西京賦》曰："互雄虹之長梁。"而沈約《郊居賦》則用雌霓，蓋義皆如《漢書‧天文志》注也。（王觀國《學林》卷八，見《宋人詩話外編》第485頁）

按，王氏在考察"霓"字的平仄時，注意從詞的搭配出發，當"霓"與"雌"搭配出現時，則讀入聲；當泛用"霓"字時，"霓"則有平入二聲。《廣韻》五稽切，疑母齊韻平聲。如唐杜甫《石龕》："驅車石龕下，仲冬見虹霓。"又入聲。《廣韻》五結切，疑母屑韻入聲。如唐李商隱《戊辰會靜中出貽同志二十韻》："飄搖被青霓，婀娜佩紫紋。"其中，入聲爲"霓"字本音。張舜微《清人筆記條辨》卷七《音甋隨筆一卷》："按虹霓字本作蜺。《釋名‧釋天》：'霓，𧎮也。其體斷絕，見於非時，此災氣也。傷害於物，如有所食𧎮也。'《釋名》以𧎮釋霓，此乃聲訓，故霓字自以讀五結切爲本音。《說文·虫部》：'蜺，寒蜩也。'與霓本屬二字二義。徒以音近或借蜺爲霓。音隨義變，故有時蜺亦讀五結切。《漢書·天文志》顏注引如淳曰：'蜺讀曰𧎮。'是借蜺爲霓時之音讀也。霓、蜺同从兒聲，故《唐韻》並讀五鷄切耳。《南史·王筠傳》載：'沈約裂《郊居賦》，示筠草。筠讀至雌霓（原注：五的反）。連蜷，約撫掌欣抃曰："僕常恐人呼爲霓（原注：五奚反）。"'是霓古讀入聲，與𧎮音近。"①"五鷄切"，即《廣韻》"五稽切"。《爾雅·釋天》："蜺爲挈貳。"郭璞注："蜺，雌虹也。"陸德明釋文："霓，或作蜺。"可見"霓"爲平聲，當是"蜺"平聲之借。

2. 薄

《郊特牲》曰："薄社北牖，使陰明也。"鄭氏注曰："薄社，商之社，商始都薄。"然則本用亳社字，記《禮》者借用薄字耳。薄音泊，又音博，又音逼。其音泊者，厚薄也，林薄也。草木叢生曰薄。故揚雄《甘泉賦》曰："列辛夷於林薄。"左太沖《蜀都賦》曰："翕饗揮霍，中網林薄。"陸士衡《君子有所思行》曰："清川帶華薄。"又《挽歌》詩："按轡遵長薄。"若此類是也。音博者，其義則激搏也。《易》曰："雷風相薄。"《史記·天官書》曰："日月薄食。"謝瞻《詠張子房》詩曰："鴻門銷薄蝕。"若此類是也。音逼者，相逼近也。《春秋左氏傳》曰："宋師未陳而薄之，敗諸鄑。"又曰："晉公子重耳及曹，曹共公聞其駢脅，欲觀其裸浴，薄而觀之。"又曰："不待期朝而薄人於險。"又曰："甯我薄人，無人薄我。"陸士衡文曰："高義薄雲天。"又《塘上行》曰："願君廣末光，照妾薄暮年。"范彥龍《效古詩》曰："朝驅左賢陣，夜薄休屠營。"杜子美《彭衙行》詩曰："高義薄層雲。"江淹《恨賦》曰："薄暮心動。"若此類是也。凡此三音，其義皆迥不同，讀之不可混而無別。《史記·周勃傳》曰："勃以織薄曲爲生。"蘇林注曰："薄，一名曲。"顏師古注《漢書》

---

① 張舜微：《清人筆記條辨》，華中師範大學出版社 2004 年版，第 251 頁。

曰："許慎云葦薄爲曲。"按薄曲，蠶具也，本用从竹簿字，亦通用从草薄字耳。亦如笛者蠶具也，亦通用曲字耳。槫字，弼戟切。司馬相如賦曰："施瓌木之槫櫨。"揚雄《甘泉賦》曰："香芬茀以穹隆兮，擊槫櫨而將榮。"顏師古注曰："槫櫨，枅也。"五臣注《文選》曰："槫櫨，曲枅栱也。"韓退之曰："槫櫨侏儒。"乃謂此也。《廣韻》曰："槫櫨，戶上木也。"今按槫櫨者，枅栱是也，非戶上木也。槫亦通用薄字，《前漢·王莽傳》曰："起九廟，爲銅薄櫨，飾以金銀雕文。"顏師古注曰："槫櫨，柱上枅也。"其說是已。（王觀國《學林》卷九，見《宋人詩話外編》第499—500頁）

按，"薄"音泊，指草木密集叢生處，爲"薄"的本義。《說文·艸部》："薄，林薄也。"後借指"養蠶用具"，讀爲"箔"或"簿"。《正字通·竹部》："簿，蠶簿。通作薄。"《方言》卷五："薄，宋、魏、陳、楚、江、淮之間謂之苗，或謂之麴，自關而西謂之薄。"又借指"壁柱"，讀爲"槫"。清朱駿聲《說文通訓定聲·豫部》："薄，叚借爲槫。"又借指"迫近；接近"義，讀爲"逼"。《楚辭·九章·涉江》："腥臊並御，芳不得薄兮。"洪興祖補注："薄，迫也，逼近之意。"又借指"搏擊"義，讀爲"博"。清朱駿聲《說文通訓定聲·豫部》："薄，叚借爲博。"

（二）由方言而產生的異讀

1.胡、蒲、琵、番

白樂天好以俗語作詩，改易字之平仄。如"雪擺胡衫紅"，此以俗語"胡"字作"鶻"字也；"燕姬酌蒲桃"，此以俗語"蒲"字作"勃"字也；"忽聞水上琵琶聲"，此以俗語"琵"字作"弼"字也。（袁文《甕牖閒評》卷五，見《宋人詩話外編》第580—581頁）

唐詩"四弦不似琵琶聲"，又"斷腸猶繫琵琶弦"，又"銀含鑿落琖，金屑琵琶槽"，是琵琶之琵，作第四聲讀也。杜詩"會須上番看成竹"，獨孤及詩"近日霜毛一番新"，番音飯。樂天詩"羌管吹楊柳，燕姬酌蒲桃"，"燭淚連盤壘蒲桃"，蒲音浦。（《焦竑詩話》，見《明詩話全編》

第 4927 頁）

　　枇杷，《上林賦》枇杷無音。琵琶，見《阮咸傳》，亦無音。今人皆
作平聲，然古人詩中"琵"字多作仄聲用，如白樂天"金屑琵琶槽四絃，
忽聞水上琵琶聲"，朱史君"斷腸猶帶琵琶絃"，皆讀如"被"聲。今吳音
讀作"弼"音，迺入聲也。（《惠康野叟詩話》，見《明詩話全編》第 11116 頁）

　　按，第二條出自《焦氏筆乘續集》卷五《琵番蒲司帆作仄聲》①。末條出
自《識餘》卷一《字考》。"胡"有平入二聲。《廣韻》戶吳切，匣母模韻平
聲。如唐崔融《詠寶劍》："匣氣沖牛斗，山形轉轆轤。欲知天下貴，持此問
風胡。"又音"鶻"，即《廣韻》戶骨切，匣母沒韻入聲。宋張耒《明道雜志》：
"錢曰：'安能霹靂手，僅免葫蘆蹄也。'葫音鶻。"② 清陳夢雷《字學典》卷
一百四十五《方言部彙考三・音轉者》："糊塗爲鶻突。""葫""糊"，從"胡"
得聲，故音"鶻"。《漢語大字典》未收入聲。

　　"蒲"有平仄二聲。《廣韻》薄胡切，並母模韻平聲。如唐王翰《涼州詞
二首》其一："蒲萄美酒夜光杯，欲飲琵琶馬上催。"又仄聲。如唐王績《過
酒家五首》其三："竹葉連糟翠，蒲萄帶麴紅。"其中仄聲又分上、入兩種情
況。清王士禎《池北偶談》卷十三《唐詩字音》："'燕姬酌蒲桃，燭淚粘盤罍'，
蒲桃，蒲上聲。"③ 楊蔭杭《老圃遺文輯》："又'蒲桃'之'蒲'，今吳語讀作
入聲。"④《大字典》未收上聲。

　　"琵"有平入二聲。《廣韻》房脂切，並母脂韻平聲。如唐白居易《琵
琶行》："千呼萬喚始出來，猶抱琵琶半遮面。"又入聲。《正字通・玉部》："又琵入聲，
音匹。白居易詩'忽聞水上琵琶聲'。"匹：《廣韻》譬吉切，滂母質韻入聲。
明萬曆二十八年《嘉興府志》卷二十六錄《春日泛舟漊湖》"故向樓頭弄琵琶"
於"琵"下注言："琵音弼。見詩。"弼：《廣韻》房密切，並母質韻入聲。《大
字典》未收入聲。

①　（明）焦竑撰，李劍雄點校：《焦氏筆乘》，上海古籍出版社 1986 年版，第 326 頁。
②　（宋）張耒：《明道雜誌》，商務印書館《叢書集成初編》本，1939 年版，第 7 頁。
③　（清）王士禎撰，靳斯仁點校：《池北偶談》，中華書局 1982 年版，第 314 頁。
④　楊蔭杭著，楊絳整理：《老圃遺文輯》，長江文藝出版社 1993 年版，第 619 頁。

"番"有平仄二聲，皆爲"更次"義。《廣韻》孚袁切，敷聲元韻平聲。如唐韓愈《和侯協律詠筍》："且嘆高無數，庸知上幾番。"仄聲則又分去入二聲。《廣韻》補過切，幫母過韻去聲。清黃生《字詁·緆墢依番》以獨孤及詩、陸龜蒙詩證杜詩"會須上番看成竹"之"番"爲"更番之番"，並言此義"唐時方言作去聲讀"[1]。民國十八年《雄縣新志·故實略·謠俗篇·方言》："上番，番，甫患切。上番，俗云第一番也。今轉爲乏之下平，如俗云棗樹發芽扈伯拉來一番。《集說》趙云：上番乃川語。《杜臆》：種竹家初番出者，壯大養以成竹，後出漸小，則取食之。宋曾幾《食筍詩》：'丁寧下番須留取，障日遮風却要渠。'又讀盆，去聲，如俗語話說一陣花開一番。"齊魯則讀"番"爲入聲。劉曉東《匡謬正俗平議》卷八："又按'番'爲更次，此語至今猶存，如言'三番五次'是也。齊魯或音轉爲'撥'，如言'一撥兩撥'是也。"[2]《漢語大字典》未收入聲。

2. 十

　　唐詩："三十六所春宮殿，一一香風透管絃。"又："綠波東西南北水，紅闌三百九十橋。"又："春城三百九十橋，夾岸朱樓隔柳條。"又："煩君一日殷勤意，示我十年感遇詩。"陳郁云："十音當爲諶也，謂之長安語音。律詩不如此，則不叶矣。"（明楊慎《升菴詩話》卷一，見《歷代詩話續編》第637頁）

　　陳郁云："'十'音當爲'諶'也。"陳郁不知何處人，何其似北人耶？北人無入聲，以入爲平者，豈止一"十"字哉！（周容《春酒堂詩話》，見《清詩話續編》第104—105頁）

按，"十"本入聲字，但陳郁讀"十"爲"諶"，即平聲，由於北方無入聲，故楊慎言"十"爲長安語音，可見，"十"成爲平仄兩讀字是方言差異導致的，正如清翁方綱《石洲詩話》所言"顧俠君謂元人用韻，頗有淆譌，而入聲尤甚。或以北方土語，混入古音；或以閩、越方言，謬稱通用"[3]。實際上，不

---

① （清）黃生撰，清黃承吉合按：《字詁義府合按》，中華書局1984年版，第73頁。

② 劉曉東：《匡謬正俗平議》，山東大學出版社1999年版，第275頁。

③ 郭紹虞編選，富壽蓀校點：《清詩話續編》，上海古籍出版社1983年版，第1448頁。

限元人，詩話所述的南宋詩人陳郁都已如此，這也說明入聲派入平聲在南宋已經出現。對於這種情況尤要注意，很容易出現拗體。據清吳偉業《梅村詩話》記載：林衡者，莆田人，以閩南不辨四聲，詩文多拗體①。"十"讀平聲，不限唐詩，宋詞中也常見。戈載《詞林正韻》云："又（柳永）《望江行》'斗酒十斤'，十字叶繩和切。蘇軾《行香子》'酒斟時須滿十分'，周邦彦《一寸金》'便入漁鈎樂十分'，十字同。"一說"十"通"旬"，故"十"有平聲。明田藝蘅《留青日札》卷二《十音旬》對楊慎所說的"（十）謂之長安語音"的意見給予否定，並進一步提出："'十'當音'旬'，古人以十日爲旬，故如此讀也。"②清錢大昕《十駕齋養新錄》卷十六《旬》："古人以十日爲旬，故旬字從日。漢魏六朝人文字，從無稱十年爲旬者。唯白樂天《偶吟自慰兼呈夢得》詩有'且喜同年滿七旬'之句。自注：'予與夢得甲子同辰，俱得七十。'則其誤始于唐中葉也。"③

（三）由詞類活用而產生的異讀

1.冰

《因話錄》云："祠部俗謂之冰廳，'冰'字《唐書》音作去聲。歐陽文忠公詩乃有'獨宿冰廳夢帝關'，'冰'字作平聲用，文忠公誤矣。"而沈存中作《江南春意》樂府詞云："艇子隔溪語，水光冰玉壺。""冰"字自音去聲。則知"冰"字可以作去聲音，故存中持著於此。（袁文《甕牖閒評》卷四，見《宋人詩話外編》第 578—579 頁）

按，"冰"有平去二聲，且意義隨着詞性的變化而不同。其中平聲有二義：一義爲"凝結"，後作"凝"，爲動詞，讀平聲，即《廣韻》魚陵切，疑母蒸韻平聲。宋賈昌朝《羣經音辨》卷七《辨字訓得失》："冰，《尚書》古文凝字。《說文》亦曰水凝也，从仌，从水。魚陵切。俗作凝。"④一義爲"水

① 王夫之撰：《清詩話》，上海古籍出版社 1978 年版，第 76 頁。

② （明）田藝蘅：《留青日札》，上海古籍出版社 1985 年版，第 132—133 頁。

③ 陳文和主編：《嘉定錢大昕全集》（柒），江蘇古籍出版社 1997 年版，第 438 頁。

④ （宋）賈昌朝：《羣經音辨》，《景印文淵閣四庫全書》第 222 冊，第 54 頁。

在攝氏零度或零度以下凝結成的固體"，爲名詞，也讀平聲，即《廣韻》筆陵切，幫母蒸韻平聲。如唐劉商《古意》："達曉寢衣冷，開帷霜露凝。風吹昨夜淚，一片枕前冰。"又去聲，其義爲"寒冷"，作形容詞。如唐孟郊《秋懷十五首》其二："秋月顏色冰，老客志氣單。"自注："冰，去聲。""冰"的平去讀法，還在一些方言區保留着。"例如湖南桃江，[pin 陰平]：冰糖；[pin 陰去]：冰冷的"①。

2. 扇、膏

又白居易《和令狐相公》詩："仁風扇道路，陰雨膏閭閻。""扇"平聲，"膏"去聲。（清袁枚《隨園詩話》卷一，第 9 頁）

按，"扇"有平去二聲。《廣韻》式連切，書母仙韻平聲。明田藝蘅《留青日札》卷三十八《通俗古音·平聲》："扇音羶。束皙詩：'八風代扇。'與躔叶。今使人扇風曰扇一扇。俗作搧。"②"音羶"，即"式連切"。如唐吳融《倒次元韻》："茂苑廊千步，昭陽扇九輪。"又去聲，《廣韻》式戰切，書母線韻去聲。如唐杜甫《傷秋》："高秋收畫扇，久客掩荊扉。"一般來說，"扇"作名詞讀去聲，作動詞讀平聲。

"膏"有平去二聲。宋賈昌朝《羣經音辨》卷六《辨字音清濁》："膏，脂凝也。古刀切。所以潤物曰膏。古到切。詩：'羔裘如膏。'"③"古刀切"，即《廣韻》古勞切，見母豪韻平聲。如唐皮日休《追和虎丘寺清遠道士詩》："松膏膩幽徑，蘋沫著孤岸。"又去聲，即《廣韻》古到切，見母号韻去聲。如唐賀朝《從軍行》："銜珠浴鐵向桑幹，翳旗膏劍指烏丸。"一般來說，"膏"字作名詞讀平聲，作動詞讀去聲。

（四）由一詞多義而產生的異讀

1. 漕、雍

漕者，以水通輸之謂，讀去聲。昌黎："通波非難圖，尺水乃可漕。

---

① 孫玉文：《漢語變調構詞研究》（增訂本），商務印書館 2007 年版，第 42 頁。

② （明）田藝蘅：《留青日札》，上海古籍出版社 1985 年版，第 1213 頁。

③ （宋）賈昌朝：《群經音辨》，《景印文淵閣四庫全書》第 222 冊，第 48 頁。

善善不汲汲，後時徒悔懊。"可證也。惟《泉水》章："思須與漕。"《載馳》章："言至於漕。"屬衛邑者當平聲讀。又雍字如時雍、辟雍、肅雍，作和字訓者，俱平聲。雍州之雍屬地名者，從去聲。（沈德潛《說詩晬語》，見《清詩話》第 558 頁）

按，"漕"有平去二聲，其義有別。《廣韻·豪韻》昨勞切："衛邑名。"如唐杜牧《赴京初入汴口曉景即事先寄兵部李郎中》："清淮控隋漕，北走長安道。"又去聲。《廣韻·号韻》在到切："水運穀。"如唐皮日休《農夫謠》："如何江淮粟，輓漕輸咸京。"

"雍"有平去二聲，音隨義變。宋賈昌朝《羣經音辨》卷二《辨字同音異》："雍，和也。於容切。雍，周地也。於仲切。雍，塞也。音壅。《禮》：'雍氏掌溝池之禁。'"[1]《廣韻·鍾韻》於容切："和也，與邕略同。又雍奴，縣名，在幽州，《水經》曰：'四方有水曰雍，不流曰奴。'亦姓，《左傳》有雍糾。"如唐權德輿《贈魏國憲穆公主挽歌詞二首》其一："漢制榮車服，周詩美肅雍。"又去聲。《廣韻·用韻》於用切："九州名。"如唐黃滔《寄同年盧員外》："聽盡鶯聲出雍州，秦吳煙月十經秋。""雍"字的不同讀音，在粵方言中仍見。清宣統二十年《番禺縣續志》卷二《方言》引陳澧《廣州音說》云："廣州方音，合於隋唐韻書切語，爲他方所不及者，約有數端。余廣州人也，請略言之：平上去入四聲，各有一清一濁，他方之音，多不能分上去入之清濁。如平聲'邕'。《廣韻》於容切。……去聲'雍'。此雍州之雍，於用切。"

2.茈

茈胡，《本艸》音"柴"，而《劉禹錫集》音"紫"。按《廣韻》"茈"字有二音，"茈胡"則音"柴"，"茈艸"、"茈薑"則音"紫"。按：少陵詩云"省郎憂病士，書信有柴胡"，正用"柴"字，則劉集音恐誤也。（《莊綽詩話》，見《宋詩話全編》第 2281 頁）

按，出自《雞肋編》卷下[2]。茈：音"紫"，即《廣韻》將此切，精母紙

---

① （宋）賈昌朝：《羣經音辨》，《景印文淵閣四庫全書》第 222 冊，第 15 頁。

② （宋）莊綽撰，蕭魯陽點校：《雞肋編》，中華書局 1983 年版，第 107 頁。

韻上聲。《廣雅·釋草》：“茈茛，茈草也。”王念孫疏證：“茈，與紫同。”① 清光緒《臺灣通志·物產一·蔬菜類》：“《史記·司馬相如傳》：‘茈薑蘘荷。’《索隱》引張揖云：‘茈薑，子薑是也。’子薑之名，古已有之，茈音紫，蓋亦以紫色得名。”又音“柴”，即《廣韻》士佳切，崇母佳韻平聲。明李時珍《本草綱目》卷十三《草部二·茈胡》：“‘茈字有柴、紫二音：茈薑、茈草之茈皆音紫，茈胡之茈音柴。茈胡生山中，嫩則可茹，老則採而爲柴，故苗又芸蒿、山菜、茹草之名，而根名柴胡也。’”② 民國《大通縣志》第五部《物產部·茈胡》：“通作柴胡。案，《本草綱目》茈胡，一名地薰。”

---

① （清）王念孫著，鍾宇訊點校：《廣雅疏證》，中華書局 1983 年版，第 327 頁。

② （明）李時珍著，陈贵廷等點校：《本草綱目》，中醫古籍出版社 1994 年版，第 342 頁。

第三章　歷代詩話中語言文字學論述之詞義研究（上）

　　從詩話所釋詞彙的類別來看，主要包括方俗詞、歷史詞、外來詞等，詩話記錄與考釋了這些詞彙的含義，這些詞義成爲語文辭書和通行詩歌注本的寶藏：或爲辭書和注本中的某些釋義找到了來龍去脈；或修正了辭書和注本釋義的某些訛誤；或增補了辭書某些義項的缺失；或完善了辭書某些詞形收錄的不完備性，等等。

第一節　方俗詞的詞義研究

一、方俗詞義的記錄與考釋

　　唐宋以來大量的方俗詞進入詩歌創作當中，正如明葉勝《水東日記》卷十《俗語見唐詩》："今時俗語，事物紀名，相傳莫知所自，而見諸唐人詩最多。"① 對這些方俗詞的詞義進行記錄與考釋就成爲詩話的一部分。

（一）鹽

　　　　隋曲有《疏勒鹽》，唐曲有《突厥鹽》《阿鵲鹽》。或云：關中謂好爲鹽，故施肩吾詩云："顚狂楚客歌成雪，嫵媚吳娘笑是鹽。"蓋當時語

---

① （明）葉勝撰，魏中平點校：《水東日記》，中華書局 1980 年版，第 113 頁。

也。今杖鼓譜中尚有鹽杖聲。(宋尤袤《全唐詩話》卷三，見《歷代詩話》第 134 頁)

按，上述材料亦見於宋計有功《唐詩紀事》卷四十一《施肩吾》①。作爲"美好"義的"鹽"字當是借字。"鹽"有平去二聲：《廣韻》余廉切，以母鹽韻平聲。又以贍切，以母鹽韻去聲。故"鹽"的本字有二說，一說"鹽"通"妍"。妍：《廣韻》五堅切，疑母先韻平聲。"鹽""妍"二字音近可通。《方言》卷一："娥、嬴，好也……自關而西，秦晉之故都曰妍。好，其通語也。"郭璞注："秦舊都，今扶風雍丘也。晉舊都，今太原晉陽縣也。其俗通呼好爲妍，五千反。""五千反"即"五堅切"。如明楊慎《春情》："春夢淺，夜籌添。懶唱新翻《阿鵲鹽》。黛角歌眉顰翠滴，繡尖絨舌唾紅甜。"此詩以"添""鹽""甜"爲韻腳字，在《平水韻》中屬平聲先韻。一說"鹽"通"艷"，《集韻·豔韻》："豔，隸作艷。"豔：《廣韻》以贍切，以母豔韻去聲。"鹽""豔"二字音同可通。《方言》卷二："秦晉之間美色曰豔。"如金元好問《病中》："鹽紅忘後顧，黳黑見先驅。"依詩律，"鹽"作去聲，方與一聯對句中的"黳"字平仄相反。故二說皆可成立。"鹽"通"妍"，《漢語大字典》未收。

(二) 媵

《漢書·西南夷傳》："西南之夷，女人自稱曰媵徒。"媵，音陽。《方言》："巴濮之人，自呼曰阿陽。"陽之言我也。《爾雅》引《魯詩》："有美人一人，陽如之何。"言我奈之何也。"子兮子兮，如此良人何？"亦此意。本太白詩："芙蓉帳底奈君何。"(《楊慎詩話》，見《明詩話全編》第 2875 頁)

按，出自《秋林伐山》卷十二《媵徒》②。《正字通·女部》："媵之言我也，通作姎。"姎：《說文·女部》："女子自偁姎，我也。從女，央聲。"可見，在"婦人自稱"義上，本字爲"姎"。章炳麟《新方言·釋言第二》："今

---

① (宋)計有功：《唐詩紀事》，上海古籍出版社 1965 年版，第 630 頁。

② (明)楊慎：《秋林伐山》，商務印書館《叢書集成初編》本，1936 年版，第 71 頁。

直隸、山東農婦，皆自稱老姎們，聲在娘、牙之間，或書作娘，非也。"①而
"姎"又爲"卬"的別構字。葉愛國《〈方言〉無"阿娚"》一文言"'阿娚'
乃'卬'之緩讀。""至於《説文》之'姎'，乃'卬'之別構字，從'女'，
故解爲'女子自稱'"②。所言甚是。《爾雅·釋詁下》："卬，我也。"郭璞注：
"卬，猶姎也，語之轉耳。""卬"與"姎"二字同爲陽部，聲母爲鄰紐，故
"卬"與"姎"乃一聲之轉。又，《爾雅·釋詁上》："陽，予也。"郭璞注："《魯
詩》曰：'陽如之何?'今巴、濮之人自呼阿陽。"今人聞一多《風詩類鈔甲·澤
陂（陳一四五）》："陽一作姎，又作卬，是女性的第一人稱代名詞。'陽如之
何'猶言'我奈他何'。"③"陽"字上古屬喻母陽部，與"姎""卬"同韻，
故"陽""姎""娚"與"卬"音近可通。後詞義擴大，"姎"又非專指"女
子自稱"。清王煦《説文五翼》卷四《詁義下·女部》"姎"："姎徒猶吾徒，
是又不獨婦人自稱矣。"④

（三）斗、斤

> 吴中魚市以斗計，一斗謂二斤半。《松陵唱和》皮日休《釣侣》詩云"一
> 斗霜鱗换濁醪"，注云："吴中買魚論斗，酒即秤斤，其來蓋遠矣。"然
> 酒今已用升，至市芡及蔬反論斤，土風不可革也。（張邦基《墨莊漫録》
> 卷五，見《宋人詩話外編》第 524 頁）

按，"斗"本是容量單位，"斤"本是重量單位。明謝肇淛《五雜組》
卷十一《物部三》："古人量酒多以升、斗、石爲言，不知所受幾何。"⑤但
吴語卻用容量單位"斗"來計算魚，一斗等於二斤半；用重量單位"斤"
來計算酒。宋范成大《吴郡志》卷二《風俗》："魚斗者，吴俗以斗數魚，

① 章炳麟：《新方言》，《章氏叢書》第 7 册，江蘇廣陵古籍刻印社翻浙江圖書館本 1981 年版，第 38 頁。
② 葉愛國：《〈方言〉無"阿娚"》，《中國語文》1996 年第 1 期。
③ 孔党伯、袁謇正主編：《聞一多全集》（4），湖北人民出版社 1993 年版，第 471 頁。
④ （清）王煦：《説文五翼》，《續修四庫全書》第 212 册，第 210 頁。
⑤ （明）謝肇淛：《五雜組》，中華書局 1959 年版，第 309 頁。

今以二斤半為一斗。買賣者多論斗，自唐至今如此。皮日休《釣侶》詩云：'趂眠無事避風濤，一斗霜鱗換濁醪。莫怪兒童呼不得，盡行煙雨漉車螯。'吳中賣魚論斗。"①《大詞典》（7/324）、（6/1051）"斗"字、"斤"字下未及此義。

（四）鎮

六朝人詩用鎮字，唐詩尤多，如褚亮"莫言春稍晚，自有鎮開花"之類。《韻書》：鎮，壓也，亦安之也。蓋有常之義。約略用之代常字，令聲俊耳。逈叟。（胡震亨《唐音癸籤》卷二十四，見《全明詩話》第3758頁）

按，鎮：常常、長久。此字在詩詞中常見，既可單用，又可與"常""長"等字連用。清段玉裁認爲詩詞中的這個"鎮"字來源於《詩經·大雅·桑柔》的"塡"，依據是毛詩注。《說文解字注·土部》"塡"字言："《大雅》'倉兄塡兮'，傳曰：'塡，久也。'《常棣》'烝也無戎'，傳曰：'烝，塡也。'《東山》'烝在桑野'，傳曰：'烝，寘也。'而《爾雅·釋詁》則曰：'塵，久也。'是'塡、寘、塵'三字音同。故鄭箋《東山》云：'古者聲塡、寘、塵同也。''塵'爲叚借字，蓋古經有作'塵'者。今'新陳'字作'陳'，非古也，而古音之存者也。詩詞內作'鎮'，亦是此字。"鎮：上古音爲章母真韻平聲。塡：上古音爲定母真韻平聲。二字聲母爲鄰紐，故音近可通。但關於毛傳對"塡"的解釋，學術界卻存在不同的看法，如宋朱熹《詩集傳》卷十八《大雅·桑柔》②、清馬瑞辰《毛詩傳箋通釋》卷二十六《桑柔》③都認爲"塡"當是"瘨"之借，爲"病"義。故朱德熙提出"在沒有找到更充分的證據之前，暫時不把'鎮'和'塡'聯繫起來"④，並認爲"衡""鎮""是從'純～屯'分化出來的。'純～屯'的純粹、完全的意義跟'鎮'字表示的一種狀態維持不變（長

---

① （宋）范成大：《吳郡志》，《景印文淵閣四庫全書》第485冊，第10頁。
② （宋）朱熹集注：《詩集傳》，中華書局1958年版，第207頁。
③ （清）馬瑞辰撰，陳金生點校：《毛詩傳箋通釋》，中華書局1989年版，第961頁。
④ 朱德熙：《說"屯（純）、鎮、衡"》，《中國語文》1988年第3期。

久、盡只）的意思是相通的"①。可備一說。張相《詩詞曲語辭匯釋》卷二"鎮"條②，蔣禮鴻《敦煌變文字義通釋》"鎮衙"條③，增廣其例，可參看。

（五）雙

　　金黃華老人詩："帝遣名山護此邦，千家瑟瑟嵌西窗。山僧乞與山前地，招客先開四十雙。"胡蒙溪《真珠船》云："四十雙，多不知其義。"按，李京雲《南志略》④云："諸夷多水田，謂五畝為一雙。"然《輟耕錄》所載，謂"白夷種田，以牛為雙，謂四角為雙。"則所謂"雙"者，雖指田而實因牛也。少時於友人黃汝修家見此不解，黃後訊之潘氏子，指《輟耕錄》為對，檢之果然，乃後悔讀書不多也。潘，儒家子，貧，訓蒙自給云。（《朱孟震詩話》，見《明詩話全編》第 4764 頁）

　　按，出自《續玉笥詩談》。雙：土地面積單位。但關於一雙具體爲多少畝，意見不一，有五畝說、四畝說、二畝說。明謝肇淛《五雜組》卷三《地部一》："又佛地以二畝爲雙。黃華老人詩：'招客先開四十雙'是也。"⑤清褚人獲《堅瓠補集》卷三《黃華老人》："黃華老人詩：'招客先開四十雙'，人多不識其義。按元李京《雲南志略》云：'諸夷多水田，謂五畝爲一雙。'四十雙，二百畝也。又《唐書·南詔傳》：'官給田四十雙。'蓋二百畝也。陶南村又謂一雙爲四畝。未知孰是。"⑥各地條件不同，故无定數。但爲什麼稱地爲雙？學術界有三種意見：一種認爲雙"指田而實因牛"。元陶宗儀《南村輟耕錄》卷二十九《稱地爲雙》："嘗讀金黃華老人詩，有'招客先開四十雙'之句，殊不可曉。近讀《雲南雜誌》曰：'夷有田，皆種稻。其佃作三人，使二牛前牽，中壓而後驅之，犂一日，爲一雙，以二乏爲已，二已爲

---

①　朱德熙：《說"屯（純）、鎮、衙"》，《中國語文》1988 年第 3 期。

②　張相：《詩詞曲語辭彙釋》，中華書局 1953 年版，第 145 頁。

③　蔣禮鴻：《敦煌變文字義通釋》，上海古籍出版社 1988 年版，第 466 頁。

④　"李京雲《南志略》"，點斷錯誤，當爲"李京《雲南志略》"。

⑤　（明）謝肇淛：《五雜組》，中華書局 1959 年版，第 88 頁。

⑥　（清）褚人獲輯撰，李夢生校點：《堅瓠集》，上海古籍出版社《清代筆記小說大觀》本，2007 年版，第 1810 頁。

角，四角爲雙，約有中原四畝地。'則老人之詩意見矣。"① 朱孟震正持這種意見。但此說有些牽強，故有人又提出"雙"是借字說。王雪樵《河東文史拾零‧跋黃華老人詩刻》提出："'雙'實即'垧'之別寫。《辭海》曰：'垧，北方方言，指地積單位。東北多數地區一垧約合十五畝，西北地方約合三至五畝。'‐'雙'‐'垧'一音之轉也。'垧'並非北方特有之詞，湘、桂、黔、滇、川各地皆有，唯南北條件有別，故所指面積不同耳。庭筠'招客先開四十雙'當系襲用《唐書》'官給田四十雙'之成句，非實指也，亦非必有雲南之行耳！"② 王雪樵能從語音上探究"雙"的得名理據，其方法比前人之說較爲科學，但"垧"在文獻中出現的時間較晚，《大字典》以馬烽、西戎《呂梁英雄傳》作爲"垧"的例證，故作"雙"的本字說，不太妥當。進而又有學者提出"雙"是外來詞。或源於印度。明謝肇淛《滇畧》卷四《俗畧》："田四畝謂之一雙，蓋西域語，如卷為弓云。"③ 或源於白蠻。詳見馬長壽《南詔國內的部族組成和奴隸制度》④。或源於吐蕃。詳見向達《蠻書校注》⑤。"外來詞說"甚是。作爲外來詞，"垧"與"晌"都是"雙"的一聲之轉。一晌約計六畝。清俞正燮《癸巳存稿》卷九《旗地》："壯丁領買者限以五晌，計三十畝。"⑥ 清楊賓《柳邊紀略》卷三："寧古塔地不計畝而計晌。晌者盡一日所種之謂也，約當浙江田四畝靈，一夫種二十晌，晌收穀自一石至二石。"⑦ 綜上，"雙"作爲土地面積單位，是一個外來詞，且因各地條件不同，故無定數。

（六）絮

吾州人謂人語言濡濡不決者為"絮"。猶絮之柔韌牽連也。語雖俗，

① （元）陶宗儀：《南村輟耕錄》，中華書局 1959 年版，第 360 頁。
② 王雪樵：《河東文史拾零》，北嶽文藝出版社 2002 年版，第 249 頁。
③ （明）謝肇淛：《滇畧》，《景印文淵閣四庫全書》第 494 冊，第 140 頁。
④ 馬長壽：《南詔國內的部族組成和奴隸制度》，上海人民出版社 1961 年版，第 118 頁。
⑤ （唐）樊綽撰，向達校注：《蠻書校注》，中華書局 1962 年版，第 213 頁。
⑥ （清）俞正燮：《癸巳存稿》，遼寧教育出版社 2003 年版，第 264 頁。
⑦ （清）楊賓：《柳邊紀略》，中華書局 1985 年版，第 57 頁。

亦有所自。韓魏公、富鄭公同在政府，偶有一事，富公疑之，久而不決。韓謂富曰："公又絮。"富變色，曰："絮是何言也。"劉夷督① 嘗用此語為《如夢令》詞，其末云："休絮。休絮。我自明朝歸去。"（《蔣冕詩話》，見《明詩話全編》第 1878 頁）

按，見於《湘皋集》卷三十二《俗語有所本》。猶豫不決謂之絮，本自宋司馬光《涑水記聞》："琦性果斷，弼性審謹。琦質直，語或涉俗。俗謂語多者為'絮'，嘗議政事，弼疑難者數四，琦意不快，曰：'又絮邪！'弼變色曰：'絮是何言與？'"② 此義與"棉絮柔韌牽連"的特徵有關。宋史浩《兩鈔摘腴·絮》："方言以濡滯不決絕為絮，猶絮之柔韌牽連，無邊幅也。"③ 今多言囉嗦為絮。清翟灝《通俗編》卷十七《言笑·絮》："今又以言語煩瑣為絮，所謂絮絮叨叨是也，《宋景文筆記》有'冬許晚絮'之語。"④

（七）阿那

李白："萬戶垂楊裏，君家阿那邊？"李郢："知入笙歌阿那朋？"阿那，猶言若個也。遜叟。（胡震亨《唐音癸籤》卷二十四，見《全明詩話》第 3761 頁）

按，阿那：疑問詞，哪裏。其中"阿"為助詞，"那"為疑問詞，即哪裏。清劉淇《助字辨略》卷四《那》："《廣韻》云：'奴臥切。'《後漢書·韓康傳》：'公是韓伯休那'注云：'那，語餘聲也。音乃賀反。'又李太白詩：'蕩戶垂楊裏，君家阿那邊。'阿，助辭。那，何也。阿那邊，猶云何處也。"⑤ 關於例證，詳見蔣禮鴻《敦煌文獻語言詞典》"阿那"條⑥。直到今天，客家口語

---

① 據李劍國《宋代傳奇集》（中華書局 2002 年版，第 442 頁），"劉夷督"當為"劉夷叔"，即宋劉望之，字夷叔，一作彝叔，又字淑儀。
② 朱易安、傅璇琮等：《全宋筆記》（第一編·七），大象出版社 2003 年版，第 227 頁。
③ 施蟄存、陳如江：《宋元詞話》，上海書店出版社 1999 年版，第 691 頁。
④ （清）翟灝：《通俗編》（附《直語補正》），商務印書館 1958 年版，第 378 頁。
⑤ （清）劉淇：《助字辨略》，王雲五主編：《萬有文庫》第二集七百種，商務印書館 1937 年版，第 130 頁。
⑥ 蔣禮鴻：《敦煌文獻語言詞典》，杭州大學出版社 1994 年版，第 2 頁。

還言"哪裏"爲"阿那",如"博白、陸川、浦北、合浦等縣客家人仍稱哪裏爲阿那"①。故《漢語大詞典》(11/927)以胡震亨《唐音癸籤》的這則材料爲書證,釋"阿那"爲指示代詞"那個",不妥。

(八) 諸餘

王建詩:"朝回不向諸餘處。""若教更解諸餘語。"諸餘,猶他也。又有用眾諸者,意亦略同。_{遞叟}(胡震亨《唐音癸籤》卷二十四,見《全明詩話》第 3761 頁)

按,諸餘:同義詞連用,皆有"別的、其他"義。《敦煌變文校注·廬山遠公話》:"若覓諸人,實當不是;若覓遠公,只這賤奴便是。"諸人即別人。《詩經·大雅·雲漢》:"周餘黎民,靡有孑遺。"鄭玄箋:"黎,衆也……周之衆民多有死亡者矣,今其餘無有孑遺者。言又饑病也。"張相《詩詞曲語辭匯釋》卷三"諸餘"條②,蔣禮鴻《敦煌文獻語言詞典》"諸餘"條③,顧學頡、王學奇《元曲釋詞》(四)"諸餘"條④,增廣其例,可參看。"諸"是一個能產性特別強的詞,可與其他詞組合,仍表示"別的、其他"義。如"諸人",唐谷神子《博異志·崔玄微》:"諸人即奉求,余不奉求。""諸位",唐謝觀《周公朝諸侯於明堂賦》:"及夫諸位散設,三公最崇。""諸方",《太平廣記》卷二六四引五代王仁裕《王氏見聞·韓伸》:"又或云某方位去吉,即往之,諸方縱人牽之不去。"

(九) 步砌

《會散夜步》詩:"貪看雪樣滿街月,不上籃輿步砌歸。"自注云:步砌,吳語也。(黃震《黃氏日鈔》卷六十七,見《宋人詩話外編》第 1426 頁)

按,步砌:步行。宋岳珂《鄂國金佗稡編》卷七《紹興九年》:"惟著布

---

① 彭會資、陳釗主編:《博白客家》,廣西師範大學出版社 2006 年版,第 42 頁。
② 張相:《詩詞曲語辭彙釋》,中華書局 1953 年版,第 420 頁。
③ 蔣禮鴻:《敦煌文獻語言詞典》,杭州大學出版社 1994 年版,第 418 頁。
④ 顧學頡、王學奇:《元曲釋詞》(四),中國社會科學出版社 1990 年版,第 493 頁。

衣、草鞋，雨中自執蓋步砌，佐飛軍用甚多。"① 無名氏《張協狀元》第五十出："（淨）灑是廝殺漢，只步砌去，（末）也沒人來抬轎。"錢南揚校注："路爲磚石所甃砌，故步行稱步砌。"②"步砌"又寫作"步硇"。元狄君厚《晉文公火燒介子推》第三折 [要孩兒]："你與我疾忙上馬，你一程程乘騎去他邦。我子索慢慢的步硇還家。"③《大字典》硇：音義未詳。"步硇"一詞形，《大詞典》未收。

（十）郎罷

茗溪漁隱曰："予官閩中，見其風俗，呼父爲郎罷，呼子爲囝。顧況有詩云：'郎罷別囝，囝別郎罷；及至黃泉，不得在郎罷前。' 乃知顧況用此方言也。山谷《送秦少章往餘杭從蘇公詩》：'斑衣兒啼真自樂，從師學道也不惡；但使新年勝故年，即如常在郎罷前。'唐子西詩：'兒餒嗔郎罷。'皆用顧況語也。"（宋胡仔《茗溪漁隱叢話後集》第 235 頁）

按，清梁章鉅《農候雜占》卷二《寒熱占》："清明穀雨，寒死老鼠；小滿立夏，寒死老郎爸。此閩諺，謂四月以前多見寒也。"④ 其中"（爸）字亦有作'罷'者，宋時閩人呼父爲'郎罷'"⑤。郎罷：同義複合詞，父親。又稱"郎伯"。梁章鉅《稱謂錄·方言稱父》："一本'郎罷'作'郎伯'。"⑥ 如宋黃庭堅《送秦少遊》："但得新年勝舊年，即如常在郎伯前。"⑦ 又有稱父爲"罷罷"者。民國二十四年《新城縣志》卷二十一《地俗篇二·方言·釋親》："父亦呼爲'罷罷'。"但呼"郎罷"爲父親，不限於閩人，贛人、蜀人亦有此稱。

① （宋）岳珂編，王曾瑜校注：《鄂國金佗稡編續校注》，中華書局 1989 年版，第 480 頁。
② （宋）無名氏：《張協狀元》，錢南揚校注：《永樂大典戲文三種校注》本，中華書局 1979 年版，第 207 頁。
③ （元）狄君厚：《晉文公火燒介子推》，徐沁君校：《新校元刊雜劇三十種》本，中華書局 1980 年版，第 516 頁。
④ （清）梁章鉅：《農候雜占》，《續修四庫全書》第 976 冊，第 466 頁。
⑤ 黎錦熙：《"爸爸"考》，《黎錦熙語言學論文集》，商務印書館 2004 年版，第 315 頁。
⑥ （清）梁章鉅、王釋非、許振軒點校：《稱謂錄》（校注本），福建人民出版社 2003 年版，第 19 頁。
⑦ 江蘇廣陵古籍刻印社 1983 年版第 155 頁，《鶴林玉露》卷七引作"郎伯"。

明岳元聲《方言據》卷上《罷入聲》："父謂之罷，入聲。唐人詩：不如長在郎罷前。閩人呼父曰'郎罷'。《隨隱漫錄》吳一齋詩：新詩卻要多拈出，突過郎罷張我軍。江右人亦有此說，不獨閩矣。"① 明張岱《夜航船》卷五《倫類部·附：各方稱謂》："蜀人稱父曰郎罷。"② 王翼奇《綠痕廬詩話·郎罷》："閩人呼父爲'老父'，父，上古聲母爲'並'，閩音至今猶然。故俗字作'老爸'，蓋父、爸實一音之轉也。顧況吳人，其胸中於閩語先存一段南蠻鴃舌、'軵軵格磔'之成見，故一聞'老父（老爸）'之呼，便覺其音可怪，輒寫作'郎罷'，且於詩後加注，求之過深，反難索解。後人復沿用之，約定俗成，'郎罷'遂入語詞之林矣。"③ 王翼奇言"罷"與"父"乃一聲之轉，體現了輕重唇的不同，甚是，但認爲"郎"是前綴，則不妥。"郎"字，既可加前綴稱父親，也可單獨稱父親。清沈自南《藝林匯考·稱號篇》卷二："《農田餘話》：司馬溫公《書儀》云：古人謂父爲阿郎，母爲娘子，故劉岳《書儀》'上父母書稱阿郎、娘子'。其後奴婢尊其主如父母，故亦謂之阿郎、娘子。以其室之宗族多，故更以行第加之。今人謂妻之父母，書稱其妻爲幾娘子，殊亂尊卑。"④ 清周亮工《書影》卷十："或云：唐裴勳呼父坦之爲十一郎；子可呼父爲郎，亦異。不知唐人奴多稱其主爲郎。安祿山嘗稱李林甫爲十郎。裴之稱父爲郎，亦猶今之稱父爲爺耳。"⑤ 李如龍等《福州方言詞典》郎爸：父親。娘奶：母親⑥。清唐訓方《里語徵實》卷上《一字徵實·母》："李義山作《李賀小傳》稱'阿奶'。"⑦ 可見，"郎罷"、"娘奶"都爲同義複合詞。"一般稱父母爲'罷奶'"⑧。故民國十二年《平潭縣志》卷二十一《禮俗志》："閩人

---

① （明）岳元聲：《方言據》，商務印書館《叢書集成初編》本，1937 年版，第 5 頁。

② （明）張岱撰，劉耀林校注：《夜航船》，浙江古籍出版社 1987 年版，第 178 頁。

③ 王翼奇：《綠痕廬詩話　綠痕廬吟稿》，浙江古籍出版社 2006 年版，第 15 頁。

④ （清）沈自南：《藝林匯考》，金沛霖主編：《四庫全書子部精要》（中冊），天津古籍出版社、中國世界語出版社 1998 年版，第 898 頁。

⑤ （清）周亮工：《書影》，上海古籍出版社 1981 年版，第 287 頁。

⑥ 李如龍等：《福州方言詞典》，福建人民出版社 1994 年版，第 192 頁。

⑦ （清）唐訓方著，馮天亮標點：《里語徵實》，嶽麓書社 1986 年版，第 6 頁。

⑧ 李鄉瀏等：《福州習俗》，福建人民出版社 2001 年版，第 121 頁。

呼父爲郎罷，謂既有子諸事可已。"純屬望文生訓。"郎罷"一詞，《大詞典》（10/623）釋爲"方言。閩人用以稱父"。不妥，當釋爲"方言。同義複合詞，用以稱父"。"郎爸""罷罷"二詞形，《漢語大詞典》未收，且（10/621）"郎伯"下未及"父親"義。

（十一）土重

　　杭州趙鈞臺買妾蘇州，有李姓女，貌佳而足欠裹。趙曰："似此風姿，可惜土重。"——土重者、杭州諺語：腳大也。（清袁枚《隨園詩話》卷四，第 115 頁）

按，腳大稱"土重"，不限於杭州，廣東一帶亦有此風俗。陳保民《湛江民俗文化大觀·生活民俗·土重者》："據光緒年《吳川縣志》卷二'風俗'條載，邑人稱大板腳之人爲'土重者'。在當時，這類'土重者'，'父母親戚以爲恥，亦俗之蔽也。'"①《漢語大詞典》（2/988）首引清袁枚《隨園詩話》卷四，可見，此詞是清代出現的新詞。

（十二）落槽、分洪、砲車

　　江漢有滸，以扞制泛濫，大漲則溢于平陸，水退滸見，舟人謂之水落槽。又灘石激湍，其中深僅可容舟者，謂之洪。若大水，則不復問洪矣。臨川："萬里寒江正復槽。""東江木落水分洪。"以此亦謂"水黃帽"，謂"雲砲車"②，非遐征遠涉，不能知也。（宋黃徹《䂬溪詩話》卷五，見《歷代詩話續編》第 369—370 頁）

　　舟人占風，若砲車雲起，輒急避之，乃大風候也。東坡有云："今日江頭天色惡，砲車雲起風欲作。"文潛有云："喜逢山色開眉黛，愁對江雲起砲車。"（《類說》本《總龜》前二十七《叢話》前集卷五十一《鑑衡》一引作《詩文發源》《樂趣》六）（宋王直方《王直方詩話》，見《宋詩話輯佚》第 19 頁）

① 陳保民：《湛江民俗文化大觀》，清華大學出版社 2010 年版，第 131 頁。
② "以此亦謂'水黃帽'，謂'雲砲車'"，點斷有誤，當爲"以此亦謂水'黃帽'，謂雲'砲車'"。

今黄河舟子稱水落爲歸槽。槽本馬槽，象渠形言之也。白詩："江鋪滿槽水。"元詩："江流初滿槽。"元自注：槽爲楚語。遜叟。（胡震亨《唐音癸籤》卷十六，見《全明詩話》第 3712 頁）

按，落槽：河流水位降低。其中"槽"爲"河床、水渠"。《豫章續志·彭蠡湖》："湖之水消長有時，每春夏之間，水漲而湖愈闊，至秋冬則水縮，俗謂之落槽。"① 湖水乾涸，亦稱"落槽"。清道光《洞庭湖志》卷五《風俗·落槽分洪》："今湖中水涸，亦有落槽分洪之說。""落槽"一詞，《大詞典》未收。

分洪：河水分流。其中"洪"爲"淺水"。清唐訓方《里語徵實》卷上《一字徵實·淺水曰洪》："……又蘇軾詩：'試聽雙洪落後聲，長洪斗落生跳波。'柳貫詩：'土色從黃宜制勝，河聲觸險聽分洪。'揭傒斯詩：'雪霜翻淺瀑，雷雨寫奔洪。'②"洪"之"淺水"義，《大字典》未及。

砲車：亦作"拋車"，本是古代的一種作戰工具。《新唐書·高麗傳》："勳列拋車，飛大石過三百步，所當輒潰。"後用作氣象術語，"雲名，可預示風暴之將至，雲起風來時飛沙走石如發炮，故名"③。又作"礮車"。清梁章鉅《農候雜占》卷三《風占》："'礮車雲起，舟人急避'。又云：'雲似礮車形，没雨定有風。《田家五行》云：此風候也。按雲起下散四野，滿目如烟如霧名風花，主大風立至。故諺云云。蘇詩云：'今日江頭天色惡，砲車雲起風暴作。'又按李《國史補》云：'暴風之後有礮車雲。'"④

（十三）麻茶

李涉："今日顛狂任君笑，趁愁得醉眼麻茶。"似即眼花之意。遜叟。（胡震亨《唐音癸籤》卷二十四，見《全明詩話》第 3764 頁）

按，麻茶：模糊不清，不限於視力而言。亦作"麻嗏""麻搽""麻查""麻

---

① 馬蓉等點校：《永樂大典方志輯佚》（三），中華書局 2004 年版，第 1490 頁。
② （清）唐訓方著，馮天亮標點：《里語徵實》，嶽麓書社 1986 年版，第 30 頁。
③ 華夫等：《中國古代名物大典》（上），濟南出版社 1993 年版，第 111 頁。
④ （清）梁章鉅：《農候雜占》，《續修四庫全書》第 976 冊，第 494—495 頁。

喳""麻鮓""麻雜""麻薩""摩挱""摩娑"等。"麻"與"摩"同爲明母，
歌部。"嗏""搽""查""喳""鮓""雜"與"薩""挱""娑"乃一聲之轉，
故以上不同詞形可通用。明李詡《戒庵老人漫筆》卷三《麻嗏籠統趙》："今
人欲睡眼將合睫而縫細者曰麻嗏，不知作何寫，偶觀王荊公《百家詩選》
李涉詩，得此二字。"① 姜亮夫《昭通方言疏證·釋人》卷四《麻茶眼矇鬆
眼》："麻茶，昭人謂矇矓不清或老眼花昏曰麻茶，音麻查。"② 又《釋天》卷
二《昧爽麻薩音媽薩》云："昭人言事物之不明不白、將明將白曰麻薩讀平
按麻薩即昧爽之聲變，昧爽者日尚昧欲明之象也，引申以指事物，言其如
日將明而未明也，以言日未明則曰'打麻薩'，以言事不分則曰'麻麻薩
薩'，皆一義之引申爾。"③ 姜亮夫探明了"麻薩"一詞的得名理據，認爲
乃是"昧爽"之聲轉。其在《廣韻》中的音韻地位爲：麻：莫霞切，明母
麻韻平聲。昧：莫佩切，明母隊韻去聲。薩：桑割切，心母曷韻入聲。爽：
疎兩切，生母養韻上聲。可見，"麻薩"與"昧爽"音近義通。又"麻查"
或"麻茶"的這種用法不限於雲南一帶，實際上，南北方言區皆有此語。
民國十八年《威縣志》卷十三《風俗志·方言》："麻嗏，李涉詩：'今日顛
狂任君笑，趁愁得醉眼麻嗏。'按嗏又作茶。"民國二十年《安東縣志》卷
八《歌諺》："麻嗏，欲睡眼將合之貌。"饒秉才等《廣州話方言詞典》："麻
查：模糊；朦朧。"④ 羅韻希等《成都話方言詞典》："麻鮓（麻粝），不清楚，
含糊。又說'麻麻鮓鮓。'"⑤ 郭在貽《函札存稿·致王鍈》言"今山東方言
亦有此詞（麻茶）"⑥。

---

① （明）李詡撰，魏連科點校：《戒庵老人漫筆》，中華書局 1982 年版，第 95 頁。

② 姜亮夫：《昭通方言疏證》，《姜亮夫全集》（十六），雲南人民出版社 2002 年版，第 217—
　　218 頁。

③ 姜亮夫：《昭通方言疏證》，《姜亮夫全集》（十六），雲南人民出版社 2002 年版，第 170—
　　171 頁。

④ 饒秉才等：《廣州話方言詞典》，商務印書館 1981 年版，第 142—143 頁。

⑤ 羅韻希：《成都話方言詞典》，四川省社會科學院出版社 1987 年版，第 140 頁。

⑥ 郭在貽：《函劄存稿》，張湧泉等主編：《郭在貽文集》第四卷，中華書局 2002 年版，第
　　187 頁。

（十四）澆書

東坡謂晨飲爲澆書，李黃門謂午睡爲攤飯。陸務觀嘗有絶句云："澆書滿挹浮蛆甕，攤飯橫眠夢蝶牀。莫笑山翁見機晚，也勝朝市一生忙。"（宋趙與虤《娛書堂詩話》卷上，見《歷代詩話續編》第 490 頁）

按：澆書：指晨飲。早晨飲酒、飲茶皆可稱"澆書"。清光緒十三年《桐鄉縣志》卷首二："金廷標《品泉圖》：'倚樹持杯性不羈，澆書一晌坐閒時。'東坡晨飲酒謂澆書。則於茗亦可耳。"楊琳《論語境求義法》一文，通過列舉與"澆"組合的詞語，得出"'澆'有'犒勞、慰勞'義"，故"'澆書'是說爲讀書辛苦而犒勞自己"。又"犒勞用飲食，故'澆'引申有飲食之義"。並進一步提出"澆"的犒勞義，來自於"犒勞神的方式"，即"古人祭神時常把酒澆在神的象徵物（如一束茅草）或地上，表示神飲了酒"[1]。甚是。

（十五）藉在

杜："白頭無藉在。"《千金翼論》云：老人之性，必恃其老，無有藉在。如云無賴藉也。《杜注》。（胡震亨《唐音癸籤》卷二十四，見《全明詩話》第 3763 頁）

按，這裏的《杜注》，疑爲宋趙次公的杜詩注。清仇兆鰲《杜詩詳注》卷二引趙曰："無藉在，謂無所倚藉。"[2]"賴藉""倚藉"，其義一也，即"依賴"義。明胡震亨亦承襲此說。一說"藉在"當作"籍在"，取自"籍"的檔案義。但元李冶則持不同意見。《敬齋古今黈》卷七："子美《送韋書記赴安西》云：'白頭無籍在，朱紱有哀憐。'舊注云：'無籍，謂無籍在朝列也。籍如通籍之籍。'此說殊繆。蓋籍在，顧賴之意。子美自言身已衰老，無所顧籍矣，而韋書記有哀矜于我也。籍在之籍，音去聲。若言無籍在爲無籍在朝列，則何得以有哀憐爲對耶？"[3] 此說是。"籍"乃是"藉"的借字。鄭文《杜詩檠詁》言："考籍、藉均从耤得聲，並有借助之義，寫時偶混，致有殊異，

① 楊琳：《論語境求義法》，《漢語史研究集刊》第八輯，巴蜀書社 2005 年版，第 33—35 頁。

② （唐）杜甫著，（清）仇兆鰲注：《杜詩詳注》，中華書局 1979 年版，第 134 頁。

③ （元）李冶撰，劉德權點校：《敬齋古今黈》，中華書局 1995 年版，第 95 頁。

就本義言，應是藉字。"① 不妥。《全唐詩》卷四百四十六白居易《洛城東花下作》"白頭無藉在，醉倒亦何妨"。正用本字。但前人都未言此解之故。今人蔣紹愚則進一步提出"藉在"之"在"爲動詞，"義同'藉'，憑藉，依靠"，故"'藉在'即'依賴'之義"②。此外，一說"藉在"之"在"爲動詞，"即存問之義"③。"藉在"即"慰藉、問候"。一說"藉在"之"在"爲虛字，"示繼續意，放在動詞後，如現在語之'着''呢'"④。故"藉在"即"依賴着"。此三說，可互參。"藉在"一詞，《大詞典》未收。

（十六）擡起

擡起，俗語也，古亦有之。王建宮詞："紅燈睡裏看春雲，雲上三更直宿分。金砌雨來行步滑，雙雙擡起隱金裙。"（《楊慎詩話》，見《明詩話全編》第 2759 頁）

按，出自《升菴全集》卷五十四《王建詩》⑤。依句義看，王詩中的"擡起"爲"提起"義。唐玄應《一切經音義》卷十七引《通俗文》言："舉振謂之擡。"今人蔣紹愚言：挑和擡這兩個動作，在唐以前，都叫"擔"。"後來，'挑'和'擡'分成兩個義位，但並沒有形成新詞。因爲'挑'和'擡'這兩個詞原來就有，只不過'挑'原來是'撥'的意思，'擡'原來是'舉'的意思"⑥。而"提起"義則是從"舉起"義引申出來的。"擡起"一詞，《漢語大詞典》未收。

（十七）鬧掃、鬧裝

鬧掃，髻名，亦猶盤雅、墮馬之類也。唐詩："還梳鬧掃學宮妝，

① 鄭文：《杜詩檠詁》，巴蜀書社 1992 年版，第 50 頁。
② 蔣紹愚：《唐詩語言研究》，語文出版社 2008 年版，第 313 頁。
③ 鄭文：《杜詩檠詁》，巴蜀書社 1992 年版，第 50 頁。
④ 曹慕樊：《杜詩雜說全編》，生活·讀書·新知三聯書店 2009 年版，第 300 頁。
⑤ （明）楊慎：《升庵全集》，王雲五主編：《萬有文庫》第二集七百種，商務印書館 1937 年版，第 638 頁。
⑥ 蔣紹愚：《古漢語詞彙綱要》，北京大學出版社 1989 年版，第 276 頁。

獨立閑庭納夜涼。手把玉釵敲砌竹,清歌一曲月如霜。"《三夢記》。(《楊慎詩話》,見《明詩話全編》第 2787 頁)

《鬧裝》京師鬧裝帶,其名始於唐。樂天詩:"貴主冠浮動,親王帶鬧裝。"薛田詩:"九苞縚就佳人髻,三鬧裝成子弟鞿。"曲有《角帶鬧黃鞓》,今作傲,非也。按樂天《寄翰林學士詩》:"貴主冠浮動,親王彎鬧裝。"《白集》及《文獻通考》俱同。《通考》翰林院類引此詩。非"帶"字也。薛田"九苞縚就佳人髻,三鬧裝成子弟鞿。"正用樂天語。"鞿"與"彎"互證自明。楊因近有"鬧裝帶"之名。遂改白詩"彎"字為"帶"以附會之,又改元調"傲黃"為"鬧黃",噫,亦太橫矣。[傲黃]蓋顏色之名。如楊說,則裝可鬧,黃亦可鬧,帶可鬧裝,鞓亦可鬧裝耶!鬧裝帶,余游燕日,嘗見於東市中。合眾寶雜綴而成,故曰鬧裝。白詩之彎,薛詩之鞿,蓋皆此類。(《胡應麟詩話》,見《明詩話全編》第 5776—5777 頁)

按,首條出自《升菴全集》卷六十八《鬧掃》①。末條出自《少室山房筆叢》卷二十一《藝林學山三·鬧裝》②。一說"鬧"為"簇聚、攢聚"③ 義,從此義得名的詞語諸如"鬧掃""鬧裝""鬧竿"(鬧竿兒)。"鬧掃"即為隨意梳成散亂而向上狀的髮式。此髮式,又稱為"飛天紒"。明張岱《夜航船》卷十三《容貌部·飛天紒》:"唐末宮中髻號'鬧掃妝',形如焱風散鬇,蓋盤鴉、墮馬之類。宋文元嘉中,民間婦女結髮者,三分抽其鬟,向上直梳,謂之'飛天紒'。"④"鬧竿兒"即古小兒玩具,以竿頭綴有各種繁雜飾物,故名。宋孟元老《西湖老人繁勝錄·鬧竿兒》夾注言:"有極細用七寶犀象揍成者。"⑤ 吳自牧《夢粱錄》卷十三《諸色雜貨》:"及小兒戲耍家事兒……刀兒、槍兒、旗兒、馬兒、鬧竿兒。"⑥"鬧裝",亦作"鬧

---

① (明)楊慎:《升庵全集》,王雲五主編:《萬有文庫》第二集七百種,商務印書館 1937 年版,第 884 頁。
② (明)胡應麟:《少室山房筆叢》,上海書店出版社 2001 年版,第 215 頁。
③ 王鍈:《詩詞曲語辭例釋》,中華書局 2005 年版,第 219 頁。
④ (明)張岱撰,劉耀林校注:《夜航船》,浙江古籍出版社 1987 年版,第 522 頁。
⑤ (宋)孟元老:《西湖老人繁勝錄》,中國商業出版社 1982 年版,第 8 頁。
⑥ (宋)吳自牧:《夢粱錄》,浙江人民出版社 1980 年版,第 122 頁。

粧”“鬧妝”，即用金銀珠寶或裁剪而成的花草蟲魚雜綴而成的飾物，如腰帶、鞍、轡、髮夾之類。清富察敦崇《燕京歲時記》：“又余氏辨林云：京師孟春之月，兒女多剪綵爲花或草蟲之類插首，曰鬧嚷嚷，即古所謂鬧裝也。”① 這裏所說的“鬧裝”，即爲頭上的飾物，又稱“鬧妝花”。如元強珇《西湖竹枝詞》：“湖上女兒學琵琶，滿頭都插鬧妝花。”可參看顧學頡、王學奇《元曲釋詞》（二）“鬧粧鬧妝”條②。一說“鬧”爲宋時俗語，釋爲“鮮豔惹眼”義。吳世昌《詞林新話》卷三《兩宋上》：“宋祁《玉樓春》：‘東城漸覺風光好，縠皺波紋迎客棹。綠楊煙外曉寒輕，紅杏枝頭春意鬧。浮生長恨歡娛少，肯愛千金輕一笑。爲君持酒勸斜陽，且向花間留晚照。’李笠翁不服‘紅杏枝頭春意鬧’，曰：‘鬥爭有聲之謂鬧，桃李爭春則有之，紅杏鬧春，予實未之見也。’按‘鬧’字乃宋人俗語，謂鮮豔惹眼，故有‘鬧妝’、‘鬧蛾兒’，非吵鬧之意。笠翁強作解人。唐人有‘鬧掃妝’，髻名，見《三夢記》（《辭源》作《三唐記》）。‘鬧蛾兒’見柳永詞，《董齋文集》有記，爲插於巾帽之一種草蟲妝飾。”③ 王鍈《詩詞曲語辭例釋》“鬧”條認爲此義用於一些例子則不通，故提出“鬧”作爲形容詞當是“濃郁、濃密”義，“就‘雲’、‘塵’、‘葉’、‘花’而言，宜爲濃密義”④，並言此義是從“簇聚、攢聚”義引申而來的。所說甚是。《篇海類編·人事部·門部》：“鬧，猥也。”猥，即“積聚”義。《漢書·董仲舒傳》：“科別其條，勿猥勿並，取之於術，慎其所出。”顏師古注：“猥，積也。”《漢語大字典》未及“簇聚、攢聚”義，且將“《篇海類編·人事部·門部》‘鬧，猥也’”，列在“繁茂、濃盛”義下，不妥。

（十八）脫籠

　　《清波雜志》載：“元祐間，新正賀節，有士持門狀遣僕代往，到

---

① （清）富察敦崇：《燕京歲時記》，北京古籍出版社 1981 年版，第 55 頁。
② 顧學頡、王學奇：《元曲釋詞》（二），中國社會科學出版社 1984 年版，第 530—531 頁。
③ 吳世昌：《詞林新話》，北京出版社 2000 年版，第 128—129 頁。
④ 王鍈：《詩詞曲語辭例釋》，中華書局 2005 年版，第 220—221 頁。

門，其人出迎，僕云：'已脫籠矣。' 諺云 '脫籠' 者、詐閃也。溫公聞之，笑曰：'不誠之事，原不可爲！'"（清袁枚《隨園詩話》卷九，第312頁）

按，宋周煇《清波雜志》所載事，出自卷六《闕亡投刺》①。脫籠：本比喻人如鳥出籠，不知所向。金麻九疇《李道人嵩山歸隱圖》："如鴻避弋，如鶴脫籠。" 後京都以此詞來諷刺那些虛僞欺詐者。清乾隆二十四年《建寧縣志》卷九《風俗·方言附》："脫籠把戲，《清波雜誌》：京都虛詐門賺謔語。""陝北所說 '脫籠'，不用於諷刺虛詐作僞，但 '脫離、脫開' 的意思，跟古人說的一樣"②。

（十九）待伴、羞明、尋醫、入務、帆飽、水肥、軟飽、黑甜

王君玉謂人曰："詩家不妨間用俗語，尤見工夫。" 雪止未消者，俗謂之 "待伴"。嘗有《雪詩》："待伴不禁鴛瓦冷，羞明常怯玉鈎斜。""待伴""羞明" 皆俗語而採拾入句，了無痕纇，此點瓦礫爲黃金手也。（《蔡條詩話》，見《宋詩話全編》第2491—2492頁）

……余謂非特此爲然，東坡亦有之："避謗詩尋醫，畏病酒入務。" 又云："風來震澤帆初飽，雨入松江水漸肥。""尋醫""入務""風飽"③"水肥"，皆俗語也。又南人以飲酒爲軟飽，北人以晝寢爲黑甜；故東坡云："三杯軟飽後，一枕黑甜餘。" 此亦用俗語也。西清詩話（宋魏慶之《詩人玉屑》第136頁）

昇案：黃白石作雪詩云："說道羞明却不羞，日光玉潔共飛浮。天人胸次明如洗，肯似人間只暗投。" 蓋世謂雪之夜落爲羞明，此反其語而用之。（宋魏慶之《詩人玉屑》第148頁）

詩人多用方言……又謂睡美爲 "黑甜"。（《惠洪詩話》，見《宋詩話全編》第2430頁）

---

① （宋）周煇撰，劉永翔校注：《清波雜誌校注》，中華書局1994年版，第276頁。

② 王克明：《聽見古代陝北話裡的文化遺產》，中華書局2007年版，第177頁。

③ 據王十朋集注引趙次公曰："帆飽、水肥，皆方言也"，"風飽" 當作 "帆飽"。

坡有《避謗》詩"尋醫畏病酒入務"之句①。注"醫，謂不作詩也。酒入務，謂止酒不飲也。"（《劉績詩話》，見《明詩話全編》第 609 頁）

按，首條出自《西清詩話》卷上。倒數第二條出自《冷齋夜話》卷一。末條出自《霏雪錄》卷下。

待伴：未融化之雪，亦作"待泮"。《全唐詩》卷一百九十韋應物《酬韓質舟行阻凍》"寒苦彌時節，待泮豈所能"。又稱"等伴"。清翟灝《通俗編》卷一《天文·雪等伴雪怕羞》："待伴字詩人用之較多，如張伯雨：'山留待伴雪，春禁隔年花。'段天祐：'天寒待伴雪，日暮打頭風。'皆工巧。"② 光緒三年《黃巖縣志》卷三十二《風土志二·里諺》："雪等雪，《湘素雜記》：《雪詩》用待伴、羞明，皆俗語。張伯《雨詩》：'山留待伴雪。'今俗言'雪等雪'即此。"《官林鎮志·諺語·氣象諺語》："雪等伴，再落一尺半。"《辭源續編·彳部》："今俗尚有雪等伴之語。"③

羞明：夜晚降落之雪。此義，《大詞典》（9/166）未及。

尋醫：本是古代官吏託病卸職之稱。《資治通鑑·唐僖宗光啟二年》："田令孜至成都請尋醫，許之。"胡三省注："解西川監軍使。"後引申出"停罷"之義，故"詩尋醫"即不作詩。宋蘇軾《七月五日二首》其一："避謗詩尋醫，畏病酒入務。"清王文誥《蘇軾詩集》引王注師曰："詩尋醫，謂不作詩也。酒入務，謂止酒不飲也。"④ 此詞，《漢語大詞典》未收。

入務：本指"收藏歸檔"⑤。如唐白居易《晚興》："將吏隨衙散，文書入務稀。"從此義又衍生出"停止"。《舊五代史·周書·世宗紀》："每至農月，貴塞訟端。近聞官吏因循，由此成弊。凡有訴競，故作逗遛，至時而不肯盡辭，入務而即便停罷。"訴訟文書一收藏，便結案，故"入務"可表示"停止"

---

① 標點點斷錯誤，當爲"坡有'避謗詩尋醫，畏病酒入務'之句"。

② （清）翟灝：《通俗編》（附《直語補正》），商務印書館 1958 年版，第 16 頁。

③ 方毅等：《辭源續編》，商務印書館 1925 年版，第 112 頁。

④ （清）王文誥輯注，孔凡禮點校：《蘇軾詩集》，中華書局 1982 年版，第 691 頁。

⑤ 項楚：《蘇軾詩中的行業語》，《著名中年語言學家自選集》（項楚卷），安徽教育出版社 2002 年版，第 135 頁。

之意。"酒入務"，即不飲酒。清王文誥《蘇軾詩集》引施注曰："法令所載，'尋醫'爲去官，'入務'乃住理，詩中所用蓋出此。"①"住理"即停止辦理。"入務"，亦作"休務"，詳見張相《詩詞曲語辭匯釋》卷六"休務入務"條②。

水肥：形容水位升高，帆飽：形容船帆充風。"'帆飽'是從'帆腹'聯想而來"。"'帆飽'即是'帆腹飽滿'的凝縮形式"。詳見項楚《蘇軾詩中的行業語》"帆飽、水肥"條③。後多用"水肥帆飽"一詞，形容帆船在水勢高漲的水路上行駛的樣子。如宋范成大《三登樂》："路轉橫塘，風卷地、水肥帆飽。""水肥"一詞的這個意義，《漢語大詞典》(5/864) 未及。"帆飽"一詞，《大詞典》未收。

軟飽：飲酒。東坡自注云："浙人謂飲酒爲軟飽。""軟飽"作爲"飲酒"義，一個"軟"字對飲酒人和酒本身都做了形象描繪。對飲酒人來說，可以看出一種樂觀的生活態度，以蘇東坡爲例，"軟飽"一詞出自他紹聖元年貶惠州途中所作的《發廣州》，雖然被貶，依然能夠酣暢大睡，樂觀之態顯而易見。從酒本身來看，酒是一種流體，具有柔軟性的質地，能給人以美的享受，故"軟飽"就由"飲酒"引申爲"以流質或軟和的食物充饑"。此外，"軟飽"一詞在其他方言中也常聽到，但意思不完全一致，在"西南官話。雲南昆明"一帶用來表示"喝流質品，雖脹但不抵事"④。在"北京官話。北京"一帶指"酒足（謔）"⑤。

黑甜：酣睡。東坡自注："俗謂睡爲黑甜。""黑甜"切"酣"。酣：睡眠甜濃。故蔡絛對"黑甜"的解釋不如惠洪言"睡美爲'黑甜'"恰當，且查閱文獻發現黑甜並不僅僅是"晝寢"（白日睡覺），如宋楊万里《明發瀧頭》："黑甜偏至五更濃，強起侵星敢小慵。"元費唐臣《貶黃州》第二折："黑甜

---

① （清）王文誥輯注，孔凡禮點校：《蘇軾詩集》，中華書局 1982 年版，第 690 頁。

② 張相：《詩詞曲語辭彙釋》，中華書局 1953 年版，第 851 頁。

③ 項楚：《蘇軾詩中的行業語》，《著名中年語言學家自選集》（項楚卷），安徽教育出版社 2002 年版，第 138—139 頁。

④ 許寶華、宮田一郎：《漢語方言大詞典》，中華書局 1999 年版，第 3316 頁。

⑤ 許寶華、宮田一郎：《漢語方言大詞典》，中華書局 1999 年版，第 3316 頁。

一枕睡，燈火對愁眠。"這些例子中的"黑甜"都不能釋爲"晝寢"。《漢語方言大詞典》（以下簡稱《方言大詞典》）"黑甜"條言："中原官話。河南。"①

（二十）沓潮

> 劉禹錫《連州》詩："屯門積日無回飆，滄波不歸成沓潮。轟如鞭石矻且搖，亙空欲駕黿鼉橋。"《番禺記》：兩水相合曰沓潮。蓋風駕前潮不得去，後潮之應候者復至，則爲沓潮，海不能容而溢。吾鄉亦有此諺云。遞叟。（胡震亨《唐音癸籤》卷十六，見《全明詩話》第 3712 頁）

按，沓潮：前潮未盡退時，因颶風影響而後潮疊至的現象。陳徐陵《玉臺新詠箋注》卷九《皇太子·和蕭侍中子顯春別四首》引《新語》言："早潮下，晚潮上，兩水相合曰沓潮。"②"沓潮"，亦稱"合沓水"。清屈大均《廣東新語》卷四《水語·廣州潮》："漁者歌云：'水頭魚多，水尾魚少。不如沓潮，魚無大小。'沓潮者潮之盛也，一名合沓水；水之新舊者，去來相逆，故曰沓。沓，重沓也。當重沓時，舊潮之勢微劣，不能進退，魚去而復來，故多；魚大者始能乘潮，故大。沓潮者漁人所喜；又粵人以爲期約之節。"③"合沓水"一詞，《漢語大詞典》未收。

（二十一）轉席

> 今新婦轉席，唐人已爾。樂天《春深娶婦家》詩云："青衣轉去聲。氈褥，錦繡一條斜。"（龔頤正《芥隱筆記》，見《宋人詩話外編》第 910 頁）

按，轉席：舊時婚俗，新婦進入大門的一種儀式。又稱"傳席"。"轉"與"傳"乃一聲之轉。清光緒十一年《高州府志》卷六《輿地六·風俗》："案：高俗婚禮取婦至門，履席以入，謂之傳席。"新婦輿轎臨門，男家以席或袋或褥更迭鋪地，新婦踏在上面進門，故又有"傳袋"之說，取自傳宗接代

---

① 許寶華、宮田一郎：《漢語方言大詞典》，中華書局 1999 年版，第 6129 頁。
② （陳）徐陵編，（清）吳兆宜注，程琰刪補，穆克宏點校：《玉台新詠箋注》，中華書局 1985 年版，第 430 頁。
③ （清）屈大均：《廣東新語》，中華書局 1985 年版，第 135 頁。

的吉兆。此風俗，南北方皆可見。道光《新修羅源縣志》："新婦至門，先以布袋鋪地，令踐以入。蓋土音呼'代'爲'袋'，謂過'五袋'者，見'五代'也。按此即古'傳席'之禮，自唐已然，白樂天詩所謂'青衣傳氈褥，錦繡一條斜'是也。"俞平伯《秋荔亭隨筆·倒氈傳代轉席》："舊俗新人入門，必踏紅氈，更迭鋪地，北人謂之倒氈。北方則用米口袋爲之，上蓋紅氈，謂之傳代。袋者代也。自婚禮改用新式，如拜天地和合，執燭牽巾，坐床撒帳諸儀，悉已廢棄，唯倒氈如故耳，亦告朔餼羊之屬也。《堅瓠續集》卷四：'新婦入門不踏光地，必傳席始行，唐人呼爲轉席。'白香山《春深娶婦》詩云：'青衣轉（去聲）氈褥，錦繡一條斜。'敍述明清，光景宛然，則此風所從來遠矣。"①

（二十二）拗花

南方謂折花曰拗花。唐李賀詩："試問酒旗歌板地，今朝誰是拗花人？"又古樂府："拗折楊柳枝"。《輟耕錄》。（胡震亨《唐音癸籤》卷二十，見《全明詩話》第 3735 頁）

按，出自元陶宗儀《南村輟耕錄》卷十二《拗花》②。據北朝《樂府詩集·橫吹曲辭五·折楊柳枝歌》③，"拗折楊柳枝"，當作"反拗楊柳枝"。故從引例來看，南北方皆可言"折"爲"拗"。這裏所說的"折"爲"折斷"之"折"，非"折彎"之"折"。稱折爲"拗"，可上溯至《尉繚子·制談》："將已鼓，而士卒相囂，拗矢，折矛，拖戟，利後發，戰有此數者，內自敗也。"下至清代，甚至到今天，南方還依然稱折爲"拗"。清光緒二十八年《寧海縣志》卷二十三《雜志·方言》："折物曰扼，又曰拗。拗音襖，《尉繚子》：'拗矢，折矛。'"胡文英《吳下方言考》卷七《拗音凹，上聲。》："案，拗，折也，吳中謂折枝爲'拗'。"④宣統《東莞縣志》卷十一《輿地略十·方言

---

① 俞平伯：《秋荔亭隨筆》，《俞平伯全集》第 2 卷，花山文藝出版社 1997 年版，第 635 頁。
② （元）陶宗儀：《南村輟耕錄》，中華書局 1959 年版，第 147 頁。
③ （宋）郭茂倩編纂：《樂府詩集》，上海古籍出版社 1998 年版，第 305 頁。
④ （清）胡文英：《吳下方言考》，《續修四庫全書》第 195 冊，第 61 頁。

中》："以手折物曰拗。"這裏的"拗"當是"捌"之借。拗：《廣韻》於絞切，影母巧韻上聲。捌：《廣韻》魚厥切，疑母月韻入聲。二字聲母爲鄰紐，韻可通轉。捌：《說文·手部》："折也。"王筠釋例："吾鄉謂兩手執艸木捌而折之曰捌。"章炳麟《新方言·釋言第二》："今人謂以手折物曰捌。"[1] 姜亮夫《昭通方言疏證·釋人》卷四《拗捌》："拗，昭人謂折曰拗，元微之詩'今朝誰是拗花人'，音轉入捌。"[2] 易祖洛《南楚方言》："吾湘以手折物使斷曰捌斷。捌，讀月上聲。"[3] 吳秋輝《侘傺軒文存·齊魯方言存古·捌》："今北人謂以手折物如月上聲。《荀子·修身篇》：'銀價不爲折閱不市'。注：'折閱謂損其所賣物價也。此閱字當即其假借字（閱從門故知其非本誼）。蓋折閱同義，當繫一聲之轉，凡折物則必損其一部，故引申之損其物價之一部，亦得謂之折閱也。今按閱實當作捌，《晉語》：'叔向謂趙文子云：其置本也固矣，故不可捌也。'乃其本誼。意謂本固則不可折也。韋昭注《國語》乃釋云：'捌、動也'，是特不識北地方言，而臆爲之說耳。楊雄《太玄經》：'車軸折，其衡捌'。《說文》亦云：'捌，折也'。二子皆久於北省，故不似韋氏之夢夢也。"[4] 此外，"徽語""湘語""客話""閩語"等方言區，也稱折爲"拗"。詳見《方言大詞典》"拗"條[5]。

（二十三）泥窗

蜀人又謂糊窗曰"泥窗"，花蕊夫人《宮詞》云："紅錦泥窗遶四廊。"非曾遊蜀，亦所不解。（陸游《老學庵筆記》卷八，見《宋人詩話外編》第 893—894 頁）

按，泥窗：即糊窗，其中"泥"義爲用紙、絹之類裱糊、粘糊。實際上，

① 章炳麟：《新方言》，《章氏叢書》第 8 冊，江蘇廣陵古籍刻印社翻浙江圖書館本 1981 年版，第 67 頁。
② 姜亮夫：《昭通方言疏證》，《姜亮夫全集》（十六），雲南人民出版社 2002 年版，第 273 頁。
③ 易祖洛：《南楚方言》，《易祖洛文集》，海南出版社 2001 年版，第 153 頁。
④ 吳秋輝：《侘傺軒文存》，齊魯書社 1997 年版，第 262 頁。
⑤ 許寶華、宮田一郎：《漢語方言大詞典》，中華書局 1999 年版，第 3301 頁。

把"泥"作"糊"解，並不限於蜀方言，浙江、廣東一帶亦有此稱。《重修浙江通志稿》第十九冊引《定海縣志》言："浙江凡以糊或泥土蠣灰塗抹之皆曰泥。"① 許培棟《陽江方言探源（三）》一文言："陽江口語把泥字作塗、抹、粘、糊解。"②

（二十四）裏許

戴叔倫："秋風裏許杏花開。"許，裏之助辭。邇叟。（胡震亨《唐音癸籤》卷二十四，見《全明詩話》第 3761 頁）

按，裏許：裏面，其中"許"爲助詞。戴詩見《聽歌回馬上贈崔法曹》，云"秋風裏許杏花開，杏樹旁邊醉客來。"《祖堂集》卷十六《南泉和尚》："師問黃檗：'笠子太小生。' 黃檗云：'雖然小，三千大千世界總在裏許。'"《敦煌變文校注·燕子賦（二）》："隨便裏許坐，愛護得勞藏。"這裏的"許"讀若"啊"或"化"。清翟灝《通俗編》卷三十三《語辭·裏許》："今吳音曰裏啊，啊，讀虛我切，卽裏許也。《傳燈錄》：'投子指庵前片石謂雪峯曰，三世諸佛，總在裏許。'辭意尤明。"③ 章炳麟《新方言·釋詞第一》："許音近虎；所從戶聲，亦與虎近。魚、模轉麻，故今松江、太倉言處言許音皆如化。謂內曰裏許，音如裏化；所在曰場許，音如場化；幾何曰幾許，音如幾化。"④ 許：《廣韻》虛呂切，曉母語韻上聲，魚部。"啊"同"歌"，《廣韻》虛我切，曉母哿韻上聲，歌部。"裏許"之"許"讀如"啊"或"化"、歌、魚合用。這是古音在方言中的留存。正如林語堂《讀汪榮寶〈歌戈魚虞模古讀考〉書後》一文所言"周秦以降，漢人用韻，漸有'歌'、'魚'合用的現象"⑤。

---

① 浙江省方志辦編：《重修浙江通志稿》，方志出版社 2010 年版，第 1235 頁。

② 許培棟：《陽江方言探源（三）》，陽江文史數據編輯部編：《陽江文史資料》，陽江縣縣誌辦公室出版 1985 年版，第 99 頁。

③ （清）翟灝：《通俗編》（附《直語補正》），商務印書館 1958 年版，第 734 頁。

④ 章炳麟：《新方言》，《章氏叢書》第 7 冊，江蘇廣陵古籍刻印社翻浙江圖書館本 1981 年版，第 10 頁。

⑤ 林語堂：《讀汪榮寶〈歌戈魚虞模古讀考〉書後》，《林語堂名著全集》第十九卷《語言學論叢》，東北師範大學出版社 1994 年版，第 146 頁。

（二十五）花腿、鐵頷

　　車駕渡江，韓、劉諸軍皆征戍在外，獨張俊一軍常從行在。擇卒之少壯長大者，自臀而下文刺至足，謂之"花腿"，京師舊日浮浪輩以此爲誇。今既效之，又不使之逃於他軍，用爲驗也。然既苦楚，又有費用，人皆怨之。加之營第宅房廊，作酒肆名太平樓。般運花石，皆役軍兵。眾卒謠曰："張家寨裏沒來由，使他花腿擡石頭。二聖猶自救不得，行在蓋起太平樓。"紹興四年夏，韓世忠自鎮江來朝，所領兵皆具裝，以銅爲面具。軍中戲曰"韓太尉銅頷，張太尉鐵頷"。世謂無廉恥不畏人者爲鐵頷也。（《莊綽詩話》，見《宋詩話全編》第 2277—2278 頁）

　　按，出自《雞肋編》卷下①。花腿：在腿上雕刺花紋，多用來形容市井無賴。此詞又見於元曲當中，詳見顧學頡、王學奇《元曲釋詞》（二）"花腿閑漢"條②。

　　鐵頷：形容不知羞恥的人。頷：方言指臉。章炳麟《新方言·釋形體第四》："今人謂面曰顊，俗作臉，蓋頷之變也。"③故"鐵頷"，一作"鐵臉"。錢鍾書《管錐編增訂之二》引《雞肋編》卷中後言："'張太尉'指張俊。《斬鬼傳》'一副鐵臉'之說，由來舊矣。臉卽面也，而'鐵臉'爲邪僻無恥，'鐵面'則爲正直無私，一貶一褒，意如升膝墜淵。單文孑立之同訓者，兩文儷屬則每異義焉（參觀原書170又582頁），此亦一例。"④按錢氏所說"《雞肋編》卷中"，實爲卷下。

　　關於"花腿""鐵頷"二詞，《大詞典》（9/301）、（11/1417）照搬宋莊綽《雞肋編》中的上述內容，可見二詞爲宋代產生的新詞，又"鐵臉"一詞，《大詞典》未收。

---

① （宋）莊綽撰，蕭魯阳點校：《雞肋編》，中華書局 1983 年版，第 92 頁。

② 顧學頡、王學奇：《元曲釋詞》（二），中國社會科學出版社 1984 年版，第 70 頁。

③ 章炳麟：《新方言》，《章氏叢書》第 8 冊，江蘇廣陵古籍刻印社翻浙江圖書館本 1981 年版，第 91 頁。

④ 錢鍾書：《管錐編》（第五冊），中華書局 1979 年版，第 176 頁。

（二十六）見來

東坡詩"面臉照人元自赤，眉毛覆眼見來烏"。吳旦生曰："王直方《詩話》：今市語答人真實事則稱見來，坡詩用俚語也。《墨莊漫錄》引杜詩：鑠石藤稍元自落，倚天松骨見來枯。坡句法此，而謂之俚語，直方未思耳。余以用俚語無防，卻看句法何如。坡此等則十四字全俚何關，四字試以杜句形之則益俚。"（清吳景旭《歷代詩話》第 884 頁）

按，見來：肯定副詞，猶真的，真個。王鍈《宋元明市語匯釋》："'見來'猶云'見了'，市語取眼見爲實之義。"① 是。"來"可用在動詞後面，表示動作的結果。如《朱子語類》卷二："前輩有此説，看來理或有之。"② 清李漁《奈何天·隱妬》："纖纖玉指，秤來不上半斤。"

（二十七）燎竹

宗懍云："歲旦燎竹於庭。"所謂燎竹者，爆竹也。王荊公詩云："爆竹聲中一歲除。"（袁文《甕牖閒評》卷三，見《宋人詩話外編》第 574 頁）

按，燎竹：即爆竹。古時在節日或喜慶日，用火燒竹，畢剝發聲，以驅除山鬼瘟神，故謂"爆竹"。"爆竹"起源於"庭燎"，即古代庭中照明的火炬。宋高承《事物紀原》卷八《爆竹》："《歲時記》曰：元日爆竹於庭，以辟山臊。山臊，惡鬼也。《神異經》曰：犯人則病畏爆竹聲。宗懍乃云：爆竹然草起於庭燎。《風俗通》謂起於庭燎，不應濫王者也。按周衰之末，大夫而僭天子，庶人而服侯服者，皆是也，奚獨燎明爲不然乎？懍之所記，理或然矣。"③ 又稱"爆竿"。清翟灝《通俗編》卷三十一《俳優·爆竹》："古皆以真竹著火爆之，故唐人詩亦稱爆竿。"④ 如唐來鵠《早春》："新曆纔將半紙開，小庭猶聚爆竿灰。"北宋末年，隨着火藥的發明，我們今天常說的用火藥製

---

① 王鍈：《宋元明市語彙釋》，中華書局 2008 年版，第 61 頁。

② （宋）黎靖德編，王星賢點校：《朱子語類》，中華書局 1986 年版，第 20 頁。

③ （宋）高承撰，（明）李果訂：《事物紀原》，商務印書館《叢書集成初編》本，1937 年版，第 302 頁。

④ （清）翟灝：《通俗編》（附《直語補正》），商務印書館 1958 年版，第 699 頁。

成的"爆竹"開始出現。亦稱"爆仗"。南宋嘉泰《會稽志》卷十三《節序》："惟除夕爆竹相聞，亦或以硫黃爲爆藥，聲尤震靈，謂之爆仗。"[1]民國二十年《青縣志》卷十一《故實志二·方言》："爆竹曰爆仗。音轉讀如炮長。"民國二十一年《南皮縣志》卷四《風土志下·方言》："爆仗，爆竹也。古以直竹著火爆之曰爆竹，後卷紙裹藥爲之曰爆仗，二字見《武林舊事》。"明胡震亨《讀書雜錄》卷上探究了"爆仗"一詞的得名理據："今俗間用紙裹硝藥火之作聲者，通名'爆丈'，雖彷爆竹驚山魈之說，爲之而其名爲丈者，則仗字之誤，人不知其源而改之者也。天子殿下兵衛曰仗，常朝設焉，御便殿則喚仗入，朝罷兵衛撤，稱放仗。仗之爲稱，唐宋同之。宋徽宗朝會宴游，設百戲，其下塲登塲交換際，必發硝火作烈聲，猛焰令仗中霧，暗觀者不知所變之戲何從來，故名爲爆仗。《東京夢華錄》駕登寶津樓，諸軍呈百戲，初有軍士百餘，列旗幟、執蠻牌，舞鬬忽一聲如霹靂者，謂之爆仗。煙火大起，舞蠻牌者退，而假面披髮若鬼神狀者進矣。又一聲爆仗，他戲又上，變換不止五六次，此爆火稱爆仗之始也。今仗字不便替稱，直呼爆火可改爲丈，失其本矣。"[2]可見"爆仗"是從百戲術語中借用而來的。

（二十八）阿儂佳、開襆、老衍

　　李寧圍太守《潮州竹枝》云："銷魂種子阿儂佳，開襆千金莫浪夸。高捲篷窗陳午宴，爭夸老衍貌如花。"六篷船幼女呼"阿儂佳"。梳籠謂之"開襆"。幼女梳籠，以得美少年爲貴，不計財帛。呼婿曰"老衍"。（清袁枚《隨園詩話補遺》卷二，第606頁）

　　按，上述材料，又見清梁紹壬《兩般秋雨盦隨筆》卷四《土語入詩》[3]。阿儂佳：潮州方言，六篷船上的幼女。"六篷船"就是蜑家女聚集之地。宋陳師道《後山叢談》卷四："二廣居山谷間，不隸州縣謂之猺人，舟居謂之

---

[1]　浙江省地方誌編纂委員會編著：《宋元浙江方志集成》第四冊，杭州出版社2009年版，第1945頁。

[2]　（明）胡震亨：《讀書雜錄》，《續修四庫全書》第1132冊，第387頁。

[3]　（清）梁紹壬撰，莊葳點校：《兩般秋雨盦隨筆》，上海古籍出版社1982年版，第218頁。

蜑人，島上謂之黎人。"蜑"，亦作"蛋"。清俞蛟《夢廠雜著》卷十《潮嘉風月》："潮嘉曲部中，半皆蛋戶女郎，而蛋戶惟麥、濮、蘇、吳、何、顧、曾七姓，以舟爲家，互相配偶，人皆賤之。"① 這些"蜑家女"或"蛋戶女郎"就被稱爲"阿儂佳"。李永明《潮州方言·詞彙》："姿娘仔，女孩子。"②"阿儂佳"，即"姿娘仔"。

開襐：潮州方言稱"梳籠"爲"開襐"，即妓女首次接客伴宿。"梳籠"，一作"梳櫳"。《醒世姻緣傳》第十三回："正統五年，梳櫳接客，兼學扮戲爲旦。"亦作"梳攏"。《香囊怨》第一折："前日小子見他說，要去這院裏，撿一個女孩兒梳攏他。"又稱"梳弄"。《金瓶梅》第三十二回："俺媽說：'他纔教南人梳弄了，還不上一個月，南人還沒起身，我怎麼好留你。'""梳籠"、"梳櫳""梳攏""梳弄"乃一聲之轉。

老衍：潮州方言。指姦夫。清梁紹壬《兩般秋雨盦隨筆》卷四《土語入詩》："六篷船呼幼女曰阿儂家，梳攏曰開襐，呼婿曰老衍。"③ 這裏所說的"婿"，非真正的丈夫。李永明《潮州方言·詞彙》："老衍，姦夫。"④ 故《大詞典》（8/614）釋"老衍"爲"女婿"，不當。

（二十九）漏天

又如蜀有"漏天"，以其西北陰盛，常雨，如天之漏也，故杜詩云："鼓角漏天東。"後人不曉其義，遂改"漏"字爲"滿"，似以類極多。雄。
（朱熹、黎靖德《朱子語類》卷一百四十，見《宋人詩話外編》第 999 頁）

按，漏天：西南官話，謂如天瀉漏，比喻多雨、久雨。明李實《蜀語》："蜀西南多雨，八九月爲甚，名曰漏天。杜子美詩曰：'鼓角漏天東。'"⑤ 明陳士元《俚言解》卷一《漏天》："俗憾久雨不晴謂之天漏。杜詩：'鼓角漏天

---

① （清）俞蛟撰，方南生等校注：《夢廠雜著》，文化藝術出版社 1988 年版，第 364—365 頁。
② 李永明：《潮州方言》，中華書局 1959 年版，第 194 頁。
③ （清）梁紹壬撰，莊葳點校：《兩般秋雨盦隨筆》，上海古籍出版社 1982 年版，第 218 頁。
④ 李永明：《潮州方言》，中華書局 1959 年版，第 194 頁。
⑤ （明）李實著，黃仁壽、劉家和校注：《蜀語校注》，巴蜀書社 1990 年版，第 33 頁。

東'；又'猛欲誅雲師，疇能補天漏'；又'地近漏天終歲雨。'注云：梁益四時多雨，俗稱漏天。"① 又稱"天末"。清乾隆六年《貴州通志》卷四十二《藝文·碑記·重修偏橋碑記》："恒陰易雨，謂之天末，又謂之漏天。"《大詞典》（2/1409）"天末"下，未及"多雨、久雨"義。

（三十）著莫 / 著摸

嘗讀耶律文正詩"花落餘香著莫人"，蓋本朱淑真詞"無奈春寒著摸人"語；適讀朱彭器資汝礪《鄱陽集》有《湖湘道中見梅花絕句》云："滴葉開花妙入神，酥盤憶看北堂春。瀟湘此日堪腸斷，隨處幽香著莫人。"乃前此矣。唐人唯元白集多用此等字，未暇考《長慶集》也。《居易錄》（清王士禎《帶經堂詩話》卷十五，第 413—414 頁）

按，著莫：亦作"著摸"，撩惹。"著讀入聲，著摸蓋沾惹之意，疑宋時有此土話"②。詩話中的"著莫 / 著摸"一詞，正是此義。另外，又可表示"捕捉、探求"；"琢磨、揣測"；"約莫、依稀"等義，如《河南程氏遺書》卷二上："故須著摸佗別道理，只爲自家不內足也。"元楊朝英《殿前歡·和阿里西瑛韻》曲："任風濤萬丈波，難著莫，醉裏乾坤大。"而且在古文獻中，其詞形多樣，又寫作"捉摸""着末""着麼""著抹"等，詳見顧學頡、王學奇《元曲釋詞》（四）"着莫著莫着末着麼著抹"條③。《大詞典》把"著莫"不同的詞形，列爲不同的詞，不妥。

（三十一）舉白、卷白波、掃凡馬

飲酒痛釂，謂之"舉白"。唐人云"卷白波"，義起于漢擒白波賊戮之，言意氣之快耳。如今人稱文字警絕，謂之"掃凡馬"，取杜甫"一掃萬古凡馬空"也。（宋張表臣《珊瑚鉤詩話》卷二，見《歷代詩話》第 461 頁）

---

① （明）陳士元：《俚言解》，上海古籍出版社《明清俗語辭書集成》本，1989 年版，第 4 頁。
② 朱起鳳：《辭通》（下冊），上海古籍出版社 1982 年版，第 2546 頁。
③ 顧學頡、王學奇：《元曲釋詞》四，中國社會科學出版社 1990 年版，第 516—518 頁。

其中，關於"卷白波"一詞，詩話多有論述：

白樂天詩："鞍馬呼教住，骰盤喝遣輸。長驅波卷白，連擲采成盧。"注云：骰盤、卷白波、莫走鞍馬，皆當時酒令。（洪邁《容齋續筆》卷十六，見《宋人詩話外編》第820頁）

景文公詩云："鏤管喜傳吟處筆，白波催卷醉時杯。"讀此詩，不曉白波事。及觀《資暇集》云："飲酒之卷白波，蓋起於東漢，既禽白波賊，戮之如卷席然，故酒席仿之，以快人情氣也。"疑出於此。余恐其不然。蓋白者，罰爵之名，飲有不盡者，則以此爵罰之。故班固《敘傳》云："諸侍中皆引滿舉白。"左太沖《吳都賦》云："飛觴舉白。"注云："行觴疾如飛也。大白，杯名。"又魏文侯與大夫飲酒，令曰："不釂者浮以大白。"於是公乘不仁舉白浮君。所謂卷白波者，蓋卷白上之酒波耳，言其飲酒之快也。故景文公以白波對鏤管者，誠有謂焉。案《漢書》黃巾餘黨複起西河白波，賊眾曰白波賊，眾十餘萬。（黃朝英《靖康湘素雜記》卷三，見《宋人詩話外編》第283頁）

按，舉白：一飲而盡。《漢書·敘傳上》："入侍禁中，設宴飲之會，及趙、李諸侍中皆引滿舉白，談笑大噱。"三國孟康曰："舉白，見驗飲酒盡不也。"尚秉和進一步言"舉白"："即今日飲罷倒杯示人，以見其盡也。"[1]

卷白波：古代酒令名。關於得名理據，說法不一。唐李匡乂認爲與白波起義有關。《資暇集》卷下《卷白波》："飲酒之《卷白波》，義當何起？按東漢既擒白波賊，戮之如卷席，故酒席做之，以快人情氣也。"[2]而宋黃朝英則認爲"卷白波"形容飲酒之快，其中，"白"爲白瓷杯，"波"即酒。"卷白波"，亦可省稱"卷波"，如唐白居易《代書詩一百韻寄微之》："打嫌《調笑》易，飲訝《卷波》遲。"二說可互參。

掃凡馬：稱人詩文警絕。出自宋張表臣《珊瑚鉤詩話》卷二。

---

[1] 尚秉和：《歷代社會風俗事物考》，江蘇古籍出版社2002年版，第92頁。
[2] （唐）李匡乂：《資暇集》，商務印書館《叢書集成初編》本，1939年版，第19頁。

（三十二）掛龍雨、攦鷗風

雪浪齋日記云："洪覺范詩云：'已收一霎掛龍雨，忽起千巖攦鷗風。'（[忽]原作[勿]，今據徐鈔本、明鈔本校改。）掛龍對攦鷗，皆方言，古今人未嘗道。"（宋胡仔《苕溪漁隱叢話前集》第384頁）

按，掛龍雨：即挂龍雨，伴有龍卷風之雨。挂龍：即龍卷風。陳子展《雅頌選譯·小雅谷風之什》："似頹風即今氣象學上所謂龍卷風，俗所謂挂龍也。"[①]龍卷風的形狀很特別，上面是一塊積雨雲，下面垂着一條像大象鼻子一樣的漏斗狀雲柱。因古人把積雨雲下垂的形象誤認爲龍下挂吸水，故稱。但《雪浪齋日記》言此詞"古今人未嘗道"，非是，"岑羲亦有'西山一餉挂龍雨'句"[②]。又如明吳承恩《舟行》："前村一片雲將雨，閑倚船窗看挂龍。"亦作"龍挂"。宋葉夢得《避暑錄話》卷下："吳越之俗，以五月二十日爲分龍日，不知何據？……故五六月之間，每雷起雲族，忽然而作，類不過移時，謂之過雲雨，雖三二里間亦不同。或濃雲中見若尾墜地蜿蜒屈伸者，亦止雨其一方，謂之龍挂。"[③]關於"龍挂"的氣勢和破壞力，宋陸游《龍挂》詩言："成都六月天大風，發屋動地聲勢雄。黑雲崔嵬行風中，凛如鬼神塞虛空。霹靂迸火射地紅，上帝有命起伏龍。龍尾不捲曳天東，壯哉雨點車軸同，山摧江溢路不通，連根拔出千尺松。未言爲人作豐年，偉觀一洗芥蒂胸。""龍卷風"又俗稱"吊龍挂""龍吸水""風龍陣""龍陣風"等，皆因此得名。《大詞典》分"挂龍"和"龍挂"爲兩個詞，不妥，且於"挂龍"（6/547）下，首引宋惠洪《大風夕懷道夫敦素》詩，不當，當以唐岑羲《八月上旬出遊晚歸》"西山一餉挂龍雨，薄暮歸來新月明"爲最早書證。

攦鷗風："顛風"和"（扶）搖風"的略語，即旋風。顛風：暴風；狂風。唐元稹《人道短》："顛風暴雨電雷狂，晴被陰暗，月奪日光。"宋陸游《夜宿陽山磯將曉大雨北風甚勁俄頃行三百餘里遂抵雁翅浦》："五更顛風吹急

---

① 陳子展：《雅頌選譯》，古典文學出版社1957年版，第175頁。

② （清）翟灝：《通俗編》（附《直語補正》），商務印書館1958年版，第14頁。

③ （宋）葉夢得：《避暑錄話》，中華書局1985年版，第94頁。

雨，倒海翻江洗殘暑。”扶搖風：旋風。《文選・江淹〈恨賦〉》：“搖風忽起，白日西匿。”《爾雅・釋天》：“扶搖謂之猋。”“猋”後寫作“飆”。“飆”爲“扶搖”二字的合音。民國二十八年《巴縣誌》卷五《禮俗・方言》：“人疾走曰儦，犬疾走曰猋，風疾曰飆。急讀曰飆，長言曰扶搖。”“扶搖”爲“旋風”。《漢書・揚雄傳上》：“風發飆拂，神騰鬼趚。”顏師古注：“飆，回風也。”宋胡仔《苕溪漁隱叢話前集》卷十二《杜少陵七》：“苕溪漁隱曰：‘老杜詩云：“六月曠搏扶”，案《莊子》：“搏扶搖而上者九萬里。”疏云：“搏，闢；扶搖，旋風也。”今云搏扶，亦是歇後語耳。’”① 又稱旋風爲“羊角”，古人取其形狀象羊角一樣盤旋向上，故稱。明程登吉《幼學瓊林》卷一《天文》：“旋風名爲羊角。”② 張岱《夜航船》卷一《天文部・羊角風》：“《莊子》：‘大鵬起於北溟，而徙南溟也，搏扶搖羊角而上者九萬里。’宋熙甯間，武城有旋風如羊角，拔木，官舍捲入雲中，人民墜地死。”③ 可見，“扶搖羊角”爲同義詞連用。綜上，《大詞典》(6/988) 釋“擷鵒風”爲“能使飛鵒擷跌的大風”，不妥。

（三十三）養和

《南史》：齊高帝賜明僧紹竹根如意，筍籜冠，隱者榮焉。唐李泌隱衡山，嘗取松樛枝以隱背，名曰“養和”。陸放翁詩云：“夭矯竹如意，鱗皴松養和。”（宋趙與虤《娛書堂詩話》卷下，見《歷代詩話續編》第498 頁）

按，养和：靠背椅的別名。“隱背”即爲“靠背”，“隱”有依靠、憑倚義。《集韻・稕韻》：“隱，據也。”引申爲“靠背椅”。明謝肇淛《五雜組》卷十二《物部四》：“按李泌以松膠枝隱背，謂之養和，後得知龍形者獻帝，四方爭効之。今吳中以枯木根作禪椅，蓋本於此。”④ 清張定鋆《三餘雜志》卷七《靠

---

① （宋）胡仔纂集，廖德明點校：《苕溪漁隱叢話前集》，人民文學出版社 1962 年版，第77 頁。
② （明）程登吉：《幼學瓊林》，北嶽文藝出版社 1995 年版，第 2 頁。
③ （明）張岱撰，劉耀林校注：《夜航船》，浙江古籍出版社 1987 年版，第 17 頁。
④ （明）謝肇淛：《五雜組》，中華書局 1959 年版，第 351 頁。

背靠枕》："隨園隨筆《宋史·輿物志》有靠背椅，卽《松陵集》之養和也。皮日休以五物送魏不琢，一曰烏龍養和，一曰桐廬養和，皆靠背也。李鄴侯采異木蟠枝以隱背，號曰養和。顏氏家訓曰：近日貴游子弟坐棋局子褥憑方絲隱囊，《繁露》以隱囊爲卽今之靠枕。"①

二、方俗詞義誤訓舉例辨析

（一）釋義錯誤

1. 黃帽

以此亦謂"水黃帽"，謂"雲炮車"，非邅征遠涉，不能知也。（宋黃徹《碧溪詩話》卷五，見《歷代詩話續編》第 370 頁）

按，黃氏言"黃帽"爲"水"，非，當爲"船夫"的代稱。《漢書·鄧通傳》："鄧通，蜀郡南安人也，以濯船为黃头郎。"顏師古注："濯船，能持濯行船也。土勝水，其色黃，故刺船之郎皆著黃帽，因號曰黃頭郎也。"唐杜甫《奉酬寇十侍御錫見寄四韻復寄寇》："南瞻按百越，黃帽待君偏。"清仇兆鰲《杜詩詳注》卷二十三："黃帽，指舟人。"②如宋蕭立之《第四橋二首》其一："黃帽牽船客自搖，水花壓岸送歸潮。"後又代稱船。如宋范成大《雪霽獨登南樓》："青簾閃閃千家靜，黃帽亭亭一水橫。"此詞，《漢語大詞典》未收。

2. 格是

樂天詩云："江州去日聽箏夜，白髮新生不願聞。如今格是頭成雪，彈到天明亦任君。"元微之詩云："隔是身如夢，頻來不爲名。憐君近南住，時得到山行。"格與隔二字義同。格是猶言已是也。（洪邁《容齋隨筆》卷二，見《宋人詩話外編》第 785 頁）

按，洪邁言"'格是'猶言已是"，恐非是。"格是"當釋爲"真是"。"格

---

① （清）張定鋆：《三餘雜誌》，《四庫未收書輯刊》（柒輯·拾伍冊），北京出版社 2000 年版，第 66—67 頁。

② （唐）杜甫著，（清）仇兆鰲注：《杜詩詳注》，中華書局 1979 年版，第 2066 頁。

是""隔是"又可寫作"隔事"。如《維摩詰經講經文》:"慈悲隔事相提挈,未委何方是道場?"① 又:"隔事莫辭子細說,萬生不敢忘深恩。"② 黃徵《〈變文字義待質錄〉考辨》曰:"'隔事'應同'隔是'、'格是'。"③ 又可寫作"個是"。如唐齊己《和鄭谷郎中看棋》:"個是仙家事,何人合用心。幾時終一局?萬木老千岑。"宋朱敦儒《朝中措·登臨何處自銷憂》:"個是一場春夢,長江不住東流。"魏耕原解釋爲"猶言此是、這是"④。非。"個是"在這裏應釋爲"真是",此義可以從"個"或"箇"義談起。清李調元《方言藻》卷下:"庚子山《鏡賦》:真成箇鏡特相宜。聶夷中詩:地底真成有劫灰。真成,猶云真箇。箇鏡之箇,猶云此也。"項楚言"真成,真是,六朝唐人俗語"⑤。如唐王昌齡《長信秋詞五首》其四:"真成薄命久尋思,夢見君王覺後疑。"故"真箇"猶言"真是"。如唐王維《酬黎居士淅川作》:"儂家真個去,公定隨儂否?"劉瑞明認爲"'個是'即'隔是'、'格是'的原形,故"'個是'之確義即'真是'"⑥。甚是。可見,"隔"、"格"都是"個"的同音借字。個:《字彙·人部》:"與箇同。"又可單言"個"表示"的確、真的"。如唐寒山詩:"俗薄真成薄,人心個不同。殷翁笑柳翁,柳翁笑殷翁。""真"與"個"相對成文,其義一也。而"個"之所以具有"真是"義,正是詞義沾染的結果。一般來說,"詞義的感染是有一定的規律可循的。在組合感染中最常見的是'形容詞＋名詞'的組合中,形容詞或名詞獲得整個詞組的意義"⑦。"真個"正是"形容詞＋名詞"的組合,故名詞"個"容易被感染,從而具有"真是"義。倒推過來,"格是"應釋爲"真是"。據此,《漢語大詞典》(4/994)釋"格是"爲"已是",當屬承此之誤。

---

① 周紹良主編:《全唐文新編》(第 4 部·第 5 冊),吉林文史出版社 2000 年版,第 11922 頁。
② 周紹良主編:《全唐文新編》(第 4 部·第 5 冊),吉林文史出版社 2000 年版,第 11923 頁。
③ 黃徵:《〈變文字義待質錄〉考辨》,《中國近代漢語研究》(第一輯),浙江大學漢語史研究中心,上海教育出版社 2000 年版,第 215 頁。
④ 魏耕原:《全唐詩語詞通釋》,中國社會科學出版社 2001 年版,第 120 頁。
⑤ 項楚:《王梵志詩校注》,上海古籍出版社 1991 年版,第 576 頁。
⑥ 劉瑞明:《"隔是、格是、個是"詞義解釋》,《辭書研究》1990 年第 6 期。
⑦ 伍鐵平:《詞義的感染》,《語文研究》1984 年第 3 期。

3. 皷子花

　　詩人以妓無顏色者謂之皷子花，皷子花，即米囊花也。王元之謫齊安郡，民物荒涼殊無況。嘗妓有不佳者，乃作詩曰："憶昔西都看牡丹，稍無顏色便心闌。而今寂寞山城裏，皷子花開亦喜歡。"張子野老于杭，多為官妓作詞而不及靚，靚獻詩云："天與群芳十樣葩，獨分顏色不堪誇。牡丹芍藥人題徧，自分身如皷子花。"子野於是作詞贈之。（《俞弁詩話》，見《明詩話全編》第 2522—2523 頁）

　　按，出自《山樵暇語》卷十。皷丨皷子花：蔓生，葉狹長，花紅或白或藍，形似皷，故稱。亦稱"牽牛子"。南宋嘉定《赤城志》卷三十六《風土門一·牽牛子》："有黑白二色，蔓生籬落間。一名皷子花，碧色。陶弘景云：'此藥始生野，人牽牛以易之，故名。'"又稱"旋花"。宋寇宗奭《本草衍義》卷八《旋花》："蔓生，今之河北、京西、關陝田野中甚多，最難鋤艾，治之又生。世又謂之皷子花，言其形肖也。四五月開花，亦有多葉者，其根寸截，置土下，頻灌溉，方涉旬，苗已生。《蜀本·圖經》是矣。"① 又稱"掛金燈"。明陳繼儒《重訂增補陶朱公致富奇書》卷二《竹葉蘭（附：掛金燈）》："掛金燈，一名皷子花，其花如拳不放，項慢如缸皷式，色微藍。昔有狀元佳對云：風吹不響鈴兒草，雨打無聲皷子花。"② 俗稱"纏枝牡丹"。李時珍《本草綱目》卷十八《草部七·旋花》："其花不作瓣狀，如軍中所吹皷子，故有旋花、皷子之名。一種千葉者，色似粉紅牡丹，俗呼爲纏枝牡丹。"③ 可追溯至《詩經》所言"葍"。清多隆阿《毛詩多識》卷九"我行其野，言采其葍"："葍名旋花，又名皷子花。"陳淏子《花鏡》卷五《藤蔓類考·皷子花》："皷子花，一名旋葍，又名纏枝牡丹。"④ 江藍生言："皷子花爲野花，又沒有絢麗的色彩，故又被用來喻稱容色不佳的妓女。"⑤ 其

---

① （宋）寇宗奭：《本草衍義》，《續修四庫全書》第 990 冊，第 29 頁。

② （楚）範蠡著，孫芝齋校勘點注：《致富全書》，河南科學技術出版社 1987 年版，第 109 頁。

③ （明）李時珍著，陈贵廷點校：《本草綱目》，中醫古籍出版社 1994 年版，第 543 頁。

④ （清）陳淏子輯，伊欽恒校注：《花鏡》，農業出版社 1962 年版，第 273 頁。

⑤ 江藍生：《近代漢語探源》，商務印書館 2000 年版，第 382 頁。

是。但"米囊花"不是"皷子花"的別名,而是"罌粟花"的異稱。清王士禛《居易錄》卷二十一:"按虞美人即鶯粟花,俗名'米囊',有千瓣五色,又名'滿園春'。"①"鶯粟花"即"罌粟花"。林華皖等《新樂縣舊志匯編·十一物產》:"米殼,《通志》:'俗名萵苣蓮,亦名罌粟。'《群芳譜》:'一名米囊花,一名禦米花,一名米殼花,其殼入藥。'"②關於"罌粟"的特徵,明李時珍《本草綱目》卷二十三《穀部二·罌子粟》有詳細記載:"秋種冬生,嫩苗作蔬食甚佳。葉如白苣,三四月抽臺結青苞,花開則苞脫。花凡四瓣,大如仰盞,罌在花中,須蕊裹之。花開三日即謝,而罌在莖頭,長一二寸,大如馬兜鈴,上有蓋,下有蒂,宛然如酒罌。中有白米極細,可煮粥和飯食。水研濾漿,同綠豆粉作腐食尤佳。亦可取油。其殼入藥甚多,而本草不載,乃知古人不用之也。江東人呼千葉者爲麗春花。或謂是罌粟別種,蓋亦不然。其花變態,本自不常。有白者、紅者、紫者、粉紅者、杏黃者、半紅者、半紫者、半白者。豔麗可愛,故曰麗春,又曰賽牡丹,曰錦被花。"③可見,從顏色和形狀來看,"米囊花"之特徵與"皷子花"確實不一樣,但依然有學者承襲俞弁之誤,得出"宋人尚淡雅而不喜濃豔,故將豔麗的米囊花形容姿容不佳的妓女"④之說。

4. 長樂花

蘇頲《將赴益州題小園壁》:"歲窮惟益老,春至却辭家。可惜東園樹,無人也作花。"宋璟、鄭惟忠俱有詩送之,亦絕句也。小許公有《長樂花賦》,即蜀之旌節花。(曹學佺《蜀中詩話》卷一,見《全明詩話》第 4101 頁)

按,長樂花:即月季,亦稱"紫華"。晉傅玄《紫華賦》序:"紫華,一名長樂華。舊生於蜀,其東界特饒,中國奇而種之。余嘉其華純耐久,可歷冬而服。"清道光《遵義府志》卷十七《物產·花類·長樂花》:"蘇頲《長樂花賦》:'莖丹外而縞,中葉縹分,以紅貫綴綠,穎之重疊索,紫蕤之爛

① (清)王士禛:《雜著》,《王士禛全集》(五),齊魯書社 2007 年版,第 4099 頁。
② 林華皖等:《新樂縣舊志彙編》,新樂縣誌辦公室編 1987 年版,第 48 頁。
③ (明)李時珍著,陈贵廷等點校:《本草綱目》,中醫古籍出版社 1994 年版,第 636 頁。
④ 曲義偉:《中國禁史》(第 13—24 冊),時代文藝出版社 2002 年版,第 5413 頁。

漫.'《益部談資》:'長樂枝葉皆如虎耳草，秋後叢生，盆盎間開，紫色小花，冬末轉盛，鮮麗可愛，居人獻歲以此爲餽，名曰時花.'"又名"月月紅"。明曹學佺《蜀中廣記》卷六十一《方物記·草》:"長樂花，今蜀人謂之月月紅。六朝謂之紫花。"由於此花花期早且延續時間長，故又稱"長春花""報春花"。元至順《鎮江志》卷四《土產·花》:"月季，類金沙而叢低，每月花一開，一名長春，又名月月紅。"清吳其濬《植物名實圖考》卷二十九《群芳類·報春花》:"報春花生雲南。鋪地生葉如小葵，一莖一葉。立春前抽細葶，發杈開小筩子五瓣粉紅花。瓣圓中有小缺，無心。"[①]但從形狀和顏色來看，"長樂花"非"旌節花"。《太平廣記》卷四百〇九《旌節花》引《黎州漢源縣圖經》:"黎州漢源縣有旌節花，去地三二尺，行行皆如旌節也。"《廣群芳譜》卷四十六《花譜》二十五《旌節花》:"[原]旌節花高四五尺，花小類茄花，俗訛錦茄兒，花節節對生，紅紫如錦。[增]《益部方物略記》修修華碧，皆層層而擢正，類使所持節然，故以名，見《益州圖經》。"[②]又卷五十六《花譜》三十二《旌節花》:"[增]《黃山志》旌節花色黃，幹似老藤，一枝綴敷十朵成串，下垂行行如旌節，故名。"[③]"旌節花"亦名"錦葵""蜀葵""荊葵""錢葵"。明田藝蘅《留青日札》卷三十三《文章草》:"余嘗有《遊仙詩》云:'旌節花開降西母，文章草熟醉東華。'旌節花，即錦葵，俗音訛作錦茄兒花，因其花小而類茄花也。高四五尺，節節對生，紅紫如錦。見《黎州圖經》。"[④]清吳其濬《植物名實圖考長編》卷三《蔬類·蜀葵》:"《廣要·爾雅》云:菺，戎葵。郭注云:今荊葵也，似葵紫色。謝氏云:小草多華少葉，葉又翹起。……故陸氏云:似蕪菁，花紫綠色，可食、微苦是也。"[⑤]民國二十二年《吳縣志》卷五十《輿地考·物產一·花之屬》:"錦葵，《爾雅》:菺，戎葵。注:'今荊葵也。'荊

---

① （清）吳其濬:《植物名實圖考》，《續修四庫全書》第 1118 冊，第 463 頁。

② （清）聖祖康熙帝敕撰:《廣群芳譜》，商務印書館 1935 年版，第 1123 頁。

③ （清）聖祖康熙帝敕撰:《廣群芳譜》，商務印書館 1935 年版，第 1263 頁。

④ （明）田藝蘅:《留青日札》，上海古籍出版社 1985 年版，第 1059—1060 頁。

⑤ （清）吳其濬:《植物名實圖考長編》，商務印書館 1959 年版，第 190 頁。

今沿誤作錦，一名旌節花，一名錢葵。叢生，葉如葵，莖長六七尺，花單瓣，小如錢，色粉紅，上有紫縷紋。”

（二）釋義片面

1.蛤

東坡《嶺南》詩有云“稻涼初吠蛤，柳老半書蟲。”注不知“蛤”為何物，近覽《嶺表錄異》云：“唐林藹為高州太守，有牧童牧牛，聞田中有蛤鳴，原注：嶺南呼蝦蟇為蛤。遂捕之。蛤跳入深穴，掘之乃蠻酋塚，蛤乃無蹤。而穴中得銅鼓，其旁多鑄蛙黽之狀，疑鳴蛤即鼓精也。東坡《嶺南》詩，即用嶺南事，豈淺學者可注耶！”（《楊慎詩話》，見《明詩話全編》第 2812 頁）

按，出自《升菴全集》卷八十一《吠蛤》①。“蛤”除了表示蚌蛤外，還指蝦蟆，如唐韓愈《初南食貽元十八協律》：“蛤即是蝦蟆，同實浪異名。”而“蝦蟆”又是青蛙和蟾蜍的統稱，在南方方言中，“蛤”則專指“蛙”。宋蘇頌《本草圖經·蟲魚下》卷十五《蛙》：“黑色者，南人呼為蛤子，食之至美，即今所謂之蛤，亦名水雞是也。閩、蜀、浙東人以為珍饌。”②“水雞”，亦名“田雞”，即“青蛙”，因活動於水田間且肉味如雞，故稱。明李時珍《本草綱目》卷四十二《蟲部四·蛙》：“蛙好鳴，其聲自呼。南人食之，呼為田雞，云肉味如雞也。”③清屈大均《廣東新語》卷二十三《介語·蛤》：“蛤，生田間，名田雞。”④徐文靖《管城碩記》卷二十八《楊升菴集》也明確提出“蛤”為“蛙”的異名：“蛙自名蛤，非蝦蟆也。”⑤南人稱“蛙”為“蛤”，得名於蛙聲。鄭昌時《韓江聞見錄》卷五“蚌殼彌勒香灰觀音”：“又蛙亦曰‘蛤’，東坡詩‘稻涼初吠蛤’，謂鳴蛙

---

① （明）楊慎：《升庵全集》，王雲五主編：《萬有文庫》第二集七百種，商務印書館 1937 年版，第 1075 頁。

② （宋）蘇頌編纂，尚志鈞輯校：《本草圖經》，安徽科學技術出版社 1994 年版，第 501 頁。

③ （明）李時珍著，陈贵廷等點校：《本草綱目》，中醫古籍出版社 1994 年版，第 987 頁。

④ （清）屈大均：《廣東新語》，中華書局 1985 年版，第 579 頁。

⑤ 徐文靖著，范祥雍點校：《管城碩記》，中華書局 1998 年版，第 516 頁。

也。蛙之蛤也，諧其聲。"①"陽江口語說蛤，習慣上指的是青蛙一類"②。綜上所述，東坡《嶺南》詩中的"蛤"，專指"蛙"。

2. 傖

　　山谷詩"此邦淡食傖"，按《賈誼傳》"國制搶攘"，搶音傖，吳人罵楚人曰："傖傖攘亂兒也。"晉《周處傳》"處子玘將卒謂子穌曰：'殺我者諸傖子，能復之乃吾子也。'"吳人謂中州人曰傖，故云耳。《南史》：宋孝武狎侮群臣，各自稱目，柳元景、桓護之並本人，而王玄謨獨受老傖之目。《南史》杜坦曰："臣本中華高族，直以南渡不早，便以傖荒見隔。"《世說·雅量門》云："昨有一傖父來寄亭中。"《晉陽秋》曰："吳人以中州人爲傖。"柳子厚詩："我今誤落千萬山，身同傖人不思還。"以上所說不同，故具列之，山谷豫章人也，而詆吉州人爲傖，蓋取傖荒之義，無分於南北也。（《史容詩話》，見《宋詩話全編》第 7380—7381 頁）

　　按，出自《山谷外集詩注》卷七《二月二日曉夢會於廬陵西齋作寄陳適用注》。傖：《廣韻》助庚切，崇母庚韻平聲。《正字通·人部》："傖，鄙賤之稱也。"《漢書·賈誼傳》："首尾衡決，國制搶攘。"顏師古注引晉灼曰："搶音傖，吳人罵楚人曰傖。傖攘，亂貌也。"晉灼讀"搶"爲"傖"，並釋"傖攘"爲"亂貌"，甚是。但云"吳人罵楚人曰傖"，將罵人之"傖"與聯綿詞"傖攘"混爲一談，則不當。一說"傖人"爲粗俗之人。近人余嘉錫分析了"傖"字的六個意義，提出"傖攘本釋亂貌，故凡目鄙野不文之人皆曰傖，原無地域之分"③。而至於吳人謂中州人曰傖或吳人罵楚人曰傖，都是屬"內外之分，門戶之見"④。一說"傖人"爲粗壯高大之人。章炳麟《新方言·釋言第二》："《晉陽秋》曰：'吳人謂中州人爲傖人，俗又謂江淮閒雜襍楚爲傖人，'

① （清）鄭昌時著，吳二持校注：《韓江聞見錄》，上海古籍出版社 1995 年版，第 162 頁。
② 許培棟：《陽江方言探源（二）》，陽江文史數據編輯部編：《陽江文史資料》，陽江縣縣誌辦公室出版 1984 年版，第 61 頁。
③ 餘嘉錫：《釋傖楚》，《余嘉錫文史論集》，嶽麓書社 1997 年版，第 210 頁。
④ 餘嘉錫：《釋傖楚》，《余嘉錫文史論集》，嶽麓書社 1997 年版，第 216 頁。

《一切經音義》引。尋《方言》：壯、將皆訓大，將、倉聲通。如樂聲將將、鳥獸蹌蹌是。
傖人猶言壯夫耳。昔陸機謂左思為傖父，蓋謂其粗勇也。今自鎮江而下至於
海濱，無賴相呼曰老傖。"① "傖"有粗大義，明人已言。李時珍《本草綱目》
卷四十八《禽部二·雞》："楚中一種傖雞，並高三四尺。"② 傖雞產於湖南、
湖北，以高大著稱，傖有大義，證明了章氏之說。

3. 髇兒

高崇文詩："那個髇兒射雁落。"鄙語呼人曰髇兒也。《北夢瑣言》。（胡
　震亨《唐音癸籤》卷十八，見《全明詩話》第 3723 頁）

按，此抄自宋孫光憲《北夢瑣言》卷七《高崇文相國詠雪》："渤海鄙言，
多呼人為髇儿，恐是'姣'字。"③ 胡震亨亦承襲此解。孫氏認為"髇"是借字，是。
但言"姣"是"髇"的本字則不妥。髇：《集韻·爻韻》："髇，鳴鏑也。或作
髇。"髇：《廣韻》許交切，曉母肴韻平聲。姣：《廣韻》舉喬切，見母宵韻平聲。
又巨姣切，居夭切。《說文·女部新附》："姣，姿也。""姣"與"髇"同為效攝，
聲母為旁紐，音近可通，但"姿態嫵媚可愛"義放之高崇文詩則不通。實際
上，這裏"髇"的本字當作"嬌"。清翟灝《通俗編》卷十八《稱謂·髇兒》："《玉
篇》有嬌字，渠堯切，引《埤蒼》云：不知是誰也。髇當是嬌之借字。"④ 嬌：
《廣韻》渠遙切，群母宵韻平聲。"嬌"與"髇"音近可通。《廣雅·釋言》："嬌，
諫也。"王念孫疏證："《方言》：'諫，不知也。沅澧之間，凡相問而不知答曰
諫。'"⑤ "髇儿"即不知是誰。故《漢語大詞典》（12/409）於"髇兒"下言"亦
作'髇兒'。猶家伙（指人）"，不盡確。

4. 不借

孫少魏東臯錄荊公詩："窗明兩不借，榻淨一籧篨。"《古今注》云：

---

① 章炳麟：《新方言》，《章氏叢書》第 7 冊，江蘇廣陵古籍刻印社翻浙江圖書館本 1981 年版，
　第 39 頁。
② 李時珍著，陈贵廷等點校：《本草綱目》，中醫古籍出版社 1994 年版，第 1077 頁。
③ 朱易安、傅璇琮主編：《全宋筆記》（第一編·一），大象出版社 2003 年版，第 94 頁。
④ （清）翟灝：《通俗編》（附《直語補正》），商務印書館 1958 年版，第 405 頁。
⑤ （清）王念孫著，鐘宇訊點校：《廣雅疏證》，中華書局 1983 年版，第 146 頁。

"漢文履不借以視朝。"《齊民要術》云："冬月令民作不借。不借，草履
也。"余考《中華古今注》云："不借，草履也。以其輕賤易得，故人人
自有，不假借也。"然則循名以考實，其義可信。及觀揚雄《方言》，乃
云"絲作者曰不借"，此由何耶？（吳曾《能改齋漫錄》卷四，見《宋
人詩話外編》第 617—618 頁）

　　按，從上述材料可知，草履、絲履，皆可言"不借"。但清俞正燮認爲
"不借"不能說是草、麻、革、韋、絲所製鞋的專名，而是泛指一種"薄底
鞋"，其特點是有鞋帶、鞋底薄，讀若"薄藉"。《癸巳存稿》卷十《不借》："《周
官・弁師》注云：'璪，讀如薄借綦之綦。'《儀禮・喪服》'繩菲'注云：'今
時不借也。'疏云：'周時謂之屨，子夏時謂之菲，漢時謂之不借。凶荼屨不
得從人借，亦不得借也。'《釋名》云：'齊人謂韋履爲菲。以皮作之，亦曰
不借。言賤易有，宜各自蓄之，不假借於人也。齊人曰搏腊。'是皮履。《方
言》云：'絲作者謂之屨，麻作者謂之不借。'《急就章》'裳韋不借爲牧人'，
顏師古注云：'小屨也，以麻爲之。'是麻履。崔豹《古今注》云：'不借，草
履也。漢文帝履不借視朝。'是草履。三說不同。按，《東方朔傳》云：'孝
文皇帝足履革舄。'注，顏師古云：'革，生皮也。革舄不用柔韋，言儉率。'
《貢禹傳》云：'孝文皇帝衣綈履革。'《揚雄傳》云：'綈衣不敝，革鞜不穿。'
蓋天子本有皮履，漢文不求精麗，臣下以不借目之。謂是草履，不近情也。
《鹽鐵論・散不足》云：'古者庶人鹿菲草芰，縮絲尚韋。後則綦下不借，鞈、
鞮、革舄。今富者革中名工，縱裹紃下，越端縱緣。中者鄉里間作，而婢妾
韋沓絲履。'依此，則不借非草、非革、非韋、非絲之專名，四者皆可名之。
義音通薄藉。有綦而且薄，今之薄底鞋耳。"[1]"不借"有多種書寫形式，《釋
名・釋衣服》："齊人云搏腊，搏腊猶把作，麤兒也。"清王先謙《釋名疏證
補》卷五引畢沅疏證："搏腊猶言不借，聲少異爾。……一本作把鮓，當亦
音之轉。"[2] 可見，"不借""搏腊""薄借""薄藉""把作""把鮓"乃一聲之

① （清）俞正燮：《癸巳存稿》，遼寧教育出版社 2003 年版，第 293—294 頁。
② （清）王先謙：《釋名疏證補》，王雲五主編《萬有文庫》第二集七百種，商務印書館
　　1937 年版，第 260 頁。

轉。蔣禮鴻進一步言"從昔從乍得聲之字古音同在魚部"①，故可通用。故吳曾引《中華古今注》言"不借"爲"不假借也"，純屬望文生訓。但後人仍承襲此誤，言不假借於人之日常家物皆可言"不借"。宋吳聿《觀林詩話》言："未嫁女所服。一曰不借，常所服御，而人皆易有者，皆可謂之不借，不獨屨也。"② 姜亮夫《昭通方言疏證·釋詞》卷一《不借》："則不借者，自有日用家常物。"③ 綜上，《大詞典》（1/435）釋"不借"爲"草鞋。絲制者稱履，麻制者稱不借"，不妥。

5. 歡

余生長澤國，每聞舟子呼造帆曰歡，以牽船之索曰彈平聲子，稱使風之帆爲去聲，意謂吳諺耳。及觀唐樂府有詩云："蒲帆猶未織，爭得一歡成。"（周密《齊東野語》卷二十，見《宋人詩話外編》第 1480 頁）

按，周密言"造帆曰歡"，可以有三種理解：一說"歡"爲"帆"之諱稱。宋陸容《菽園雜記》卷一："民間俗諱，各處有之，而吳中爲甚。如舟行諱'住'、諱'翻'……此皆俚俗可笑處，今士大夫亦有犯俗稱'快兒'者。"④ 因舟人諱"翻"，而"帆"又與"翻"音同，故言"歡"。一說"歡"爲量詞。李惠昌《漢語音變轉生詞試論》提出"'帆'應爲蒲帆的量詞"，"'呼造帆'後可能脫'之量'二字，補足此二字，則同後面的'以牽船之索'、'稱使風之帆'結構對稱"⑤。"歡"的確可以作爲量詞。《蕉嶺縣志》第二十七編《社會風土·方言》："蕉嶺話稱被、席的單位爲'歡'[cfən]，一歡被（席），稱蚊帳爲'一頂帳'，也是古語。《樂府》詩云：'蒲凡猶未織，爭得一歡成。'可見，古時視一張被（席）爲一歡。"⑥ 但"量"作爲語法術語"量詞"的省稱，《漢語大字典》沒有舉出文獻用例，這至少說明，在陸龜蒙時，"量"不可能

---

① 蔣禮鴻：《懷任齋文集·〈廣雅疏證〉補義》，吳熊和主編：《蔣禮鴻集》（第四卷），浙江教育出版社 2001 年版，第 31 頁。

② 丁福保：《歷代詩話續編》，中華書局 1983 年版，第 120 頁。

③ 姜亮夫：《姜亮夫全集》（十六），雲南人民出版社 2002 年版，第 19 頁。

④ （明）陸容撰，佚之點校：《菽園雜記》，中華書局 1985 年版，第 8 頁。

⑤ 李惠昌：《漢語音變轉生詞試論》，《汕頭大學學報》（人文科學版）1993 年第 4 期。

⑥ 蕉嶺縣地方誌編纂委員會：《蕉嶺縣誌》，廣東人民出版社 1992 年版，第 642 頁。

具有“量詞”義。按照李惠昌的思路，“舟子呼造帆曰歡”未嘗不可說成是“舟子呼造帆之人曰歡”，即“婦人”義，這就是對“歡”的第三種理解。宋吳曾《能改齋漫錄》卷一《事始·歡稱婦人》：“晉吳聲歌曲，多以‘儂’對‘歡’，詳其詞意，則‘歡’乃婦人，‘儂’乃男子耳。然至今吳人稱儂者，唯見男子，以是知歡爲婦人必矣。懊儂歌云：‘潭如陌上鼓，許是儂歡歸。’又云：‘我與歡相憐。’又云：‘我有一所歡，安在深閨裏。’又華山畿云：‘歡若見憐時，棺木爲儂開。’又讀曲歌云：‘思歡久，不愛獨枝蓮，只惜同心藕。’又云：‘憐歡敢喚名，念歡不呼字。連喚歡複歡，兩誓不相棄。’予後讀通典，見序常林歡云：‘江南謂情人爲歡。’然後始恨讀書之寡。”①

　　經分析，“歡”在陸龜蒙《山陽燕中郊樂錄》“淮水能無雨，回頭總是晴。蒲帆渾未織，爭得一歡成”一詩中理解爲“婦人”，更能表達此詩的含義，且從辭例來看：宋洪邁《容齋隨筆》卷十六《樂府詩引喻》以此詩爲例，“引喻”即“雙關”。“回頭總是晴”中的“晴”諧音“情”，據此，釋“爭得一歡成”中的“歡”字爲婦人，上下銜接更爲緊密。

　　6. 石尤風

　　《石尤風》郎士元《留盧秦卿詩》云：“無將故人酒，不及石尤風。”石尤風，打頭遂風也。《正陽》云：古樂府《宋武帝歌》：“願作石尤風，四面斷行旅。”似非打頭風也。麟按用修解本洪氏《隨筆》，云石尤風不知其義，意打頭逆風也。唐人好用之。陳子昂《苦風》云：“寧知巴峽路，辛苦石尤風。”戴叔倫《送人》云：“知君未得去，慚愧石尤風。”據唐人諸詩，則以爲打頭風，似無不可。律以晦伯所引，當是巨颶狂飆之類。今江湖間飄風驟起，揚沙折檣，則往來之舟，俱繫纜不行。周人所謂大風三，小風七，余過淮徐間，往往遇之。唐人語咸出六朝，當以宋武歌爲據，其云“四面斷行旅”，正指此也。以此意解唐人詩，亦無不通。若以爲打頭風，則固有可行者矣，安得尚有“四面斷行旅”之說哉？又按此詩，《容齋隨筆》，作司空曙，諸家皆同。楊作士元誤。《困

---

① （宋）吳曾：《能改齋漫錄》，上海古籍出版社 1960 年版，第 6—7 頁。

學紀聞》云:《容齋五筆》,石尤風引陳子昂、戴叔倫詩,意其為打頭風也。李義山詩作石郵,"來風佇石郵。"楊文公詩亦作郵,"石郵風惡客心愁。"以上俱王伯厚說。余謂石尤之尤,作郵字殊勝。近以用修拈出,琅琊伯仲亦多用之。然俱以為逆風耳。余作六朝小樂府云:"惱懷青絲笮,凌晨只欲開。狂風趁心起,四面石尤來。"蓋用宋武歌中意。第尚從舊尤字。近得此,忻然附錄,以貽同好云。(《胡應麟詩話》,見《明詩話全編》第 5784—5785 頁)

按,出自《少室山房筆叢》卷二十六《藝林學山八·石尤風》①。據《全唐詩》,"無將故人酒,不及石尤風"出自唐司空曙《留盧秦卿》一詩,而非郎士元詩。"石尤風"一詞最早見於南朝宋孝武帝《丁督護歌五首》其四:"願作石尤風,四面斷行旅。"宋洪邁、王應麟等學者都將"石尤風"釋爲"打頭風、逆風",但清吳景旭《歷代詩話》卷七十三癸集二《礙車颮母》引明陳晦伯《正陽》云:"古樂府宋武帝歌:'願作石尤風,四面斷行旅。'似非打頭風。"此說始見於南朝宋沈懷遠《南越志》:"熙安間多颶風。颶者,具四方之風也。一曰懼風,言怖懼也。常以六、七月興,未至時三日,雞犬爲之不鳴。大者或至七日,小者一、二日,外國以爲黑風。"②據此,明胡震亨提出"石尤風"當是颶風③。清吳景旭持相同觀點。《歷代詩話》卷七十三癸集二《礙車颮母》:"余據陳、胡之言,正合具四面風之義,愈知石尤之爲颶風類矣。"但此說也存在問題。明楊慎《秋林伐山》卷二《颶風》:"《嶺表錄》云:'颶風之作多在初秋,過白露,雖作不猛矣。'《南越志》:'颶母卽孟婆。春夏間有暈如虹是已,則以虹爲颶母爾。'凡此風作先一二日,片雲漫空疾飛。……《說文》從具。謂具,四方之風,蓋北人不知南方之候,誤以貝爲具也。"④"颶"當作"颮"。《六書故·動物四》:"颮,補妹切。海之災風也。俗書誤作颶。"《正字通·風部》;"颶字即颮字之訛。"一說"颶"乃"暴"之聲轉。清梁章鉅《浪

① (明)胡應麟:《少室山房筆叢》,上海書店 2001 年版,第 255—256 頁。

② 駱偉、駱廷輯注:《嶺南古代方志輯佚》,廣東人民出版社 2002 年版,第 159 頁。

③ (明)胡震亨:《唐音癸籤》,古典文學出版社 1957 年版,第 143 頁。

④ (明)楊慎:《秋林伐山》,商務印書館《叢書集成初編》本,1936 年版,第 10 頁。

跡續談》卷五《颶風》："吾閩人呼颶爲暴，其音相轉。"①陳夢雷《職方典九·肇慶府·風俗考》："自西北隨雨暴集者，謂之石尤風，物忌之。"② 可見"石尤風"爲"暴風"。一說"石尤"乃是"愁"字的切音。清朱亦棟《群書札記》卷十五《石尤風》："竊疑'石尤'二字，乃'愁'字切音，謂客行遇逆風則愁也。《琅嬛記》造爲尤郎石女事，妄矣。"③石：《廣韻》常隻切，禪母昔韻入聲。尤：《廣韻》羽求切，云母尤韻平聲。愁：《廣韻》士尤切，崇母尤韻平聲。愁字是取自石的聲母，尤的韻母結合而成。相比之下，後兩種說法，能從語音上探究，較爲科學，但從意義上看，"暴風"說，則更加妥當。

（三）釋義與書證不符

1.泥

　　俗謂柔言索物曰泥，乃計切，諺所謂軟纏也。杜子美詩"忽忽窮愁泥殺人"，元微之《憶內》詩"顧我無衣搜畫匣，泥他沽酒拔金釵"，《非煙傳》詩曰"郎心應似琴心怨，脈脈春情更泥誰"，楊乘詩"畫泥琴聲夜泥書"，元鄧文原《贈妓》詩"銀燈影裏泥人嬌"，劉耆卿詞"泥歡邀寵最難禁"。（明楊愼《升菴詩話》卷六，見《歷代詩話續編》第 748—749 頁）

按，楊氏所引的書證可分爲三個義項：其一爲"軟纏"義。如唐元稹《遣悲懷三首》其一："顧我無衣搜藎篋，泥他沽酒拔金釵。"顧敻《浣溪沙八首》其八："記得泥人微斂黛，無言斜倚小書樓。"李如龍言"'泥'的這種用法見於今福州話，音 [cnɛ]"④。此外，這種用法又見於"西南官話""吳語"等，詳見《方言大詞典》"泥"條⑤。其二爲"膠纏"義。如唐杜甫《冬至》："年年至日長爲客，忽忽窮愁泥殺人。"其三爲"沉湎"、"迷戀"義。如唐楊乘《榜

---

① （清）梁章鉅撰，陈铁民點校：《浪跡叢談續談三談》，中華書局 1981 年版，第 344 頁。
② 陳夢雷編：《古今圖書集成·職方典九》，鼎文書局，第 12347 頁。
③ （清）朱亦棟：《群書札記》，《續修四庫全書》第 1155 冊，第 203 頁。
④ 李如龍：《福建方言》，福建人民出版社 1997 年版，第 38 頁。
⑤ 許寶華、宮田一郎：《漢語方言大詞典》，中華書局 1999 年版，第 3658 頁。

句》：“自憐乖拙兩何如，晝泥琴聲夜泥書。”步非煙《答趙子》：“郎心應似琴心怨，脈脈春情更泥誰。”

2. 舉舉

韓退之《送陸暢》：“舉舉江南子。”方崧卿云：唐人以人有舉止者爲舉舉。遜叟。（胡震亨《唐音癸籤》卷二十四，見《全明詩話》第 3764 頁）

按，南宋方崧卿《韓集舉正》云：“唐人以舉止端麗爲舉舉。孟東野詩（《宿空姪院寄澹公》）有‘茗椀華舉舉。’《北里志》有‘名娼鄭舉舉。’”① 清孫鏘鳴進一步言“舉舉”：“蓋即楚楚之謂。”② 但童第德《韓集校詮》卷五提出：“茗椀華舉舉，與上句雪篸晴滴滴相對，是舉舉爲屢舉不一舉之義，非謂茗椀之麗，方氏誤引。”③ 陳貽焮注孟郊《宿空佺院寄澹公》詩中“華舉舉”言：“指茶水中有泡沫漂浮。全詩校：‘一作乳華舉’。”④ 可見孟郊“茗椀華舉舉”中的“舉”是“漂浮”義，故方崧卿引例與釋義不符。新體評注《歷代駢文菁華》注清彭兆蓀《黃孝子贊》“懇懇賢裔”一句中的“懇懇”一詞，引韓愈詩作“懇懇江南子”⑤。舉：《廣韻》居許切，見母語韻上聲。懇：《廣韻》有二音：余呂切，以母語韻上聲。又以諸切，以母魚韻平聲。二字聲母爲鄰紐，韻部相同。故音形並近易形成異文。清方成珪《韓集箋正》卷二言：“《守典·心部》：懇音與，引《說文》云：趨步懇懇也，从心與聲，韓詩‘懇懇江南子’，俗本訛作‘舉舉’。按：此論前人所未發，故敬錄之。懇又音余。《廣韻》恭敬。《集韻》行步安舒也。字又作‘懙’，同《漢書·敘傳下》‘長倩懙懙’，蘇林訓同《集韻》。”⑥ 童第德《韓集校詮》認爲“舉”爲“懇”之借字，而非訛字 ⑦。“懇”有二音，音隨義變。作上聲時，釋爲“行步安詳貌”。

---

① 屈守元、常思春主編：《韓愈全集校注》（2），四川大學出版社 1996 年版，第 574 頁。

② （清）孫鏘鳴撰，胡珠生編注：《孫鏘鳴集》（下），上海社會科學院出版社 2003 年版，第 447 頁。

③ 童第德：《韓集校詮》，中華書局 1986 年版，第 185 頁。

④ 陳貽焮主編：《增訂注釋全唐詩》（第二冊），文化藝術出版社 2001 年版，第 1810 頁。

⑤ 新體評注：《歷代駢文菁華》，大東書局 1931 年版，第 74 頁。

⑥ （清）方成珪：《韓集箋正》，《續修四庫全書》第 1310 冊，第 598 頁。

⑦ 童第德：《韓集校詮》，中華書局 1986 年版，第 184—185 頁。

《說文·心部》：“趣步憩憩也。”段玉裁注：“趣，疾走也。趣步憩憩，謂疾而舒也。”作平聲時，釋爲“恭敬貌”。《廣韻·魚韻》：“憩，恭敬。”從韓愈詩的詩律規則來看，“睪”當爲仄聲，故“睪睪”釋爲“行步安詳貌”，本字當爲“憩憩”。“睪睪”一詞，《大詞典》未收。

3. 罷亞

> “罷亞”二字，稻之態，非稻名也。《登玲瓏山》詩“翠浪舞翻紅罷亞，白雲穿破碧玲瓏”，又《答任師中家漢公》詩“罷亞百頃稻，雍容千年儲”，皆用虛字對。（黃震《黃氏日鈔》卷六十二，見《宋人詩話外編》第 1420 頁）

按，此段文字存在三個問題：其一：“稻之態”義不明確。其二：“皆用虛字對”說有誤。“碧玲瓏”當爲實詞，是“碧綠、玲瓏剔透的異石之美稱”[1]。如宋蘇軾《壺中九華詩》：“念我仇池太孤絕，百金歸買碧玲瓏。”其三：釋義與書證不符。據第二點，《登玲瓏山》詩中的“罷亞”一詞，當是實詞，指稻穀，“‘紅罷亞’是因米粒紅色而得名的‘紅稻’”[2]。“罷亞”是一個疊韻聯綿詞，又作“穤稏”、“䅟稏”。《集韻·禡韻》：“穤，穤稏，稻也。或从巴。”如唐韋莊《稻田》：“綠波春浪滿前陂，極目連雲穤稏肥。”宋袁世弼《題百尺山》：“瓊田收䅟稏，玉溜注琅玕。”“稻之態”有二義，一義爲“稻搖動貌”。《正字通·禾部》：“穤，穤稏，稻搖動貌。”如宋裘萬頃《雨後》：“新香浮穤稏，餘潤溢潺湲。”一義爲“稻多貌”。明王志堅《表異錄》卷八《植物部一蔬穀類》：“罷亞，稻多貌。”[3] 如唐杜牧《郡齋獨酌》：“罷亞百頃稻，西風吹半黃。”明李詡《戒庵老人漫筆》卷五《穤稏䙋矮》進一步探討了“穤稏”一詞的得名理據：“穤稏，杜牧之詩作罷亞，注云稻名。䙋矮，黃魯直詩注引《玉篇注》曰：䙋，短也；矮，不長也。又《春官》附音注：䙋䧫，上皮買反，下苦買反。《方言》：桂林之間謂人短爲䙋䧫。䧫正作矮字呼也。”[4] 穤：《集韻》步化切，並母禡韻

① 華夫主編：《中國古代名物大典》（上冊），濟南出版社 1993 年版，第 210 頁。

② 錢鍾書：《七綴集》，生活·讀書·新知三聯書店 2002 年版，第 40 頁。

③ （明）王志堅：《表異錄》，商務印書館《叢書集成初編》本，1937 年版，第 63 頁。

④ （明）李詡撰，魏連科點校：《戒庵老人漫筆》，中華書局 1982 年版，第 205 頁。

去聲。稏：《廣韻》衣嫁切，影母禡韻去聲。矲：《廣韻》薄蟹切（即皮買反）並母蟹韻上聲。雉：《集韻》口骇切（即苦買反），溪母骇韻上聲。"稬"與"矲"聲母相同，韻部旁轉可通。"稏"與"雉"同理。蔣禮鴻與李詡持相同觀點，也認爲"稬稏義本謂搖擺低垂"，"蓋稬稏爲稻，本由性狀體態轉而得名，又由凡稻轉爲特種之稻，此詞義轉移之恒律"①。但提出構詞理據是來自於稏的聲符亞，而亞有低義，故稱。不當。因爲按照蔣先生的說法，似乎稬稏表示低垂之態，也可以從"罷"說起，"罷"常與"疲"通用。《廣雅·釋詁一》："罷，勞也。"王念孫疏證："罷與疲同。"② 低垂之態當然也可以從疲憊引申出來，故將"罷亞"一詞拆開後，其字義與該詞本身的意思都有聯繫，這不符合"罷亞"作爲聯綿詞的特點。所以，李詡的意見較爲妥當。

4.么麼

　　韓退之《寄崔立之》詩云："乃令千里鯨，么麼微螽斯。"洪慶善曰："麼，亡果切，么麼，細小貌。班彪曰：'么麼不及數子。'"余按，《通俗文》曰："不長曰么，細小曰麼，莫可切。"然洪以細小兼論么麼，非矣。《鶡冠子》曰："無道之君，任用么麼，動則煩濁。有道之君，任用雄傑，動則明白。"（吳曾《能改齋漫錄》卷七，見《宋人詩話外編》第 658 頁）

　　按，么：《改並五音類聚四聲篇海》引《俗字背篇》伊雕切，同"幺"。《古今韻會舉要·二蕭與宵通》："幺，……今俗作么。"《說文·么部》："么，小也，象子初生之形。"麼：《廣雅·釋詁二》："小也。"《字鑑·果韻》："《說文》：'細也。'俗作麼。""么麼"二字連用，最早見於《鶡冠子·道端》："無道之君，任用么麼，動則煩濁；有道之君，任用雄傑，動則明白。"這裏"么麼"表示小人、壞人。又可作"細小"義，如晉孔衍《春秋後語》："向未聞孟嘗君之名，將謂是魁梧之士，此乃么麼丈夫耳。"唐韓愈《寄崔二十六立之》："乃令千里鯨，么麼微螽斯。"又可表示"社會地位低微的人"。如《三國志·吳志·孫權傳》："而叡么麼，尋丕兇蹟，阻兵盜土，未伏厥誅。"從字形來看，"么麼"

---

① 蔣禮鴻：《義府續貂》，《蔣禮鴻集》（第二卷），浙江教育出版社 2001 年版，第 105 頁。
② （清）王念孫著，鐘宇訊點校：《廣雅疏證》，中華書局 1983 年版，第 32 頁。

又可寫作"要靡"、"幺魔"、"么魔"。《商君書·夜戰》："是故豪傑皆可變業，務學《詩》《書》，隨從外權，上可以得顯，下可以求官爵；要靡事商賈，爲技藝，皆以避農戰。"高亨注："或說：'要靡當讀爲么麽。'"宋范成大《嘲蚊》："肖翹極么魔，块圠累闐翁。"清蒲松齡《聊齋志異·崔猛》："緣橦飛人，翦禽獸於深閨；斷路夾攻，蕩幺魔於隘谷。""么麽"一詞，《漢語大詞典》未收。

第二節　歷史詞的詞義研究

這裏所說的"歷史詞"是"指表示歷史事物的詞。詞所表示的事物已經在社會生活中消失了"①。相對於前文所說的方俗詞而言，較爲典雅，"在一般交際中不使用，在敘述歷史事物或現象時，纔使用它們"②。

一、方響

　　司空圖詩："曲塘春盡雨，方響夜深船。"方響，今世多不識。李允《方響歌》："十六葉中浸素光，寒玲震月雜佩璫。"《樂書》云："梁有銅磬，蓋今方響之類也。"方響以鐵爲之，修八寸，廣二寸，圓上方下，架如磬而不設業，倚於架上，以代鐘磬，人間所用纔三四寸。後周《正樂》載："西涼清樂，方響一架十六枚，具黃鐘大呂二均聲。"（《楊慎詩話》，見《明詩話全編》第 2747 頁）

按，上文出自《升菴全集》卷四十四《方響》③。方響：古代的一種打擊樂器。此詞出現於南北朝梁代。宋高承《事物紀原》卷二《方響》："《通典》曰：梁有銅磬，則今方響也；方響，以鐵爲之，以代磬。《唐書·禮樂志》

---

① 王振昆、謝文慶：《語言學教程》，外語教學與研究出版社 1998 年版，第 106 頁。
② 黃伯榮、廖序東：《現代漢語》（增訂四版），高等教育出版社 2007 年版，第 261 頁。
③ （明）楊慎：《升庵全集》，王雲五主編：《萬有文庫》第二集七百種，商務印書館 1937 年版，第 447 頁。

曰：方響體以應石。審此則是出於編磬之制，而梁始爲之者也。"① 方響多以鐵製，故又名"鐵響"。沈括《補筆談》卷上《補第七卷十件》："唯方響皆是古器。鐵性易縮，時加磨瑩，鐵愈薄而聲愈下。"②《元史·禮樂志·宴樂之器》："方響，製以鐵，十六枚，懸於磬，小角槌二。廷中設，下施小交足几，黃羅銷金衣。"清徐珂《清稗類鈔·音樂類·方響》："長方片十六枚，質爲鋼，共懸一架爲斜倚之。亦以厚薄分清濁，應十二正律四倍律，以小鋼鎚擊之。"③ 江藩學《樂縣考》卷上："後周時，西涼清樂方響一架十六枚，以鐵爲之，亦名鐵響。"④ 方響，除了有鐵製外，還有玉方響、銅方響。《太平廣記》卷二百四十《沈阿翹》："（文宗時宮人沈阿翹）進白玉方響……上因令阿翹奏《涼州曲》，音韻清越，聽者無不滄然。上謂之曰：'天上樂。'"明王錡《寓圃雜記》卷七《余家方響》："余家相傳白玉十二片，長可七寸，闊可三寸，厚七分有奇，其製若圭而圓其首，首下有二竅，可貫一丁，旁刻五首之屬，乃古篆文，填以朱砂，刻深而底平。余幼時，常懸而擊之爲戲，其聲泠然而清。先兄坦齋謂曰：此'方響'也。後被焚，亡於瓦礫中矣。今考'方響'以銅爲之，此或古之編磬而異其制，因記以問博古者。"⑤ 牛龍菲認爲"後世之銅響、鐵響、皆是由此而來"⑥。這裏所說的"此"即"白玉方響"。

二、叵羅⑦

東坡詩："歸來笛聲滿山谷，明月正照金叵羅。"按，《北史》：祖珽

---

① （宋）高承撰，（明）李果訂：《事物紀原》，商務印書館《叢書集成初編》本，1937 年版，第 71 頁。

② 沈括：《補筆談》，《景印文淵閣四庫全書》第 862 冊，第 866 頁。

③ （清）徐珂：《清稗類鈔》，中華書局 1986 年版，第 4957 頁。

④ 江藩學：《樂縣考》，《叢書集成新編》第 53 冊，新文豐出版公司，第 607 頁。

⑤ （明）王錡撰，張德信點校：《寓圃雜記》，中華書局 1984 年版，第 59 頁。

⑥ 牛龍菲：《古樂發隱》（嘉峪關魏晉墓室磚畫樂器考證新一版），甘肅人民出版社 1985 年版，第 69 頁。

⑦ 本條的分析參考筆者《再說"叵羅"》，《漢語史研究集刊》（第十六輯），巴蜀書社 2013 年版，第 392—394 頁。

盜神武金叵羅，蓋酒器也。韓子蒼詩云："勸我春風金叵羅。"（吳曾《能改齋漫錄》卷六，見《宋人詩話外編》第 651 頁）

《漫錄》曰：東坡詩："歸來笛聲滿山谷，明月正照金叵羅。"案《北史》："祖珽盜神武金叵羅。"蓋酒器也。韓子蒼詩亦曰："勸我春風金叵羅。"僕謂金叵羅入詩中用，已見李太白矣。不但蘇韓二公也。雖知金叵羅爲酒器，然觀祖珽盜金叵羅置髻上，髻上豈可以置酒器乎？黃朝英亦有是疑。（王楙《野客叢書》卷十四，見《宋人詩話外編》第 1077 頁）

《邵氏聞見錄》有"叵羅"，不知何物。考證：案"叵羅"，酒器也。見《北史·祖珽傳》，又李白詩、岑參詩。此似未考。葉文定公《端午》詩云："立瓶叵羅銀價踴。"是直以沙羅爲叵羅，沙羅者，今之盥，古之洗。當俟博古者。（陳叔方《潁川語小》卷下，見《宋人詩話外編》第 1203 頁）

按，明周祈《名義考》卷十一《物部·母母爪剌屈膝叵羅母音謨》與宋吳曾持相同意見，都認爲是一種酒器："京師人謂……柳斗曰頗羅。……頗羅爲叵羅。李白詩'蒲萄美酒金叵羅'，謂金酒斝也。叵羅本柳斗，斝刻文似柳斗，故名叵羅。"[①] 但黃朝英、王楙等人卻表示懷疑，因此又有學者提出"叵羅"爲一種盥洗用具。如宋陳叔方就言"沙羅爲叵羅"。沙羅，亦作"沙鑼"、"廝鑼"。趙彥衛《雲麓漫鈔》卷九："今人呼洗爲沙鑼，又曰廝鑼。國朝賜契丹、西夏使人，皆用此語。究其說，軍行不暇持洗，以鑼代之。又中原人以擊鑼爲篩鑼，今南方亦有言之者。篩、沙音相近；篩之爲廝，又小轉也。書傳目養馬者爲廝，以所執之鑼爲洗曰廝鑼。軍中以鑼爲洗，正如秦漢用刁斗可以警夜，又可以炊飯，取其便耳。"[②] 此說非。宋邵博《邵氏聞見後錄》卷八："其著作郎祖珽，有文學，多技藝，而疏率無行。嘗因宴失金叵羅，於珽髻上得之。今世以洗爲叵羅，若果爲洗，豈可置之髻上？未識叵羅果爲何物也。"[③] 然而提出疑問的這些宋代學者，都未給出結論。今人王鍈認爲"'叵羅'之與'鑿落'，語音上似有某種聯繫，疑二

---

① （明）周祈：《名義考》，《景印文淵閣四庫全書》第 856 冊，第 432 頁。
② （宋）趙彥衛撰，傅根清點校：《雲麓漫鈔》，中華書局 1996 年版，第 148 頁。
③ （宋）邵博撰，李德權等點校：《邵氏聞見後錄》，中華書局 1983 年版，第 62 頁。

者或即同出一源，都是某一方言或某一外族語言的譯寫"①。甚是，但得出是"一種敞口的淺杯"，則不盡善。"叵羅"，西域語音譯。唐李白《對酒》："蒲萄酒，金叵羅，吳姬十五細馬馱。"瞿蛻園、朱金城校注："叵羅，胡語酒杯也。《舊唐書·高宗紀》作頗羅。"又作"錯落""不落""鑿絡""不洛"。前蜀韋莊《病中聞相府夜宴戲贈集賢盧學士》："花裏亂飛金錯落，月中爭認繡連乾。"宋陶穀《清異錄》卷下《器具門·水晶不落》："白樂天《送春》詩云：'銀花不落從君勸。'不落，酒器也，乃屈巵鑿落之類。開運宰相馮玉家有滑樣水晶不落一隻。"②清吳景旭《歷代詩話》卷五十庚集五《鑿落琵琶》："按《海錄碎事》云：'蒼梧令金佐堯從賊，被黥面，嘗自稱金鑿絡。湘、楚人以盞斝中鐫鏤金鍍者爲金鑿絡。又樂天《送春詞》：'銀不洛，從君勸。'不洛，酒器也。意落、絡、洛，古字通用。"③"叵羅"可以進一步追溯至先秦時期的"著尊"一詞。清郝懿行《證俗文》卷三《壺》："《周官·司尊彝》：'其朝獻用兩著尊。'注：'著尊者，著略尊也。'案：詩人多言'鑿落'。韓愈《聯句》：'酡顏傾鑿落。'白居易詩：'白含鑿落盞。'姜夔詩：'剪燭屢呼金鑿落。'又白居易詞：'銀不落，從君勸。'又《北史》：'祖珽盜神武金叵羅。'李白詩：'葡萄酒，金叵羅。'疑'著略'轉爲'鑿落'，又轉爲'不落'，又轉爲'叵羅'也。"④"鑿落"，乃"著略"一聲之轉。其上古音音系爲：鑿：從母藥部入聲。著：端母魚部去聲。落：來母鐸部入聲。略：來母鐸部入聲。其中"鑿"與"著"二字聲母爲鄰紐，韻部可通轉。故可以通過對"著尊"形制的描述，得知"叵羅"當是一種無足、紋飾簡略的敞口杯。宋聶崇義《新定三禮圖》卷十四《尊彝圖·著尊》："今以黍寸之尺計之。口圓徑一尺二寸，底徑八寸，上下空徑一尺五分，與獻尊、象尊形制容並同，但無足及飾耳。"⑤清馬驌《繹史》卷一百五十九《名物訓詁下·著尊》："《博古圖》著尊，高一尺四分，口徑五寸，腹徑九寸八分，容一斗七升四合。《明堂位》

---

① 王鍈：《"金叵羅"辨疑》，《中學語文教學》1982 年第 12 期。

② 朱易安、傅璇琮主編：《全宋筆記》（第一編·二），大象出版社 2003 年版，第 82 頁。

③ （清）吳景旭：《歷代詩話》，中華書局 1958 年版，第 703 頁。

④ 安作璋主編：《郝懿行集》（3），齊魯書社 2010 年版，第 2241 頁。

⑤ （宋）聶崇義纂輯，丁鼎點校解說：《新定三禮圖》，清華大學出版社 2006 年版，第 460 頁。

曰：'著，殷尊也。'著尊，著地無足。此器底著地，誠所謂著尊也。"①且"匜羅"常與"金""銀""玉"這樣的修飾語連用。可見，"匜羅"是一種無足、紋飾簡略的敞口杯。

三、鶴俸

皮日休《新秋即事》："酒坊吏到常先見，鶴俸符來每探支。"注云：吳都有鶴料。案，殊未詳鶴俸之說。曾旼彥和博學之士，有《次韻趙仲美》詩云："寧羨一囊供鶴料，會看千里躍龍媒。"注云：唐幕府官俸，謂之鶴料。《墨莊漫録》。按，寶友封爲元相武昌幕府，有詩云："邑人興謗易，莫遣鶴支錢。"（胡震亨《唐音癸籤》卷十七，見《全明詩話》第 3718 頁）

按，上述材料抄自宋張邦基《墨莊漫録》卷六《鶴料》②。鶴俸：唐代幕府的官俸。因其微薄，如同鶴的食料一樣少，故又稱"鶴料"。宋楊伯嵒《六帖補》："鶴料，唐幕府官俸謂之鶴料。"後泛稱官吏的俸祿。如宋陸游《被命再領沖佑有感》："讀書舊成癖，今但坐作夢。未能追鴻冥，乃復分鶴俸。"

四、帖職

皇甫曾《贈國子柳博士兼領太常博士》詩："博士本秦官，求才帖職難。"以兼官爲帖職也。遞叟。（胡震亨《唐音癸籤》卷十七，見《全明詩話》第 3719 頁）

按，帖職：唐、宋時對在任官職而兼任其他職務的稱呼。"帖"即"兼領"義。《晉書·溫嶠傳》："豫章十郡之要，宜以刺史居之。尋陽濱江，都督應鎮其地。今以州帖府，進退不便。""帖職"，亦作"貼職"，"貼"

---

① （清）馬驌：《繹史》，中華書局 2002 年版，第 4185 頁。
② （宋）張邦基：《墨莊漫録》，中華書局 2002 年版，第 170 頁。

通"帖"。如唐李商隱《爲滎陽公謝除盧副使等官狀》:"皇帝陛下俯照遠藩,咸加命秩,南臺貼職。"《宋史·職官二》:"以史館、昭文館、集賢院爲三館,皆寓崇文院。……直館、直院則謂之館職,以他官兼者謂之貼職。"清李廣芸《炳燭編》卷四《甯化縣李忠定公祠石刻》:"宋制,自觀文殿大學士以下,至諸閣待制,謂之貼職,亦曰職名,亦單稱職也。"[1]清錢大昕《廿二史考異》卷七十一《宋史五·職官志二》:"蓋因差遣而除者,皆年勞久次之人,不試而授,所謂貼職,非真館職也。"[2] 以上"貼職"皆爲"帖職"之借。

五、玉帳

杜子美《送嚴公入朝》云:"空留玉帳術,愁殺錦城人。"又《送盧十四侍御》云:"但促銀壺箭,休添玉帳旂。"玉帳乃兵家厭勝方位,其法出《黃帝遁甲》,以月建前三位取之。如正月建寅,則巳爲玉帳,於此置軍帳,堅不可犯,主將宜居。《雲谷雜記》。(胡震亨《唐音癸籤》卷十八,見《全明詩話》第 3720—3721 頁)

按,此條抄自宋張淏《雲谷雜記》補編卷一《玉帳》[3]。玉帳:主帥所居的帳幕,取如玉之堅的意思。明焦竑《焦氏筆乘續集》卷四《玉帳》[4],言之甚詳,可覆觀。後用"玉帳"代指主帥。明璩岜玉《新刊古今類書纂要》卷五《武職部》:"鎮守三邊總兵,正二品。元帥,外鎮總兵曰元帥,又曰玉帳。""玉帳"一詞,在詩詞中常見。如宋張元幹《水調歌頭·陪福帥宴集口占以授官奴》:"今古登高意,玉帳正清閒。"蘇舜欽《哭師魯》:"堂中坐玉帳,堂下森蛇矛。"

---

[1] (清) 李廣芸:《炳燭編》,商務印書館《叢書集成初編》本,1937 年版,第 99 頁。

[2] (清) 錢大昕著,方詩銘等校點:《廿二史考異》(附:三史拾遺諸史拾遺),上海古籍出版社 2004 年版,第 997 頁。

[3] (宋) 張淏撰,張余祥校录:《雲谷雜記》,中華書局 1958 年版,第 78 頁。

[4] (明) 焦竑撰,李劍雄點校:《焦氏筆乘》,上海古籍出版社 1986 年版,第 313 頁。

六、吳鈎

《復齋漫錄》云："沈存中《筆談》謂：'唐詩多有言吳鈎者，刀名也，刃彎，今南蠻謂之葛黨刀。'余按《吳越春秋》：'吳王作鈎，淬以人血。'試之以人也，吳鈎始於此，豈存中忘之邪？鮑照《結客少年場》云：'驄馬金絡頭，錦帶佩吳鈎，失意杯酒間，白刃起相仇。'杜子美《後出塞》云：'少年別有贈，含笑看吳鈎。'又《送劉十弟判官》云：'經過辨豐劍，意氣逐吳鈎。'唐李涉《寄楊潛》亦云：'腰佩吳鈎佐飛將。'曹唐《買劍》亦云：'將軍溢價買吳鈎。'韓翃《送王相公詩》云：'結束佩吳鈎。'"（宋胡仔《苕溪漁隱叢話後集》第 7 頁）

歐冶五劍《吳越春秋》云：吳王聘歐冶子五劍，一曰純鈎，二曰湛盧，三曰豪曹，或曰盤郢，四曰魚腸，五曰巨闕。秦客薛燭善相劍，王取豪曹、巨闕魚腸等示之，燭曰："皆非寶劍。"乃取純鈎示之，燭曰："光乎如屈陽之華，沉之如芙蓉始生於湖，觀其文如列星之行，視其光如水之溢於塘。"故坡詩云："少年別有贈，含笑看吳鈎。"吳鈎，即劍也。（《呂祖謙詩話》，見《宋詩話全編》第 6466 頁）

按，後條出自《詩律武庫後集》卷七《寶器門·歐冶五劍》①。吳鈎：隨身所佩之刀劍，因與吳王闔閭有關，又形制彎曲，故稱。《吳越春秋·闔閭內傳》："闔閭既寶莫耶，復命於國中作金鈎。令曰：'能爲善鈎者賞之百金。'""鈎"作刀劍之類常見。《淮南子·修務》："夫純鈎，魚腸之始下型，擊則不能斷，刺則不能入，及加之砥礪，摩其鋒鍔，則水斷龍舟，陸團犀甲。"高誘注："純鈎，利劍名。"《漢書·韓延壽傳》："延壽又取官銅物，候月蝕鑄作刀劍鈎鐔，放效尚方事。"顏師古注："鈎亦兵器也，似劍而曲，所以鈎殺人也。"唐徐堅《初學記》卷二十二《劍》第二引《吳越春秋》曰："越王允常聘歐冶子作名劍五枚，一曰純鈎，二曰湛盧，三曰豪曹，四曰魚腸，五曰巨闕。"②

---

① （宋）呂祖謙撰：《詩律武庫後集》，商務印書館《叢書集成初編》本，1939 年版，第 45 頁。
② （唐）徐堅等：《初學記》，中華書局 1962 年版，第 526 頁。

七、板輿

世率以板輿為奉母親事用,如樂天詩:"朱幡四從板輿行。"取潘安仁《閒居賦》"太夫人乃御板輿"之意,不知當時三公告老,亦許以板輿上殿,如傅祗者是。則板輿事不可專為奉母也,梁韋睿以板輿自載,督厲眾軍,則知板輿不止一事。(王楙《野客叢書》卷十六,見《宋人詩話外編》第1080頁)

按,板輿:本指古代老人所乘的一種車。亦作"版輿"。《文選·潘岳〈閒居賦〉》:"太夫人乃御版輿,升輕軒。"李善注:"版輿,車名。……一名步輿,周遷《輿服雜事記》曰:'步輿,方四尺,素木為之,以皮為襻,捆之,自天子至庶人,通得乘之。'"後以"板輿"為侍奉父母的典故。如唐岑參《酬成少尹駱谷行見呈》:"榮祿上及親,之官隨板輿。"

八、吹綸

《漢書》注,齊服官有吹綸方空之目。梁費昶詩:"金輝起遙步,紅彩發吹綸。"按:吹綸,不知何物?據詩意,想是婦女所執之物,如煖扇之類。沈約詩:"畫扇迎初暑,紅輪映早寒。"庾肩吾詩:"粉白映輪紅。"元歐陽玄詞:"十月都人供暖簾。"可以互證。梁簡文《柳》詩:"枝間通粉色,葉裏映吹綸。"(《楊慎詩話》,見《明詩話全編》第2786頁)

按,出自《升菴全集》卷六十七《吹綸》①。楊氏通過比較互證法,認為"吹綸"是"婦女所執之物,如暖扇之類"。清宋長白《柳亭詩話》卷二十一《紅綸》持相同意見:"昌古縞練詩:'淚濕紅綸重,栖鳥上井梁。'綸或作輪,曾鶴江曰:'卽吹綸,婦女所執,如暖扇之類。'"②此外,還有二說。一說為紗。《後

---

① (明)楊慎:《升菴全集》,王雲五主編:《萬有文庫》第二集七百種,商務印書館1937年版,第876頁。

② (清)宋長白:《柳亭詩話》,《續修四庫全書》第1700冊,第313頁。

漢書·肅宗孝章帝紀》："癸巳，詔齊相省冰紈、方空縠、吹綸絮。"李賢注："綸，似絮而細。吹者，言吹噓可成，亦紗也。"一說爲絮。清徐文靖《管城碩記》卷二十八《楊升菴集》："紀本言綸絮，注乃以爲紗，非。據《南越志》，威寧縣有穿州，其上多綸木，似穀，皮可以爲綿。吹綸，蓋絮之輕者，故以綸名。《後魏·食貨志》'天興中，詔採諸漏戶令輸綸綿'，梁張瓚《謝太子賚果然褥啓》'嚴冰在節，朔飆結宇，吹綸媿暖，挾纊懷慙'，則吹綸爲絮之輕細者明矣。"①"吹綸"爲"絮"，是。"冰紈""方空縠""吹綸絮"並列出現，句法結構一致，均爲定中結構，"紈""縠""絮"分別爲三種不同的事物：即絹、紗、綿。"冰""方空""吹綸"皆爲修飾語。"冰紈"，絹之一種，因其色鮮潔如冰，故稱。《漢書·地理志下》："故其俗彌侈，織作冰紈綺繡純麗之物。"顏師古注："冰謂布帛之細，其色鮮潔如冰者也。""方空縠"，指紗之一種，因其至輕故稱。唐李賢注《後漢書·肅宗孝章帝紀》："《釋名》曰：'縠，紗也。'方空者，紗薄如空也。或曰：空，孔也，即今之方目紗也。""吹綸絮"，簡稱爲"吹綸"，指一種極輕極細之絮，類似今天所述的絲綿，後又引申出凡絮所製之物。

九、子將

沈存中在延安作《口號》云："別分子將打衙頭。"按，唐僖宗光啟三年，魏博節度使樂彥禎，其子從訓聚亡命五百餘人爲親兵，謂之子將。（吳曾《能改齋漫錄》卷七，見《宋人詩話外編》第 665 頁）

按，子將：唐宋時爲"小將"、"別將"的俗稱。其中"子"爲"小"義，詳見清趙翼《陔餘叢考》卷十五《子總管》②。李賡芸《炳燭編》卷四《子將》："《金石萃編》不知子將之稱。按《通鑑》，鄭祇德遣子將沈君繼、副將張公署、望海鎮將李畦將新卒五百擊裴甫。注：子將，小將也。"③沈欽韓《讀〈金石

---

① （清）徐文靖著，範祥雍點校：《管城碩記》，中華書局 1998 年版，第 525—526 頁。

② （清）趙翼：《陔餘叢考》，中華書局 1957 年版，第 277—278 頁。

③ （清）李賡芸：《炳燭編》，商務印書館《叢書集成初編》本，1937 年版，第 108 頁。

萃編〉條記》："'子將'二字見宋沈括詩，云'別分子將打衙頭'，亦不解其何義？按《通典》每軍大將一人，副將二人，子將八人，當府兵未廢時，折衝都尉，果毅都尉下有別將，卽子將也。"① 明以後又可作爲"副將"的異稱。明黃一正《事物紺珠》卷八《稱謂部中・五府錦衣留守都司衛所王府官稱謂類》："子將、偏將、裨將，三稱副將。"② 故吳曾把"子將"之"子"理解爲兒子之"子"，不確。

十、沿牒

顏延之詩云："測恩躋愉逸，沿牒懵浮賤。"注云："沿牒，隨牒也。"予按，王衍曰："隨牒推移，遠至於此。"（吳曾《能改齋漫錄》卷七，見《宋人詩話外編》第 664 頁）

按，沿牒：卽隨牒，官員依照候補的公文而調遣。又稱"沿檄"。宋周密《拜星月慢》："癸亥春，沿檄荊溪，朱墨日賓送，忽忽不知芳事落鵑聲草色間。""沿檄"一詞，《大詞典》未收。

第三節　外來詞的詞義研究

相對於"方俗詞""歷史詞"這些本族詞語來說，外來詞是指"從別的語言裏連音帶義借來的詞"，"也叫'外來語''借詞'或'音譯詞'"③。就詩話而言，有借自各個地方的外來詞：或從西夏語借來；或從梵語借來；或從日語借來；或從藏緬語借來；或從蒙語借來；或從鮮卑語借來。

---

① （清）沈欽韓：《讀〈金石萃編〉條記》，《續修四庫全書》第 891 冊，第 261 頁。
② （明）黃一正：《事物紺珠》，《四庫全書存目叢書》第 200 冊，齊魯書社 1995 年版，第 687 頁。
③ 向熹：《古代漢語知識辭典》，四川辭書出版社 2007 年版，第 49 頁。

一、兀撬

……舜民云：“官軍圍靈武不下，糧盡而退。西人城上問官軍：‘漢人［兀撬］（瓦撬）否？’答曰：‘［兀撬］（瓦撬）。’城上皆笑。”［兀撬］（瓦撬）者，慚惶也。（蘇軾《仇池筆記》卷下，見《宋人詩話外編》第 162 頁）

……西人謂‘斬’爲‘兀撬’也。”（《王昌會詩話》，見《明詩話全編》第 8762 頁）

按，上文是張舜民西征途中的一則趣聞，但一說“慚惶”爲“兀撬”，一說“斬”爲“兀撬”，從而引起了後人不同的意見。彭向前認爲“‘兀撬’是西夏語‘慚愧’的名譯”①。但愛新覺羅·瀛生《北京土話中的滿語》卻提出兀撬“是西夏語詞，義爲‘殺’”②。實際上，從上下文來看，“兀撬”是西夏語“慚愧”義更爲準確，如宋胡寅《原亂賦》：“俄斬將而軍沒兮，終兀撬於羌丑。”從辭例來看，前後文句爲因果關係，正因宋軍損兵折將，故羞愧於羌人，即被羌人所嗤笑。故釋“兀撬”爲“羞愧、慚愧”義。而之所以會引起西夏人的嘲笑，是由於漢語當中的“撬”讀若“殺”。“兀撬”急言爲“撬”，“撬”以“蔡”爲聲符，“蔡”又讀若“殺”。《集韻·曷韻》：“𢾭，《說文》：‘㩩㩣，散之也。’一曰放也。或作蔡，通作殺。”殺：《廣韻》所八切，生母黠韻入聲。故夏人問漢人“慚愧”否，漢人卻回答夏人爲“殺”，表現了視死如歸的氣勢，但卻遭到了西夏人的嘲笑。

二、路裏采、貢院、撒糞、換心山、麻姑刺

異域方言，採之入詩，足補輿地志之缺。古人如：“鰋鰅躍清池”，“悮我一生路裏采”之類，不一而足。近見梁孝廉處素履繩《題汪亦滄日本國神海編》云：“貢院繁華繫客情，朝朝應辦幾番更。筵前只愛

① 彭向前：《釋“兀撬”》，《書品》（第 6 輯），中華書局 2009 年版，第 84 頁。
② 愛新覺羅·瀛生：《北京土話中的滿語》，北京燕山出版社 1993 年版，第 34 頁。

紅裙醉，拽盞何緣號撒羹。""貢院"者，館唐人處也。佐酒者號"撒羹"。"蠟油拭鬢膩雅鬟，妾住花街任往還。那管吳兒心木石，我邦却有換心山。"妓所居處名山，"換心山"。"十幅輕綃不用勾，倩圍夜玉短屏幽。通宵學枕麻姑刺，好向床前聽鬭牛。"其俗以木爲枕，號"麻姑刺"，直豎而不貼耳，故至老不聾。（清袁枚《隨園詩話補遺》卷二，第 606 頁）

按，路裏采：一作"路裏彩""踏裏采""踏裏彩"，蒙語，錦被名。"踏裏彩"一詞出自元阿蓋《挽段功》詩。明田汝成《炎徼紀聞》卷四《雲南》引作"路裏彩"[1]。清查繼佐《明書·蠻苗列傳》亦引作"路裏彩"，並小注："錦名，被也。"[2] 梁紹壬《兩般秋雨盦隨筆》卷四《土語入詩》："'誤我一生踏裏采'，蒙古語入詩。"[3] "路裏采""踏裏采"二詞形，《大詞典》未收。又，《漢語大詞典》（10/506）釋"踏裏彩"爲"錦被名。即路裏彩。比喻美滿的夫妻生活"，不太完善，當加入"蒙語"，更能體現出外來語的特點，且首引郭沫若《〈孔雀膽〉的故事》，時間過晚。

貢院：日語，日奉接待漢人的客館。不同於常用義"封建社會科舉考試的場所"。《漢語大詞典》（10/81）首引清袁枚《隨園詩話補遺》卷二，可見此義當是清代新產生的意義。

撒羹：日語，下酒的菜肴。郭沫若《讀〈隨園詩話〉札記》四八"'撒羹'與'麻姑刺'"條言："案此當是 Sakana（撒卡那）之對音而不甚準確。原義爲魚。因日本一般多吃魚，故又引申爲下酒之菜肴。"[4]

換心山：日語，妓院。郭沫若《讀〈隨園詩話〉札記》四八"'撒羹'與'麻姑刺'"條言"不知是何處山名，抑繫解語有訛誤"[5]。其說是。但具體何指，

---

① （明）田汝成：《炎徼紀聞》，商務印書館《叢書集成初編》本，1936 年版，第 50 頁。
② （清）查繼佐：《二十五別史（21）·明書（四）》，齊魯書社 2000 年版，第 3047 頁。
③ （清）梁紹壬撰；莊葳點校：《兩般秋雨盦隨筆》，上海古籍出版社 1982 年版，第 218 頁。
④ 郭沫若：《讀〈隨園詩話〉札記》，郭沫若著作編輯出版委員會：《郭沫若全集·文學編》（第十六卷），人民出版社 1989 年版，第 363 頁。
⑤ 郭沫若：《讀〈隨園詩話〉札記》，郭沫若著作編輯出版委員會：《郭沫若全集·文學編》（第十六卷），人民出版社 1989 年版，第 363 頁。

並未言明。查閱文獻，得知"換心山"當是"貸座敷"之訛。日人久保得二《琉球遊草》："嘗讀袁子才《詩話》引梁履繩《題日本國神海編》詩云：'筵前只愛紅裙醉，拽盞何緣號撒羹。'又云：'那管吳兒心木石，我邦卻有換心山。'梁解韻：'佐酒者爲撒羹。妓所居處山名換心山。'予按：撒羹之爲言肴字之邦，訓解不誤。換心山，邦語貸座敷之音訛耳，梁以爲山名，誤也。""貸座敷"爲"妓院、下處"①。"也叫'女郎屋'或'游女屋'，名義上是娼妓借貸場所進行營業的店屋，實際上娼妓是隸屬於店屋的"②。"換心山"一詞，《大詞典》未收。

麻姑刺：日語，枕頭名。郭沫若《讀〈隨園詩話〉札記》四八"'撒羹'與'麻姑刺'"條言："今案枕名"麻姑刺即 Makura（馬苦拉）。舊式者以木爲之。正面側面均呈梯形，高約八九寸。正面底部下闊約尺許，側面下闊約其半。上有軟墊呈圓棒狀，固定於木，以之枕於後腦凹下。蓋舊式日本女人梳'丸髻'，男子梳'曲髻'，頗費事，故用此木枕，以免損其髮式。所謂'至老不聾'云者，如非誤會，則欺人之談。"③

三、怯薛

杜清碧先生本，應召次錢塘，諸儒爭趨其門。燕孟初作詩嘲之，有"紫藤帽子高麗靴，處士門前當怯薛"之句，聞者傳以爲笑。用紫色棕藤縛帽，而製靴作高麗國樣，皆一時所尚；"怯薛"，則內府執役者之譯語也。（《陶宗儀詩話》，見《遼金元詩話全編》第 2557 頁）

按，出自《南村輟耕錄》卷二十八《處士門前怯薛》④。怯薛："又作怯薛

---

① 陸高誼：《假名漢字日華兩用辭典》，世界書局 1936 年版，第 136 頁。

② 姚霏：《上海四川北路周圍的慰安所研究》，《上海紀念抗日戰爭勝利 60 周年研討會論文集》，上海人民出版社 2005 年版，第 253 頁。

③ 郭沫若：《讀〈隨園詩話〉刺記》，郭沫若著作編輯出版委員會：《郭沫若全集·文學編》（第十六卷），人民出版社 1989 年版，第 363 頁。

④ （元）陶宗儀：《南村輟耕錄》，中華書局 1959 年版，第 346—347 頁。

丹，怯薛歹，怯薛帶，怯薛都，克什克騰，客失克"①。"蒙古语 Keshik 之對音，有恩惠、寵愛、幸福等意，轉而爲'蒙天子恩寵'者之意。於是用爲天子禁軍之名"②。或譯爲"'直番'、'番直'"③。《元史·兵志二》："怯薛者，猶言番直宿衛也。凡宿衛，每三日而一更。"這裏所說的"宿衛"即"禁軍"。《元史·兵志二》："宿衛者，天子之禁兵也。"故"怯薛"可作爲"禁軍"義。《漢語大詞典》（7/471）當於"蒙古語"後補入"Keshik 之對音"。

四、鯫隅

　　湖人稱魚曰隅。晉郝隆為桓溫南蠻參軍，三月三日賦詩，不能者，罰酒三升。隆便云："鯫隅躍清波。"溫問："鯫隅是何語？"答言："蠻人名魚也。"溫曰："何為作蠻語？"曰："千里投君，始得蠻府參軍，何得不蠻語？"予按：南人語類如此者甚多。未必蠻人為然，隆止以蠻參謔耳。（《徐獻忠詩話》，見《明詩話全編》第 3106 頁）

　　按，出自《吳興掌故集》卷十二《風土類》。上述的晉郝隆事出自南朝宋劉義慶《世說新語·排調》第二十五《蠻語》。鯫隅：蠻語，魚的別稱。對於"鯫隅"一詞，黃樹先《"鯫隅"探源》一文曾作過詳細考證，認爲："'鯫隅'這一語音形式在現代苗瑤語中仍保存着。""'鯫隅'*tsjew ngjew 就是當時'魚'的記音。和苗瑤語有親屬關係的貴瓊話（藏緬語）'魚'tʂə 55ni55，這和'鯫隅'語音面貌相同"④。"鯫隅"一詞，後借指少數民族語言。蔡有守《黃晦聞欲事蕃語口占答之》："同君底事事鯫隅？我只因貧屬所疆。"郁達夫《雜感八首》其六："略解鯫隅稱博雅，人言叔寶最風流。"此詞，《漢語大詞典》未收。

---

① 史有為：《異文化的使者——外來詞》，吉林教育出版社 1991 年版，第 146 頁。
② 箭內亙著，陳捷、陳清泉譯：《元代蒙漢色目待遇考》，商務印書館 1932 年版，第 66 頁。
③ 轉引自鄭天挺著，王曉欣、馬曉林整理：《鄭天挺元史講義》，中華書局 2009 年版，第 45 頁。
④ 朱慶之：《中古漢語研究》（二），商務印書館 2005 年版，第 327 頁。

五、木難

　　曹子建詩："明珠交玉體，珊瑚間木難。"注引《南越志》云："木難，金翅鳥沫所成，碧色珠也。大秦國珍之，按其形色，則今東方所謂祖母綠也。"（《楊慎詩話》，見《明詩話全編》第 2784 頁）

　　按，出自《升菴全集》卷六十六《木難》①。木難：寶珠名。《文選·曹植〈美女篇〉》："明珠交玉體，珊瑚間木難。"李善注引《南越志》："木難，金翅鳥所成碧色珠也，大秦國珍之。"故詩話"大秦國珍之"後點斷有誤，"按其形色，則今東方所謂祖母綠也"當爲楊慎敘述語。"木難"一詞，梵語譯音。後秦鳩摩羅什《大智度論》卷十對"摩羅伽陀"的解釋是："此珠金翅鳥口邊出，綠色，能辟一切毒。"唐玄應《一切經音義》卷二十一："末羅羯多。莫鉢反，亦言磨羅伽多，綠色寶也。""末羅多羯""磨羅伽多"與"摩羅伽陀"乃一詞的不同書寫形式。據此，濱田耕作《古物研究·木難珠與如意珠》提出木難"爲波斯語mainya之對音，則爲梵語marakatah，亦卽今日之所謂綠寶石"②。沈福偉《結綠和埃及寶石貿易》一文也提出"佛典《大智度論》中有一種摩羅伽陀珠，和《南越志》中的木難最相象"③。

六、阿鞸廻

　　太白詩："羌笛橫吹《阿鞸廻》。"番曲名。張祜集有《阿濫堆》，蓋飛禽名，明皇御玉笛采其聲翻爲曲子，卽此也。番人無字，止以聲傳，故隨中國所書，人各不同耳，難以意求也。（明楊慎《升菴詩話》卷六，見《歷代詩話續編》第 748 頁）

　　《昔昔鹽》、《阿鵲鹽》、《阿濫堆》、《突厥鹽》、《疏勒鹽》、《阿那朋》

① （明）楊慎：《升庵全集》，王雲五主編：《萬有文庫》第二集七百種，商務印書館 1937 年版，第 863 頁。

② 濱田耕作：《古物研究》，商務印書館 1936 年版，第 52 頁。

③ 朱東潤、李俊民：《中華文史論叢》（第 4 輯），上海古籍出版社 1983 年版，第 255 頁。

之類，詞名之所由起也。其名不類中國者，歌曲變態，起自羌胡故耳。

（《王世貞詩話》，見《明詩話全編》第 4319 頁）

《阿㜷廻》 本北魏《阿那瓌曲》。阿那瓌者，蠕蠕國主名，用爲曲，後訛爲"阿㜷廻"，唐沿之爲名。那，乃可切。㜷，典可切。瓌，即瑰，姑回切。以音相近，故訛。顏正卿詩"莫唱《阿㜷廻》，應云《夜半樂》"是也。楊用修以爲即笛曲之《阿濫堆》，此自明皇時曲，失之遠矣。

（胡震亨《唐音癸籤》卷十三，見《全明詩話》第 3676 頁）

按，中間一條出自《藝苑卮言附錄》。關於"阿㜷廻"的來源有二說：一說本作"阿濫堆"，飛禽名。楊慎之說，本自南唐尉遲偓《中朝故事》[①]。"阿濫堆"一作"鸚爛堆""鵋爛堆""阿蘭堆"。唐段成式《酉陽雜俎》前集卷二十《肉攫部》："鸚爛堆一曰雌、一曰雄黃，一變之鵋，色如鷺鷥。鵋轉之後，乃至累變。橫理轉細，臆前漸漸微白。"[②]"阿濫堆"，即"鶡鵙"。"阿濫"乃"鵋"之合音。清佚名《鳥譜》："《急就篇》注云：鵋，謂鵋雀也，今俗呼爲鵋爛堆。……《通雅》：鷺鸛，山鳥也，一名阿濫堆，亦名阿㜷廻。李白詩'羌笛橫吹阿㜷廻'，即此鳥也。《本草衍義》云：鵋不木處可謂安寧自如矣，故名。鵋，阿蘭者音之合也。《禽經》注云：原鳥地處阿蘭之屬。"一說本作"阿那瓌"，蠕蠕國主名，蠕蠕國即柔然國的異稱。後音訛爲"阿㜷廻"。二說雖不同，但有一個共同之處，就是都認爲"阿㜷廻"是外來詞，明王世貞也明確提出"阿濫堆"、"阿那朋"之名"起自羌胡"。故"阿濫堆""阿那瓌""阿㜷廻"都是柔然可汗名的不同翻譯形式，後作爲曲名。據"阿濫堆"，推測"阿那瓌"可能是一種鳥名，柔然可汗名依此命名，但目前沒有充分證據，只好期待高明來提出勝解。

---

① （南唐）尉遲偓：《中朝故事》，商務印書館《叢書集成初編》本，1936 年版，第 6 頁。

② （唐）段成式撰，方南生點校：《酉陽雜俎》，中華書局 1981 年版，第 195 頁。

第四章 歷代詩話中的語言文字學論述之詞義研究（下）

　　從整個語言學界的詞彙研究現狀來看，重詞義考證，輕規律方法的總結。正如蔣紹愚言："詞彙系統又比語音、語法的系統複雜得多，直到現在，人們也感覺對詞彙的系統難以把握，所以，在詞彙研究方面，顯得系統性不夠。在詞彙研究方面，做的大量的工作是對詞語的詮釋，而對詞彙系統、詞彙發展規律等方面的研究比較缺乏。"①詩話在詞義研究方面，不僅科學的考釋方法貫穿始終，而且蘊含着大量關於漢語史研究中諸如詞義演變等現象，將這些理論規律進行總結，對我們今天的語言研究具有重要的參考價值。

第一節　考證詞義的方法

　　詩話記錄了大量的方俗詞、歷史詞、外來詞，並利用多種方法來考證這些詞語的意義。"我們所說的方法，是指一個陌生的詞兒擺在面前，我們採用什麼樣的手段，纔能使它由未知變爲已知。這種由未知求得已知的手段，便是我們所說的方法"②。郭在貽在《訓詁學》第五章"訓詁的方法"中，提出詞語考釋的方法"約有如下數端：一曰據古訓，二曰破假借，三曰辨字形，四曰考異文，五曰通語法，六曰審文例，七曰因聲求義，八曰探求語源"③。

① 蔣紹愚：《近代漢語研究概要》，北京大學出版社 2008 年版，第 273 頁。
② 郭在貽：《訓詁學》，湖南人民出版社 1986 年版，第 79 頁。
③ 郭在貽：《訓詁學》，湖南人民出版社 1986 年版，第 79 頁。

趙振鐸在《訓詁學綱要》一書，總結出了訓釋意義的方法有“以形索義”“因聲求義”“利用辭書”“勾稽舊注”“對比文句”“參考異文”“印證方言”七種。本文根據詩話的實際情況，結合以上兩位先生的意見，將其方法歸納爲七種，現舉例說明如下 ① ：

一、以形索義法

（一）罨畫

　　畫家稱：罨畫，雜彩色畫也。吳興有罨畫溪，然其字當用“罨”，“罨”乃魚網，非其訓也。張泌詩：“罨岸春濤打船尾。”謂魚網遮岸也。此用字最得字義。左思《蜀都賦》：“罨翡翠，釣鰋䱥。”（明楊慎《升菴詩話》卷十一，見《歷代詩話續編》第 864 頁）

　　按，楊慎據“罨”字形符，得出“罨畫”之“罨”當是借字。罨：《說文·网部》：“罨，罕也。”徐鍇繫傳：“網從上掩之也。”《廣韻》衣儉切，影母琰韻上聲。又烏合切，於業切。罨：《廣韻·合韻》烏合切：“調色畫繪，出郭調《字指》。”故“罨”與“罨”音同可通。如唐白居易《楊六尚書新授東川節度使》：“金花銀碗饒君用，罨畫羅衣盡嫂裁。”“罨”通“罨”，罨畫，即雜色的彩畫。明楊維楨《漫興七首》其一：“罨畫溪頭翠水家，水邊短竹夾桃花。”樓下渥注：“《湖州府志》：‘罨畫溪在長興縣西八里。’罨音同罨。”

（二）庵

　　山谷云：“今俗書庵字，既干篆文無有，又庵非屋，不當從广，《三國志·焦光傳》云：‘居蝸牛廬中。’意今庵也。後漢皇甫規爲中郎，持節監關中兵，會軍大疫，死者十三四，親入庵廬巡視，三軍感悅。即用此庵字，爲有依據。”苕溪漁隱曰：《廣韻》云：‘庵，小草舍也。’‘菴，

---

① 以下的分類，只是爲了研究的方便，實際上，對一個語詞意義的考釋，其方法多是綜合運用的。

菴藺果，又菴羅果也。’《集韻》云：‘庵，圜屋曰庵，或從草。’‘菴，菴藺，草名，或作葊。’魯直以菴非屋，不當從广，然與《廣》、《集》二韻全不合，殆亦難用；殊不知《漢史》從省文，借用爲菴字耳。”（宋胡仔《苕溪漁隱叢話後集》第 244 頁）

按，“庵”與“菴”皆是“奄”之後起本字。清錢大昕《十駕齋養新錄》卷四《庵》：“古人名草圓屋爲‘庵’，蓋取‘奄覆’之義，從‘广’从‘艸’皆後人增加。”①《說文・大部》：“奄，覆也。大有餘也。又欠也。从大申。申，展也。”段玉裁注：“覆乎上者，往往大乎下，故字从大。”“庵”本指圓形的草屋，而非今天所說的寺廟。《釋名・釋宮室》：“草圓屋曰蒲。蒲，敷也，總其上而敷下也。又謂之庵。”《廣韻・覃韻》：“庵，小草舍也。”菴：《正字通・艸部》：“菴，草舍曰菴。……釋氏結草木爲廬，亦曰菴。一作庵。”《廣雅・釋宮》：“幕，庵也。”王念孫疏證：“《後漢書・皇甫規傳》：‘親入菴廬巡視將士。’菴、廬即幕也。幕、菴、廬皆下覆之義。”②後泛指一般的房屋。《廣雅・釋宮》：“庵，舍也。”王念孫疏證：“《喪服四制》引《書》‘高宗諒闇’，鄭注云‘闇，謂廬也’，義亦與庵同。”③

二、因聲求義法

（一）豩

豩字，呼關切，頑也；當在山字韵。劉夢得有“盃前膽不豩”，趙嘏有“吞船酒膽豩”之句。《禮部韻》不收，《唐韻》亦無此。（《說郛》本《歷代》四十九）（《漢皋詩話》，見《宋詩話輯佚》第 335 頁）

按，郭紹虞《輯佚》“案：此則見姚寬《西谿叢話》上”。豩：《集韻》悲巾切，幫母真韻平聲。大徐《說文》“豩”字有二切：“伯貧切”“呼關切”。“伯貧切”即“悲巾切”。“呼關切”，即曉母刪韻平聲。刪、山同用，故《漢

① 陳文和主編：《嘉定錢大昕全集》（柒），江蘇古籍出版社 1997 年版，第 107 頁。
② （清）王念孫著，鐘宇訊點校：《廣雅疏證》，中華書局 1983 年版，第 208 頁。
③ （清）王念孫著，鐘宇訊點校：《廣雅疏證》，中華書局 1983 年版，第 208 頁。

皋詩話》言“豩字”“當在山字韻”。唐劉禹錫《答樂天見憶》:“筆底心猶毒,杯前膽不豩。”自注:“豩,呼關反,頑也。”民國《蕭山縣志稿》卷廿九《瑣聞·方言謠諺》:“稱小兒黠慧曰豩。《唐韻》:呼關切。《漢皋詩話》:豩,頑也。劉禹錫詩:杯前膽不豩,趙鰓詩:吞船酒膽豩。按今以爲黠慧。蓋黠慧者,正古所謂頑童也。”“豩”言“頑也”,當屬借義,本字爲“儇”。《洪武正韻·刪韻》:“儇,呼關切,慧也、利也。《方言》:‘疾也。’《荀子》:‘鄉曲之儇子。’注謂:‘輕薄巧慧之子。’又先韻。”故“儇”與“豩”音同可通。儇:《說文·人部》:“慧也。”《方言》卷一:“虔、儇,慧也。……自關而東趙、魏之間謂之黠,或謂之鬼。”《荀子·非相》:“鄉曲之儇子。”楊倞注云:“《方言》:‘儇,疾也。’又曰:‘慧也。’與‘喜而翾’義同。輕薄巧慧之子也。”民國《重修浙江通志稿》第二十冊《民族考》引《黃岩縣志》言:“豩:黠也。《廣韻》:呼關切,今作儇。”

(二)愛

> 《詩》:“愛而不見。”毛萇云:“愛,蔽也。《說文》從人作僾,《方言》從草作薆。字書或從雲作靉,或從日作曖,皆蔽而不見之意,今文但作愛。”宋玉《高唐賦》:“晻兮若姣姬楊袂障日而望所思。”以“揚袂障日”解“曖”字,尤明白。韓文:“雲陰解駁,日光穿漏。”移以解靉靆,與曖晻字亦切。僾俙從人,薆蔽從草,曖晻從日,靉靆從雲。(《楊慎詩話》,見《明詩話全編》第2780頁)

按,出自《升菴全集》卷六十三《曖曃字義》①。“愛而不見”之“愛”,唐孔穎達《正義》釋爲“悅愛”之“愛”。非。楊慎通過《詩經》異文以及聲訓法,證明了“愛”有隱義。是。《說文·人部》:“僾,仿佛也。《詩》曰:‘僾而不見。’”《方言》卷六:“掩、翳,薆也。”郭璞注:“謂蔽薆也。《詩》曰:‘薆而不見。’”今《詩經·邶風·靜女》作“愛”。不僅如此,从“愛”聲之字,皆有隱義。如篓:《說文·竹部》:“蔽不見也。”《廣雅·釋詁》:“蔽,障

---

① (明)楊慎:《升庵全集》,王雲五主編《萬有文庫》第二集七百種,商務印書館1937版,第808頁。

也。"曖：《玉篇·目部》："隱也。"靉：遼希麟《續一切經音義》卷三引《通俗文》："雲覆日為靉靆也。"王力《同源字典》把"薆、簑、僾（愛）、曖、靉"歸為一組同源字①。郭在貽進一步提出："愛是影母字，凡屬影母之字，多有隱蔽或茂盛之義。"② 故"靉靆"為"濃雲遮日"。如晉潘尼《逸民吟》："朝雲靉靆，行露未晞。"唐劉禹錫《和汴州令狐相公到鎮改月偶書所懷二十二韻》："衣風飄靉靆，燭淚滴巉巖。"後以"靉靆"稱呼"眼鏡"，皆來自"愛"的掩蓋、隱蔽義。《正字通·雨部》："又靉靆，眼鏡也。《洞天清錄》載：'靉靆，老人不辨細書，以此掩目則明。'"

三、據古求義法

這裏所說的"古"，主要包括古注、自注、字書、辭書、史書等，這種求義方法在詩話中運用較爲廣泛，當然也存在一些這樣那樣的問題：或依據誤注而得出錯解，或錯會古注而導致釋義與書證不符，等等。

（一）串

《文選》謝惠連詩："聊用布親串。"注："串，習也。"梁簡文詩："長鬟串翠眉。"《南史》："軍人串噉粗食。"（明楊慎《升菴詩話》卷四，見《歷代詩話續編》第 713 頁）

按，串：習慣；習俗。《廣韻》古患切，見母諫韻去聲。《爾雅·釋詁》："串、習也。"邢昺疏："便習也。"《荀子·大略》："國法禁拾遺，惡民之串以無分得也。"楊倞注："串，習也。"此爲假借義，本字當作"摜"或"遺"。摜：《廣韻》古患切。《說文·手部》："摜，習也。从手，貫聲。《春秋傳》曰：'摜瀆鬼神。'"遺：《集韻》古患切。《說文·辵部》："遺，習也。"徐鍇繫傳："《春秋左傳》曰：'使盈其遺。'當作此字。"《正字通·辵部》："遺，本借貫，

---

① 王力：《同源字典》，商務印書館 1982 年版，第 449 頁。
② 郭在貽：《訓詁學》，湖南人民出版社 1986 年版，第 101 頁。

俗改从慣。"清黃生《字詁·串貫摜遺丱》:"串,《爾雅》:'習也。五患切。'《說文》闕。卽古貫古玩切。字,《爾雅》與貫同訓習,此借義。謝惠連詩'聊用布親串',言其所親識熟狎之人也。又《詩·皇矣》'串夷載路',串夷卽昆夷借字轉音,俗仍讀古患切,非也。《爾雅注》五患切,則以此謂翫字,亦非。俗用串爲尺絹切,則以此爲穿去聲。字,亦非。習貫之貫,《說文》又作摜、遺二字。音工患切。古玩切在翰韻,工患切在諫韻,二音有開合之異。"① 後寫作"慣"。《字彙補·手部》:"摜,慣本字。今摜習之摜作慣。"《平江區志·俗語·方言》:"三八廿三,備人算慣。廿,甯田切,音'念'。慣,古患切。買賣算賬方式不同。引申爲各人的認識和習慣不同。"②"串"又指親近的人。《文選·謝惠連〈秋懷〉》:"因歌遂成賦,聊用布親串。"呂向注:"串,狎也。言因歌詠,遂賦此詩,聊用布與親狎之人。"據此,詩話所引書證與釋義不符。

(二)駃

> 元好問詩:"駃雨東南來。"自注:駃與快同,見《魏志》。趙松雪有"駃雪帖"。(《楊慎詩話》,見《明詩話全編》第 2800 頁)

按,此條見於《升菴全集》卷七十四《駃雨》③。"駃"與"快"皆从"夬"得聲,故音近可通。駃:《說文·馬部》:"駃騠,馬父贏子也。"徐鉉曰:"今俗與快同用。"《字彙·馬部》:"音快。《尸子》:'黃河龍門駃流如竹箭。'"清王念孫《廣雅疏證》卷十下《釋畜》:"駃騠,駃之言趹,騠之言踶,疾走之名也。"④《廣雅·釋詁一》:"趹,疾也。"劉又辛《釋"駃騠"》一文言:"从夬之聲多有'快'義。"⑤ 故"駃"與"快"爲同源通用字。

① (清)黃生撰,清黃承吉合按:《字詁義府合按》,中華書局 1984 年版,第 18—19 頁。
② 蘇州市平江區地方誌編纂委員會編:《平江區志》,上海社會科學院出版社 2006 年版,第 1373 頁。
③ (明)楊慎:《升庵全集》,王雲五主編:《萬有文庫》第二集七百種,商務印書館 1937 年版,第 977 頁。
④ (清)王念孫著,鐘宇訊點校:《廣雅疏證》,中華書局 1983 年版,第 398 頁。
⑤ 劉又辛:《釋"駃騠"》,《文字訓詁論集》,中華書局 1993 年版,第 333 頁。

（三）孟勞

　　嘗觀臨川"解我蔥珩脫孟勞"，嘗不曉孟勞何等物，及見《穀梁傳》註："孟勞，魯寶刀。"（宋黃徹《碧溪詩話》卷九，見《歷代詩話續編》第 394 頁）

　　按，一說"孟勞"爲力大之人名。《顏氏家訓·勉學》："《穀梁傳》稱公子友與莒挐相搏，左右呼曰孟勞。孟勞者，魯之寶刀名，亦見《廣雅》。近在齊時，有姜仲岳謂：'孟勞者，公子左右，姓孟名勞，多力之人，爲國所寶。'與吾苦諍。時清河郡守邢峙，當世碩儒，助吾證之，赧然而伏。"① 但清朱亦棟對此種意見給予了駁斥。《群書札記》卷十《孟勞》："案：孟勞二字，反語爲刀，此左右之隱語，即當時之切音也。若姜仲岳所云，是以刀字訛作力字，真堪資笑談之一噱也。"② 然而"'反語'是魏晉南北朝的產物"，故王啟濤認爲"先秦時代的'孟勞'，就絕不能在語音上與'刀'硬拉關係"，並進一步提出"'孟勞'就是'劉'"，即"一種有手柄的鋒利板斧"。劉的聲母爲複輔音，"即 ml，後來，ml 發生了'解紐'現象"，就成了"孟勞"一詞③。王先生的意見是。"孟勞"作爲刀名在詩歌中常見。如宋梅堯臣《問答》："美人贈我萬錢貴，何必剪犀夸孟勞。"黃庭堅《別蔣穎叔》："金城千里要人豪，理君亂絲須孟勞。"

（四）孚尹

　　言玉之德，曰"孚尹旁達。"古注："孚尹者，浮筠也。"言玉之澤如竹膜之膩，如女膚之滑也。與今注不同。元稹《出門行》詠商人採玉事云："求之果如言，剖則浮筠膩；駃騠千里驕，鴛鴦七十二。"浮筠，用古注義也。古注今廢不用，故罕知之。（《楊慎詩話》，見《明詩話全編》第 2871 頁）

---

① （北齊）顏之推撰，王利器集解：《顏氏家訓集解》，上海古籍出版社 1980 年，第 196 頁。

② （清）朱亦棟：《群書札記》，《續修四庫全書》第 1155 冊，第 135 頁。

③ 王啟濤：《"孟勞"考》，《四川師範大學中國古代文學研究所編中國文化論叢》，電子科技大學出版社 1997 年版，第 267—272 頁。

　　按，出自《升菴經說》卷九《孚尹》①。元稹詩後兩句當作"白珩無顏
色，垂棘有瑕累"。《禮記·聘義》："孔子曰：'非爲碈之多，故賤之；玉之寡，
故貴之也。夫昔者，君子比德於玉焉。……孚尹旁達，信也；……故君子
貴之也。'"鄭注："孚讀爲浮。尹讀如竹箭之筠。浮筠謂玉采色也。孚或作
姇，或爲扶。"姇：《集韻·尤韻》："孚，玉采也。或作姇。通作琈。"琈：《玉
篇·玉部》："琈，扶留切琈。筠，玉采色，《禮記》云：'孚尹旁達。'鄭玄曰：'讀如浮筠也。'"《釋
文》："尹，依注音筠，又作筠，於貧反。"筠：清段玉裁《說文解字注·竹部》：
"筠，引申爲竹青皮之偁……今字作筠。"徐灝箋："筠即筍之異文，其音亦
一聲之轉。"從上分析可知，"孚尹"作爲聯綿詞，有多種書寫形式，又寫作
"浮筠""琈筠""姇筠"等，表示玉的光彩。明方以智《通雅》卷八《釋詁·扶
尹浮筠膚姇即孚尹》："古文《禮記》作'膚姇旁達'，或作'扶尹'，鄭注：'孚
尹作浮筠，采色。'"②故胡玉縉《許廎學林·〈禮記〉"孚尹旁達"解》對楊
慎之說提出了批評："楊慎《單鉛錄》曰：'孚尹者，浮筠也，言玉之澤，如
竹膜之膩，如女膚之滑。'用脩意在申鄭，而實非鄭恉。鄭謂玉之采色，非
謂玉之澤；謂如竹箭之浮，非謂如竹膜之膩。女膚一層，尤爲添設。且膩
也，滑也，不與溫潤而澤，太無別乎。"③此外，又表示"喜悅、和樂"義。《方
言》卷十二："怤愉，悅也。"清錢繹箋疏："'孚'、'敷'並與'怤'通，'瑜'
與'愉'亦通。轉言之則曰'孚尹'，《聘義》云：'孚尹旁達。'鄭《注》云：'謂
玉采色也。'義亦同也。"④"孚尹"的"喜悅、和樂"義，《漢語大詞典》(4/204)
未及。

（五）分支

　　韓退之詩："異日期對舉，當如合分支。"注："支，券也。"考《字書》，
"支"無訓"券"者。有"析支"、"離支"、"支離"之文。"分支"當是

---

① （明）楊慎：《升庵經說》，商務印書館《叢書集成初編》本，1936 年版，第 153 頁。

② （明）方以智：《通雅》，《景印文淵閣四庫全書》第 857 冊，第 217 頁。

③ 胡玉縉撰，王欣夫輯：《許廎學林》，中華書局 1958 年版，第 78 頁。

④ （清）錢繹撰集，李發舜、黃建中點校：《方言箋疏》，中華書局 1991 年版，第 427 頁。

分析之義。蓋分析必有券，言分支而券在其中矣。今俗凡分財分產，皆曰"分支"，其券曰"分書"，可知以"支"為"券"者誤。（《馬樸詩話》，見《明詩話全編》第 4861 頁）

按，出自《譚誤》卷三①。《佩文韻符》："支，券也。"《魏書·盧仝傳》："一支付勛人，一支付行臺。"可見"支"有"券"義。《後漢書·張衡傳》："並質共劑。"王先謙注："質、劑猶今分支契也。並、共猶言交通也。《周禮》曰：'凡買賣者，質劑焉。大市以質，小市以劑。'"《資治通鑒·梁武帝天鑒十六年》："即令行臺軍司給券，當中豎裂，一支付勛人，一支送門下。"元胡三省注："此韓愈《寄崔立之》詩所謂'當如合分支'者也，今人亦謂析產文契爲分支帳。""分支"，如今日之"合同"。清阮葵生《茶餘客話》卷十五《合同》："今人析產及交易，往往立爲合同，以一紙中分，各執其半爲券。按《通鑒》元魏熙平元年立法，在軍有功者，形臺給券，當中豎裂，一支給勛人，一支送門下省，以防僞巧。韓詩云：'異日期對舉，有如合分支。'其由來久矣。"②

（六）桃笙

劉子厚詩云："盛時一失貴反賤，桃笙葵扇安可常。"不知桃笙爲何物。因閱《方言》，晉魏之間，簟謂之笙，乃悟桃笙以桃竹爲簟也。（蘇軾《仇池筆記》卷上，見《宋人詩話外編》第 160 頁）

……《南史·顧憲之傳》：疾疫死者，裹以笙席。益知笙即簟也。左太沖《吳都賦》云："桃笙象簟，韜於筒中。"李善注云：桃枝簟也。東坡不喜《文選》，故不用《吳都賦》。嶺外有桃竹，堅韌可作挂杖。善謂是桃枝，則恐桃枝不能爲簟。當從坡爲桃竹。（朱翌《猗覺寮雜記》卷上，見《宋人詩話外編》第 401 頁）

竹固多種，所謂桃枝竹者，叢生而節疏，亦謂之慈竹，言生不離本

---

① （明）馬樸：《譚誤》，《叢書集成續編》第 17 冊，新文豐出版公司印行，第 619 頁。
② （清）阮葵生：《茶餘客話》，中華書局 1959 年版，第 462 頁。

也。王勃所謂"宗生族茂，天畏地久。萬柢争盤，千株兢紀"者，梁簡文《答献簟書》云"五離九折，出桃枝之翠筍"，皆言桃枝竹也。若桃竹則異是矣，老杜《桃竹杖引》云："江心磻石生桃竹，斬根削皮如紫玉。"則其色正紫。今桃枝竹不然，東坡援柳子厚詩云："盛時一失貴反賤，桃笙葵扇安可常。"初不知桃笙爲何物。偶閱方言，宋魏之間，謂簟爲笙，方悟桃笙以桃竹爲簟也。坡又云："桃竹葉如椶，身如竹，密節而實中，犀理瘦骨。"豈非以此竹爲簟邪？梅聖俞云："誰知廣文直，桃簟冷如冰。"恐亦是用此竹。（宋葛立方《韻語陽秋》卷十六，見《歷代詩話》第 616—617 頁）

《復齋漫錄》云："……余按唐萬年尉段公路《北戶錄》云：("戶"原作"方"，今改。)'瓊州出紅藤簟，《方言》謂之笙，或曰蘧篨，亦曰行唐。'沈約《奏彈歛令仲文秀恣橫》云：'令吏輸六尺笙四十領。'何東坡忘之邪？"苕溪漁隱曰："劉夢得詩：'蕙風香麈尾，月露濡桃笙。'"（宋胡仔《苕溪漁隱叢話後集》第 77 頁）

按，上述詩話皆利用《方言》，得出"桃笙"指用桃竹所編的席子。桃竹，又稱作"桃枝竹"。元李衎《竹譜詳錄》卷三："桃枝竹……嶺外人多種此而不知其爲桃竹，流傳四方，視其端有眼者蓋自東坡出也。今蜀中亦以此爲桃枝竹，北人謂之柴藤，並記於此，以待知者。"[1]可見蜀人所謂的"桃枝竹"，就是"桃竹"。明李時珍《本草綱目》卷二十七《菜部二·竹筍·桃竹筍》："桃枝竹出川、廣中。皮滑而黃，犀紋瘦骨，四寸有節，可以爲席。"[2]而且桃枝竹不僅產自蜀地，也見於廣東一帶。清屈大均《廣東新語》卷二十七《草語·竹》："其美者有桃枝竹，大至四寸，疏節蔥莖，上下如一，皮光滑而黃，蘽而不蔽，名真琊玕。《南越志》云：博羅東洲足簟竹，或有贊者曰：簟竹既大，薄且空中，節長一丈，其直如松，此言桃枝竹也。以爲簟，曰桃笙。"[3]吳語稱席子爲"笙"，故桃笙即爲用桃竹所編的席子。清桂馥《札

[1] （元）李衎著，吳慶峰、張金霞整理：《竹譜詳錄》，山東畫報出版社 2006 年版，第 59 頁。
[2] （明）李時珍著，陈贵廷等點校：《本草綱目》，中醫古籍出版社 1994 年版，第 715 頁。
[3] （清）屈大均：《廣東新語》，中華書局 1985 年版，第 685 頁。

樸》卷四《覽古·笙席》："《漢書·顧憲之傳》：'連歲疾疫，死者大半，棺木尤貴，悉裹以笙席，棄之路旁。'案：左太冲《吳都賦》'桃笙象簟'。劉淵林注云：'桃笙，桃枝簟也，吳人謂簟爲笙。'"① 稱席爲"笙"，得名於細小之義。《廣雅·釋器》："笙，席也。"王念孫疏證："笙者，精細之名。《方言》云：'自關而西，秦、晉之間，凡細貌謂之笙。'簟爲籧篨之細者，故有斯稱矣。"② 清錢繹《方言箋疏》卷二："'笙'之言星星也。《周官·內饔》'豕盲眡而交睫，腥'，鄭注云：'腥，肉有如米者似星。'《釋獸》云：'猩猩，小而好嗁。''星''猩'聲並與'笙'近，義亦同也。"③"星"多用來形容細小，如星火燎原。星：《廣韻》桑經切，心母青韻平聲。笙：《廣韻》所庚切，生母庚韻平聲。二字同爲齒音、梗攝，故音近義通。

（七）屏風

楚辭："紫莖屏風文綠波。"注以屏風爲草名，又曰："屏風，謂葉障風。"今按後說最是。屏音丙，屏風正與綠波爲對，最見工致。宋吳感詩："繡被夜歌青翰檝，綠波春漾紫莖風。"（《楊慎詩話》，見《明詩話全編》第 2757 頁）

按，出自《升菴全集》卷五十二《紫莖屏風》④。關於詩話中的《楚辭》引文，需要說明的是：《楚辭·離騷》"綠"本作"緣"，《文選》引作"綠"。姜亮夫《楚辭通故·文物部第七·緣》："按若作綠，則應以波字爲動詞，不然則中無謂語。然綠波乃漢以後人習用語，皆作一名詞用，不作主謂短語也。依屈宋文法定之，則作緣爲是。""文緣波"即"因循緣波而生文也"⑤。據此，楊慎釋"屏風"爲"葉障風"的理據，即"屏風正與綠波爲對"，就站不住腳了，所以釋"屏風"爲草名更爲恰當。關於屏風爲草名，前人論述

---

① （清）桂馥撰，趙智海點校：《劄樸》，中華書局 1992 年版，第 166 頁。

② （清）王念孫著，鐘宇訊點校：《廣雅疏證》，中華書局 1983 年版，第 262 頁。

③ （清）錢繹撰集，李發舜、黃建中點校：《方言箋疏》，中華書局 1991 年版，第 66 頁。

④ （明）楊慎：《升菴全集》，王雲五主編：《萬有文庫》第二集七百種，商務印書館 1937 年版，第 611 頁。

⑤ 姜亮夫：《楚辭通故》，《姜亮夫全集》（三），雲南人民出版社 2002 年版，第 219 頁。

較多。宋朱熹《楚辭集注》卷七《招魂》第九："屏風，水葵也，又名鳬葵，又名防風，即荇菜也，生水中，莖紫色。"① 明李時珍《本草綱目》卷十九《草部八·蓴菜》："按爾雅云：蓴，接餘也。其葉荇，則鳬葵當作荇葵，古文通用耳。或云，鳬喜食之，故稱鳬葵，亦通。其性情如葵，其葉頗似荇，故曰葵，曰蓴。詩經作荇，俗呼荇絲菜。池人謂之蓴公須，淮人謂之㡡子菜，江東謂之金蓮子。許氏說文謂之藑，音戀。楚詞謂之屏風，云紫莖屏風文綠波，是矣。"②"紫莖屏風"又可簡稱爲"紫莖風""紫屏風"等。如唐陸龜蒙《次和襲美病後春思》："早晚共搖孤艇去，紫屏風外碧波文。"宋吳感《如歸亭》："繡被夜歌青翰檝，綠波春颺紫莖風。"

（八）結帨

《野有死麕》之詩曰："舒而脫脫兮，無感我帨兮，無使尨也吠。"婦人服飾，獨言帨，何也？曰：按內則注云："帨，蓋婦人拭物之巾也。"故居則設之於門右，佩之則分之於左，常以自潔之用也。古者女子嫁則母結帨而戒之。皇甫謐《女怨詩》曰："婚禮臨成，施衿結帨，三命叮嚀。"是也。（《王得臣詩話》，見《宋詩話全編》第 872 頁）

按，出自《麈史》卷二。結帨：繫結佩巾。帨：《說文·巾部》："帥，佩巾也。帨，帥或从兌。"《廣雅·釋器》："帨，巾也。"王念孫疏證："巾者，所以覆物，亦所以拭物。"亦稱"結縭"。《爾雅·釋器》："婦人之褘謂之縭。"郝懿行義疏："褘本蔽膝，齊人謂之巨巾。田家婦女至田野，用以覆首，故亦名巾。女子嫁時用絳巾覆首，故曰結縭，即今之所謂上頭也。"《毛詩注疏》卷八："案《昏禮》言'結帨'，此言'結縭'，則'縭'當是'帨'。"舊俗，古代女子出嫁，母親會爲其繫結佩巾，以告誡其婚後要操持好家務，因此又作爲"出嫁"的代稱。如唐喬知之《定情篇》："由來共結縭，幾人同匪石。"今天，婚禮中新娘蓋蓋頭之俗，正是"結帨"的遺制。民國二十四年《新城

---

① （宋）朱熹撰，蔣立甫校點：《楚辭集注》，上海古籍出版社 2001 年版，第 135 頁。
② （明）李時珍著，陈贵廷點校：《本草綱目》，中醫古籍出版社 1994 年版，第 587—588 頁。

縣志》卷二十一《地俗篇二·方言·釋衣服》："襣謂之蓋頭。《爾雅》：'婦人之襣謂之繂。'繂，綏也。孫炎云：'襣，帨巾也。'《詩·東山》傳云：'縞，婦人之襣也，母戒女施衿結帨。'結帨即結繂也，蓋頭蓋古之遺制也。王安石詩云'地僻獨無茅蓋頭'，此借用。"

（九）佞湯、廉香

　　放翁詩多用新語，如"厚味無人設佞湯，微芬時自注廉香。"自注：以松子胡桃蜜作湯，謂之佞湯。以炭末乳香蜜作濕香，謂之廉香。（周密《浩然齋雅談》卷中，見《宋人詩話外編》第 1499 頁）

按，佞湯：用松子、核桃、蜂蜜熬成的湯。廉香：以碳末、乳香、蜂蜜製成的濕香料。此二詞，《漢語大詞典》未收。

（十）相公

　　丞相稱相公，自魏已然矣。王仲宣《從軍詩》曰："相公征關右，赫怒震天威。"注："曹操爲丞相，故曰相公。"謝靈運《擬陳琳詩》曰："永懷戀故國，相公實勤王。"亦謂曹操也。（吳曾《能改齋漫錄》卷二，見《宋人詩話外編》第 603 頁）

　　韓子華兄弟，皆爲宰相。門有梧桐，京師人以"桐木韓家"呼之，以別魏公也。子華下世，陸農師作爲挽章云："棠棣行中排宰相，梧桐名上識韓家。"皆紀其實也。子華，其家呼爲三相公，持國爲五相公。（吳曾《能改齋漫錄》卷十一，見《宋人詩話外編》第 709 頁）

按，相公：最早是對曹操的稱謂，曹操以丞相的官職封魏公，故稱"相公"，後泛指對丞相的敬稱。宋王讜《唐語林》卷五："元載敗，妻王氏曰：'某四道節度使女，十八年宰相妻。今日相公犯罪，死即甘心，使妾爲春婢，不如死也。'"[1] 陸游《老學庵筆記》卷十："蔡攸初以淮康節領相印，徽宗賜曲宴，因語之曰：'相公公相子。'蓋是時京爲太師，號'公相'。攸卽對曰'人

---

[1]　（宋）王讜撰，周勳初校證：《唐語林校證》，中華書局 1987 年版，第 506 頁。

主主人翁'。"① 清周亮工《書影》卷八："前代拜相者必封公，故稱之曰'相公'。若封王，則稱'相王'。晉簡文帝稱'相王'，武帝在魏時亦稱'相王'。自洪武中革去丞相之號，則有公而無相矣。即初年之制，亦不全沿唐宋：有相而不公者，胡惟庸是也；有公而不相者，常遇春之倫是也；封公拜相，惟李善長、徐達，三百年來，只二位'相公'見耳。"②

（十一）丹墀

《百官志》：尚書郎奏事明光殿，以胡粉塗壁，畫古賢烈士，以丹朱漆地，謂之"丹墀"。夏英公竦舉制科，對策廷下。有老臣者，以吳綾手巾乞題詩。竦題云："殿上袞衣明日月，硯中旗影動龍蛇。縱橫禮樂三千士，獨對丹墀日未斜。"（《王昌會詩話》，見《明詩話全編》第8145—8146頁）

按，丹墀：古代群臣朝見天子之處，因塗成紅色，故稱。墀：《說文·土部》："涂地也。从土，犀聲。《禮》：'天子赤墀。'"《漢書·外戚傳下·孝成班倢伃》："俯視兮丹墀，思君兮履綦。"顏師古注引孟康曰："丹墀，赤地也。"《文選·左思〈魏都賦〉》："周軒中天，丹墀臨焱。"張載注："丹墀，以丹與蔣離合用塗地也。"後代指"朝廷"。如唐岑參《郡齋閒坐》："幸曾趨丹墀，數得侍黃屋。"李嘉祐《送王端赴朝》："君承明主意，日日上丹墀。"代指"朝廷"義，《漢語大詞典》（1/690）未及。

四、比較匯證法

（一）拋青春

退之詩曰："百年未滿不得死，且可勤買拋青春。"《國史補》云："酒有郢之富水、烏程之若下、滎陽之土窟春、富平之石凍春、劍南之燒

---

① （宋）陸遊撰，李劍雄等點校：《老學庵筆記》，中華書局 1979 年版，第 127 頁。

② （清）周亮工：《書影》，上海古籍出版社 1981 年版，第 215 頁。

春。"杜子美詩亦云"聞道雲安麴米春"。裴鉶作《傳奇》記裴航事亦有酒名松醪春。乃知唐人名酒多以春，則拋青春亦必酒名也。《百斛明珠》（宋阮閱《詩話總龜前集》第 302 頁）

按，上述材料，通過類聚與"拋青春"同結構的詞語，證其爲酒名。宋魏仲舉《五百家注昌黎文集》卷三引洪曰："東波云：‘拋青春，必酒名。’予按此詩在江陵作，蓋江陵酒名也。"[1] 又可簡稱爲"青春"。如明高啟《將進酒》："莫惜黃金醉青春，幾人不飲身亦貧。"徐渭《挽陳君之配蔣》："陳君轄我飲青春，焦革賢閨釀絕倫。"一說"早在春秋時期，人們在秋冬之季釀酒，經春始成"[2]，故多以"春"給酒命名。一說"喝酒能使人消沉，虛度光陰，因而酒又有此惡名"[3]。直到今天以"春"命名的酒也不少，如"劍南春""景陽春"等。

（二）義甲

"蟬翼紅冠粉黛輕，雲和新教羽衣成。月光如雪金階上，迸却玻璃義甲聲。"義甲，妓女彈箏護甲也，替指，或以銀，或以玻璃，杜詩"銀甲彈箏卸"是也。其曰"義甲"者，甲外有甲曰義，如假髻曰義髻，樂有義嘴笛，衣服有義襴，皆外也。項羽目所立楚王爲義弟，以義男義女視之，其無道而猾賊甚矣，身死東城，詎非兆於此乎？（明楊慎《升菴詩話》卷十二，見《歷代詩話續編》第 890 頁）

按，義甲：彈撥樂器時所用的一種工具，戴於指端，形似指甲。明楊慎通過排比類聚法，得出"義"有"名義上的；假的"意義。明岳元聲《方言據》卷下《義樓》："新婦遠來暫止之所，謂之義樓。《容齋四筆》：載人物以義名者，如義帝、義兒。髻曰義髻，衣曰義襴之類。又《樂書》：笛外安嘴曰義嘴，彈箏銀甲曰義甲。義字之意俱同，皆非正物，乃暫附而旋去者。《韻

[1]　（宋）魏仲舉：《五百家注昌黎文集》，《景印文淵閣四庫全書》第 1074 冊，第 77 頁。
[2]　劉新明：《古詩文中酒的代稱》，語文報社《語言·萬象》，華夏出版社 2010 年版，第 35 頁。
[3]　林倫倫、朱永鍇：《古詩文別稱詞與中國文化》，暨南大學出版社 1993 年版，第 13 頁。

會》云：‘以外合內曰義。’莊云：‘義臺路寢。’”①“義”之“假”義今天依見。民國十八年《威縣志》卷十四《風俗志下·方言》：“義子，養異姓子爲己子也。謝肇淛《文海披沙》：項羽尊懷王爲義帝，猶假帝也。唐人謂假髻曰義髻，彈筝假甲曰義甲，皆以外置而合宜者，故今人謂假父曰義父，假子曰義子義女。”

五、方言佐證法

（一）淋露／惏露、護霜

方言可以入詩，吳中以八月露下而雨謂之淋露，九月霜降而雲謂之護霜。竹坡周少隱有句云：“雨細方淋露，雲疎欲護霜。”（《費袞詩話》——《宋詩話全編》第 6777 頁）

周紫芝詩：“雨細方惏露，雲疏欲護霜。”吳旦生曰：“吳中以八月露下而雨，謂之惏露。九月霜降而雲，謂之護霜。紫芝以方言入詠也。陸放翁詩：‘雲輕無力護清霜。’高季迪詩：‘江雲薄護霜。’《留青日札》云：‘天有雲則無霜，名護霜天。’則誤矣。”（清吳景旭《歷代詩話》第 920 頁）

按，首條出自《梁谿漫志》卷七《方言入詩》。淋露／惏露：吳語稱農曆八月降下的小雨爲“淋露／惏露”。護霜：吳語稱農曆九月形成的厚層雲爲“護霜”。宋陸泳《吳下田家志》：“是月露下而雨，爲淋露雨。九月霜降而雲，爲護霜雲。”②明婁元禮《田家五行》卷上《論雲》：“冬天近晚，忽有老鯉斑雲起，漸合成濃陰者，必無雨，名曰護霜天。”③清同治《蘇州府志》卷三《風俗》：“八月露下而雨爲‘淋露雨’，九月霜而雲爲‘護霜雲’。”“淋露雨”，亦作“林露雨”。明弘治《上海志》卷一《疆域志·風俗》：“八月，露下而雨，爲林露雨。九月，霜降而雲，爲護霜雲。”《大詞典》（5/1346）“淋露”

---

① （明）岳元聲：《方言據》，商務印書館《叢書集成初編》本，1937 年版，第 32 頁。
② （明）楊循吉等著，陳其弟點校：《吳中小志叢刊》，廣陵書社 2004 年版，第 164 頁。
③ 江蘇省建湖縣《田家五行》選釋小組：《〈田家五行〉選釋》，中華書局 1976 年版，第 27 頁。

條，僅以宋費袞《梁谿漫志·方言入詩》作爲書證，可增補以上例子。

（二）稜

"塹抵公畦稜"，京師農人指田云幾稜。去聲（宋黄徹《䂬溪詩話》卷十，見《歷代詩話續編》第396頁）

俗呼"一條"曰"一稜"，杜少陵夔州詩，用之曰："塹抵公畦稜。"（清宋長白《柳亭詩話》卷七，第169—170頁）

按，稜：量詞，一作"棱"，《玉篇·禾部》："稜，盧登切，俗棱字。"唐宋時用作約計田畝遠近的單位。《古今韻會舉要·二十五徑與證嶝通》："稜……農人指田遠近多曰幾稜。"清仇兆鰲《杜詩詳注》卷十九引朱注："按《韻書》，稜字無去音，蓋方言也。陸龜蒙詩：'我本曾無一棱田，平生笑傲空漁船。'稜亦作去聲用。"① 清翟灝認爲"稜"讀仄聲，當是"埨"的借字。《通俗編》卷三十二《數目·一棱》："《韻書》棱無側聲，而《集韻》以土壟爲埨，力準切，二字或可通耶。"② 稜：《廣韻》魯登切，來母登韻平聲。"埨"《集韻》有二音：縷尹切，來母準韻上聲。又盧困切，來母慁韻去聲。"力準切"，即"縷尹切"。"稜""埨"二字音近可通。但"埨"讀上聲，而非去聲。實際上，"稜"讀去聲，本字當爲"疄"。"疄"《廣韻》有二音：良刃切，來母震韻去聲。又力珍切，來母真韻平聲。《正字通·田部》："離呈切，音陵，田壟。""稜"與"疄"僅是鼻音韻尾前後的不同。清光緒二十八年《寧海縣志》卷二十三《雜志·方言》："田地壟數曰疄。音鄰，或作稜。"民國《象山縣志》卷十七《方言考》："疄《廣韻》：田隴，又壟，菜畦，並力珍切。"又"稜"不限於田地，姜亮夫《昭通方言疏證·釋詞》卷一《稜》："昭人謂物之有階段者曰稜，如竹一節曰竹一稜，田一畦曰田一稜。"③ 而"稜"讀平聲時，多作名詞"田埂"義。"今關中方言稜讀陽平，只指田埂，沒有量詞的用法"④。

① （唐）杜甫著，（清）仇兆鰲注：《杜詩詳注》，中華書局1979年版，第1711頁。

② （清）翟灝：《通俗編》（附《直語補正》），商務印書館1958年版，第724頁。

③ 姜亮夫：《昭通方言疏證》，《姜亮夫全集》（十六），雲南人民出版社2002年版，第63頁。

④ 劉百順：《關中方言詞語考》，《西北大學學報》（哲學社會科學版）1994年第4期。

六、民俗論證法

（一）潑散

　　淮人歲暮家人宴集曰潑散。韋蘇州云："田婦有嘉獻，潑散新歲餘。"（朱翌《猗覺寮雜記》卷上，見《宋人詩話外編》第 414 頁）

　　按，潑散：亦作"潑灑""潑撒""拋撒"。"散""撒""灑"音近義通，古代江淮一帶的除夕家宴。日人岡千仞《觀光紀游》卷七《滬上再記》："《清嘉錄》：'歲末會飲，曰潑散會。'中土亦有此事。"[1] 但"潑散"一詞，在各地所釋不同，如井陘縣、定縣，"潑散"則與祭祀有關。民國《井陘縣志·陋俗》："在田畝間食飯者，未食之先，以飯少許，向四方亂撥，俗謂之"潑散"，意謂先祭百神也。又鄉愚當飲酒之先，以中指醮酒少許，在杯側點三點，然後敢飲，蓋亦潑散之意。"民國二十三年《定縣志》卷二十一《志餘·雜志上·方言》："拋撒，潑散也。田農以飯潑地而祭日，拋撒然爲潑散之轉音。""拋"與"潑"乃一聲之轉。甚至是同一個地方，不同時期，其內涵也有所不同。高岱明《淮安飲食文化》言"淮地風俗：年前，親友鄰里間，互贈年糕包子茶食、炒貨鹹貨熟食，以通有無，叫'潑散'"[2]。《漢語大詞典》（6/157）"潑散"下未及"今淮安親友鄰里間互贈熟食，以通有無"義。

（二）伴姑

　　越中故事：娶新婦至，必選處女迎之，號曰"伴姑"。茅吟曰："十六作伴姑，含情語鄰姆。今日新嫁娘，問年才十五！"（清袁枚《隨園詩話》卷十，第 334 頁）

　　按，"伴姑"一詞，在不同時期有不同的解釋。宋元時期表示對農村青年婦女的稱謂，或元雜劇中對飾演農村姑娘角色的通稱。詳見顧學頡、王學奇《元曲釋詞》（一）"伴姑"條[3]。清以後，"伴姑"多指婚禮中迎接、陪

---

① ［日］人岡千仞：《觀光紀遊》，中華書局 2009 年版，第 156 頁。
② 高岱明：《淮安飲食文化》，中共黨史出版社 2002 年版，第 150 頁。
③ 顧學頡、王學奇：《元曲釋詞》（一），中國社會科學出版社 1983 年版，第 75 頁。

伴新娘的少女，相當於後世所說的"伴娘"。清光緒三年《黃巖縣志》卷三十一《風土志一·民風》："未婚男二人謂之伴郎，閨女二人謂之伴姑。"民國二十四年《羅定志》卷一《地理志第六·風俗》："女子將嫁，深自閉藏，父母選少女伴之，謂之伴姑。親屬具牲酒爲餞，女唱驪泣別。"《大詞典》（1/1280）在"伴姑"第二個義項下言"舊時婚禮中迎接並陪伴新娘的少女"，不盡善，當釋爲"方言。清以後，指婚禮中迎接並陪伴新娘的少女"。

七、實地觀察法

（一）鐵鑊

京口北固山甘露寺，舊有二大鐵鑊，梁天監中鑄。東坡《游寺》詩云："蕭翁古鐵鑊，相對空團團。坡陀受百斛，積雨生微瀾。"是也。予往來數見之，然未嘗稽考本何物，爲何用也。近復游於寺，因熟觀之，蓋有文可讀，云："天監十八年太歲乙亥十二月丙午朔十日乙卯，皇帝親造鐵鑊於解脫仏_{古佛字}殿前。滿漫滅一字甘泉，種以荷〔蕖〕（葉），供養十方一切諸仏。以仏神力遍至十方，盡虛空界，窮未來際，令地獄苦鑊變爲七珍寶池，地獄沸湯化爲八功德水，一切四生，解脫眾苦，如蓮花在泥，清淨無染，同得安樂，到涅槃城。斯鑊之用，本在烹鮮，八珍與染，五味生纏。我皇淨照，慈被無邊，法喜禪悅，何取_{又漫一字}。檀。緣造斯器，回成勝緣。如含碧水，_{又漫一字}。發經蓮。道場供養，永永無邊。"其後又云："帥吳虎子近禁道真概懷於佐陳僧圓承宋_{又漫一字}。令宣令鄭休之。"義不可曉，疑當時干造之人耳。又一行云："五十石鑊"，然形制不能容今之五十石。蓋古之斗斛小也。始知二鑊乃當時植蓮供養佛之器耳。（張邦基《墨莊漫錄》卷七，見《宋人詩話外編》第531—532頁）

按，此段文字又見於明焦竑《焦氏筆乘續集》卷四《解脫殿鐵鑊》[①]。鐵鑊：

[①]　（明）焦竑撰，李劍雄點校：《焦氏筆乘》，上海古籍出版社1986年版，第298頁。

種植蓮花，以供佛家之用的器具，亦稱"蓮鑊"。南朝宋劉澄之《鄱陽記·三鐵鑊》："弋陽嶺上多密岩，宋元嘉中，有人見其岩内三鐵鑊。鑊各容百斛，中生蓮花。他日往尋，不知所在。"可見這裏所說的"鐵鑊"不是常見的用來烹煮東西的大鍋。如晉佚名《九眞中經》卷下："取錫十斤於鐵鑊熬之半日。"此詞，《漢語大詞典》未收。

（二）牧護歌

　　蘇溪作此歌，余嘗問深知教相俗諱，人皆莫能說"牧護"之義。余首在巴梜間六年，問諸道人，亦莫能說。他日船宿雲安野次，會其人祭神，罷而飲福，坐客更起舞而歌《木瓠》。其詞有云："聽說商人木瓠，四海五湖曾去……"中有數十句皆敘賈人之樂，末云："一言爲報諸人，倒盡百瓶歸去。"繼有數人起舞，皆陳述已事，而始末略同。問其所以爲"木瓠"，蓋刓曲木，狀如瓠，擊之以爲歌舞之節云。乃悟"牧護"蓋木瓠也。如石頭和尚因魏伯陽《參同契》也，其體制便皆似之。徧《傳燈錄》時，文士多竄翰墨於其間。故其不知者，輒改定以就其所知耳。此最校書之病也。（《黃庭堅詩話》，見《宋詩話全編》第 965 頁）

　　按，出自《山谷別集》卷十《題牧護歌後》。牧護歌：唐宋時代的一種曲調。關於其來源，主要有二說，一說"牧護歌"爲地方風俗民歌，是"木瓠歌"之訛，曲木如瓠，叩擊時發出聲音作爲歌舞的節奏。牧：《廣韻》莫六切，明母屋韻入聲。護：《廣韻》胡誤切，匣母暮韻去聲。木：《廣韻》莫卜切，明母屋韻入聲。瓠：《廣韻》胡誤切，匣母暮韻去聲。又戶吳切。故"牧護"與"木瓠"音近可通。"牧護歌"，宋洪邁《容齋四筆》引作"穆護歌"，也認爲"穆護"當爲"木瓠"。一說"牧護歌"是波斯火祆教歌曲。"牧護"，本是瑣羅亞斯德教祭司 Mogu 的漢文音譯，也用來稱呼祆教信徒[1]。宋姚寬《西溪叢語》卷上言："予長兄伯聲，嘗考火祆字，其畫從夭，胡神也。音醯堅切，教法佛經所謂摩醯首羅也。本起大波斯國，號蘇魯支，有

---

[1]　饒宗頤：《穆護歌考》，《饒宗頤史學論著選》，上海古籍出版社 1993 年版，第 404—441 頁。

弟子名玄真，習師之法，居波斯國大總長如火山，後行化於中國。……至
唐貞觀五年，有傳法穆護何祿，將祆教詣闕聞奏。……《教坊記》曲名有
牧護子，已播在唐樂府。《崇文書》有《牧護詞》，乃李燕撰六言文字，記
五行災福之說。則後人因有作語爲《牧護》者，不止巴人曲也。祆之教
法蓋遠，而穆護所傳，則自唐也。蘇溪作歌之意，正謂旁門小道似是而非
者，因以爲戲，非效《參同契》之比。山谷蓋末深考耳。且祆有祠廟，因
作此歌以賽神，固未知劉作歌詩止效巴人之語，亦自知其源委也。"[1] 明于
慎行《穀山筆塵》卷十七《釋道》："唐會昌中沙汰僧尼，凡毀寺四千六百
餘區，毀招提、蘭若四萬餘區，歸俗僧尼二十六萬，大秦穆護祆僧二千餘
人，收良田數千萬頃，奴婢十五萬人。蓋官造者爲寺，私造者爲招提、蘭
若。大秦穆護者，釋氏之外教，如摩尼之類。祆，胡神也。唐制，祠部歲
再祀磧西、渚洲火祆，官品亦有祆正，蓋主祆僧也。武宗好道教，故汰僧
耳。"[2] 明方以智《通雅》卷二十九《樂曲·穆護煞西曲也》："智見唐有大
秦穆護祆从天音軒僧二千餘人，今以曲名，蓋西方之音。如伊州曲、梁州曲
也。"[3] 通過二說的比較，"牧護歌"作爲西方之曲說的證據更爲豐富、可靠，
由於是外來詞，故 "牧護" 有不同的書寫形式，亦作 "穆護" "木瓠" "木
斛" "摸胡" 等。

第二節　詞義演變的研究

一、詞義演變的方式

這裏所說的詞義演變方式，在詩話中的表現主要是：義位增加、詞義擴
大、詞義縮小、詞義情感色彩變化。

---

① （宋）姚寬撰，孔凡禮點校：《西溪叢語》，中華書局 1993 年版，第 41—43 頁。
② （明）於慎行撰，呂景琳點校：《穀山筆塵》，中華書局 1984 年版，第 197 頁。
③ （明）方以智：《通雅》，《景印文淵閣四庫全書》第 857 冊，第 568 頁。

（一）義位增加

1. 白打

　　余在蜀，見東坡先生手書一軸曰："黃幡綽告明皇，求作白打使，此官亦快人意哉！"味東坡語，似以"白打"爲搏擊之意。然王建《宮詞》云："寒食内人長白打，庫中先散與金錢。"則白打似是博戲耳，不知公意果何如耳？（《陸游詩話》，見《宋詩話全編》第 5827 頁）

　　王建詩："寒食内人嘗白打，庫中先散與金錢。"韋莊詩："内官初賜清明火，上相閑分白打錢。"用修云："白打錢，戲名。"未明指爲何事。按《齊雲論》："白打蹴踘，戲也。兩人對踢爲白打，三人角踢爲官場。"又丁晉公有"白打大蹀斯"。（《焦竑詩話》，見《明詩話全編》第 4922—4923 頁）

　　按，首條出自《老學庵續筆記》卷一①。末條出自《焦氏筆乘》卷三《白打錢》②。"白打"有二義：一義爲蹴鞠時兩人對踢之名。清郝懿行《證俗文》卷六《蹋鞠》："案：古曰蹋鞠，漢以前。後世曰打毬，魏晉以後。……其采名白打。《蹴踘譜》：'每人兩踢名打曳，開大踢名白打。'韋莊詩：'内官初賜清明火，上相間分白打錢。'打亦蹋也。蹋以足，今始有以手打者，亦曰打毬。"③尚秉和《歷代社會風俗事物考》卷四十《各種遊戲·打球之時節及其規矩》："自隋唐以來，打球多於春日。而寒食爲此者尤多。白居易詩云：'蹴球塵不起，潑火雨初晴。'是其證。其詳在歲時伏臘中，《事物紺珠》云：'球兩人對踢，爲白打。三人角踢，爲官場。球會曰員社。'故韋莊詩：'内官初賜清明火，上相閑分白打錢。'蓋打球時以錢爲賭也。"④故陸游言"'白打'似是博戲耳"。吳曉鈴《說"白打"》一文提出"白打"是"步打"的俗稱⑤。不確。清王世禎《五代詩話》卷四："有步打，有跌打，有白打。能懸空觔斗，腳不及地者，謂之跌打；不在馬上，

───────────

① （宋）陸遊撰，李剑雄、刘德权點校：《老學庵續筆記》，中華書局 1979 年版，第 138 頁。

② （明）焦竑撰，李劍雄點校：《焦氏筆乘》，上海古籍出版社 1986 年版，第 105 頁。

③ 安作璋主編：《郝懿行集》（3），齊魯書社 2010 年版，第 2381 頁。

④ 尚秉和：《歷代社會風俗事物考》，江蘇古籍出版社 2002 年版，第 351 頁。

⑤ 吳曉鈴：《說"白打"》，《吳曉鈴集》（第 5 卷），河北教育出版社 2006 年版，第 104 頁。

能與人角力，謂之步打。……按《武陵舊事》云：宋理宗祇應人有女廝撲十人。此即堂時步打之遺意。《齊雲倫》曰：白打，蹴毬戲也。兩人對踢爲白打，三人腳踢爲官場。"① 可見，"步打"與"白打"雖然都是一種球戲，但遊戲形式是不一樣的。具體來說，"白打"是用腳踢毬。"步打"是徒步用棍打毬，是唐代彩杖擊球的一種形式，彩杖擊毬分爲馬上擊毬和步行擊毬，前者稱爲"打毬"，後者即爲"步打"。"步打"類似於今天的曲棍球。葉大兵、烏丙安《中國風俗辭典》"娛樂類·步打毬"條言："與現代曲棍球相似，唐王建《宮詞》：'殿前鋪設兩邊樓，寒食宮人步打毬。一半走來爭跪拜，上棚先得謝頭籌。'"② 關於"步打"與"白打"的區別，詳見王鍈、曾明德《詩詞曲語辭集釋》"打毬步打白打"條③。

　　一義是空手搏擊爲"白打"，俗稱"打拳""打手"。明徐應秋《玉芝堂談薈》卷三十一《白打錢》："按：白打，徒搏也。武藝共十八般：……十七綿繩套索，十八白打。"④ 朱國禎《湧幢小品》卷十二《兵器》："白打即手搏之戲。唐莊宗用之賭郡，張敬兒仗以立功。俗謂之打拳，蘇州人曰打手。能拉人骨至死，死之速遲全在手法，可以日月計。兼亦用棍，棍徒之説，殆取諸此。"⑤ 清許仲元《三異筆談》卷四《拳勇》："拳勇之技，《武備志》列第十八，即唐宋所謂白打。其傳以三峰爲内家，少林爲外家。"⑥

　　2. 折盤

　　　　張衡作《南都賦》云："怨西荊之折盤。"李善云："即楚舞也。折盤，舞貌。"余謂盤有兩義，亦有榮舞也。張衡《七盤舞賦》云："歷七盤而

① （清）王世禎原編，鄭方坤刪補，戴鴻森校點：《五代詩話》，人民文學出版社 1989 年版，第 186—187 頁。

② 葉大兵、烏丙安：《中國風俗辭典》，上海辭書出版社 1990 年版，第 634 頁。

③ 王鍈、曾明德：《詩詞曲語辭集釋》，語文出版社 1991 年版，第 88—90 頁。

④ （明）徐應秋：《玉芝堂談薈》，《筆記小說大觀》第 11 冊，江蘇廣陵古籍刻印社 1983 年版，第 358 頁。

⑤ 朱國禎：《湧幢小品》，中華書局 1959 年版，第 263 頁。

⑥ （清）許仲元：《三異筆談》，《筆記小說大觀》第 20 冊，江蘇廣陵古籍刻印社 1983 年版，第 470 頁。

縱蹕。"鮑照詩云："七盤起長袖。"樂府詩云："妍袖陵七盤。"《宋書·樂志》曰："盤舞，漢曲也。漢有柈舞，而晉加之以盃，言接盃盤於手上而反覆之，至危也。"凡此者，皆謂用槃而舞，非盤旋之義。（宋葛立方《韻語陽秋》卷十五，見《歷代詩話》第604頁）

按，折盤：舞時轉折、盤曲貌。《文選·張衡〈南都賦〉》："結《九秋》之增傷，怨《西荊》之折盤。"李善注："《西荊》，即楚舞也。折盤，舞貌。"此外，宋葛立方又提出"折盤"即"七盤"，亦作"七槃"。"七"乃"折"之聲轉。其義是舞者手執七個木盤而舞，或在盤的周圍或盤上舞蹈。兩漢時稱爲"盤舞"或"柈舞"。西晉時又於七個盤上各添一小杯，稱爲"杯柈舞"。《宋書·樂志一》："張衡《舞賦》云：'歷七槃而縱蹕。'王粲《七釋》云：'七槃陳於廣庭。'近世文人顏延之云：'遞間關於槃扇。'鮑照云：'七槃起長袖。'皆以七槃爲舞也。"《舊唐書·音樂志二》："樂府詩云：'妍袖陵七盤'，言舞用盤七枚也。""折盤"的"七盤"義，《漢語大詞典》（6/384）未及。

3.欄杆

欄杆有三義：木之欄杆，人人所知，若曹植詩曰"月落參橫，北斗欄杆"。欄杆，橫斜貌也，又長恨歌曰"玉容寂寞淚欄杆"。欄杆，眼眶也，故韻書有眼眶之訓。（《郎瑛詩話》，見《明詩話全編》第2360頁）

按，明郎瑛《七修類稿》卷二十八《辯證類·欄杆》記載了"欄杆"一詞的三個意義①。其中"木之欄杆"，又寫作"闌干""欄干"。唐玄應《一切經音義》卷一於"欄"下注："又作闌。……《說文》：'闌，檻也。'"明朱國禎《涌幢小品》卷三十《西南夷》："闌干之名起於北魏，南蠻中，依樹積水以居，名曰闌干，大小隨其家口之數，往往推一長者爲王。入唐，此二字成雅語矣。"②如唐李白《清平調三首》其三："解釋春風無限恨，沉香亭北倚闌干。"李紳《宿揚州水館》："閒憑欄干指星漢，尚疑軒蓋在樓船。"古時縱木爲欄，橫木爲杆，故引申出"橫斜"義。又由"眼淚縱橫"義，引申出"眼眶"

① （明）郎瑛：《七修類稿　七修續稿》，《續修四庫全書》第1123冊，第199頁。
② （明）朱國禎：《涌幢小品》，中華書局1959年版，第705頁。

義。而"橫斜"和"眼眶"二義，古書中常寫作"闌干"。"橫斜"義，如三國魏曹植《善哉行》："月沒參橫，北斗闌干。"《吳越春秋・勾踐入臣外傳》："王與夫人歎曰：'吾已絶望，永辭萬民，豈料再還，重復鄉國。'言竟掩面，涕泣闌干。"《古今韻會舉要・十四寒與歡通》："干，……又眼眶謂之闌干。"如唐韋莊《秦婦吟》："妾聞此老傷心語，竟日闌干淚如雨。"宋毛滂《惜分飛》詞："淚濕闌干花著露，愁到眉峰碧聚。"明羅洪先《九日如玄潭》："喚得魚舟來借渡，隔江人影在闌干。"

4. 崖蜜

東坡《橄欖》詩："待得餘甘回齒頰，已輸崖蜜十分甜。"王立之《詩話》云：崖蜜櫻桃，出《金樓子》。坡意正爲蜜爾，言餘甘者，甘味有餘，非果中餘甘也。立之見餘甘爲果，遂以崖蜜爲櫻桃。杜詩云："充腸多薯蕷，崖蜜亦易求。"又云："崖蜜松花白。"皆蜜蜂之蜜也。然則崖蜜豈專是櫻桃？且櫻桃非十分甜者，又不與橄欖同時。（朱翌《猗覺寮雜記》卷上，見《宋人詩話外編》第 402 頁）

東坡《橄欖》詩曰："待得微甘回齒頰，已輸崖蜜十分甜。"《冷齋夜話》謂事見《鬼谷子》，崖蜜，櫻桃也。漫叟、漁隱諸公，引《本草》"石崖間蜂蜜"爲證。僕謂坡詩爲橄欖而作，疑以櫻桃對言，世謂棗與橄欖爭曰："待你回味，我已甜了。"正用此意。蜂蜜則非其類也。固自有言蜂蜜處，如張衡《七辯》云："沙餳石蜜。"乃其等類。閩王遺高祖石蜜十斛，此亦一石蜜也。僕嘗考之，石蜜有數種，《本草》謂崖石間蜂蜜爲石蜜，又有所謂乳餳爲石蜜者，《廣志》謂蔗汁爲石蜜，其不一如此。崖石一義，又安知古人不以櫻桃爲石蜜乎？觀魏文帝詔曰："南方有龍眼荔枝，不比西園蒲萄石蜜。"以龍眼荔枝相對而言，此正櫻桃耳，豈餳蜜之謂邪？坡詩所言，當以此爲證。（王楙《野客叢書》卷十七，見《宋人詩話外編》第 1083 頁）

按，"崖蜜"一詞，有二義：一爲"櫻桃"的別名。明彭大翼《山堂肆考》卷二百七十《果品・櫻桃》："櫻桃一名含桃，以爲鶯鳥所含也。一名崖蜜。一名牛桃。一名麥英。一名荊桃。"清光緒十二年《順天府志》卷五十

《食貨志二·物產·果屬》："櫻桃。《寧河關志》：櫻桃，鶯取含食，故一名含桃，或呼崖蜜，熟最早。"《黃山志》："山嬰桃，一名崖蜜……按《爾雅》楔音夏，荊桃也。孫炎注：即今櫻桃，最大而甘者謂之崖蜜，謂櫻桃矣。然櫻桃乃櫻，非桃也。嬰桃生山中，故曰崖蜜，又何疑焉。"二爲"石蜜"的異稱，指山崖間野蜂所釀的蜜。宋程大昌《演繁露》卷二《石蜜》："又有崖蜜者，蜂之釀蜜，即峻崖懸實其窠，使人不可攀取也。而人之用智者，伺其窠蜜成熟，用長杆繫木桶，度可相及，則以竿刺窠，窠破，蜜注桶中，是名崖蜜也。"① 清仇兆鰲《杜詩詳注》卷十八引《本草》言："白蜜，一名崖蜜，蓋蜂釀松花所成。"② 檀萃《滇海虞衡志·志第十》："崖蜜，出於滇。山民因崖累石爲窩以招蜂而蜂聚，其蜜甚白，真川蜜也。"③ 故漢語《大詞典》(3/830) 引明李時珍《本草綱目·蟲一·蜂蜜》言"山崖間野蜂所釀的蜜"的特點爲"色青，味微酸"，不完善，當言"色青或白"。

5. 白雲

　　白雲一也，而有數義。鄭子以秋官爲白雲。《類要》云："白雲司職，人命是懸"，皆言官名也。陶洪景詩："山中何所有？隴上多白雲。只可自怡悅，不堪持寄君。"狀景也。狄人傑，白雲孤飛，曰："吾親舍其下。"人以爲思親事。梁瑄不歸，璟每見東南白雲，即立望，慘然久之，復以爲思兄事。白樂天詩："清光莫獨佔，亦對白雲司。"蓋指秋雲言也。（趙彥衛《雲麓漫鈔》卷十，見《宋人詩話外編》第 1038 頁）

按，白雲：白色的雲。《詩經·小雅·白華》："英英白雲，露彼菅茅。"又爲黃帝時掌刑獄之官。《漢書·百官公卿表上》"黃帝雲師雲名"顏師古注引漢應劭曰："黃帝受命有雲瑞，故以雲紀事也。由是而言，故春官爲青雲，夏官爲縉雲，秋官爲白雲，冬官爲黑雲，中官爲黃雲。"又喻思親。《舊唐書·狄仁傑傳》："其親在河陽別業，仁傑赴並州，登太行山，南望見白雲孤

---

① （明）朱國禎：《湧幢小品》，中華書局 1959 年版，第 705 頁。
② （唐）杜甫著，（清）仇兆鰲注：《杜詩詳注》，中華書局 1979 年版，第 1624 頁。
③ （清）檀萃著，宋文熙、李東平校注：《滇海虞衡志校注》，雲南人民出版社 1990 年版，第 259 頁。

飛，謂左右曰：‘吾親所居，在此雲下。’瞻望佇立久之，雲移乃行。”

6. 玉堂

今人動以“金馬玉堂”稱翰林。余案：宋玉《風賦》：“徜徉中庭，比上玉堂。”《古樂府》：“黃金爲君門，白玉爲君堂。”泛稱富貴之家，非翰林也。漢武帝命文學之士，待詔金馬門。“金馬”二字，與文臣微有干涉。至于谷永對成帝曰：“抑損椒房玉堂之盛寵。”顏師古注：“玉堂，嬖幸之舍也。《三輔黃圖》曰：‘未央宮有殿閣三十二，椒房、玉堂在其中。’”是“玉堂”乃宮闈妃嬪之所，與翰林無干。宋太宗淳化中賜翰林“玉堂之署”四字，想從此遂專屬翰林耶？（清袁枚《隨園詩話》卷十五，第 508 頁）

按，“玉堂”一詞，在文獻中常見，按照《大詞典》（4/496）的解釋，“玉堂”一詞，共有七個義項，諸如宮殿名、官署名、妃嬪的居所等，其中“玉堂”之“翰林”義，當始自唐代，而非袁枚和《大詞典》所說的宋之後。宋葉夢得《石林燕語》卷七：“學士院正廳曰‘玉堂’，蓋道家之名。初，李肇《翰林志》末言居翰苑者，皆謂‘凌玉清，溯紫霄’，豈止於‘登瀛洲’哉！亦曰‘登玉堂’焉。自是遂以‘玉堂’爲學士院之稱，而不爲榜。太宗時，蘇易簡爲學士，上嘗語曰：‘“玉堂”之設，但虛傳其說，終未有正名。’乃以紅羅飛白‘玉堂之署’四字賜之。易簡卽扃鐍置堂上。每學士上事，始得一開視，最爲翰林盛事。紹聖間，蔡魯公爲承旨，始奏乞摹，就杭州刻榜揭之，以避英廟諱，去下二字，止曰‘玉堂’云。”① 如《全唐詩》卷六百八十韓偓《雨後月中玉堂閑坐》：“夜久忽聞鈴索動，玉堂西畔響丁東。”自注：“禁署嚴密，非本院人，雖有公事，不敢遽入。至於內夫人宣事，亦先引鈴。每有文書，即內臣立於門外，鈴聲動，本院小判官出受。受訖，授院使，院使授學士。”

7. 海紅

世俗每云紛紜不靖爲海紅花，今人不惟不知紛紜不靖之意，亦未知

---

① （宋）葉夢得撰，宇文紹奕考異，侯忠義點校：《石林燕語》，中華書局 1984 年版，第 105 頁。

海紅花。吾友王蔭伯家有一本，即山茶花也。但朵小而花瓣不大，放開其葉，與花叢雜，蓬菘不見枝幹，真可謂紛紜不靖也。自十二月開至二月，故劉菊莊詩云："小院猶寒未暖時，海紅花發晝遲遲。半深半淺東風裏，好似徐熙帶雪枝。"又世傳一種寶珠花，亦肖山茶。但花極紅而葉極綠，間雜甚可愛也，殊不知亦山茶也。故古詩有"淺為玉茗深都勝，大曰山茶小海紅。"則知今寶珠乃都勝，粉紅者為玉茗。大朵為山茶，小朵為海紅矣。若格物論所載，其名尚多，然耳目所接，不過四種。觀其論曰，皆粉紅色是耳。惜楊升庵於丹鉛，亦曰未詳為何花。（《郎瑛詩話》，見《明詩話全編》第 2348 頁）

菊莊劉士亨《詠山茶》詩云："小院猶寒未煖時，海紅花發景遲遲。半深半淺東風裏，好似徐熙帶雪枝。"蓋海紅即山茶也。而古詩亦有淺為玉茗，深為都勝，大曰山茶，小曰海紅。（《楊慎詩話》，見《明詩話全編》第 2805—2806 頁）

劉長卿集有《夏中崔中丞宅見海紅搖落一花獨開》詩。海紅未詳為何花。後見李白詩注云："新羅國多海紅，唐人多尚之，亦戎王子之類也。"又柑有名海紅者，見《橘譜》。（明楊慎《升菴詩話》卷七，見《歷代詩話續編》第 786 頁）

按，首條出自《七修類稿》卷二十二《辯證類·海紅花》①。第二條出自《升菴全集》卷七十九《海紅花》②。"海紅"一詞，據上述材料，有二義。一為"山茶"的別稱，亦名"茶梅"。明田藝蘅《留青日札》卷三十二《茶梅》："蓋山茶一種數名，花極紅，而瓣極厚者，曰都勝，即今寶珠也。又，以其心紅簇如鶴頂，故曰鶴頂。色淡而無心者曰玉茗，即今粉紅山茶。嘗憶古詩有云：'淺為玉茗深都勝，大曰山茶小海紅。'"③民國十五年《續修玉溪縣志》卷五《物產·茶花》："海紅，即淺紅山茶，自十二月開至二月，與梅同

時，故一名茶梅。”一爲“柑”的一種。宋趙彦衛《雲麓漫鈔》卷二：“永嘉人呼柑之大而可留過歲者曰‘海紅’。按《古今注》：‘甘實形如石榴者，謂之壺甘。’”① 韓彦直《橘錄》卷上《海紅柑》：“海紅柑，顆極大，有及尺以上圍者。皮厚而色紅，藏之久而愈甘。木高二三尺，有生數十顆者，枝重委地，亦可愛。是柑可以致遠，今都下堆積道旁者多此種。初因近海，故以海紅得名。”②

此外，還有二義，一爲“海棠花”的別稱。宋鄭樵《通志二十略·昆蟲草木略》第二《果類》：“棃之類多。《爾雅》曰：‘樼，蘿。’山棃也。又曰：‘棃，山檔。’野出之棃小而酢者。又曰：‘杜，甘棠。’《詩》所謂“蔽芾甘棠”也，謂之棠棃，其花謂之海棠花，其實謂之海紅子。又曰：‘杜，赤棠。白者，棠。’此別棠棃赤白之異也。”③ 明李時珍《本草綱目》卷三十《果部二·海紅》：“按李德裕《草木記》云：凡花木名海者，皆從海外來，如海棠之類是也。又李白詩注云：海紅乃花名，出新羅國甚多。則海棠之自海外有據矣。”④ 一爲“蛤”的別稱。元羅天益《衛生寶鑒》卷八《趁風膏》：“紅海蛤，如棋子大者，一本云海紅蛤。”⑤ 明屠本畯《閩中海錯疏》卷下《海紅》：“形類赤蛤而大。”⑥ 亦名“貽貝”。《唐山市志·水產·貽貝》：“俗稱‘海紅’。”

8. 白著

　　唐既平劉展江淮之亂，上元間租庸使元載以吳越雖兵荒後，民產猶給，乃辟召豪吏分宰列邑而重斂之，時人謂之“白著”，言其役斂無名，其所著者皆公然明白無所嫌避。一云，世人謂酒酣爲白著，既爲刻薄之役，不堪其弊，則必顛沛酩酊如醉者之著也。渤海高亭有詩曰：“上元官吏稱剝削，江淮之人皆白著。”（宋阮閱《詩話總龜前集》第 358 頁）

---

① （宋）趙彦衛撰，傅根清點校：《雲麓漫鈔》，中華書局 1996 年版，第 24 頁。
② （宋）韓彦直：《橘錄》，《景印文淵閣四庫全書》第 845 冊，第 162 頁。
③ （宋）鄭樵撰，王樹民點校：《通志二十略》，中華書局 1992 年版，第 2026 頁。
④ （明）李時珍著，陈贵廷等點校：《本草綱目》，中醫古籍出版社 1994 年版，第 750 頁。
⑤ （元）羅天益：《衛生寶鑒》，《續修四庫全書》第 1019 冊，第 109 頁。
⑥ （明）屠本畯：《閩中海錯疏》，商務印書館《叢書集成初編》本，1939 年版，第 25 頁。

　　按，此條抄自宋宋敏求《春明退朝錄》卷下。白著：無端額外的重斂。《新唐書·劉晏傳》："初，州縣取富人督漕輓，謂之'船頭'；主郵遞，謂之'捉驛'；稅外橫取，謂之'白著'。"宋袁樞《通鑒紀事本末》卷三十二《兩稅之弊》："察民有粟帛者，發徒圍之，籍其所有而中分之，甚者什取八九，謂之白著。""白著"，亦稱"白當差"。清曾國藩《讀書錄·史·文獻通考》："按：白著，猶今俗言白當差也。"① 又酒喝得痛快謂"白著"。明田藝蘅《留青日札》卷二十四《酒飲》："白著，宋人言酒酣。"② 此外，又指不占戶籍的流民。清黃生《義府》卷下《白著》："按：白著謂流民不占戶籍，別於土著者，故謂之白著。此舉本以搜括逃亡逋負爲名，雖著籍不欠租者，亦指爲逃亡而取之，故謂此等人户爲白著，以掩其掊克之迹也。"③

　　9. 白水

　　　　前輩使白水事，例作一意，不可不辨。魯僖公二十四年傳曰："不與舅氏同心者，有如白水。"此以色言。漢廣都郡有白水縣，此以地言。止是一意也。故潘寄仁詩曰："白水過庭激，綠槐夾門植。"杜子美詩云："黃雲高未動，白水已揚波。"又云："捲簾惟白水，隱几亦青山。"至許渾、孟郊則不然。許贈王居士云："雨中耕白水，雲外斫青山。"孟郊云："種稻耕白水，負薪斫青山。"青山則止謂山之青，而白水在魏田制云："白田收至千餘斛，水田收數十斛。"於此當作兩字，即是兩意，則非其對。（吳曾《能改齋漫錄》卷二，見《宋人詩話外編》第 608 頁）

　　按，"白水"一詞，今天的常用義爲清水。此外，宋吳曾認爲"白水"還是"白田"和"水田"的合稱。"白田"一詞首見於《晉書·傅玄傳》："近魏初課田，不務多其頃畝，但務修其功力，故白田收至十餘斛，水田收數十斛。""白田"與"水田"相對出現，當爲"旱田"。清秦篤輝《平書》卷三《物宜篇上》："俗以陸地爲白田，便水者爲水田。《晉書·傅元傳》：'白田收

---

① （清）曾國藩：《讀書錄》，《曾國藩全集》第二册，嶽麓書社 1989 年版，第 174 頁。

② （明）田藝蘅撰：《留青日札》，上海古籍出版社 1985 年版，第 806 頁。

③ （清）黃生撰，清黃承吉合按：《字詁義府合按》，中華書局 1984 年版，第 202—203 頁。

十餘斛，水田數十斛。'是其語所自來。"① 如《南齊書·蠻傳》："汶陽本臨沮西界，二百里中，水陸迂狹，魚貫而行，有數處不通騎，而水白田甚肥腴。"其中"水白田"即是水田和白田。此外，"白水田"還指不施肥料的田地。《中國諺語集成·節氣》："小滿遍地青，白水田裏不下種。"注："白水田，方言，不施底肥的田。"②《中國諺語資料·農諺》："栽田莫栽素田、白水田、清潔田；要栽五暈田、黑水田、骯髒田。（雲南）"③《武威通志·農業》："山旱地區和邊緣地區，穀子、夏雜糧以及歇地小麥均不施肥，稱爲'白水田'。"④ 綜上，許渾、孟郊詩中的"白水"一詞，當是"白水田"之省稱，應釋爲"不施底肥的田"，這一解釋不僅符合詩境，而且在辭例上，前後更加銜接。

10. 洞宮

　　《列仙傳》："燕昭王得洞光之珠以飾宮，王母三降其地，名曰洞宮。"劉滄有《宿洞宮詩》："沐髮清齋宿洞宮。"又，唐人稱道院曰"洞宮"。楊巨源詩："洞宮曾向龍邊宿，雲徑應從鳥外還。"（《楊慎詩話》，見《明詩話全編》第 2697 頁）

　　按，出自《升菴詩話補遺》卷一《洞宮》⑤。洞宮：燕宮室名。傳說得名於戰國時洞光之珠飾宮說，但傳說不可盡信。明董說《七國考訂補》卷四《燕宮室·洞宮》："[訂]《仙傳》所云，爲附會之說，不足據。"⑥ 其得名理據當與"洞洞"之敬義有關。《廣雅·釋訓》："洞洞，屬屬，敬也。"《禮記·禮器》："卿大夫從君，命婦從夫人，洞洞乎其敬也，屬屬乎其忠也。"孔穎達疏："洞洞，質愨之貌。"後作爲"道院"的別稱。南朝梁陶弘景《真誥》卷十一："周旋洞宮之內經年，宮室結構方圓整肅。"

---

① （清）秦篤輝：《平書》，商務印書館《叢書集成初編》本，1937 年版，第 34 頁。

② 中國民間文學集成全國編輯委員會編：《中國諺語集成》（寧夏卷），中國民間文藝出版社 1990 年版，第 438 頁。

③ 蘭州藝術學院文學系 55 級民間文學小組編輯：《中國諺語資料》（下冊），上海文藝出版社 1961 年版，第 333 頁。

④ 武威通志編委會編：《武威通志》，甘肅人民出版社 2007 年版，第 89 頁。

⑤ 王文才、萬光治主編：《楊升庵叢書》（六），天地出版社 2002 年版，第 121 頁。

⑥ （明）董說原著，繆文遠訂補：《七國考訂補》，上海古籍出版社 1987 年版，第 382 頁。

11. 金錯刀

張平子《四愁詩》云："美人贈我金錯刀，何以報之英瓊瑤。"［錢昭度詩云："荷揮萬朵玉如意，蟬弄一聲金錯刀。"］金錯刀，王莽所鑄錢名。莽［居攝］，變漢制，［以周錢有子母相權，於是］更造大錢，徑寸二分，重十二銖，文曰大錢［直］五十。又造契刀，其環如大錢，身形如刀，長二寸，文曰契刀［直］五百；［又造］錯刀以黃金錯，其文曰一刀值五千。與五銖錢，凡四品，並行。杜子美《對雪詩》："金錯囊徒罄，銀壺酒易賒。"韓退之《潭州泊船》："聞道松醪賤，何須恠錯刀。"皆謂是也。或注《四愁詩》引《續漢書》："佩刀，諸侯王以金錯環。"恐與王莽所鑄錯刀又別。（《說郛》本《螢雪軒》本《百家詩話鈔》本《叢話》後一《歷代》二十八）（嚴有翼《藝苑雌黃》，見《宋詩話輯佚》第 535 頁）

按，金錯刀：王莽當政時製造的一種錢幣，由於形體象刀，並有黃金鑲嵌的字，故稱，又可簡稱爲"錯刀"、"金錯"。《漢書·食貨志》："王莽居攝，變漢制，……又造契刀、錯刀。契刀，其環如大錢，身行如刀，長二寸，文曰'契刀五百'。錯刀，以黃金錯其文，曰'一刀直五千'。"王先謙補注："錯刀長二寸，文曰'一刀平五千'。'一刀'陰識，以黃金錯之；'平五千'陽識。"後泛指金錢。宋沈遼《奉酬伯昌志國所示古調》："慚無錦繡段，何以報金錯。"此外，又可作爲刀名。三國吳謝承《後漢書·馮緄》："武陵五溪蠻夷作難，詔遣車騎將軍馮緄南征，緄表奏應奉，賜金錯刀一具。"清楊倫《杜詩鏡銓》卷十："熒熒金錯刀。仇注：金錯刀有錢與刀二者之分。……又張衡《四愁詩》：美人贈我金錯刀。此言錢也。杜詩：金錯囊垂罄用之。《續漢書·輿服志》：佩刀，乘輿通身雕錯，諸侯黃金錯。《東觀漢記》：賜鄧通金錯刀。此言刀也，詩當用之。"①

12. 八座

杜詩有"起居八座太夫人"之句。今遂以八人扛輿者爲八座。按宋、齊所云"八座"者：五尚書、二僕射、一令。《唐六典》曰："後漢以令、僕射、六曹尚書爲八座。今以二丞相、六尚書爲八座。唐不置令。"考

---

① （唐）杜甫著，（清）楊倫箋注：《杜詩鏡銓》，上海古籍出版社 1962 年版，第 461—462 頁。

《宋書》,《六典》之言，是"八座"者，八省之官；非八人异之而行之謂也。南齊王融曰："車前無八驂，何得稱丈夫?"是則有類今所稱"八座"之說矣。（清袁枚《隨園詩話》卷十五，第 509—510 頁）

按，八座：本指封建時代中央政府的八種高級官員。歷朝制度不一，所指不同。《後漢書·百官志》："六曹尚書並令僕二人爲八座。"《晉書·職官志》："合爲六曹，並令僕二人謂之'八座'。"唐杜佑《通典》卷二十一《職官典·歷代尚書》附《八座》："隋以六尚書，左右僕射及令爲八座，大唐與隋同。"宋高承《事物紀原》卷五《八座》："隋唐至宋，令、僕爲宰相，故六尚書及左、右丞爲八座。蓋其事自漢東京始也。"① 明沈德符《萬曆野獲編》卷九《閩縣林氏之盛》："謂閩縣有南京兵部尚書林瀚，瀚子南京禮部尚書庭機，機子南京禮部尚書燫，三代六卿。……其後燫弟煙又拜南京工部尚書，而瀚長子庭棩又先爲南京工部尚書，蓋三世昆季共五人，俱登八座。"② 清朱彭壽《安樂康平室隨筆》卷三："近歲溥玉岑、鐵寶臣兩尚書，錫清弼制軍、瑞鼎臣中丞，皆名曰良，一時均官八座。"③ "八座"又泛指高官。如唐杜甫《秋日荊南送石首薛明府》："連枝不日並，八座幾時除?"白居易《和高僕射罷節度讓尚書》："暫辭八座罷雙旌，便作登山臨水行。"宋張綱《念奴嬌·次韻張仲遠，是日醉甚，逃席》："八座儀刑，九重尊寵，才大令詞伯。"後指八抬轎。清錢泳《履園叢話·雜記上·紅白盛事》："先生（阮元）乘八座，行親迎禮。"

13. 必先

又有必先之稱。乾饌子載閭濟美與盧景莊同應舉，閭稱盧云：必先聲價振京洛。《雲溪友議》：劉禹錫納牛僧孺卷曰：必先期至矣。《太平廣記》：鄭光業入試，有一人突入鋪，欲其相容，呼必先、必先不置。必先似云名第必居先，與先輩同一推敬意。韓儀與關試後新人詩，有"休

---

① （宋）高承撰，（明）李果訂：《事物紀原》，商務印書館《叢書集成初編》本，1937 年版，第 171—172 頁。
② （明）沈德符：《萬曆野獲編》，中華書局 1959 年版，第 235 頁。
③ （清）朱彭壽著，何雙生整理：《安樂康平室隨筆》，中華書局 1982 年版，第 203—204 頁。

把新銜惱必先"句，此必先又謂下第同人也。(胡震亨《唐音癸籤》卷
十八，見《全明詩話》第 3722—3723 頁)

按，必先："言其登第必在同輩之先也"①，故稱。"必先"，同"即先"，
都有舉子之間相互推敬之意。宋吳枋《宜齋野乘·先輩》："少年《摭言》
載牛僧孺應舉時，韓愈、皇甫湜見之於青龍寺，稱牛爲即先輩。又田表聖
錫《咸平集》與胡旦書云：秀才即先輩，乃即日可爲先輩也，其義甚明。
今人詩集中，因見唐詩有先輩二字，不深考其故，皆誤作前輩。近時有稱
道士爲先輩，尤可笑也。"②清翟灝《通俗編》卷五《仕進·即先》："此謂
即日當爲先輩，猶今牋札中所云即元。莊啟中所云即翰撰也。又《乾馔
子》：閻際美與盧景莊同應舉，閻稱盧曰：必先聲價振京洛。《雲溪友議》：
劉禹錫納牛僧孺卷曰：必先期至矣。必先與即先，同一推頌意耳。韓儀與
關試後新人詩，有'休把新銜惱必先'句，此必先，乃指下第同人。今謂
下第者曰來科作解，又此意矣。"③可見，"必先"既可表示唐時應試舉子相
互間的一種稱謂，又可作爲對下第者之稱。"即先"一詞，《漢語大詞典》
未收。

14. 居諸

退之詩云："豈不旦夕念，爲爾惜居諸。"居諸，語辭耳，遂以爲日
月之名，既已無謂，而樂天復云："廢興相催逼，日月互居諸。""恩光
未報答，日月空居諸。"老杜又有"童卝聯居諸"之句，何也？(金王
若虛《滹南詩話》卷一，見《歷代詩話續編》第 510 頁)

按，王若虛記載了"居諸"一詞的多種用法。孔穎達疏《詩經·邶風·柏
舟》："居、諸者，語助也。"後代指名詞日月、光陰。唐韓愈《符讀書城南》：
"豈不旦夕念，爲爾惜居諸。"又可作動詞，表示時光流逝。唐白居易《和除
夜作》："恩光未報答，日月空居諸。"白居易《和微之詩二十三首·和除夜
作》："廢興相催逼，日月互居諸。"而杜甫《別張十三建封》"童卝聯居諸"，

---

① 餘嘉錫：《讀已見書齋隨筆》，《余嘉錫文史論集》，嶽麓書社 1997 年版，第 631 頁。
② (宋) 吳枋：《宜齋野乘》，商務印書館《叢書集成初編》本，1939 年版，第 4 頁。
③ (清) 翟灝：《通俗編》(附《直語補正》)，商務印書館 1958 年版，第 95 頁。

成善楷《杜詩箋記》認爲這裏的"居諸"一詞"出自'日月如疊璧'，見《尚書·顧命·釋文》引馬融語。""形容張建封幼年時豐神玉立，就象日月合在一起那樣光輝照人。"①甚是。第三個意義，《漢語大詞典》（4/26）未及。關於"居諸"一詞的意義演變，可參看孫菊芬《從"居諸"看詞義的發展變化》②。

15. 場屋

元相《連昌宮詞》："夜半月高絃索鳴，賀老琵琶定場屋。"因《隋書·音樂志》：每歲正月十五日，"于端門外、建國門內，綿亙八里，列爲戲場。百官起棚夾路，從昏達旦以縱觀之。"謂之"場屋"故也。今誤稱場屋爲試士之處。（清袁枚《隨園詩話》卷十五，第 505 頁）

按，場屋：本指戲場。清顧炎武《日知錄》卷三十二《場屋》："場屋者，於廣場之中而爲屋，不必皆開科試士之地也。《隋書·音樂志》：'每歲正月，萬國來朝，留至十五日，於端門外建國門內，綿亙八里，列爲戲場。百官起棚夾路，從昏達旦，以縱觀之，至晦而罷。'故戲場亦謂之場屋。唐元微之《連昌宮辭》：'夜半月高弦索鳴，賀老琵琶定場屋。'"③後又稱科舉考試的地方爲"場屋"。《資治通鑒·唐武宗會昌六年》："景莊老於場屋，每被黜，母輒撻景讓。"胡三省注："唐人謂貢院爲場屋，至今猶然。"

16. 精舍

晉孝武初奉佛法，立精舍於殿內，引沙門居之，故今人皆以佛寺爲精舍。殊不知精舍者，乃儒者教授生徒之處。《後漢·包咸檀敷劉淑傳》，皆有立精舍教授生徒之文。謝靈運《石壁精舍詩》曰："披拂趨南徑，愉悅偃東扉。"皆靈運所居之境，非佛寺也。故李善注云："精舍者，今讀書齋是也。"葉少蘊所居號石林精舍，蓋用此義。（宋葛立方《韻語陽秋》卷十三，見《歷代詩話》第 587 頁）

按，精舍：舊時指書院，即經師講學的主要場所。宋王觀國《學林》卷

---

① 成善楷：《杜詩箋記》，巴蜀書社 1989 年版，第 279 頁。

② 孫菊芬：《從"居諸"看詞義的發展變化》，《漢字文化》2001 年第 4 期。

③ （清）顧炎武著，（清）黃汝成集釋，欒保群等校點：《日知錄集釋》（全校本），上海古籍出版社 2006 年版，第 1834 頁。

七《精舍》："觀國按：古之儒者，教授生徒，其所居之舍，皆謂之精舍。故《後漢·包咸傳》曰：'咸住東海，立精舍講授。'又《劉淑傳》曰：'淑少明五經，隱居立精舍講授。'又《檀敷傳》曰：'敷舉辟不就，立精舍教授。'又《姜肱傳》曰：'肱道遇寇，兄弟爭死，盜感悔，乃就精廬求見。'章懷太子注：'精廬卽精舍也。'以此觀之，則精舍本爲儒士設，至晉孝武立精舍以居沙門，亦謂之精舍，非有儒、釋之別也。"①"精"有"隱微奧妙"義，討論微言大義的地方，卽爲"精舍"。清王念孫《廣雅疏證補正》："精者，微之論也。凡約言大要謂之粗略，討論秘旨謂之精微。漢小黃門譙敏碑云：'深明典陝識錄圖緯能精微天意。'精微卽講論之意。故漢人講學處謂之精舍。"② 今人多以道士、僧人修煉居住之所爲"精舍"。《三國志·孫策傳》"建安五年"裴松之注引晉虞溥《江表傳》："時有道士琅邪於吉，先寓居東方，往來吳會，立精舍，燒香讀道書，製作符水以治病，吳會人多事之。"

（二）詞義擴大

1. 榮

《筆談》言："士人文章中多言前榮，屋翼謂之榮，東西注屋則有之，未知前榮安在？"予嘗觀韓退之《示兒詩》"前榮饌賓親，冠婚之所於"。果如存中之言，則退之亦誤矣。又考王元長《曲水詩序》云："負朝陽而抗殿，跨靈沼以浮榮。"五臣注則以榮爲屋檐，[檐] 一名楣，一名宇，卽屋之四垂也；又謂之楣，又謂之桷，《集韻》云："屋桷之兩頭起者爲榮。"其謂之翼，則言櫺宇之 [翼] 張如翬斯飛耳。故《禮記》言 ["洗當東榮"，又言]"升自東榮，降自西北榮"，《上林賦》云："偓佺之徒，暴於南榮。"則所謂榮者，東西南北皆有之矣。故李華《含元殿賦》又有"風交四榮"之說。由是而言，則沈氏《筆談》，未爲確論。（《叢話》後十《歷代》四十九）（嚴有翼《藝苑雌黃》，見《宋詩話輯佚》第 557 頁）

---

① （宋）王觀國撰，田瑞娟點校：《學林》，中華書局 1988 年版，第 244 頁。

② （清）王念孫著，鐘宇訊點校：《廣雅疏證》，中華書局 1983 年版，第 422 頁。

按，《說文·木部》："一曰屋棷之兩頭起者爲榮。"段玉裁注："齊謂之
檐，楚謂之梠，檐之兩頭軒起爲榮。"《儀禮·士冠禮》："夙興，設洗，直於
東榮。"鄭氏注曰："榮，屋翼也。"唐賈公彥疏曰："云'榮，屋翼也'者，
即今之搏風；云'榮'者，與屋爲榮飾；言'翼'者，與屋爲翅翼也。"可見
"榮"本指屋簷東西兩頭軒起者，像鳥翼。後代指整個屋簷，故東西南北皆
可稱"榮"。清徐灝《說文解字注箋》卷六："《喪大記》云：'升自東榮，降
自西北榮。'《上林賦》云：'暴於南榮。'然則屋梠通謂之'榮'，亦不專指
東西兩頭軒起者而言。"

2.齼

齼字，《玉篇》不載，齒怯也，音楚，去聲。今京師語謂怯皆曰齼，
不獨齒怯也。曾茶山《和曾宏父餉柑》詩云："莫向君家樊素口，瓠犀
微齼初舉切，齒傷醋也，《五音類聚》。遠山顰。"黃山谷《和人送梅子》云："相
如病渴應須此，莫與文君懕遠山。"茶山之詩全效之。方秋崖《楊梅詩》：
"併與文園消午渴，不禁越女懕春山。"（明楊慎《升菴詩話附錄》，見《歷
代詩話續編》第 943—944 頁）

按，《續編》注明輯自"升菴《秋林伐山》"。齼，本指牙齒酸痛。一作
"齭"，《說文·齒部》："齒傷酢也。"《玉篇·齒部》："齼，初舉切，齒傷醋也。"
又言："齭，同上。""同上"，即同"齼"。"由牙齒怕醋酸引申爲怕其他酸物
（齒怯），再引申爲對事物害怕、畏縮"①。明岳元聲《方言據》卷上《齼》：
"有所畏謂之齼楚去聲。京師亦有是語。此字原謂'齒怯'，今借通用。曾茶
山《和人贈柑》詩云：'莫向君家樊素口，瓠犀微齼遠山顰。'"②清夏仁虎《舊
京瑣記》："謂怯曰楚，讀去聲，如醋。《天祿識餘》謂應作'齼'，齒怯也。"③ 謂
怯曰"齼"，可以追溯到先秦時期，其字本作"怵"。《說文·心部》："恐也。"
《書·囧命》："怵惕惟厲。"孔傳："言常悚懼惟危。"此義今北京話中仍用。
齊如山《北京土話》"齼窩子"條："北方謂人遇事畏縮、不敢前者，曰"齼"。

① 何九盈：《中國古代語言學史》（第 3 版），廣東教育出版社 2005 年版，第 276 頁。
② （明）岳元聲：《方言據》，商務印書館《叢書集成初編》本，1939 年版，第 11 頁。
③ （清）夏仁虎：《舊京瑣記》，北京古籍出版社 1986 年版，第 45 頁。

北京謂不敢見生人者，曰'齼窩子'。按高士奇《天祿雜餘》載'齼'字，《玉篇》不載。音楚，去聲，齒怯也。今京師謂'怯'皆曰'齼'，云云是也。或云應書'處窩子'，言其處於窩中，不敢出也。此語亦甚普通。"①

3. 眊矂

《東坡與潘三失解後飲酒》千金敝帚人誰買，半額蛾眉世所妍。顧我自爲都眊矂，憐君欲鬭小嬋娟。青雲豈易量他日，黃菊猶應似去年。醉裏未知誰得喪，滿江風月不論錢。"趙彥材云："《摭言》載：唐進士失解醉絕，謂之'眊矂'。今句云'顧我自爲都眊矂'，則以不獨潘三失解，爲有眊矂之愁，而我所爲失意，無一不是眊矂矣。"(《蔡正孫詩話》，見《宋詩話全編》第9749頁)

按，出自《詩林廣記》後集卷六《陳後山·[附] 東坡與潘三失解後飲酒》②。眊矂：煩惱、失意。此詞爲疊韻聯綿詞，亦作"冒慘、眊耗"③"冒耗"④"眊毨"⑤"眊矂、毛躁"⑥"冒懆、毛草"⑦"眊燥、毛躁、毛燥、矂眊"⑧。"眊矂"一詞出自唐李肇《唐國史補》卷下："得第謂之前進士，互相推敬謂之先輩，俱捷謂之同年……既捷，列書其姓名於慈恩寺塔，謂之題名會，……不捷而醉飽，謂之打眊耗。"⑨可見，"眊矂"最初指因科舉下第而煩惱，後一切煩惱皆可爲"眊矂"。民國二十四年《重修鎮原縣志》卷五《民生志·社會之娛樂》："'眊耗'一作'瞄矂'，謂心中甚覺煩悶也，'打'者，排遣也。"此義在詩詞當中常見，如前蜀韋莊《買酒不得》："停尊待爾怪來遲，手挈空缾眊耗歸。"宋蘇軾《浣溪沙四六首》其四一："遷客不應常眊矂，使

---

① 齊如山：《北京土話》，北京燕山出版社1990年版，第38頁。
② (宋) 蔡正孫撰，常振國、降雲點校：《詩林廣記》，中華書局1982年版，第329頁。
③ 蔣禮鴻：《敦煌變文字義通釋》（第四次增訂本），上海古籍出版社1988年版，第320頁。
④ 王鍈：《唐宋筆記語辭彙釋》（修訂本），中華書局2001年版，第256頁。
⑤ 王貴元、葉桂剛：《詩詞曲小說語辭大典》，群言出版社1993年版，第399頁。
⑥ 景爾強：《關中方言詞語彙釋》，陝西人民出版社1999年版，第209頁。
⑦ 姜亮夫：《昭通方言疏證》，《姜亮夫全集》（十六），雲南人民出版社2002年版，第76頁。
⑧ 陳明娥：《朱熹口語文獻詞彙研究》，廈門大學出版社2011年版，第373—376頁。
⑨ (唐) 李肇撰，曹中孚校點：《唐國史補》，上海古籍出版社《唐五代筆記小說大觀》本，2000年版，第193頁。

君爲出小嬋娟。"此詞除了表示煩惱意義外，還可表示粗心大意。如《朱子語類》卷一百一十六："自家此心都不曾與他相黏，所以眊瞍，無汁漿。"又指人的性情冒失。如清趙翼《慰戢園下第》："眊瞍春官又一回，誰從爨底識琴材。""眊瞍"一詞的意義甚至不限於此。民國《雄縣新志·故事略·謠俗篇·方言》："打眊，按今人以灑食之餘盡食之曰打眊。"林昭德《詩詞曲中四川方言例釋》一文言"（眊瞍）用法比較廣泛，可以隨文釋義"①。

4. 惡客

　　黃庭堅以不飲酒者爲惡客，故云："破卯扶頭把一杯，燈前風味喚仍回。高陽社裏如相訪，不用閒攜惡客來。"元次山以非酒徒即爲惡客，故曰："將船何處去？送客小回南。有時逢惡客，還家亦少酣。"予以爲不能詩者亦當名之曰惡客，蓋皆敗人清興故也。（《惠康野叟詩話》，見《明詩話全編》第 11135 頁）

按，出自《識餘》卷二《詩考》。惡客：不飲酒或飲而不多的人，始見於唐元結《將船何處去》詩。後敗壞人興趣的人，皆可稱爲"惡客"。

5. 先輩

　　"先輩"原以稱及第者。觀諸家詩集中題有下第獻新先輩詩可見。後乃以爲應試舉子通稱。（胡震亨《唐音癸籤》卷十八，見《全明詩話》第 3722 頁）

按，先輩：唐代同時考中進士的人相互敬稱先輩。唐李肇《唐國史補》卷下："得第謂之前進士，互相推敬謂之先輩。"②後爲應試舉子之尊稱。清翟灝《通俗編》卷五《仕進·先輩》："《國史補》云：進士互相推敬，謂之先輩。則以其稱，施之同輩，而當時新第者，且不特同第互推然也。《北夢瑣言》：王凝知貢舉，司空圖第四人登第，王謂人曰：今年榜貼，全爲司空先輩一人而已。《澠水燕談》：蘇德謨第一人登第，還鄉，太守作致語慶之曰：昔年隨

---

① 林昭德：《詩詞曲中四川方言例釋》，《西南師範學院學報》（哲學社會科學版）1979 年第 1 期。

② （唐）李肇撰，曹中孚校點：《唐國史補》，上海古籍出版社《唐五代筆記小說大觀》本，2000 年版，第 193 頁。

侍，嘗爲宰相郎君，今日登科，又是狀元先輩。韋莊有《下第獻新先輩》詩，彭應求有《賀先輩及第》詩，自主司郡尊，及同試下第者，俱以先輩稱之。蓋時云先輩，直如今之泛稱某先生矣。"① 可見，"先輩"是對包括下第與及第所有應試舉子的統稱。"應試舉子之尊稱"義，《漢語大詞典》（2/246）未及。

（三）詞義縮小

1. 丈人

康翊仁《鮫人潛織》詩："三日丈人嫌。"按：《樂府·焦仲卿妻》詩："三日斷五匹，丈人故嫌遲。"《後漢》范滂謂母爲大人，而《史記索隱注》韋昭云："古者名男子爲丈夫，尊父嫗爲丈人。"故《漢書》宣元六王傳所云丈人，謂陽憲王外王母，即張博母也。故古詩云"三日斷五匹，丈人故嫌遲"也。（《彭叔夏詩話》，見《宋詩話全編》第 6769 頁）

今人呼丈人爲泰山，或者謂泰山有丈人峰故云。據《雜俎》載，唐明皇東封，以張說爲封禪使。及已，三公以下皆轉一品。說以婿鄭鎰官九品，因說遷五品，玄宗怪而問之，鎰不能對。黃番綽對曰："泰山之力也。"與前說不同。後山《送外舅詩》："丈人東南英。"注謂"丈人字俗以爲婦翁之稱。然字則遠矣"。其言雖如此，而不考所自。僕觀《三國志》裴松之注，"獻帝舅車騎將軍董"句下，謂"古無丈人之名，故謂之舅"。按裴松之，宋元嘉時人，呼婦翁爲丈人，已見此時。（王楙《野客叢書》卷十三，見《宋人詩話外編》第 1074 頁）

按，首條出自《文苑英華辨證》卷九《雜錄三》②。丈人：現代漢語專指"婦翁之稱"，即岳父。而在古代，"丈人"一詞不僅可以用於男性，也可用於女性。《論衡·氣壽》："名男子爲丈夫，尊公嫗爲丈人。"《史記·荊軻傳》："家丈人召使前擊築。"司馬貞《索隱》引韋昭云："古者名男子爲丈夫，尊婦嫗爲丈人。故《漢書·宣元六王傳》所云丈人，謂淮陽憲王外王母，即張博母也。"

---

① （清）翟灏：《通俗編》（附《直語補正》），商務印書館 1958 年版，第 94 頁。

② （宋）彭叔夏撰：《文苑英華辨證》，商務印書館《叢書集成初編》本，1939 年版，第 63 頁。

2. 煉師

杜子美《憶昔行》："更訪衡陽董煉師，南游早鼓瀟湘柂。"煉師當是衡山道士耳，取煉形之意，故道家有《靈寶五煉經》。按，後魏李順興乍愚乍智，人莫識之。其言未來事，時有中者。常冠道士冠，時人有憶者，輒至其家。號爲李煉師。後有張煉師，亦不知其名字，好言未然之事。世人以張類順，亦呼爲張煉師，見本傳。然則稱道士而以煉師，其來久矣，不始於唐也。李白有《贈嵩山焦煉師》詩序云："嵩邱神人焦煉師者，不知何許婦人也。"司空表聖亦有《送張煉師還峨眉山》詩，皇甫冉亦有《少室山韋煉師升仙歌》，鮑溶亦有《宿青牛谷梁煉師仙居》詩，按，唐《六典》云："道士修行，其德高思精，謂之練師。"乃知煉師之名，其來甚久，但練字从系。（吳曾《能改齋漫錄》卷七，見《宋人詩話外編》第 653—654 頁）

《唐六典》：道士有三號，曰法師，曰威儀師，曰律師。其德高思精者，謂之練師。女道士亦同。今諸家詩題止稱女道士爲練師，不知何故？_{遜叟}（胡震亨《唐音癸籤》卷十八，見《全明詩話》第 3724 頁）

按，煉師：亦作"練師"，本指德行高超的道士，因懂得"養生""煉丹"之法，故稱。"然唐中葉歷五代至宋，煉師一詞除此官方稱謂外，派生新義，多指女道士而言"[1]，且不論德行高低。如《增訂注釋全唐詩》卷一百五十七李白《贈嵩山焦煉師_{並序}》："嵩丘有神人焦煉師者，不知何許婦人也。""煉師"條，《漢語大詞典》（7/188）首引明葉憲祖《鸞鎞記·入道》，時間過晚，且當加入"後專指女道士"之言。

（四）詞義情感色彩變化

1. 清狂

杜詩："惟君最愛清狂客。"然"清狂"古非佳語，《漢書》："昌邑王清狂不慧。"解者云：色理清徐而心不慧曰清狂。清狂如今"白癡"也。

---

[1]　周本淳：《讀常見書札記》，江蘇教育出版社 1990 年版，第 144 頁。

（《李蓘詩話》，見《明詩話全編》第 4723 頁）

按，出自《黃谷瑣談》卷三。清狂：本爲貶義詞，即"癡顛"。《漢書・昌邑哀王髆傳附劉賀》："察故王衣服言語跪起，清狂不惠。"顏師古注引蘇林曰："凡狂者，陰陽脈盡濁。今此人不狂似狂者，故言清狂也。或曰，色理清徐而心不慧曰清狂。清狂，如今白癡也。"李蓘引《漢書》作"清狂不慧"，正用本字。如《資治通鑒・晉孝武帝太元二十一年》："安帝幼而不慧，口不能言，至於寒暑饑飽亦不能辨，飲食寢興皆非己出。"而《晉書・安帝紀》作"不惠"。清褚人獲《堅瓠辛集》卷二《清狂白癡》："漢昌邑王賀清狂不惠。注：'如今白癡也。'《希通錄》謂以清狂對白癡，亦新。讀《左傳》成十八年，周兄無慧。蓋世所謂白癡，則知師古之注，本於杜預。惠、慧字異而義同。"① 按《左傳・成公十八年》："周子有兄而無慧。"晉杜預注："不慧，蓋世所謂白癡。"楊伯峻注："似杜所據本'無'作'不'。"故"清狂不慧"是一對同義詞，表示"白癡"。其中"清狂"之"白癡"義，當是受"不慧"義感染而形成的。"清狂"之"白癡"義又可引申出"癡情、癡妄"義。張相《詩詞曲語辭匯釋》卷一："又《無題》詩：'直道相思了無益，未防惆悵是清狂。'清狂爲不慧或白癡之義。言即使相思無益，亦不妨終抱癡情耳。"② 此外，"縱情詩酒，放逸不羈"也爲"清狂"。如《文選・左思〈魏都賦〉》："僕黨清狂，怵迫閩濮。"唐杜甫《壯遊》："放蕩齊趙間，裘馬頗清狂。"

2. 方頭

今人謂拙直者名方頭，陸魯望作《有懷》詩云："頭方不會王門事，塵土空緇白苎衣。"亦有此出處矣。（趙令時《侯鯖錄》卷八，見《宋人詩話外編》第 248 頁）

今人言不通時宜而無顧忌者曰方頭，舊見《輟耕錄》引陸魯望詩曰"頭方不會王門事，塵土空緇白紵衣"。今讀陸魯望苦雨之詩，又

---

① （清）褚人獲輯撰，李夢生校點：《堅瓠集》，上海古籍出版社《清代筆記小說大觀》本，2007 年版，第 1289 頁。

② 張相：《詩詞曲語辭彙釋》，中華書局 1953 年版，第 132 頁。

曰“有頭強方心強直，撐住頹風不量力”。觀二詩之意，方頭亦爲好稱，若以爲惡語，是末世之論也。（《郎瑛詩話》，見《明詩話全編》第2357頁）

按，末條出自《七修類稿》卷二十七《辯證類·方頭》①。其中所引《輟耕錄》事，見於元陶宗儀《南村輟耕錄》卷十七《方頭》②。剛直耿介、不圓通的人稱爲“方頭”。《太平御覽》卷七百七十三引《袁子正書》言：“申屠剛諫光武，以頭軔輪，馬不得前。子正云：‘光武近出，未得有失，而頭軔輪，此方頭也。’”此詞在吳語常見。明田汝成《西湖遊覽志餘》卷二十五《委巷叢談》：“言人不通時宜者曰方頭。”③元、明之後變爲貶義。魯國堯《〈南村輟耕錄〉與元代吳方言》一文言：“（方頭）至元明時變爲貶義，觀陶、郎釋義可知。”④所言甚是。元、明以後又把劫財越貨、謀財害命的人稱爲“方頭”，此義常寫作“方頭不劣”“方頭不律”。如元關漢卿《錢大尹智勘緋衣夢》第四折：“俺這裏有箇裴炎，好生方頭不劣。”鄭廷玉《金鳳釵》第二折：“（我）見一箇方頭不律的人，欺負一箇年老的。”“方頭”就是今四川方言中的“方腦殼”，詳見蔣宗福師《四川方言詞語考釋》“方腦殼”⑤。

3. 乖角

　　猶言乖張也。唐人《詠焚書坑》詩：“祖龍算事渾乖角，將爲詩書活得人。”或云乖角猶乖覺，蓋反言之。遞叟。（胡震亨《唐音癸籤》卷二十四，見《全明詩話》第3763頁）

按，苇：《說文·丵部》：“戾也。从丵八。”隸變爲“乖”。《玉篇·北部》：“乖，古懷切，暌也，戾也，背也。”可見“乖”的意義爲“不協調、違背”。角：《說

---

①　（明）郎瑛：《七修類稿　七修續稿》，《續修四庫全書》第1123冊，第192頁。

②　（元）陶宗儀：《南村輟耕錄》，中華書局1959年版，第206頁。

③　（明）田汝成：《西湖遊覽志餘》，上海古籍出版社1958年版，第456頁頁。

④　查道元編輯：《著名中年語言學家自選集·魯國堯自選集》，河南教育出版社1994年版，第282頁。

⑤　蔣宗福：《四川方言詞語考釋》，巴蜀書社2002年版，第181—182頁。

文・角部》："獸角也。"引申出"抵觸"義，《廣雅・釋言》："角，抵，觸也。"王念孫疏證："角、觸古音相近。獸角所以抵觸，故謂之角。……是凡言角者，皆有觸義也。"① 郭在貽進一步言"抵觸之與背戾，義實相通"，"乖角實爲詞素意義相近的並列複合詞"②。是。此義古人已辨。宋朱彧《萍洲可談》卷一："都下市井輩謂不循理者爲乖角。"③ 元李冶《敬齋古今黈》卷四："乖角，猶言乖張，蓋俗語也。"④ 清嘉慶十二年《蕪湖縣志》卷一《地里志・風俗》："傲倣狗人謂之乖角。""乖角"一詞，在古文獻中常見。《魏書・李崇傳》："朝廷以諸將乖角，不相順赴，乃以尚書李平兼右僕射，持節節度之。"唐獨孤及《夏中酬于逖畢耀問病見贈》云："救物智所昧，學仙願未從，行藏兩乖角，蹭蹬風波中。"《太平廣記》卷五十四《韓愈外甥》（出《仙傳拾遺》）："……衣服滓幣，行止乖角。"又可表示"機靈、巧慧"義。明顧起元《客座贅語》卷一《方言》："其俊快可喜曰'爽俐'，曰'伶俐'，曰'乖角'。"⑤ 清褚人獲《堅瓠已集》卷四《乖角》："俗美聰慧小兒曰乖角。"⑥ 道光四年《上元縣志》卷末《摭佚》："其俊快可喜曰'爽利'，曰'乖角'，曰'踢跳'，曰'繡縐秀溜'，曰'活絡'。""乖角"在這個意義上，同"乖覺"。明陳士元《俚言解》卷一《乖覺》："警敏有局幹謂之乖覺。《水東日記》……常用此俗語。"⑦ 蔣紹愚根據文獻記載得出"'乖角'一詞的詞義在明代發生了變化，由'不循理'變爲'機靈'"⑧。那麼"乖角"一詞爲何會產生正反兩個意義呢？徐世榮提出"正反兩訓，其實出於假借

---

① （清）王念孫著；鐘宇訊點校：《廣雅疏證》，中華書局 1983 年版，第 142—143 頁。

② 郭在貽：《訓詁叢稿・〈太平廣記〉詞語考釋》，張湧泉等主編：《郭在貽文集》（第一卷），中華書局 2002 年版，第 142 頁。

③ （宋）朱彧撰，李偉國點校：《萍洲可談》，中華書局 1985 年版，第 16 頁。

④ （元）李冶撰，劉德權點校：《敬齋古今黈》，中華書局 1995 年版，第 54 頁。

⑤ （明）陸粲、顧起元撰，譚棣華、陳稼禾點校：《庚巳編客座贅語》，中華書局 1987 年版，第 8 頁。

⑥ （清）褚人獲輯撰，李夢生校點：《堅瓠集》，上海古籍出版社《清代筆記小說大觀》本，2007 年版，第 1167 頁。

⑦ （明）陳士元：《俚言解》，上海古籍出版社《明清俗語辭書集成》本，1989 年版，第 19 頁。

⑧ 蔣紹愚：《近代漢語研究概要》，北京大學出版社 2008 年版，第 277 頁。

字，所借之字後世漸漸不用了，於是這個字產生了反訓"①。甚是。章炳麟
《新方言·釋言第二》："《爾雅》：'踾，嘉也。'居月、居衛二切。郝懿行
曰：東齊里俗見人有善，誇美之曰'踾踾'，即作'厥'音。佗方或如'括
括'，江寧曰'踾踾'，依居衛切而作平聲，亦為驚歎之詞。"② 乖：《廣韻》
古懷切，見母皆韻平聲。踾：《廣韻》居月切，見母月韻入聲。又居衛切，
紀劣切。"乖""踾"二字，音近可通。綜上，"乖"的褒義是借義，本字
當爲"踾"。

二、詞義演變的原因

詞義演變的原因有多種，既有源自語言自身的原因，又有來自語言之外
的因素。在詩話中，語言原因主要指修辭手段、組合感染。非語言原因主要
有名人效應、外來文化。

（一）語言原因

1.修辭手段

修辭手段和詞義演變之間的關係，較爲密切。"在許多情況下，由於修
辭手段的經常運用，引起了詞義的變遷"③。其中，"比喻和借代是兩種常見
的修辭手段，在運用這兩種手段時，也會使詞的意義產生某種變化"④。

（1）借代修辭對詞義演變的影響

① 綠沈

趙德麟《侯鯖錄》云："綠沈事，人多不知。老杜云：'雨拋金鎖甲，
苔臥綠沈槍。'又皮日休《新竹》詩云：'一架三百本，綠沈森冥冥。'

---

① 徐世榮：《反訓探源》，《中國語文》1980 年第 4 期。
② 章炳麟：《新方言》，《章氏叢書》第 8 冊，江蘇廣陵古籍刻印社翻浙江圖書館本 1981 年版，
　　第 59 頁。
③ 王力：《漢語史稿》（修訂本），中華書局 1980 年版，第 573 頁。
④ 何九盈、蔣紹愚：《古漢語詞彙講話》，北京出版社 1980 年版，第 61 頁。

始知竹名矣。"鮑彪云："宋元嘉《起居注》：'廣州刺史韋朗，作綠沈屏風'，亦此物也。然《六典》鼓吹工人之服，亦有綠沈，不可曉也。"以上彪語。余嘗考其詳。《北史》："隋文帝賜大淵綠沈槍、甲獸文具裝。"《武庫賦》曰："綠沈之槍。"由是言之，蓋槍用綠沈飾之耳。以此得名，如弩稱黃間，則以黃爲飾；槍稱綠沈，則以綠爲飾。何以言之？王羲之《筆經》云："有人以綠沈漆竹管及鏤管見遺，藏之多年，實可愛玩。詎必金寶雕琢，然後爲貴乎？"蓋竹以色形似綠沈槍而得名耳。皮日休引以爲竹事，而德麟專以爲竹則非矣。使綠沈槍專指爲竹，則金鎖甲竟何物哉？或者至以爲鐵，益謬矣。劉劭《趙都賦》曰："其用器則六弓四弩，綠沈黃間，棠溪魚腸，丁令角端。"《廣志》亦云："綠沈，古弓名。"《古樂府‧結客少年場行》云：'綠沈明月弦，金絡浮雲轡。"此以綠沈飾弓也。如屏風、工人之服，此以綠沈飾器服也。唐楊巨源《上劉侍中》詩云："吟詩白羽扇，校獵綠沈槍。"（吳曾《能改齋漫錄》卷四，見《宋人詩話外編》第 617 頁）

按，"綠沈"，即"綠沉"。"綠沉"一詞在宋人筆記、詩話中多次被談及，如姚寬《西溪叢語》卷上、朱翌《猗覺寮雜記》卷上、周必大《二老堂詩話‧金鎖甲》、周紫芝《竹坡詩話》等，其觀點不一，或竹名、或弓名、或精鐵名、或漆名、或筆名、或瓜名、或屏風名、或鎧甲名等等，但這些解釋都不能作爲"綠沉"一詞的概括義。實際上，凡用綠漆或綠色塗飾的任何事物都可用"綠沉"作修飾語，正如宋王楙《野客叢書》卷五《竹坡言綠沉槍》所言"綠沉者，不可專指一物"[1]。甚至在文獻當中還有用"綠沉"這個修飾語來直接代稱中心語者，如宋陸游《建安遣興》："綠沉金鎖少時狂，幾過秋風古戰場。"綠沉：綠色的長槍。後隨着語音的演變，"綠沉"一詞還可寫作"綠檀""六沉"。如唐杜牧《群齋獨酌》："白羽八札弓，髀壓綠檀槍。"元關漢卿《單刀會》第三折："五方旗，六沉槍，遮天映蔽。""六沉""綠檀"二詞形，《大詞典》未收。

---

① （宋）王楙：《野客叢書》，商務印書館《叢書集成初編》本，1939 年版，第 45 頁。

② 麴塵

《復齋漫錄》云：“余讀唐楊巨源詩‘江邊楊柳麴塵絲’之句，皆不知所本。其後讀夢得《楊柳枝詞》云：‘鳳闕輕遮翡翠幰，龍池遙望麴塵絲，御溝春水相輝映，狂殺長安年少兒。’乃知巨源取此；今《巨源集》作‘綠煙絲’，非也。”苕溪漁隱曰：“唐毛文錫詞云：‘鴛鴦對浴銀塘暖，水面蒲梢短，垂楊低拂麴塵波。’汪彥章詩云：‘垂垂梅子雨，細細麴塵波。’然則麴塵亦可于水言之也。或云，《周禮》鞠衣注云：‘黃桑服也，色如鞠塵，象桑葉始生。’鞠者，草名，花色黃，世遂以鞠塵爲麴塵。其說非是。”（宋胡仔《苕溪漁隱叢話後集》第 91 頁）

劉禹錫“龍埤遙望麴塵絲”，使“麴塵”字者極多。《禮記·月令》：“薦鞠衣於上帝，告桑事。”注云：“如鞠塵色。”《周禮·內司服》：“鞠衣。”鄭司農云：“鞠衣，黃喪服也。色如鞠塵，象桑葉始生。”乃知用“鞠”、“麇”字非是。（姚寬《西溪叢話》卷上，見《宋人詩話外編》第 441 頁）

劉禹錫有《楊柳枝》詞曰：“鳳闕輕遮翡翠幰，龍池遙望麴塵絲。御溝春水相輝映，狂殺長安年少兒。”楊巨源亦有《折楊柳》詩云：“江邊楊柳麴塵絲，立馬煩君折一枝。唯有東風最相惜，殷勤更向手中吹。”胡苕溪云：“唐毛文錫有詞云：‘鴛鴦對浴銀塘暖，水面蒲梢短，垂楊低拂麴塵波。’”汪彥章詩云：“垂楊梅子雨，細細麴塵波。”然則麴塵亦可以言水也。或云：《周禮·鞠衣》注云：“黃桑服也，色如麴塵，象桑葉始生。”鞠者，草名，花色黃，世遂以麴塵爲鞠塵。其說非是。《詩林》（單字《菊坡叢話》卷四，見《全明詩話》第 235 頁）

按，末條輯自宋蔡正孫《詩林廣記》前集卷四《劉禹錫·楊柳枝辭》①。麴塵，一作“鞠塵”“曲塵”“麯塵”。《玉篇·麥部》：“麯，丘竹切，俗麴字。”《集韻·屋韻》：“籟，《說文》：‘酒母也。’或作鞠、麴、麯。”清朱駿聲《說文通訓定聲·孚部》：“鞠，叚借爲籟（麴）。”“曲”爲“麯”的簡化字。酒曲所生的細菌，色微黃如塵，因稱淡黃色爲曲塵。《廣雅·釋器》：“麴塵，綵也。”

---

① （宋）蔡正孫撰，常振國、降雲點校：《詩林廣記》，中華書局 1982 年版，第 72—73 頁。

王念孫疏證："麴塵，亦染黃也。"① 或因嫩柳葉色鵝黃，故代指柳樹、柳條。唐唐彥謙《黃子陂荷花》："十頃狂風撼麴塵，緣堤照水露紅新。"宋張先《蝶戀花》："柳舞麴塵千萬線，青樓百尺臨天半。"或代指初春時嫩柳倒映水中而呈鵝黃色的春水。前蜀毛文錫《虞美人》："垂楊低拂麴塵波，蛛絲結網露珠多。"清夏葛《渡江雲》："風信峭，麴塵新漲，千片已東流。"或代指淡黃色的絲織品。唐牛嶠《楊柳枝五首》其五："嫋翠籠煙拂暖波，舞裙新染曲塵羅。"

③刀圭

按晦翁《感興》詩："刀圭一入口，白日生羽翰。"然學者皆不知"刀圭"之義，但知其為妙藥之名耳。嘉靖十四年八月晦日，忽悟"刀圭"二字，甚通快。不知古人亦嘗評及此否？前在京師買得古錯刀三枚，京師人謂之"長錢"，云是部中失火煨爐中所得者。其錢形正似今之剃刀。其上一圈正似圭璧之形，中一孔即貫索之處。蓋服食家舉刀取藥僅滿其上之圭，故謂之"刀圭"，言其少耳。刀即錢之別名。布也、泉也、錯也、刀也，皆錢之類也。但無年號款識，殆漢物乎？（《董穀詩話》，見《明詩話全編》第 1920 頁）

按，出自《碧里雜存》卷上《刀圭》②。"刀圭"本爲古代稱藥的量具。古代量藥的器具，形狀象刀頭的圭角，端尖銳，中低窪，故稱。晉代葛洪《抱樸子》內篇《仙藥》卷十一："若服玉屑者，宜十日輒一服雄黃、丹砂各一刀圭，散髮洗沐寒水，迎風而行，則不發熱也。"同書《金丹》卷四："第二之丹名神丹，亦曰神符。……服之三刀圭，三屍九蟲皆即消壞，百病皆愈也。"庾信《至老子廟應詔》："盛丹須竹節，量藥用刀圭。"章炳麟《新方言·釋器第六》："斟羹者或借瓢名，惟江南運河而東，至浙江、福建數處，謂之刀圭。音如條耕。"③ 刀：上古音端母宵部平聲。條：上古音定母幽部平聲。二字聲母同爲舌音，古宵、幽合韻。如《詩經·大雅·思齊》"廟"與"保"宵、

---

① （清）王念孫著，鐘宇訊點校：《廣雅疏證》，中華書局 1983 年版，第 228 頁。

② （明）董穀：《碧里雜存》，商務印書館《叢書集成初編》本，1937 年版，第 55 頁。

③ 章炳麟：《新方言》，《章氏叢書》第 9 冊，江蘇廣陵古籍刻印社翻浙江圖書館本 1981 年版，第 107 頁。

幽合韻①。圭：上古音見母支部平聲。耕：上古音見母耕部平聲。二字同爲見母，古支、耕合韻。清鈕樹玉《段氏說文注訂》卷三《穎》："玉裁按役者，穎之假借字，古支耕合韻之理也。"②"刀圭"，後寫作"調羹"，故"一刀圭"即"一調羹"。後代稱"藥物"。如唐王績《採藥》："且復歸去來，刀圭輔衰疾。"楊嗣復《贈毛仙翁》："九轉琅玕必有余，願乞刀圭救生死。"又借指"藝術"。如明陸采《明珠記·訪俠》："願棄了升斗微官，早學那刀圭金鼎，便攜家共住。"

（2）比喻修辭對詞義演變的影響

①池

　　《正俗》云：或問今以臥氈著裏施緣者，何以呼爲池氈？答曰："《禮》云：'魚躍拂池。'池者，緣飾之名，謂其形象水池耳。左太沖《嬌女》詩云'衣被皆重池'，即其證也。今人被頭別施帛爲緣者，猶呼爲被池。此氈亦爲有緣，故得名池耳。俗間不知根本，競爲異說。當時已少有知者，況比來士大夫耶。獨宋子京博學，嘗用作詩云：'曉日侵簾壓，春寒到被池。'"余得一古被，是唐物，四幅紅錦外，緣以青花錦，與此說正合。（趙令畤《侯鯖錄》卷一，見《宋人詩話外編》第 219 頁）

　　按，宋趙令畤認爲"池"可以表示衣、被等邊緣的鑲飾，理據在於其形象水池。此說未探討到問題的本質。章炳麟《小學答問》曰："緣邊周帀亦曰池。《記》言'魚躍拂池'，顏師古引左思詩曰'衣被皆重池'。唐時臥氈施緣者曰池氈，唯本誼爲水有厓隁防，故緣飾邊幅者依以爲名。斯則本字爲隁，耤字爲沱，沱變爲池。"③陸宗達在此基礎上進一步言："池塘，今浙江方言猶讀隁唐。"④池：上古音爲定母歌部平聲。隁：上古音爲端母支部平聲。二字音近義通。故"池"可表示水塘的邊涯。如《大戴禮記》："魚躍拂池。"

---

①　王力：《詩經韻讀》，上海古籍出版社 1980 年版，第 71 頁。

②　（清）鈕樹玉：《段氏說文注訂》，《續修四庫全書》第 213 冊，第 24 頁。

③　章炳麟：《小學答問》，《章氏叢書》第 10 冊，江蘇廣陵古籍刻印社翻浙江圖書館本 1981 年版，第 49—50 頁。

④　陸宗達：《說文解字通論》，北京出版社 1981 年版，第 125。

由邊涯又引申作字畫和衣被邊緣的鑲飾。此外，蔣宗福師認爲"顏（師古）、章（太炎）之說迂曲彌甚，恐不可信"。進而提出"'池'當爲'襪'字音借"①。可備一說。

②雲子

> 杜詩："飯抄雲子白。"雲子，雨也，言如雨點爾，出荀子《雲賦》。又，葛洪《丹經》用"雲子"，碎雲母也。今蜀中有碎礫，狀如米粒圓白，雲子石也。（宋許顗《彥周詩話》，見《歷代詩話》第 382 頁）

> "飯抄雲子白"，注引《荀子》"友風而子雨"，雨豈可抄也？《武帝內傳》：西王母謂帝，太上之藥有風實、雲子。（朱翌《猗覺寮雜記》卷上，見《宋人詩話外編》第 403 頁）

按，雲子：即雲母，爲神仙服食之物。因雲子色白而圓，杜詩用其與米粒作比，後人遂以"雲子"表示飯。宋袁文《甕牖閒評》卷六："杜陵詩云：'飯抄雲子白。'蓋謂飯可以比雲子之白也。至後世則便以飯爲雲子，故唐子西詩云：'雲子滿田行可擷。'又汪彥章詩云：'秋來雲子滑流匙。'更不究雲子爲何物，見杜工部有飯抄之句，竟指飯爲雲子也。然雲子乃神仙之食，出《漢武外傳》中。"② 宋陳元靚《事林廣記續集》卷八《綺談市語·飲食門》："飯：雲子；胡麻。"如元張可久《雙調·水仙子》："雲子舟中飯，雪兒湖上歌，老子婆婆。"

③柿蒂、狗腳

> 白樂天《杭州春望》詩有"紅袖織綾誇柿蒂，青旗沽酒珍（趁）梨花"③之句。所謂柿蒂，指綾之紋也。《夢粱錄》載杭州土產，綾曰柿蒂狗腳，皆指其紋而言。後人不知，改爲柿葉，妄矣。（姜南《蓉塘詩話》卷七，見《全明詩話》第 780 頁）

按，柿蒂，狗腳：綾的花紋名稱。柿蒂是一種圖案像柿子花萼形狀的綾，狗蹄是一種象狗爪形狀的綾。唐白居易《杭州春望》詩自注："杭州出

---

① 蔣宗福：《〈廣韻〉所見俗語詞箋識（二）》，《漢語史研究集刊》（第九輯），巴蜀書社 2006 年版，第 211 頁。

② （宋）葉大慶、袁文：《考古質疑　甕牖閒評》，上海古籍出版社 1985 年版，第 58 頁。

③ 原文为"珍"，误，应为"趁"。

柿蒂，花者尤佳也。"①南宋吳自牧《夢粱錄》卷十八《物產·絲之品》："綾：柿蒂、狗腳……皆花紋特起，色樣織造不一。"②"狗腳"，一作"狗蹄"。民國《杭州市新志》卷十六《物產》："綾：杭州出，柿蒂花者尤佳，內司有狗蹄綾尤光麗。"《漢語大詞典》（5/40）"狗腳"下未及此義。

④銷金鍋

　　吾杭西湖盛起於唐，至南宋建都，則游人仕女，畫舫笙歌，日費萬金，盛之至矣，時人目為銷金鍋。相傳到今，然未見其出處也。昨見一竹枝詞，乃元人上饒熊進德所作，乃知果有此語。詞云："銷金鍋邊瑪瑙坡，爭似儂家春最多。蝴蝶滿園飛不去，好花紅到剪春羅。"（《郎瑛詩話》，見《明詩話全編》第 2349 頁）

　　按，出自《七修類稿》卷二十三《辯證類·銷金鍋》③。銷金鍋：南宋時期對西湖的喻稱。西湖奢侈的生活猶如熔金的器皿，故稱。宋周密《武林舊事》卷三《西湖遊幸》："西湖天下景，朝昏晴雨，四序總宜。杭人亦無時而不遊，而春遊特盛焉。……日糜千金，靡有紀極。故杭諺有'銷金鍋兒'之號，此語不爲過也。"④"銷金鍋"之"鍋"即《說文·皿部》"盉"字，一種古器名。清俞樾《湖樓筆談》卷五："有人用銷金鍋事，問《說文》無'鍋'字，宜何從。或曰：'宜用《鬲部》之鬷字。'愚按：'《說文》：'秦名土釜曰鬷，從鬲干聲，讀若過。'與今'鍋'字聲固相近矣，然云土釜則非鍋也。今之鍋其即古之盉乎？《積古齋鐘鼎款識》有雞父丁盉、子丁父甲盉、穴盉、冊父考盉。《說文》盉字在《皿部》，云'調味也'。《廣川書跋》引作'調味器也'。是今本奪'器'字，調味之器，非鍋而何？盉從禾聲，與鍋亦聲近。《文選》盧子諒《覽古詩》'趙氏有和璧'。李注引《琴操》曰：'昭王得璵氏璧。''璵'古'和'字，'盉'之變爲'鍋'，正猶'和'之變爲'璵'矣。"⑤盉：上古

①　（唐）白居易：《白香山詩集》，世界書局 1935 年版，第 290 頁。

②　（南宋）吳自牧：《夢粱錄》，浙江人民出版社 1980 年版，第 162 頁。

③　（明）郎瑛：《七修類稿　七修續稿》，《續修四庫全書》第 1123 冊，第 163 頁。

④　（宋）四水潛夫輯：《武林舊事》，西湖書社 1981 年版，第 38 頁。

⑤　（清）俞樾：《湖樓筆談》，《續修四庫全書》第 1162 冊，第 406 頁。

音爲匣母歌部平聲。鍋：上古音爲見母歌部平聲。故二字音近可通。

2. 組合感染

"組合感染"是"由於二詞相連所產生的詞義的感染現象"①。"詞義沾染的輸出方式，即獨立階段與認同階段的關係，是通過縮略方式產生的"②。

①底事

> 宋黃山谷詩云："人鮓甕頭危萬死，鬼門關外更千岑。問君底事向前去，要試平生鐵石心。"任淵曰：顏師古《匡謬正俗》云：問曰謂何物爲"底"？"底"義何訓？答曰：此本言"何等物"，其後遂省促言，直云"等物"耳。音都禮切，又轉音丁兒反。應璩《百一詩》云："用等稱才學。"以是知去"何"而稱"等"，其來已久。今人不詳根本，乃作"底"字，非也。(《祝誠詩話》，見《遼金元詩話全編》第 1247—1248 頁)

按，出自《蓮堂詩話》卷上《等物》③。底事：什麼事？按照顏師古的意見，"底"之所以可以成爲疑問代詞，是"等"的音變，而"等"又是"何等"的縮略。王利器《呂氏春秋注疏》卷九舉出大量例子，證明疑問詞"何等爲漢人恒言"④。故柳士鎮言"由於'何等'長期用作疑問代詞，此期"等"字已經喪失表示"輩類"的實義，逐漸染有疑問代詞性質，以致單用"等"字也可以表示疑問"⑤。向熹明確提出"疑問代詞'等'產生於東漢"⑥。如東漢《太平經》卷四十一《件古文名畫訣第五十五》："今當名天師所作道德書字爲等哉？"⑦"等"《廣韻》有二音：多肯切，又多改切。"底"《廣韻》都禮切。劉曉東《匡謬正俗評議》卷六"底"條言："按'等'本從'寺'聲，自先秦至六朝皆與之、哈部諸字爲韻，是當以'多改切'爲其本音。唐時此音猶未泯，顧炎武《唐韻正》卷九、江永《古韻標準·上聲第二部》言之甚詳，可覆觀也。師古以'都在反'(按

---

① 伍鐵平：《詞義的感染》，《語文研究》，1984 年第 3 期。
② 周俊勳：《中古漢語詞彙研究綱要》，巴蜀書社 2009 年版，第 232 頁。
③ (元) 祝誠：《蓮堂詩話》，《續修四庫全書》第 1694 冊，第 570 頁。
④ 王利器：《呂氏春秋注疏》，巴蜀書社 2002 年版，第 924 頁。
⑤ 柳士鎮：《魏晉南北朝歷史語法》，南京大學出版社 1992 年版，第 189 頁。
⑥ 向熹：《簡明漢語史》(下)，高等教育出版社 1993 年版，第 254 頁。
⑦ 王明：《太平經合校》，中華書局 1960 年版，第 87 頁。

與‘多改反’音同）爲本音是也，而云‘今越之人呼齊等皆爲丁兒反’，此音諸韻書不載，依此切語當在齊部，與‘底’在薺部作‘都禮切’者尚有平上之異，而唐人詩中凡以‘底’作‘何’義者皆作仄聲用，是知‘丁兒反’之音誠爲方俗訛變之音也。"①其言可信。言"何"爲"底"，今方言中依見。如章炳麟《新方言·釋詞第一》："今常州謂何爲底，讀丁買切。"②"丁兒反"與"丁買反"同爲支部。"底"作疑問代詞的例子很多，如南北朝《樂府·讀曲歌》："月沒星不亮，持底明儂緒?"《北史·藝術傳·徐之才》："之才謂坐者曰：‘簡人諱底?’"唐杜牧《春末題池州弄水亭》："爲吏非循吏，論書讀底書?"清吳偉業《滿江紅·蒜山懷古》詞："白面書生成底用? 蕭郎裙屐偏輕敵。"

②颸風

《離騷》曰："溢颸風兮上征。"左太沖《吳都賦》曰："翼颸風之颼颼。"班固曰："颸，疾也。"然則颸風者，疾風也。謝玄暉《郡齋呈沈尚書》詩云："珍簟清夏室，輕扇動涼颸。"謝靈運《初發石頭城》詩云："出宿薄京畿，晨裝摶曾颸。"注曰："曾颸，高風也。"二謝以颸爲風，何耶?（吳曾《能改齋漫錄》卷五，見《宋人詩話外編》第 626 頁）

按，颸風：疾風。"颸"本是形容詞，表示"風疾貌"。《文選·左思〈吳都賦〉》："泏乘流以砰宕，翼颸風之颼颼。"呂向注："颸，疾風也。"後單用"颸"表示"風"，其實就屬於詞義感染中的組合感染。《廣雅·釋詁四》："颸，風也。""以颸爲風"，在詩詞中常見。如唐羅隱《蟋蟀詩》："頑颸斃芳，吹愁夕長。"明卜世臣《冬青記·諧緣》："笑好朵柔枝嫩片，任野外疾颸舒捲。"

（二）非語言原因

1. 名人效應

這裏所說的名人效應，是指"某些詞的意義演變實際上始於某位名人的

---

① 劉曉東：《匡謬正俗評議》，山東大學出版社 1999 年版，第 194 頁頁。

② 章炳麟：《新方言》，《章氏叢書》第 7 冊，江蘇廣陵古籍刻印社翻浙江圖書館本 1981 年版，第 3 頁。

偶一爲之甚或誤用"①，"這種誤用也會造成詞義的變化"②。

（1）誕

　　《生民》之詩曰："誕彌厥月。"毛公曰："誕，大也；彌，終也。"鄭箋言："後稷之在其母，終人道十月而生。"案訓彌爲終……又曰酉終也，頗涉煩復。《生民》凡有八誕字："誕置之隘巷"，"誕置之平林"，"誕置之寒冰"，"誕實匍匐"，"誕後稷之穡"，"誕降嘉種"，"誕我祀如何"，若悉以誕爲大，於義亦不通。它如"誕先登于岸"之類，新安朱氏以爲發語之辭，是已。莆田鄭氏云："彌只訓滿，謂滿此月耳。"今稱聖節曰降誕，曰誕節，人相稱曰誕日、誕辰、慶誕、皆爲不然。但承習膠固，無由可革，雖東坡公亦云"仰止誕彌之慶"，未能免俗。（洪邁《容齋五筆》卷八，見《宋人詩話外編》第 873—874 頁）

　　《詩》《生民》："誕彌厥月，先生如達。"注："誕"，發語辭，"彌"，終也。終十月之期也。世多以生日爲誕日。稱人曰"令誕""華誕"，皆誤。而賀人生子滿一月曰"彌月"。甚至以"誕彌"摛辭，亦謬。按：《字書》："誕"訓"乃"也，"欺"也，"闊"也。惟謝宣遠詩："華宗誕吾秀。"《南齊紀》："天誕睿聖，高允頌誕。"茲令胤以"誕"作"生"用，此皆以不諳詩旨而誤者也。（《馬樸詩話》，見《明詩話全編》第 4859 頁）

　　《生民》之詩曰："誕彌厥月。"《毛箋》："誕、大也。彌、終也。"此詩下有八"誕"字："誕置之隘巷"，"誕置之平林"。朱子以"誕"字爲發語詞。今以生日爲誕日，可嗤也！余又按：古人以宴享爲禮，而以介壽爲節文。故《詩》、《書》所稱，遂日可以爲壽。今人以生日爲禮，而以宴飲爲節文，故介壽必生日。（清袁枚《隨園詩話》卷十五，第 508—509 頁）

　　按，第二條材料出自《譚誤》卷二③。《說文・言部》："誕，詞誕也。"

---

① 陳敏：《宋代筆記在漢語詞彙學理論研究中的價值》，光明日報出版社 2011 年版，第 115 頁。

② 王慶：《詞彙學綱要》，中國經濟出版社 2013 年版，第 97 頁。

③ （明）馬樸撰：《譚誤》，《叢書集成續編》第 17 冊，新文豐出版公司印行，第 608 頁。

本爲實詞，借爲虛詞用。《詩經·大雅·生民》："誕彌厥月，先生如達。"
毛傳："誕，大。"朱熹注："誕，發語辭。"清王引之《經傳釋詞》卷六《誕》
舉例說明"諸誕字皆發語詞。說者用《爾雅》'誕，大也'之訓，則詁籍爲
病矣"①。又有人訓"誕"爲"生育、出生"，此義當是在對語詞的誤解過程
中形成的。宋趙與時《賓退錄》卷九："《詩》：'誕彌厥月。'誕，大也，朱
文公則以爲發語之辭。世俗誤以誕訓生，遂有'降誕'、'慶誕'之語。"②
清黃生《字詁·誕這》："誕，徒旱切。發語詞。《生民詩》云'誕彌厥月'，自
二章以至七章皆用誕字發端，其爲發語詞審矣義近。乃俗因'先生如達'語，
遂謂生育爲誕。《世說》殷洪喬云'皇子誕育'，此猶未害。若俗謂生辰爲
誕辰，至稱人爲華誕，則無理之甚。"③

（2）藥欄

李濟翁《資暇錄》謂："園庭中藥欄，欄即藥，藥即欄，猶言圍
援也，非花藥之欄。《漢·宣帝紀》：池藥未御幸者，假與貧民。《漢
書》闌入宮禁。率多作草下闌，則藥欄尤分明也。有誤者以藤架蔬圃
作對。"僕謂此說固是，然考《漢·宣帝紀》："池籞未御幸者，假與
貧民。"非"藥"字。又觀古人詩，如梁庾肩吾曰："向嶺分花徑，隨
階轉藥欄。"唐李商隱曰："水精眠夢是何人，欄藥日高紅髮亸。"王維
曰："藥欄花徑衡門裏。"又曰："新作藥欄成。"杜子美曰："乘興還來
看藥欄。"許渾曰："竹院晝看筍，藥欄春賣花"。又曰："欄圍紅藥盛。"
張籍："借宅常欣事藥欄。"多作花藥之"欄"用也。近見苕溪漁隱亦
引"籞"爲證。（王楙《野客叢書》卷十二，見《宋人詩話外編》第
1073—1074 頁）

按，藥欄，一說爲"花藥之欄"。宋胡仔《苕溪漁隱叢話》、宋王楙《野
客叢書》均持此種意見。一說爲"園外籬笆"。明焦竑《焦氏筆乘》卷四
《杜詩誤》："李正己曰：'園庭中藥欄。'藥音義與籞同。藥即欄，欄即藥也。

---

① （清）王引之：《經傳釋詞》，嶽麓書社 1985 年版，第 134 頁。
② （宋）趙與時著，齊治平校點：《賓退錄》，上海古籍出版社 1983 年版，第 110 頁。
③ （清）黃生撰，清黃承吉合按：《字詁義府合按》，中華書局 1984 年版，第 16 頁。

'乘興還來看藥欄'，與王右丞'藥欄花徑衡門裏'，則誤爲花藥之欄。"①《集韻·語韻》："䕫，《說文》：'禁苑也。'或作籞。"籞：《廣韻》魚巨切，疑母語韻上聲。引申爲"苑囿的墙垣；籬笆"。隋盧思道《納涼賦》："積歊蒸於簾櫳，流煩溽於園籞。"藥：《廣韻》以灼切，以母藥韻入聲。"藥"與"籞"聲母爲鄰紐，韻部通轉可通。欄：唐玄應《一切經音義》卷一言："又作闌。……《說文》：'闌，檻也。'"故李匡乂《資暇集》言"欄卽藥，藥卽欄，猶言圍援也"。清杭世駿《訂訛類編》卷六《植物訛·藥欄》："案今之園外笆籬曰圍援。"② 馬天祥進一步提出"'藥欄'中的'藥'字是個通假字，其所通之正字爲'䕫'，'籞欄'構成一個並列複合詞"③。

(3) 試花

今花始開曰"試花"。張司業《新桃行》："植之三年餘，今夏初試花。"《月令》桃始華亦讀如"試"。(《田藝蘅詩話》，見《明詩話全編》第 3964 頁)

按，出自《留青日札》卷六《詩談二編》④。試花：謂花初放。民國二十四年《蕭山縣志稿》卷廿九《瑣聞·方言謠諺》："果木初花曰始花。"其依據是《禮記·月令》中的"桃始華"之"始"讀若"試"，但查閱古文獻，"桃始華"本作"桃李華"，故明錢希言對田藝蘅的觀點提出了批評。《戲瑕》卷一《桃始事》："《呂紀·月令》'始雨水，桃李華'，蓋本於《夏小正·春正月》'杝桃則華'。後《禮記》改爲'桃始華'耳。《留青別札》乃謂'始字，當讀如試花之試'。然則蟄蟲始振，始電，桐始華……天子始裘，皆可云試乎？豈古人著書若是其膚陋哉，抑何鑿甚。"此外，《逸周書》卷六《月令解》第五十三也作"始雨水，桃李華"⑤。可見，"始"讀若"試"說，當是據訛

① (明)焦竑撰，李劍雄點校《焦氏筆乘》，上海古籍出版社 1986 年版，第 121 頁。

② (清)杭世駿撰，陳抗點校：《訂訛類編續補》，中華書局 1997 年版，第 205 頁。

③ 馬天祥：《"藥欄"本義探賾發覆——兼析歷代學者之詮解誤釋》，《西北大學學報》(哲學社會科學版) 1994 年第 2 期。

④ (明)田藝蘅：《留青日札》，上海古籍出版社 1985 年版，第 231 頁。

⑤ 佚名撰，《二十五別史(1)·逸周書》，齊魯書社 2000 年版，第 59 頁。

本得出的結論，但後人"將錯就錯，以僞爲真"，仍釋"試花"爲始開之花。如唐張籍《新桃行》："植之三年餘，今年初試花。"宋王庭珪《再次韻二絶句》："牆根巨竹新生笋，竹下小桃初試花。"《漢語大詞典》（11/137）首引宋周邦彦《瑞龍吟》詞，時間過晚。

　　2.外來文化

　　隨着漢族與外民族語言文化接觸的日益頻繁，本民族的詞義系統必然會發生變化，"這主要表現在對語言固有詞的詞義的影響方面，也表現在借詞本身的詞義變化上"①。就詩話而言，外來文化對詞義的影響主要表現在借詞本身的意義變化上。

　　（1）只孫

　　　　徐秋雲《宮詞》有"紅錦只音枳孫團晚晚風"之句。元故事，親王及功臣常侍宴者，別賜冠衣，制飭如一謂之只孫。如玩齋貢公趙汸，家傳賜金文只孫一襲是也。陸文量《菽園雜記》云：只孫，直駕校慰者，團花紅緑衣，戴飭金漆帽，名曰只孫。二說未知孰是？恐我大明制度與元不同，而所見亦有何耶！（《俞弁詩話》，見《明詩話全編》第 2473 頁）

　　按，出自《山樵暇語》卷五。詩話所引"陸文量"事出自明陸容《菽園雜記》卷八②。"直駕校慰者，團花紅緑衣"當作"直駕校慰著團花紅緑衣"。只孫：蒙语 jisun（顏色）音譯，有不同的書寫形式，亦作"質孫""只遜""濟遜""直孫"等。《元史語解》卷二十四《名物門》："濟遜，顏色也，卷二作質孫，卷九作只孫，卷一百二十四作直孫，並改。"元代宮廷大宴，預宴者服裝都是同樣顏色，稱爲"只孫"，即"一色服"。元陶宗儀《南村輟耕錄》卷三十《只孫宴服》："只孫宴服者，貴臣見饗於天子則服之，今所賜絳衣是也。貫大珠以飾其肩背膺間，首服亦如之。"③《元史·興服志》："質孫，漢言一色服也。內廷大宴則服之。冬夏之服不同，然無定制。凡勛戚大臣近侍，賜則服之。下至於樂工衛士，皆有其服。精粗之制，上下之别，雖

————————————

① 王慶：《詞彙學論綱》，中國經濟出版社 2013 年版，第 198 頁。

② （明）明陸容撰，佚之點校：《菽園雜記》，中華書局 1985 年版，第 100 頁。

③ （元）陶宗儀：《南村輟耕錄》，中華書局 1958 年版，第 376 頁。

不同，總謂之質孫云。"明太祖滅元後，改爲衛士擎執儀仗者之服。明沈德符《萬曆野獲編》卷十四《比甲只孫》："又有所謂只孫者，軍士所用。今聖旨中，時有製造只孫件數，亦起于元。時貴臣，凡奉内召宴飲，必服此入禁中，以表隆重。今但充衛士常服。亦不知其沿勝國胡俗也。只孫，《元史》又作質遜，華言一色服也，天子亦時服之，故云。"①明張岱《夜航船》卷十一《日用部·只遜》："殿上直校鵝帽錦衣，總曰'只遜'。曾見有旨下工部，造只遜八百副。"②清褚人獲《堅瓠廣集》卷四《只孫》："元親王及功臣侍宴者，别賜冠衣，制飾如一，謂之只孫。趙廉《訪家傳》御賜金文只孫一襲是也。明高皇定鼎，令值駕校尉服之，儀從所服團花只孫是也。《霏雪錄》載徐秋雲《宮詞》：'紅錦只孫團晚風'，是誤以'只孫'爲纖稱帷幛之類耳。"③

(2) 靺鞨

靺鞨，國名，古肅慎地也。其地產寶石，大如巨粟，中國謂之"靺鞨"。文與可《朱櫻歌》云："金衣珍禽弄深樾，禁籞朱櫻斑若纈。上幸離宮促薦新，藤籃寶籠貂璫發。凝霞作丸珠尚軟，油露成津蜜初割。君王午坐鼓《猗蘭》，翡翠一盤紅靺鞨。"葛魯卿《西江月》詞云："靺鞨斜紅帶柳，琉璃漲綠平橋。人間花月見新妖，不數江南蘇小。恨寄飛花蔌蔌，情隨流水迢迢。鯉魚風送木蘭橈，迴棹荒鷄報曉。"二公詩詞皆用靺鞨事，人罕知者，故特疏之。（明楊慎《升菴詩話》卷十二，見《歷代詩話續編》第 881 頁）

按，"靺鞨"，亦作"勿吉"，我国南北朝时少数民族名。清阿桂、于敏中《欽定滿洲源流考》卷二《部族·勿吉》："《北史》傳云，勿吉一名靺鞨，其事則實爲一國。蓋南北音殊，譯對互異，並不得謂一國而二名也。"④關於

---

① （明）沈德符：《萬曆野獲編》，中華書局 1959 年版，第 366 頁。

② （明）張岱撰，劉耀林校注：《夜航船》，浙江古籍出版社 1987 年版，第 471—472 頁。

③ （清）褚人獲輯撰，李夢生校點：《堅瓠集》，《清代筆記小說大觀》，上海古籍出版社 2007 年版，第 1712 頁。

④ （清）阿桂、於敏中：《欽定滿洲源流考》，《景印文淵閣四庫全書》第 499 册，第 485 頁。

勿吉、靺鞨之音義，主要有三種：一種讀音 weji，譯爲叢林。清何秋濤《朔方備乘》卷二十一《考十五·艮維窩集考·窩集國名考》："古人以此名國，尚不止沃沮一國，如元魏之勿吉國，隋唐之靺鞨國，唐之撫涅部，遼之屋惹國，皆卽窩集二字，譯寫各異。其以老林爲窩集，而因以名國。"①一種讀音 muke，譯爲水。孟鏡雙《布特哈志略·歷代沿革》："靺鞨繫木克之轉音，滿語譯漢水也。"②一種讀音 wehe，譯爲寶石，指石砮。范恩實《"靺鞨"族稱新考》："靺鞨與昂威赫［an-vehe］同音，而 vehe 在現代滿語中是'石頭'之意。"③詳見趙志強《清代中央決策機制研究》第一章第三節《勿吉、靺鞨》④。章鴻釗《石雅》上編："《太平御覽》云，扶餘出赤玉，挹婁出青玉。赤玉疑卽靺鞨。蓋靺鞨，國名也，隋唐以前，尚無其稱，故不言靺鞨而言赤玉耳。"⑤

（3）尼師壇

張希復《與段成式同賦宣律師袈裟》云："共覆三衣中夜寒，披時不鎮尼師壇。無因蓋得龍宮地，畦裏塵飛葉相殘。"梵語尼師壇，此雲隨坐衣，唐言坐具也。《翻譯名義》云：元佛初度五人及迦葉兄弟，並制袈裟左臂坐具在袈裟下。後度諸眾，徒侶漸多，年少比丘，儀容端美，入城乞食，多爲女愛，由是制衣角在左肩，後爲風飄，聽以尼師壇鎮上。此覆中夜外鎮也。遯叟。（胡震亨《唐音癸籤》卷十九，見《全明詩話》第 3729 頁）

按，尼師壇：亦作"尼師檀""尼師但那""顊史娜曩"，梵語"Nisidana"⑥的音譯。即坐臥時敷在地上、床上或臥具上的長形布，意譯爲"隨坐衣""坐具""臥具""敷具"等。東晉佛陀跋陀羅共法顯《摩訶僧祇律》卷三："隨

---

① （清）何秋濤：《朔方備乘》，早稻田大學圖書館藏，光緒七年跋，第 6 頁。
② 孟鏡雙：《布特哈志略》，成文出版社 1968 年版，第 29 頁。
③ 範恩實：《"靺鞨"族稱新考》，《北方文物》2003 年第 3 期。
④ 趙志強：《清代中央決策機制研究》，科學出版社 2007 年版，第 26—27 頁。
⑤ 章鴻釗：《石雅》，上海書店據中央地質調查所 1927 年版影印，第 102 頁。
⑥ 杜繼文、黃明信：《佛教小辭典》，上海辭書出版社 2001 年版，第 567 頁。

物者，三衣：尼師檀、覆瘡衣、雨浴衣。"唐義淨《南海寄歸內法傳》卷二："尼師但那，坐臥具也。"慧琳《一切經音義》卷一："尼師壇，梵語略也。正梵音具足，應云額史娜曩，唐譯為敷具，今之坐具也。""尼師檀""額史娜曩"二詞形，《大詞典》未收。

第五章　歷代詩話中的語言文字論述之詞源研究（上）

　　"詞源學（etymology）也叫做語源學，是歷史比較語言學的一個部分。它的任務就是要探索詞的形式及意義的來源和演變歷史。"①在詩話當中，關於詞源探討的主要內容有：語詞始見時間的考訂、語詞得名之由的探求、同物異名的繫連等。"有時，推求詞語的來源和推求詞語的得名之由以及詞語的考釋是結合在一起的。弄清了詞語的來源也就清楚了它的得名之由，或者弄清了詞語的意義。"②

第一節　考訂語詞的始見時間

　　"凡理據研究都是以歷史溯源爲其主要手段的。"③借助詩話對語詞始見時間的考訂，不僅可以提前辭書某些義項的書證，而且也增補了辭書未收語詞的最早書證。

一、溯及語源者

（一）覘步

　　京師以探刺者爲"覘步"，唐有此語："強梁御史人覘步，安得夜開

①　何九盈：《中國古代語言學史》（第3版），廣東教育出版社2005年版，第72—73頁。
②　蔣紹愚：《近代漢語研究概要》，北京大學出版社2008年版，第295頁。
③　王艾錄、司富珍：《語言理據研究》，中國社會科學出版社2002年版，第48頁。

沽酒戶。"（朱翌《猗覺寮雜記》卷上，見《宋人詩話外編》第 409 頁）

按，"覷"乃"覰"之俗字。《正字通·見部》："覰，俗作覷。""覰"同"覷"。《字彙補·見部》："覷，同覰。"故"覰步"，一作"覷步"，始見於唐代。唐元稹《元氏長慶集》卷二十六《答子蒙》詩："強梁御史人覷步，安得夜開沽酒戶。"①《廣韻·御韻》："覰，伺視也。"可見，"覷步"就是邊走邊窺視，進一步引申出"探刺"。宋范仲淹《奏乞宣諭大臣定河東捍禦策》："又邊上探得契丹遣使二道，至南山寧化軍岢嵐軍後面，覷步谷口道路。"這種探刺者宋代稱"察子"。宋吳曾《能改齋漫錄》卷二《事始·探事察子》："近世官司以探事者，謂之'察子'。案，唐高駢在淮南，用呂用之爲巡察使。用之募險獪者百餘人，縱橫閭巷閒，謂之察子，此其始也。"②"覷步"一詞形，《大詞典》未收。

（二）煖房

王建《宮詞》："太儀前日煖房來，囑向昭陽乞藥栽。勅賜一科紅躑躅，謝恩未了奏花開。"今人有遷居或新築室，朋儕醵金往賀，曰"煖房"。蓋自唐人已有之矣。（《孫緒詩話》，見《明詩話全編》第 1582 頁）

按，出自《沙溪集》卷十四《無用閑談》。煖房：指祝賀喬遷的食禮。唐時已有此風俗，如斯六四五二號（3）《壬午年（公元九八二年）淨土寺常住庫酒破歷》："廿八日，周和尚鋪暖房酒壹斗。十一月一日，李僧正鋪暖房酒壹斗。"③亦稱"暖屋""溫鍋""填宅""賀房"。明田汝成《西湖遊覽志餘》卷二十五《委巷叢談》："遷居而鄰友治具過飲曰暖屋，亦曰暖房。"④民國十八年《錦西縣志》卷二《人事志·宴會》："新屋落成，親友醵資購致陳飾，主人報之以宴，名曰填宅，又稱賀房，濫觴於唐之暖房。"尚秉和《歷代社

---

① （唐）元稹：《元氏長慶集》，《景印文淵閣四庫全書》第 1079 冊，第 487 頁。

② （宋）吳曾：《能改齋漫錄》，上海古籍出版社 1960 年版，第 21 頁。

③ 唐耕耦、陸宏基編：《敦煌社會經濟文獻真跡釋錄》（第三輯），全國圖書館文獻縮微複製中心 1990 年版，第 226 頁。

④ （明）田汝成：《西湖遊覽志餘》，上海古籍出版社 1958 年版，第 455 頁。

會風俗事物考》卷四十二《社會雜事雜物·暖房》："今人移新宅，戚友恒送酒食，會飲宅中，名曰暖房，亦曰溫鍋。蓋以新宅尚未經人住，集多人讌飲其中，以爲厭勝，而唐詩即有之。唐王建《宮詞》云：'太儀前日暖房來。'又《輟耕錄》：'今之入宅爲遷居者，鄰里醵金治具，過主人飲，謂曰暖屋，亦曰暖房。'是此俗自唐至今，行之已千餘年。"①"煖房"習俗不僅在民間常見，而且延伸至宮廷。清趙翼《陔餘叢考》卷四十三《暖房》："《五代史》：'後唐同光二年，張全義及諸鎮進暖殿物。'則暖房之名，由來久矣。"② 又嫁娶前在男家新房宴飲也叫暖房。宋吳自牧《夢粱錄》卷二十《嫁娶》："前一日，女家先往男家鋪房，掛帳幔，鋪設房奩器具、珠寶首飾動用等物，以致親壓鋪房，備禮前來暖房。"③

　　"暖"本字當爲"餪"。《廣雅·釋言》："餪，饋也。"王念孫疏證："餪，溫存之意。"明李實《蜀語》："婚前日而宴曰餪房○餪音煖。"④ 清翟灝《通俗編》卷九《儀節·煖房》："煖字本當作餪。《邵氏聞見錄》：宋景公納子婦，其婦家餪食物，書云煖女，皆曰'煖字錯用'，宜從食從而從大，其子退檢書，《博雅》中果有'餪'字。"⑤ 黃侃《蘄春語》："案今鄉俗凡食於事前，謂之餪。"⑥ 安忠義《析"軟腳"及其他》一文言："直到今日民間普遍把祝賀喜慶熱鬧並有筵餉之事均稱爲暖，賀新婚叫暖房，賀生日叫暖壽，賀遷居叫暖屋。"⑦ 其說不確，喪葬白事之筵也可稱"暖"。民國二十四年《重修鎮原縣志》卷五《居住類·暖房》："賀人之第宅落成與遷居新宅也。案，《輟耕錄》：'今之入宅與遷居，鄰里醵金治具，過主人飲，謂之曰暖屋，亦曰暖房。'王建《宮詞》：'太儀前日暖房來'，此皆喜慶事也。俗於出殯前一日，親友攜

---

① 尚秉和：《歷代社會風俗事物考》，江蘇古籍出版社 2002 年版，第 383 頁。
② （清）趙翼：《陔餘叢考》，中華書局 1957 年版，第 969 頁。
③ （宋）吳自牧：《夢粱錄》，浙江人民出版社 1980 年版，第 188 頁。
④ （明）李實著，黃仁壽、劉家和校注：《蜀語校注》，巴蜀書社 1990 年版，第 30 頁。
⑤ （清）翟灝：《通俗編》（附《直語補正》），商務印書館 1958 年版，第 191 頁。
⑥ 黃侃：《蘄春語》，《黃侃論學雜著》，中華書局 1964 年版，第 437 頁。
⑦ 安忠義：《析"軟腳"及其他》，《語海新探》（第六輯），香港文化教育出版社 2008 年版，第 97 頁。

酒肉詣靈幃前爲孝子暖靈，並有至親，於是夜暖墳者，事雖出於俚俗，情無異乎，殁存秦安巨先生國柱，頗以爲不然，習俗相沿不易革也。"

（三）碧鮮

蔡興宗作《杜詩考異》，"嬋娟碧鮮靜，肅摵寒籜聚"，蘚字從別本，蓋字畫小缺。而釋者云：嬋娟、碧鮮，皆竹也。尤謬。非釋者謬，興宗謬也。按碧鮮出《文選·吳都賦》"玉潤碧鮮"，正謂竹也。乃以爲碧蘚，兒童之見也。捨舊集而從別本，何也？五代扈蒙作《碧鮮賦》，得名嬋娟美貌，以言碧鮮之美，豈以碧鮮爲蘚哉？《文選》成公子安《嘯賦》云："蔭修竹之嬋娟。"注云："嬋娟，美貌。"（朱翌《猗覺寮雜記》卷上，見《宋人詩話外編》第 414—415 頁）

按，"五代扈蒙作《碧鮮賦》，得名嬋娟美貌"點斷錯誤，當作"五代扈蒙作《碧鮮賦》得名。嬋娟：美貌"。碧鮮：竹子的代稱，因竹色青，故稱。出《文選·左思〈吳都賦〉》。

（四）灸眉、刺舌

坡云："刺舌君今宜自戒，灸眉我亦更何辭！"灸眉，見《晉·郭舒傳》：王澄以舒爲狂，使人摺鼻灸眉頭。刺舌，見《隋·賀若弼傳》：父敦臨刑呼弼曰："吾以舌死，汝不可不思。"引錐刺弼舌出血，戒以口過。坡平生以語言得禍，故畏如此。（朱翌《猗覺寮雜記》卷上，見《宋人詩話外編》第 410 頁）

按，灸眉：用艾炷燒灼眉頭以治狂疾，後因此以"灸眉"謂被人攻訐自己狂妄，出自《晉書·郭舒傳》。唐白居易《白氏六帖事類集》卷九《灸眉》引鄧粲《晉紀》曰："宋歡常以酒狂，王澄因叱左右拉歡。郭舒屬色曰：'使君醉，左右莫動。'澄大怒曰：'別駕往耶，枉我醉。'因遣灸舒眉頭。後事王敦，諫敦。敦呵曰：'人以卿癡灸眉，舊疾復發也？'舒曰：'汲黯、朱雲豈癡乎？'澄時爲荆州，遂縱酒嬉戲。"

刺舌：出自《隋書·賀若弼傳》，後因此以"刺舌"謂慎言。清朱彝尊《題三緘齊》：“刺舌引錐終不戒，始知緘口是良師。”

（五）蜜印

　　權德輿《哭劉尚書詩》：“命賜龍泉重，追榮蜜印陳。”蜜印者，謂贈官刻蠟爲印，懸綬以賜也。不知起何時。始見晉《山濤傳》：濤薨，勅贈司徒蜜印紫綬，侍中貂蟬，新沓侯蜜印青朱綬。唐人文筆中亦多用此。劉禹錫《爲人謝追贈表》云：“紫書忽降於九重，蜜印加榮於後夜。”有改作“密”者誤。遯叟。（胡震亨《唐音癸籤》卷十八，見《全明詩話》第 3720 頁）

　　按，蜜印：一說用蜂蠟刻的官印。古時貴族死後追贈爵位、職位時所用，出自《晉書·山濤傳》。《南齊書·皇后列傳》：“升明三年，追贈竟陵公國太夫人，蜜印，畫青綬，祠以太牢。”清桂馥《札樸》卷四《覽古》：“古官印有歿後隨葬者，《吳志·孫琳傳》‘發孫峻棺，取其印綬’是也。有繳上者，《晉書·陶侃傳》‘遣左長史奉送太尉章荆江州刺史印’是也。若追贈之爵，則用蜜印，示不復用。《魏王墓碑》：‘贈以東武矦蜜印綬。’《晉書·山濤傳》：‘策贈司徒蜜印絮綬。’《唐音癸籤》：‘贈官刻蠟爲印，謂之蜜印。’《西京雜記》：‘南越王獻高帝蜜燭二百枚。’卽今之蠟燭。”[1]“蜜印”又稱“蜜章”。宋樓鑰《攻媿集》卷三十五：“（案）‘蜜章’，本諸《晉書·山濤傳》所云‘蜜印’。是集屢用之，一本訛‘蜜’爲‘密’，或改作‘宸’，亦非。”[2]周密《齊東野語》卷一《蜜章密章》：“密章二字，見《晉書》山濤等傳，然其義殊不能深曉。自唐以來，文士多用之。近世若洪舜俞《行喬行簡贈祖母制》亦云：‘欲報食飴之德，可稽製蜜之章。’蜜字皆從虫。相傳謂贈典旣不刻印，而以蠟爲之。蜜卽蠟，所以謂之蜜章。”[3]一說“蜜章”之“蜜”，即爲蜂液。清杭世駿《訂訛類編·續補》卷下《蜜章》：“《言鯖》：蜜章二字，見《晉書·山濤傳》。唐宋以來文字多用之。劉禹錫爲杜司徒追贈表云：‘紫書忽降於九天，重蜜加榮

---

① （清）桂馥撰，趙智海點校：《劄樸》，商務印書館 1958 年版，第 132—133 頁。

② （宋）樓鑰：《攻媿集》，商務印書館《叢書集成初編》本，1935 年版，第 475 頁。

③ （宋）周密撰，張茂鵬點校：《齊東野語》，中華書局 1983 年版，第 7 頁。

於後夜.'李國長《神道碑》:'煌煌蜜章,孫爽謚議.蜜章加等,增飾下泉.'
則蜜章二字例皆用於贈典,或謂贈典既不刻印,而以蠟爲之.蜜卽蠟也,今
蠟炬謂之蜜炬,見《周禮》黃燭注.愚考今之贈典皆用寶,並非蠟刻,其寶
不用油而用蜜.今進士榜中用寶俱以蜜,又官府文書有用水硃而不用油者,
則蜜章實以蜜代油,未見以蠟爲之.前人未見注蜜章者,故爲辨之.'①

(六)料理

杜:"詩酒尚堪驅使在,未須料理白頭人."料理,出《王微之
傳》.六朝歌謠有"皂筴相料理"之語.遜叟.(胡震亨《唐音癸籤》卷
二十四,見《全明詩話》第 3761—3762 頁)

按,料理:照顧;照料.出自《晉書·王徽之傳》:"沖嘗謂徽之曰:'卿
在府日久,比當相料理.'"

(七)夾鏡

荊公《虎圖》"目光夾鏡當坐隅","夾鏡"出《文選》顏延年《赭
白馬賦》"雙瞳夾鏡,兩權協月".(宋曾季貍《艇齋詩話》,見《歷代詩
話續編》第 316 頁)

按,夾鏡:本指兩層銅材合起來製作的古鏡.宋沈括《夢溪筆談》卷
二十一《異事·古鏡》:"予於譙亳得一古鏡,以手循之,當其中心,則摘然
如灼龜之聲.人或曰,'此夾鏡也.'然夾不可鑄,須兩重合之."②後形容雙
目明亮如夾鏡.出自《文選·顏延之〈赭白馬賦〉》.

(八)種種

荊公"種種春風吹不長,星星明月照還稀",詠白髮也."種種"出
《左氏》,音董."星星"對"種種",甚工.(宋曾季貍《艇齋詩話》,見

---

① (清)杭世駿撰,陳抗點校:《訂訛類編續補》,中華書局 1997 年版,第 313—314 頁.
② (宋)沈括:《夢溪筆談》,《景印文淵閣四庫全書》第 862 冊,第 822 頁.

《歷代詩話續編》第 310 頁）

按，種種：头发短少的樣子。出自《左傳‧昭公三年》："余髮如此種種，余奚能爲。"杜預注："種種，短也。"陸德明釋文："種種，本亦作董董。"陳掄言："'鼎鼎'，'董董'，'種種'是同源詞，都作'短'講。"① 甚是。如晉陶淵明《飲酒二十首並序》其三："鼎鼎百年內，持此欲何成？""種種"之"短"義，詩詞中常見。如宋陳師道《送孝忠落解南歸》："短髮我今能種種。"戚繼光《寄監兵陳使君三首》其二："顛毛種種識艱難。"此義，在今天徽州方言中依見。"歙縣話把短而亂的鬍鬚之類叫做'胡種種'"。②

（九）要路津

老杜"立登要路津"，"要路津"三字出《選》詩"何不策高足，先據要路津"。（宋曾季貍《艇齋詩話》，見《歷代詩話續編》第 315 頁）

按，要路津：重要的道路和渡口。比喻顯要的職位。出自《古詩十九首‧今日良宴會》。

（十）秋罷

呂東萊詩用"秋罷"二字，出《西漢‧元帝紀》，言秋不成熟也。（宋曾季貍《艇齋詩話》，見《歷代詩話續編》第 301 頁）

按，秋罷：謂秋季莊稼無收。出自《漢書‧元帝紀》："是月雨雪，隕霜傷麥稼，秋罷。"顏師古注："云秋罷者，言至秋時，無所收也。"又爲"秋收完畢"義。宋呂本中《試院中作》："田疇望家遠，日月已秋罷。"

（十一）攤錢

老杜："白晝攤錢高浪中。"攤錢，今攤賭也，見《後漢‧梁冀傳》。

---

① 陳掄：《歷史比較法與古籍校釋》（越人‧離騷‧天問），湖南教育出版社 1987 年版，第 42 頁。

② 黃山學院徽州文化研究所編，姚邦藻主編：《徽州學概論》，中國社會科學出版社 2000 年版，第 270 頁。

（宋曾季貍《艇齋詩話》，見《歷代詩話續編》第 300 頁）

按，攤錢：一種猜測錢幣數量的賭博形式。出自《後漢書·梁冀傳》"意錢之戲"李賢注引南朝宋何承天《纂文》："詭億一曰射意，一曰射數，即攤錢也。""詭億""射意""射數"都是"攤錢"的不同稱呼，其中"詭""意""射"皆有"猜測"義。故"攤錢"又稱"意錢"。唐李匡乂《資暇集》卷中《錢戲》："錢戲有每以四文爲一列者，即史傳所云意錢是也，俗謂之攤錢，亦曰攤鋪其錢，不使疊映欺惑也。"① 宋洪邁《容齋五筆》卷一《俗語有出》："今人意錢賭博，皆以四數之，謂之攤。案《廣韻》'攤'下云：'攤捕，四數也。'"② 清施鴻保《閩雜記》卷七《攤錢》記載了"攤錢"的具體玩法："《大清律例匯纂》刑律雜犯例：有旗民抓金錢一條，開設者杖一百，入會者減一等，杖九十。按：抓金錢或即今閩俗攤錢，爲首者以一二百錢傾散桌上，以空碗隨手覆定，去其在旁者，聽人猜壓，以一至四爲數，壓定開碗，用箸一支，四四數之，視餘錢若干，或一則壓一者贏，壓數三倍，否則輸去壓錢。福州惟南臺爲盛，泉、漳兩郡，則到處有之。又按杜詩：'長年三老閑無事，白晝攤錢高浪中。'仇兆鰲注：夔巫間，船家遇風阻不行，輒作攤錢之戲，蓋藉以遣悶，且羈縻水手不散走，使風稍順即行也。以箸數錢，四四攤開，故曰攤，今之搖攤，即本於此。惟以骰子四枚藏盆中，搖而猜之，其點數亦仍以四數也。然曰攤，又曰搖，近復矣。"③

（十二）孏矬、挼莎

魯直詩："孏④矬金壺肯持送，挼莎殘蘜更傳杯。"注詩者但知"挼莎"字見《曲禮》"不擇手"注，至"孏矬"則引《玉篇》注曰："孏，短也。矬，不長也。"不知此二字見《春官》附音注下，謂"孏雉，上皮買反，下苦買反。"《方言》："桂林之間謂人短爲孏雉。"雉正作矬字

---

① （唐）李匡乂：《資暇集》，商務印書館《叢書集成初編》本，1939 年版，第 16 頁。

② （宋）洪邁撰，孔凡禮點校：《容齋隨筆》，中華書局 2005 年版，第 836 頁。

③ （清）施鴻保撰，來新夏校點：《閩雜記》，福建人民出版社 1985 年版，第 113 頁。

④ 原作"孏"，據商務印書館《叢書集成初編》本，第 237 頁改正。

呼也。前輩用事，貴出處相等，傳注中用事，必以傳注中對。此如荊公詩："一水護田將綠繞，兩山排闥送青來。"護田、排闥，皆西漢語也。謝邁詩亦曰："捼挲蕉葉展新綠，從便桃①花舒小紅。"（王楙《野客叢書》卷二十四，見《宋人詩話外編》第 1108—1109 頁）

按，矲矮：身材短矮。出自《周禮·春官·典同》"陂聲散"漢鄭玄注："陂讀爲人短罷之罷。"罷，亦作"矲"。《方言》卷十："桂林之中謂短矲。"周祖謨校勘記："短下疑脫'曰'字。"郭璞《方言》注作"矲矠"。陸德明釋文作"矲矮"。一說"矲矮"之"矮"作"雉"②。《集韻》作"矲短"。朱起鳳《辭通》卷十四《九蟹·矮》："短矮音義同，矠矮形近義通。"故"矲矠""矲短""矲矮"乃一聲之轉。"矲短"亦作"罷亞"，詳見第三章"罷亞"條。"矮"字本作"痦"字。《廣雅·釋詁》："痦，短也。"王念孫疏證："即今矮字。"從"罷"得聲之字與從"卑"得聲之字，音近義通，皆有"短小"義。詳見陸宗達《從"卑"、"罷"得聲的詞》③。

挼挲：兩手相切摩。出自《禮記·曲禮上》"共飯不澤手"漢鄭玄注："澤，謂挼挲也。""挼挲"，亦作"捼挲"，同義詞連用，皆有揉搓義。"挼"亦作"捼"。《集韻·戈韻》奴禾切："捼，《說文》：'推也，一曰兩手相切摩也。'或作挼。"或作"攔"。《集韻·戈韻》："捼……或作攔。"《詩經·周南·葛覃》："害澣害否，歸寧父母。"孔疏云："王肅述毛，合之云煩攔、澣濯其私衣是也。""煩攔"，即"搓揉；搓洗"。明楊慎《升菴經說》卷四《煩攔》："澣濯衣服也。○攔，諸詮之音而專切。何胤、沈重音而純反。阮孝緒《字錄》云：'煩攔，猶挼莏也。捼，奴禾切。莏，素禾切。'"④"捼"，又作"挪"，今通語稱"揉"。清俞正燮《癸巳存稿》卷十二《挼花》："挼，今云捼，謂抑按之。亦作挪，謂搓

---

① 原作"挑"，據商務印書館《叢書集成初編》本，第 237 頁改正。

② （清）錢繹《方言箋疏》卷十："載考《集韻》、《類篇》及宋余仲仁本《周禮》所載《釋文》、明葉林宗所寫《釋文》正作'矢'旁'隹'，不作'矮'亦作'雉'字，今據以訂正。"（中華書局 1991 年版，第 358 頁。）

③ 陸宗達：《從"卑"、"罷"得聲的詞》，《陸宗達語言學論文集》，北京師範大學出版社1996 年版，第 542 頁。

④ （明）楊慎：《升庵經說》，商務印書館《叢書集成初編》本，1936 年版，第 61 頁。

挪之。唐無名氏《菩薩蠻》云：'牡丹帶露真珠顆，折向庭前過。含笑問檀郎，花強妾貌強？檀郎故相惱，剛說花枝好，一晌發嬌嗔，碎挼花打人。'謂搓挪花以打人也。潘元質《倦尋芳》云：'香滅羞回空帳裏，月高猶在重簾下。恨疏狂，待歸來碎挼花打。'其詞《草堂詩餘》作《蘇養直》。又張翥《風入松》云：'春縱冶，便不飲，從教團雪挼花打。'挼即挼也。《耆舊續聞》云：'張仲遠室人知書，賓客通問，必先窺來劄。姜堯章戲作《百宜嬌》遺之。仲遠歸，竟莫能辨，則受其指爪損面，至不能出外。'或潘詞之意與姜詞意不同。"① 今閩、贛、吳、滇等方言區依然稱"揉搓"爲"挼"。《南康縣志》卷三十《方言·挼》："方音稱搓繩叫挼繩，俗也作'挪'。"《建寧縣志》第三十編《方言·挼》："《廣》奴禾切，兩手相切摩也。今謂揉爲nɔ²，音義合。"《定海縣志·民情風俗·方言》："挼，揉擦。跌痛了，～～其：跌痛的地方揉一揉。"姜亮夫《昭通方言疏證·釋人》卷四《挼》："昭人謂以手輕撫之曰挼。"②

（十三）開口笑

杜牧之《九日登齊山》詩云："塵世難逢開口笑，菊花須插滿頭歸。""開口笑"字似若俗語，然卻有所據。莊子：人上壽百歲，中壽八十，下壽六十。除病瘦死喪憂患，其中開口而笑者，一月之中，不過四、五日而已矣。於此蓋見牧之於詩不苟如此。（张淏《雲谷雜記》卷二，見《宋人詩話外編》第 1009 頁）

按，開口笑，語出《莊子·盜蹠》。後用來表現值得珍貴的歡快心情。唐杜甫《醉爲馬墜諸公攜酒相看》："語盡還成開口笑，提攜別掃清谿曲。""開口笑"一詞，今見於上海西南方言區，有二義："1 一種麻球，因表面裂開似人在笑，故名；2 喻高興。"③ 一說作爲油炸麵食的"開口笑"一詞，本字當爲"開口消"，得名於入口即化。蔣禮鴻《義府續貂·望口消開口笑》："《西湖老人繁勝錄》：'糖煎尤多，擔杖擡木架子：……望口消。'又云：'酥蜜裏食，

---

① （清）俞正燮：《癸巳存稿》，遼寧教育出版社 2003 年版，第 370—371 頁。

② 姜亮夫：《昭通方言疏證》，《姜亮夫全集》（十六），雲南人民出版社 2002 年版，第 270 頁。

③ 褚半農：《上海西南方言詞典》，上海人民出版社 2006 年版，第 33 頁。

天下無比，入口便化。'按：望口消者，誇衒之辭，謂其酥脆，未至口即消釋耳。今杭州俗以麴粉和糖被芝麻爲桃油煠曰開口笑，笑特消字之誤耳。"①此論發前人所未說，故敬錄之。

（十四）案酒

梅宛陵詩，好用"案酒"，俗言"下酒"也，出陸璣《草木疏》："荇，接余也。白莖，葉紫赤色，正圓，徑寸餘，浮水上，根在水底，與之深淺。莖大如釵股，上青下白。煮其白莖，以苦酒浸之，脆美可案酒。"今北方多言"案酒"。（《陸游詩話》，見《宋詩話全編》第 5826 頁）

按，出自《老學庵續筆記》卷一②。案酒：佐酒，下酒。出自三國吳陸璣《毛詩草木鳥獸蟲魚疏·參差荇菜》。如宋梅堯臣《對雪憶往歲錢塘西湖訪林逋三首》其三："樵童野犬迎人後，山葛棠梨案酒時。"案酒，亦作"按酒"。如元劉唐卿《降桑椹》第一折："我早間分付下興兒，著他買些新鮮的按酒稀奇菓品，不知停當了不曾？"

（十五）廚人

劉楨《瓜賦序》曰："在曹植座，廚人進瓜，植命爲賦，立成。"其辭云云。故杜子美《山館》詩云："廚人語夜闌。"《戰國策》："張儀引廚人曰。"乃知廚人已具《戰國策》。（吳曾《能改齋漫錄》卷五，見《宋人詩話外編》第 641 頁）

按，廚人：厨师。見於《戰國策·燕策一》："與代王飲，而陰告廚人曰：'即酒酣樂，進熱歠，即因反鬥擊之。'"

（十六）五兩

太白："扁舟敬亭下，五兩先飄颻。"權德輿："曉風搖五兩。"張祜：

---

① 蔣禮鴻：《義府續貂》，《蔣禮鴻集》（第二卷），浙江教育出版社 2001 年版，第 219 頁。
② （宋）陸遊撰，李劍雄等點校：《老學庵筆記》，中華書局 1979 年版，第 138 頁。

"南風吹五兩。"王維:"惡說南風五兩輕。"出郭景純《江賦》:"覘五兩
之動靜。"凡候風,以鷄羽重五兩,繫五丈旗顚,立軍營中綜船上候之,
楚謂之五兩。《留留青》。(胡震亨《唐音癸籤》卷十九,見《全明詩話》
第 3730 頁)

按,《留留青》是明田藝蘅《留青日札》的節本①。五兩:亦作"五緉""五
量"②,古代的測風器。繫鷄毛五兩或八兩於高竿頂上,以觀測風向、風力,
故稱。出自《文選·郭璞〈江賦〉》:"覘五兩之動靜。"李善注:"兵書曰:'凡
候風法,以鷄羽重八兩,建五丈旗,取羽繫其巔,立軍營中。'許慎《淮南
子》注曰:'綜,候風也,楚人謂之五兩也。'"亦名"相風鳥"。明陶宗儀《說
郛》卷十引《炙轂子》:"舟船於檣上刻木作鳥,銜幡以候四方之風,名五兩
竿。軍行以鵝毛爲之,亦曰相風鳥。""五兩"又借指風。唐李端《古別離二
首》其二:"下江帆勢速,五兩遙相逐。"

二、晚於語源者

(一)謫墮

東坡《梅花》詩:"玉妃嫡墮煙雨村。""謫墮"二字出《楊貴妃外傳》。
玉妃卽貴妃也。韓子蒼云。(宋曾季貍《艇齋詩話》,見《歷代詩話續編》
第 303 頁)

按,東坡詩"嫡墮"當作"謫墮"。謫墮:猶謫降。出自唐陸龜蒙《白
芙蓉》詩。

(二)親家

俗謂婚姻之家曰親家,唐人已有此語,見《蕭嵩傳》。(趙與時《賓
退錄》卷五,見《宋人詩話外編》第 1255 頁)

---

① 謝國楨:《明清筆記談叢》,上海書店出版社 2004 年版,第 15 頁。
② 蔣禮鴻主編:《郭煌文獻語言詞典》,杭州大學出版社 1994 年版,第 337 頁。

按，親家：兩家兒女相婚配的親戚關係。出自《後漢書‧禮儀志上》。

（三）客作

吳曾《漫錄》曰："江西俚俗罵人曰'客作兒'，案陳從易《寄荔枝與盛參政詩》：'橄欖爲下輩，枇杷客作兒。'"僕謂斥受雇者爲"客作"，已見於南北朝。觀袁翻謂人曰："邢家小兒爲人客作章表。"此語自古而然，因知俗語皆有所自。（王楙《野客叢書》卷二十九，見《宋人詩話外編》第 1124 頁）

按，詩話所引吳曾言見於《能改齋漫錄》卷二《事始‧俗罵客作》[1]。客作：雇工；傭保。漢魏時已有此語。元陶宗儀《南村輟耕錄》卷七《客作》："今人之指傭工者曰客作。三國時已有此語，焦光饑則出爲人客作，飽食而已。"[2] 清錢大昕《恒言錄》卷三《客作》："鑑案：《漢書‧匡衡傳》：'邑大姓多書，衡乃與客作而不求價。'又《高士傳》：'夏馥入林廬山中，爲冶工客作。'"[3]"客作"是雇傭時間最短的傭工。尚秉和《歷代社會風俗事物考》卷三十四《奴婢傭賃‧傭與客作》："其期最短者，謂之客作。"[4] 民國二十二年《吳縣志》卷五十二下《輿地考‧風俗二》："謂傭工曰客作。"今天所說的客家人，正是因先民大多爲外來打工者，即"客作"而得名。清嘉慶二十五年《增城縣志》卷一《客民》："客民者，來增佃耕之民也。"又爲罵人下賤的話。如《醒世恒言》卷三十一："夏扯驢罵道，'打脊客作兒，員外與我銀子，干你甚事！'"

（四）門子

儲光羲《貽太學張筍》詩："璧池氽門子。"門子，嫡子之將代父當門者，蓋公子也。見《選‧補亡詩》引《周禮》鄭註。鄭良孺。（胡震亨《唐

① （宋）吳曾：《能改齋漫錄》，上海古籍出版社 1960 年版，第 34 頁。
② （元）陶宗儀：《南村輟耕錄》，中華書局 1958 年版，第 88 頁。
③ （清）錢大昕：《恒言錄》，《續修四庫全書》第 194 冊，第 232 頁。
④ 尚秉和：《歷代社會風俗事物考》，江蘇古籍出版社 2002 年版，第 313 頁。

音癸籤》卷十八，見《全明詩話》第 3723 頁）

按，周本淳言"胡氏引用'鄭良孺'之說十四條，實爲程良孺《讀書考定》之說。"① 甚是。此條見於《讀書考定》卷七《人物下·門子》。門子：王侯及公卿大夫之嫡子。首見於《左傳·襄公九年》："將盟，鄭六卿……及其大夫、門子皆從鄭伯。"杜預注："門子，卿之適子。""適子"即"嫡子"。清王鳴盛《蛾術編》卷七十一《說制九·門子》："古大明堂之禮曰：'日中出南門，見九侯門子，則門子學於虎門。'管子曰：'國子之義，入與父俱，出與師俱，上與君俱。'說者謂國子即門子，在家曰門，在朝曰國。"② 所說不當，"國子"與"門子"不同。"國子"，即國之貴族子弟，既有嫡，又有庶，而"門子"則專指王侯及公卿大夫之嫡子。關於"門子"的來龍去脈，清趙翼《陔餘叢考》卷三十六《門子》進行了詳細解說："今世所謂門子，乃牙署中侍茶捧衣之賤役也。古時則否。《左傳》戲之盟，鄭六卿及其大夫、門子皆從鄭伯。杜注：門子，卿之嫡子也。又襄十年，鄭子孔當國，大夫、諸司門子弗順，子孔將誅之。亦卿之嫡子也。《國語》：宣王欲得國子之能導訓諸侯者。韋昭注：凡王之子弟謂之國子也。蓋古時王之子弟曰國子，卿大夫之子弟曰門子也。又《國語》：周景王殺下門子。注：周大夫，王子猛之傅也。又《國語》晉悼公初立，育門子，選賢良。注：門子，大夫適子。《周禮》曰：其正室謂之門子。又《韓非子·亡征篇》：群臣爲學，門子好辯，其國可亡也，亦謂卿大夫之子也。唐時則守門之人謂之門子。《舊唐書·李德裕傳》：吐蕃將婦人嫁於此州門子，王智興亦嘗爲徐州門子。是唐時門子亦與今異。今俗所謂門子者，顧寧人謂正如六朝時縣僮耳。"③

三、成果爲大型辭書忽略者

（一）勾欄

段國《沙州記》："吐谷渾於河上作橋，謂之河厲，長一百五十步，

---

① 程良孺：《讀常見書札記》，江蘇教育出版社 1990 年版，第 265—266 頁。
② （清）王鳴盛：《蛾術編》，商務印書館 1958 年版，第 1113—1114 頁。
③ （清）趙翼：《陔餘叢考》，中華書局 1957 年版，第 799 頁。

勾欄甚嚴飾。"勾欄之名，始見此。王建《宮詞》："風簾水殿壓芙蓉，四面勾欄在水中。"李義山詩："簾輕幕重金勾欄。"李長吉詩："蟪蛄弔月勾欄下。"字又作"鈎"。宋世以來，名教坊曰勾欄。（《楊慎詩話》，見《明詩話全編》第 2767—2768 頁）

按：出自《升菴全集》卷五十八《勾欄》[1]。勾欄：指欄杆，楊慎認爲出自南朝宋段國《沙州記》。北魏酈道元《水經注》卷二《河水》引《沙州記》作"鈎欄"[2]。勾欄，亦作"拘攔"，漢代已見。晉崔豹《古今注》卷上《都邑》第二："拘攔，漢成帝顧成廟，有三玉鼎，二真金爐，槐樹悉爲扶老拘攔，畫飛雲龍角於其上也。"[3] 清徐文靖《管城碩記》卷二十八《楊升菴集》引《古今注》作"勾欄"，並言："勾欄自漢有之。"[4] 宋元以來，作爲教坊名。清袁枚《隨園詩話》卷十五："今人動稱'勾欄'爲教坊。《甘澤謠》辨云：'漢有顧成廟，設勾欄以扶老人。非教坊也。'教坊之稱，始于明皇，因女伎不可隸太常，故別立教坊。"[5]《漢語大詞典》(2/180)"勾欄"條下首引唐張鷟《朝野僉載》卷五，時間過晚。又，《漢語大詞典》(6/487)"拘攔"條下首引晉崔豹《古今注·都邑》作爲"遮攔；攔截"義的書證，不妥。

（二）褦襶

《復齋漫錄》云："褦襶，《集韻》以爲不曉事之名，殊不知出晉程曉《伏日詩》：'平生三伏時，道路無行車。閉門避暑臥，出入不相過。今世褦襶子，觸熱到人家。主人聞客來，顰蹙奈此何。搖扇髀中疾，一作痛。（宋本、徐鈔本、明鈔本"髀"作"臂"。）流汗正滂沱。傳戒諸高明，熱行宜見訶。'其後，山谷《和錢穆父贈松扇詩》：'可憐遠度幘

---

[1]　（明）楊慎：《升庵全集》，王雲五主編：《萬有文庫》第二集七百種，商務印書館 1937 年版，第 720 頁。

[2]　（北魏）酈道元：《水經注》，時代文藝出版社 2001 年版，第 11 頁。

[3]　（晉）崔豹撰，王根林校點：《古今注》，上海古籍出版社《漢魏六朝筆記小說大觀》本，1999 年版，第 236 頁。

[4]　（清）徐文靖著，範祥雍點校：《管城碩記》，中華書局 1988 年版，第 529 頁。

[5]　（清）袁枚：《隨園詩話》，人民文學出版社 1982 年版，第 505 頁。

溝溇，適堪今時襶襶子。'蓋取此也。"（宋胡仔《苕溪漁隱叢話後集》第5—6頁）

程曉《嘲熱客》詩："今世襶襶子，觸熱到人家。"吳旦生曰："《玉篇》、《廣韻》不載二字。《藝文類聚》作'袮襶'。《集韻》：'襶，音奈。襶，音戴。'《炙轂子》云：'襶襶，笠子也。'馮元成云：'涼笠也，以竹爲胎，蒙以帛，暑時戴之以遮日。今暑中謁客稱襶襶，其不曉事者，亦稱襶襶。'《名義考》云：'二字从衣，何以云不曉事？蓋炎暑戴笠見人，必不曉事者也。'黃山谷《次韻松扇》詩：'可憐遠度幀溝溇，適堪今時襶襶子。'陸放翁《夏日》詩：'孤舟正作笒簹夢，九陌難隨襶襶忙。'金人王子端《夏日》詩：'其喜過門無襶襶，卻憐浣壁有寧馨。'史舜元詩：'壯歲羞爲襶襶子，卽今卻羨囁嚅翁。'"（清吳景旭《歷代詩話》第306頁）

按，襶：《集韻》乃代切，泥母代韻去聲。襶：《集韻》丁代切，端母代韻去聲。"襶襶"一詞爲疊韻聯綿詞，出自晉程曉《伏日詩》。其義有三說：一說爲"避暑用的斗笠"。宋姚寬《西溪叢語》卷下引《炙轂子》云："襶襶，笠子也。"[1]清郝懿行《證俗文》卷二《襶襶》引《潛確類書》言："卽今暑月所戴涼笠，以青繒綴其襜而蔽日者也。"[2]一說爲"不懂事"。《類篇·衣部》："襶襶，不曉事。"明郎瑛《七修類稿》卷二十一《辯證類·襶襶子》："襶襶子，魏程曉詩云：'今世襶襶子，觸熱到人家。'謂不曉事之意。"[3]或作"黮黱"。清錢大昕《恆言錄》卷二《疊字類·黮黱》："上力該切，下丁來切，疊韻字。《玉篇》：'黮黱，大黑也。'今人以爲不曉事之稱。"[4]今四川方言亦言"傻瓜"爲"襶襶"，詳見蔣宗福師《四川方言詞語考釋》"襶襶"[5]。一說爲"衣厚貌"。清杭世駿《訂訛類編續補》卷上《墨屎昊獟襶襶》："'襶襶'，衣厚貌。一云'不曉事'，

① （宋）姚寬撰，孔凡禮點校：《西溪叢語》，中華書局1997年版，第86—87頁。
② （清）郝懿行：《證俗文》，安作璋主編：《郝懿行集》(3)，齊魯書社2010年版，第2197頁。
③ （明）郎瑛：《七修類稿 七修續稿》，《續修四庫全書》第1123冊，第151頁。
④ （清）錢大昕：《恒言錄》，商務印書館1958年版，第48頁。
⑤ 蔣宗福：《四川方言詞語考釋》，巴蜀書社2002年版，第403頁。

非也。今俗見人衣服麤重者曰'衲襫'，此卽'襬襫'之訛耳。"①《漢語大詞典》
（9/125）"襬襫"條首引宋姚寬《西溪叢語》，時間晚。

（三）少長

　　韓退之："少長聚嬉戲。""少長"猶言"稍長"，出《西漢·匈奴傳》。
（宋曾季貍《艇齋詩話》，見《歷代詩話續編》第 301 頁）

按，少長：出自《漢書·匈奴傳》："兒能騎羊，引弓射鳥鼠，少長則射
狐菟，肉食。"《大詞典》（2/1650）首引晉陶潛《與殷晉安別》詩，時間過晚。

（四）隗始

　　荊公《賀曾魯公》詩云："功謝蕭規慚漢第，恩從隗始愧燕臺。"人
多疑"隗始"無出處，不知韓退之聯句云："受恩從隗始。"則"隗始"
出於韓文也。按"隗始"二字出《國策》。（宋曾季貍《艇齋詩話》，見《歷代
詩話續編》第 287—288 頁）

按，隗始：出自《戰國策·燕策·郭隗說燕昭王》，後"隗始"用作以
禮招賢的典故。《大詞典》（11/1078）首引《史記·燕召公世家》，時間稍晚。

（五）青精飯

　　杜子美《贈李白》詩曰："豈無青精飯，使我顏色好。"注詩者曰：
"《梁書·安成康王秀傳》，或橡飯菁羹，唯日不足，或葭牆艾席，樂在
其中。"觀國按：菁菜爲羹，謂之菁羹。字書曰菁，蔓菁也。《書》所謂
菁茅，《禮》所謂菁菹，卽此物也。子美詩蓋用道書中陶隱居登真訣，
有乾石青精鉭②飯法。鉭音迅，謂飧也。其法用南燭草木浸米，蒸飯，
暴乾，其色青如瑿珠，食之可以延年卻老，此子美所謂青精飯也。《神
農本草》木部有南燭枝葉，久服輕身長年，令人不饑，益顏色，取汁炊

---

① （清）杭世駿撰，陳抗點校：《訂訛類編續補》，中華書局 1997 年版，第 237 頁。
② 據中華書局 1988 年版《學林》第 252 頁，"鉭"當作"餽"。

飯，又名黑飯草。在道書謂之南燭草木，在《本草》謂之南燭枝葉，蓋一物也。若以菁虆爲青精，則誤甚矣。（王觀國《學林》卷八，見《宋人詩話外編》第479—480頁）

按，青精飯：用南燭枝葉的汁浸米，蒸熟曝曬後，顏色變黑，故名。"青精飯"一詞出自南北朝陶弘景《登真隱訣》："用南燭草木葉煮取汁浸米蒸之，名太極真人青精乾石餛飯法。"關於"南燭"之釋，詳見清吳其濬《植物名實圖考長編》卷二十二《木類·南燭》，此書引《嘉祐本草》言："南燭枝葉昧苦，平，無毒。止泄，除睡，強筋，益氣力。久服輕身，長年，令人不饑，變白去老。取莖葉搗碎，漬汁浸粳米，九浸、九蒸、九暴，米粒緊小，正黑如瞖珠，袋盛之，可適遠方。日進一合，不饑，益顏色，堅筋骨，能行。取汁炊飯，名烏飯，亦名烏草，亦名牛筋，言食之健如牛筋也。色赤，名文燭。生高山，經冬不凋。"[1]"青精飯"又名"烏米飯""烏飯""墨飯""青餛飯"。宋林洪《山家清供》卷上記載了"青精飯"的做法："首以此重穀也。按《本草》：南燭木，今名黑飯草，又名旱蓮草，即青精也。采枝、葉，搗汁，浸上白好粳米，不拘多少，候一、二時，蒸飯。曝乾，堅而碧色，收貯。如用時，先用滾水量以米數，煮一滾，即成飯矣。用水不可多，亦不可少。久服，延年益顏。"[2] 清蘇羅瑤人常在社日以"青精飯"相送。清汪森《粵西叢載校注》卷十九《物產·青精飯》："瑤人社日，以南天燭染飯，競相遺送，名曰青精飯。杜詩：'豈無青精飯，令我顏色好。'"[3] 又清宣化、武緣一帶三月三日以"青精飯"祭神。清沈自修《西粵記俗》："宣化、武緣之俗，三月三日，各村以烏米飯祀真武。"有些地方則是四月八日以"青精飯"饋神。清乾隆二十二年《銅陵縣志》卷六《風俗》："四月八日，浮屠，是日浴佛，民家有采烏桐葉，造青精飯相饋遺者。"後"青精飯"製成糕餅狀，供百姓購買奉佛，稱爲"阿彌飯"。清顧祿《清嘉錄》卷四《阿彌飯》："市肆煮青

---

① （清）吳其濬：《植物名實圖考長編》，商務印書館1959年版，第1209頁。

② （宋）林洪：《山家清供》，商務印書館《叢書集成初編》本，1935年版，第3頁。

③ （清）汪森編輯，黃振中等校注：《〈粵西叢載〉校注》，廣西民族出版社2007年版，第786—787頁。

精飯爲餻式，居人買以供佛，名曰‘阿彌飯’，亦名‘烏米餻’。周宗泰《姑蘇竹枝詞》云：‘阿彌陀佛起何時？經典相傳或有之。予意但知噉飯好，底須拜佛誦阿彌。’”①《漢語大詞典》（11/551）首引唐杜甫《贈李白》詩，時間過晚。

（六）擬題

今舉子于場前揣主司所命題而預作之，號曰“擬題”。按：宋何承天私造《鐃歌》十五篇，不沿舊曲，而以己意詠之，號曰“擬題”，此二字之始。今遂以爲士子揣摩之稱。（清袁枚《隨園詩話》卷十五，第518頁）

按，應試舉子揣度命題爲“擬題”，由宋何承天自度曲稱“擬題”引申而來。明于慎行《穀山筆塵》卷八《詩文》：“宋何承天私造《鐃歌》十五篇，皆卽漢曲舊名之義而以己意詠之，與其曲之音節不復相準，謂之擬題。”②《漢語大詞典》（6/938）首引清顧炎武《日知錄·擬題》，時間稍晚。

（七）銀燭

《穆天子傳》：“天下之寶，璿珠燭銀。”郭璞曰：“銀有精光如燭也。”梁簡文詩：“燭銀逾漢女，寶鐸邁昆吾。”江總《貞女峽賦》：“含照曜之燭銀，泝潺湲之膏玉。”唐人詩用“銀燭”字本此。（明楊慎《升菴詩話》卷十二，見《歷代詩話續編》第879頁）

按，銀燭：白色蠟燭，喻指明亮的燈光，始見於《穆天子傳》。“銀燭”又指“銀泥”，漢時用作封泥，常用來封存各種書函、箱匣或宮門。晉王嘉《拾遺記》卷五《前漢上》：“元封元年，浮忻國貢蘭金之泥，此金出湯泉……百鑄，其色變白，有光如銀，卽‘銀燭’是也。常以此泥封諸函匣及諸宮門。鬼魅不敢干。當漢世，上將出征，及使絕國，多以此泥爲璽封。衛青、張騫、蘇武、傅介子之使，皆受金泥之璽封也。武帝崩後，此泥乃絕

① （清）顧祿撰，王湜华、王文修注释：《清嘉錄》，文海出版社1985年版，第5頁。
② （明）于慎行撰，呂景琳點校：《穀山筆塵》，中華書局1984年版，第88頁。

焉。"①"銀燭"一詞在詩詞中常見，如唐李白《夜別張五》："聽歌舞銀燭，把
酒輕羅裳。"此詞，《大詞典》未收。

第二節　探求語詞的得名之由

　　語詞得名之由，"也就是某一事物、現象、行爲爲什麼獲得這樣的名
稱"②。從詩話來看，語詞得名的原因主要有三個方面：因事物自身特點而得
名；因事物與人物相關而得名；因語音相關而得名。當然，詩話在語詞得名
之由的探討上，也存在不准確，需要進一步研究。

一、因事物自身特點而得名

（一）續絃膠

　　老杜詩云："麟角鳳觜世莫識，煎膠續絃奇自見。"又杜牧之詩云：
"天上鳳凰難得髓？世間那有續絃膠！"嘗見李商老云："事載《太平廣
記》。"後讀東方朔《十洲記》："鳳麟洲，其洲多鳳麟，亦多仙家，煮鳳
喙及麟角，合煎作膠，爲集絃膠，或名連金泥，以能續連弓弩斷絃也。
劍折，以此膠粘之。"（《叢話》前十三）（《漫叟詩話》，見《宋詩話輯佚》第
357—358 頁）

　　按，續絃膠：傳說西海有鳳麟洲，仙家以鳳喙及麟角合煮作膠，能使弓
弩刀劍之斷者複合，故名。亦名"集絃膠""連金泥"。"絃"也作"弦"。《集
韻·先韻》："絃，八音之絲也，通作弦。""'集弦膠'就是'接弦膠'。集、接、
捷三字古可通用"③。一說"續弦膠就是本草裏的賨汗"④，二者都能使斷者複

---

① （晉）王嘉撰，梁蕭綺錄，齊治平校注：《拾遺記》，中華書局 1981 年版，第 118 頁。
② 趙振鐸：《訓詁學綱要》（修訂本），巴蜀書社 2003 年版，第 143 頁。
③ 何承玖：《〈太平廣記〉詞語札記》，《湖北教育學院學報》1990 年第 2 期。
④ 馮漢鏞：《奇妙的續弦膠》，《西藏研究》1986 年第 4 期。

合。宋唐慎微《證類本草》卷十一《質汗》："味甘、溫，無毒。主金瘡傷折，瘀血内損，補筋肉，消惡血，下血氣，婦人產後諸血，結腹痛，内冷不下食。並酒消服之。亦傅痛處。出西番，如凝血。番人煎甘草、松淚、檉乳、地黄並熱血成之。陳藏器云：番人試藥，取兒斷一足，以藥内口中，以足踏之，當時能走者，良。"①

（二）念佛鳥

　　安陸有念佛鳥，小於鴝鵒，色青黑，常言一切諸佛。張齊賢相謫守郡日，作古詩二篇。元憲宋郊詩曰："鳥解佛經言。"予少時聞之，近時罕聞矣，豈夫造物亦有時耶？（王得臣《麈史》卷下《奇異》，見《宋人詩話外編》第 154 頁）

　　按，念佛鳥：鳥名，因鳴聲似念"一切諸佛"或"阿彌陀佛"而得名。《新纂雲南通志四》卷五十九《物產考》："念佛鳥，產武定獅子山正續寺叢林，鳴聲似念'阿彌陀佛'四字，又有聲作'釋迦'者，故名。"② 又稱"迦葉鳥""太陽鳥"。《雞足山志》："念佛鳥又名迦葉鳥，爲雞山最爲聞名的珍禽，相傳爲佛祖釋迦牟尼飛身來雞山時所帶來。……據范《志》載，念佛鳥還會飛來在僧人手掌心吃食，故有'唼鳥手中食'的傳說。"③ 薛琳《新編大理風物志·珍禽異獸》："太陽鳥，又名迦葉鳥、念佛鳥，比鸚鵡略大，羽毛灰色。鳴聲宛轉悠揚，叫聲似念'彌陀佛'，故名。主產賓川雞足山金頂寺、華首門，相傳爲佛祖釋迦牟尼入雞足山帶來。"④ 又稱"念佛子"。《九華山志》卷八《物產門·羽毛》："念佛鳥，形大如鳩，羽色黄褐，翠碧間而成文。音韻清滑，如誦佛聲，一名念佛子，韋蟾詩云：靜聽林飛念佛鳥，細看壁畫駝經馬。"又稱"羅漢鳥"。黄本驥《湖南方物志》："衡山有羅漢鳥，鳴類呼佛聲。"⑤"念佛鳥"一詞，《大詞典》未收。

---

① （宋）唐慎微撰，尚志鈞等校點：《證類本草》，華夏出版社 1993 年版，第 335 頁。
② 《新纂雲南通志》，雲南人民出版社 2007 年版，第 64 頁。
③ 賓川縣誌編纂委員會：《雞足山志》，雲南人民出版社 1991 年版，第 151 頁。
④ 薛琳：《新編大理風物志》，雲南人民出版社 1999 年版，第 375 頁。
⑤ 黄本驥：《湖南方物志》，嶽麓書社 1985 年版，第 52 頁。

（三）蜜唧

嶺南獠人好食蜜唧，取鼠胎未瞬，通身赤蠕者淹之，以蜜飣之筵上盤內。蹦蹦而行，挾取嚙之，唧唧有聲，號曰"蜜唧"。東坡《嶺南》詩："朝盤見蜜唧，夜枕聞鵂鶹。"（《楊慎詩話》，見《明詩話全編》第2792頁）

按，出自《升菴全集》卷六十九《蜜唧》①。蜜唧：嶺南一帶的一道名菜，即用蜂蜜伴着生吃幼鼠，因其"唧唧有聲"，故稱"蜜唧"，亦作"蜜蝍"。楊慎記載的這個習俗最早見於唐張鷟《朝野金載》卷二，其後《太平廣記》卷四百八十三《蠻夷四》、明鄺露《赤雅》卷上、清方浚師《蕉軒隨筆》卷五、清汪森《粵西叢載》卷二十三等資料都有徵引，蘇軾甚至吃過這樣的食物，作《聞子由瘦》詩云"舊聞蜜唧常嘔吐，稍近蝦蟆緣習俗"。"這種食物流行於今粵、桂、云、贵、川等地獠人中"②。直到今天還在飯桌上出現，只是"如今已改名爲'三叫'，也叫'三吱兒'"③。

（四）春盤

《食生菜》東晉李鄂立春日命以蘆菔芹芽爲菜，盤相饋貺（《摭遺》）。唐立春日春餅生菜，號春盤（《四時寶鏡》）。齊人月令立春日食生菜，取迎新之意。坡詩"漸覺東風料峭寒，青蒿黃韭試春盤。"又云"蓼茸蒿筍試春盤。"（《祝穆詩話》，見《宋詩話全編》第8054頁）

按，出自《古今事文類聚前集》卷六。春盤：古代立春風俗。據說始於東晉，但那時的"春盤"，只是蘿蔔、芹菜一類的菜蔬放置盤中食用，後其製作愈來愈精美，簇盤的食品也愈來愈豐富，又包括韭黃、竹筍、果品、餅餌等，在皇家多作爲饋贈之物。宋周密《武林舊事》卷二《立春》："後苑辦造春盤供進，及分賜貴邸宰臣巨璫，翠縷紅絲，金雞玉燕，備極精巧，每

---

① （明）楊慎：《升庵全集》，王雲五主編：《萬有文庫》第二集七百種，商務印書館1937年版，第908頁。

② 葉大兵、烏丙安：《中國風俗辭典》，上海辭書出版社1990年版，第426頁。

③ 朱千華：《嶺南田野筆記》，江西人民出版社2009年版，第184頁。

盤直萬錢。"① 民國二十二年《新平縣志》第二十三《詩文徵·宴客春盤家設
有》下注曰："盤裝米線、生菜曰春盤，倣唐人以春餅、生菜宴客之意。"近
代學者鄧拓②言"春盤""是用芹菜、韭菜、竹筍等組成的，表示勤勞、長久、
蓬勃的意思"③。"春盤"，亦稱"五辛盤""五辛菜"。宋陳元靚《歲時廣記》
卷五《五辛盤》引《風土記》言："正元日，俗人拜壽，上五辛盤、松柏頌、
椒花酒、五熏煉形。五辛者，所以發五臟氣也。"④ 明李時珍《本草綱目》卷
二十六《菜部一·五辛菜》："五辛菜，乃元日立春，以蔥、蒜、韭、蓼、蒿、
芥辛嫩之菜、雜和食之，取迎新之義，謂之五辛盤，杜甫詩所謂'春日春盤
細生菜'是矣。"⑤ 故董志翹《佛教文獻與〈世說新語〉疑難詞語考釋》一文
言"古文獻中，'菜'、'食'、'盤'常互用義通"⑥。甚是。又因立春日食用，
故亦稱"咬春"。明劉若愚《酌中志》卷二十《飲食好尚紀略》："至次日立
春之時，無貴賤皆嚼蘿蔔，曰咬春。"⑦ 清雍正《平陽府志》卷二十九《風俗》：
"立春噉蘿蔔數片，名曰咬春，取薦辛也。春盤、春餅繁華之鄉間亦有之。"
潘榮陛《帝京歲時紀勝·春盤》："新春日獻辛盤。雖士庶之家，亦必割雞豚、
炊麨餅，而雜以生菜、青韭芽、羊角蔥，冲和合菜皮，兼生食水紅蘿蔔，名
曰咬春。"⑧ 可見，"春盤"就是今天常見食品"春捲"的前身。

（五）不托

　　或問："湯餅謂之不托，何也？"曰："未有刀机時，以手托之；既用
刀机，則不托矣。"出李濟翁《資暇集》。（宋張表臣《珊瑚鉤詩話》卷二，
見《歷代詩話》第 460 頁）

---

① （宋）四水潛夫：《武林舊事》，西湖書社 1981 年版，第 29 頁。
② 筆名爲"馬南邨"。
③ 馬南邨：《燕山夜話》，北京出版社 1979 年版，第 546 頁。
④ （宋）陳元靚編：《歲時廣記》，商務印書館《叢書集成初編》本，1939 年版，第 54 頁。
⑤ （明）李時珍著，陈贵廷等點校：《本草綱目》，中醫古籍出版社 1994 年版，第 680 頁。
⑥ 董志翹：《中古近代漢語探微》，中華書局 2007 年版，第 137 頁。
⑦ （明）劉若愚：《酌中志》，北京古籍出版社 1994 年版，第 178 頁。
⑧ （清）潘榮陛：《帝京歲時紀勝》，北京古籍出版社 1981 年版，第 8 頁。

何爲"湯餅"？詩話著作多有論述。

黃朝英《緗素雜記》云："煮餅謂之湯餅，其來舊矣。案，《後漢·梁冀傳》云：'進鴆如煮餅。'《世說》載何平叔面白，魏文帝食以湯餅。又，《荊楚記》：'六月伏日，並作湯餅，名爲辟惡。'又，齊高帝好食水引餅。又，《唐書·王皇后傳》云：'獨不念阿忠脫紫半臂，易斗麵，爲生日湯餅耶？'《倦遊雜錄》乃謂今人呼煮麵爲湯餅，誤矣。"以上皆黃說。予謂黃不見束晳賦，故爲是紛紛。束晳湯餅賦詩，云"元冬猛寒，清晨之會。涕凍鼻中，霜凝口外。充虛解戰，湯餅爲最。弱似春綿，白若秋練。氣勃鬱以揚布，香飛散而遠徧。行人失涎於下風，童僕空嚼而斜眄。擎器者舔唇，立侍者乾咽"云云。乃知煮麵之爲湯餅，無可疑者，《倦游雜錄》與黃朝英皆不見此賦，惜哉。（《吳曾詩話》，見《宋詩話全編》第 3170 頁）

東坡詩云："剩欲去爲湯餅客，卻愁錯寫弄獐書。"弄獐，乃李林甫事。湯餅，人皆以爲明皇王后故事，非也。劉禹錫《贈進士張盟》詩云："憶爾懸弧日，余爲座上賓。舉箸食湯餅，祝辭添麒麟。"東坡正用此詩，故謂之湯餅客也。必食湯餅者，則世所謂長命麵者也。（馬永卿《懶真子》卷三，見《宋人詩話外編》第 383 頁）

按，中間一條出自《能改齋漫錄》卷十五《方物·辨湯餅》[1]。不托：湯餅的別稱。亦作"飪飥""餦飥""餺飥"，與"不托"乃一聲之轉。宋高承《事物紀原》卷九《不托》："束晳《餅賦》曰：朝事之籩，煮麥爲麮。則麮之名，蓋自此而出也。魏世食湯餅，晉以來有不托之號。意不托之作，緣湯餅而務簡矣。今訛爲飪飥，亦直曰麮也。"[2]宋歐陽修《歸田錄》卷二："湯餅，唐人謂之'不托'，今俗謂之餺飥矣。"[3]關於"不托"一詞的得名理據，唐李匡乂《資暇集》卷下《畢羅》言："至如不托，言舊未有刀机之時，皆掌

---

① （宋）吳曾：《能改齋漫錄》，上海古籍出版社 1960 年版，第 455—456 頁。

② （宋）高承撰，（明）李果訂：《事物紀原》，商務印書館《叢書集成初編》本，1937 年版，第 334 頁。

③ （宋）歐陽修撰，李偉國點校：《歸田錄》，中華書局 1981 年版，第 26 頁。

托烹之，刀机既有，乃云'不托'，今俗字有'餺飥'字，乖之且甚。"① 純
屬望文生訓，仍需進一步探源。關於"餺飥"的具體做法，後魏賈思勰《齊
民要術》卷九《餅法·餺飥》："按如大指許，二寸一斷，著水盆中浸，宜以
手向盆旁按使極薄，皆急火逐沸熟煮。非直光白可愛，亦自滑美殊常。"② 可
見"餺飥"是一種水煮的麵食，即今天所謂的麵條。明彭大翼《山堂肆考》
卷一百九十四《飲食·餅》："餅，麵餈也。溲麥麵，使合併爲之也。然其狀
不一。……入湯烹之，名湯餅，亦曰濕麵，曰不托，亦曰餺飥……名不可數
計，大抵皆麵食也。"清袁棟《書隱叢說》卷十三《物名》："湯餅即今之麵
餅也，不托即今之麵，八刀也，不托亦名湯餅，餺飥、飥飥俱不托，又名蝴
蝶麵。"俞樾《茶香室續鈔》卷二十三《長壽麪》引宋馬永卿《懶真子》云："湯
餅即今之長壽麪。"③ 俞正燮《癸巳存稿》卷十《麵條古今名義》："麵條子曰
切麵，曰拉麵，曰索麵，曰挂麵，亦曰麵湯，亦曰湯餅，亦曰索餅，亦曰水
引麵。"④

（六）洞案

　　鄭谷詩："端簡爐香裏，濡毫洞案邊。"宋景文云："凡朝會排正仗，
吏供洞案，設前殿兩螭首間。案上設燎香爐，修注官夾案立，其名爲
洞。人多不知。予疑通朱漆爲案，故名洞云。"景文此解恐未是。洞洞，
敬也。案列於中，以起人敬，或其取義歟？（遁叟）（胡震亨《唐音癸籤》
卷十七，見《全明詩話》第 3714 頁）

　　按，洞案：道壇的桌子。關於得名之由，意見不一。一說以朱爲飾而得
名，其中"洞"通"彤"。宋宋祁《宋景文公筆記》上《釋俗》："予昔領門下省，
會天子排正仗，吏供洞案者，設於前殿兩螭首間。案上設燎香爐，修注官夾

---

① （唐）李匡義：《資暇集》，商務印書館《叢書集成初編》本，1939 年版，第 24 頁。
② （北魏）賈思勰原著，繆啟愉校釋，繆桂龍參校：《齊民要術校釋》，農業出版社 1982 年
　　版，第 510 頁。
③ （清）俞樾：《茶香室續鈔》，中華書局 1995 年版，第 912 頁。
④ （清）俞正燮：《癸巳存稿》，遼寧教育出版社 2003 年版，第 287 頁。

案立。予詰吏何名洞，吏辭不知。予思之，通朱漆爲案，故名曰洞耳。"①明
方以智《通雅》卷三十三《器用·洞案氈案 ② 之遺也》："宋祁《筆記》：正仗，
設洞案于兩螭間，修注官夾案立，蓋通朱漆爲案，曰洞案。唐鄭谷用之當音
平聲。"③ 白維國、卜鍵在此基礎上，進一步言"此謂'洞'通'彤'（赤紅色），
故朱紅案名洞案。"④ 一說因案上盛放"三洞寶經"而得名。宋白玉蟾《海瓊
白真人語錄》卷二《鶴林法語》："祖師曰：今世相傳，皆知洞案之名，而競
未知所以名者，果何說也？按古制其案以朱爲飾，盛洞寶經於其上，故謂之
洞案。"《靈寶金籙簡文三元威儀自然真經》稱《大洞真經》《靈寶大乘》《皇
文大字》爲"三洞寶經"。一说"洞案"得名於"洞洞"之敬義。《廣雅·釋
訓》："洞洞，屬屬，敬也。"以上幾種說法，可互參。

二、因事物與人物相關而得名

（一）箜篌

　　苕溪漁隱曰："《唐逸史》言：'有李生者，其舅姓盧，有道術，邀詣
其居，曰：求得一妓，善箜篌，令侍飲。箜篌上有朱字曰：雲中辨江樹，
天際識歸舟。後娶陸長源女，乃所見于盧家者，果善箜篌，朱字宛然。
李生具說舊事，女曰：往嘗夢爲仙官所追。如生所言。'余觀吳兢《樂
府解題》云：'箜篌者，漢武帝滅南越，祠太一后土，令樂人侯暉依琴
造坎，言坎坎節應也。侯，工人之姓，後語訛坎爲空也。'又段安節《樂
府雜錄》云：'箜篌，乃鄭衛之音權輿也，以其亡國之聲，故號空國之
侯，亦曰坎侯。'吳兢所言有據，而段安節出于臆說，則箜篌之始，當
以漢武爲是，而空國爲非也。《樂府》有《箜篌引》云：'霍里子高，晨

---

① 朱易安、傅璿琮：《全宋筆記》（第一編·五），大象出版社 2003 年版，第 43 頁。

② 氈案，出自《周禮·天官·掌次》："王大旅上帝，則張氈案。"賈公彥疏："案，謂床也。"

③ （明）方以智：《通雅》，《景印文淵閣四庫全書》第 857 冊，第 641 頁。

④ （明）蘭陵笑笑生原著，白維國、卜鍵校注：《金瓶梅詞話校注》（二），嶽麓書社 1995 年
版，第 1077 頁。

起刺船。有一白首狂夫，被髮攜壺，亂流而渡，其妻止之不及，遂溺死，於是其妻援箜篌而鼓之，作歌曰：公無渡河，公竟渡河，公墮而死當奈何。聲甚悽愴，曲終亦投河而死。子高還，以其聲語麗玉，麗玉傷之，引箜篌寫其聲，聞者莫不墮淚飲泣。麗玉以其聲傳鄰女麗容，名曰《箜篌引》。'"（宋胡仔《苕溪漁隱叢話後集》第 331—332 頁）

按，箜篌：古代的彈撥樂器，亦稱"坎侯""空侯"。據胡仔記載，關於"箜篌"一詞的得名理據，有二說：一說是先秦樂師師延所造，因"空國之侯所存"，故稱。《釋名·釋樂器》："箜篌，師延所作，靡靡之樂也。後出桑間濮上之地，蓋空國之侯所存也。"《史記·封禪書》："於是賽南越，禱祠太一、后土，始用樂舞，益召歌兒，作二十五弦及空侯琴瑟自此起。"一說漢武帝時樂人侯暉所創，因"其聲坎坎應節"，故稱。"侯暉"，一作"侯調"。漢應劭《風俗通義》卷六《空侯又坎侯》："謹按：《漢書》：'……始用樂人侯調，依琴作坎坎之樂，言其坎坎應節奏也，侯以姓冠章耳。或說空侯取其空中，琴瑟皆空，何獨坎侯耶，斯論是也。《詩》云：'坎坎鼓我。'是其文也。"唐杜佑《通典》卷一百四十四《樂四》："（箜篌）古施郊廟雅樂，近代專用於楚聲……或謂師延靡靡樂，非也。"關於"箜篌"一詞的詳解，亦可參看明鄭若用《類雋》卷二十四《樂器類·箜篌》①。此外，還有一說，認爲"箜篌"來自西域。《隋書·音樂志》："今曲項琵琶、豎頭箜篌之徒、並出自西域，非華夏舊器。"《舊唐書·音樂志》："豎箜篌，胡樂也。漢靈帝好之。體曲而長，二十有二弦，豎抱於懷，用兩手齊奏，俗謂之擘箜篌。鳳首箜篌，又項如軫。"近代法國漢學家伯希和在此基礎上，進一步考證出"箜篌"源於突厥語"qobuz"②。此說從語音上進行探源，較爲科學，爲當代學者所贊成。

（二）丫頭

今呼侍婢曰"丫頭"，蓋言其頭上方梳雙髻，未成人之時，即漢之

---

① （明）鄭若用：《類雋》，《續修四庫全書》第 1237 冊，第 50—51 頁。
② 伯希和：《le 箜篌 Kong-Heou et le Qobuz》，《內藤博士還曆祝賀支那學論叢》——轉引自張紹麒：《漢語流俗詞源研究》，語文出版社 2000 年版，第 154 頁。

所謂"偏髻"也。劉賓客詩："花面丫頭十三四，春來綽約向人時。"為小樊而作。花面者，未開臉也。(《田藝蘅詩話》，見《明詩話全編》第3971頁)

按，出自《留青日札》卷六《詩談二編》。此段材料當輯自元陶宗儀《南村輟耕錄》卷十七《丫頭》①。"丫頭"特指婢女，得名於女孩梳的丫形髮髻。唐李商隱《柳枝詩序》馮浩箋注引陳啟源曰："丫鬟謂頭上梳雙髻，未適人之妝也。"② 宋王洋《弋陽道中題丫頭岩詩》："不謂此州無美豔，只嫌名家太粗生。"自注："吳楚之人，謂婢子為丫頭。"清乾隆《金山縣志》卷十七《風俗》："呼女子之賤者為丫頭。"後人們稱呼女孩皆為"丫頭"。民國五年《鹽山新志》卷廿四《謠俗篇上·方言》："丫頭，幼女也。劉禹錫詩'花面丫頭十三四'，俗呼幼女為丫頭，婢亦曰丫頭，又曰丫鬟。宋人《異聞雜錄》有'小鴉鬟語'，鴉即丫之誤。"民國二十一年《景縣志》卷六《丫頭》："社會一般人民呼其所生之女孩皆曰丫頭，至於女婢則呼作指使，丫頭或曰丫環。"

(三) 秋千

《荊楚歲時記》："春節懸長繩于高木，士女袨服坐立其上，推引之，名鞦韆。楚俗謂之拖鈎，《涅盤經》謂之罥索。"《古今藝術圖》曰："鞦韆，北方山戎之戲，以習輕趫者。或云：'齊威公北伐山戎，此戲始傳中國。'然攷之《字書》，則曰：'鞦韆，繩戲也。'今其字從革，實未嘗用革。"按王延壽作《千秋賦》，正言此戲，則古人謂之千秋。或謂出自漢宮祝壽詞也。後人妄易其字為鞦韆，而語復顛倒耳。山谷詩"未到清明先禁火，還依桑下繫千秋"，又云："穿花蹴踏千秋索，挑菜嬉遊二月晴"，皆用千秋字，蓋得其實也。(《叢話》後三十二)(嚴有翼《藝苑雌黃》，見《宋詩話輯佚》第576—577頁)

按，秋千：一種傳統體育活動，又名"繩戲"。宋高承《事物紀原》卷

---

① (元)陶宗儀：《南村輟耕錄》，中華書局1959年版，第208頁。

② (唐)李商隱著，(清)馮浩注，王步高、劉林輯校匯評：《李商隱全集》(下冊)，珠海出版社2002年版，第676頁。

八《秋千》："《古今藝術圖》曰：北方戎狄，愛習輕趫之態，每至寒食爲之。後中國女子李芝蘭，乃以綵繩懸樹立架，謂之秋千。或曰本山戎之戲也，自齊桓公北伐山戎，此戲始傳中國。一云正作千秋字，爲秋千非也，本出自漢宮祝壽辭也，後世語倒爲秋千耳。"① 可見關於其命名理據，有二說：一說本作"千秋"，得名於對漢武帝千秋之壽的祈禱，後倒讀爲"秋千"。清厲荃等《事物異名錄》卷二十六《玩戲部·秋千·繩戲》引《復古編》言："漢武帝後庭繩戲，本名千秋祝壽，詞語訛轉爲秋千。又爲鞦韆。"② 此說牽強。一說起源於古代北山戎民族，是一個外來詞。此說最早由梁宗懍《荊楚歲時記》提出，後代學者多承襲，如明謝肇淛《五雜組》卷五《人部一》："南方好傀儡，北方好鞦韆，然皆胡戲也。列子所載：'偃師爲木人，能歌舞。'此傀儡之始也。秋千云自齊桓公伐山戎，傳其戲入中國。今燕、齊之間，清明前後，此戲盛行。所謂北方戎狄，愛習輕趫之能者，其說信矣。"③ 現代學者經過進一步研究，提出北戎狄的秋千，是由"印度東傳"而來的，本是名爲"布蘭卡"（buranka）的一種賦予太陽力量和舉行天父地母聖婚的儀禮。詳見馬興國、宮田登《中日文化交流史大系（5）·民俗卷》第八章《娛樂民俗·秋千》④。故"秋千"是印地語"buranka"的意譯。

（四）背嵬

沈存中《筆談》載拱宸管樂之辭曰："銀裝背嵬打回回。"背嵬者，大將帳前驍勇人也。章氏《槁簡贅筆》曰：背嵬即圓牌也。以皮爲之，朱漆金花，煥耀炳日。予將漕時，都統郭綱者，韓蘄王背嵬也。讀嵬如崔嵬，蓋平聲也。如沈存中歌則去聲也。予以背嵬之義問郭，郭不能言。惟章

---

① （宋）高承撰，（明）李果訂：《事物紀原》，商務印書館《叢書集成初編》本，1937 年版，第 305 頁。

② （清）清厲荃輯，關槐增輯等：《事物異名錄》，《續修四庫全書》第 1253 冊，第 64 頁。

③ （明）謝肇淛：《五雜組》，中華書局 1959 年版，第 147 頁。

④ 馬興國、宮田登：《中日文化交流史大系（5）·民俗卷》，浙江人民出版社 1996 年版，第 430—433 頁。

氏書號爲"皮牌"耳。(程大昌《演繁露》,見《宋人詩話外編》第764頁)

按《宋史》韓、岳皆有背嵬軍。范石湖云:"燕中謂酒餅爲嵬,其大將酒餅皆令親隨人負之,故號背嵬。"韓與金人戰於大儀,命背嵬軍士各持長斧,上揕人匈,下斫馬足。岳公於潁昌以背嵬八百,於郾城以背嵬五百,皆破金人十餘萬。而岳公子雲將背嵬軍,手殺兀术婿夏金吾,背嵬軍之勇冠於諸軍。(清郭麐《靈芬館詩話》續卷三,《續修四庫全書》第1705冊,第443—444頁)

按,背嵬,又作"背嵓"。《玉篇·山部》:"嵓,牛罪切,又牛回切,高皃。亦作嵬。"古代大將的親隨軍。明吳之甲《靜悱集》卷五:"國必有親信之將,將亦必有親信之兵,方能成功。樂羊子謗書盈篋,文侯不疑,有親信之將也。岳侯選軍中勇健者,另爲籍名曰'背嵬',所出立破,有親信之兵也。"關於其來源,學術界有三種意見:一說來自於圓牌,亦稱"團牌",一種輕型盾牌。如宋周密《齊東野語》卷五《端平入洛》:"北軍以團牌擁進接戰。"① 圓牌代指持有圓牌的軍隊。二說來自於酒瓶。宋趙彥衛《雲麓漫鈔》卷七:"見范參政致能說,燕北人呼酒瓶爲嵬,大將之酒瓶,必令親信人負之。范嘗使燕,見道中人有負罍者,則指云:'此背嵬也。'故韓兵用以名軍。嵬即罍,北人語訛誤故云。韓軍誤用字耳。"② 罍:《廣韻》魯回切,來母灰韻平聲。嵬:《廣韻》有二音:五灰切,疑母灰韻平聲。又五罪切,疑母賄韻上聲。"背嵬"是"背罍"的音訛,故擔任過韓世忠背嵬的郭綱,就讀"背嵬"之"嵬"爲平聲。但沈存中卻讀去聲,吳以寧看到了這種現象,提出"其'背嵬'之讀聲與文義,與沈括尚異"③。但沒有進一步的分析,有學者從沈存中《夢溪筆談》卷五記載"背嵬"一詞的材料出發,提出"這個'背嵬',是來自西夏語的音譯"④。義爲親隨、驍勇。這就是第三種意見。此解較爲科學。

① (宋)周密撰,張茂鵬點校:《齊東野語》,中華書局1983年版,第79頁。

② (宋)趙彥衛撰,傅根清點校:《雲麓漫鈔》,中華書局1996年版,第121頁。

③ 吳以寧:《〈夢溪筆談〉辨疑》,上海科學技術文獻出版社1995年版,第46頁。

④ 楊倩描:《從俄藏黑水城文獻看宋代的"背嵬"》,《宋史研究論叢》(第九輯),河北大學出版社2008年版,第635頁。

（五）何樓、何市樂、厭斁

世語虛僞爲何樓，蓋國初京師有何家樓，其下賣物皆行濫者，非沽濫稱也。世語優人爲何市樂，說者謂南都石駙馬家樂甚盛，詆誚南市中樂人，非也。蓋唐元和時《燕吳行役記》，其中已有河市字，大抵不隸名軍籍而在河者，散樂名也。世謂事之陳久爲斁，蓋五代時有馬斁，爲府幕，其人魯鈍，有所聞見，他人已厭熟，而乃甫爲新奇道之，故今多稱斁爲厭熟。（宋劉攽《中山詩話》，見《歷代詩話》第 293—294 頁）

按，何樓：宋代民間俗語，謂圓滑虛僞。"何樓"一作"河樓"。關於得名理據有二說：一說得名於"何家樓"。宋劉攽持此種意見，後許多學者皆承此解。如明田汝成《西湖遊覽志餘》卷二十五《委巷叢談》："杭人……言人虛僞不檢者曰樓頭，蓋宋何家樓下多亡賴，以濫惡物欺人，其時有何樓之號，樓頭者，蓋何樓之惡魁也。"[1] 一說爲"活絡"之轉語。明方以智《通雅》卷四十九《諺原·純音衰》："劉貢父《詩話》……又曰：'世語虛僞爲何樓，始于京師有何家樓，其下皆行濫貨。此非也。'智以爲：活絡一轉耳。"[2] 從語音來看，"何樓"與"活絡"在《廣韻》中的音韻地位爲：何：匣母歌韻；樓：來母侯韻；活：匣母月韻；絡：來母鐸韻。"何"與"活"聲母相同，歌月對轉；"樓"與"絡"聲母相同，侯鐸旁對轉。故"何樓"與"活絡"音近可通。從意義來看：明顧起元《客座贅語》卷一《方言》："南都方言，其俊快可喜曰'爽俐'，曰'伶俐'，曰'乖角'，曰'踢跳'，曰'俵徊'，秀溜。曰'活絡'。"[3] 民國《當塗縣志·民政志·方言》："身之靈敏者曰'活絡'，一曰'急溜'，如脈絡之活動，如溜木之急下。"可見，"'何樓'、'活絡'語義相通，都有'圓滑'義，只不過一褒一貶罷了"[4]。故相比之下，方以智的意見較爲科學。

---

① （明）田汝成：《西湖遊覽志餘》，上海古籍出版社 1958 年版，第 456 頁。
② （明）方以智：《通雅》，《景印文淵閣四庫全書》第 857 冊，第 919 頁。
③ （明）陸粲、顧起元撰，譚棣華、陳稼禾點校：《庚巳編客座贅語》，中華書局 1987 年版，第 8 頁。
④ 田恒金：《談方以智對同源詞的研究》，《湖北民族學院》（哲學社會科學版）2000 年第 3 期。

何市樂：一作"河市樂"。古代以樂舞諧戲爲業的藝人，因來自河市，故稱。宋晁載之《續談助》卷三："每宴飲樂，必效其樸野之態以爲戲玩，謂之'河市樂'，迄今俳優常有此戲。"[①]宋王鞏《聞見近錄》云："南京去汴河五里，河次謂之河市。……凡郡有宴設，必召河市樂人。故至今俳優曰'河市樂人'者，由此也。"如宋范成大《詠河市歌者》："豈是從容唱渭城，個中當有不平鳴。"

厭瓚：說話重複囉嗦。宋劉攽認爲得名於"馬瓚"說，純屬妄言。從語音上考察，"瓚"讀若"囋"。清翟灝《通俗編》卷十七《言笑·厭瓚》引《中山詩話》後加按語言："荀子《勸學篇》問一而告二，謂之'囋'，'囋'音'瓚'。世云'厭瓚'者，似當依荀子用'囋'，以其言支蔓爲可厭也。馮瓚說殊無證據。"[②]"馮瓚"即"馬瓚"，古書中"馬"與"馮"多通用。章炳麟《新方言·釋言第二》："今蘄州謂不問而告爲囋，杭州亦謂多言無節爲囋，通語謂多聲爲嘈囋。"[③] 瓚：《廣韻》藏旱切，從母旱韻上聲。囋：《集韻》才達切，從母曷韻入聲。二字音近可通。陸宗達在翟氏說的基礎上，進一步提出"'厭瓚'也就是'醃臢'。以後又變作'骯髒'、'齷齪'……它們的語音特點都是迭韻，聲母爲一'影'母，一'精'母"[④]。此詞，《大詞典》未收。

（六）甕算

東坡詩注云："有一貧士，家惟一甕，夜則守之以寢。一夕，心自惟念，苟得富貴，當以錢若千營田宅，蓄聲妓，而高車大蓋，無不備置，往來於懷，不覺歡適起舞，遂踏破甕。故今俗間指妄想者爲甕算。"……劉後村即事詩一聯云："辛苦謀身無甕算，殷勤娛耳有瓶笙。"

---

① （宋）晁載之：《續談助》，商務印書館《叢書集成初編》本，1939 年版，第 56 頁。

② （清）翟灝：《通俗編》，商務印書館 1958 年版，第 377—378 頁。

③ 章炳麟：《新方言》，《章氏叢書》第 8 冊，江蘇廣陵古籍刻印社翻刻浙江圖書館本 1981 年版，第 56 頁。

④ 陸宗達：《字詞釋義二則》，《陸宗達語言學論文集》，北京師範大學出版社 1995 年版，第 416 頁。

以"甕算"對"瓶笙"甚的。（元韋居安《梅磵詩話》卷中，見《歷代詩話續編》第 560 頁）

按，以上關於"甕算"的說法出自宋施元之《施注蘇詩》。甕算：俗語謂妄想者爲"甕算"，得名於罈子裏作白日夢。清李光庭《鄉言解頤》卷五《物部下·李甕》："鄉人嗤妄想者，則曰在罈子裏睡覺，作甕兒夢罷。斯言亦有所本。《世說》：某家徒壁立，只存一甕，夜眠癡想富貴功名，不讓邯鄲枕上，樂而舞蹈，將甕踏破，謂之甕算。故東坡有'中夜起舞踏破甕'之句。余嘗爲楹聯云：'萬種因緣酬甕算；一家活計聽書聲。'後於書齋複室，斲門爲甕形，額曰'甕齋'，遂以爲號。○幻想生甕算，闇修潛甕牖。樸園爲甕齋，於此兩無取。作室如宅心，內方外欲圓。愛酒以及器，觀象先陶然。闊腹貯陽春，請君入豈酷。試拍歡伯肩，弗陷詩魔足。菇鍛與阮蠟，時復見性情。若搆通天臺，何如甕易成。"[1] 故《大詞典》(5/297) 首引元韋居安《梅磵詩話》卷中，時間稍晚。

（七）破天荒

唐荊州每解送舉人，多不成名，號曰"天荒"。至劉蛻舍人，以荊州解及第，曰"破天荒"。東坡常以詩二句，遺瓊州進士姜唐佐。"滄海何曾斷地脈，白袍端合破天荒"，用此事也。題其後云："待子及第，當續後句。"後唐佐自廣州隨計過許昌，見穎濱時，東坡已下世，相持出涕。穎濱爲足成其詩云："生長茅間有異方，風流稷下古諸姜。適從瓊管魚龍窟，秀出羊城翰墨場。滄海何曾斷地脈，白袍端合破天荒。錦衣他日千人看，始信東坡眼目長。"（邵博《邵氏聞見後錄》卷十七，見《宋人詩話外編》第 355 頁）

江西自國初以來，士人未有以狀元得及第者。紹聖四年，何忠孺昌言始以對策居第一，里人傳以爲盛事。故謝民師有詩寄忠孺云："萬里一時開驥足，百年今始破天荒。"蓋記時人之語也。（曾敏行《獨醒雜志》

---

[1]　（清）李光庭著，石継昌點校：《鄉言解頤》，中華書局 1982 年版，第 93 頁。

卷二，見《宋人詩話外編》第 563 頁）

按，破天荒：最初指某地長期以來第一次有人得志揚名，現多指前所未有或第一次出現的事情。關於其由來，五代王定保《唐摭言·海述解送》言："荊南解比，號天荒。大中四年劉蛻舍人以是府解及第，時崔魏公作鎮，以破天荒錢七十萬資蛻。蛻謝書略曰：'五十年來，自是人廢；一千里外，豈曰天荒！'""天荒"本指混沌未開或荒遠落後的地區，荊南地區幾十年來未考上一個進士，故被稱爲"天荒"，後當地人劉蛻考中，故爲"破天荒"，亦省作"破荒"。清王夫之《〈劉孝尼詩〉序》："友人劉孝尼著《山書》者，余知之七年矣。南諸侯未登進之絃歌俎豆之側，江蘺吟晚，破荒無錢，復愚（劉孝尼）所謂歌則其時者，今古一撰，想當悽斷。"

(八) 杜撰

"包彈"對"杜撰"爲甚的。包拯爲臺官，嚴毅不恕，朝列有過，必須彈擊，故言事無瑕疵者曰"沒包彈"。杜默爲詩，多不合律，故言事不合格者爲"杜撰"。世言"杜撰"、"包彈"本此。然僕又觀俗有杜田杜園之說，杜之云者，猶言假耳，如言自釀薄酒，則曰杜酒。子美詩有"杜酒偏勞勸"之句。子美之意，蓋指杜康，意與事適相符合有如此者，此正與杜撰之說同。《湘山野錄》載：盛文肅公撰《文節神道碑》，石參政中立急問曰："誰撰？"盛卒曰："度撰。"滿堂大笑。文肅在杜默之前，又知"杜撰"之說，其來久矣。（王楙《野客叢書》卷二十，見《宋人詩話外編》第 1096 頁）

按，杜撰：虛造。得名理據有二說：一說與姓杜之人有關。一說與"杜"的"假"義有關。第一種爲"杜撰"一詞的流俗詞源說，未觸及問題的本質。而第二種說法，雖較爲接近事實，但理據過於單薄。章炳麟《新方言·釋言第二》："今人謂虛造爲杜造，或曰杜撰。"[①]"杜造"又寫作"肚造"。唐慧

---

① 《章炳麟：《新方言》，《章氏叢書》第 7 冊，江蘇廣陵古籍刻印社翻浙江圖書館本 1981 年版，第 47 頁。

琳《一切經音義》卷三十九：“嫶憐，譯經者於經卷末爲頡劑，率爾肚造字，兼陳寸叟之談，未審嫶憐是何詞句。”“杜撰”之“杜”，讀爲“土”。清俞樾《茶香室四鈔》卷十二《土僎》：“明趙宦光《寒談》云：無論真楷已上不當土僎，即行書狂草，古人十九不失矩步也。‘土’字下自注云‘音杜’。按杜撰一語，由來久矣。《陔餘叢考》曾考其義，究亦未得。凡夫寫作‘土’，而讀作‘杜’，轉似得之。土、杜古通用，惟僎字據《漢書·揚雄傳》當作譔，他處亦有作纂者，《司馬遷傳贊》：‘孔氏纂之’是也。亦有作纂者，《藝文志》‘相與輯而論纂’是也。據師古注，則皆可作撰，若從人作僎，轉非其字矣。……凡此之類，皆可寫作杜，而讀作土也。《寒談》第二卷又云：學書人於古法帖不過浮慕幾字，遂肚饌改作，附名某家體法，大可怪也。‘肚’字下亦注一‘土’字，其字又作肚饌，何也？”① 在此基礎上，梁曉紅、徐時儀等人提出“杜撰”一詞當中的“‘杜’爲‘土’的記音字”，“‘土’有‘土生土長’義，引申而有‘自己、自家’義，自家出產的物品稱‘土產’，自己的想法、觀點亦即‘土撰’，然稱‘土撰’既不達意，又欠雅，故又有‘肚撰’取而代之”②。此意見是。“肚”、“杜”都以“土”爲聲符，故音近可通。故“杜撰”即爲“自己的想法、觀點”，又因這種想法沒有依據，故可進一步引申出“虛造”義。

（九）槎頭

孟浩然《檀溪別業》詩云：“梅花殘臘月，柳色半春天。鳥泊隨陽雁，魚藏縮項鯿。”又《峴山作》云：“試垂竹竿釣，果得槎頭鯿。美人騁金錯，纖手膾紅鮮。”又《送王昌齡》詩云：“土毛無縞紵，鄉味有槎頭。”故杜子美《解悶》詩云：“復憶襄陽孟浩然，清詩句句盡堪傳。即今耆舊無新語，漫釣槎頭縮項鯿。”按杜田作《杜詩補遺正謬》云：“槎頭，一說爲襄陽郡地名，一說爲釣磯上枯木。及見曾繹云：‘皆非也。《爾雅》

① （清）俞樾：《茶香室叢鈔》，中華書局 1995 年版，第 1671—1672 頁。
② 梁曉紅、徐時儀：《佛經音義與漢語詞彙研究》，商務印書館 2005 年版，第 455—456 頁。

云：椮謂之涔。椮音滲，涔音岑。孫炎釋云：積柴木水中養魚曰椮。襄
陽俗謂魚椮爲槎頭，言所積柴木槎丫也。'"予以杜、曾二公所說皆非，
蓋二公不讀習鑿齒所撰《襄陽耆舊傳》，所以爲此之紛紛也。蓋《傳》云：
"漢水中，鯿魚甚美。常禁人捕，以槎斷水，因謂之槎頭鯿。宋張敬兒
爲刺史，作六櫓船置獻齊高帝曰：'奉槎頭縮項鯿一千八百頭。'"子美、
《耆舊》之說，槎頭之義，乃渙然可曉。（吳曾《能改齋漫錄》卷六，見
《宋人詩話外編》第 636 頁）

按，槎頭："鯿魚"的代稱。漢水一帶的人常用槎，也就是木筏，插進
水中防止人們闖入水域中捕捉鯿魚，故稱"槎頭鯿"，簡稱"槎頭"。《襄陽
耆舊記·峴山》："峴山下漢水中，出鯿魚，肥美。嘗禁人採捕，以槎頭斷
水，謂之'槎頭鯿。'"① 因魚的頭部和頸部的距離極短，故又稱"縮頭鯿"、
"縮項鯿"。"鯿魚"可追溯至先秦時期的"魴魚"。《詩經·陳風·衡門》："豈
其食魚，必河之魴。"又《小雅·采綠》："其釣維何，維魴及鱮。"《說文·魚
部》："鰟，魚名。從魚，便聲。鰟或從扁。"《爾雅·釋魚》："魴，魾。"晉
郭璞注："江東呼魴魚爲鯿，一名魾，音毗。"《玉篇·魚部》："鰟，卑連切，
魴魚也。"又言："鯿，同上。""同上"，即同"鰟"。清徐珂《清稗類鈔·動物
類》："鯿，古謂之魴，體廣而扁，頭尾皆尖小，細鱗。產於淡水，可食。"②
又稱"武昌魚"。張翅翔等《湖南風物志·鯿魚》："公元三世紀，三國吳王
孫皓從建業遷都武昌，老百姓怨聲載道，有人引當時童謠'寧飲建業水，
不食武昌魚'上疏諫阻。於是鯿魚始有武昌魚之名。"③ 稱"魴魚"爲"鯿魚"，
今吳語、粵語等方言區仍說。詳見許寶華等《上海方言詞典》"鯿魚"④ 和《方
言大詞典》"鯿"⑤。

---

① （晉）習鑿齒原著，舒焚、張林川校注：《襄陽耆舊記校注》，荊楚書社 1986 年版，第
278—279 頁。

② （清）徐珂：《清稗類鈔》，中華書局 1986 年版，第 5638 頁。

③ 張翅翔、歸秀文：《湖南風物志》，湖南人民出版社 1985 年版，第 283 頁。

④ 李榮主編，許寶華、陶寰編纂：《上海方言詞典》，江蘇教育出版社 1997 年版，第 118 頁。

⑤ 許寶華、宮田一郎：《漢語方言大詞典》，中華書局 1999 年版，第 7359 頁。

（十）老舉

廣東稱妓爲老舉，人不知其義。問土人，亦無知者。偶閱唐人《北里志》，方知唐人以老妓爲都知，分管諸姬，使召見諸客，一席四鐶，燭上加倍，新郎君更加倍焉。有鄭舉舉者，爲都知；狀元孫偓頗惑之。盧嗣業贈詩云："未識都知面，先輸劇罰錢。"廣東至今有老舉之名，殆從此始。（清袁枚《隨園詩話》卷十二，第 412 頁）

按，老舉：舊時廣東人對妓女的稱呼。一說得名於妓女"鄭舉舉"。袁枚正持此說。一說"老舉"即"老妓"之音訛。清張心泰《粵遊小志》："俗呼妓女爲老舉，即隨園以爲舉舉師師之意。其實舉即妓也。"孫橒《餘墨偶談·老舉》："或以爲舉與妓粵音相近，老舉即老妓之訛，其說近是。"[1]"舉"是"妓"之轉音說較爲科學。《東莞市志》第二十五編《社會》："東莞人稱妓女爲'老舉'，稱妓院爲'老舉寨'、'老舉莊'。"今天滬語"老舉"一詞，正來自粵語。清葛元煦《滬遊雜記》卷二《青樓二十六則》："鹹水妹、老舉，粵妓寄居滬地者，招待洋人爲'鹹水妹'，應酬華人者爲'老舉'。"[2] 徐珂《清稗類鈔·方言類·上海方言》："老舉，廣東妓女之上等者，猶滬妓之長三也，近年幾淘汰盡矣。"[3] 當這種寄滬妓女消失後，"老舉"開始轉指資格老或精通某一行當者。詳見薛理勇《"老舉"及其他》[4]。此義，《大詞典》（8/628）未及。

（十一）黃嬌

繼昌字子新，白水人，自號適安居士。喜作詩。與華陰景伯仁相友善。家甚貧，而世間事皆不以挂口。有以錢遺之者，必盡送酒家，名酒曰黃嬌。蓋關中人謂兒女爲阿嬌，子新以酒比之，故云。（《元好問詩話》，見《遼金元詩話全編》第 368 頁）

---

① （清）蟲天子編，董乃斌等校：《中國香豔全書》（第 1 册），團結出版社 2005 年版，第 614 頁。

② （清）葛元煦：《滬遊雜記》，上海古籍出版社 1989 年版，第 33 頁。

③ （清）徐珂：《清稗類鈔》，中華書局 1984 年版，第 2235 頁。

④ 薛理勇著：《食俗趣話》，上海科學技術文獻出版社 2003 年版，第 223 頁。

按，出自《中州集》卷七《段繼昌》小傳①。黃嬌：用黃米，大米、糯米等釀造的一種含酒精量較低的黃酒。黃指酒的顏色，如黃流、黃湯都因此而得名。稱酒爲"嬌"是一種擬人的說法。清梁章鉅《稱謂錄·方言稱女·阿嬌》引《輟耕錄》言："關中以兒女爲阿嬌。"②如南唐張泌《胡蝶兒》："胡蝶兒。晚春時。阿嬌初著淡黃衣。""阿嬌"爲"少女"的代稱。故把酒視作兒女稱"黃嬌"。"黃嬌"一詞出自宋人詩"加餐宜白粲，取醉喜黃嬌"。後作爲酒的異名，如清震鈞《天咫偶聞》卷九："二三知己，策蹇行吟。黃嬌半酣，紫絲徐引。"趙駿烈《燕城燈市竹枝詞·北京風俗雜詠》："九衢處處酒簾飄，淶雪凝香貫九霄。萬國衣冠咸列坐，不方晨夕戀黃嬌。"

三、因語音相關而得名

（一）阿茶

宋子景《春詞》云："新年十日逢春日，紫禁千觴獻壽觴。寰海歡心共萌達，宅家慶祚與天長。"案李濟翁《資暇集》云："公郡縣主，宮禁呼爲宅家子，蓋以至尊以天下爲宅，四海爲家，不敢斥呼，故曰宅家，亦猶陛下之義。至公主以下，則加子字，亦猶帝子也。又謂阿宅家子，阿助詞也。急語乃以阿宅家子爲茶子，既而亦云阿茶子，或削其子，遂曰'阿茶'。一說漢、魏以來，宮中尊美之，呼曰'大家子'，今急訛以大爲宅焉。"故昔人屬對云："都尉指揮都尉馬，大家齊喚大家茶。"（黃朝英《靖康緗素雜記·補輯》，見《宋人詩話外編》第 293 頁）

《王直方詩話》云："東坡與孫巨源同會於王晉卿花園中，晉卿言：'都教餧飼了官員輩馬着。'巨源云：'都尉指揮都餧馬，好一對。'適長主送茶來，東坡即云：'大家齊喫大家茶。'蓋長公主呼大家也。"（宋胡

---

① （元）元好問：《中州集》，中華書局 1959 年版，第 348 頁。
② （清）梁章鉅著，王釋非、許振軒點校：《稱謂錄：校注本》，福建人民出版社 2003 年版，第 108 頁。

仔《苕溪漁隱叢話前集》第 279 頁）

按，阿茶：公主的稱呼。一說阿茶得名於對皇帝的稱呼"宅家"。《資治通鑒·唐昭宗干寧四年》："建乃與知樞密劉季述矯制發兵圍十六宅，諸王被髮，或緣垣，或升屋，呼曰：'宅家救兒！'"胡三省注："唐末宮中率稱天子曰宅家。"故"公主""郡主""縣主"呼爲"宅家子"，又謂"阿宅家子"，急言爲"阿茶"。一說阿茶得名於宮中對美人的稱呼"大家子"。今急訛"大"爲"宅"，變"大家"爲"宅家"。大：《廣韻》徒蓋切，定母泰韻去聲。宅：《廣韻》場伯切，澄母陌韻入聲。家：《廣韻》古牙切，見母麻韻平聲。趙振鐸認爲茶字是取自宅的聲母，家的韻母結合而成[1]。甚是。後用"小茶"作爲幼女的美稱，或連用"茶茶"表示對少女的昵稱，當都是從"阿茶"一詞引申出來的。如金元好問《遺山先生集》十三《德華小女五歲能誦餘詩數首以此詩爲贈》："牙牙嬌語總堪誇，學念新詩似小茶。"清施國祁注："唐人以茶爲小女美稱。"元李直夫《虎頭牌》第四折："叔叔嬸子，我茶茶在門外，你開門來。"明朱有燉《元宮詞一百首》其二十六："進得女真千戶妹，十三嬌小喚茶茶。"

（二）末厥

永叔詩話載陶穀詩云："'尖簷帽子卑凡廝，短鞦靴兒末厥兵。'不曉'末厥'之義，又嘗問王洙，亦不曉。"予頃在真定觀大閱，有一卒植五方旗，少不正，大校恚曰："你可末豁如此？"予遽召問之，大校笑曰："北人謂粗疏也。"豈"厥"之音"豁"乎？亦莫知孰是。（宋魏泰《臨漢隱居詩話》，見《歷代詩話》第 332 頁）

一說"末厥"爲"卑劣、卑賤"。

歐陽公載陶穀詩末厥兵，不曉其意。余謂今人呼禿尾犬爲厥尾，衣之短者亦呼爲厥，然則此兵正謂其末賤耳。今人不以末厥相連言之，其

---

[1]　趙振鐸：《唐人筆記裡面的方俗讀音（一）》，《漢語史研究集刊》（第二輯），巴蜀書社 1999 年版，第 351—352 頁。

義則是也；不然，則不可對卑凡廝。《貢父詩話》（宋阮閱《詩話總龜前集》
第 317 頁）

一說"末厥"爲"倔強兇悍"。

> 陶穀詩"尖簷帽子卑凡廝，短鞘韃兒末厥兵"。……大抵"末厥"者，
> 猶今俚語俗言"木厥"云耳，"木厥"者木強刁厥之謂。（《李冶詩話》，
> 見《遼金元詩話全編》第 458 頁）

按，末條出自《敬齋古今黈》卷八。除上述義外，一說"末厥"與戲劇
腳色有關。王國維認爲"'末厥兵'必三字相連爲一俗語"，出自"宋、金雜
劇院本中，有似腳色而非腳色，且其名義不可解者"[1]。胡忌認爲"末厥兵"
當爲"末厥生"，"'生'字與'廝'字同，表示'人'而含有輕視義"，並在
王國維意見的基礎上，進一步提出"末厥生""且繫指明爲戲劇伎藝人"，"'末
厥'連用並和'卑凡'對稱，依句義看，也應有同義辭可能"，"實可視爲男
性戲劇演員的帶有鄙視的別稱"[2]。此種意見的前提存在着問題，即將"卑凡
廝"之"廝"看做是"人"並含輕視義，進而通過對文，得出"末厥生"之
"生"與此相同，即傳統戲曲角色中扮演男性人物者。實際上"卑凡廝"之
"廝"讀作"相"，是"相與"義。宋劉攽《中山詩話》云："今人不用廝字，
唐人作斯音，五代已作入聲，陶穀云'尖簷帽子卑凡廝'是也。"[3] 宋陸游《老
學庵筆記》卷十："世多言白樂天用'相'字，多從俗語作思必切，如'爲
問長安月，如何不相離'是也。然北人大抵以'相'字作入聲，至今猶然，
不獨樂天。老杜云：'恰似春風相欺得，夜來吹折數枝花。'亦從入聲讀，乃
不失律。俗謂南人入京師，效北語，過相藍，輒讀其牓曰大廝國寺，傳以爲
笑。"[4] 周祖謨《宋代方音》一文言："案相與廝雙聲，同爲心母字。口語音與
韻書所載之文字讀音未必完全相合。相《廣韻》但音息良切，無思必切一音。
廝字《廣韻》亦只收平聲支韻，音息移切，訓爲廝養、役使。至於相共之義

---

[1] 王國維：《宋元戲曲史》，百花文藝出版社 2002 年版，第 179—180 頁。

[2] 胡忌：《宋金雜劇考》，古典文學出版社 1957 年版，第 139—141 頁。

[3] （清）何文煥輯：《歷代詩話》，中華書局 1981 年版，第 288 頁。

[4] （宋）陸遊撰，李劍雄等點校：《老學庵筆記》，中華書局 1979 年版，第 124 頁。

與讀音，韻書並闕而不錄。唐人詩中相有廝音，而字仍作相，宋人詞曲，則有逕寫爲廝者。"①故"卑凡廝"之"廝"應釋爲"相；互相"義，而非"古代對服雜役者的蔑稱"，這個失誤的前提使得"'末厥生'爲傳統戲曲角色中扮演男性人物者"的結論也難以成立。蔣宗福師認爲釋"末厥"爲"卑劣、卑賤"或"倔強兇悍"義均爲臆說，並進一步用《畿輔通志》和今四川方言爲證，提出"末厥"當爲馬虎，草率之義②。此說甚是。

（三）魚鬚

李賀詩云："往還誰是龍頭人，王公遣秉魚鬚笏。""龍頭""魚鬚"，屬對固爲精切，然抑豈直認魚鬚以爲笏耶？按《禮記·玉藻》云："笏，天子以球玉，諸侯以象，大夫以魚鬚文竹。"鬚，音斑；文，飾也。大夫不敢用純物，故以魚鬚竹飾邊耳。或以爲斑竹之文如魚鱗然，故謂魚斑文竹也。《馮鑒事始》乃謂大夫笏魚鬚文，而又去竹字。漢制，載列侯夫人以魚鬚爲擿，長一尺，蓋簪珥也，則又直以魚鬚爲象。《子虛賦》云："摩魚鬚之橈。"又不知以魚爲何物。胥失之矣，賀之詩特可謂借字對云。（《游潛詩話》，見《明詩話全編》第 1544—1545 頁）

按，出自《夢蕉詩話》卷下。魚鬚：讀爲"魚斑"，"笏"的代稱。"鬚"同"須"。唐李賀《酒罷張大徹索贈詩》"往還誰是龍頭人，公主遣秉魚須笏"之"魚須"二字，出自《禮記·玉藻》："笏……大夫以魚須文竹。""魚須文竹"，即"魚斑文竹"，得名於"斑竹之文如魚鱗"。《榮縣志·物產》第六《斑竹》："所在有之，按《禮記·玉藻》：笏，士以魚須、文竹。《釋文》：須音斑。崔云：'用文竹及魚斑'，蓋以魚須飾竹邊也。余謂不用純物，則象亦純物，何以？明云：並珠玉哉。今斑竹花紋，黑絲點散如魚鱗。即古魚須文竹矣。"清王引之則進一步提出"魚須"爲"魚頒"之訛，又"頒"與"斑"通，故"須"音"斑"。《經義述聞》卷十五《〈禮記〉中七十四條·魚須文竹》言：

① 周祖謨：《宋代方音》，《周祖謨學術論著自選集》，北京師範學院出版社 1993 年版，第 378 頁。

② 蔣宗福：《四川方言詞語考釋》，巴蜀書社 2002 年版，第 392—394 頁。

"須與班聲不相近，此節經文及《釋文》、《正義》內'須'字，皆'頒'字之誤，頒與班古字通，故釋文音班，故崔氏曰'用文竹及魚班'也。隸書分字作少，故頒字或作㵢，形與須相似，因誤爲須耳。……自唐石經始誤頒爲須，而《集韻》二十七刪遂收入須字。"①"斑"與"班"通。清段玉裁《說文解字注·文部》於"辬"字下言："斑者，辬之俗……又或假班爲之。"故"須"讀若"魚斑"之"斑"。

---

① （清）王引之：《經義述聞》，江蘇古籍出版社 1985 年版，第 360 頁。

第六章　歷代詩話中語言文字學
論述之詞源研究（下）

同物異名，即"異名同實詞語，是一個事物物件而有不同的叫法的詞語
現象"①。這些不同的異名，是從不同角度採用各種手段構成的，正如齊佩瑢
所言"一件事物同時而有一個以上的名稱的，其得名之由各有所受"②。這反
映了一個事物或事件自身所具有的豐富文化內涵，而這些不同內涵，正是異
名最主要的構詞理據。

第一節　同物異名的分類

詩話對大量不同類別的異名詞進行了研究，就所看到的詩話而言，其種
類就多達八類，如天象歲時類、宮室都邑類、人名官職類，衣冠服飾類、日
用器具類、娛樂遊戲類、花草竹木類、蟲鳥禽獸類等。

一、天象歲時類

（一）青女

荊公詩云："日高青女尚橫陳。"橫陳二字，見宋玉《風賦》"橫自

---

① 周薦：《異名同實詞語研究》，《中國語文》1997 年第 4 期。
② 齊佩瑢：《訓詁學概論》，中華書局 1984 年版，第 103 頁。

陳兮君之前"及《楞嚴經》"夫青女者，主霜雪之神也"。故《淮南子》云："至秋三月，青女乃出，降霜雪。"高誘注云："青女乃天神，青腰玉女，主天霜雪。"荊公以青女爲霜，於理未當。杜子美《秋野》詩云："飛霜任青女。"乃爲盡理。梁昭明《博山香爐賦》曰："青女司寒，紅光翳景。"亦皆指爲霜雪之神。然荊公之詩，不害爲佳句也。（吳曾《能改齋漫錄》卷三，見《宋人詩話外編》第 606 頁）

按，青女：本爲主霜雪之神，得名於"青腰玉女"之說，後代稱霜。宋馬永卿《懶真子》卷五："青女謂霜也。"[①]

（二）耗磨日

《嘉祐雜錄》云："正月十六日大耗，京師局務如都商稅務亦休務一日，其令如此。"然《槁簡贅筆》所載耗日，止是耗磨耳。故唐張說詩云："耗磨傳此日，縱橫道未宜。"又詩云："上月今朝減，人傳耗磨辰。"如此則止是耗磨，磨茶、磨麥等合忌之，官司局務去處何必休務耶！（袁文《甕牖閒評》卷三，見《宋人詩話外編》第 574 頁）

正月十六日，古爲之耗磨日。張說《耗日飲》詩云："耗磨傳茲日，縱橫道未宜。但令不忌醉，翻是樂無爲。"又云："上月今朝減，流傳耗磨辰。還將不事事，同醉俗中人。"趙冬[曦詩云："春來半月度，俗忌一朝間。不酌他鄉酒，無堪對楚山。"詳諸詩蓋當時耗磨日]必飲酒，如今之社日。此日但謂之耗日，官司不開倉庫而已。（章淵《槁簡贅筆》卷四十四，見《宋人詩話外編》第 1024 頁）

按，耗磨日：又稱"耗磨辰""耗日"，農曆正月十六日的異稱。"耗磨"，就是消耗磨損之義，此日爲防止倉庫所蓄耗磨，來年饑荒，故有官司不開倉庫之忌。唐慧琳《一切經音義》卷七十五引《道地經》："彪魖，下音虛，虛耗鬼也。《異苑》曰：虛耗鬼，所至之處，令人損失財物，庫藏空竭，名為

---

① （宋）馬永卿：《懶真子》，《筆記小說大觀》第 6 冊，江蘇廣陵古籍出版社 1983 年版，第 83 頁。

耗鬼，其形不一，怪物也。"可見，"虛耗日"得名於"虛耗鬼"之說。後世爲攘除虛耗，故有"搗虛耗"之俗。《元氏縣志·崇禎志·風俗》："十六日，夜半用杵遍杵宅院，謂之'搗虛耗'。是日，置酒宴親，放花炮，慶元宵。"既然這天本爲耗磨日，那麼對消耗磨損者理當寬容處理，故此日又有"放偷"之稱。宋文惟簡《虜廷事實·放偷》："虜中，每至正月十六日夜，謂之'放偷'。俗以爲常，官亦不能禁。其日夜，人家若不畏謹，則衣裳、器用、鞍馬、車乘之屬爲人竊去，隔三兩日間，主人知其所在。則以酒食、錢物贖之，方得原物。"① 明郎瑛《七修類稿》卷四十四《事物類·放偷》："金與元國俗，正月十六謂之放偷。是日，各家皆嚴備，遇偷至則笑而遣之，雖妻女、車馬、寶貨爲人所竊，皆不加罪。聞今揚州尚然，而燕地正月十六日夜之走街恐亦遺俗也。"②"走街"猶言"走百病"，正來自於"耗磨日"。清光緒十四年《東光縣志》卷二《輿地志下·風俗·元宵》："又《帝京景物略》曰：'元夕，婦女相率宵行，以消疾病，曰走百病。'元周用有《走百病》七言古體詩。再按章淵《槁簡贅筆》：'正月十六日，古謂之耗磨日，官司不開倉庫，只宜飲酒。'唐張說有《耗日飲酒》詩，此乃走百病之緣起。"

（三）上澣、中澣、下澣

　　俗以上澣、中澣、下澣，爲上旬、中旬、下旬。蓋本唐制十日一休沐。故韋應物詩曰："九日驅馳一日閑。"白樂天詩："公假月三旬。"然此乃唐制，而今猶襲用之。則無謂也。（《楊慎詩話》，見《明詩話全編》第 2794 頁）

　　按，出自《升菴全集》卷七十一《三澣》③。上澣、中澣、下澣：亦稱上浣、中浣、下浣，分別爲上旬、中旬、下旬的異稱。《玉篇·水部》："澣，乎管切，濯也。"又言："浣。同上。""同上"，即同"澣"。唐代官員每十

---

① 　車吉心總主編：《中華野史》（遼夏金元卷），泰山出版社 2000 年版，第 341 頁。

② 　（明）郎瑛：《七修類稿　七修續稿》，《續修四庫全書》第 1123 冊，第 299 頁。

③ 　（明）楊慎：《升菴全集》，王雲五主編：《萬有文庫》第二集七百種，商務印書館 1937 年版，第 928 頁。

天休息一天，休息日多作洗衣、沐浴之事，故稱"休澣"。明周祈《名義考》卷六《人部‧休假》："又漢律吏：五日一休，休言休息，以洗沐也，亦曰'休澣'。"① 一月三浣，分別爲上浣、中浣、下浣，因此皆可作"旬"的別稱。

（四）鹽風、颭风

> 舜治天下，彈五絃琴而歌《南風》之詩，蓋長養之音也。《詩》亦曰："凱風自南，吹彼棘心。"今解梁盛夏以池水入畦，謂之"種鹽"。不得南風則鹽不成，俗謂之"鹽風"。荆湖間夏有大風，朝起夕止，連日如此，土人曰："颭風音諒。"有則旱，故陂澤立涸，稻田多裂。又名"杓風"，如杓勺水也。（《王得臣詩話》，見《宋詩話全編》第 883 頁）

按，出自《麈史》卷三。鹽風：即南風。疏鹵地爲池，引清水注之，久則色赤，待南風大起，一宿即結成鹽，謂之"種鹽"，而吹鹵水成鹽之南風即爲"鹽風"，亦稱"鹽南風"。宋沈括《夢溪筆談》卷二十四《雜誌一》："解州鹽澤之南，秋夏間多大風，謂之'鹽南風'。"② 宋歐陽修《集古錄跋尾》卷八《唐鹽宗神祠記》："夏月鹽南風來，池面紫色，須臾凝結如雪。土人謂之漫生鹽。"③

颭風：即北風。颭風，一作"涼風"。《爾雅‧釋天》："北風謂之涼風。"宋邢昺《爾雅疏》卷六："'北風謂之涼風'者，北風，一名涼風，言北方寒涼之風也。《月令》：'孟秋之月，涼風至。'《詩‧邶風》云：'北風其涼'是也。"清王念孫《廣雅疏證》卷四下《釋詁》："颭者，《爾雅》：'北風謂之涼風。'《說文》作颲，同。"④"颭"，同"飈"，《說文‧風部》："飈，北風謂之飈。"此風主旱，如杓勺水，故又名"杓風"。

---

① （明）周祈：《名義考》，《景印文淵閣四庫全書》第 856 冊，第 361 頁。
② （宋）沈括：《夢溪筆談補筆談》，《景印文淵閣四庫全書》第 862 冊，第 837 頁。
③ （宋）歐陽修撰：李之亮箋注：《歐陽修集編年箋注》（七），巴蜀書社 2007 年版，第 508 頁。
④ （清）王念孫著：鐘宇訊點校：《廣雅疏證》，中華書局 1983 年版，第 122 頁。

（五）鯉魚風

李賀詩："門前流水江陵道，鯉魚風起芙蓉老。"九月風也。遞叟。（胡震亨《唐音癸籤》卷十六，見《全明詩話》第 3708 頁）

按，李詩出自《江樓曲》。鯉魚風：九月風。相傳此時風起則鯉魚浮動跳躍，故稱。此外，還可表示春夏之交的風。清王琦《李長吉歌詩匯解》卷四："梁簡文帝詩：塵散鯉魚風。《提要錄》：鯉魚風，九月風也。《歲時記》：九月風曰鯉魚風。《石溪漫志》：鯉魚風，春夏之交。觀下文用梅雨事，則《漫志》之說爲是。"① 如宋余靖《暮春》："農家榆莢雨，江國鯉魚風。"鯉魚風，即爲春夏之交的風。此義《大詞典》（12/1235）未及。關於"鯉魚風"的研究，可參看徐傳武《"鯉魚風"釋義補正》②。

（六）槐序

槐序，指夏日也。王晏《和徐考嗣》詩："槐序侯方調"。（《楊慎詩話》，見《明詩話全編》第 2824 頁）

按，《全編》注明輯自《升菴外集》卷五十一《雜說·放春發春行春班春》。此外，又見於《秕林伐山》卷九《槐序》③。後一"》"當是後引號。槐序：槐樹開花的時序，因槐樹夏天開花，故可作爲"夏日"的代稱。唐李淖《秦中歲時記》："進士下第，當年七月複獻新文，求拔解，曰：'槐花黃，舉子忙。'"七月，槐樹開花時，正是士子忙於準備科舉考試的時節。

（七）孟婆

今小詞中謂："孟婆，且告你，與我佐些方便。風色轉，吹箇船兒倒轉。"孟婆二字，不是無本也。《北戶錄》載："段公路云：南方除夜將發船，皆殺雞擇骨爲卜，占吉凶。以肉祀船神，呼爲孟翁、孟姥。"（《袁文詩話》，見《宋詩話全編》第 5523—5524 頁）

---

① （唐）李賀著，（清）王琦等注：《李賀詩歌集注》，上海人民出版社 1977 年版，第 301 頁。
② 徐傳武：《"鯉魚風"釋義補正》，《閱讀與寫作》1997 年第 9 期。
③ （明）楊慎：《秕林伐山》，商務印書館，《叢書集成初編》本，1936 年版，第 55 頁。

俗謂風曰"孟婆"。蔣捷詞云:"孟婆好做些方便,吹個船兒倒轉。"江南七八月間,有大風甚難於舶舡,野人相傳以爲孟婆發怒。按:北齊李駒駷聘陳,問陸士秀:"江南有孟婆,是何神也?"士秀曰:"《山海經》:帝之女游於江中,出入必以風雨自隨,以帝女故,曰孟婆,猶《郊祀志》以地神爲泰媼。"此言鄙俚,亦有自來矣。(《王昌會詩話》,見《明詩話全編》第 8461—8462 頁)

按,首條出自《甕牖閒評》卷五①。末條亦見於明楊慎《譚苑醍醐》卷五《孟婆》②。孟婆:傳說中的風神,可代稱"風"。明徐應秋《玉芝堂談薈》卷十九《石尤風》:"猶嶺南人云颶母,黃河人曰孟婆,一曰石尤者。"③ 謝肇淛《五雜組》卷一《天部一》:"颶颺也,舶趠也,石尤也,羊角也,少女也,扶搖也,孟婆也,皆風之別名也。"④ 清屈大均《廣東新語》卷六《神語·颶風神》:"月與水皆生於風,故曰母,或曰:颶母即孟婆,春夏間有暈如半虹是也。此蓋以虹爲颶母也,然婆即母也。"⑤ "孟婆風",亦稱"孟子風"。民國十六年《丹陽縣續志》卷十九《六月》:"是月多風,謂孟子風,又曰孟婆風。"

(八) 山帶

張野《廬山記》:"天將雨,則有白雲,或冠峰巖,或亙中嶺,俗謂之山帶,不出三日必雨。"唐詩:"風吹山帶遙知雨。"(《楊慎詩話》,見《明詩話全編》第 2801 頁)

按,出自《升菴全集》卷七十六《廬山記》⑥。山帶:白雲的俗稱。因環

---

① (宋) 葉大慶、袁文著,李伟国校點:《考古質疑 甕牖閒評》,上海古籍出版社 1985 年版,第 51—52 頁。
② (明) 楊慎:《譚苑醍醐》,中華書局 1985 年版,第 38 頁。
③ (明) 徐應秋:《玉芝堂談薈》,《筆記小說大觀》第 11 冊,江蘇廣陵古籍刻印社 1983 年版,第 242 頁。
④ (明) 謝肇淛:《五雜組》,中華書局 1959 年版,第 27 頁。
⑤ (清) 屈大均:《廣東新語》,中華書局 1985 年版,第 202 頁。
⑥ (明) 楊慎:《升庵全集》,王雲五主編:《萬有文庫》第二集七百種,商務印書館 1937 年版,第 999 頁。

繞山頂呈帶狀，故稱。明朱國禎《湧幢小品》卷二十六《山》："建昌府西芙
蓉山並魚蜦山爲雲雨之府。天將雨則有白雲冠峯頂，或亘中嶺。俗謂之山
帶。唐詩云：'風吹山帶遙知雨。'又曰：'霧似山巾'，蓋指此，解者以爲嵐，
非也。晴有嵐，雨有霧。天將雨，山頂出霧，此常事，處處有之。"①

（九）六更

　　楊誠齋詩云："天上歸來有六更。"蓋內樓五更絕，柝鼓變作，謂之
蝦蟆更。禁門方開，百官隨入，所謂六更者也。外方則謂之攢點云。(周
遵道《豹隱紀談》卷七，見《宋人詩話外編》第 1572 頁）

　　楊誠齋詩："天上歸來有六更。"汪水雲詩："亂點傳籌殺六更。"《七
修類稿》云："五更絕點鼓遍作謂之蝦蟆更。"按藝祖聞陳希夷之語，命
宮中轉六更，不知更與庚同音，宋自建隆庚申受禪，至景定元年歷五庚
申，越十七年，而宋社屋，希夷蓋以術數推測，而隱託其詞耳。希夷云：
"寒在五更頭。"故藝祖命前後二更各去二點，今仍其舊非。(清宋長白《柳亭詩話》卷
十七，第 273 頁）

　　按，六更：俗稱"蝦蟆更"，"因爲蝦蟆在天將亮時叫得最屬害，其叫
聲似擊木柝"②，故稱。宋高承《事物紀原》卷九《柝》："《易繫辭》曰：'重
門擊柝以待暴客，蓋取諸《豫》。'《說文》：'榛，夜行所擊。'今擊木爲聲，
以代更籌者是，俗曰蝦蟆更，榛卽柝，乃古今字耳。"③亦名"攢點""發
擂""殺擂"。明郎瑛《七修續稿》卷四《辯證類·六更鼓》："舊聞宮漏有
六更鼓，不知何代，而《歸田詩話》載：汪水云敘亡宋事，有'亂點傳籌
殺六更'之句。《豹隱紀談》載楊誠齋詩曰：'天上歸來已六更'，固知宋事，
不知何有'六更'也。後見《蟑精雋》云：宋內五鼓絕，梆鼓遍作，謂之'蝦
蟆更'。其時禁門開而百官入，所謂六更也。如方外之'攢點'，卽今之'發

---

① （明）朱國禎：《湧幢小品》，中華書局 1959 年版，第 607 頁。

② 王人恩：《"六更"瑣考》，《甘肅社會科學》2004 年第 2 期。

③ （宋）高承撰，（明）李果訂：《事物紀原》，商務印書館《叢書集成初編》本，1937 年版，
　　第 361 頁。

攦'耳。"① 清梁同書《直語補正·殺攦》："宋汪元量《醉歌》絕句'亂點連聲殺六更',卽蝦蟆更,俗謂之殺攦也。"②

一說因陳希夷"只怕五更頭"的讖語,故爲避忌而去五更,轉作"六更"。清褚人獲《堅瓠乙集》卷二《鼓轉六更》："夜漏五五相遞爲二十五,唐李郢詩'二十五聲秋點長'是也。至藝祖以建隆庚申受禪,問國祚修短於陳希夷,有'只怕五更頭'之言。蓋庚更同音也。藝祖命宮掖及州縣更漏皆去五更二點,並初更去其二以配之,首尾止二十一點卽轉六更,謂之蝦蟆更。嚴鼓鳴鐘,禁門方開,百官隨入。終宋之世皆然。楊誠齋有'天上歸來有六更',汪水雲有'亂點傳籌殺六更'之句。至理宗景定元年,曆五庚申而宋亡,謂非五更頭乎?元延祐九年庚申而順帝生,順帝實宋少帝趙㬎子,明兵入燕都遁去,時呼庚申君,劉尚賓《庚申帝大事記》可見,明高皇方號順帝云。然則藝祖命轉六更,亦與數暗符矣。《開元遺事》云:宮漏有六更,君王得晏起。疑是設言耳。"③ 所說非也,這只不過是後人用宋亡的時間與"五更"硬湊而來的說法,故不能證明宋無五更。六更,蓋是在五更之後,而攟六通,故稱。宋蔡絛《鐵圍山叢談》卷一:"漢魏以來,警夜之制不過五鼓,蓋冬夏自酉戌至寅卯,斗杓之建盈縮終不過五辰,故言甲夜至戊夜,或言五更而已。……國朝文德殿鐘鼓院於夜漏不盡刻,既天未曉,則但攟六通而無更點也,故不知者乃謂禁中有六更。"④

二、宮室都邑類

(一)略彴

"橋"爲"略彴"。(清袁枚《隨園詩話》卷九,第 321 頁)

---

① (明)郎瑛:《七修類稿 七修續稿》,《續修四庫全書》第 1123 冊,第 361 頁。

② (清)梁同書:《直語補正》,商務印書館 1958 年版,第 899 頁。

③ (清)褚人獲輯撰,李夢生校點:《堅瓠集》,上海古籍出版社《清代筆記小說大觀》本,2007 年版,第 744 頁。

④ (宋)蔡絛撰,馮惠民等點校:《鐵圍山叢談》,中華書局 1983 年版,第 16—17 頁。

按，略彴，當作"略彴"，橋的異稱。《漢書·武帝紀》"初榷酒酤"唐顏師古注："榷者，步渡橋，《爾雅》謂之石杠，今之略彴是也。……彴音酌。"唐徐堅《初學記》卷七《橋》第七引晉郭義恭《廣志》："獨木橋爲榷，音角，亦曰彴，音灼，榷，水上橫一木爲渡，彴，今謂之略彴。"①《廣雅·釋宮》："彴，獨梁也。"清王念孫《廣雅疏證》卷六上《釋訓》："顏師古注云：'……都凡謂之大榷，亦謂之約略，其義一也。'合言之則曰辜榷。"② 可見，稱橋爲"略彴"，符合蔣紹愚提出的"相因生義"理論，即"大榷"和"約略"的一個義位"大概、粗略"相通。由於類推作用，"略"一詞又取得了"榷"的另一個義位"橋"。故"略彴"爲"橋"的異稱。"橋"稱"略彴"，在詩詞中常見，如唐陸龜蒙《新夏東郊閒泛有懷襲美》："經略彴時冠暫亞，佩笒箸後帶頻搊。"張祜《鍾陵旅泊》："龍筇迴泊灘聲下，略彴深行樹影邊。"宋陸游《閉門》："獨木架成新略彴，一峰買得小嶙峋。"

（二）楓橋

《豹隱紀談》云："'楓橋'舊名'封橋'，後因張繼詩'江楓漁火'句，改'楓橋'，今天平寺藏經多唐人書，背有'封橋常住'字。"（《李日華詩話》，見《明詩話全編》第 6405 頁）

按，出自《六研齋二筆》卷二。楓橋：一說原名封橋，因張繼詩改名楓橋。明崇禎《吳縣志》卷十六《橋梁》："楓橋，閶門西七里。《豹隱紀談》云：'舊作封橋，後因張繼詩相承作楓。今天平寺藏經多唐人書，背有封橋甞住字。'西塊屬長洲縣。""封橋甞住"當作"封橋常住"。清乾隆《江南通志》卷二十五《興地志·關津一》："楓橋即楓關，舊本名封橋，因張繼詩相承作楓。"近代學者周有光言："古代運輸經過此橋，即達鐵鈴關，夜間閉關、封橋，因名'封橋'。"③ 一說"封橋"是"楓橋"之訛。宋朱長文《吳郡圖經續記》卷中《寺院·普明禪院》："'楓橋'之名遠矣，杜牧詩甞

---

① （唐）徐堅等：《初學記》，中華書局 1962 年版，第 156 頁。
② （清）王念孫著，鐘宇訊點校：《廣雅疏證》，中華書局 1983 年版，第 198 頁。
③ 周有光：《語文閒談》，生活·讀書·新知三聯書店 2008 年版，第 34 頁。

及之，張繼有《晚泊》一絕……舊或誤爲'封橋'，今丞相王郇公頃居吳門，親筆張繼一絕於石，而'楓'字遂正。"① 二說皆有據，至於哪個爲是，已難判明。

（三）紫塞、丹徼

《復齋漫錄》云："崔豹《古今注》云：'秦築長城，土皆紫色，謂之紫塞。南徼土色丹，謂之丹徼。塞，則雍塞夷狄也；徼，遠也，免侵中國也。'《千字文》：'雁門紫塞。'鮑昭《蕪城賦》：'北走紫塞雁門。'故子美詩：'旅雁上雲歸紫塞。'又，'紫塞甯論尚有霜。'又，'翻然紫塞翮，下拂明月輪。'……"（宋胡仔《苕溪漁隱叢話後集》第 55 頁）

按，紫塞：長城的代稱。因秦漢長城土色得名，出自晉崔豹《古今注》卷上《都邑》第二："秦築長城，土色皆紫，漢塞亦然，故稱紫塞焉。"②

丹徼：南方邊界的代稱，因土色赤，故稱，其說見於晉崔豹《古今注》卷上《都邑》第二："南方徼色赤，故稱丹徼，爲南方之極也。"③ 如唐陸龜蒙《奉和襲美寄題羅浮軒轅先生所居》："暫應青詞爲穴風，卻思丹徼伴冥鴻。"戴叔倫《留別道州李使君圻》："瀧路下丹徼，郵童揮畫橈。"

三、人名官職類

（一）錐宋

蘇子美魁偉，與宋中道並立，下視之，笑曰："交不著。" 京師市井語也。號爲"錐宋"，爲其穎利而么麽云。贈詩曰："譬如利錐末，所到

---

① （宋）朱長文撰，清胡珽校證，清董金鑒續校：《吳郡圖經續記》，商務印書館《叢書集成初編》本，1939 年版，第 24 頁。

② （晉）崔豹撰，王根林校點：《古今注》，上海古籍出版社《漢魏六朝筆記小說大觀》本，1999 年版，第 236 頁。

③ （晉）崔豹撰，王根林校點：《古今注》，上海古籍出版社《漢魏六朝筆記小說大觀》本，1999 年版，第 236 頁。

物已破。"後倅洺州。洺本趙地，有毛遂塚，聖俞遂舉處囊事爲送行詩戲之。（宋劉攽《中山詩話》，見《歷代詩話》第 291 頁）

按，錐宋：北宋詩人蘇舜欽對宋中道的稱呼，因其身短而才俊，故稱。其說來自"毛遂穎脫"的典故。《史記·平原君虞卿列傳》："……門下有毛遂者，前，自贊於平原君曰：'遂聞君將合從於楚，約與食客門下二十人偕，不外索。今少一人，願君即以遂備員而行矣？'平原君曰：'先生處勝之門下幾年於此矣？'毛遂曰：'三年於此矣，'平原君曰：'夫賢士之處世也，譬若錐之處囊中，其末立見。今先生處勝之門下三年於此矣，左右未有所稱誦，勝未有所聞，是先生無所有也。先生不能，先生留。'毛遂曰：'臣乃今日請處囊中耳，使遂蚤得處囊中，乃穎脫而出，非特其末見而已。'"後常用"毛遂錐""利錐末"等形式，表示才華的展露。如宋梅堯臣《送甥蔡駰下第還廣平》："改作毛遂錐，穎脫奚足算。""錐宋"一詞，《漢語大詞典》未收。

（二）李土鼓、鮑孤鴈

賦亦文章，雖號巧麗，苟適其理，則與傳注何異？如李巽《土鼓賦》："土之靜靜乃陰之實，鼓之動動乃陽之精。"陰以質而濁，陽以文而清，將以質勝文，而其理永固。遂以土爲鼓，而其義有成，斯迫於無愧於理矣。當時謂之李土鼓。後有鮑當者，著有《孤鴈詩》甚精，時亦號鮑孤鴈。（《龔鼎臣詩話》，見《宋詩話全編》第 286 頁）

按，出自《東原錄》[①]。李土鼓：宋李巽的別稱，因其作品《土鼓賦》而得名。鮑孤鴈：宋鮑當的別稱，因其作品《孤鴈詩》而得名。

（三）說法馬留、湊氛獅子

元祐間，東平王景亮與諸按：一作"鄰里"仕族無成子按：一作："者"結爲一社，純事嘲誚，士大夫無間賢愚按：一作"無間賢否"，一經諸人之

---

① （宋）龔鼎臣：《東原錄》，《景定文淵閣四庫全書》第 862 冊，第 565 頁。

目，即被不雅之名按：一下有"者"字，當時人號曰按：一作"當號其里爲"豬嘴關。元祐間，呂惠卿察訪京東，呂天資清瘦，語話之際按：一作"每說"，喜按：一作"輒"以雙手指畫，社人目之曰按：一作"爲"說法馬留，又湊爲七字曰："說法馬留爲察訪。"社中彌歲不能對。一日按：一作"時"，邵篪因上殿氣泄按：一作"泄氣"，出知東平，邵高鼻鬈髯，社人目之曰"湊氛按：一作"泄氣"，下同獅子，仍對按：一作"王景亮又從而湊爲七字對"曰："說法馬留爲察訪，湊氛獅子作知州。"惠卿銜之，諷部使者發以它事，舉社遂爲虀粉按：一作"皆虀矣"。蓋口之爲業，非獨發人陰私，敗人成事，賈憎歛怨，禍亦及之。（闕名《桐江詩話》，見《宋詩話全編》第10779頁）

按，說法馬留：北宋時，呂惠卿身材清瘦，像猴子，又說話時喜歡雙手指畫，故稱"說法馬留"。其中"馬留"，亦作"馬流""馬騮"，指猴子。宋邵博《邵氏聞見後錄》卷十："今世猴爲馬留，與其人形似耳。"[1] 趙彥衛《雲麓漫鈔》卷五："北人諺語，目胡孫爲馬流。"[2]"胡孫"即猴。明李時珍《本草綱目》卷五十一《兽部四·猕猴》："猴形似胡人，故曰胡孫。莊子謂之狙，養馬者廐中蓄之，能辟馬病，胡俗稱馬留云。"[3] 其說當是妄言。今人張惠英《從段注〈說文〉"單呼猴，累呼母猴"說起》一文從語音出發，提出"這個'馬'就是詞頭，是'母'的一種讀法。今仫佬語稱猴子爲 me6lau6（據王均等 1984，805 頁），今臨高話稱猴爲 ma^{3}lu^2（ma^3 和稱呼媽媽的詞、稱呼馬的詞同音），都和粵語的'馬騮'同源"[4]。甚是。

湊氛獅子：北宋時，邵篪留着捲曲的大鬍子，又因在大殿上放屁，故稱"湊氛獅子"。"湊氛"，即爲放屁的雅稱。此詞，《漢語大詞典》未收。

---

[1] （宋）邵博撰，李德權等點校：《邵氏聞見後錄》，中華書局 1983 年版，第 74—75 頁。

[2] （宋）趙彥衛撰，傅根清點校：《雲麓漫鈔》，中華書局 1996 年版，第 76 頁。

[3] （明）李時珍著，陈贵廷等點校：《本草綱目》，中醫古籍出版社 1994 年版，第 1182—1183 頁。

[4] 張惠英：《語言現象的觀察與思考》，民族出版社 2005 年版，第 49 頁。

（四）粗官

唐薛尚書能，以文章自負，累出戎鎮，嘗鬱鬱歎息。原本作"惜"，據《廣記》二百六十五校改。因有詩謝淮南寄天柱茶，其落句云："粗官乞與真抛卻，賴有詩情合得嘗。"意以節將爲粗官也。鎮許昌日，幕吏咸集，令其子具橐鞬，參諸幕客。幕客怪驚，八座曰："俾渠消災。"時人以爲輕薄也。原本脫"也"字，據商本校增。蓋不得本分官，矯此以見志，非輕薄乎？原本作"也"，據商本校改。（孫光憲《北夢瑣言》卷四，見《宋人詩話外編》第 3 頁）

長安舊俗，以不歷臺省出領廉車節鎮者，率呼爲粗官，大率重內而輕外。（宋尤袤《全唐詩話》卷四，見《歷代詩話》第 170 頁）

按，粗官：原泛指武官。既可做謙詞，又可作譏語，相當於今軍人自稱"大老粗"之類。"粗"同"麄""麤"。宋趙昇《朝野類要》卷二《稱謂》："麄官：武臣及軍官之自謙，或以爲譏。"因唐、宋節度使多爲武將，故"粗官"又爲節度使之別稱。宋張耒《明道雜志》云："嘉祐中……仁宗初盛怒，作色待之，既進見，迎謂之曰：'豈欲論張堯佐不當授節度使耶？節度使本麄官，何用甚爭？'時唐質肅公作御史裏行，最在眾人後，越次而前曰：'節度使，太祖、太宗摠曾作來，恐非麄官。'上竦然，而堯佐此命竟罷。"[1] 其中，"粗官"爲節度使之別稱，《漢語大詞典》（9/207）未及。

（五）馬軍

今三衙有殿帥、馬帥、步帥。馬帥俗呼馬軍。杜詩"洗盞開嘗對馬軍"，唐已有此語。（《趙彥衛詩話》，見《宋詩話全編》第 6745 頁）

按，出自《雲麓漫鈔》卷十[2]。馬軍：本指"騎兵"。後作爲"統率騎兵的將領"即"馬帥"的異稱。《宋史全文》卷二十六上《宋孝宗五》："丁酉

---

① （宋）張耒：《明道雜誌》，商務印書館《叢書集成初編》本，1939 年版，第 22 頁。
② （宋）趙彥衛撰，傅根清點校：《雲麓漫鈔》，中華書局 1996 年版，第 165 頁。

淳熙四年春正月庚申，樞密院進呈馬帥吳拱按正將馬彥恭，輒役人船，船載馬草，已降充副將。”

（六）蒼頭

《隨筆》云：今人呼蒼頭爲將軍，其事本爲彭寵爲奴所縛，謂妻曰："趣爲將軍治裝。"注："呼奴爲將軍，欲其赦已也。"僕謂此說固是，然觀《陳勝傳》：將軍呂臣爲蒼頭軍。是則語蒼頭爲將軍，亦已久矣。又衛青爲奴，後爲大將軍。唐至德後官爵虛濫，大將軍告身才易一醉，至有朝士僮僕衣金紫而身執賤役者。故岑參歌曰："紫綬金章左右趨，問著即是蒼頭奴。"李商隱詩曰："廝養爲將軍。"則知蒼頭奴爲將軍事甚多。又按《前漢·鮑宣傳》"蒼頭廬兒"注："漢名奴爲蒼頭。"知此名起於漢矣。觀《後漢注》：秦人呼爲黔首，謂奴爲蒼頭者，以別於良人。又知蒼頭之名，自秦已然。又讀《戰國策》，魏有蒼頭軍二十萬，又知蒼頭之名，不但秦也，他國亦然。"蒼頭廬兒"，解在《鮑宣傳》，而顏師古注《蕭望之傳》，謂在《貢禹傳》，誤矣。（王楙《野客叢書》卷二十三，見《宋人詩話外編》第 1102 頁）

按，蒼頭：本指奴僕，因歷史上許多諸如衛青這樣的大將軍出身於奴僕，故後又作爲"將軍"的異名。宋洪邁《容齋隨筆》卷七《將軍官稱》："《前漢書·百官表》：'將軍皆周末官，秦因之。'予案《國語》：'鄭文公以詹伯爲將軍。'又：'吳夫差十旌一將軍。'《左傳》：'豈將軍食之而有不足。'《檀弓》：'衛將軍。'《文子》：'魯使慎子爲將軍。'然則其名久矣。彭寵爲奴所縛，呼其妻，曰：'趣爲諸將軍辦裝。'《東漢書》注云：'呼奴爲將軍，欲其赦已也。'今吳人語猶謂小蒼頭爲將軍，蓋本諸此。"[1] 又"蒼頭"的同義詞"廝養"，也可作"將軍"異稱。唐李商隱《行次西郊作一百韻》詩曰："廝養爲將軍。"清馮浩《玉谿生詩箋注》："《戰國策》：士大夫之所匼，廝養士之所竊。鮑注曰：廝，折薪養馬者。《史記》：武臣爲趙王，間出，爲燕所得，張耳、陳餘

---

① （宋）洪邁撰，孔凡禮點校：《容齋隨筆》，中華書局 2005 年版，第 90—91 頁。

患之。有廝養卒說燕，乃歸趙王。"①《漢語大詞典》（9/508）"蒼頭"條下，當補入"將軍"義。

四、衣冠服飾類

（一）水田衣

袈裟，名水田衣，又名稻畦帔。王維詩："乞飯從香積，裁衣學水田。"王少伯詩："手巾花氎净，香帔稻畦成。"袈裟，《內典》作𧛹𧘖。蓋西域以毛為之，又名逍遥服，又名無塵衣。（《楊慎詩話》，見《明詩話全編》第 2797 頁）

按，出自《升菴全集》卷七十三《水田衣》②。水田衣：袈裟的異稱。因或繡作方格，或以方形布塊連綴而成，宛如稻畦，故稱。亦稱"稻田衣""稻畦帔""田相衣""田衣""福田衣"，皆由此得名。清錢大昕《十駕齋養新錄》卷十六《水田衣》："釋子以袈裟爲水田衣。今杭州神尼塔下有唐杭州刺史盧元輔磨厓刻七言詩，首句云'水田十里學袈裟'。阮亭'水田一帶學僧衣'之句，蓋本於此。"③慈怡《佛光大辭典》五畫"田衣"條："袈裟之別稱。又作水田衣、田相衣。即以袈裟之橫豎割截成片而後縫綴，猶如田畔之狀，故稱田衣。"④

（二）袙腹

段成式《漢上題襟集》，與溫庭筠倡和詩章，皆務用僻事。其中一絶云："柳雪煙梅隱青樓，殘日黃鸝語未休。見說自能裁袙腹，不知誰

---

① （唐）李商隱著，清馮浩注，王步高、劉林輯校匯評：《李商隱全集》（上冊），珠海出版社 2002 年版，第 106 頁。
② （明）楊慎：《升庵全集》，王雲五主編：《萬有文庫》第二集七百種，商務印書館 1937 年版，第 959 頁。
③ 陳文和主編：《嘉定錢大昕全集》（柒），江蘇古籍出版社 1997 年版，第 449 頁。
④ 慈怡法師主編：《佛光大辭典》，商務印書館 1935 年版，第 391 頁。

更著帕頭。"按梁王筠詩《詠裁衣》有云：裲襠雙心共一抹，袙腹兩邊作八撮。襻帶雖安不忍縫，開孔裁穿猶未達。"其曰袙腹者，今之裹肚也。(《楊慎詩話》，見《明詩話全編》第 2775 頁)

　　襪，女人脅衣也。隋煬帝詩："錦袖淮南舞，寶襪楚宮腰。"盧照鄰詩"倡家寶襪蛟龍被"是也。或謂起自楊妃，出于小說偽書，不可信也。崔豹《古今注》謂之腰綵，注引《左傳》"袙服"，謂日日近身衣也。是春秋之世已有之，豈始于唐乎？沈約詩："領上蒲桃繡，腰中合歡綺。"謝偃詩："細風吹寶襪，輕露濕紅紗。"(明楊慎《升菴詩話》卷十四，見《歷代詩話續編》第 925 頁)

　　按，首條出自《升菴全集》卷六十《袙腹帕頭》①。袙腹：亦作"袹腹""袙複"，古代婦女的貼身內衣。因每日穿且"橫帕其腹"而得名。《廣雅·釋器》："裲襠謂之袙腹。"王念孫疏證："《釋名》云：'裲襠，其一當胸，其一當背也。帕腹，橫陌其腹也。'帕與袙同。"②《玉臺新詠·王筠〈行路難〉》作"袙複"。《說文·衣部》："袙，日日所常衣。"《玉篇·衣部》："袙，女秩切，近身衣也，日日所著衣。"後又稱"寶襪""腰綵""腰巾""襪肚""齊襠""抹胸""裹肚"等，雖名稱各異，形式有別，但均爲貼身內衣。五代馬縞《中華古今注》卷中《襪肚》："襪肚蓋文王所製也，謂之腰巾，但以繒爲之；宮女以綵爲之，名曰腰綵。至漢武帝以四帶，名曰襪肚。至靈帝賜宮人蹙金絲合勝襪肚，亦名齊襠。"③清褚稼軒《堅瓠丙集》卷一《襪》："襪，婦人脅服也，……謝偃詩：'細風吹寶襪，輕露濕紅紗。'意俗所謂抹胸也。崔豹《古今注》：'襪謂之腰綵。'引《左傳》'袙服戲於朝'，近身衣也。腰綵疑即暖腰之類。唐段成式云：'見說自能裁袙肚，不知誰更著帕頭。'注：'袙肚，今之裹肚也。'"④"裹肚"一

---

① (明)楊慎：《升庵全集》，王雲五主編：《萬有文庫》第二集七百種，商務印書館 1937 年版，第 767 頁。
② (清)王念孫著，鐘宇訊點校：《廣雅疏證》，中華書局 1983 年版，第 232 頁。
③ (五代)馬縞：《中華古今注》，商務印書館《叢書集成初編》本，1939 年版，第 23 頁。
④ (清)褚人獲輯撰，李夢生校點：《堅瓠集》，上海古籍出版社《清代筆記小說大觀》本，2007 年版，第 822 頁。

詞，從唐代始，一直沿用至今。安徽博物館藏敦煌卷子二娘子家書："素紫羅裹肚一條，亦與阿姊。"① 宋陳長方《步裹客談》卷下："承平時，茶酒班殿侍，繫四五重顏色裹肚。……今不復繫如許裹肚，但有義帶數條耳。"尚秉和《歷代社會風俗事物考》卷五《身服》："宋時裹肚今云兜兜。《老學庵筆記》：'裹肚則紫地皂繡。'按，褥袴不帛，以其爲褻衣也。裹肚則愈褻矣，施之以繡，殆非古也。"② 元曲《後庭花》第二折［牧羊關］："你與我置一頂紗皂頭巾，截一幅大紅裹肚。"詳見顧學頡、王學奇《元曲釋詞》（一）"裹肚"條③。今人景爾強言"關中地區稱兜肚爲裹肚"④。

（三）芮溫

"棉"爲"芮溫"。（清袁枚《隨園詩話》卷九，第 321 頁）

按，芮溫：棉絮的別稱。關於得名之由有三說：一說"芮"通"頓"。明方以智《通雅》卷三十七《衣服・芮溫絮纊也》："呂覽《必己》篇：'不食穀食，不衣芮溫。'注以爲'絮'，蓋言絮纊細耎也。《列子》'瞀芮'注：芮，細也，或曰芮溫，古人直借芮呼絮耳。《褚遂良傳》芮芮興，則茹茹、蠕蠕音軟也，可証軟絮通轉。"⑤ 清孫詒讓《札迻》卷二："案'芮'疑卽'頓'之假字。"⑥ 芮：《廣韻》而銳切，日母祭韻去聲，月部。頓，同"軟"：《廣韻》而兗切，日母獮韻上聲，元部。二字聲母相同，月元對轉，故音近可通。絮：《廣韻》息據切，心母御韻去聲，魚部。"軟"與"絮"聲母爲鄰紐，元魚對轉可通，故"古人直借芮呼絮"。一說"芮"通"靹"。蔣禮鴻《義府續貂・芮》："案：《玉篇》：'靹，奴答切，靹耎也。'《廣韻》入聲二十七合韻：'靹，腝兒。'芮義與靹同。"⑦ 一說"芮"通"熱"。楊

---

① 黃征、張湧泉校注：《敦煌變文校注》，中華書局 1997 年版，第 427 頁。

② 尚秉和：《歷代社會風俗事物考》，江蘇古籍出版社 2002 年版，第 55 頁。

③ 顧學頡、王學奇：《元曲釋詞》（一），中國社會科學出版社 1983 年版，第 700—701 頁。

④ 景爾強：《關中方言詞語彙釋》，陝西人民出版社 1999 年版，第 119 頁。

⑤ （明）方以智：《通雅》，《景印文淵閣四庫全書》第 857 冊，第 717 頁。

⑥ （清）孫詒讓撰，雪克、陳野校點：《札迻》，齊魯書社 1989 年版，第 60—61 頁。

⑦ 吳熊和主編：《蔣禮鴻集》第二卷，浙江教育出版社 2001 年版，第 141 頁。

樹達《積微居讀書記·讀〈呂氏春秋〉札記》：" '芮' 當讀爲 '熱'，'芮'
從內聲，'熱' 從埶聲，內聲埶聲之字多通作。"① 以上三說，從意義和語
音上都能解釋得通，但孫氏和楊氏之說，較爲迂曲，而蔣氏說則明晰直
接。"芮" 與 "䎃" 二字都從 "內" 得聲，音近義通，皆爲 "柔軟" 義，
而棉絮正因具有 "柔軟、溫暖" 的特點，故以 "芮溫" 代稱。"芮溫" 一詞，
《漢語大詞典》未收。

五、日用器具類

（一）熱升

又摘其《贖出典裘》斷句云："老妻見故衣，開箱色先喜。姬人持
熱升，殷勤熨袖底。無奈縐痕深，熨之不肯起。"……熨斗名 "熱升"，
見《庶物異名疏》。（清袁枚《隨園詩話補遺》卷四，第 652 頁）

按，熱升：即熨斗，一種燙平衣服的金屬器具。因加熱升溫的特點，故
名。據說，"熱升" 本是一種盛羹的銅器。清王棠《燕在閣知新錄》："按金
斗熱升皆盛羹之銅器，斗升以大小言，大如斗，小如升也，今盛羹不復聞此
名。"因其燙手的特點，故後作爲炮烙之刑的起源。東漢許慎《淮南鴻烈解》：
" '炮烙生乎熱升'。庖人進羹於紂，熱，以爲惡，以熱升殺之。趙國升可以
殺人，故起炮烙。"宋高承《事物紀原》卷八《熨斗》："《帝王世紀》曰：紂
欲作重刑，乃先作大熨斗，以火熨之，使人舉，手輒爛，與妲己爲戲笑。今
人以伸帛者，其遺意也。"②"熨斗" 又稱 "金斗"。唐白居易《繚綾》："廣裁
衫袖長製裙，金斗熨波刀剪紋。"又稱 "火斗"。《太平御覽》卷七百一十二
引漢服虔《通俗文》言："火斗曰熨。"可見，今天燙衣服的熨斗是從盛羹的
銅器，再到刑具演變而來的。

---

① 楊樹達：《積微居讀書記》，上海古籍出版社 2006 年版，第 238 頁。

② （宋）高承撰，（明）李果訂：《事物紀原》，商務印書館《叢書集成初編》本，1937 年版，
第 289 頁。

（二）挾提

"箸"爲"挾提"。（清袁枚《隨園詩話》卷九，第 321 頁）

按，挾提：筷子的別稱。"挾"，一作"梜"，《禮記·曲禮上》："羹之有
菜者用梜，其無菜者不用梜。"鄭玄注："梜，猶箸也。今人或謂箸爲梜提。"
陸德明釋文："梜，古協反。沈又音甲，《字林》作筴。"《廣雅·釋器》："筴
謂之箸。"一說"梜提"之"提"，讀若"匙"，可參看第三章"朱提"條。
故"挾提"，偏義複合詞。清錢繹《方言箋疏》卷十三："顏師古《急就篇》[卷
三]注云：'梜所以夾食也。'然則'梜梩'猶《弟子職》之'梜枇'矣。'梩'、'提'、
'鍉'，並與'匙'同。"① 一說"梜提"之"提"，是某種前綴的後移。今人
丁邦新等言"泰語稱'筷子'爲 taʔ kiap7，與上古漢語'梜'字音密切對應"②。
邢公畹進一步提出"漢朝人稱'箸'爲'梜提'kiap-di g，這 di g 很可能是
某種前綴的後置易位（相似於漢語語法史上大名小名的後置易位）。泰語的
前綴 taʔ 來源很多，很複雜，但它留下了一點模糊的痕跡，泰語 taʔ 後面帶
k- 聲母的語詞往往可以跟一個漢語帶舌尖音 t-、d- 聲母的語詞相對應"③。又
"挾""梜""筴"皆从"夾"得聲，"夾"有"夾取"義，故現代一些學者認
爲"挾提"爲"箸"，是因筷子的功能，即挾住再提起而得名。

（三）懸火、扇隤

"提燈"爲"懸火"，"風箱"爲"扇隤"。（清袁枚《隨園詩話》卷九，
第 321 頁）

按，懸火：手持及車上所懸之燈火，又稱"懸鐙"。這是用部分代整体。
《招魂》："懸火延起兮，玄顏蒸。"王逸注："懸火，懸鐙也。言己時從君夜獵。
懸鐙林木之中。"蔣天樞《楚辭校釋·招魂傳》第五："縣火，蓋謂人所手持

---

① （清）錢繹撰集，李發舜、黃建中點校：《方言箋疏》，中華書局 1991 年版，第 507 頁。
② 丁邦新等：《漢藏語同源詞研究（二）：漢藏、苗瑤同源詞專題研究》，廣西民族出版社
2001 年版，第 96 頁。
③ 邢公畹：《漢語遇、蟹、止、效、流五攝的一些字在侗台語裡的對應》，《語言研究》1983
年第 1 期。

及車上所縣鐙。古銅器中有'行鐙'，壽縣出土行鐙，體圓三足，有柄旁出，盤中有錐形者三，用以植燭。所言'縣火'指此。"① 因"懸"與"提"義近，故亦名"提燈"。《正字通·金部》："鐙，亦作燈，俗作灯。"明楊慎《升菴全集》卷七十二《冥火懸火》："《文選》：'冥火，夜火也。'《楚辭》'懸火'，今之提燈也。《六韜》'雲火'，施於雲梯之上者。"②

扇隤：一種簸揚穀、米的木製農具，由風箱和能轉動的葉片組成，故名"風箱"。這是用部分代整體形成的異稱。西漢史游《急就篇》卷三："碓磑扇隤春簸揚。"顏師古注："扇，扇車也。隤，扇車之道也⋯⋯隤之言墜也，言旣扇之，且令墜下也。"亦名"搊箱"。清黃六鴻《福惠全書·錢穀部》卷八："漕項，倉收陋弊。按開征之時⋯⋯總須日日在倉，多置搊箱斗斛，以便速收。"③ 詳見孫書安《中國博物別名大辭典》④。

（四）竹夫人

> 東坡寄柳子玉云："聞道床頭惟竹几，夫人應不解卿卿！"又送竹几與謝秀才云："留我同行木上座，贈君無語竹夫人。"蓋俗謂竹几爲竹夫人也。山谷云："竹夫人迺涼寐竹器，憩臂休膝，非夫人之職，而冬夏青青，竹之所長，故爲名曰竹奴。嘗作詩曰：'穠李四弦風拂席，昭華三弄月侵床。我無紅袖堪妖夜，正要青奴一味涼'。"李穠、昭華貴人家兩女奴也。張文潛后作《竹夫人傳》。（《總龜前》二十七）（宋王直方《王直方詩話》，見《宋詩話輯佚》第 73 頁）

按，竹夫人：即"竹几"，一種用竹編成，夏天床席間用來消暑的工具，亦名"竹夾膝""竹奴"。又因其冬夏長青，故又稱"青奴"。其中稱"夫

---

① 蔣天樞：《楚辭校釋》，上海古籍出版社 1989 年版，第 296 頁。

② （明）楊慎：《升庵全集》，王雲五主編：《萬有文庫》第二集七百種，商務印書 1937 年版，第 938 頁。

③ （清）黃六鴻：《福惠全書》，《四庫未收書輯刊》（三輯·拾玖冊），北京出版社 2000 年版，第 98 頁。

④ 孫書安：《中國博物別名大辭典》，北京出版社 2000 年版，第 131 頁。

人”、稱“奴”皆爲一種擬稱。清曹庭棟《老老恒言》卷四《枕》：“竹編如枕，圓長而疏漏者，俗謂之竹夫人，又曰竹几，亦以枕膝。……有名竹夾膝者，取貓頭大竹，削而光之，置諸寢，其用同於竹夫人。”① 清趙翼《陔餘叢考》卷三十三《竹夫人湯婆子》：“編竹爲筒，空其中而竅其外，暑時置牀席間，可以憩手足，取其輕涼也，俗謂之竹夫人。按：陸龜蒙有《竹夾膝》詩，《天祿識餘》以爲卽此器也。然曰夾膝，則尚未有夫人之稱，其名蓋起于宋時。”② 可見，“竹夫人”之稱起於宋時，至今仍有其稱。《江蘇省志·民俗志·納涼器具》：“蘇南部分地區有懷抱‘竹夫人’（又稱‘竹姬’，女子稱其爲‘竹奴’或‘青奴’）入眠的習慣。”③ 此外，“青奴”又是“錢幣”的代稱。錢幣供人驅使，故稱。如宋吳炯《贈劉義仲》：“少日縈心但黃嬭，暮年使鬼欠青奴。”詳見管俊林、顧佩琴《風物稱謂典例大觀》④ 張拱貴《漢語委婉語詞典》⑤ 鄭恢《事物異名分類詞典》⑥。

（五）銀床

　　《冷齋夜話》云：“《謁玄元廟》詩云：‘風箏吹玉柱，露井凍銀牀。’許彦周云：‘嘉祐中，河濱漁者，網得一小石，石上刻一小詩云：雨滴空堦曉，無心換夕香，井梧花落盡，一半在銀床。銀牀，井欄也。不知誰作。’”（宋胡仔《苕溪漁隱叢話前集》第 41 頁）

　　謝玄暉《詠銅爵臺》詩曰：“繐幄飄井幹，尊酒若平生。”五臣注《文選》曰：“銅爵臺一名井幹樓。”觀國按：《史記》，始皇幽母咸陽宮，諫者輒殺於井幹闕下。又《史記》曰：“漢武帝立井幹樓，高五十丈。”《漢書·郊祀志》曰：“武帝立井幹樓，高五十丈。”顏師古注曰：“井幹樓，

① （清）曹庭棟撰，楊柏柳等注釋：《老老恒言》，內蒙古科學技術出版社 2002 年版，第 172 頁。
② （清）趙翼：《陔餘叢考》，中華書局 1957 年版，第 707—708 頁。
③ 江蘇省地方誌編纂委員會編：《江蘇省志民俗志》，江蘇古籍出版社 2002 年版，第 196 頁。
④ 管俊林、顧佩琴：《風物稱謂典例大觀》，上海文化出版社 1992 年版，第 264 頁。
⑤ 張拱貴：《漢語委婉語詞典》，北京語言文化大學出版社 1996 年版，第 217 頁。
⑥ 鄭恢：《事物異名分類詞典》，黑龍江人民出版社 2002 年版，第 246 頁。

積木而高爲樓，若井幹之形也。井幹者，井上木欄也，其形或四角，或八角。"然則秦爲井幹闕，而漢武帝爲井幹樓也。謝玄暉詩，蓋言緫幰飄於銅爵臺上，若井幹之高也。魏武帝作銅爵臺，魏都鄴，銅爵臺在鄴中，而井幹樓在咸陽，銅爵臺未嘗有井幹之名，而五臣謂一名井幹樓者，誤矣。幹音寒，井幹又謂之銀床，皆井欄也。古詩曰："後園鑿井銀作床。"杜子美詩曰："露井凍銀床。"是也。魏武帝遺令，施緫帳於銅爵臺上，朝晡設脯糒之屬，向帳作妓樂，望吾西陵。故謝玄暉詩云"樽酒若平生"者，謂此也。（王觀國《學林》卷八，見《宋人詩話外編》第 482 頁）

按，銀床：亦稱"井欄""井幹"，舊說爲井口四周之圍欄。井：《說文·井部》："八家一井，象構韓形。"段玉裁注："韓（幹），井上木闌也，其形四角或八角，又謂之銀床。"幹：《類編·軟部》："井垣。"《古今韻會舉要·十四寒與歡通》："幹……井幹，井上木欄也。字亦作韓，其行四角或八角。又謂之銀床，皆井欄也。"《莊子·秋水》："出跳樑乎井幹之上，入休乎缺甃之崖。"成玄英疏："幹，井欄也。"但"井口四周之圍欄"義放之它句則不通。如南朝梁蕭綱《雙桐生空井》："還看西子照，銀床牽轆轤。"唐駱賓王《久戍邊城有懷京邑》："寶帳垂連理，銀床轉轆轤。"李賀《後園鑿井歌》："井上轆轤床上轉，水聲繁，絲聲淺。"元張適《題宮人汲井圖》："轆轤聲轉銀床滑，望斷君恩似井深。"據此，有學者提出"銀床"當爲"井上轆轤架"。清吳景旭《歷代詩話》卷五十八辛集四《銀床》："蘇東坡詩：'露帳銀牀初破睡。'吳旦生曰：唐人謂井上木欄曰金井欄，如太白詩'絡緯秋啼金井欄'是也。又曰銀牀。如子美詩'露井凍銀牀'是也。《名義考》云：'銀牀非欄，蓋轆轤架也。'《廣韻》：'轆、轤，井圓轉木也，用以汲水。《喪大記》：'以緋繞碑間之鹿盧。'南人謂之油葫蘆，北人謂之滑車。余觀古舞曲之言，《淮南王》云：'後園鑿井銀作牀，金瓶素綆汲寒漿。'則此說良是。要皆指井而爲言也。東坡用作臥息之牀，恐誤。然觀令狐詩：'玉箸千行落，銀牀一半空。'則自唐時已誤作空牀用矣。"[1] 關於"轆轤架"之說，詳見武麗梅《質

---

[1] （清）吳景旭：《歷代詩話》，中華書局 1958 年版，第 871 頁。

疑"床"的"井上圍欄"義》①。

（六）飲器

陳子高云："我亦快飲月氏頭。"《史記》：匈奴破月氏，以其頭爲飲器。《春秋後語》：智伯圍趙襄子，智伯大敗，漆其頭爲飲器。《漢·張騫傳》晉灼注：爲虎子。周官玉府掌褻器。鄭司農注：虎子也。魏蘇則爲侍中，親省起居，執虎子。吉茂嘲之曰："仕宦不已執虎子。"（朱翌《猗覺寮雜記》卷上，見《宋人詩話外編》第 414 頁）

按，《史記·大宛列傳》："是時天子問匈奴降者，皆言匈奴破月氏王，以其頭爲飲器。"《集解》引晉灼曰："飲器，虎子之屬也。"飲器：便壺。匈奴以月氏王頭爲飲器的典故，在詩文中常見。如宋陸游《秋月曲》："丈夫志在垂不朽，漆胡骷髏持飲器。"又因便壺形作伏虎狀，故名"虎子"。《周禮·天官·玉府》："掌王之燕衣服、衽席、牀第，凡褻器。"漢鄭玄注："褻器，清器、虎子之屬。"孫詒讓正義："虎子，盛溺器，亦漢時俗語。"清嘉慶七年《直隸太倉州志》卷十七《風土下·急須》："沈括《忘懷錄》：行具有虎子、急須。《菽園雜記》注飲器，謂溺器也。"唐代爲避唐高祖李淵祖父的名諱，而將"虎子"稱爲"馬子"。宋趙彥衛《雲麓漫鈔》卷四："《西京雜記》：李廣與兄弟共獵於冥山之北，見臥虎，射之卽斃，斷其髑髏，以爲枕，示服猛也；鑄銅象其形爲溲器，示獸辱之也。故漢人目溷器爲虎子，鄭司農注《周禮》，有是言。唐人諱虎，改爲馬，今人云廁馬子者是也。"② 現在民間依舊稱便器爲"馬桶"。

六、娛樂遊戲類

（一）手談、坐隱

圍棋世稱爲"手談"，又曰"坐隱"二字，蓋晉人語也，可入詩。（明

俞弁《逸老堂詩話》卷下，見《歷代詩話續編》第 1328 頁）

按，手談，坐隱：圍棋的異稱。二詞形象概括了下圍棋人的情態動作。北魏酈道元《水經注》卷二十二《渠沙水》："故《語林》曰：王中郎以圍棋爲'坐隱'，或亦謂之爲'手談'，又謂之爲'棋聖'。"① 清梁章鉅《浪跡三談》卷一《觀奕軒雜錄》："劉義慶《世說》云：'王中郎以圍棋爲坐隱，支公以圍棋爲手談。'按，王中郎者，王坦之也。在哀制中，客來，即用方幅爲會戲，故曰坐隱。支公者，支遁也。又《群仙傳》云：'王積薪夜宿村店，聞隔壁圍棋，及明視之，則無棋局，問之，乃手談也。'又按《顏氏家訓》云：'圍棋有手談、坐穩之目，頗爲雅戲，但令人耽愦，廢喪實多，不可常也。'則知此語由來尚矣。"② "手談""坐隱"二詞，詩歌中常見。如宋釋惠洪《即事》："目誦自應引睡，手談聊復解紛。"黃庭堅《弈棋二首呈任漸》其一："坐隱不知岩穴樂，手談勝與俗人言。"

（二）蹙融、樗蒱

弈棋取一道，人行五子，謂之"蹙融"。"融"者，戎也，生于黃帝蹙鞠戎旅之間爲戲耳。庚元規曰："蹙戎者，今之蹙融也。漢謂之'格五'，取五子相格之義以名之耳。"樗蒱起自老子，今謂之"呼盧"，取純色而勝之之義以名之耳。（宋張表臣《珊瑚鈎詩話》卷二，見《歷代詩話》第 461 頁）

魯直詩云："眼見人情如格五，心知外物等朝三。"又云："肉食傾人如出九，藜羹飯我等朝三。"兩聯之意，雖不相遠，然似不若前句之無斧鑿痕也。《漢書》，吾邱壽王以善格五待詔，劉德謂格五棋，行以塞法。《齊書》沈文季善塞，其法用五子，沈存中《筆談》云："格五即今之蹙融，其法以己常有餘，而致敵人於險。"《酉陽雜俎》亦云："於棋局中各用五子，共行一道，以角遲速。則格五也，塞也，蹙融也，名雖不同，其

---

① （北魏）酈道元：《水經注》，時代文藝出版社 2001 年版，第 174 頁。

② （清）梁章鉅撰，陈铁民等點校：《浪跡叢談續談三談》，中華書局 1981 年版，第 402 頁。

制一而已。”（宋葛立方《韻語陽秋》卷十七，見《歷代詩話》第 623 頁）

按，蹙融：古代的一種弈戲。“融”讀爲“戎”，因起於“黃帝蹙鞠戎旅之間”，故稱“蹙戎”。唐李匡乂《資暇集》卷中《蹙融》：“今有奕局，取一道人，行五綦，謂之蹙融。‘融’宜作‘戎’。此戲生於黃帝蹙鞠，意在軍戎也。殊非‘圓融’之義。虞元規著《座右方》，所言‘蹙戎’者，今之‘蹙融’也。”①又稱“格五”，始見於漢代。關於“格五”之“格”，一說爲“各”，一說爲“止”，二說皆有據。清徐鼒《讀書雜釋》卷十二《格五》：“《漢書·吾丘壽王傳》：‘年少，以善格五召待詔。’注引孟康曰：‘格音各，行伍相各，故言各’；劉德曰：‘格五，棊行。《簺法》曰：‘簺白乘五，至五格不得行，故曰格五。’不得其說。按鮑宏《簺經》曰：‘簺有四采，塞四乘五，至五即格不得行，故謂之格五。’注云：‘白乘五’，當是‘四乘五’之譌。”②清厲荃等《事物異名錄》卷二十六《玩戲部·格五》：“按格，止也，謂所至無過五處。五外，即止不得行，故曰格五。”③又因行棋阻塞對方，故謂之“塞”，“塞”通“簺”。《說文·竹部》：“行棊相塞故謂之簺。”

樗蒱：古代一種擲骰的博戲。其骰子共五個，每子兩面，一面爲黑，一面爲白。“樗蒱”，或作“摴蒱”“樗蒲”。《廣韻·模韻》：“摴，摴蒱，戲也。《博物志》曰：‘老子入胡作摴蒱。’”唐李肇《唐國史補》卷下：“洛陽令崔師本，又好爲古之樗蒲。其法：三分其子三百六十，限以二關，人執六馬；其骰五枚，分上爲黑，下爲白。黑者刻二爲犢，白者刻二爲雉。擲之全黑者爲盧，其采十六；二雉三黑爲雉，其采十四；二犢三白爲犢，其采十；全白爲白，其采八；四者貴采也。開爲十二，塞爲十一，塔爲五，禿爲四，撅爲三，梟爲二：六者雜采也，貴采得連擲，得打馬，得過關，餘采則否。新加進九退六兩采。”④五子全黑，稱爲“盧”，希望擲以全黑而得到頭彩時，就大呼

---

① （唐）李匡乂：《資暇集》，商務印書館《叢書集成初編》本，1939 年版，第 16 頁。
② （清）徐鼒：《讀書雜釋》，《續修四庫全書》第 1161 冊，第 553 頁。
③ （清）厲荃輯，關槐增輯：《事物異名錄》，《續修四庫全書》第 1253 冊，第 62 頁。
④ （唐）李肇撰，曹中孚校點：《唐國史補》，上海古籍出版社《唐五代筆記小說大觀》本，2000 年版，第 198 頁。

"盧",故此戲又稱"呼盧"。《晉書·劉毅傳》:"毅次擲得雉,大喜,褰衣繞床,叫謂同坐曰:'非不能盧,不事此耳。'裕惡之,因接五木久之,曰:'老兄試爲卿答。'既而四子俱黑,其一子轉躍未定,裕厲聲喝之,即成盧焉。"又因刻木爲子,故稱"五木"。尚秉和《歷代社會風俗事物考》卷四十《各種遊戲·博具考》:"漢馬融有《樗蒲賦》。樗蒲者,博之變名,而五木最重。《樗蒲經》云:'古者烏曹作博,以五木爲子。'《山堂肆考》云:'樗蒲以五木爲子。'《晉書·劉毅傳》:'喝五木成盧。'《世說》:'袁彥道屬色擲去五木。'《國史補》:'用骰五枚擲之。'李習之集有《五木經》注云:'樗蒲,古戲,其投有五,故白呼爲五木,以木爲之。'是以五木爲樗蒲主要具而名之也。"①

(三)拋堶

《帝王世紀》及《逸士傳》載,帝堯之時,天下大和,有八九十老人,擊壤而歌於康衢,其詞曰:"日出而作,日入而息,鑿井而飲,耕田而食,帝何力於我哉?"初不知壤爲何物,因觀《藝經》云,壤以木爲之,前廣後銳,長尺四寸,闊三寸,其形如履。將戲,先側一壤於地,遠三四十步,以手中壤擊之,中者爲上。蓋古戲也。(宋葛立方《韻語陽秋》卷十七,見《歷代詩話》第 626 頁)

宋世,寒食有拋堶之戲,兒童飛瓦石之戲,若今之打瓦也。梅都官《禁烟》詩:"窈窕踏歌相把袂,輕浮賭勝各飛堶。"堶,七禾切。或云起於堯民之擊壤。(明楊慎《升菴詩話》卷五,見《歷代詩話續編》第 731 頁)

《丹鉛錄》:"宋世有拋堶之戲。"《正韵》曰:"七禾切"。或曰:"起於尧民之擊壤。"梅聖俞《禁烟》詩:"窈窕踏歌相把袂,輕浮賭勝各飛堶。"疑即北方兒童之戲,所謂"打陀羅"也。錢牧齋:"高會堂八百字,拔河羣作隊堞堶巧相當。"自註云:"拋磚戲。"(清宋長白《柳亭詩話》卷二十八,第 386 頁)

按,拋堶:古代的一种投擲游戲。《玉篇·土部》:"堶,徒禾切,飛塼

---

① 尚秉和:《歷代社會風俗事物考》,江蘇古籍出版社 2002 年版,第 357 頁。

也。”“塿”亦作“垛”。清趙翼《春興》：“自笑童心除未盡，拔河抛垛尚能
嬉。”“抛塿”，又稱“飛塿”“打瓦”。這種遊戲起源於帝堯時的“擊壤”。晉
皇甫謐《高士傳》卷上《壤父》：“壤父者，堯時人也。帝堯之世，天下太和，
百姓無事。壤父年八十餘，而擊壤於道中，觀者曰：‘大哉！帝之德也。’壤
父曰：‘吾日出而作，日入而息，鑿井而飲，耕田而食，帝何德於我哉！’”①
據此，宋車若水《腳氣集》認爲“壤即泥也”②，甚是。這種遊戲“最初是從
事農作的初民藉以謝土報社的俗信活動，蘊含在遊戲外表中的内核是對土
地神的膜拜”③，後這種俗信的成份淡化，並逐漸消失，其遊戲工具開始用木
塊、木棒代替，且多集中在寒食或清明時節舉行。清俞樾《茶香室三鈔》卷
二十二《擊壤》引明劉侗《帝京景物略》云：“小兒以木二寸，製如棗核，
置地而棒之，一擊令起，隨一擊令遠，以近爲負，曰‘打枊枊’，古所稱擊
壤者耶？”④ 枊：《說文·木部》：“棓也。”即棒，木杖。後甚至出現瓦石、磚
塊之類作爲遊戲的工具，進而演變成“抛塿”“抛磚”“打瓦”“打陀螺”之說。

七、花草竹木類

（一）辛夷

　　苕溪漁隱曰：“《感春詩》：‘辛夷花高開最先。’洪慶善注云：‘辛夷
高數丈，江南地暖，正月開；北地寒，二月開。初發如筆，北人呼爲木
筆。其花最早，南人呼爲迎春。’余觀木筆、迎春，自是兩種。木筆色
紫，迎春色白。木筆叢生，二月方開；迎春樹高，立春已開。然則辛
夷，乃此花耳。”（宋胡仔《苕溪漁隱叢話後集》第 73 頁）
　　按，辛夷：因其花苞形似荑，且其味辛香，故稱。屈原《楚辭·九歌》：
“乘赤豹兮從文貍，辛夷者兮結桂旗。”王逸注：“辛夷，香草也。”梁陶弘

---

① 　（晉）皇甫謐：《高士傳》，《四部備要》第 46 冊，中華書局 1989 年版，第 6 頁。
② 　（宋）車若水：《腳氣集》，《景印文淵閣四庫全書》第 865 冊，第 521 頁。
③ 　完顏紹元：《中國風俗之謎》，上海辭書出版社 2002 年版，第 414 頁。
④ 　（清）俞樾：《茶香室叢鈔》，中華書局 1995 年版，第 1324 頁。

景《本草經集注》卷三《草木上品》："今出丹陽近道，形如桃子，小時氣辛香，即《離騷》所呼辛夷者也。"①"辛夷"，亦作"新雉"。《文選·揚雄〈甘泉賦〉》："平原唐其壇曼兮，列新雉於林薄。"李善注："服虔曰：'新雉，香草也。'雉、夷聲相近，新雉，新夷也。"夷：上古音爲喻母脂部平聲。雉：上古音爲定母脂部上聲。二字聲母符合曾運乾所說的"喻四歸定"，故音同可通。其花有紅、紫、白三種。明李時珍《本草綱目》卷三十四《木部一·辛夷》引宗奭（《本草衍義》）言："花有桃紅、紫色兩種。"② 同卷時珍曰："夷者荑也。其苞初生如荑而味辛也。……亦有白色者，人呼爲玉蘭。"③ 清李漁《閒情偶寄》卷五《種植部·木本第一》："辛夷，木筆，望春花，一卉而數異其名，又無甚新奇可取。'名有餘而實不足'者，此類是也。園亭極廣，無一不備者方可植之，不則當爲此花藏拙。"④ 因其花剛綻開時像木筆頭，故稱"木筆"；又因花開最早，故稱"迎春""望春"。《畿輔通志》卷七十二《輿地略》二十七《方言》："辛夷，唐人亦名爲玉蕊，今保定人呼爲白木筆花。"⑤ 又名"彤管"，這是"'辛夷花'（木筆花）的一種形象的比喻說法"⑥。故"木筆""迎春""望春""玉蕊""玉蘭""彤管"等，都是"辛夷"的不同稱呼。

（二）朝天紫

朝天子，本蜀牡丹，花色正紫，如金紫大夫之服，故名朝天紫。後人以爲曲名，今以"紫"作"子"，非也。見陸游《牡丹譜》。（曹學佺《蜀中詩話》卷四，見《全明詩話》第 4145 頁）

按，朝天紫：牡丹的異稱。因紫色如夫人服，即紫金衣之類，故稱。清

---

① （梁）陶弘景編輯，尚志鈞、尚元勝輯校：《本草經集注》（輯校本），人民衛生出版社1994年版，第257頁。
② （明）李時珍著，陈贵廷等點校：《本草綱目》，中醫古籍出版社1994年版，第824頁。
③ （明）李時珍著，陈贵廷等點校：《本草綱目》，中醫古籍出版社1994年版，第824頁。
④ （清）李漁著，單錦珩校點：《閒情偶寄》，浙江古籍出版社1985年版，第246頁。
⑤ 李洪章等修：《畿輔通志》，河北人民出版社1989年版，第348頁。
⑥ 嚴修：《釋〈詩經·靜女〉中的"彤管"》，《學術月刊》1980年第6期。

嘉慶《寧國府志》卷十八《花之品》："曰牡丹……紫者爲朝天紫。"

（三）護門草

太公金匱："武王問曰：'天下神來甚衆，何以待之。'太公曰：'請樹槐於門，益者入。'"

王筠詩："霜被守宮槐，風驚護門草。"按常山有百靈草，取置戶下，或有非物過其門者，草輒叱之，因以爲名，守宮槐，見《爾雅》，其葉晝聶宵炕。（清宋長白《柳亭詩話》卷六，第 159 頁）

按，護門草：傳說中的神草。唐段成式《酉陽雜俎》前集卷十九《草篇·護門草》："護門草，常山北，草名護門，置諸門上，夜有人一曰物過，輒叱之。"①亦稱"百靈草""神護草"。明李時珍《本草綱目》卷二十一《草部十一·名醫別錄·神護草》："《別録曰》生常山北。八月採。可使獨守，叱咄人，寇盜不敢入門。（時珍曰）物類志謂之護門草，名靈草。彼人以置門上，人衣過，草必叱之。'"②《恒山志·物志》引《神農本草》言："恒山有草名神護，置之門上，每夜叱之。"③又因形如"裸麥"，故名"麥門冬"。清嘉慶十五年《揚州府志》卷六十一《麥門冬》："形如裸麥，護門草也，一名百靈草。"

（四）馬攔頭

汪研香司馬攝上海縣篆，臨去，同官餞別江湄，村童以馬攔頭獻。

某守備賦詩云："欲識黎民攀戀意，村童爭獻馬攔頭。""馬攔頭"者，野菜名，京師所謂"十家香"也。用之贈行篇，便爾有情。（清袁枚《隨園詩話補遺》卷四，第 672 頁）

按，馬攔頭：亦名"十家香"，既可作野菜，又可作草藥。其中"馬"有"大"義，"攔"諧音"蘭"，其葉似"蘭"，"頭"指其嫩莖和嫩葉，故其"頭"常被摘去作爲蔬菜食用。"馬攔頭"一詞，把這種野菜特點展現得淋漓

---

① （唐）段成式撰，方南生點校：《酉陽雜俎》，中華書局 1981 年版，第 187 頁。
② （明）李時珍著，陈贵廷等點校：《本草綱目》，中醫古籍出版社 1994 年版，第 605 頁。
③ 《恒山志》標點組：《恒山志》，山西人民出版社 1986 年版，第 108 頁。

盡致。元李杲《食物本草·馬攔頭（食葉）》："二三月叢生，熟食。又可作
齏。"① 明李時珍《本草綱目》卷十四《草部三·馬蘭》："其葉似蘭而大，其
花似菊而紫，故名。俗稱物之大者爲馬也。"② 民國十五年《甘泉縣續志》卷
七上《物產考上》："馬攔頭即馬蘭頭，葉似蘭而大，其花似菊花紫。"一作"馬
藍頭"。崔山佳《寧波方言詞語考釋》"馬蘭頭"條引《土風錄》卷四言："草
名有馬藍頭，可食……俗以摘取莖葉，故謂之頭，如草頭、香椿頭、黃連頭
之類。"③ 人們依據其形態特徵、品質特色等因素，利用擬物、諧音、比喻等
多種手段，先後命名了二三十個不同的稱謂。詳見張平真《中國蔬菜名稱考
釋》"馬蘭"條④。

（五）翠菅

水蔥，生水中，如蔥而中空，又名翠管。王維詩"水驚波兮翠菅靡"
是也。此草可爲席。《唐六典》："東牟郡，歲貢蔥席六領。"（《楊慎詩話》，
見《明詩話全編》第 2808 頁）

按，出自《升菴全集》卷八十《翠菅》⑤。"翠管"當作"翠菅"。翠菅：
又名水蔥，一種生長在淺水中的蔥類植物，可以織席，稱爲"水蔥席"。《新
唐書·地理志二》："登州東牟郡，中都督府……土貢：貲布、水蔥席、石
器。"清雍正《山東通志》卷二十四《水蔥席》："水蔥，草也，中虛似食蔥，
可爲席，登亦有之，而萊爲多。"又可製成扇子。光緒《重修天津府志》卷
二十六《水蔥》："形長色碧可爲扇。"光緒十七年《吉林通志》卷三十三《食
貨志六·物產上·草屬》："燈心草，即水蔥，生水中，如蔥而長，可爲席，
今但織作團扇，曰蒲扇。"此外，還有多種稱呼。謝宗萬、余友芩《全國中

---

① （元）李杲編輯，鄭金生等校點：《食物本草》，中國醫藥科技出版社 1990 年版，第
　441 頁。
② （明）李時珍：《本草綱目》，中醫古籍出版社 1994 年版，第 395 頁。
③ 崔山佳：《寧波方言詞語考釋》，巴蜀書社 2007 年版，第 378 頁。
④ 張平真：《中國蔬菜名稱考釋》，北京燕山出版社 2006 年版，第 352 頁。
⑤ （明）楊慎：《升庵全集》，王雲五主編：《萬有文庫》第二集七百種，商務印書館 1937 年
　版，第 1057 頁。

草藥名鑒》"水蔥"條："莞《詩經》，苻蘺《爾雅》，莞蒲《爾雅注》，夫蘺
《說文》，夫離《楚辭注》，小蒲《詩箋》，蒽蒲《漢書注》，白蒲《爾雅義疏》，
翠菅《丹鉛總錄》，水丈蔥《藥材學》，翠菅草《滿洲植錄》，太蘭《食用植
物圖說》，水蔥薦草《東檢》。"①

（六）筀竹

石介詩："斷霞半赭燕脂木，零露偏留筀竹叢。"筀竹，蜀中產，蜀
甸國尤多。《玉篇》："筀，古惠切，竹名。"傷人則死，其竹又名防露，
言其上密防露，下疏來風。見《竹譜》。（《楊慎詩話》，見《明詩話全編》
第 2809 頁）

按，出自《升菴全集》卷八十《筀竹》②。筀竹：亦作"桂竹"，因產於桂
陽，故稱。《山海經·中山經》："又東七十里，曰丙山，多筀竹。"清郝懿行
箋疏："筀亦當爲桂，桂陽所生竹，因以爲名也。"③ 此竹又產於廣東、福建、
浙江等地，特點是較爲鋒利堅硬，可作器物。南宋寶慶《會稽續志》卷四《筀
竹》："越中俱有，而剡爲多。字書曰：'筀，竹名也。'有早竹、晚竹、緜竹。
梅聖俞詩'侵天筀竹溪西東。'"清道光《樂清縣志》卷十五《物產·竹類》："筀
竹，隆慶《志》：有早筀、晚筀，堅可爲篾。《廣東新語》：葉細節疏，宜作篾絲。鄧元
錫《函史》：又可刺船。《紹興府志》：篍竹，即筀竹。"因此竹表面有斑點，又名"斑竹"。
明萬曆二十二年《望江縣志》卷四《斑竹》："《博物志》：'洞庭二女，以涕揮竹，
其竹盡斑。'本處竹有點者，亦曰'斑竹'。"民國《息烽縣志》卷二十二《方
物志·植物部·竹類》："筀竹，即今貴州人通呼之斑竹也。"因此竹枝葉細
密，又稱"防露"。清乾隆《汀州府志》卷八《物產·竹之屬》："筀竹，性堅，
色蒼白，可破絲織器，《山經注》曰：筀竹大者圍二尺、長四丈。石介詩：'斷
霞半赭燕支木，零露偏留筀竹叢。'又名防露，言其上密防露，下疏來風。"

---

① 謝宗萬、余友芩：《全國中草藥名鑒》，人民衛生出版社 1996 年版，第 1056 頁。
② （明）楊慎：《升庵全集》，王雲五主編：《萬有文庫》第二集七百種，商務印書館 1937 年
版，第 1060 頁。
③ 袁珂校注：《山海經校注》（增補修訂本），巴蜀書社 1993 年版，第 215 頁。

道光二年《廣東通志》卷九十七《桂竹》："按，桂竹，古之筀竹。石介詩：'斷霞半赭燕支木，零露偏菑筀竹叢。'蓋其葉密防露，故又名防露竹。今揭陽人多取以製器，甚精巧。"因此竹味苦，五月生，故名"黃侯竹""五月筀"。清光緒四年《江陰縣志》卷十《筀竹》："俗名黃侯竹，五月生，筍味苦。"嘉慶七年《直隸太倉州志》卷十七《物產·太倉州·竹之屬》："筀竹，俗呼五月筀，筍味稍苦。"又因出自"倭國"，故名"倭竹"。民國十一年《南漳縣志》卷四《竹類有筀》："一名倭竹，種出倭國。"

（七）越桃

越桃，栀子也。劉禹錫《詠栀子花》詩云："蜀國花已盡，越桃花始開。色疑瓊樹倚，香似玉京來。"（《楊慎詩話》，見《明詩話全編》第 2836 頁）

按，出自《升菴外集》卷九十九《植物·越桃》。"越桃"因形像酒杯，故又叫"栀子"。"栀子"本作"卮子"，"卮"爲古代酒器。《玉篇·卮部》："卮，之移切，酒漿器也，受四升。"明李時珍《本草綱目》卷三十六《木部三·卮子》："卮，酒器也。卮子象之，故名，俗作栀。"① 此花，佛家又稱爲"薝蔔花"。宋陶穀《清異錄》卷下《居室門·薝蔔館》："按《本草》：'栀子，一名木丹，一名越桃，'然正是西域薝蔔。"② 宋陳景沂《全芳備祖》前集卷二十二《花部·薝蔔花》："'薝蔔，栀子花也，與雪皆六出坡詩註'。'凡草木花五出，而薝蔔六出《韓詩外傳》'。'諸花少六出者，惟栀子六出。陶貞白曰郎薝蔔花白也《酉陽雜俎》'。'如人入薝蔔林中，聞薝蔔香，不聞他香《佛書》'。'樓石山多栀子《名山志》'。'望氣占人家黃氣者，栀子樹也《境地圖》'。"清道光《貴陽府志》卷四十七《食貨略》第五之四《土物》："栀子，即薝蔔花，一名越桃花，白色，作苞時瓣紐結，純綠可玩，放後清香襲人，小者名海栀子。""薝蔔"又作"瞻博""占婆"等，皆爲一詞的不同書寫形式。唐玄應《一切經音義》卷二十一："瞻博花。舊言旆簸迦，或作詹波花，亦作瞻蔔，又作占婆花，皆方夏之差耳……樹形高大，花亦甚香，其氣逐風彌遠也。"

---

① （明）李時珍著，陈贵廷等點校：《本草綱目》，中醫古籍出版社 1994 年版，第 886 頁。

② 朱易安、傅璿琮：《全宋筆記》（第一編·二），大象出版社 2003 年版，第 70 頁。

（八）盧橘

　　嶺外以枇杷爲盧橘子，故東坡云："盧橘楊梅次第新。"又："南村諸楊北村盧，白花青葉冬不枯。"唐子西亦云："盧橘，枇把，一物也。"按《上林賦》"盧橘夏熟"，李善引應劭云：《伊尹書》曰：箕山之東，有盧橘夏熟。晉灼曰：盧，黑也。《上林賦》又別出枇杷，恐非一物。枇杷熟則黃，不應云盧。《初學記》：張勃《吳錄》曰：建安有橘，冬月於樹上覆裹之。明年春夏，色變青黑，味絕美。繼云：《上林賦》"盧橘夏熟"。又《太平御覽》載《魏王花木志》：蜀士有給客橙，似橘而小，若柚而香。冬夏花實相繼，亦名盧橘。又載郭璞注《上林賦》"盧橘夏熟"：蜀中有給客橙，即此橘也。考二事，則非枇杷甚明。東坡、子西但見嶺外所呼故云耳。惠洪《冷齋夜話》亦辨之，但未詳。（朱翌《猗覺寮雜記》卷上，見《宋人詩話外編》第 398—399 頁）

　　按，盧橘：非枇杷，當是"給客橙""壺橘""金橘""金柑"之別稱。"盧橘"因色黑而得名，故亦稱"黑橘"。《史記·司馬相如列傳》："於是乎盧橘夏熟。"索隱："案，《廣州記》云：'盧橘皮厚，大小如甘酢，多九月結實，正赤，明年二月更青黑，夏熟。'《吳錄》云：'建安有橘，冬月樹上覆裹。明年夏，色變青黑，其味甚甘美。'盧即黑色是也。"從"盧"聲之字，皆有黑義。清杭世駿《訂譌類編》卷六《盧橘非枇杷》："北人凡言黑皆曰盧。盧溝，溝水黑者也。盧橘亦是橘之色黑者，非枇杷也。"[1]清王念孫《廣雅疏證》卷八上《釋器》："黑土謂之'壚'，黑犬謂之'獹'，目童子謂之'矑'，黑弓謂之'旅弓'，黑矢謂之'旅矢'，黑水謂之'瀘水'，黑橘謂之'盧橘'，義並同也。"[2]因"芳香如橙，可供給客"，亦名"給客橙"。後魏賈思勰《齊民要術》卷十《橙》："郭璞曰：蜀中有給客橙，似橘而小，若柚而芳香，夏秋華實相繼。或如彈丸，或如手指。通歲食之，亦名盧橘。"[3]清道光二年《廣東通志》卷

---

① （清）杭世駿撰，陳抗點校：《訂譌類編續補》，中華書局 1997 年版，第 199 頁。

② （清）王念孫著，鍾宇訊點校：《廣雅疏證》，中華書局 1983 年版，第 274 頁。

③ （北魏）賈思勰原著，繆啟愉校釋，繆桂龍參校：《齊民要術校釋》，農業出版社 1982 年版，第 578 頁。

九十五："給客橙者，其芳香如橙，可供給客也。"又名"壺橘"。元陶宗儀《南村輟耕錄》卷二十六《盧橘》："世人多用盧橘以稱枇杷。按司馬相如《遊獵賦》云：'盧橘夏熟，黃柑橙楱，枇杷撚而善切。柿。'夫盧橘與枇杷並列，則盧橘非枇杷明矣。郭璞注：'蜀中有給客橙，冬夏花實相繼，通歲食之，謂卽盧橘也。'意者橙橘惟熟於冬，而盧橘夏亦熟，故舉以爲重歟？唐三體詩裴庾注云：'《廣州記》：盧橘皮厚，大如柑，酢多，至夏熟，土人呼爲壺橘，又曰盧橘。'"① 又因成熟時顏色變黃，猶如黃金，故亦稱"金橘"。明李時珍《本草綱目》卷三十《果部二·金橘》："此橘生時青盧色，黃熟則如金，故有金橘、盧橘之名。盧，黑色也。或云盧，酒器之名，其形肖之故也。"② 此物直到今天還見於湖南一帶。黃本驥《湖南方物志》："司馬相如《上林賦》：'黃甘橘楱。'楱，音湊。張揖曰：'小橘也，出武陵。'今黔陽有之，與橘無異，特甚小耳。《涪翁雜說》疑楱卽今之金橘，非是。金橘卽《上林賦》之'盧橘'，未熟色黑名'盧橘'，既熟色黃名'金橘'。金橘長而酢，其味在皮；此橘扁而甘，其味在肉。"③

（九）蒼官

　　《金陵》詩云："歲晚蒼官聊自保，日高青女尚橫陳。"蒼官謂松也。（馬永卿《懶真子》卷四，見《宋人詩話外編》第 386 頁）

　　按，蒼官：松或柏的代稱。史載，秦始皇登泰山，避雨松下，故封松爲五大夫。武則天封柏爲五品大夫。又松柏四季長青，故稱松或柏爲蒼官。晉張華《博物志》："松曰蒼官。"唐樊宗師《絳守居園池記》："又東騫窮角池，研云曰柏，有柏蒼官青士擁列，與槐朋友。"清道光《續修寧羌州志》目錄《柏》："一名蒼官，一名掬。"詳見楊蔭深《事物掌故叢談·花草竹木·松柏》④。《漢語大詞典》(9/506) 首引宋梅堯臣《寄題絳守園池》詩，時間過晚。

---

① （元）陶宗儀：《南村輟耕錄》，中華書局 1959 年版，第 324 頁。
② （明）李時珍著，陈贵廷等點校：《本草綱目》，中醫古籍出版社 1994 年版，第 762 頁。
③ 黃本驥：《湖南方物志》，嶽麓書社 1985 年版，第 125 頁。
④ 楊蔭深：《事物掌故叢談》，上海書店 1986 年版，第 706—707 頁。

八、蟲鳥禽獸類

（一）顛當

顛當窩深如蚓穴，網絲其中，土蓋與地平，大如榆莢，常仰枵其蓋，伺蠅蟲蛾過輒翻蓋捕之，纔入復閉，與地一色，並無絲障可尋也。《爾雅》謂之王蛈蜴，《鬼谷子》謂之蛈母。秦中兒童戲曰："顛當顛當牢守門，蠨蛸寇汝無處奔。"范成大六言詩曰："恐妨胡蝶同夢，笑倩顛當守門。"唐劉崇遠《金華子》云："京師兒童以草臨此蟲穴呼之，謂之釣駱駝。須臾此蟲出穴。有明經劉寡辭曰：'此即《爾雅》王蛈蜴也。'時人服其博識。浙中謂之釣背蟲，其行酷似駱駝也。"蛈母，一作蛈鬼。（明楊慎《升菴詩話》卷十四，見《歷代詩話續編》第922頁）

按，顛當：蟲名，一种生活在地下的小蜘蛛。聲訛爲"丁當"。清道光七年《續修桐城縣志》卷二十二《物產志·蟲之屬》："顛當，一名土蜘蛛，似蛛而足較長，穴土爲巢，布網作蓋以覆穴口，伺蠅蟲蛾過輒翻蓋捕之，入穴復閉。人向其穴口呼之曰'顛當顛當開門'，則蛛出，盤旋走數周而復入。或訛顛爲丁，聲相近也。"因其背形似駝峯，故稱"釣駱駝""釣背蟲""駝背蟲"。民國二十四年《新城縣志》卷十九《地物篇·庶物》："顛當，劉崇遠《金華子》云：'長安裏中小兒，常以纖草刺地穴，共邀勝負，以手撫地曰"顛當出來"，既見草動，則釣出赤色小蟲，形似蜘蛛，江南小兒謂之"釣駱駝"，其蟲背有若駝峯然也。'今案，此蟲狀一如金華子所云，今驗此蟲穴，於堅硬地上，大如蟻穴，郝氏謂'穴沙爲居'，非也。兒童嘗以髮繫蟻，納入穴中釣之，境內處處有之；又有一種在沙土上旋轉，一坑如錢大小，兒以絲線繫蟻，在其坑中旋動，即有小土鱉出食之，形如鱉土色，大小不一，然亦不知何名也。此二者皆書中所不經見。"此外，又有多個異名。或稱"蛈母"。《鬼谷子·內揵》："若蛈母之從其子也。"南朝梁陶弘景注："蛈母，蝪蟷也，似蜘蛛，在穴中，有蓋。"或稱"蝪蟷""蛈蟷"。"蝪蟷""蛈蟷"乃"顛當"之聲轉。明李時珍《本草綱目》卷四十《蟲部·蝪蟷《拾遺》》："[釋名] 蛈蜴爾雅顛當蟲拾遺蛈母綱目土蜘蛛。[藏器曰]蝪蟷，(音室當)。爾雅作蛈蜴，(音迭湯)，今轉爲顛當蟲，河北呼爲蛈蟷，(音任唐)。

鬼谷子謂之蛈母。"① 清同治《會理州志》卷十《風土志·物產·蟲之屬》:"土蜘蛛，別名曰蛈蜴，曰顛當，曰蠮蠮，曰蛈母，穴土作網者。"一說因此蟲形似"易字"，故又名"蛈蜴"。明張萱《疑耀》卷二《易字義》:"《爾雅·釋蟲》有曰'王蛈蜴'者，注:'即蠮蠮也，似蜘蛛，居穴中，吐絲網穴口，有足，江北人呼爲蛈蜴。'余謂其形實象易字，故亦曰蜴。而從勿不從月者，象其足也。"②

（二）鬼彈

《左思別傳》云:"思作《三都賦》，疾中猶改《蜀都賦》。云:'金馬電發于高岡，碧山振翼而雲披;鬼彈飛丸以礌磕，火井騰光而赫曦。'"今本無"鬼丸"句。《水經注》:"瀘水傍瘴氣，特惡。氣中有物，不見其形。其作有聲，中木則折，中人則害。名曰鬼彈。"（《曹學佺詩話》，見《明詩話全編》第 7615 頁）

按，出自《蜀中廣記》卷一百一十《詩話記》第一。鬼彈:"瘴氣"的異稱。因其能於無形中摧折樹木，使人中毒而病，故稱。晉干寶《搜神記》卷十二:"漢永昌郡不違縣有禁水，水有毒氣，唯十一月、十二月差可渡涉。自正月至十月不可渡，渡輒病，殺人。其氣中有惡物，不見其形。其似有聲，如有所投擊。內中木則折，中人則害。土俗號爲鬼彈。"亦名"枹槍""水狐""溪鬼""水虎""短狐""射影""射人蟲""水鏡""射工""含沙""溪毒""水弩"等。清光緒《永昌府·雜記志》卷六十二《瘴母》:"瀾滄江，歲五、六月中，江中有物，色如霜，光如火，聲如折木破石，觸之則死，或云'瘴母'，《文選》謂之'鬼彈'，《內典》謂之'禁水'。此惟江邊有之，郡治絕無。"詳見清厲荃等《事物異名錄》卷三十九《昆蟲部上·蜮》③。

（三）篆愁君

臨川李善寧之子，十歲能即席賦詩。親友嘗以《貧家壁》試之，

---

① （明）李時珍:《本草綱目》，中醫古籍出版社 1994 年版，第 965 頁。

② （明）張萱撰:《疑耀》，商務印書館《叢書集成初編》本，1939 年版，第 29 頁。

③ （清）厲荃輯，關槐增輯:《事物異名錄》，《續修四庫全書》第 1253 冊，第 224 頁。

暑不構思，吟曰："椒氣從何得？燈光鑿處分。拖涎來藻飾，惟有篆愁君。"拖涎，指蝸牛也。（郭子章《豫章詩話》卷五，見《全明詩話》第2325頁）

按，上述文字，亦見於宋陶穀《清異録》卷上《蟲·篆愁君》①。篆愁君：因蝸牛所行處，留下的粘液痕跡如篆文一樣，故代稱"蝸牛"。又因蝸牛爬行，分泌粘液，以便於身體移動，故稱"拖涎"。亦名"旱螺蝸""蛞蝓""蜓蚰"。元至順《鎮江志》卷四《土產·蟲》："蝸牛，俗呼爲旱螺蝸一作瓜，蛞蝓而負殼者也，蛞蝓，俗呼爲蜓蚰。""蜓蚰"，亦作"蜓蝣"，得名於"身有涎，好游下濕處"。明彭大翼《山堂肆考》卷二百二十八《昆蟲·蛞蝓》："蛞蝓，俗呼涎牛，又名蜓蝣，身有涎，好游下濕處，頭有二角，如蝸牛而無殼。"

（四）蟢子

權德輿詩："昨夜裙帶解，今朝蟢子飛。鉛華不可弃，莫是槁砧歸？"韓翃詩："少婦比來多遠望，應知蟢子上衣巾。"俗說：裙帶解，有酒食；蟢子緣人衣，有喜事。其來蓋遠。《東山》"蠨蛸"疏云：蠨蛸，小蜘蛛長腳者，俗名蟢子，荊州、河南名喜母，着人衣，主有親客至。久入《三百篇》注腳矣。遞叟。（胡震亨《唐音癸籤》卷二十，見《全明詩話》第3738頁）

按，蟢子：小蜘蛛。因常作爲喜樂之瑞，故稱。南朝梁劉勰②《劉子》卷三《鄙名》："今野人晝見蟢子者，以爲有喜樂之瑞。"又因身小足長，故稱"長跂"。五代馬縞《中華古今注》卷下《長跂》："蠨蛸也。身小足長，故謂長跂。小蜘蛛，長腳也，俗呼爲蟢子。"③ 此外，亦名"蠨蛸""親客""鼅鼄"。《詩經·豳風·東山》："伊威在室，蠨蛸在戶。"毛傳："蠨蛸，長踦也。"三國陸璣疏："一名長腳，荊州河市人謂之喜母。此蟲來著人衣，當有親客至，有喜也。幽州人謂之親客。亦如蜘蛛，爲網羅居之。"元至順《鎮江志》卷四

---

① 朱易安、傅璿琮：《全宋筆記》（第一編·二），大象出版社2003年版，第61頁。

② 《劉子》一書，一說爲北齊劉晝著。

③ （五代）馬縞：《中華古今注》，商務印書館《叢書集成初編》本，1939年版，第35頁。

《土產·蟲》："龍竈，性巧，善結網取飛蟲以充食。《爾雅翼》：在地中布網者名土蜘蛛，絡幕草上名草蜘蛛，又一種名蟢子，能捕蠅者曰蠅虎。"

（五）批頰

鶷鶡者，催明之鳥，京西謂之夏雞。（黃震《黃氏日鈔》卷六十一，見《宋人詩話外編》第 1419 頁）

唐盧延遜詩："樹上諮諏批頰鳥，窗間壁剝叩頭蟲。"王半山詩："翳林窺搏黍，藉草聽批頰。"元人《送春》詩："批頰穿林叫新綠。"韓致光①《春恨》詩云："殘夢依依酒力餘，城頭批頰伴啼烏。平明乍捲西樓幕，院靜初聞放轆轤。"批頰蓋鳥名，但不詳爲何形狀耳。或曰即鶷鶡也，催明之鳥，一名夏雞，俗名隔陘雞。（明楊慎《升菴詩話》卷五，見《歷代詩話續編》第 721—722 頁）

按，批頰：一種小黑鳥，似鳩。又名"鶷鶡""夏雞""催明鳥""鵙鳩""鷑鳩""祝鳩""烏臼""駕犁""榨油郎""鐵鸚鵡""鳳凰皂隸"等。明李時珍《本草綱目》卷四十九《禽部三·伯勞》："鵙鳩，《爾雅》名鷑鳩，音批及，又曰鷝鴜，音匹汲，戴勝也。一曰鶷鶡，訛作批頰鳥。羅願曰：即祝鳩也。江東謂之烏臼，音匊，又曰鴉鵙。小於烏，能逐烏。三月即鳴，今俗謂之駕犁，農人以爲候。五更輒鳴，曰架架格格，至曙乃止。故滇人呼爲榨油郎，亦曰鐵鸚鵡。能啄鷹鶻烏鵲，乃隼屬也。南人呼爲鳳凰皂隸，汴人呼爲夏雞。"②"鶷鶡"又稱"紫山""紫火"。明田藝蘅《留青日札》卷三十一《姊規》："古鶷鶡，一名夏雞，至蠶侯乃鳴者。俗曰紫山、紫火，亦因其聲也。"③一說，"批頰"就是"周燕"，即"杜鵑""子規"，俗名"鐵夾燕"。清鄒漢勳《南高平物產記·批頰鳥》："俗名鐵夾燕。尾岐長如夾，大如畫眉。頭有毛冠，色黑。所巢之處，鷹隼不敢近；人至其旁，亦飛來啄之。盧延遜詩：'樹上諮諏批頰鳥。'王安石詩：'藉草聽批頰。'皆目是鳥。《爾雅》：'鳾，周燕。'《呂

---

① "韓致光"即"韓偓"。
② （明）李時珍著，陈贵廷等點校：《本草綱目》，中醫古籍出版社 1994 年版，第 1109 頁。
③ （明）田藝蘅：《留青日札》，上海古籍出版社 1985 年版，第 996 頁。

氏春秋》：'肉之美者，周燕之膵。'《說文》：'鷾，周燕也。从屮，象其冠。'案：批頰岐尾，有燕名，鷾字从屮，象毛冠，則周燕即批頰無疑。"①

（六）潮鷄

唐李德裕詩："三更津吏報潮鷄。"《臨海異物志》云："石鷄清響以應潮，慧驅輕逝以遠繫。"石鷄，即潮鷄也。（《楊慎詩話》，見《明詩話全編》第 2810—2811 頁）

按，出自《升菴全集》卷八十一《潮鷄》②。南朝梁顧野王《輿地志》："移風縣有鷄，雄鳴，長且清，如吹角，每潮至則鳴，故呼爲潮鷄。"唐李德裕《謫嶺南道中作》："五月畬田收火米，三更津吏報潮鷄。"又稱"石鷄"。多活動於海中山石而得名。《太平御覽》卷六十八《石鷄清響以應潮》注引《臨海異物志》："石鷄形似家鷄，在海中山上，每潮水將至，輒群鳴相應，若家鷄之向晨也。"明李時珍《本草綱目》卷四十八《禽部二·鷄》："鷄類甚多……南海一種石鷄，潮至即鳴。"③清屈大均《廣東新語》卷二十《禽語·諸鷄》："有石鷄，特小，亦曰潮鷄，潮長則鳴，其聲長則清，有如吹角。李德裕詩：'三更津吏報潮鷄。'予詩：'石鷄聲若吹角，知是海潮來。'又云：'海氣夜成潮，潮鷄唱沈寥。'"④又因其發出"ka，ka，ka，ka，ka，ka-la"似的叫聲，故稱"嘎嘎鷄""尕拉鷄"。《青海省志·物產志·野生動物》："石鷄，別名嘎嘎鷄、紅腿鷄、尕拉鷄。"⑤

（七）衛

宋高英秀好譏病古人詩，如謂杜荀鶴"今日偶題題便著，不知題後

---

① （清）鄒漢勳：《南高平物產記》，嶽麓書社 1986 年版，第 6—7 頁。
② （明）楊慎：《升庵全集》，王雲五主編：《萬有文庫》第二集七百種，商務印書館 1937 年版，第 1071 頁。
③ （明）李時珍：《本草綱目》，中醫古籍出版社 1994 年版，第 1077 頁。
④ （清）屈大均：《廣東新語》，中華書局 1985 年版，第 523 頁。
⑤ 青海省地方誌編纂委員會：《青海省志》，黃山書社 2000 年版，第 100 頁

更誰題"，此衛子詩也。不然安有四蹄？予不知衛子爲何物？及讀《張
表臣詩話》曰："呼驢曰衛。"不知所本，豈衛地多驢邪？然後知衛爲驢
也。（安磐《頤山詩話》，見《全明詩話》第 815—816 頁）

按，衛：驢的異稱。其命名理據，除了以地名代之說外，另有三說：一說
以好乘驢人之姓代之。宋高承《事物紀原》卷十《衛子》："世云衛靈公好乘
驢車，故世目驢爲衛子。或曰晉衛玠好乘跛驢爲戲，當時稱驢爲衛子以譏玠，
故有塞衛之稱。塞，跛也。"[1] 一說因驢形似衛士。唐李匡乂《資暇集》卷下《驢
爲衛》："或說以其有軸有槽，譬如諸衛有胄曹也，因目爲衛。自前漢有直盧，郎吏
居之。今則衛士處之，至今紫宸宣政殿外皆有盧舍，以宿衛士是也。"[2] 一說得名於"鴻臚"官
之保衛職責。"驢"與"臚"皆从"盧"得聲，音近義通。清況周頤《餐櫻廡
隨筆·驢別稱"衛"考》："北魏關勝《誦德碑》凡'鴻臚'字，並作'鴻驢'。
考'鴻臚'，即秦典客之官，掌諸侯及蠻夷降者。'鴻驢'云者，謂凡屬附之國，
舉有保衛之責歟？《正字通》云：'驢鳴以正午及五更初，不舛漏刻。'鴻臚之
職，主傳聲贊導。曰鴻驢者，取其宣達以時歟？亦作'鴻盧'。見《唐書·和
逢堯傳》。"[3] 從其可靠性來看，地名代之說較爲接近事實，其他三說，爲"流
俗詞源"。

第二節　同物異名的來源

一、來自古語詞

一種事物往往會隨着時代的發展而改稱換名，但該事物的性質特徵卻不
會改變，故不同時期對同一事物的不同稱呼之間就形成了異名的關係。

---

[1] （宋）高承撰，（明）李果訂：《事物紀原》，商務印書館《叢書集成初編》本，1937 年版，
第 401 頁。

[2] （唐）李匡乂：《資暇集》，商務印書館《叢書集成初編》本，1939 年版，第 21 頁。

[3] 清況周頤著，張秉戌選編：《蕙風簃小品》，北京出版社 1998 年版，第 170 頁。

（一）牙儈

　　前世所稱駔儈，駔子黨切，今人謂之牙。韓文公贈玉川詩曰："水北山人得名聲，去年去作幕下士；水南山人又繼往，鞍馬僕從塞間裏；少室山人索價高，兩以諫官招不起。"又云："先生抱才須大用，宰相未許終不仕。"王向子直謂韓公與處士作牙。牙，商度物價也。駔儈爲牙者，世不曉所謂。道原云："本謂之互，即互市事爾。唐人書互字作乒，乒似牙字，因轉讀爲牙。"其理如可信。或云：何得舉世同辭？蓋不足怪。今人以爲萬爲万，以千爲ノ，亦人人道之也。《貢父詩話》（宋阮閱《詩話總龜前集》第 19 頁）

　　按，不同時期對貿易中介人有不同的稱呼，正如《中國商業百科全書》言："先秦及漢代貿易仲介人稱駔、駔儈，唐、五代稱牙、牙郎、牙儈，宋元明清又有引領百姓、經紀、行老之稱，一般稱之爲牙人，明代嘉靖（1522—1566）時始稱行。"[1] 關於"牙"爲什麼會成爲"買賣的中間人"？眾說紛紜。一說"牙"是"互"的形訛。如宋孔平仲《談苑》卷五《駔驗》、宋吳曾《能改齋漫錄》卷四"辨誤·牙郎"、元陶宗儀《南村輟耕錄》卷十一"牙郎"等都持此種意見。一說"牙"與"互"音近可通。《易·大畜》："六五，豶豕之牙。"陸德明釋文："之牙，鄭讀爲互○盧云古牙互通用。"牙：上古音爲疑母魚部平聲。互：上古音爲匣母魚部去聲。故二字音近可通。一說"'牙'字已含'交互'義，不必通'互'"[2]。《漢書·劉向傳》："宗族盤互。"顏注："盤結而交互也。（互）字或作牙，謂若犬牙交入之意也。"清趙翼《陔餘叢考》卷三十八《牙郎》："《輟耕錄》云：今人謂駔儈曰牙郎，其實乃互郎，主互市者也。按此說本劉貢父《詩話》：駔儈爲牙，世不曉所謂。道原云：本謂之互，即互市耳。唐人書互作牙，牙互相似，故訛也。然《舊唐書·安祿山傳》：祿山初爲互市牙郎，則唐時互與牙已屬兩字。"[3] 這進一步說明"牙"

① 《中國商業百科全書》編輯委員會、中國大百科全書出版社編輯部編：《中國商業百科全書》，中國大百科全書出版社 1993 年版，第 565 頁。

② 鄧季方：《"牙郎"之"牙"考辨》，《古漢語研究》1992 年第 3 期。

③ （清）趙翼：《陔餘叢考》，商務印書館 1957 年版，第 836 頁。

或"互"於義均通，不必音近而通。

（二）木綿花

唐李商隱詩："木綿花發鷓鴣飛。"又王叡詩："紙錢飛出木綿花。"南中木綿，樹大盈抱，花紅似山茶而蕊黃，花片極厚，非江南所藝者。張勃吳録云："交趾安定縣有木綿樹，實如酒杯口，有綿可作布。"按此即今之班枝花，雲南阿迷州有之，嶺南尤多，汪廣洋有《班枝花曲》。（《楊慎詩話》，見《明詩話全編》第 2806 頁）

按，出自《升菴全集》卷七十九《木綿》①。"木綿"，一般來說，分爲草本和木本兩種。明李時珍《本草綱目》卷三十六《木部三·木綿》："木綿有草、木二種。交廣木綿，樹大如抱。其枝似桐。其葉大如胡桃葉。入秋開花，紅似山茶花，黃蕊，花片極厚，爲房甚繁，短側相比。結實大如拳；實中有白綿，綿中有子。今人謂之斑枝花，訛爲攀枝花。"②"木綿花"之"綿"，今通作"棉"。明謝肇淛《五雜組》卷十《物部二》："棉花雖有草木二種，總謂之木棉花，其實木種者，迺班枝花，非棉花也。"③ 故後來所言的"班枝花"，準確來說是木本木棉的異稱。"班枝"，又作"攀枝"、"斑芝"、"斑支"。明王世懋《閩部疏》言："木棉花者，高樹丹花若茶，吐實蓬蓬，吳中所謂攀枝花也。"④ 清陳淏子《花鏡》卷三《花木類考》："攀枝花，一名木棉，産於南越，樹類梧桐，高四、五丈，葉類桃而稍大，花似山茶，開時殷紅如錦，結實大如酒盃，絮吐於口，卽攀枝花。"⑤ 光緒《臺灣通志·物產二·草木類》："斑芝花，一作斑支。《鳳山縣志》。謹按，《廣東肇慶府志》云：'木棉花，一名攀枝花，以吉貝苗接烏柏根結花爲綿。'据《臺灣府志》謂'斑支'，或作'攀枝'，

---

① （明）楊慎：《升菴全集》，王雲五主編：《萬有文庫》第二集七百種，商務印書館 1937 年版，第 1047 頁。

② （明）李時珍著，陳貴廷等點校：《本草綱目》，中醫古籍出版社 1994 年版，第 906 頁。

③ （明）謝肇淛：《五雜組》，中華書局 1959 年版，第 298 頁。

④ （明）王世懋：《閩部疏》，商務印書館《叢書集成初編》本，1936 年版，第 6 頁。

⑤ （清）陳淏子輯，伊欽恒校注：《花鏡》（修訂版），農業出版社 1962 年版，第 157 頁。

是‘斑支’即木綿也。惟粵東木綿皆紅色。《淡水志》則謂有白黃二種。”

（三）退紅

　　唐有一種色，謂之退紅。王建《牡丹詩》云：“粉光深紫膩，肉色退紅嬌。”王貞白《娼樓行》云：“龍腦香調水，教人染退紅。”《花間集》樂府：“牀上小薰籠，韶州新退紅。”蓋退紅若今之粉紅，而髹器亦有作此色者，今無之矣。紹興末，縑帛有一等似皂而淡者，謂之“不肯紅”，亦退紅類耶？（陸游《老學庵續筆記》，見《宋人詩話外編》第900—901頁）

　　陸放翁詩：“退紅衣焙熏香冷，古錦詩囊覓句忙。”吳旦生曰：“放翁自注，唐樂府云：‘牀上小薰籠，韶州新退紅。’余按此唐世染色名也。退與褪同。卸衣曰退。《檀弓》：‘退然如不勝衣。’元微之《雜憶》詩：‘憶得雙文衫子裏，鈿頭是紐扣之屬雲映褪紅酥。’又花謝曰退，陸放翁詩：‘褪花梅子已微酸。’嘉靖中王元美《枯蓮》詩：‘褪盡紅衣態不禁。’”（清吳景旭《歷代詩話》第932頁）

按，退紅：唐及五代染色名，即淺紅色。宋以後稱“粉紅”。“退紅”，亦作“褪紅”。《正字通·辵部》：“退，《震韻》音餣。與褪同。染色名退紅。”清宣統《東莞縣志》卷十二《輿地畧十一·方言下》：“退讀如吞去聲之褪。按……又唐世染色名退紅。”如明徐複祚《玉環記》：“眉鎖春山臉褪紅，門掩梨花怨曉風。”一說“退紅”爲肉色，即似人肌膚的紅潤之色。清平步青《霞外攟屑》卷十《出鑪銀》：“按李斗《揚州畫舫錄》卷七，則以肉紅爲退紅，與粉紅不同。”[1]所說非是，如唐王建《題所賃宅牡丹花》：“粉光深紫膩，肉色退紅嬌。”“肉色”與“退紅”連用，且粉光深紫與肉色退紅分別是兩個事物相對，故“退紅”非“肉紅”，當爲淺紅色。

（四）隱囊

　　古人呼車軙之俗名。顏師古曰：軙，韋囊，在車中，人所馮伏也。

---

① （清）平步青：《霞外攟屑》，《續修四庫全書》第1163冊，第681頁。

今謂之隱囊。王右丞詩："隱囊紗帽坐彈棋。"蓋取車中秋①爲坐彈棋耳。《顏氏家訓》曰：梁全盛日，貴游子弟，駕長簷車，跟高齒屐，坐棊子方褥，憑班絲隱囊。名之曰囊，意其物視褥爲高，故用之憑，亦用之坐也。鄭良孺。（胡震亨《唐音癸籤》卷十九，見《全明詩話》第3729頁）

按，此條出自明程良孺《讀書考定》卷二十六《器用四·隐囊》。隱囊：供人倚憑的軟囊。因最早用在車中，故亦稱"車軓"。"隱囊"之"隱"，讀去聲，義爲"憑伏"。"隱囊"即後世所說的"靠枕"。清桂馥《札樸》卷四《覽古·隱囊》："今牀榻閒方枕，俗呼靠枕，卽隱囊也。《通鑑》：'陳後主依隱囊，置張貴妃於席上。'注云：'隱囊者，爲囊實以細頓。置諸坐側，坐倦則側身曲肱以隱之。'馥案：'隱'讀如《孟子》'隱几'之'隱'，昔人用於車中。《說文》：'軓，車軓也。'《急就篇》：'鞄軓鞋鞼鞍鑣鐊。'顏注：'軓，韋囊，在車中，人所憑伏也。今謂之隱囊。'"②清方朔《枕經堂金石書畫題跋》："北齊《顏氏家訓》謂'坐棊子方褥憑斑絲隱囊'，隱囊即今匠上所用靠枕也，隱囊固是憑囊。"關於"隱囊"的形制，明高濂《遵生八箋·起居安樂箋》下卷有詳細記載："隱囊，榻上置二墩，以布青白鬥花爲之，高一尺許，內以棉花裝實，縫完，旁繫二帶以作提手。榻上睡起，以兩肘倚墩小坐，似覺安逸，古之制也。"③

（五）耳衣

唐人邊塞曲："金裝腰帶重，錦縫耳衣寒。"耳衣，今之暖耳也。（明楊慎《升菴詩話》卷四，見《歷代詩話續編》第710頁）

按，耳衣：戴在耳朵上禦寒的用具。明代稱"暖耳"或"煖耳"。明沈德符《萬曆野獲編》卷九《貂帽腰輿》："京師冬月，例用貂皮煖耳……大臣自六卿至科道，每朝退見閣，必手摘煖耳藏之。"④清代稱"耳套"。清方浚

---

① "秋"當作"軓"。
② （清）桂馥撰，趙智海點校：《札樸》，中華書局1992年版，第167—168頁。
③ （明）高濂著，王大淳等整理：《遵生八箋》，人民衛生出版社2007年版，第217頁。
④ （明）沈德符：《萬曆野獲編》，中華書局1959年版，第231頁。

師《蕉軒隨筆》卷五《耳衣》："按：耳衣卽今北地冬月所用耳套。"① 李光庭《鄉言解頤》卷四《物部上・雜物十事・耳套》有詳細記載："世有不因盜鈴而掩，不爲避罵而塞，但恐風之來割，而暫忍一時之聾者，耳套是也。幼時冬寒，畏凍耳，連頭與項頸爲耳護子，又曰腦包兒。今則可耳作套，以毛裹之，外必鑲狗牙緣子，習俗移人，牢不可破如此。"② 亦稱"耳焐子""耳帽""耳纊"，詳見葉大兵、烏丙安《中國風俗辭典》"服飾類・耳套"③。

（六）鄉里

　　古人稱妻曰"鄉里"，沈休文《陰柳家女詩》云："還家問鄉里，詎堪持作夫。"《南史・張彪傳》曰："我不忍令鄉里落它處。"姚令威曰："今會稽人曰'家里'。"其義同也。（《敖陶孫詩話》，見《宋詩話全編》第7540頁）

　　俗語云："鄉里夫妻，步步相隨。"言鄉不離里，如夫不離妻也。古人稱妻曰"鄉里"。沈約《山陰柳家女》詩曰："還家問鄉里，詎勘持作夫？"《南史・張彪傳》曰："我不忍令鄉里落他處。"姚令威曰："會稽人曰家④。"其義同也，見《西溪叢語》。（明楊慎《升菴詩話》卷十一，見《歷代詩話續編》第858—859頁）

　　按，首條出自《敖器之詩話・鄉里》。鄉里：妻子的異稱，得名於"鄉不離里，如夫不離妻"之說。又言妻子爲"家里""屋里"，得名理據與"鄉里"相同。明張萱《疑耀》卷六《家里》："白樂天詩：'還家問鄉里，詎堪持作夫。'鄉里，謂妻也。《南史・張彪傳》呼妻爲鄉里，'今我不忍令鄉里落他處。'今人言家里，本此。"⑤ 清翁注霖《南廣雜詠十五首》其十五："背兜一路影橫斜，婦女多情亦作家。青帕裹頭誰屋里？紅花採過又棉花。""原注：

① （清）方浚師撰，盛冬鈴點校：《蕉軒隨筆續錄》，中華書局1995年版，第176頁。
② （清）李光庭著，石継昌點校：《鄉言解頤》，中華書局1982年版，第77頁。
③ 葉大兵、烏丙安：《中國風俗辭典》，上海辭書出版社1990年版，第335頁。
④ "家"後脫一"裡"字。
⑤ （明）張萱：《疑耀》，商務印書館《叢書集成初編》本，1939年版，第122頁。

女子以筐繫背後，謂之'背兜'，夫自呼妻曰'屋里'"①。光緒十四年《永壽
縣志》卷四《方言》："呼妻曰屋裡的，亦曰婆娘。"民國二十三年《靜海縣志》
申集《人民部·風俗志·方言》："妻謂之家里，亦曰屋里。"

（七）窮袴

　　古樂府云："愛惜加窮袴，防閑託守宮。"《冷齋夜話》云："窮袴，漢
時語，今褌袴也。"然未詳所出。按西漢《上官后傳》："宮人使令皆爲窮袴，
多其帶服。"服虔曰："窮袴有前後襠，不得交通也。"師古曰："即今之裩
褙袴也。"（宋趙與虤《娛書堂詩話》卷上，見《歷代詩話續編》第488頁）
　　按，窮袴："裩褙袴"的異稱，即古代有襠的褲子。"窮袴"之"袴"，
古作"絝"。《漢書·外戚傳》："光欲皇后擅寵有子，帝時體不安，左右及醫
皆阿意，言宜禁內，雖官人使令皆爲窮絝，多其帶。"清陳鱣《恒言廣證》
卷五《袴襠》："鱣按：《說文》：'絝，脛衣也，相承作袴。'《方言》：'絝，關
西謂之袴'。《漢書·上官后傳》：'宮中使令皆爲窮袴'。師古曰：'窮袴，即
今之裩褙袴也。'"②"絝"，周祖謨校《方言校箋》四引作"袴"③。"裩褙袴"，
清郝懿行《證俗文》引作"緄襠袴"④。關於"緄"義，尚秉和《歷代社會風
俗事物考》卷五《身服·唐女袴乃開襠如今日小兒》有詳細論述："按，《詩·秦
風》：'竹閉緄縢。'毛傳：'緄，繩也。'《說文》：'織帶也。'《集韻》：'緄，縫
也。'是唐之緄襠褲，中有縫，但結以帶，使不開張，以便私溺。若漢則兩
襠雖合，尚開拆如今日小兒，故多其帶以防強暴。若唐則平時皆如此也，故
曰緄襠。今俗語縛物猶曰緄物。緄襠者，即將襠縫結以繩，使不開露。唐以
後何時成今制，則不可考也。"⑤可見，用繩子將分開的事物縫合在一起即爲
"緄"，"裩"乃是"緄"的同音借字。"緄襠袴"又稱"滿襠袴"、"蒙襠袴"。

---

① 四川省宜賓縣誌編纂委員會編：《宜賓縣誌》，巴蜀書社1991年版，第744頁。
② （清）錢大昕、陳鱣撰：《恒言錄恒言廣證》，商務印書館1958年版，第84頁。
③ 周祖謨校：《方言校箋》，中華書局1993年版，第27頁。
④ 安作璋主編：《郝懿行集》（3），齊魯書社2010年版，第2207頁。
⑤ 尚秉和：《歷代社會風俗事物考》，江蘇古籍出版社2002年版，第62頁。

清段玉裁《說文解字注‧巾部》於"幝"字下言："今之套褲，古之絝也；今之滿襠袴，古之褌也。"姜亮夫《昭通方言疏證‧釋衣服》卷五《蒙襠袴》："昭人謂裲襠袴曰'蒙襠袴'，言其襠兩面皆蒙避也。"①"滿襠袴""蒙襠袴"乃一聲之轉。

二、來自方言詞

我國幅員遼闊，人口眾多，各個地方的口語習慣又不盡相同，故一種事物在不同的地區就有了不同的稱呼，從而形成了多樣的方言異名。

（一）銼、舿、百丈、瀼、蓬沓

子美……"土銼冷疏烟"，乃蜀人呼釜爲銼。"富豪有錢駕大舿"，《方言》南楚江湘，凡船大者謂之舿。"百丈誰家上水船"，荊峽以竹纜爲百丈。……"市暨瀼西顛"，巕人謂江水橫通山谷處爲瀼。……又"蓬沓障前走風雨"，註云："於潛婦人皆插大銀櫛，謂之蓬沓。"……皆方言也。（宋黃徹《碧溪詩話》卷十，見《歷代詩話續編》第 396 頁）

按，銼：指小鍋。清張澍《蜀典》卷七《方言類‧銼》："《廣韻》：'蜀呼鈷鏮爲銼'。按：杜甫詩'土銼冷疏煙'注，銼音挫。蜀人呼釜爲銼。""釜"即鍋。清張慎儀《蜀方言》卷下："軍中小釜曰鸁鍋。"② 鸁鍋，亦作"鑼鍋"。清桂馥《札樸》卷十《鑼鍋》："行者腰繫銅器，就水採薪煮飯，謂之鑼鍋。案《通典》：'獠俗，鑄銅爲器，大口寬腹，名曰銅爨，既薄且輕，易於熟食'是也。"③ 鸁，同"鑼"。《集韻‧戈韻》："鑼，或作鸁。"《說文‧金部》"鑼，銼鑼也。"《廣雅‧釋器》："鎬銷，謂之銼鑼。"王念孫疏證："《太平御覽》引《篆文》云：'秦人以鈷鏮爲銼鑼。'案物形之小而圓者，謂之銼鑼。單言之則曰銼。《說文》：'痤，小腫也，一曰族累病。'《爾雅‧釋木》：'痤，接慮李。'

① 姜亮夫：《昭通方言疏證》，《姜亮夫全集》（十六），雲南人民出版社 2002 年版，第 317 頁。

② （清）張慎儀著，張永言點校：《蜀方言》，四川人民出版社 1987 年版，第 325 頁。

③ （清）桂馥撰，趙智海點校：《劄樸》，中華書局 1992 年版，第 400 頁。

郭注云：‘今之麥李。’《齊民要術》引《廣志》云：‘麥李細小。’麥李細小，故有‘接慮’之名，急言之亦接近與‘痤’，故又謂之‘痤’。‘銼鑹’、‘族累’、‘接慮’，一聲之轉，皆物形之小而圓者也。”① 张舜徽《演釋名·釋器用》第十二：“物形小而圓者謂之銼鑹，故小釜曰銼鑹。單言之則銼，銼者族羸之合聲，亦猶痤爲瘯蠡之合聲耳。”② 可見稱鍋爲“銼”，得名於物小且圓義。且从“坐”聲字，皆有小義。“銼是一種小鍋；脞是小，細碎；唑是眼睛小；痤是小腫，就是癤子；矬是短，矮；桗是一種李樹，樹身矮小，果實細小”③。鍋小，故有“銼”之名。“銼”爲“族羸”的合聲。族：上古音爲從母屋部入聲。羸：上古音爲來母歌部平聲。銼：上古音爲清母歌部去聲。清母與從母爲旁紐。“族羸”又作“鏃鑹”，“銼鑹”“鏃鑹”，一聲之轉。而“鎢錥”“鈷鉧”乃是外來詞，二詞語音相近，是一詞的不同書寫形式，引入漢語中，與“銼鑹”構成同義詞，都可表示鍋。張永言《“輕呂”和“烏育”》一文認爲“烏育（鎢錥）”是突厥語 ütüg / ütük 的音譯，“‘烏育’即‘鈷鉧’，是形狀象熨斗的一種金屬炊具或溫器”④。“鎢錥”“鈷鉧”作爲加溫器物的特點與“銼”一樣，故可表示鍋。

舸：大船。《方言》卷九：“南楚、江、湘，凡船大者謂之舸，小舸謂之艖，艖謂之艒艄，小艒艄謂之艇，艇長而薄者謂之艜，短而深者謂之𦨭，小而深者謂之𣝛。”聲符爲“可”之字，皆有大義。清錢繹《方言箋疏》卷二：“案：凡从‘可’聲之字，皆訓爲大。《說文》：‘閜，大開也。’‘阿，大陵也。’卷五：‘桮大者謂之閜。’卷九：‘船大者謂之舸。’然則‘苛’其大怒之稱歟。”⑤《廣雅·釋水》：“舸，舟也。”王念孫疏證：“舸者，洪大之稱。門大開謂之閜，大杯謂之柯，大船謂之舸，義相近也。”⑥ 而“今江浙言舸，指小舟，又與古

① （清）王念孫著，鐘宇訊點校：《廣雅疏證》，中華書局 1983 年版，第 220 頁。

② 張舜徽：《鄭學叢著》，華中師範大學出版社 2005 年版，第 335 頁。

③ 劉鈞傑：《同源字典再補》，語文出版社 1999 年版，第 171 頁。

④ 張永言：《“輕呂”和“烏育”》，《語言研究》1983 年第 2 期。

⑤ （清）錢繹撰集，李發舜、黃建中點校：《方言箋疏》，中華書局 1991 年版，第 83 頁。

⑥ （清）王念孫著，鐘宇訊點校：《廣雅疏證》，中華書局 1983 年版，第 305 頁。

異，此古今之變也”①。故船大，故有“舸”之名。

百丈：竹纜的異稱，即用竹篾絞成的粗索，常用以拴船。楚人稱“竹纜”爲“百丈”，其構詞理據主要在於“竹”的長。後魏賈思勰《齊民要術》卷十《竹》：“《神異經》曰：‘南山荒中有沛竹，長百丈，圍三丈五六尺，厚八九寸，可爲大船。其子美，食之可以已瘡癘。’張茂先注曰：‘子，筍也。’”② 直到今天“百丈杆頭”“百尺竿頭”這樣的成語還爲我們經常使用。“百丈”作爲“竹纜”的方言異名詞，在文學作品中常見。如《宋書·朱超石傳》：“時軍人緣河南岸，牽百丈，河流迅急，有漂渡北岸者，輒爲虜所殺略。”唐杜甫《秋風二首》其一：“吳檣楚柁牽百丈，暖向神都寒未還。”宋蘇軾《監洞霄宮俞康直郎中所居四詠·退圃》：“百丈休牽上瀨船，一鈎歸釣縮頭鯿。”“竹纜”言“百丈”，多見於西南官話，詳見《方言大詞典》第二卷“百丈”③。此外，這個詞在“江淮官話。湖北廣濟”方言中還可以用來表示“打野雞等用的土槍，也用來比喻多嘴的人”。比如有一類多嘴的人被稱爲“長嘴婦”或“長舌婦”，也因此而得名。

瀼：通入大江的山間溪流。《正字通·水部》：“瀼，夔州澗水橫通山谷間，市人謂之瀼，居人分其左右謂之瀼東、瀼西。”唐杜甫《夔府詠懷一百韻》曰：“陣圖沙北岸，市暨瀼西巓。”自注：“峽人目市井泊船處曰‘市暨’，江水橫通山谷處，方人謂之‘瀼’。”宋陸游《入蜀記》卷六：“土人謂山間之流通江者曰‘瀼’云。”④ 今人查中林《釋“叕”字詞族》一文言“現代四川話（至少是川東）把大河漲水，倒灌進支流並蔓延稱作‘瀼（去聲）水’，也可單說‘瀼’”⑤，並分析了20多個從“叕（襄、囊）”得聲之字，提出皆有“灌注填充”義。

---

① 姜亮夫：《楚辭通故》（第三輯），《姜亮夫全集》（三），雲南人民出版社 2002 年版，第 73 頁。

② （北魏）賈思勰原著，繆啟愉校釋，繆桂龍參校：《齊民要術校釋》，農業出版社 1982 年版，第 632 頁。

③ 許寶華、宮田一郎：《漢語方言大詞典》，中華書局 1999 年版，第 1787 頁。

④ （宋）陸遊：《入蜀記》，商務印書館《叢書集成初編》本，1936 年版，第 58 頁。

⑤ 查中林：《釋“叕”字詞族》，《四川方言語詞和漢語同族詞研究》，巴蜀書社 2002 年版，第 84 頁。

蓬沓："銀櫛"的異稱。古時越地（今浙江一帶）婦女戴的一種一尺多長的銀質梳篦，作首飾用。宋蘇軾《於潛令刁同年野翁亭》詩自注："於潛婦女皆插大銀櫛，長尺許，謂之'蓬沓'。"蓬沓，亦稱"蓬首"。王皎注"蓬沓"言："一種一尺多長的大銀櫛，是古代某些地方婦女頭上戴的首飾，也叫蓬首。"① 蓬首：形容頭髮散亂如飛蓬。而銀櫛的功能，就是解決"蓬首"的問題，這就是借代手法，這裏是用"工具代本體"。同理："蓬沓"一詞本指又亂又多，屬於同義連用，這裏活用爲名詞，特指又亂又多的頭髮，束起又亂又多的頭髮的工具就是深受女子喜歡的"銀櫛"。宋陸游《入蜀記》卷六："未嫁者率爲同心髻，高二尺，插銀釵至六隻，後插大象牙梳，如手大。"② 可見那個時候女子的頭髮可以束成高二尺同心髻，那麼使用蓬首、蓬沓這樣的詞語來代稱頭髮並不誇張。

（二）屈戌

今人家牕戶設鉸具，或鐵或銅，名曰環紐，即古金鋪之遺意，北方謂之屈戌，其稱甚古。梁簡文詩："織成屏風金屈戌。"李商隱詩："鎖香金屈戌。"李賀詩："屈膝銅鋪鎖阿甄。"屈膝當是屈戌。《輟耕錄》。（胡震亨《唐音癸籤》卷十九，見《全明詩話》第 3727 頁）

按，此抄自元陶宗儀《南村輟耕錄》卷七《屈戌》③。屈戌：南方謂之"環紐"，即固定門窗、櫥櫃、屏風等物的搭扣。亦作"曲須""屈膝"，得名於"形如膝之屈"。明周祈《名義考》卷十一《物部·母母爪刺屈膝叵羅母音譚》："京師人謂……門鐶曰曲須……曲須爲屈膝，李賀詩'屈膝銅鋪鎖阿甄'，蓋門鐶雙曰金鋪，單曰屈膝，言形如膝之屈也。"④ 周亮工《書影》卷七："予按屈戌自屈戌，金鋪自金鋪。余鄉人呼門囪鉸具，有勾者爲繚掉，無勾者爲屈

① （清）蒲松齡原著，王皎譯注：《白文聊齋志異》（上冊），時代文藝出版社 1983 年版，第 158 頁。
② （宋）陸遊：《入蜀記》，商務印書館《叢書集成初編》本，1936 年版，第 55 頁。
③ （元）陶宗儀：《南村輟耕錄》，中華書局 1958 年版，第 84 頁。
④ （明）周祈：《名義考》，《景印文淵閣四庫全書》第 856 冊，第 432 頁。

戌；金鋪，門上銅獸面也。宮門作獸面，士庶家作花形，下者但規銅爲片而已。長吉之'屈膝銅鋪'，如溫公所言'金鐶獸面'也，原非重複。屈戌二字，自是宛轉之意。繚，纏也，繞也；掉，搖動也，顫也，皆與環近，故以金鐶爲屈戌則可，以屈戌爲卽銅鋪則不可。此雖細事，然正見古人爲詩，無一字無來歷處，後人何可妄議，簡文帝詩是'織成屏風'，作'盤龍'亦誤。"① 又作"鋸鉞"。朱起鳳《辭通》卷二十二《六月·鋸鉞》認爲"鋸鉞""屈戌""屈膝""曲須"通用，並言"屈乃鋸字之省，戌當作戉，又爲鉞字之省。膝、戌同音借用，須、戌一聲之轉。""戉"字甲骨文、金文同兵器之"戉"無別。商承祚《殷虛文字類編》釋"戉"字云："卜辭中戉字象蛇形，與戊殆是一字。"《大字典》於"戉"字下言："按：甲骨文、金文戉象廣刃兵器形，與戈、戊、戚形制大同小異，與今之斧形相近。借爲干支字後，本義遂失。"可見"屈戉"的形制近似於斧形。一說"屈戌"當作"屈戍"，取自"戍"的"守護"義。清梁紹壬《兩般秋雨盦隨筆》卷三《屈戍》："窗門之鈎，舊名屈戍。程十然丈曰：'戍字當做戍字，戍有守義。屈戍者，屈鐵以爲守也。'趙秋舲同年云："尤西堂詞中，曾以戍字押入遇韻，則訓戍爲戌，前人已有之矣。"② 戌：《廣韻》辛聿切，心母術韻入聲。戍：《廣韻》傷遇切，書母遇韻去聲。"戌"、"戍"二字讀音不相近，當是形近而訛。且古文獻中，"戌"又可與質韻字相押，如唐李商隱《驕兒》詩，正以"匹""一""戌""術""帙"爲韻，故"戌字押入遇韻"，僅是特例，而非泛指。綜上所述，"屈戌""曲須""鋸鉞"與"屈膝"乃一聲之轉，而"屈戉"則爲"屈戌"之形訛。

（三）謝豹

吳人謂杜宇爲"謝豹"。杜宇初啼時，漁人得蝦曰"謝豹蝦"，市中賣筍曰"謝豹筍"。唐顧況《送張衛尉》詩曰："綠樹村中謝豹啼。"若非吳人，殆不知謝豹爲何物也。（陸游《老學庵筆記》卷三，見《宋人

---

① （清）周亮工：《書影》，上海古籍出版社 1981 年版，第 202 頁。

② （清）梁紹壬撰，莊葳點校：《兩般秋雨盦隨筆》，上海古籍出版社 1982 年版，第 119 頁。

詩話外編》第 882 頁）

按，謝豹：吳越人對杜鵑的稱呼。"謝豹"作爲"杜鵑"的異名，其得名理據有三說：一說因叫聲似謝豹，故稱。南宋嘉定《赤城志》卷三十六《風土門一·禽之屬》："謝豹，一名杜鵑，又名子規，曰謝豹者似其聲。"一說因謝豹聞杜鵑聲則死，故名。一說謝氏子聞杜鵑聲時，"怔忡若豹"，故稱。明謝肇淛《五雜組》卷九《物部一》："謝豹，蟲也，以羞死，見人則以足覆面如羞狀。是蟲聞杜鵑聲則死。故謂杜鵑亦曰謝豹。而鵑啼時得蝦，曰謝豹蝦。賣筍曰謝豹筍，則又轉借以爲名，其義愈遠矣。一云：'蜀有謝氏子，相思成疾，聞子規啼，則怔忡若豹。因呼子規爲謝豹。'未知是否。"① "杜鵑"亦名"杜宇""子規""怨鳥""巂周""撥芋""金暉"。宋高似孫《（嘉定）剡録》卷十《子規》："李易《剡山》詩：叮嚀杜宇往江北，爲喚故人令早歸。仲皎《懷剡川故居》詩：蝴蝶夢中新歲病，杜鵑聲裏故鄉心。《成都記》曰：蜀王杜宇稱望帝，死化爲鳥，名杜鵑，一名子規。《爾雅》曰：巂周卽此鳥也。越人謂之謝豹。"② 明黃仲昭《八閩通志》卷二十五《食貨·羽之屬》："杜鵑，《埤雅》云：'一名'怨鳥'。夜啼達旦，血漬草木。凡始鳴皆北向，啼苦則倒懸於樹。《說文》所謂蜀王望帝，化爲子規是也。至今寄巢生子，百鳥爲哺其雛，尚如君臣云。'《爾雅》曰'巂周'。閩人呼爲撥芋，又曰'謝豹'。"③《閩縣鄉土志·物產瑣記上（天然品）》"金暉"："俗名謝豹，小者名黃彈鳥，能作數般聲。"④ "謝豹蝦"、"謝豹筍"，《漢語大詞典》未收。

（四）衝推

陳亞詩云："陳亞今年新及第，滿城人賀李衝推。"李乃亞之舅，爲醫者也。今北人謂卜相之士爲巡官。巡官，唐、五代郡僚之名。或謂以

---

① （明）謝肇淛：《五雜組》，中華書局 1959 年版，第 256 頁。
② 浙江省地方誌編纂委員會編著：《宋元浙江方志集成》（第五冊），杭州出版社 2009 年版，第 2453 頁。
③ （明）黃仲昭：《八閩通志》，福建人民出版社 2006 年版，第 727 頁。
④ （清）朱景星修，鄭祖庚纂：《閩縣鄉土志》，海風出版社 2001 年版，第 222 頁。

其巡遊賣術，故有此稱。然北方人市醫皆稱銜推，又不知何謂。（陸游《老學庵筆記》卷二，見《宋人詩話外編》第 880 頁）

按，銜推：本爲唐、五代負責獄訟事的官吏，隸屬於節度使、觀察史、團練使，位在推官、巡官之下。詳見《新唐書·百官志四下》。唐韓愈《祭鱷魚文》："維年月日，潮州刺史韓愈，使軍事銜推秦濟，以羊一、豬一投惡谿之潭水，以與鱷魚食，而告之曰。""醫生"稱"銜推"，始自唐代。《舊唐書·鄭注傳》："元和十三年，李愬爲襄陽節度使，注往依之。愬得其藥力，因厚遇之，署爲節度銜推。"宋孫光憲《北夢瑣言》卷十八："莊宗好俳優，宮中暇日，自負著囊藥篋，令繼岌破帽相隨，似后父劉叟以醫卜爲業也。后方晝眠，岌造臥內，自稱劉衛推訪女，后大恚，笞繼岌。"[1]後北方民間多稱市井醫生爲"銜推"。"銜推"，亦作"牙推""牙椎""牙槌""牙搥"，在元曲中常見。關於其例證，可參看顧學頡、王學奇《元曲釋詞》（四）"牙推牙椎牙槌牙搥"條[2]。

三、來自外來詞

隨著國門的開放，不同民族的交流，漢語也匯納百川，吸收了大量的外來詞。故所謂外來詞，是指"本民族語言因交際需要而從其他國家或民族語言裏吸收進來的詞"[3]。這些外來詞和漢語詞之間就形成了異名的關係。

（一）白題

杜子美《秦州》詩云："馬驕珠汗落，胡舞白題斜。"題或作蹄，莫曉"白題"之語。《南史》：宋武帝時，有西北遠邊有滑國遣使入貢，莫知所出。裴子野云："漢穎陰侯白題將一人。服虔注曰：'白題，胡名也。'又漢定遠侯擊虜入滑，此其後乎？"人服其博識。予嘗疑之，蓋白

---

① 朱易安、傅璿琮：《全宋筆記》（第一編·一），大象出版社 2003 年版，第 189—190 頁。

② 顧學頡、王學奇：《元曲釋詞》（四），中國社會科學出版社 1990 年版，第 148—150 頁。

③ 申小龍：《現代漢語》，上海外語教育出版社 2011 版，第 193 頁。

題胡名，對珠汗似無意。後見李長民元叔云："在京師圍城中，戎騎入城，有胡人，風吹氈笠墮地，後騎告云：'落下白題'，其胡下馬拾之。"始悟白題乃胡人謂氈笠也。子美所謂"胡舞白題斜"，胡人多為旋舞，笠之斜也，似乎謂此也。（張邦基《墨莊漫錄》卷二，見《宋人詩話外編》第 512 頁）

按，唐杜甫"胡舞白題斜"之"白題"有二說，一說"白題"是以白塗堊其額。其中"題"指"額頭"。《說文·頁部》："題，額也。"清仇兆鰲《杜詩詳注》引薛夢符曰："題者，額也。其俗以白塗堊其額，因得名。舞則首偏，故曰白題斜。白題如黑齒、雕題之類。"[①]一說"白題"指氈製的帽子，即"氈笠"。清朱亦棟《群書札記》卷五《胡舞白題斜》："按《晉書》有白接䍦。《集韻》：接䍦，白帽也。接䍦二字，切音為題，白題，猶白接䍦也。疑《琅琊代醉編》以為氈笠者近是。"[②]"接䍦"與"題"在中古的音韻地位分別為：接：精母葉韻入聲，葉部。䍦：來母支韻平聲，支部。題：定母齊韻平聲，支部。精母與定母為鄰紐。故"題"字是取自"接"的聲母，"䍦"的韻母結合而成。又，"白題"最初指海外國名，作為外來詞，其詞形不固定，或作"薄提"，"薄提當即薄底延或拔底延城"[③]。或作"跋提"，"跋題者，嚈噠國都城拔底延（Baktria，今之 Balkh）之省譯也"[④]。故"白題"二字，不應分開解釋，當是外來詞，為"氈笠"的異名。

（二）多羅

唐顧甄遠賦《惆悵》詩中，有"若為多羅年少死，始甘人道有風情"二句，湯義仍常不解"多羅"之義，而以質余，余無以應。近見一書云："多羅，粉器也。"疑唐人直以多羅為粉而稱粉少年耳。又，多羅，海外

① （唐）杜甫著，清仇兆鰲注：《杜詩詳注》，中華書局 1979 年版，第 575 頁。
② （清）朱亦棟：《群書札記》，《續修四庫全書》第 1155 冊，第 80 頁。
③ （唐）玄奘、辯機著，季羨林校注：《大唐西域記校注》，中華書局 1985 年版，第 102 頁。
④ （北魏）楊衒之撰，周祖謨校釋：《洛陽伽藍記校釋》，中華書局 1963 年版，第 211—212 頁。

國名，見《山海經》。（《錢希言詩話》，見《明詩話全編》第 7160 頁）

按，出自《戲瑕》卷一《多羅》。多羅：梵文 Pattra 的譯音，亦譯作“貝多羅”。有“脂粉盒”義。《太平御覽》卷七百一十七引南朝宋何承天《纂文》曰：“多羅，粉器。”後爲“脂粉”的代稱。如唐顧甄遠《惆悵》：“若爲多羅年少死，始甘人道有風情。”清王士禛《秦淮雜詩十四首》其十二：“玉窗清曉拂多羅，處處憑欄更踏歌。”

（三）叱撥

唐詩：“紫陌亂嘶紅叱撥。”叱撥，馬名。宋群牧判官王明上《群牧故事》六卷中，載九龍十驥之名，稱西河東門之骨法，無不具焉，其說馬之毛色九十一種。又云：叱撥之別有八：曰紅耳叱撥、曰鴛鴦叱撥、曰桃花叱撥、曰丁香叱撥、曰青叱撥、曰騮叱撥、曰紫騮叱撥、曰榆叱撥。又曰北方馬以叱撥及青白、紫純色、綠鬃騮爲上驄，赤驃騧白赤色爲中苒，驈驏駱駁驊爲下。（《楊慎詩話》，見《明詩話全編》第 2811 頁）

按：出自《升菴全集》卷八十一《叱撥》[1]。“叱撥乃是突厥—蒙古語（turco-mongol）cibar 的音譯”[2]，“原義爲：有各種不同顏色或顏色深淺不同的圓形斑點的馬”[3]。晉李石《續博物志》卷四：“天寶中，大宛國進汗血馬六匹，一曰紅叱撥，二曰紫叱撥，三曰青叱撥，四曰黃叱撥，五曰丁香叱撥，六曰桃花叱撥。”項楚《敦煌變文字義析疑》注《李陵變文》“仍差有旨撥者”之“旨撥”言：“此處的‘旨’字應是‘叱’字的形訛。‘叱撥’是西域良馬名。”[4] 蔡鴻生《“叱撥”考》據唐太宗《六馬圖贊》：“什伐赤，純赤色，平世充、建德時乘。前中四箭，背中一箭。贊曰：瀍澗未靜，斧鉞伸威，朱汗騁足，青旌

---

① （明）楊慎：《升庵全集》，王雲五主編：《萬有文庫》第二集七百種，商務印書館 1937 年版，第 1073 頁。

② P.A.Boodberg, *Two Notes on the History of the Chinese Frontier*，轉自張永言：《漢語外來詞雜談（補訂稿）》，《漢語史學報》（第七輯）2007 年。

③ 張永言：《漢語外來詞雜談（補訂稿）》，《漢語史學報》（第七輯）2007 年。

④ 項楚：《敦煌變文字義析疑》，《敦煌文學叢考》，上海古籍出版社 1991 年版，第 95—96 頁。

凱歸。"又按高本漢對"什伐"和"叱撥"所擬的漢語古音，以及"唐代九姓胡地區流行的粟特語"，得出馬名"什伐"有可能是"叱撥"的異譯①。是。"叱撥"作爲馬名，是一個外來詞，故形體不固定，又寫作"叱般"，如唐元稹《縛戎人》："供進腷腷饗叱般，豈料穹廬揀肥腯。""叱撥"一詞在唐人詩作中常見。如唐岑參《玉門關蓋將軍歌》："櫪上昂昂皆駿駒，桃花叱撥價最殊。"韋莊《長安清明》："紫陌亂嘶紅叱撥，綠楊高映畫秋千。"白居易《和張十八秘書謝裴相公寄馬》："齒齊臕足毛頭膩，秘閣張郎叱撥駒。"又《贈楊使君》："銀銜叱撥欺風雪，金屑琵琶費酒漿。"

（四）駁辒

白居易《武丘留別諸妓》云："清管曲終鸚鵡語，紅旗影動駁辒②翰嘶。"《廣韻》：駁辒，蕃大馬也。音薄寒。亦有直作薄寒者。遞叟。（胡震亨《唐音癸籤》卷二十，見《全明詩話》第 3737 頁）

按，駁辒：即汗血馬。突厥語"Ferghanah"③的音譯，又可作"拔汗那""鈸汗""鏺汗""破洛那""薄寒"等，本爲漢時大宛國名，因產汗血馬，故以國名代馬。如唐無名氏④《酒泉子》："紅耳薄寒，搖頭弄耳擺金轡。"

（五）木上座

東坡詩："留我同行木上座，贈君無語竹夫人。"按，慧日至夾山，夾山問："與甚麼人同行?"日云："有箇木上座。"蓋謂拄杖也。（吳曾《能改齋漫錄》卷六，見《宋人詩話外編》第 651 頁）

按，木上座："拄杖"的擬稱。上座："梵語 Sthavira 的意譯"⑤，本爲比

① 蔡鴻生：《"叱撥"考》，《中外交流史事考述》，大象出版社 2007 年版，第 186—190 頁。

② 據《全唐詩》卷四百四十七，"駁辒"一作"潑汗"。

③ 沙畹著，馮承鈞譯：《西突厥史料》，中華書局 1958 年版，第 137 頁。

④ 一說作者爲唐林楚翹，詳見周振甫主編：《唐詩宋詞元曲全集·唐宋全詞》（第一冊），黃山書社 1999 年版，第 179 頁。

⑤ 趙匡爲：《簡明宗教辭典》，上海辭書出版社 2006 年版，第 113 頁。

丘受戒後較高資歷的稱謂，這裏將拄杖擬稱爲"上座"。《景德傳燈錄·杭州佛日和尚》："佛日禪師見夾山，夾山問：'什麼人同行？'師舉拄杖曰：'惟有木上座同行耳！'"

第三節　異名產生的途徑

通過對異名類別和來源的研究，可以將異名產生的主要途徑歸納爲三個方面：修辭手段、語音手段、語義手段。

一、通過修辭手段形成的異名

利用修辭產生的異名是整個異名家族中最主要的方式，也是詩話著作中數量最多的一種類型。既有單一修辭產生的異名，也有多種修辭產生的異名。其中修辭手段主要有擬人、用典、借代、比喻等。

（一）擬人

1. 淨君、涼友

商山館中窗頰上有八句詩云："淨君掃浮塵，涼友招清風。炎炎火雲節，蕭然一堂中。誰知鹿冠叟，心地如虛空。虛空亦莫問，睡起照青銅。"不知何人作，淨君、涼友，是帚與扇明矣。（《陶穀詩話》，見《宋詩話全編》第 25 頁）

按，此條出自《清異錄》卷下《器具門·淨君》①。淨君：掃帚。涼友：扇子。這裏是用其作用來代事物本身，並運用了擬人的修辭手法。

2. 湯婆、腳婆、錫奴、甄奴

古人以暖足瓶謂之湯婆，黃山谷名以腳婆，戲作小詩二首詠之。一

---

① 朱易安、傅璇琮：《全宋筆記》（第一編·二），大象出版社 2003 年版，第 84 頁。

云:"小姬暖足臥,或能起心兵。千金買腳婆,夜夜睡天明。"又云:"腳婆元不食,纏裹一衲足。天明更傾瀉,頰面有餘燠。"至曾文清乃謂:"山谷嘗以竹夫人改名爲青奴,則腳婆當名爲錫奴。"亦戲作絕句云:"霧帳桃笙畫寢餘,此君那可一朝無。秋來冷落同班扇,歲晚溫柔是錫奴。"後予正統間觀政秋臺,在京二載,冬月亦用錫奴。僕人安置欠密,則有滲漏之患。因取二甎方五寸者,各炙而合包之以置被中,暖足可以達旦,遂名之曰甎奴。菊坡僭述（單宇《菊坡叢話》卷七,見《全明詩話》第 272 頁）

按,湯婆、腳婆、錫奴、甎奴:暖足瓶。用鐵或銅或錫製成,形狀扁圓,冬季盛入熱水,放入被褥中作暖腳之用,故亦稱"鐵婆""錫奴""錫夫人"、"湯婆"、"腳婆"。宋任淵等《山谷詩集注》卷十五:"俗以暖足瓶爲鐵婆。"[1] 元佚名《東南紀聞》卷三:"錫夫人者,俚謂之湯婆。鞲,錫爲器,貯湯其間,霜天雪夜,置之衾席,用以暖足,因目爲湯婆。竹谷羅學溫文之曰錫夫人。"[2] 又名"湯婆子"。清厲荃等《事物異名錄》卷十九《器用部·湯婆》引《事物原始》言:"錫奴,溫足瓶也,俗名湯婆子。"[3] 又名"湯媼"。清蔣超伯《南漘楛語》卷六《器用別名》:"湯媼,暖足瓶也。"又名"湯壺""湯夫人"。詳見岳國鈞《元明清文學方言俗語辭典》[4]。

(二) 用典

1. 建麾

自《五君詠》言顏延之"一麾出守",而杜牧用其語曰:"擬把一麾江海去。"人遂以建麾爲太守事。張師正辨《五君詠》曰:麾猶秉白旄以麾也,一麾猶言爲人之所擠排也。屢薦不嘗得官,一遭排擠遽出爲守,所以歎也。此說是也。或謂《周禮》"州長建麾",則州麾自可遵用,

---

① （宋）黃庭堅著,（宋）任淵等注,黃寶華點校:《山谷詩集注》,上海古籍出版社 2003 年版,第 383 頁。

② 車吉心總主編:《中華野史》（遼夏金元卷）,泰山出版社 2000 年版,第 593 頁。

③ （清）厲荃輯,關槐增輯:《事物異名錄》,《續修四庫全書》第 1253 冊,第 11 頁。

④ 岳國鈞:《元明清文學方言俗語辭典》,貴州人民出版社 1998 年版,第 677 頁。

此又非也。周之州絕小，不得與漢州爲比，周累州成縣，而漢世累縣爲郡，累郡乃始爲州也。若夫崔豹《古今注》則又異矣，其說曰：麾，所以指也。乘輿以黃，諸公；以朱，刺史；二千石以纁。則漢以來自人主至二千石，莫不有麾也。則謂太守爲把麾亦自可通也。（程大昌《演繁露》卷八，見《宋人詩話外編》第762—763頁）

按，“麾”有“排擠”“旌旄”二義，故“建麾”作爲“守郡”的異名，其典源有兩個：其一是受排擠出任地方官。《文選·顏延之〈五君詠五首·阮始平〉》：“屢薦不入官，一麾乃出守。”唐柳宗元《爲劉同州謝上表》：“八命作牧，一麾出守，拔自下位，寄之雄藩。”其二是持旌旄擔任一郡之長。如《文選·沈約〈齊故安陸昭王碑文〉》：“建麾作牧，明德攸在。”唐裴潾《前相國贊皇公早葺平泉山居，暫還憩，旋起赴》：“再賓爲寵，一麾爲餞。”

2. 雙鳧

雙鳧杯一名金蓮杯，即鞋杯也，人但知爲葉令王喬事，而不知女子繡鞋亦名雙鳧。王深輔道有《雙鳧》詩云：“時時行地羅裙掩，雙手更擎春瀲灩。傍人都道不須辭，儘做十分能幾點？春柔淺蘸葡萄煖，和笑歡人教引滿。洛塵忽泡不勝嬌，剗踏金蓮行款款。”則知當日狂客亦以此行酒也。（《惠康野叟詩話》，見《明詩話全編》第11135頁）

按，出自《識餘》卷二《詩考》。葉令王喬事見於南朝宋范曄《後漢書·方術傳上·王喬》：“王喬者，河東人也。顯宗世，爲葉令。喬有神術，每月朔望，常自縣詣臺朝。帝怪其來數，而不見車騎，密令太史伺望之。言其臨至，輒有雙鳧從東南飛來。於是候鳧至，舉羅張之，但得一隻舃焉。乃詔尚方診視，則四年中所賜尚書官屬履也。”此事又見於東漢應劭《風俗通義》、晉干寶《搜神記》卷一、晉葛洪《神仙傳·王喬》。漢時王喬爲葉縣令，有仙術，可將雙履變爲鳧，乘之來朝，故用“雙鳧”來代指鞋。柴小梵《梵天廬叢錄》引宋鄭獬《觥記注》言：“雙鳧杯，一名金蓮杯，即鞋也。”[①] 如唐劉

---

① 柴小梵：《梵天廬叢錄》，《民國筆記小說大觀》（第四輯），山西古籍出版社1999年版，第1326頁。

禹錫《武陵觀火詩》：“市人委百貨，邑令遺雙鳬。”此外，因王喬爲葉縣令，故可代指“縣令”。如唐權德輿《送從翁赴任長子縣令》：“家風本巨儒，吏職化雙鳬。”又因王喬有仙術，又可代指“神仙”。如唐鮑溶《感興》：“群羊化石盡，雙鳬與我違。”

3.雕蟲、烹鯉、沉綿、頌椒、禁火

“雕蟲蒙記憶，烹鯉問沉綿”，不說作賦而說雕蟲，不說寄書而說烹鯉，不說疾病而云沉綿；“頌椒添諷味，禁火卜歡娛”，不說歲節但云頌椒，不說寒食但云禁火，亦文章之妙也。（《叢話》前十二）（呂本中《童蒙詩訓》，見《宋詩話輯佚》第 587 頁）

按，唐杜甫《秋日夔府詠懷寄鄭監李賓客一百韻》：“雕蟲蒙記憶，烹鯉問沉綿。”其中，“雕蟲”出自揚雄《法言·吾子》：“或問：‘吾子少而好賦？’曰：‘然，童子雕蟲篆刻。’俄而曰：‘壯夫不爲也。’”“烹鯉”出自蔡邕《飲馬長城窟行》：“客從遠方來，遺我雙鯉魚。呼兒烹鯉魚，中有尺素書。”“沉綿”是用病的狀態來代替病本身，出自宋張君房《雲笈七籤》卷七十六《方藥部·靈寶還魂丹方（並序）》：“假令相疾，而醫用藥乖誤，雖《難經》《素問》三世十全，欲去沉綿，其可得也？”[1]

唐杜甫《續得觀書迎就當陽居止正月中旬定出三峽》：“頌椒添諷味，禁火卜歡娛。”其中“頌椒”出自《晉書·列女傳》：“劉臻妻陳氏者，亦聰辯能屬文。嘗正旦獻《椒花頌》，其詞曰：‘……聖容映之，永壽於萬。’”故以“頌椒”來代夏曆正月初一。“禁火”代“寒食”出自周代的火管理制度。宋高承《事物紀原》卷八《禁火》：“《鄴中記》曰：舊云寒食斷火，起於介子推，《左氏》、《史記》不見子推被焚之事，按《周禮·司烜》，仲春以木鐸修火禁於國中。注謂季春將出火。今寒食推節氣是中春末，清明是三月初。然則亦周人出火之事也。後漢周舉遷并州太原，舊俗以介子推焚骸，一月斷火。舉移書廟云：寒食一月，老小不堪，今則三日而已。自漢以來，訛謬已若此也。”[2]

---

① （宋）張君房纂輯，蔣力生等校注：《雲笈七籤》，華夏出版 1996 年版，第 471 頁。

② （宋）高承撰，（明）李果訂：《事物紀原》，商務印書館《叢書集成初編》本，1937 年版，第 305 頁。

其中，"頌椒"一詞，《大詞典》（12/272）首引唐杜甫《續得觀書迎就當陽居止正月中旬定出三峽》詩，時間稍晚。

（三）借代

1. 花門

[杜陵詩多言"花門"，《喜聞官軍臨賊詩》"花門騰絕漠，柘羯度臨洮。"又云："花門小箭好，此物棄沙場。"又《即事詩》"聞道花門破，和親事却非"。又《遣憤詩》"聞道花門將，論功未盡歸"。又有]《留花門》[一篇云：]"花門既須留，原埜轉蕭瑟。"[指回鶻爲花門，注家不言其義。予以]《唐地理志》[攷之，]甘州山丹縣北，渡張掖河西北行，出合黎山峽口，傍河東壚，屈曲東北行千里，有寧寇軍，軍東北有居延海；又[西]北三百里有花門山堡；又東北千里至回鶻牙帳，故謂回鶻爲花門也。（《叢話》後六《歷代》四十二）（嚴有翼《藝苑雌黃》，見《宋詩話輯佚》第 547—548 頁）

按，花門：本是堡名，在居延海北三百里，即今内蒙古自治區北花門山堡。天寶間曾爲回紇領地，回紇經常在此駐兵，因而唐人用"花門"作"回紇"的代稱。"回紇"，亦稱"回鶻"。清錢大昕《廿二史考異》卷一百《元史十五·奸臣傳》："案：回紇，唐時舊名，後稱回鶻。"[1]

2. 椰櫺

李屏山《達磨讚》所謂"椰櫺"[2]者，稱杖也。范石湖詩"病憐椰櫺隨身慣，老覺屠蘇到手邊。"（《王昌會詩話》，見《明詩話全編》第8477 頁）

按，上述文字，又見於元王惲《玉堂嘉話》卷五："李屏山《釋迦贊》蓋出王勃《成道記》，李但約散文而爲韻語耳。其《達摩讚》曰：'椰櫺者，稱杖也。"椰櫺：又作"椰栗"。《廣韻·質韻》："椰，椰栗，木名。"南宋淳

熙《新安志》卷二《敘物產·木果》："柳栗，小木，可用以爲杖。"故"柳栗"後借指"手杖""禪杖"。如唐賈島《送空公往金州》："七百里山水，手中柳栗粗。"宋釋普濟《五燈會元》卷十二："問：'尋枝摘葉即不問，如何是直截根源？'師曰：'柳栗拄杖。'"清龔自珍《己亥雜詩》："龍樹靈根派別三，家家柳栗不能擔。"一說柳栗，是"印度語'刺竭節'之異譯"①，可備一說。清高宗弘曆《御製文初集》卷六《葵》："有若搖扇思者，有若扶刺竭節。此云杖。"②

3. 鴨綠、鵝黃

> 荊公詩："含風鴨綠鱗鱗起，弄日鵝黃裊裊垂。"此言水柳之用，而不言水柳之名。(《蔡居厚詩話》，見《宋詩話全編》第 653 頁)

按，出自《蔡寬夫詩史》。"鴨綠""鵝黃"本是春水、柳絲的色彩，後用其色代替事物本身。

（四）比喻

1. 鎖魚

> 《芝田錄》云："鑰必以魚者，取其不瞑目守夜之義。"王荊公詩曰："開廚發篋鳴鎖魚。"山谷詩云："時送一鷗開鎖魚。"(宋趙與虤《娛書堂詩話》卷下，見《歷代詩話續編》第 498 頁)

按，鎖魚：魚形門鎖。古代的鎖和魚形相似，有一種魚就被稱爲"鎖管魚"。清道光二年《肇慶府志》卷三《輿地十·風俗·鱗》："鎖管魚，出陽江，足如鎖，鬚身如鎖筒，故名。"門鎖稱爲"鎖魚"，除了形似外，據說是取自魚常睜着眼，以提醒人們注意的意思。"鎖魚"，亦名"魚鈅""魚鎖"。如南朝梁簡文帝《秋閨夜思》："夕門掩魚鈅，宵床悲畫屏。"唐鮑溶《期盡》："魚鎖生衣門不開，玉筐金月共塵埃。"

---

① （宋）陸遊著，錢仲聯校注：《劍南詩稿校注》（三），上海古籍出版社 1985 年版，第 1260 頁。
② （清）高宗弘曆：《禦制文初集》，《景印文淵閣四庫全書》第 1301 冊，第 66 頁。

2.蹲鴟

《譚賓錄》載唐率府兵曹參軍馮光震入集賢院校《文選》，注"蹲鴟"
云："今之芋子，即着毛蘿蔔。"又溫庭筠《乾𦠆子》所載不同，云："蕭
嵩以《文選》是先代舊書，欲注"蹲鴟"云'今芋子，乃着毛蘿蔔'。"
未知孰是。（宋吳聿《觀林詩話》，見《歷代詩話續編》第 116—117 頁）
按，蹲鴟：芋頭的別名，言其形狀如鴟的蹲貌，故稱。亦作"蹲鴟"。
《漢書·貨殖傳》："吾聞岷山之下沃野，下有蹲鴟，至死不饑。"顏注："蹲
鴟，謂芋也。其根可食，以充糧，故無饑年。《華陽國志》曰：'汶山郡都
安縣有大芋，如蹲鴟也。'"《集韻·魂韻》："蹲，蹲也。"《篇海類篇·身體
類·足部》："蹲，或作蹲。"宋黃朝英《靖康緗素雜記》卷五《蹲鴟》："……
東坡云：'岷山之下，兇年以蹲鴟爲糧，不復疫癘。知此物之宜人也。'《本
草》謂芋，土芝，益氣充饑。余案《大唐新語》載東宮衛佐馮光震入院校《文
選》，解蹲鴟云：'今之芋子，即是着毛蘿蔔也。'蕭嵩聞之，撫掌大笑。又
案《顏氏家訓》云：'江南有一權貴，讀誤本《蜀都賦》注，解'蹲鴟芋也'，
乃爲羊字。人饋羊肉，答云：'捐惠蹲鴟'，舉朝驚駭。'尤可嗤笑。"①"羊"
小篆作"羊"，與"芋"字形近而訛。明蔣鐄《九疑山志》卷二《芋》："一
名蹲鴟。葉似荷而欠圓，其實即根。《說文》所謂大葉實根也。有水旱二種，
水種者味勝。莖色多紅，作羹最美，菹之更宜。一母而子環出累累。《博
物志》云：芋以十二子爲衛，應月數也。"②何喬遠《閩書》卷一百五十《南
產志》："芋，蹲鴟也，一名土芝。陶隱居曰：錢塘最多，閩、蜀、淮甸尤
殖此種。《本草圖經》云：蜀川生，形團而大，狀如蹲鴟，謂之芋魁。閩中
出者形長而大，小者如卵，生於芋魁之傍，食之尤美。有大種，有青芋，
有紫芋，有真芋，有白芋，有連禪芋。"③可見，稱"芋頭"爲"蹲鴟"，多
是南方說法。

---

① （宋）黃朝英撰，吳企明點校：《靖康緗素雜記》，上海古籍出版社 1986 年版，第 48 頁。
② （明）蔣鐄：《九疑山志》，嶽麓書社 2008 年版，第 130 頁。
③ 何喬遠：《閩書》，福建人民出版社 1995 年版，第 4436 頁。

二、通過語音手段形成的異名

（一）聲轉

1.款冬

欸冬花，即《爾雅》所稱菟奚顆凍者，紫赤花，生水中，十二月雪中出花。郭緣生《述征記》云：“洛水至冬凝厲，則欸冬茂悅層冰之中。”傅咸《欸冬賦序》曰：“余曾逐禽登於此山，於時仲冬，冰凌盈谷，積雪披崖，顧見欸冬勃然始敷。”佛經云：“朱炎鑠石，不靡蕭丘之木；凝冰慘慄，不凋疑冬之花。”乃知唐詩“僧房逢著欸冬花”，正十二街頭春雪時也，詩人之興，於時物如此。（《楊慎詩話》，見《明詩話全編》第 2806—2807 頁）

按，出自《升菴全集》卷七十九《款冬花》①。詩話“欸冬”、“疑冬”當是“款冬”之形訛。《藝文類聚》卷八十一《藥香草部》上引《吳普本草》曰：“款冬，十二月花黃白。”此花又名“菟奚”“顆凍”“款凍”“顆東”等。《爾雅》云：“菟奚、顆冬。”邢昺注疏：“郭璞云：款凍也。紫赤，花生水中。案本草款凍，一名橐吾，一名顆東，一名虎須，一名菟奚。陶注云：形如宿蕚未舒者，其腹裏有絲，其花乃似大菊花，唐本注云：葉似葵而大，叢生，花出根下是也。”明李時珍《本草綱目》卷十六《草部五·款冬花》：“按述征記云：洛水至歲末凝厲時，款冬生於草冰之中，則顆凍之名由此而得。後人訛爲款冬，乃款凍爾。款者至也，至冬而花也。”② 從上可知，“款冬”“顆凍”，都是因其至冬生於草冰之中而生花，故名。今有學者，從語音角度探討了“顆凍”一詞的得名理據，比前人之說較爲科學。齊佩瑢言：“案顆凍科斗活東，皆謂活動圓轉，如宋時言筋斗，今言跟兜矣。”③ 蔣紹愚進一步提出：“這些動植物都是圓形的。花蕾叫‘花骨朵’。”④“款冬”“款凍”與“顆凍”乃一

---

① （明）楊慎：《升庵全集》，王雲五主編：《萬有文庫》第二集七百種，商務印書館 1937 年版，第 1040 頁。

② （明）李時珍著，陈贵廷等點校：《本草綱目》，中醫古籍出版社 1994 年版，第 457 頁。

③ 齊佩瑢：《訓詁學概論》，中華書局 1984 年版，第 113 頁。

④ 蔣紹愚：《古漢語詞彙綱要》，北京大學出版社 1989 年版，第 261 頁。

聲之轉。因花蕾爲圓形，故稱"款冬"或"顆凍"。

2. 黃姑

潘子真《詩話》云："《古樂府》云：'東飛伯勞西飛燕，黃姑織女時相見。'予初不曉黃姑爲何等語，因讀杜公瞻所注宗懍撰《荊楚歲時記》，乃知黃姑即河鼓也，亦猶桑落之語轉呼爲索郎也。"（宋胡仔《苕溪漁隱叢話前集》第9頁）

按，黃姑："河鼓"的聲轉，即牽牛星之別名。《史記·天官書》："牽牛爲犧牲。其北河鼓。"《詩經·小雅·大東》："皖彼牽牛，不以服箱。"毛傳："河鼓謂之牽牛。"梁宗懍《荊楚歲時記》："河鼓、黃姑，牽牛也，皆語之轉。"此詞，在唐詩中常見。如元稹《決絕詞三首》其二："已焉哉，織女別黃姑，一年一度暫相見，彼此隔河何事無。"杜甫《季秋蘇五弟纓江樓夜宴崔十三評事、韋少府姪三首》其一："星落黃姑渚，秋辭白帝城。"

3. 席萁

王建詩："單于不向南牧馬，席萁遍滿天山下。"顧非熊詩："席萁草斷城池外，護柳花開帳幕前。"李長吉："秋淨見旄頭，沙遠席萁秋。"秦韜玉："席萁風緊馬豵豪。"唐人屢用之。《酉陽雜俎》云："席萁，一名塞蘆，生北胡地。"蓋可爲簾，亦可充馬食者。《五代史》云：契丹地有息鷄草，尤美而本大，馬食不過十本而飽。意席萁即息鷄，一物而音訛耳。劉會孟注《賀集》，以席箕爲箕踞之義，楊升庵駁之爲塞上地名，並誤。遞叟（胡震亨《唐音癸籤》卷二十，見《全明詩話》第3736—3737頁）

按，據古典文學出版社1957年版《唐音癸籤》第181頁，"劉會孟注《賀集》，以席箕爲箕踞之義，楊升庵駁之爲塞上地名，並誤"爲注文，且"席箕"當作"席萁"，"庵"當作"菴"。"席萁"，又作"席羈""席箕"。關於此詞的解釋，意見不一。清王琦《李長吉歌詩匯解》卷四注"沙遠席羈愁"引南宋劉辰翁曰："如箕踞坐也。"[1] 明楊慎《升菴詩話》卷七《席箕》對此提出異議，

---

① （唐）李賀著，（清）王琦等注：《李賀詩歌集注》，上海人民出版社1977年版，第204頁。

並認爲"恐是塞上地名"①。此二說非是,"席箕"當是北方牧草名。唐段成式《酉陽雜俎》續集卷十《支植下》:"席箕,一名塞蘆,生北胡地,古詩云'千里席箕草'。"②亦稱"息雞""集吉""炭炭"。《新五代史·四夷附錄二》:"又東行,至衰潭,始有柳,而水草豐美,有息雞草尤美,而本大,馬食不過十本而飽。"清倭仁《莎車紀行》:"席其草一名塞蘆,即《漢書·西域傳》之白草,西域處處有之,今人或用以爲箸。俗呼爲集吉草,又曰炭炭草,即'席其'字誤也。"③紀曉嵐《烏魯木齊雜詩》注云:"炭炭草生沙灘中,一叢數百莖,莖長數尺,即《漢書》'息雞草',土音訛也。班固謂:'馬食一本即飽',然馬殊不食。"④"席箕"、"席其"、"席羈"、"息雞"、"集吉"、"炭炭",非"字誤"或"音訛",而是同一草而音轉耳。今稱炭炭草。

4.畢羅

朱文公《刈麥》詩:"霞觴幸自誇真一,垂鉢何須問畢羅。"《集韻》:"觱羅,修食也。"按小說:唐宰相有櫻筍廚食之精者,有櫻桃觱饠。今北人呼爲波波,南人訛爲磨磨。(《楊慎詩話》,見《明詩話全編》第2791頁)

按,出自《升菴全集》卷六十九《畢羅》⑤。畢羅:餡餅的別稱。一說得名於"畢氏羅氏"說。唐李匡乂《資暇集》卷下《畢羅》:"畢羅者,蕃中畢氏羅氏好食此味,今字從'食',非也。"⑥此說純屬望文生義,且"畢羅""觱羅"乃是一詞的不同書寫形式。《御定康熙字典·食部》:"觱,……《玉篇》:'觱饠,餅屬。'用麪爲之,中有餡。"可見,觱羅是一種帶餡的麵食。唐劉恂《領表異錄》卷下有對"蟹觱饠"做法的具體描述:"赤蟹,母殼內黃赤膏如雞鴨子黃,肉白如豕膏,實其殼中,淋以五味,蒙以細麵,爲蟹飥,珍美可尚。"⑦

---

① 丁福保:《歷代詩話續編》,中華書局1983年版,第783頁。
② (唐)段成式撰,方南生點校:《酉陽雜俎》,中華書局1981年版,第288頁。
③ (清)倭仁著,張淩宵校注:《倭仁集注》,內蒙古人民出版社1992年版,第603頁。
④ 孫致中等校點:《紀曉嵐文集》(第一冊),河北教育出版社1995年版,第603頁。
⑤ (明)楊慎:《升菴全集》,王雲五主編:《萬有文庫》第二集七百種,商務印書館1937年版,第903頁。
⑥ (唐)李匡乂:《資暇集》,商務印書館《叢書集成初編》本,1939年版,第24頁。
⑦ (唐)劉恂:《領表異錄》,商務印書館《叢書集成初編》本,1936年版,第20頁。

這種餡餅，"今北人呼爲波波，南人訛爲磨磨"。其命名理據有二說：一說"波波"，本作"餑餑"，因北音讀入爲平，故爲"波波"。清姚元之《竹葉亭雜記》卷七："餑餑，古之饆饠也。……按今京中書爲餑餑，有硬麪餑餑、發麪餑餑、榼子餑餑、笿子餑餑、寶子兒餑餑等名。又新歲用水煮食若南人所謂餃子者，曰煮餑餑。《名義考》：'京師人謂餅曰麿麿，當爲母母。《禮》八珍淳母，煎醢加黍上，沃以膏者是也。'按今餑餑製法與淳母絕不相似，卽煮餑餑亦無須加黍沃膏，《名義考》之說誤矣。餑，《玉篇》蒲沒切，麪餑。《廣韻》同。北人呼入聲字音近平，如呼粥爲周之類。餑餑特轉音爲波波耳。《名義考》謂之麿麿。《玉篇》'麿，莫波切。''麿，食也。出《異字苑》。'《廣韻》'莫婆切'，列摩字下。是卽升菴所謂磨磨也。今河南呼爲磨磨，字當做麿。京中呼爲波波，字當做餑。以母字解者遠甚。"① 一說"波"即"饆饠"之合聲。清翟灝《通俗編》卷二十七《飲食·波波》："波，當饆饠二字反切。或云：盧仝詩：'添丁郎小小，餔餔不得喫。'餔餔，猶今云波波。或云：本爲餑餑，北音讀入爲平，謂之波波，皆爲確。磨磨之磨，據《集韻》作麿，又一作饝。"②《畿輔通志》卷七十二《輿地略》二十七《方言》："波即畢羅之合聲。波，磨，迭韻字，故或爲磨磨。今順天人稱波波，畿南人稱磨磨。"此意見甚是。"饆饠"急讀爲"波"，疊音作"波波"。"波波""饕饕""餑餑""餔餔""磨磨""麿麿""饝饝""饃饃"皆一聲之轉。詳見顧學頡、王學奇《元曲釋詞》（二）"饝饝"條③。此外，一說"饆饠"是印度語的譯音，釋爲"抓飯"，且與波波、磨磨不同。此說詳見向達《唐代長安與西域文明》④。

（二）諧音

1.脱却破袴、开仓晒穀、早早割禾

　　土人云："布穀鳥爲脱却破袴。"古詩云："南山昨夜雨，西溪不可渡。

---

① （清）姚元之撰，李解民點校：《竹葉亭雜記》，中華書局 1982 年版，第 145—146 頁。

② （清）翟灝：《通俗編》（附《直語補正》），商務印書館 1958 年版，第 613 頁。

③ 顧學頡、王學奇：《元曲釋詞》（二），中國社會科學出版社 1984 年版，第 481 頁。

④ 向達：《唐代長安與西域文明》，河北教育出版社 2001 年版，第 51 頁。

溪邊布穀兒，勸我脫布袴。""不辭脫袴溪水寒，水邊照見催租瘢。""去年麥不熟，挾彈規我肉。今年麥上場，處處有殘粟。""豐年無象何處尋，聽取林間快活吟。"此鳥南中皆有之，至貴陽未聞。予征皮林，入黃平，始聞之。此鳥之聲，浙人譯曰"開倉曬穀"，江右人譯曰"早早割禾"，俗名"催耕鳥"。(郭子章《豫章詩話》卷六，見《全明詩話》第 2354 頁)

按，"脫却破袴""開倉曬穀""早早割禾"，這是不同地域的人根據布穀鳥的鳴叫，通過諧音手段作出的不同擬聲，後代稱"布穀鳥"。其聲又擬作"燒香撥火"。宋王質《林泉結契》卷一《脫卻破袴》："身褐，立即無聲，飛乃鳴，雌雄相應，先曰'脫卻'，後隨曰'破袴'，聲無間斷。又如云'燒香撥火'，稍急，類'脫卻破袴'。"又稱"阿公阿婆""割麥插禾"。明李時珍《本草綱目》卷四十九《禽部三、四·鳲鳩》："布穀名多，皆各因其聲似而呼之。如俗呼阿公阿婆、割麥插禾、脫卻破袴之類，皆因其鳴時可爲農候故耳。"①或擬作"家家看火""淮上好過""短募把鋤""沙糖麥果"等。清陸以湉《冷廬雜識》卷六《禽言》："黃霽青觀察《禽言詩引》謂江南春夏之交，有鳥繞村飛鳴，其音若'家家看火'，又若'割麥插禾'，江以北則曰'淮上好過'，山左人名之曰'短募把鋤'，常山道中又稱之曰'沙糖麥裹'，實同一鳥也。余按：此鳥即布穀，《爾雅》所謂'鳲鳩鵠鵴'者是也。《本草釋名》又有'阿公阿婆'，'脫却布袴'等音。陳造《布穀吟序》謂'人以布穀爲催耕，其聲曰'脫了潑袴'，淮農傳其言云'郭嫂打婆'，浙人解云'一百八箇'者，以意測之'云云。吾鄉鹽事方興，聞此鳥之聲，以爲'扎山看火'，殆鹽事畢，則以爲'家家好過'，蓋不待易地，而其音且因時變易矣。"②

2.郭索、鈎輈

退之《杏花》云："鵁鶄鈎輈猿叫歇。"《本草》：鵁鶄鳴云"鈎輈格磔。"李羣玉云："方穿詰曲崎嶇路，又聽鈎輈格磔聲。"林逋云："草泥行郭索，雲木叫鈎輈。"當時人盛誦之，以今所聞之聲，不與四字合，若云"行

---

① （明）李時珍著，陈贵廷等點校：《本草綱目》，中醫古籍出版社 1994 年版，第 1098 頁。
② （清）陸以湉撰，崔凡芝點校：《冷廬雜識》，中華書局 1984 年版，第 309 頁。

不得也哥哥"，不知《本草》何故知謂此聲。鷓鴣非啼於木上，止啼於草茅中。逋，錢塘人，浙無此禽，蓋傳聞之誤。段成式則云：鳴云"向南不北逃"。（朱翌《猗覺寮雜記》卷上，見《宋人詩話外編》第402頁）

《嶺南錄異》云：鷓鴣，吳、楚之野悉有，嶺南偏多。臆前有白圓點，背上間紫赤色。大如野雞，多對啼，其鳴自呼，鉤輈格磔。李羣玉《山行聞鷓鴣》詩云："方穿詰曲崎嶇路，又聽鉤輈格磔聲。"《韋莊集》《鷓鴣》詩："懊惱澤家非有恨，年年常憶鳳城歸。"舊註：懊惱澤家，鷓鴣音。有此不同。遞叟。（胡震亨《唐音癸籤》卷二十，見《全明詩話》第3737頁）

吾鄉詩有浙派，好用替代字，蓋始于宋人，而成於于厲樊榭。宋人如："水泥行郭索，雲木叫鉤輈。"不過一蟹一鷓鴣耳。（清袁枚《隨園詩話》卷九，第320頁）

按，郭索：本爲螃蟹爬行的聲音，後代稱"螃蟹"。宋沈括《夢溪筆談》卷十四《藝文一》："歐陽文忠嘗愛林逋詩'草泥行郭索，雲木叫鉤輈'之句，文忠以謂語新而屬對親切。鉤輈，鷓鴣聲也，李群玉詩云：'方穿詰曲崎嶇路，又聽鉤輈格磔聲。'郭索，蟹行貌也。揚雄《太玄》曰：'蟹之郭索，用心躁也。'"① 亦作"霍索"。《貶黃州》二折："或向林皋叢裏，舴艋舟中，霍索溪邊，一壺村酒，白眼望青天。""霍索"與"郭索"乃一聲之轉。"螃蟹"又稱"甲士"、"無腸"。明李時珍《本草綱目》卷四十五《介部一·蟹》："以其橫行，則曰螃蟹。以其行聲，則曰郭索。以其外骨，則曰甲士。以其內空，則曰無腸。"②

鉤輈：本爲鷓鴣聲，後代指"鷓鴣"。其聲又譯作"杜薄州""鉤輈格磔""行不得也哥哥"等。唐劉恂《嶺表錄異》"鷓鴣"："吳楚之野悉有，嶺南偏多。此鳥，肉白而肥，遠勝雞雉，能解冶葛井菌毒。臆前有白圓點，背上間紫赤毛，其大如野雞。多對啼。《南越志》云，鷓鴣雖東西回翔，然開翅之始，必先南翥，其鳴自呼杜薄州。又《本草》云，自呼鉤輈格磔。李

---

① （宋）沈括：《夢溪筆談》，《景印文淵閣四庫全書》第862冊，第788頁。
② （明）李時珍著，陈贵廷等點校：《本草綱目》，中醫古籍出版社1994年版，第1049頁。

群玉《山行聞鷓鴣》詩云：'方穿詰曲崎嶇路，又聽鈎輈格磔聲。'"① 清光緒二十八年《寧海縣志》卷二《物產·禽類》："鷓鴣，一名山鷓。《埤雅》：鷓鴣，臆前有白圓點，向日飛，畏霜露，蚤晚稀出，有時夜飛，則以木葉自覆其背，志常向南，雖東西回翔，展翅之始，必先南矞，故名懷南。其名自呼云'鈎輈格磔''行不得也哥哥'。"又稱"格磔""懊惱澤家"。如唐錢起《江行無題》："只知秦塞遠，格磔鷓鴣啼。"清朱彝尊《洞仙歌》："數郵簽萬里，嶺路千重，行不得、懊惱鷓鴣啼遍。"

（三）譯名

1.軍持

軍持，淨瓶也，出佛經。賈島《送僧》詩云："我有軍持憑弟子，岳陽江裏汲寒流。"（明楊慎《升菴詩話》卷二，見《歷代詩話續編》第 658 頁）

按，軍持：印度梵語 kundikā 的音譯名，亦作"'君持'、'軍遲'、'君遲'、'捃稚迦'、'君稚迦'"②，意譯爲"瓶"。晉法顯《佛國記》："軍持澡罐棄海中。"唐玄應《一切經音義》卷九："軍持。正言捃稚迦，此譯云瓶也，謂雙口澡罐也。"宋道誠《釋氏要覽·道具》："淨瓶，梵語軍持，此云瓶。常貯水隨身，用以淨手。""軍持"一詞，常見於詩詞當中。如宋王安石《訴衷情五首》其三："踢倒軍持，贏取溈山。"明金堡《八聲甘州》："算軍持、頻掛到於今，已是十三年。"又以"軍持"代稱"佛門"。如明黃宗羲《同晦木高旦中王雙白鄒文江文孫符周子潔徐昭法集靈岩寺》："應憐此日軍持下，同是前朝黨錮人。""佛門"義，《漢語大詞典》（9/1207）未及。

2.撐犁

沈元周啟讀"撐犁"而靡識，敢謂知書問招，祈而不知，尚慚寡學。見皇甫謐《玄晏春秋》曰：予讀《匈奴傳》，不識"撐犁孤塗"之事。有胡奴執燭，顧而問之。奴曰：匈怒號"撐犁"，猶漢人稱天子也。（《俞

① （唐）劉恂撰，商壁、潘博校補：《嶺表錄異》，廣西民族出版社 1988 年版，第 132 頁。
② 羅常培：《知徹澄娘音值考》，中國科學院語言研究所編：《羅常培語言學論文選集》，中華書局 1963 年版，第 34 頁。

弁詩話》，見《明詩話全編》第 2482 頁）

　　按，出自《山樵暇語》卷六。"匈怒"當作"匈奴"。撐犁：又作"撐黎、
撐犁、操梨、澄黎"①，匈奴語，對天的稱呼，可構擬爲"tengri（天）"。《漢
書·匈奴傳》："單于姓攣鞮氏，其國稱之曰'撐犁孤塗單于'，匈奴謂天爲'撐
犁'，謂子爲'孤塗'。'單于'者，廣大之貌也，言其象天單于然也。"宋黃
朝英《靖康湘素雜記》卷四《撐犁》："一云撐犁，天子也，蓋匈奴號撐犁，
猶漢人稱天子也，與此小異。"② 非是，"撐犁孤塗"四字合稱，纔是"天子"。
"撐犁"又譯作"登里""騰里"或"騰格里"等。清俞正燮《癸巳類稿》卷
七《天子音說》："天者，《國語》曰阿卜喀，蒙古語曰騰格里，古作撐里，*《史
記》亦曰祁連，*《漢書》亦曰統格落，*明《菽園雜記》。"③ 清文廷式《純常子枝語》
卷二十八："《漢書》匈奴稱天曰'撐犁'，今蒙古稱天曰'騰格里'，'騰格里'
卽'撐犁'之異譯，此朔方語二千餘年未變者。白鳥庫吉云此說致確，今土
耳其諸族猶稱天曰'撐犁'，突厥、匈奴之苗裔亦謂天爲'登凝梨'。"④ 後借
指"外族"。如清袁昶《後寰海》："景陵寬大泰陵肅，何物撐犁能弄兵。"一
說"撐犁"與"祁連"爲同音異譯。清王先謙《釋名疏證補》卷一《釋天第一》："緩
讀爲祁連，《漢書·霍去病傳》'出北地至祁連山'，師古注：'祁連卽天山。'
是也。又爲撐犁，《匈奴傳》：'匈奴謂天爲撐犁。'是也。"⑤ 可備一說。

三、通過語義手段形成的異名

（一）同義替换

　　這裏所說的同義替换，是指幾個異名詞，由於構成語素之間爲同義詞或

---

① 史有爲：《異文化的使者——外來詞》，吉林教育出版社 1991 年版，第 38 頁。

② （宋）黃朝英撰，吳企明點校：《靖康湘素雜記》，上海古籍出版社 1986 年版，第 32 頁。

③ （清）俞正燮撰，塗小馬等校點：《癸巳類稿》，遼寧教育出版社 2001 年版，第 224 頁。

④ （清）文廷式：《純常子枝語》，《續修四庫全書》第 1165 冊，第 429 頁。

⑤ （清）王先謙：《釋名疏證補》，王雲五主編：《萬有文庫》第二集七百種，商務印書館
　 1937 年版，第 20 頁。

近義詞，故可相互替換，進而形成對同一個事物的不同稱呼。

1. 枕幃

魯直《酴醾》云："風流付枕幃。"又云："夢寐宜人入枕囊。"說者謂幃幕如枕屏之類，非也。《楚詞》："蘇糞壤以充幃。"注：幃，謂之縢。縢，香囊也。又云："椒欲充其佩幃。"注謂盛香之囊。則知幃乃枕囊也。張平子《思玄賦》云"縭幽蘭"，李善注：《說文》曰：繫幃曰縭。《爾雅》云：婦人之幃謂之縭。今之香囊，在男曰幃，在女曰縭。縭者，繫囊之繩是也。（朱翌《猗覺寮雜記》卷上，見《宋人詩話外編》第 410 頁）

按，枕幃：即今所謂"枕芯"，其中"幃"爲香囊，故亦稱"枕囊"。宋黃庭堅《見諸人唱和酴醾詩輒次韻戲詠》："名字因壺酒，風流付枕幃。"白敦仁《陳與義集校箋》卷四引任淵注曰："王立之《詩話》云：'酴醾本酒名也，世所開花，本以其顏色似之，故取其名。'按《唐書·百官志》：良醞署令進御則供酴醾桑落之酒。《韻書》曰：'幃，囊也。'今人或取落花以爲枕囊。"①

2. 探急

"上位居崇禮，寺署鄰棲息。忌聞曉驪唱，每畏晨光艷。高談意未窮，晤對賞無極。探急共遨遊，休沐忘退食。曷用消鄙吝，枉趾觀顏色。下上數千載，揚搉吐胸臆。"探急謂其請急也。古云請急，今日給假。（明楊慎《升菴詩話》卷十三，見《歷代詩話續編》第 896 頁）

今謂官員給假爲請急。晉令：急假者五日一急，一歲以六十日爲限。車武子早急，出詣子敬，盡急而還。又謂之取急，詳山谷《杜詩箋》。《居易錄》（清王士禛《帶經堂詩話》卷十三，第 317 頁）

按，探急：即請假。急：古代休假名。《字彙補·心部》："急，休假名。"唐徐堅《初學記》卷二十《假》第六："急、告、寧，皆休假名也……晉令，急假者，一月五急，一年之中，以六十爲限。"②亦稱"請急"。《宋書·謝

---

① （宋）陳與義撰，白敦仁校箋：《陳與義集校箋》，上海古籍出版社 1990 年版，第 94 頁。

② （唐）徐堅等：《初學記》，中華書局 1962 年版，第 482 頁。

靈運傳》："出郭遊行，或一日百六七十里，經旬不歸，既無表聞，又不請急。"又稱"乞假"。唐盧綸《寄馮生並贈喬尊師》："乞假依山宅，蹉跎屬歲周。""探""請""乞"皆有"求"義。

（二）同義別解

這裡所說的同義別解，"通常是對某一事物的直觀感受和主觀理解，它往往能把這種事物最突出的特徵一下子概括出來"[1]。

1. 濯枝

蘇味道《單于川對雨》詩："還從濯枝後，來應洗兵辰。"《風土記》：六月大雨，爲濯枝雨。洗兵，用六韜周伐殷遇雨事。遯叟（胡震亨《唐音癸籤》卷十六，見《全明詩話》第 3708 頁）

按，濯枝：大雨的異稱。農曆五六月間的大雨，可洗滌樹木，故稱。唐韓鄂《歲華紀麗》卷二《五月》："芒種之日，螳螂之生，風名黃雀，雨曰濯枝。"濯：洗滌。《說文·水部》："濯，瀚也。"清翟灝《通俗編》卷一《天文·雨濯》："世以被雨淋曰濯，義本於櫛風沐雨，辭本於此。"[2]

2. 蘆酒

杜詩："黃羊飫不羶，蘆酒多還醉。"宋人解云："黃羊出關右塞上，無角類麞鹿。夷人所造酒，荻管吸瓶中，故曰蘆酒也。"按，今陝西近蕃地，皆有黃羊，大如數歲羜，而角甚長。西地羊角皆拳曲，黃羊獨與江南同而生順後，其肉美而不羶。川中人造酒，荻管吸瓶，信然。陝以西人則高盆貯糟，飲時量多少，注水盆中，吸之水盡酒乾，謂之瑣力麻酒，又曰雜麻，即蘆酒之遺製。宋人之所見者，豈未詳耶？（支允堅《藝苑閒評》，見《全明詩話》第 2945 頁）

按，上述材料亦見於明何孟春《餘冬詩話》卷上[3]。蘆酒：因以蘆管插

---

① 許華：《別稱異名形成的方式與途徑》，《長春光學精密機械學院學報》（社會科學版）2001 年第 4 期。

② （清）翟灝：《通俗編》（附《直語補正》），商務印書館 1958 年版，第 14 頁。

③ （明）何孟春：《餘冬詩話》，中華書局 1985 年版，第 4 頁。

酒桶中飲用，故稱。宋莊綽《雞肋編》卷中《黃羊與㗱酒》："關右塞上……又夷人造㗱酒，以荻管吸於瓶中。老杜《送從弟亞赴河西判官詩》云：'黃羊飫不羶，盧酒多還醉。'蓋謂此也。"① 此種飲酒方式，明代依然存在。明楊慎《秋林伐山》卷十五《盧酒》："盧酒，以蘆爲筒，吸而飲之。今之啞酒也。"② "啞酒"又稱"啞嘛酒"。明李時珍《本草綱目》卷二十五《穀部四·酒》："秦、蜀有啞嘛酒，用稻、麥、黍、秫、藥麴，小罌封釀而成，以筒吸飲。穀氣既雜，酒不清美，並不可入藥。"③ 方以智《通雅》卷三十九《飲食·盧酒啞嘛酒也》："謂置蘆管于中而羣飲也。今陝西家家以此款客，洞蠻名此為鈎藤酒。"④ 此外，"又叫'爐酒'、'鈎藤'、'箇酒'、'雜麻'、'釣竿'、'竿兒酒'、'瑣力麻'等"⑤。這種飲酒方式，可以追溯至三國時期。三國吳沈瑩《臨海異物志》："以粟爲酒，木槽貯之，用大竹筒長七寸許吸之。"直到今天還流行於川東一帶和雲、貴等地。《滇南聞見錄》上卷《啞酒》："夷人釀酒，帶糟盛於瓦盆，置地爐上溫之，盆内插蘆管數枝。凡親友會集，男女雜沓，旁各執一管，吸酒飲之，謂之啞酒。"⑥ 民國《續遵義府志》卷十二《物產·飲食類》："據五家說並以鈎籐爲啞酒別名，按：其法即今釣竿，特以籐以竹之異。近許纘曾《滇行紀程》載蘆管漬酒飲謂之竿兒酒者，亦即釣竿之類。"關於"盧酒"的發源、飲用及釀造方式、文化意義等，可以參看閻艷《唐詩食品詞語語言與文化之研究》"酒類·盧酒"⑦。"啞酒""啞嘛酒""雜麻酒""鈎藤"等詞，《漢語大詞典》未收。

3. 六赤

李洞集有《贈龍州李郎中》，先夢六赤，後因打葉子，因以詩上。其詩云："紅蠟香煙撲畫楹，梅花落盡庾樓清。光輝圓魄銜山冷，彩鏤

---

① （宋）莊綽撰，蕭魯陽點校：《雞肋編》，中華書局1983年版，第53頁。
② （明）楊慎：《秋林伐山》，商務印書館《叢書集成初編》本，1936年版，第97頁。
③ （明）李時珍著，陳貴廷等點校：《本草綱目》，中醫古籍出版社1994年版，第662頁。
④ （明）方以智：《通雅》，《景印文淵閣四庫全書》第857冊，第744頁。
⑤ 蔡鎮楚：《中國品酒詩話》，湖南師範大學出版社2005年版，第286頁。
⑥ 方國瑜：《雲南史料叢刊》（第十二卷），雲南大學出版社2001年版，第26頁。
⑦ 閻艷：《唐詩食品詞語語言與文化之研究》，巴蜀書社2004年版，第327—331頁。

方牙着腕輕。寶帖牽來獅子鎮，金盆引出鳳凰傾。徵黃喜兆莊周夢，六赤重新擲印成。"六赤者，古之瓊畟，今之骰子也。葉子，如今之紙牌酒令。鄭氏書目有南唐李後王妃周氏編《金葉子格》，此戲今少傳。（明楊慎《升菴詩話》卷一，見《歷代詩話續編》第 649—650 頁）

吳旦生曰："……程大昌《樗蒲經》云：蔡澤說范睢曰：博者或欲大投。班固《奕指》曰：博懸於投，不必在行。投者，擲也。桓玄曰：劉毅樗蒲一擲百萬。皆以投擲為名也。古惟斲木為子，一具凡五子，故曰五木。後世傳而用石、用玉、用象牙、用骨。故《列子》之謂投瓊，律文之謂出玖。瓊與玖皆玉名，蓋借美名以命之，未必真用玉也。繁欽《威儀箴》曰：其有退食，偃息閒居，操檾弄棋，文局樗蒲，言不及義，勝負是圖。注：檾，瞿營反，博子也。檾之讀與瓊同，其字仍从木。知其初制，本以木為質也。唐則鏤骨為竅，朱墨雜塗，數以為采。亦有出意為巧者，取相思紅子納置竅中，此二者即今名骰子。"（清吳景旭《歷代詩話》第 762 頁）

按，六赤：一種賭博的工具，因有十二枚且分黑紅或黑白兩組，故稱。唐李賢注《後漢書·梁統傳》引鮑宏《博經》："六博用十二棋，六棋白，六棋黑。所擲投謂之'瓊'，瓊有五彩。"又因以投擲決勝負，故亦稱"投"。唐李匡乂《資暇集》卷下《投子》："投子者，投擲於盤筵之義。"[1]又因多用骨、玉、石或象牙製，故稱"骰""骰子""瓊""瓊畟""投瓊""出玖""齒"等。晉張湛注《列子·說符》引古《博經》："其擲采以瓊為之，瓊畟方寸三分，長寸五分，銳其頭，鑽刻瓊四面為眼，亦名為齒。"明方以智《通雅》卷三十五《器用·戲具》："或曰投瓊，或曰出玖，或曰操檾，或曰六赤，或曰六么，皆骰子也。"[2]檾：同"瓊"，古代樗蒲戲的骰子。《正字通·木部》："《太平御覽》載繁欽《威儀箴》曰：'操檾弄棊。'檾與瓊音義通。"

---

[1]　（唐）李匡乂：《資暇集》，商務印書館《叢書集成初編》本，1939 年版，第 23 頁。
[2]　（明）方以智：《通雅》，《景印文淵閣四庫全書》第 857 冊，第 678 頁。

結　語

　　詩話裏面記載了大量的語言學問題，通過對這些材料的收集整理及分類探討，可得出詩話語言學問題研究的成就如下：

　　1. 文字研究

　　（1）在語詞本字探求上，能夠以語音爲線索，求得語詞的本字。這不僅有助於瞭解語詞的含義，而且可以得知語詞的出處。

　　（2）詩話記載了大量異文現象，這些異文多涉及了用字問題，從這個角度出發，異文雙方之間的關係主要有通假和形近兩種類型。通過異文的研究，不僅爲詞義的確定提供了線索，而且有利於詩歌的整理校勘工作。

　　（3）在聯綿詞的異形研究上，能夠根據聯綿詞字無定形的特點，繫聯大量聯綿詞的不同書寫形式，且在繫連過程中，探明了其來源。

　　2. 語音研究

　　（1）詩話記載了大量的古音和方俗音，這些材料在漢語語音史上具有重要的價值。從聲母來看：喻四歸定、古無邪紐、古無輕唇音、古無舌上音、洪細音的轉化等現象在詩話中體現了出來。從韻母來看：蒸、東不分；宵、幽不分；魚、侯不分；魚、虞分用；複合元音單音化；長元音的高化；前後鼻音不分；鼻輔音 [-m] 和古塞音韻尾 [-p]、[-t]、[-k] 的保存等現象也在詩話中得到了證明。從聲調來看：濁上變去；古上聲與平聲、清上與清去、陰平與陰上同調；陰入相叶等現象在詩話中也得以展現。

　　（2）詩話記載了許多具有兩個或幾個不同讀法的漢字。這些不同的讀音往往具有區別意義的作用，此現象，在一些方言中依然保存着。此外，對韻書、辭書來說，不僅探明了所載不同讀音的來源，而且也補充了《漢語大字典》未收之讀音。

3. 詞義研究

（1）詩話記錄了大量的方俗詞、歷史詞、外來詞，並利用各種方法來探討這些詞語的含義，其方法主要有：以形索義法、因聲求義法、據古求義法、比較匯證法、方言佐證法、民俗論證法、實地觀察法等。

（2）在詞義研究方面，注重根據詞義的引申規律繫連同一個詞的不同義項和對詞義演變方式的探討，或義項增多、或詞義擴大、或詞義縮小、或詞義情感色彩發生變化。且在對詞義演變的研究過程中，常有意無意地展現出詞義發生變化的原因。其中，既有語言原因，又有非語言原因。語言原因主要是修辭手段和詞義感染，非語言原因主要是名人效應和外來文化。

（3）詩話裏面記載的詞義，成爲語文辭書和通行詩歌注本的寶藏。或爲辭書或注本中的某些釋義找到了來龍去脈；或修正了辭書或注本釋義的一些訛誤；或增補了辭書某些義項或詞形的缺失等。

4. 詞源研究

（1）詩話注重探求語詞的最早出處，對於辭書來說，不僅可以提前某些義項的書證，而且也增補了未收語詞的最早書證。

（2）在語詞得名之由研究方面，能夠突破字形的限制，從聲音角度切入，通過“聲訓”“右文說”“音近義通”等方法，探求語詞的命名理據。語詞的得名方式主要有三類：①因事物自身特點而得名。②因事物與人物相關而得名。③因語音相關而得名。

（3）詩話在同物異名研究方面，繫連了大量的異名詞，且種類甚多，以所觀詩話而言，就多達八類，如天象歲時類、宮室都邑類、人名官職類、衣冠服飾類、日用器具類、娛樂遊戲類、花草竹木類、蟲鳥禽獸類等。這些不同的異名詞，主要有三個來源：或來自古語詞、或來自方言詞、或來自外來詞。其形成途徑主要是通過修辭、語音、語義。

當然，詩話某些語言學問題的分析也存在這樣那樣的不足。如在詞義研究上，或釋義錯誤、或釋義片面、或釋義與書證不符。在語詞的命名理據研究上，“聲訓”“音近義通”等方法未貫穿始終，導致大量的流俗詞源。在聯綿詞的研究過程中，或對聯綿詞的不同變體強分正俗或正誤，或把音近異義聯綿詞混雜在一起，等等。但這也是難以避免的。

　　總之，研究詩話裏的語言學問題，是一個龐大的課題，由於時間和個人水平的侷限，本文的研究工作僅是初步疏理和分析研究，一些詩話中討論的重要語言學問題，還未能深入挖掘與討論：如在語法研究方面，虛詞和詞序的研究。在總結詩話中的虛實觀上，可以通過詩話當中說明虛詞實詞的例子來探求虛實觀；通過詩話分析虛詞運用的術語看其虛實觀；通過詩話分析虛詞實詞的作用看其虛實觀；通過詩話分析虛實轉化的實例看其虛實觀；通過詩話對詞類活用的記載看其虛實觀。對於詞序的研究，主要關注點是同素異序詞。對於這種現象，詳見筆者《韻律構詞學理論與抑揚清濁說之間的關係——從詩話對同素異序詞的研究談起》一文。在詞義研究方面，關於新詞新義的研究，本應該單獨提煉出來進行深入探討，但限於篇幅，本書只是在對詞義研究時，簡單提及了一下。在異文研究方面，目前成果較爲豐富的是利用詩話材料，對杜甫詩異文的研究和《詩經》異文的研究。但詩話中其他詩人作品中的異文，卻缺少研究成果，這也是以後需要努力的方向。在修辭研究方面：周振甫《中國修辭學史》一書已對某些詩話中涉及的修辭內容進行了簡單述評。此外，修辭與語詞訓釋研究、修辭與詞彙化研究、修辭與造詞法研究等，也都值得作深入的研究……總之，全面深入探討詩話裏的語言學問題，今後還需要更多的時間、精力及學識。

參考文獻

一、古代文獻（按年代先後排列，同一年代，則按出版先後排列。）

1.（春秋）范蠡著，孫芝齋校勘點注：《致富全書》，河南科學技術出版社 1987 年版。

2.（漢）揚雄撰，郭璞注：清戴震疏證《輶軒使者絕代語釋別國方言》，商務印書館《叢書集成初編》本，1937 年版。

3.（漢）鄭玄注，唐賈公彥疏：《周禮注疏》，清阮元校勘《十三經注疏》本，中華書局 1980 年版。

4.（漢）鄭玄注，唐賈公彥疏：《儀禮注疏》，清阮元校勘《十三經注疏》本，中華書局 1980 年版。

5.（漢）應劭撰，王利器校注：《風俗通義校注》，中華書局 1981 年版。

6.（漢）劉熙：《釋名》，中華書局 1985 年版。

7.（漢）史游：《急就篇》，嶽麓書社 1989 年版。

8.（漢）司馬遷著，闕勳吾、闕甯南注：《史記新注》（下冊），湖北教育出版社 2003 年版。

9.（晉）李石：《續博物志》，商務印書館《叢書集成初編》本，1936 年版。

10.（晉）嵇含：《南方草木狀》，商務印書館《叢書集成初編》本，1939 年版。

11.（晉）郭璞注，宋邢昺疏：《爾雅注疏》，清阮元校勘《十三經注疏》本，中華書局 1980 年版。

12.（晉）王嘉撰，梁蕭綺錄，齊治平校注：《拾遺記》，中華書局 1981 年版。

13.（晉）習鑿齒原著，舒焚、張林川校注：《襄陽耆舊記校注》，荊楚書社 1986 年版。

14.（晉）皇甫謐：《高士傳》，《四部備要》第 46 冊，中華書局 1989 年版。

15.（晉）崔豹撰，王根林校點：《古今注》，上海古籍出版社《漢魏六朝筆記小說大觀》本，1999 年版。

16.（南朝）梁蕭統：《文選》，中華書局 1977 年版。

17.（南朝）梁顧野王：《玉篇》，《景印文淵閣四庫全書》第 224 冊，商務印書館。

18.（北魏）楊衒之撰，周祖謨校釋：《洛陽伽藍記校釋》，中華書局 1963 年版。

19.（北魏）賈思勰原著，繚啟愉校釋，繚桂龍參校：《齊民要術校釋》，農業出版社 1982 年版。

20.（北魏）酈道元：《水經注》，時代文藝出版社 2001 年版。

21.（梁）陶弘景編輯，尚志鈞、尚元勝輯校：《本草經集注》（輯校本），人民衛生出版社 1994 年版。

22.陳徐陵編，清吳兆宜注，程琰刪補，穆克宏點校：《玉臺新詠箋注》，中華書局 1985 年版。

23.（唐）白居易：《白香山詩集》，世界書局 1935 年版。

24.（唐）劉恂：《嶺表異錄》，商務印書館《叢書集成初編》本，1936 年版。

25.（唐）釋元應：《一切經音義》，商務印書館《叢書集成初編》本，1936 年版。

26.（唐）顏師古：《匡謬正俗》，王雲五主編《萬有文庫》第二集七百種，商務印書館 1937 年版。

27.（唐）李匡乂：《資暇集》，商務印書館《叢書集成初編》本，1939 年版。

28.（唐）王維撰，清趙殿成箋注：《王右丞集箋注》，上海古籍出版社 1961 年版。

29.（唐）樊綽撰，向達校注：《蠻書校注》，中華書局 1962 年版。

30.（唐）徐堅等：《初學記》，中華書局 1962 年版。

31.（唐）李賀著，清王琦等注：《李賀詩歌集注》，上海人民出版社 1977 年版。

32.（唐）柳宗元著：《柳宗元集》（全四冊），中華書局 1979 年版。

33.（唐）杜甫著，清仇兆鰲注：《杜詩詳注》，中華書局 1979 年版。

34.（唐）杜甫著，清楊倫箋注：《杜詩鏡銓》，上海古籍出版社 1980 年版。

35.（唐）孔穎達：《毛詩正義》，清阮元校勘《十三經注疏》本，中華書局 1980 年版。

36.（唐）孔穎達：《禮記正義》，清阮元校勘《十三經注疏》本，中華書局 1980 年版。

37.（唐）孔穎達：《左傳正義》，清阮元校勘《十三經注疏》本，中華書局 1980 年版。

38.（唐）段成式撰，方南生點校：《酉陽雜俎》，中華書局 1981 年版。

39.（唐）陸德明撰，黃焯斷句：《經典釋文》，中華書局 1983 年版。

40.（唐）韓愈著，錢仲聯集釋：《韓昌黎詩繫年集釋》，上海古籍出版社 1984 年版。

41.（唐）玄奘、辯機著，季羨林校注：《（唐）西域記校注》，中華書局 1985 年版。

42.（唐）杜佑撰，王文錦等點校：《通典》，中華書局 1988 年版。

43.（唐）王梵志著，項楚校注：《王梵志詩校注》，上海古籍出版社 1991 年版。

44.（唐）杜甫著：《杜甫全集》，上海古籍出版社 1996 年版。

45.（唐）李肇撰，曹中孚校點：《唐國史補》，上海古籍出版社《唐五代筆記小說大觀》本，2000 年版。

46.（唐）韓愈著，閻琦校注：《韓昌黎文集注釋》，三秦出版社 2004 年版。

47. （唐）李商隱著，清馮浩注，王步高等輯校匯評：《李商隱全集》，珠海：珠海出版社 2002 年版。

48. （唐）陸羽撰，沈冬梅校注：《茶經校注》，中國農業出版社 2007 年版。

49. （南唐）尉遲偓：《中朝故事》，商務印書館《叢書集成初編》本，1936 年版。

50. （南唐）靜、筠二禪師編纂，孫昌武等點校：《祖堂集》（全二冊），中華書局 2007 年版。

51. 五代馬縞：《中華古今注》，商務印書館《叢書集成初編》本，1939 年版。

52. （宋）李誡：《營造法式》（全四冊），商務印書館 1933 年版。

53. （宋）林洪：《山家清供》，商務印書館《叢書集成初編》本，1935 年版。

54. （宋）樓鑰：《攻媿集》，商務印書館《叢書集成初編》本，1935 年版。

55. （宋）陸游：《入蜀記》，商務印書館《叢書集成初編》本，1936 年版。

56. （宋）高承撰，明李果訂：《事物紀原》，商務印書館《叢書集成初編》本，1937 年版。

57. （宋）陳元靚編：《歲時廣記》，商務印書館《叢書集成初編》本，1939 年版。

58. （宋）吳枋：《宜齋野乘》，商務印書館《叢書集成初編》本，1939 年版。

59. （宋）朱長文撰，清胡珽校證，清董金鑑續校：《吳郡圖經續記》，商務印書館《叢書集成初編》本，1939 年版。

60. （宋）楊伯嵒：《臆乘》，商務印書館《叢書集成初編》本，1939 年版。

61. （宋）張耒：《明道雜志》，商務印書館《叢書集成初編》本，1939 年版。

62. （宋）晁載之：《續談助》，商務印書館《叢書集成初編》本，1939 年版。

63. （宋）孟元老等著：《東京夢華錄》（外四種），古典文學出版社 1956 年版。

64. （宋）朱熹集注：《詩集傳》，中華書局 1958 年版。

65. （宋）吳曾：《能改齋漫錄》，上海古籍出版社 1960 年版。

66.（宋）計有功：《唐詩紀事》，上海古籍出版社 1965 年版。

67.（宋）司馬光編著，元胡三省音注：《資治通鑒》，中華書局 1976 年版。

68.（宋）陸游著：《陸游集》，中華書局 1976 年版。

69.（宋）陸游撰，李劍雄等點校：《老學庵筆記》，中華書局 1979 年版。

70.（宋）無名氏：《張協狀元》，錢南揚校注《永樂大典戲文三種校注》本，中華書局 1979 年版。

71.（宋）吳自牧：《夢梁錄》，浙江人民出版社 1980 年版。

72.（宋）四水潛夫輯：《武林舊事》，西湖書社 1981 年版。

73.（宋）歐陽修撰，李偉國點校：《歸田錄》，中華書局 1981 年版。

74.（宋）孟元老：《西湖老人繁勝錄》，中國商業出版社 1982 年版。

75.（宋）陳彭年等：《宋本廣韻》，北京市中國書店，1982 年版。

76.（宋）蔡正孫撰，常振國、降雲點校：《詩林廣記》，中華書局 1982 年版。

77.（宋）蔡絛撰，馮惠民等點校：《鐵圍山叢談》，中華書局 1983 年版。

78.（宋）邵博撰，李德權等點校：《邵氏聞見後錄》，中華書局 1983 年版。

79.（宋）周密撰，張茂鵬點校：《齊東野語》，中華書局 1983 年版。

80.（宋）馬永卿：《懶真子》，《筆記小說大觀》第 6 冊，江蘇廣陵古籍出版社 1983 年版。

81.（宋）龔明之：《中吳記聞》，《筆記小說大觀》第 9 冊，江蘇廣陵古籍刻印社 1983 年版。

82.（宋）洪興祖：《楚辭補注》，中華書局 1983 年版。

83.（宋）葉夢得撰，宇文紹奕考異，侯忠義點校：《石林燕語》，中華書局 1984 年版。

84.（宋）丁度等：《集韻》，上海古籍出版社 1985 年版。

85.（宋）陸游著，錢仲聯校注：《劍南詩稿校注》，上海古籍出版社 1985 年版。

86.（宋）葉大慶袁文：《考古質疑　甕牖閒評》，上海古籍出版社 1985 年版。

87.（宋）黃朝英撰，吳企明點校：《靖康緗素雜記》，上海古籍出版社 1986 年版。

88.（宋）黎靖德編，王星賢點校：《朱子語類》，中華書局 1986 年版。

89.（宋）王讜撰，周勛初校證：《唐語林校證》，中華書局 1987 年版。

90.（宋）王觀國撰，田瑞娟點校：《學林》，中華書局 1988 年版。

91.（宋）岳珂編，王曾瑜校注：《鄂國金佗稡編續校注》，中華書局 1989 年版。

92.（宋）陳與義撰，白敦仁校箋：《陳與義集校箋》，上海古籍出版社 1990 年版。

93.（宋）鄭樵撰，王樹民點校：《通志二十略》，中華書局 1992 年版。

94.（宋）姚寬撰，孔凡禮點校：《西溪叢語》，中華書局 1993 年版。

95.（宋）蘇頌編纂，尚志鈞輯校：《本草圖經》，安徽科學技術出版社 1994 年版。

96.（宋）周煇撰，劉永翔校注：《清波雜志校注》，中華書局 1994 年版。

97.（宋）道誠：《釋氏要覽》，全國圖書館文獻縮微複製中心，1995 年版。

98.（宋）李燾：《續資治通鑒長編》，中華書局 1995 年版。

99.（宋）趙彥衛撰，傅根清點校：《雲麓漫鈔》，中華書局 1996 年版。

100.（宋）張君房纂輯，蔣力生等校注：《雲笈七籤》，華夏出版社 1996 年版。

101.（宋）王質：《林泉結契》，《四庫全書存目叢書》第 15 冊，齊魯書社 1997 年版。

102.（宋）郭茂倩編纂：《樂府詩集》，上海古籍出版社 1998 年版。

103.（宋）周去非著，楊武泉校注：《嶺外代答校注》，中華書局 1999 年版。

104.（宋）史浩：《兩鈔摘腴》，施蟄存、陳如江《宋元詞話》本，上海書店出版社 1999 年版。

105.（宋）文惟簡：《虜廷事實》，車吉心總主編《中華野史》（遼夏金元卷）本，济南：泰山出版社 2000 年版。

106.（宋）朱熹撰，蔣立甫校點：《楚辭集注》，上海古籍出版社 2001年版。

107.（宋）朱熹撰，朱傑人等主編：《朱子全書》（第 24 冊），上海、上海古籍出版社、安徽教育出版社 2002 年版。

108.（宋）程大昌撰，黃永年點校：《雍錄》，中華書局 2002 年版。

109.（宋）黃庭堅著，宋任淵等注，黃寶華點校：《山谷詩集注》，上海古籍出版社 2003 年版。

110.（宋）孫光憲：《北夢瑣言》，朱易安、傅璇琮等《全宋筆記》（第一編·一）本，大象出版社 2003 年版。

111.（宋）陶穀：《清異錄》，朱易安、傅璇琮等《全宋筆記》（第一編·二）本，大象出版社 2003 年版。

112.（宋）宋祁：《宋景文公筆記》，朱易安、傅璇琮等《全宋筆記》（第一編·五）本，大象出版社 2003 年版。

113.（宋）司馬光：《涑水記聞》，朱易安、傅璇琮等《全宋筆記》（第一編·七）本，大象出版社 2003 年版。

114.（宋）張唐英：《蜀檮杌》，朱易安、傅璇琮等《全宋筆記》（第一編·八）本，大象出版社 2003 年版。

115.（宋）陸泳：《吳下田家志》，明楊循吉等著，陳其弟點校《吳中小志叢刊》本，扬州：廣陵書社 2004 年版。

116.（宋）洪邁撰，孔凡禮點校：《容齋隨筆》，中華書局 2005 年版。

117.（宋）杨仲良撰，李之亮校點：《皇宋通鑒長編紀事本末》，黑龍江人民出版社 2006 年版。

118.（宋）聶崇義纂輯，丁鼎點校解說：《新定三禮圖》，清華大學出版社 2006 年版。

119.（宋）歐陽修撰，李之亮箋注：《歐陽修集編年箋注》（七），巴蜀書社 2007 年版。

120. （宋）趙昇編，王瑞來點校：《朝野類要》，中華書局 2007 年版。

121. （宋）王應麟著，清翁元圻等注，樂保群等校點：《困學紀聞》（全校本），上海古籍出版社 2008 年版。

122. （宋）賈昌朝：《羣經音辨》，《景印文淵閣四庫全書》第 222 冊，商務印書館。

123. （宋）戴侗：《六書故》，《景印文淵閣四庫全書》第 226 冊，商務印書館。

124. （宋）羅泌：《路史》，《景印文淵閣四庫全書》第 383 冊，商務印書館。

125. （宋）范成大：《吳郡志》，《景印文淵閣四庫全書》第 485 冊，商務印書館。

126. （宋）韓彥直：《橘錄》，《景印文淵閣四庫全書》第 845 冊，商務印書館。

127. （宋）程大昌：《演繁露》，《景印文淵閣四庫全書》第 852 冊，商務印書館。

128. （宋）沈括：《夢溪筆談　補筆談》，《景印文淵閣四庫全書》第 862 冊，商務印書館。

129. （宋）魏仲舉：《五百家注昌黎文集》，《景印文淵閣四庫全書》第 1074 冊，商務印書館。

130. （宋）童宗說等：《柳河東集注》，《景印文淵閣四庫全書》第 1076 冊，商務印書館。

131. （宋）寇宗奭：《本草衍義》，《續修四庫全書》第 990 冊，上海古籍出版社。

132. 金韓孝彥等撰，明釋文儒等刪補：《改並五音類聚四聲篇海》，《續修四庫全書》第 229 冊，上海古籍出版社。

133. （元）陶宗儀：《南村輟耕錄》，中華書局 1958 年版。

134. （元）狄君厚：《晉文公火燒介子推》，徐沁君校《新校元刊雜劇三十種》本，中華書局 1980 年版。

135. （元）李果：《食物本草》，中國醫藥科技出版社 1990 年版。

136.（元）駱天驤撰，黃用年點校：《類編長安志》，中華書局 1990 年版。

137.（元）李冶撰，劉德權點校：《敬齋古今黈》，中華書局 1995 年版。

138.（元）伊世珍：《琅嬛記》，《四庫全書存目叢書》第 120 冊，齊魯書社 1995 年版。

139.（元）佚名：《東南紀聞》，車吉心總主編《中華野史》（遼夏金元卷）本，济南：泰山出版社 2000 年版。

140.（元）李衎著，吳慶峰、張金霞整理：《竹譜詳錄》，山東畫報出版社 2006 年版。

141.（元）黃公紹、熊忠著：《古今韻會舉要》，《景印文淵閣四庫全書》第 238 冊，商務印書館。

142.（元）羅天益：《衛生寶鑒》，《續修四庫全書》第 1019 冊，上海古籍出版社。

143.（明）田汝成：《炎徼紀聞》，商務印書館《叢書集成初編》本，1936 年版。

144.（明）王世懋：《閩部疏》，商務印書館《叢書集成初編》本，1936 年版。

145.（明）楊慎：《升菴經說》，商務印書館《叢書集成初編》本，1936 年版。

146.（明）楊慎：《丹鉛雜錄　丹鉛續錄俗言》，商務印書館《叢書集成初編》本，1936 年版。

147.（明）楊慎：《秇林伐山》，商務印書館《叢書集成初編》本，1936 年版。

148.（明）楊慎：《升菴全集》，王雲五主編《萬有文庫》第二集七百種，商務印書館 1937 年版。

149.（明）岳元聲：《方言據》，商務印書館《叢書集成初編》本，1937 年版。

150.（明）王志堅輯：《表異錄》，商務印書館《叢書集成初編》本，1937 年版。

151.（明）陳世元：《象教皮編》，商務印書館《叢書集成初編》本，1939 年版。

152.（明）張萱撰：《疑耀》，商務印書館《叢書集成初編》本，1939 年版。

153.（明）屠本畯疏，清徐㷆補疏：《閩中海錯疏》，商務印書館《叢書集成初編》本，1939 年版。

154.（明）田汝成：《西湖遊覽志餘》，上海古籍出版社 1958 年版。

155.（明）謝肇淛：《五雜組》，中華書局 1959 年版。

156.（明）朱國禎：《湧幢小品》，中華書局 1959 年版。

157.（明）沈德符：《萬曆野獲編》，中華書局 1959 年版。

158.（明）葉勝：《水東日記》，中華書局 1980 年版。

159.（明）李詡撰，魏連科點校：《戒庵老人漫筆》，中華書局 1982 年版。

160.（明）徐應秋：《玉芝堂談薈》，《筆記小說大觀》第 11 冊，江蘇廣陵古籍刻印社 1983 年版。

161.（明）于慎行撰，呂景琳點校：《穀山筆麈》，中華書局 1984 年版。

162.（明）王錡撰，張德信點校：《寓圃雜記》，中華書局 1984 年版。

163.（明）陸容撰，佚之點校：《菽園雜記》，中華書局 1985 年版。

164.（明）田藝蘅：《留青日札》（全三冊），上海古籍出版社 1985 年版。

165.（明）焦竑撰，李劍雄點校：《焦氏筆乘》，上海古籍出版社 1986 年版。

166.（明）張岱撰，劉耀林校注：《夜航船》，浙江古籍出版社 1987 年版。

167.（明）楊慎著，王仲庸箋證：《升菴詩話箋證》，上海古籍出版社 1987 年版。

168.（明）陸粲　顧起元撰，譚棣華　陳稼禾點校：《庚巳編　客座贅語》，中華書局 1987 年版。

169.（明）董說原著，繆文遠訂補：《七國考訂補》，上海古籍出版社 1987 年版。

170.（明）陳第著，康瑞琮點校：《毛詩古音考》，中華書局 1988 年版。

171.（明）陳士元：《俚言解》，上海古籍出版社《明清俗語辭書集成》本，

1989 年版。

172.（明）李實著，黃仁壽、劉家和校注：《蜀語校注》，巴蜀書社 1990 年版。

173.（明）劉文征撰，古永繼校點，王雲等審訂：《滇志》，雲南教育出版社 1991 年版。

174.（明）李時珍：《本草綱目》，中醫古籍出版社 1994 年版。

175.（明）劉若愚：《酌中志》，北京古籍出版社 1994 年版。

176.（明）蘭陵笑笑生原著，白維國、卜鍵校注：《金瓶梅詞話校注》（二），嶽麓書社 1995 年版。

177.（明）何喬遠：《閩書》，福建人民出版社 1995 年版。

178.（明）黃一正：《事物紺珠》，《四庫全書存目叢書》第 200 冊，齊魯書社 1995 年版。

179.（明）宋濂撰，明张嘉和辑：《篇海類編》，《四庫全書存目叢書》第 188 冊，齊魯書社 1997 年版。

180.（明）戴重：《河村集》，《四庫禁毀書叢刊》第 11 冊，北京出版社 2000 年版。

181.（明）吳之甲：《靜棐集》，《四庫禁毀書叢刊》第 78 冊，北京出版社 2000 年版。

182.（明）徐光啟著，陳煥良、羅文華校注：《農政全書》，嶽麓書社 2002 年版。

183.（明）楊慎：《轉注古音略》，王文才、萬光治《楊升庵叢書》（一）本，天地出版社 2002 年版。

184.（明）黃仲昭：《八閩通志》（修訂本），福建人民出版社 2006 年版。

185.（明）蔣鐥：《九疑山志》（二種），嶽麓書社 2008 年版。

186.（明）陸粲：《左傳附注》，《景印文淵閣四庫全書》第 167 冊，商務印書館。

187.（明）樂韶鳳：《洪武正韻》，《景印文淵閣四庫全書》第 239 冊，商務印書館。

188.（明）謝肇淛：《滇畧》，《景印文淵閣四庫全書》第 494 冊，商務印書館。

189.（明）曹學佺：《蜀中廣記》，《景印文淵閣四庫全書》第 591 冊，商務印書館。

190.（明）周祈：《名義考》，《景印文淵閣四庫全書》第 856 冊，商務印書館。

191.（明）方以智：《通雅》，《景印文淵閣四庫全書》第 857 冊，商務印書館。

192.（明）彭大翼：《山堂肆考》，《景印文淵閣四庫全書》第 974 冊，商務印書館。

193.（明）張自烈：《正字通》，《續修四庫全書》第 235 冊，上海古籍出版社。

194.（明）陳士元：《俗用雜字》，《續修四庫全書》第 238 冊，上海古籍出版社。

195.（明）郎瑛：《七修類稿　七修續稿》，《續修四庫全書》第 1123 冊，上海古籍出版社。

196.（明）胡震亨：《讀書雜錄》，《續修四庫全書》第 1132 冊，上海古籍出版社。

197.（明）鄭若用：《類雋》，《續修四庫全書》第 1236 冊，上海古籍出版社。

198.（清）張玉書等匯閱，清蔡升元等纂修校勘：《佩文韻府》，同文書局 1886 年版。

199.（清）朱珔：《文選集釋》，受古堂書店影印本，1928 年版。

200.（清）胡培翬：《儀禮正義》，商務印書館 1934 年版。

201.（清）聖祖敕撰：《廣群芳譜》，商務印書館 1935 年版。

202.（清）秦篤輝：《平書》，商務印書館《叢書集成初編》本，1937 年版。

203.（清）李賡芸：《炳燭編》，商務印書館《叢書集成初編》本，1937 年版。

204.（清）劉淇：《助字辨略》，王雲五主編《萬有文庫》第二集七百種，商務印書館 1937 年版。

205.（清）王先謙：《釋名疏證補》，王雲五主編《萬有文庫》第二集七百種，商務印書館 1937 年版。

206.（清）俞樾：《諸子平議》，中華書局 1954 年版。

207.（清）焦循：《劇說》，古典文學出版社 1957 年版。

208.（清）趙翼：《陔餘叢考》，商務印書館 1957 年版。

209.（清）翟灏：《通俗編》（附《直語補正》），商務印書館 1958 年版。

210.（清）王鳴盛：《蛾術編》，商務印書館 1958 年版。

211.（清）錢大昕　陳鱣撰：《恆言錄　恒言廣證》，商務印書館 1958 年版。

212.（清）平步青：《釋諺》，商務印書館 1959 年版。

213.（清）阮葵生：《茶餘客話》，中華書局 1959 年版。

214.（清）吳其濬：《植物名實圖考長編》，商務印書館 1959 年版。

215.（清）彭定求等編：《全唐詩》（共二十五冊），中華書局 1960 年版。

216.（清）況周頤　王國維：《蕙風詞話　人間詞話》，人民文學出版社 1960 年版。

217.（清）郭慶藩：《莊子集釋》，中華書局 1961 年版。

218.（清）陳淏子輯，伊欽恒校注：《花鏡》（修訂版），農業出版社 1962 年版。

219.（清）許慎：《說文解字》，中華書局 1963 年版。

220.（清）沈德潛選：《古詩源》，中華書局 1963 年版。

221.（清）潘榮陛　富察敦崇：《帝京歲時紀勝　燕京歲時記》，北京古籍出版社 1981 年版。

222.（清）周亮工：《書影》（十卷本），上海古籍出版社 1981 年版。

223.（清）梁章鉅：《浪跡叢談　續談三談》，中華書局 1981 年版。

224.（清）王士禎撰，靳斯仁點校：《池北偶談》，中華書局 1982 年版。

225.（清）王引之：《經傳釋詞》，嶽麓書社 1982 年版。

226.（清）朱彭壽著，何雙生整理：《安樂康平室隨筆》，中華書局 1982 年版。

227.（清）王文誥輯注，孔凡禮點校：《蘇軾詩集》，中華書局 1982 年版。

228.（清）梁紹壬撰，莊葳點校：《兩般秋雨盦隨筆》，上海古籍出版社 1982 年版。

229.（清）姚元之撰，李解民點校：《竹葉亭雜記》，中華書局 1982 年版。

230.（清）李光庭：《鄉言解頤》，中華書局 1982 年版。

231.（清）顧炎武著：《音學五書》，中華書局 1982 年版。

232.（清）蒲松齡原著，王皎譯注：《白文聊齋志異》（上冊），時代文藝出版社 1983 年版。

233.（清）施鴻保著，張慧劍校：《讀杜詩說》，上海古籍出版社 1983 年版。

234.（清）王念孫著，鍾宇訊點校：《廣雅疏證》，中華書局 1983 年版。

235.（清）王筠：《說文釋例》，中華書局 1983 年版。

236.（清）王应奎撰，王彬等點校：《柳南隨筆續筆》，上海古籍書店，1983 年版。

237.（清）郝懿行：《爾雅義疏》，上海古籍出版社 1983 年版。

238.（清）王聘珍：《大戴禮記解詁》，中華書局 1983 年版。

239.（清）王先謙：《漢書補注》，中華書局 1983 年版。

240.（清）朱駿聲：《說文通訓定聲》，中華書局 1984 年版。

241.（清）陸以湉撰，崔凡芝點校：《冷廬雜識》，中華書局 1984 年版。

242.（清）黃生撰，清黃承吉合按：《字詁義府合按》，中華書局 1984 年版。

243.（清）徐珂：《清稗類鈔》（第一——五冊），中華書局 1984 年版。

244.（清）章學誠著，葉瑛校注：《文史通義校注》，中華書局 1985 年版。

245.（清）李漁著，單錦珩校點：《閒情偶寄》，浙江古籍出版社 1985 年版。

246.（清）王引之：《經義述聞》，江蘇古籍出版社 1985 年版。

247.（清）施鴻保撰，來新夏校點：《閩雜記》，福建人民出版社 1985 年版。

248.（清）顧祿：《清嘉錄》，文海出版社 1985 年版。

249.（清）楊賓：《柳邊紀略》，中華書局 1985 年版。

250.（清）屈大均：《廣東新語》（全二冊），中華書局 1985 年版。

251.（清）王念孫：《讀書雜志》，北京市中國書店，1985 年版

252.（清）許瀚著，袁行雲編校：《攀古小廬全集》（上冊），齊魯書社 1985 年版。

253.（清）夏仁虎：《舊京瑣記》，北京古籍出版社 1986 年版。

254.（清）張德瀛：《詞徵》，唐圭璋編《詞話叢編》本，中華書局 1986 年版。

255.（清）徐珂：《清稗類鈔》（第六——十三冊），中華書局 1986 年版。

256.（清）唐訓方著，馮天亮標點：《里語徵實》，嶽麓書社 1986 年版。

257.（清）鄒漢勳：《南高平物產記》，嶽麓書社 1986 年版。

258.（清）孫星衍：《尚書今古文注疏》，中華書局 1986 年版。

259.（清）孫詒讓：《周禮正義》，中華書局 1987 年版。

260.（清）桂馥：《說文解字義證》，中華書局 1987 年版。

261.（清）焦循：《孟子正義》，中華書局 1987 年版。

262.（清）周壽昌撰，許逸民點校：《思益堂日札》，中華書局 1987 年版。

263.（清）張慎儀著，張永言點校：《蜀方言》，四川人民出版社 1987 年版。

264.（清）王先謙：《莊子集解》，中華書局 1987 年版。

265.（清）王先謙撰，吳格點校：《詩三家義集疏》，中華書局 1987 年版。

266.（清）王先謙：《荀子集解》，中華書局 1988 年版。

267.（清）段玉裁：《說文解字注》，上海古籍出版社 1988 年版。

268.（清）俞蛟撰，方南生等校注：《夢廠雜著》，文化藝術出版社 1988 年版。

269.（清）徐文靖著，范祥雍點校：《管城碩記》，中華書局 1988 年版

270.（清）馬瑞辰撰，陳金生點校：《毛詩傳箋通釋》，中華書局 1989 年版。

271.（清）王世禎原編，鄭方坤刪補，戴鴻森校點：《五代詩話》，人民文學出版社 1989 年版。

272.（清）葛元煦著，鄭祖安標點：《滬遊雜記》，上海古籍出版社 1989 年版。

273.（清）孫詒讓撰，雪克、陳野校點：《札迻》，齊魯書社 1989 年版。

274.（清）曾國藩：《讀書錄》，《曾國藩全集》（第二冊）本，嶽麓書社 1989 年版。

275.（清）檀萃輯，宋文熙、李東平校注：《滇海虞衡志校注》，雲南人民出版社 1990 年版。

276.（清）毛先舒：《聲韻叢說》，中華書局 1991 年版。

277.（清）錢繹撰集，李發舜、黃建中點校：《方言箋疏》，中華書局 1991 年版。

278.（清）鄧之誠著，鄧珂增訂點校：《骨董瑣記》，中國書店，1991 年版。

279.（清）桂馥撰，趙智海點校：《札樸》，中華書局 1992 年版。

280.（清）倭仁著，張淩宵校注：《倭仁集注》，內蒙古人民出版社 1992 年版。

281.（清）仇巨川纂，陳憲猷校注：《羊城古鈔》，廣東人民出版社 1993 年版。

282.（清）顧棟高輯，吳樹平等點校：《春秋大事表》，中華書局 1993 年版。

283.（清）戴震撰：《毛詩補傳》，張岱年主編《戴震全書》（第一冊）本，黃山書社 1994 年版。

284.（清）戴震撰：《與是仲明論學書》，張岱年主編《戴震全書》（第六冊）本，黃山書社 1995 年版。

285.（清）王堂：《燕在閣知新錄》，《四庫全書存目叢書》第 100 冊，齊魯書社 1995 年版。

286.（清）鄭昌時著，吳二持校注：《韓江聞見錄》，上海古籍出版社
1995 年版。

287.（清）方浚師撰，盛冬鈴點校：《蕉軒隨筆續錄》，中華書局 1995
年版。

288.（清）俞樾：《茶香室叢鈔》，中華書局 1995 年版。

289.（清）俞樾：《九九銷夏錄》，中華書局 1995 年版。

290.（清）杭世駿撰，陳抗點校：《訂訛類編續補》，中華書局 1997 年版。

291.（清）錢大昕：《聲類》，陳文和主編：《嘉定錢大昕全集》（壹）本，
江蘇古籍出版社 1997 年版。

292.（清）錢大昕：《十駕齋養新錄》（附餘錄），陳文和主編：《嘉定錢
大昕全集》（柒）本，江蘇古籍出版社 1997 年版。

293.（清）沈自南：《藝林匯考》，金沛霖主編：《四庫全書子部精要》（中
冊）本，天津、天津古籍出版社、中國世界語出版社 1998 年版。

294.（清）袁景瀾撰，甘蘭經、吳琴校點：《吳郡歲華紀麗》，江蘇古籍
出版社 1998 年版。

295.（清）永瑢、紀昀主編：《四庫全書總目提要》，海南出版社 1999
年版。

296.（清）胡承珙撰，郭全芝校點：《毛詩後箋》，黃山書社 1999 年版。

297.（清）張定鋆：《三餘雜志》，《四庫未收書輯刊》（柒輯·拾伍冊），
北京出版社 2000 年版。

298.（清）黃六鴻：《福惠全書》，《四庫未收書輯刊》（叁輯·拾玖冊），
北京出版社 2000 年版。

299.（清）孫詒讓撰，孫啓治點校：《墨子閒詁》，中華書局 2001。

300.（清）俞正燮撰，涂小馬等校點：《癸巳類稿》，遼寧教育出版社
2001 年版。

301.（清）徐元誥：《國語集解》，中華書局 2002 年版。

302.（清）鄭珍著：《說文新附考》，袁本良點校，王鍈審訂《鄭珍集·小

學》本，貴州人民出版社 2002 年版。

303.（清）曹庭棟撰，楊柏柳等注釋：《老老恒言》，赤峰：內蒙古科學技術出版社 2002 年版。

304.（清）孫鏘鳴撰，胡珠生編注：《孫鏘鳴集》，上海社會科學院出版社 2003 年版。

305.（清）俞正燮：《癸巳存稿》，遼寧教育出版社 2003 年版。

306.（清）梁章鉅著，王釋非、許振軒點校：《稱謂錄：校注本》，福建人民出版社 2003 年版。

307.（清）陶澍、萬年淳修撰，何培金校點：《洞庭湖志》，嶽麓書社 2003 年版。

308.（清）錢大昕著，方詩銘等校點：《廿二史考異》（附：三史拾遺　諸史拾遺），上海古籍出版社 2004 年版。

309.（清）孫橒：《餘墨偶談》，清蟲天子編，董乃斌等校《中國香豔全書》（第 1 冊）本，團結出版社 2005 年版。

310.（清）吳綺等撰，林子雄點校：《清代廣東筆記五種》，廣東人民出版社 2006 年版。

311.（清）顧炎武著，清黃汝成集釋，欒保群等校點：《日知錄集釋》（全校本），上海古籍出版社 2006 年版。

312.（清）方朔：《枕經堂金石書畫題跋》，人民衛生出版社 2007 年版。

313.（清）段玉裁撰，鍾敬華校點：《經韻樓集》（［附］補編年譜），上海古籍出版社 2007 年版。

314.（清）汪森編輯，黃振中等校注：《〈粵西叢載〉校注》，廣西民族出版社 2007 年版。

315.（清）褚人獲輯撰，李夢生校點：《堅瓠集》，上海古籍出版社《清代筆記小說大觀》本，2007 年版。

316.（清）郝懿行：《證俗文》，安作璋主編《郝懿行集》（3）本，齊魯書社 2010 年版。

317.（清）程餘慶撰，高益榮等編撰：《歷代名家評注史記集說》，三秦出版社 2011 年版。

318.（清）王夫之著，戴鴻森箋注：《薑齋詩話箋注》，上海古籍出版社
2012 年版。

319.（清）江藩學：《樂縣考》，《叢書集成新編》第 53 冊，新文豐出版
公司。

320.（清）張玉書、陳廷敬等：《御定康熙字典》，《景印文淵閣四庫全書》
第 229 冊，商務印書館。

321.（清）阿桂、于敏中：《欽定滿洲源流考》，《景印文淵閣四庫全書》
第 499 冊，商務印書館。

322.（清）陸廷燦：《續茶經》，《景印文淵閣四庫全書》第 844 冊，商務
印書館。

323.（清）高宗弘曆撰，于敏中等編：《御製文初集》，《景印文淵閣四庫
全書》第 1301 冊，商務印書館。

324.（清）鄒漢勳：《讀書偶識》，《續修四庫全書》第 176 冊，上海古籍
出版社。

325.（清）錢大昕：《恒言錄》，《續修四庫全書》第 194 冊，上海古籍出
版社。

326.（清）胡文英：《吳下方言考》，《續修四庫全書》第 195 冊，上海古
籍出版社。

327.（清）錢大昭：《邇言》，《續修四庫全書》第 195 冊，上海古籍出版社。

328.（清）王煦：《說文五翼》，《續修四庫全書》第 212 冊，上海古籍出
版社。

329.（清）鈕樹玉：《段氏說文注訂》、《說文新附考》，《續修四庫全書》
第 213 冊，上海古籍出版社。

330.（清）徐灝：《说文解字注箋》，《續修四庫全書》第 225 冊—227 冊，
上海古籍出版社。

331.（清）雷浚：《說文外編》，《續修四庫全書》第 227 冊，上海古籍出
版社。

332.（清）吳任臣：《字彙補》,《續修四庫全書》第 233 冊,上海古籍出版社。

333.（清）沈欽韓：《讀金石萃編條記》,《續修四庫全書》第 891 冊,上海古籍出版社。

334.（清）梁章鉅：《農候雜占》,《續修四庫全書》第 976 冊,上海古籍出版社。

335.（清）吳其濬：《植物名實圖考》,《續修四庫全書》第 1118 冊,上海古籍出版社。

336.（清）朱亦棟：《群書札記》,《續修四庫全書》第 1155 冊,上海古籍出版社。

337.（清）徐鼎：《讀書雜釋》,《續修四庫全書》第 1161 冊,上海古籍出版社。

338.（清）俞樾：《湖樓筆談》,《續修四庫全書》第 1162 冊,上海古籍出版社。

339.（清）平步青：《霞外攟屑》,《續修四庫全書》第 1163 冊,上海古籍出版社。

340.（清）文廷式：《純常子枝語》,《續修四庫全書》第 1165 冊,上海古籍出版社。

341.（清）厲荃輯,关槐增輯：《事物異名錄》,《續修四庫全書》第 1252—1253 冊,上海古籍出版社。

342.（清）方成珪：《韓集箋正》,《續修四庫全書》第 1310 冊,上海古籍出版社。

343.（清）路德：《檉華館全集》,《續修四庫全書》第 1509 冊,上海古籍出版社。

344.（清）光緒七年跋：《朔方備乘》,早稻田大學圖書館藏。

二、今人著作（按作者音序排列，同一音，則按出版先後排列。）

1. 愛新覺羅・瀛生：《北京土話中的滿語》，北京燕山出版社 1993 年版。

2. 濱田耕作等著，楊錬譯：《古物研究》，商務印書館 1936 年版。

3. 白滌洲遺稿，喻世長整理：《關中方音調查報告》，中國科學院出版社 1954 年版。

4. 成善楷：《杜詩箋記》，巴蜀書社 1989 年版。

5. 陳建才：《八閩掌故大全》（民俗篇），福建教育出版社 1994 年版。

6. 柴小梵：《梵天廬叢錄》，《民國筆記小說大觀》（第四輯）本，山西古籍出版社 1999 年版。

7. 陳貽焮主編：《增訂注釋全唐詩》（全五冊），文化藝術出版社 2001 年版。

8. 查中林：《四川方言語詞和漢語同族詞研究》，巴蜀書社 2002 年版。

9. 曾良：《俗字及古籍文字通例研究》，百花洲文藝出版社 2006 年版。

10. 崔山佳：《寧波方言詞語考釋》，巴蜀書社 2007 年版。

11. 蔡鴻生：《中外交流史事考述》，大象出版社 2007 年版。

12. 曹慕樊：《杜詩雜說全編》，生活・讀書・新知三聯書店，2009 年版。

13. 陳保民主編：《湛江民俗文化大觀》，清華大學出版社 2010 年版。

14. 陳明娥：《朱熹口語文獻詞彙研究》，廈門大學出版社 2011 年版。

15. 陳敏：《宋代筆記在漢語詞彙學理論研究中的價值》，光明日報出版社 2011 年版。

16. 戴愚庵著，張憲春點校，來新夏主編：《沽水舊聞》，天津古籍出版社 1986 年版。

17. 丁啟陣：《秦漢方言》，東方出版社 1991 年版。

18. 鄧曉華：《人類文化語言學》，廈門大學出版社 1993 年版。

19. 丁邦新、孫宏開：《漢藏語同源詞研究（二）：漢藏、苗瑤同源詞專題研究》，廣西民族出版社 2001 年版。

20. 董志翹：《中古近代漢語探微》，中華書局 2007 年版。

21. 段石羽:《漢字之趣》,烏魯木齊:新疆人民出版社 2008 年版。

22. 方國瑜主編:《雲南史料叢刊》(第二卷),雲南人民出版社 1998 年版。

23. 高步瀛:《唐宋詩舉要》,上海古籍出版社 1959 年版。

24. 顧學頡、王學奇:《元曲釋詞》(一),中國社會科學出版社 1983 年版。

25. 顧學頡、王學奇:《元曲釋詞》(二),中國社會科學出版社 1984 年版。

26. 郭在貽:《訓詁叢稿》,上海古籍出版社 1985 年版。

27. 郭在貽:《訓詁學》,湖南人民出版社 1986 年版。

28. 耿二嶺:《漢語擬聲詞》,湖北教育出版社 1986 年版。

29. 郭揚:《唐詩學引論》,廣西人民出版社 1989 年版。

30. 顧學頡、王學奇:《元曲釋詞》(四),中國社會科學出版社 1990 年版。

31. 管俊林、顧佩琴編:《風物稱謂典例大觀》,上海文化出版社 1992 年版。

32. 郭英德、謝思煒等:《中國古典文學研究史》,中華書局 1995 年版。

33. 高岱明:《淮安飲食文化》,中共黨史出版社 2002 年版。

34. 高亨:《墨經校詮》,董治安編:《高亨著作集林》(第七卷)本,清華大學出版社 2004 年版。

35. 胡忌:《宋金雜劇考》,古典文學出版社 1957 年版。

36. 胡玉縉撰,王欣夫輯:《許廎學林》,中華書局 1958 年版。

37. 黃侃:《蘄春語》,《黃侃論學雜著》,中華書局 1964 年版。

38. 何九盈、蔣紹愚:《古漢語詞彙講話》,北京出版社 1980 年版。

39. 洪誠選注:《中國歷代語言文字學文選》,江蘇人民出版社 1982 年版。

40. 黃本驥:《湖南方物志》,嶽麓書社 1985 年版。

41. 黃金貴:《古代文化詞義集類辨考》,上海教育出版社 1995 年版。

42. 黃尚軍:《四川方言與民俗》,四川人民出版社 1996 年版。

43. 黃徵、張湧泉校注:《敦煌變文校注》,中華書局 1997 年版。

44. 侯精一:《現代晉語的研究》,商務印書館 1999 年版。

45. 黃克定:《從〈詩經〉到〈中原音韻〉:周秦兩漢魏晉南北朝唐宋金元音韻的演變》,遼寧人民出版社 2003 年版。

46. 何九盈：《中國古代語言學史》（第 3 版），廣東教育出版社 2005 年版。

47. 胡樸安：《中華全國風俗志》（上下），上海科學技術文獻出版社 2008 年版。

48. 蔣禮鴻：《敦煌變文字義通釋》（第四次增訂本），上海古籍出版社 1988 年版。

49. 蔣紹愚：《古漢語詞彙綱要》，北京大學出版社 1989 年版。

50. 蔣天樞：《楚辭校釋》，上海古籍出版社 1989 年版。

51. 江藍生：《近代漢語探源》，商務印書館 2000 年版。

52. 景爾強：《關中方言詞語匯釋》，陝西人民出版社 1999 年版。

53. 蔣禮鴻：《義府續貂》，吳熊和主編：《蔣禮鴻集》（第二卷）本，浙江教育出版社 2001 年版。

54. 蔣禮鴻：《懷任齋文集》，吳熊和主編：《蔣禮鴻集》（第四卷）本，浙江教育出版社 2001 年版。

55. 蔣宗福：《四川方言詞語考釋》，巴蜀書社 2002 年版。

56. 姜亮夫：《楚辭通故》（第三輯）、（第四輯），《姜亮夫全集》（三）、（四）本，雲南人民出版社 2002 年版。

57. 姜亮夫：《昭通方言疏證》，《姜亮夫全集》（十六）本，雲南人民出版社 2002 年版。

58. 紀國泰：《〈蜀方言〉疏證補》，巴蜀書社 2007 年版。

59. 蔣紹愚：《近代漢語研究概要》，北京大學出版社 2008 年版。

60. 蔣紹愚：《唐詩語言研究》，語文出版社 2008 年版。

61. 孔祥賢：《陸游飲食詩選注》，中國商業出版社 1989 年版。

62. 況周頤著，張秉戊選編：《蕙風簃小品》，北京出版社 1998 年版。

63. 李永明：《潮州方言》，中華書局 1959 年版。

64. 陸宗達：《說文解字通論》，北京出版社 1981 年版。

65. 逯欽立輯校：《先秦漢魏晉南北朝詩》，中華書局 1983 年版。

66. 劉學鍇、余恕誠：《李商隱詩歌集解》，中華書局 1988 年版。

67. 柳士鎮：《魏晉南北朝歷史語法》，南京大學出版社 1992 年版。

68. 林語堂：《林語堂名著全集》第十九卷《語言學論叢》，東北師範大學出版社 1994 年版。

69. 李如龍：《福建方言》，福建人民出版社 1997 年版。

70.（梁）特猷：《傍蘿絮聒》，南海出版公司，1997 年版。

71. 劉曉東：《匡謬正俗平議》，山東大學出版社 1999 年版。

72. 雷喻義：《巴蜀文化與四川旅遊資源開發》，四川人民出版社 2000 年版。

73. 李如龍：《漢語方言學》，高等教育出版社 2001 年版。

74. 李如龍：《漢語方言特徵詞研究》，廈門大學出版社 2002 年版。

75. 李鄉瀏、李達：《福州習俗》，福建人民出版社 2002 年版。

76.（梁）曉紅、徐時儀、陳五雲：《佛經音義與漢語詞彙研究》，商務印書館 2005 年版。

77. 雷漢卿：《近代方俗詞叢考》，巴蜀書社 2006 年版。

78. 李春龍、江燕點校：《新纂雲南通志》（四），雲南人民出版社 2007 年版。

79. 劉影：《皇權旁的山西：集權政治與地域文化》，新星出版社 2007 年版。

80. 劉咸炘：《推十書》（增補全本），上海科學技術文獻出版社 2009 年版。

81. 羅忼烈：《羅忼烈雜著集》，上海古籍出版社 2010 年版。

82. 馬長壽：《南詔國內的部族組成和奴隸制度》，上海人民出版社 1961 年版。

83. 孟鏡雙：《布特哈志略》，成文出版社 1968 年版。

84. 馬南邨：《燕山夜話》，北京出版社 1979 年版。

85. 繆鉞：《冰繭庵叢稿》，上海古籍出版社 1985 年版。

86. 馬興國、宮田登：《中日文化交流史大系（5）——民俗卷》，浙江人民出版社 1996 年版。

87. 莫礪鋒：《朱熹文學研究》，南京大學出版社 2000 年版。

88. 牛龍菲：《古樂發隱》（嘉峪關魏晉墓室磚畫樂器考證新一版），甘肅人民出版社 1985 年版。

89. 彭會資、陳釗主編:《博白客家》,桂林:廣西師範大學出版社 2006 年版。

90. 錢鍾書:《管錐編》,中華書局 1979 年版。

91. 齊佩瑢:《訓詁學概論》,中華書局 1984 年版。

92. 裘錫圭:《文字學概要》,商務印書館 1988 年版。

93. 齊如山:《北京土話》,北京燕山出版社 1990 年版。

94. 屈守元、常思春主編:《韓愈全集校注》,四川大學出版社 1996 年版。

95. 錢鍾書:《宋詩選注》,生活·讀書·新知三聯書店,2000 年版。

96. 錢鍾書:《七綴集》,生活·讀書·新知三聯書店,2002 年版。

97. 曲義偉:《中國禁史》,時代文藝出版社 2002 年版。

98. 喬全生:《晉方言語音史研究》,中華書局 2008 年版。

99. 任二北:《敦煌曲校錄》,上海文藝聯合出版社 1955 年版。

100. 蘇日巴達拉哈:《蒙古族族源新考》,民族出版社 1986 年版。

101. 史有爲:《異文化的使者——外來詞》,吉林教育出版社 1991 年版。

102. 尚秉和:《歷代社會風俗事物考》,江蘇古籍出版社 2002 年版。

103. 石雲孫:《訓詁得義論》,安徽教育出版社 2006 年版。

104. 孫玉文:《漢語變調構詞研究》(增訂本),商務印書館 2007 年版。

105. 申小龍:《現代漢語》,上海外語教育出版社 2011。

106. 湯炳正:《屈賦新探》,齊魯書社 1984 年版。

107. 童第德:《韓集校詮》,中華書局 1986 年版。

108. 譚家健、李知文選注:《〈水經注〉選注》,中國社會科學出版社 1989 年版。

109. 譚景椿:《周易通俗評議》,黑龍江人民出版社 1989 年版。

110. 田忠俠:《辭源通考》,福建人民出版社 2002 年版。

111. 王明:《太平經合校》,中華書局 1960 年版。

112. 王力:《漢語史稿》(修訂本),中華書局 1980 年版。

113. 王力:《詩經韻讀》,上海古籍出版社 1980 年版。

114. 烏丙安:《中國民俗學》,遼寧大學出版社 1985 年版。

115. 吳承仕:《經籍舊音序錄·經籍舊音辨證》,中華書局 1986 年版。

116. 吳承仕:《檢齋讀書提要》,北京師範大學出版社 1986 年版。

117. 王達津選注:《王維孟浩然選集》,上海古籍出版社 1990 年版。

118. 聞一多:《詩經編》(下),孔党伯、袁謇正主編:《聞一多全集》(4)本,湖北人民出版社 1993 年版。

119. 聞一多:《語言文字編》,孔党伯、袁謇正主編:《聞一多全集》(10)本,湖北人民出版社 1993 年版。

120. 王學奇主編:《元曲選校注》(第 4 冊·上卷),河北教育出版社 1994 年版。

121. 吳以寧:《〈夢溪筆談〉辨疑》,上海科學技術文獻出版社 1995 年版。

122. 吳秋輝遺稿,張乾一輯錄,袁兆彬校補:《侘傺軒文存》,齊魯書社 1997 年版。

123. 王振昆、謝文慶:《語言學教程》,外語教學與研究出版社 1998 年版。

124. 吳世昌著,吳令華輯注,施議對校:《詞林新話》(增訂本),北京出版社 2000 年版。

125. 王艾錄、司富珍:《漢語的語詞理據》,商務印書館 2001 年版。

126. 王艾錄、司富珍:《語言理據研究》,中國社會科學出版社 2002 年版。

127. 完顏紹元:《中國風俗之謎》,上海辭書出版社 2002 年版。

128. 王國維:《宋元戲曲史》,百花文藝出版社 2002 年版。

129. 王雪樵:《河東文史拾零》,北嶽文藝出版社 2002 年版。

130. 王利器:《呂氏春秋注疏》,巴蜀書社 2002 年版。

131. 王力:《漢語音韻》,中華書局 2003 年版。

132. 王翼奇:《綠痕廬詩話·綠痕廬吟稿》,浙江古籍出版社 2006 年版。

133. 吾三省:《語文新札》,上海辭書出版社 2006 年版。

134. 魏耕原:《唐宋詩詞語詞考釋》,商務印書館 2006 年版。

135. 王克明：《聽見古代陝北話裏的文化遺產》，中華書局 2007 年版。

136. 王世舜：《莊子注譯》，齊魯書社 2009 年版。

137. 新體評注：《歷代駢文菁華》，大東書局 1931 年版。

138. 項楚：《敦煌文學叢考》，上海古籍出版社 1991 年版。

139. 向熹：《簡明漢語史》，高等教育出版社 1993 年版。

140. 謝宗萬、余友芩：《全國中草藥名鑒》，人民衛生出版社 1996 年版。

141. 徐宗才：《俗語》，商務印書館 1999 年版。

142. 薛琳：《新編大理風物志》，雲南人民出版社 1999 年版。

143. 徐海榮：《中國茶事大典》，華夏出版社 2000 年版。

144. 向達：《唐代長安與西域文明》，河北教育出版社 2001 年版。

145. 謝國楨：《明清筆記談叢》，上海書店出版社 2004 年版。

146. 謝思煒選注：《白居易詩選》，中華書局 2005 年版。

147. 徐山：《周易詞義與結構分析》，中國書店出版社 2007 年版。

148. 楊樹達：《積微居小學金石論叢》（增訂本），科學出版社 1955 年版。

149. 楊樹達：《積微居小學述林》，中華書局 1983 年版。

150. 余嘉錫撰，周祖謨等整理：《世說新語箋疏》，中華書局 1983 年版。

151. 楊樹達：《積微居讀書記》，上海古籍出版社 1986 年版。

152. 楊蔭深：《事物掌故叢談》，上海書店，1986 年版。

153. 晏炎吾等點校：《清人詩說四種》，華中師範大學出版社 1986 年版。

154. 楊文生：《楊慎詩話校箋》，四川人民出版社 1990 年版。

155. 楊鍾羲撰集，劉承干參校：《雪橋詩話三集》，北京古籍出版社 1991 年版。

156. 葉大兵：《溫州民俗》，海洋出版社 1992 年版。

157. 楊蔭杭著，楊絳整理：《老圃遺文輯》，長江文藝出版社 1993 年版。

158. 俞平伯：《秋荔亭隨筆》，《俞平伯全集》（第 2 卷）本，花山文藝出版社 1997 年版。

159. 章鴻釗：《石雅》，上海書店據中央地質調查所 1927 年版版影印。

160. 章炳麟：《小學答問》，《章氏叢書》第 10 冊，江蘇廣陵古籍刻印社翻浙江圖書館本，1981 年版。

161. 張翅翔、归秀文：《湖南風物志》，湖南人民出版社 1985 年版。

162. 周本淳：《讀常見書札記》，江蘇教育出版社 1990 年版。

163. 周振甫：《中國修辭學史》，商務印書館 1991 年版。

164. 鄭文：《杜詩檠詁》，巴蜀書社 1992 年版。

165. 周祖謨：《方言校箋》，中華書局 1993 年版。

166. 張湧泉：《漢語俗字研究》，嶽麓書社 1995 年版。

167. 周生春：《吳越春秋輯校匯考》，上海古籍出版社 1997 年版。

168. 張紹麒：《漢語流俗詞源研究》，語文出版社 2000 年版。

169. 周紹良主編：《全唐文新編》(第 3 部·第 4 冊)、(第 4 部·第 5 冊)，吉林文史出版社 2000 年版。

170. 張民權：《清代前期古音學研究》（上冊），北京廣播學院出版社 2002 年版。

171. 張忠綱：《杜甫詩話六種校注》，齊魯書社 2002 年版。

172. 周清泉：《文字考古》，四川人民出版社 2003 年版。

173. 朱正義：《關中方言古詞論稿》，上海古籍出版社 2004 年版。

174. 張舜微：《清人筆記條辨》，華中師範大學出版社 2004 年版。

175. 張舜徽：《鄭學叢著》，華中師範大學出版社 2005 年版。

176. 張惠英：《語言現象的觀察與思考》，民族出版社 2005 年版。

177. 張平真：《中國蔬菜名稱考釋》，北京燕山出版社 2006 年版。

178. 趙志強：《清代中央決策機制研究》，科學出版社 2007 年版。

179. 周有光：《語文閒談》，生活·讀書·新知三聯書店，2008 年版。

180. 鄭張尚芳：《溫州方言志》，中華書局 2008 年版。

181. 鄭天挺著，王曉欣、馬曉林整理：《鄭天挺元史講義》，中華書局 2009 年版。

182. 朱千華：《嶺南田野筆記》，江西人民出版社 2009 年版。

183. 辭海編輯委員會：《辭海》，上海辭書出版社 1979 年版。

184. 杜繼文、黃明信：《佛教小辭典》，上海辭書出版社 2001 年版。

185. 符定一：《聯綿字典》（四戌集）、（一丑集），中華書局 1954 年版。

186. 華夫主編：《中國古代名物大典》，濟南出版社 1993 年版。

187. 黃徵：《敦煌俗字典》，上海教育出版社 2005 年版。

188. 蔣禮鴻：《敦煌文獻語言詞典》，杭州大學出版社 1994 年版。

189. 龍潛庵：《宋元語言詞典》，上海辭書出版社 1985 年版。

190. 羅韻希等：《成都話方言詞典》，四川省社會科學院出版社 1987 年版。

191. 羅竹風主編：《漢語大詞典》（第一——十二卷），漢語大詞典出版社 1994 年版。

192. 李如龍等編：《福州方言詞典》，福建人民出版社 1994 年版。

193. 李榮主編，許寶華、陶寰編纂：《上海方言詞典》，江蘇教育出版社 1997 年版。

194. 劉鈞傑：《同源字典再補》，語文出版社 1999 年版。

195. 饒秉才等：《廣州話方言詞典》，商務印書館 1981 年版。

196. 孫書安：《中國博物別名大辭典》，北京出版社 2000 年版。

197.（唐）作藩：《上古音手冊》，江蘇人民出版社 1982 年版。

198. 王力：《同源字典》，商務印書館 1982 年版。

199. 王鍈、曾明德：《詩詞曲語辭集釋》，語文出版社 1991 年版。

200. 王貴元、葉桂剛：《詩詞曲小說語辭大典》，群言出版社 1993 年版。

201. 魏耕原：《全唐詩語詞通釋》，中國社會科學出版社 2001 年版。

202. 王鍈：《唐宋筆記語辭匯釋》（修訂本），中華書局 2001 年版。

203. 王鍈：《詩詞曲語辭例釋》（第二次增訂本），中華書局 2005 年版。

204. 王海根：《古代漢語通假字大字典》，福建人民出版社 2006 年版。

205. 王鍈：《宋元明市語匯釋》（修訂增補本），中華書局 2008 年版。

206. 徐中舒：《漢語大字典》（1—8 冊），武漢、湖北辭書出版社、四川辭書出版社 1986—1990 年版。

207. 許寶華、宮田一郎：《漢語方言大詞典》，中華書局 1999 年版。

208. 袁賓：《禪宗著作詞語匯釋》，江蘇古籍出版社 1990 年版。

209. 葉大兵、烏丙安：《中國風俗辭典》，上海辭書出版社 1990 年版。

210. 岳國鈞：《元明清文學方言俗語辭典》，貴州人民出版社 1998 年版。

211. 朱起鳳：《辭通》（全二冊），上海古籍出版社 1982 年版。

212. 周融、周萍編譯：《假名漢字日華兩用辭典》，世界書局 1936 年版。

213. 張相：《詩詞曲語辭匯釋》（全二冊），中華書局 1953 年版。

214. 章炳麟：《新方言》，《章氏叢書》第 7—9 冊，江蘇廣陵古籍刻印社翻浙江圖書館本，1981 年版。

215. 張拱貴：《漢語委婉語詞典》，北京語言文化大學出版社 1996 年版。

216. 鄭恢：《事物異名分類詞典》，黑龍江人民出版社 2002 年版。

217. 趙匡爲：《簡明宗教辭典》，上海辭書出版社 2006 年版。

218. 褚半農：《上海西南方言詞典》，上海人民出版社 2006 年版。

219. 安忠義：《析"軟腳"及其他》，盛玉麒主編：《語海新探》（第六輯），香港文化教育出版社 2008 年版。

220. 曾仲珊：《唐詩詞語拾零》，《中國語文》，1983 年第 4 期。

221. 曾良：《唐詩語詞札記》，《江西大學學報》（社會科學版），1991 年第 3 期。

222. 曾良：《唐詩語詞考釋》，《贛南師範學院學報》，1991 年第 4 期。

223. 陳獨秀：《〈廣韻〉東冬鍾江中之古韻考》，《陳獨秀音韻學論文集》，中華書局 2001 年版。

224. 陳明祥：《中古詩歌異文關係類型初探》，《大理學院學報》，2002 年第 1 期。

225. 鄧季方：《"牙郎"之"牙"考辨》，《古漢語研究》，1992 年第 3 期。

226. 丁邦新：《漢語方言中的特字———一致的例外》，《中國語言學論文集》，中華書局 2008 年版。

227. 符淮青：《名物詞的釋義》，《辭書研究》，1982 年第 3 期。

228. 范恩實：《"靺鞨"族稱新考》，《北方文物》，2003 年第 3 期。

229. 伏俊璉：《敦煌〈詩經〉殘卷及其文獻價值》，《敦煌文學文獻叢稿》（增訂本），中華書局 2011 年版。

230. 郭沫若：《管子集校》，郭沫若著作編輯出版委員會《郭沫若全集·歷史編》（第八卷），人民出版社 1985 年版。

231. 郭沫若：《讀〈隨園詩話〉札記》，郭沫若著作編輯出版委員會編《郭沫若全集·文學編》（第十六卷），人民出版社 1989 年版。

232. 郭在貽：《唐詩與俗語詞》，《郭在貽敦煌學論集》，江西人民出版社 1993 年版。

233. 郭在貽：《函札存稿·致王鍈》，張湧泉等主編《郭在貽文集》，中華書局 2002 年版。

234. 賀德揚：《匣母上古音探討——從降字談起》，《聊城師範學院學報》（哲學社會科學版），1988 年第 3 期。

235. 黃徵：《漢語俗語詞研究的幾個理論問題》，《杭州大學學報》，1992 年第 2 期。

236. 何科根：《吳化片粵語說略》，《湛江師範學院學報》（哲學社會科學版），1993 年第 1 期。

237. 何保英：《杜甫詩字詞異文的原因探析》，《五邑大學學報》（社會科學版），1999 年第 3 期。

238. 黃徵：《〈變文字義待質錄〉考辨》，《中國近代漢語研究》（第一輯），浙江大學漢語史研究中心，上海教育出版社 2000 年版。

239. 黃樹先：《"鰿隅"探源》，朱慶之《中古漢語研究》（二），商務印書館 2005 年版。

240. 黃易青：《上古後期通語與中原、齊魯、楚方言見章精三組聲母的交替》，北京師範大學民俗典籍文字研究中心編《民俗典籍文字研究》（第五輯），商務印書館 2008 年版。

241. 蔣宗福：《〈說文〉中所見今四川方言詞語續考》，《語言文獻論集》，巴蜀書社 2002 年版。

242. 蔣宗福：《〈廣韻〉所見俗語詞箋識（二）》，《漢語史研究集刊》（第九輯），巴蜀書社 2006 年版。

243. 羅常培：《知徹澄娘音值考》，中國科學院語言研究所編《羅常培語言學論文選集》，中華書局 1963 年版。

244. 林昭德：《詩詞曲中四川方言例釋》，《西南師範學院學報》（哲學社會科學版），1979 年第 1 期。

245. 李如龍：《考求方言詞本字的音韻論證》，《語言研究》，1988 年第 1 期。

246. 劉凱鳴：《〈能改齋漫錄〉匡繆》，《重慶師院學報》（哲學社會科學版），1990 年第 1 期。

247. 劉瑞明：《"隔是、格是、箇是"詞義解釋》，《辭書研究》，1990 年第 6 期。

248. 劉又辛：《釋"駃騠"》，《文字訓詁論集》，中華書局 1993 年版。

249. 劉百順：《關中方言詞語考》，《西北大學學報》（哲學社會科學版），1994 年第 4 期。

250. 魯國堯：《〈南村輟耕錄〉與元代吳方言》，《著名中年語言學家自選集·魯國堯自選集》，河南教育出版社 1994 年版。

251. 陸宗達：《从"卑"、"罷"得聲的詞》、《字詞釋義二則》，《陸宗達語言學論文集》，北京師範大學出版社 1996 年版。

252. 林亦：《〈廣東新語〉與廣西粵語》，詹伯慧主編《第八屆國際粵方言研討會論文集》，中國社會科學出版社 2003 年版。

253. 李如龍：《晉語讀書札記》，《語文研究》，2004 年第 1 期。

254. 黎錦熙：《"爸爸"考》，《黎錦熙語言學論文集》，商務印書館 2004 年版。

255. 羅常培：《兩漢韻部之間通押的關係》，《羅常培文集》（第二卷），山東教育出版社 2008 年版。

256. 馬天祥：《"藥欄"本義探賾發覆——兼析歷代學者之詮解誤釋》，《西北大學學報》（哲學社會科學版），1994 年第 2 期。

257. 莫礪鋒：《論宋代杜詩注釋的特點與成就》，《中華文史論叢》，2006 年第 1 期。

258. 彭向前：《釋"兀擦"》，《書品》（第 6 輯），中華書局 2009 年版。

259. 任乃強、曾文瓊：《〈吐蕃傳〉地名考釋（一）》，《西藏研究》，1982年第 1 期。

260. 饒宗頤：《穆護歌考》，《饒宗頤史學論著選》，上海古籍出版社 1993年版。

261. 沈福偉：《結綠和埃及寶石貿易》，朱東潤、李俊民《中華文史論叢》（第 4 輯），上海古籍出版社 1983 年版。

262. 孫欽善：《〈高適集〉校敦煌殘卷記》，《文獻》，1983 年第 3 期。

263. 邵榮芬：《明代末年福州話的韻母和聲調系統》，《邵榮芬音韻學論集》，首都師範大學出版社 1997 年版。

264. 孫立新：《桂北平話中古宕曾庚通四攝字韻母陰化現象與關中東部方言的比較》，《桂林師範高等專科學校學報》，2005 年第 4 期。

265. 邵榮芬：《古韻魚侯兩部在前漢時期的分合》，《邵榮芬語言學論文集》，商務印書館 2009 年版。

266. 田恒金：《談方以智對同源詞的研究》，《湖北民族學院學報》（哲學社會科學版），2000 年第 3 期。

267. 田范芬：《宋代湖南方言初探》，《古漢語研究》，2000 年第 3 期。

268. 王鍈：《"金叵羅"辨疑》，《中學語文教學》，1982 年第 12 期。

269. 伍鐵平：《詞義的感染》，《語文研究》，1984 年第 3 期。

270. 王啟濤：《"孟勞"考》，《四川師範大學中國古代文學研究所編中國文化論叢》，電子科技大學出版社 1997 年版。

271. 王啟濤：《杜詩疑難詞語考辨》，《杜甫研究學刊》，1997 年第 2 期。

272. 武麗梅：《質疑"床"的"井上圍欄"義》，《辭書研究》，2003 年第 5 期。

273. 吳曉鈴：《說"白打"》，《吳曉鈴集》（第五卷），河北教育出版社 2006 年版。

274. 徐世榮：《反訓探源》，《中國語文》，1980 年第 4 期。

275. 邢公畹：《漢語遇、蟹、止、效、流五攝的一些字在侗臺語裏的對應》，《語言研究》，1983 年第 1 期。

276. 夏石樵:《李義山詩商兌錄》,《北京師範大學學報》(社會科學版),1983 年第 5 期。

277. 許培棟:《陽江方言探源(二)》,陽江文史資料編輯部編《陽江文史資料》,陽江縣志辦公室出版,1984 年版。

278. 許培棟:《陽江方言探源(三)》,陽江文史資料編輯部編《陽江文史資料》,陽江縣志辦公室出版,1985 年版。

279. 向熹:《〈詩經〉注音雜說》,《古漢語研究》,2000 年第 1 期。

280. 向熹:《避諱與漢語(三)》,《漢語史研究集刊》(第四輯),巴蜀書社 2001 年版。

281. 項楚:《蘇軾詩中的行業語》,《著名中年語言學家自選集》(項楚卷),安徽教育出版社 2002 年版。

282. 嚴修:《釋〈詩經·靜女〉中的"彤管"》,《學術月刊》,1980 年第 6 期。

283. 易祖洛:《〈楚辭〉方言今證》,吳文祺主編《中華文史論叢增刊·語言文字研究專輯》(下),上海古籍出版社 1986 年版。

284. 楊建國:《唐詩語漫錄》,《古漢語研究》,1989 年第 4 期。

285. 葉愛國:《〈方言〉無"阿娚"》,《中國語文》,1996 年第 1 期。

286. 余嘉錫:《釋傖楚》、《讀已見書齋隨筆》,《余嘉錫文史論集》,嶽麓書社 1997 年版。

287. 虞萬里等:《避諱與古音研究》,《榆枋齋學術論集》,江蘇古籍出版社 2001 年版。

288. 易祖洛:《南楚方言》,易祖洛著述,朱運整理《易祖洛文集》,海南出版社 2001 年版。

289. 姚霏:《上海四川北路周圍的慰安所研究》,《上海紀念抗日戰爭勝利 60 周年研討會論文集》,上海人民出版社 2005 年版。

290. 楊琳:《論語境求義法》,《漢語史研究集刊》(第八輯),巴蜀書社 2005 年版。

291. 楊倩描:《從俄藏黑水城文獻看宋代的"背嵬"》,《宋史研究論叢》(第九輯),保定:河北大學出版社 2008 年版。

292. 張永言：《"輕呂"和"烏育"》，《語言研究》，1983 年第 2 期。

293. 祝鴻傑：《唐詩俗語詞雜釋》，《溫州師院學報》，1985 年第 2 期。

294. 趙中方：《唐詩語詞釋例》，《揚州師院學報》（社會科學版），1986 年第 6 期。

295. 朱德熙：《說"屯（純）、鎮、衡"》，《中國語文》，1988 年第 3 期。

296. 周祖謨：《宋代方音》，《周祖謨學術論著自選集》，北京師範學院出版社 1993 年版。

297. 周薦：《異名同實詞語研究》，《中國語文》，1997 年第 4 期。

298. 趙振鐸：《唐人筆記里面的方俗讀音（一）》，《漢語史研究集刊》（第二輯），巴蜀書社 1999 年版。

299. 張永言：《漢語外來詞雜談（補訂稿)》，《漢語史學報》（第七輯），2007 年版。

300. 鄭張尚芳：《吳語方言的歷史記錄及文學反映》，潘悟雲《東方語言學》（第七輯），上海教育出版社 2010 年版。

301. 曹文亮：《歷代筆記語言文字學問題研究》，四川大學 2010 年博士學位論文。

302. 段英倩：《清代史料筆記訓詁研究》，山東師範大學 2012 年碩士論文。

303. 黃宜鳳：《明代筆記小說俗語詞研究》，四川大學 2007 年博士學位論文。

304. 劉麗：《漢魏六朝詩歌語詞考釋》，西北大學 2004 年碩士學位論文。

305. 史慧：《簡論流俗詞源現象的產生途徑及特點》，天津大學 2006 年碩士學位論文。

306. 王寶紅：《清代筆記小說俗語詞研究》，四川大學 2005 年博士學位論文。

策劃編輯：陳曉燕
責任編輯：王怡石
封面設計：木　辛
版式設計：彭小艷

圖書在版編目（CIP）數據

歷代詩話中語言文字學論述整理與研究／樊瑩瑩 著 . — 北京：人民出版社，
　2022.7
ISBN 978－7－01－024253－8

I.①歷…　II.①樊…　III.①詩話－詩歌研究－中國
　②漢語－語言學－研究　IV.① I207.22 ② HI

中國版本圖書館 CIP 數據核字（2021）第 253609 號

歷代詩話中語言文字學論述整理與研究
LIDAI SHIHUA ZHONG YUYAN WENZI XUE LUNSHU ZHENGLI YU YANJIU

樊瑩瑩　著

人民出版社 出版發行
（100706　北京市東城區隆福寺街 99 號）

北京盛通印刷股份有限公司印刷　新華書店經銷

2022 年 7 月第 1 版　2022 年 7 月北京第 1 次印刷
開本：710 毫米 ×1000 毫米 1/16　印張：26.75
字數：400 千字

ISBN 978－7－01－024253－8　定價：149.00 元

郵購地址 100706　北京市東城區隆福寺街 99 號
人民東方圖書銷售中心　電話（010）65250042　65289539